Christian Macharski
Das Schweigen der Kühe

DORFKRIMI

2. Auflage 2010
© 2008 by paperback Verlag
Alle Rechte vorbehalten. Abdruck, auch auszugsweise,
nur mit ausdrücklicher Genehmigung des Verlages

Umschlaggestaltung: kursiv, Oliver Forsbach
Fotos: Marcus Müller
Lektorat: Kristina Raub
Satz & Layout: media190, Wilfried Venedey
Druck & Bindearbeiten: CPI - Clausen & Bosse, Leck

ISBN 978-3-9807844-4-3

Die Personen und Handlungen der Geschichte sind frei erfunden. Ähnlichkeiten mit lebenden und verstorbenen Personen sind zufällig und nicht beabsichtigt. Die Protagonisten des Romans basieren auf Bühnenfiguren des Comedy-Duos Rurtal Trio.

Für Hildegard

Prolog

Fröhlich pfeifend tänzelte sie die steile Stiege hinab in den kleinen Gewölbekeller, der durch das fahle Licht einer 25-Watt-Birne nur schwach erhellt wurde. Der modrige Geruch, den die gegen das Erdreich gemauerten Natursteine abgaben, vermischte sich mit dem Duft ihres blumigen Parfüms, das sie zur Feier des Tages aufgelegt hatte. Obwohl der Sommer langsam Einzug hielt, fröstelte es sie, als sie den engen Raum mit der bogenförmig gemauerten Decke betrat, an dessen Ende die Kartoffelkiste stand. Dort angekommen, stellte sie den Korb ab und kniete sich vorsichtig auf einen Jutesack. Die Kellnerschürze, die sie trug, breitete sie vor sich auf dem Boden aus. Mit leichter Kraftanstrengung schob sie die hölzerne Trennscheibe nach oben und die staubigen Kartoffeln rumpelten ungeduldig in das aus unbehandeltem Eichenholz gefertigte Auffangfach. Als es voll war, begann sie, die Kartoffeln, die von recht unterschiedlicher Größe und Qualität waren, in den Korb zu legen. Sie freute sich. Mit so viel Andrang hatten sie gar nicht gerechnet und jetzt wurden die Vorräte in der Küche knapp. Ein Kellner war sogar schon losgeschickt worden, neues Fassbier zu holen.

Ein Quietschen riss sie aus ihren Gedanken. Es waren wohl die Scharniere der schweren Eisentür, die in den Keller führte. Für einen kurzen Augenblick wehten die fernen Klänge des von der Kapelle gespielten Königswalzers hinab in den feuchten Keller. Ein Lichtstrahl huschte durch den Raum. Die Tür quietschte noch einmal kurz, dann herrschten wieder Stille und dämmrige Dunkelheit. Ein Schlüssel drehte sich knirschend im Schloss. Sie hielt den Atem an und lauschte. Nichts. Endlose Sekunden später begann sie langsam wieder, den Korb mit Kartoffeln zu füllen. Plötzlich ein neues Geräusch. Schwere Schritte stapften ohne Hast die knarrende Holztreppe hinab. Ihr Kopf fuhr herum und ein kalter Schauer legte sich über ihren Rücken. Ihr Herz jagte, als sie sich zögernd erhob und sich zum Treppenabsatz umdrehte. Ihre zusammengekniffenen Augen konnten im trüben Gegenlicht kaum etwas sehen. Mit einem Mal trat eine riesige Gestalt in den kargen Raum. Die hünenhafte Erscheinung hob sich silhouettenhaft von der Steinwand ab. Doch so sehr sie sich mühte, sie konnte kein Gesicht erkennen.

„Wer sind Sie? Was wollen Sie?", fragte sie ängstlich und erst jetzt spürte sie, dass sie am ganzen Körper zitterte.

„Guten Tag, schöne Frau", brummte eine ihr sehr vertraute, männliche Stimme. Für einen kurzen Moment entspannten sich ihre Muskeln. Doch im nächsten Augenblick nahm der Tonfall einen frostigen und ungnädigen Klang an und ließ sie erschaudern.

„So alleine im Keller?"

Als sie unsicher antworten wollte, packte der Mann sie grob an beiden Armen und riss sie ruckartig an sich. Noch bevor sie schreien konnte, presste sich eine raue, massige Pranke wie ein Schraubstock auf ihren Mund. Über ihre vor Schreck aufgerissenen Augen legte sich ein dunkler Schatten.

1
Montag, 5. Mai, 17.05 Uhr

Es machte ein kurzes, schmatzendes Geräusch: „Swosch". Dann war alles vorbei. Doktor Mauritz zog sich den Gummihandschuh, der ihm bis zur Schulter reichte, langsam aus. Er runzelte die Stirn. Seine Miene drückte eine gewisse Besorgnis aus.

Wilhelm Hastenrath stand ungeduldig mit verschränkten Armen vor ihm: „Und Doktor? Was ist es?"

Doktor Mauritz rollte den verschmierten Handschuh sorgfältig zusammen und warf ihn in eine Tüte, die er bereitgestellt hatte. „Ich befürchte, wir haben es hier mit einer akuten Mastitis zu tun."

Auch Wilhelm Hastenrath legte nun die Stirn in Falten. „Ich habe es befürchtet. Ich hatte auch mal Probleme mit so was. Da muss ich auf dem Pfarrfest wohl eine Wurst gegessen haben, die nicht mehr gut war. Jedenfalls hatte ich Magenkrämpfe, das können Sie sich gar nicht vorstellen."

Doktor Mauritz war nur kurz irritiert. Dann lächelte er. „Mastitis, Herr Hastenrath. Nicht Gastritis. Eine Mastitis ist eine Euterentzündung. Ich habe jetzt alle Kühe untersucht. Und bei den zweien hier vorne müssen wir wohl von einer schweren

Euterentzündung ausgehen. Daher auch die geröteten Stellen und die Schwellungen."

„Und deshalb auch immer das Gebrüll die ganze Nacht?"

„Ich denke ja, Herr Hastenrath. Normalerweise brüllen Kühe zwar nur, wenn sie hungrig sind oder „stierig", wie Sie zu sagen pflegen, aber in diesem Fall scheint mir die Entzündung doch sehr schmerzhaft zu sein. Ich werde gleich mal etwas Penicillin in die Euter spritzen und Ihnen eine antibiotische Salbe verschreiben, die Sie bitte dreimal täglich großflächig auftragen." Der fragende Blick des Landwirts veranlasste den Veterinär, noch einen Satz anzufügen: „Also nicht Sie ... sondern die Kuh ... Also, ich meine, Sie ... bei der Kuh."

Hastenraths Will, wie er eigentlich von allen genannt wurde, nickte verständig. Der stattliche Endfünfziger mit der sonnengegerbten Haut und dem etwas aus der Mode gekommenen Brillenmodell war ein erfolgreicher Landwirt. Wenngleich manchmal etwas großmäulig und unbeherrscht, war er insgesamt ein herzensguter Mensch, der mit einer gewissen Bauernschläue gesegnet war. Anders wäre es auch gar nicht möglich, in derart schweren Zeiten einen Hof wie den seinen einigermaßen profitabel zu bewirtschaften. Bereits in vierter Generation unterhielt Will ein sehr großes Gehöft mit vielen ungenehmigten Stallungen, Schuppen und Lagern. Als einer der letzten Landwirte in der Region betrieb er noch Viehwirtschaft. Er nannte 20 Milchkühe, 30 Schweine und knapp 100 Hühner sein Eigen. Außerdem beackerte er etwa 25 Hektar, also gut 100 Morgen, geerbten Lands, zumeist mit Zuckerrüben und Kartoffeln. Dr. Mauritz begann seine Utensilien zusammenzuräumen, die verstreut auf dem Boden lagen. Will zog seinen abgewetzten Bundeswehrparka aus, legte ihn über den Rücken einer Kuh und beugte sich ächzend hinunter zum Tierarzt, um ihm beim Packen zu helfen.

„Wissen Sie, Herr Doktor. Die Adelheid ist meine beste Milchkuh. Es ist ja alles gar nicht mehr so leicht heutzutage. Ich sag immer: Das Leben ist wie eine Hühnerleiter – kurz und beschissen. Die ganzen Verbrecher bei der EU ..."

Dr. Mauritz schnitt ihm das Wort ab, da er ahnte, welche Richtung das Gespräch einschlagen würde: „Herr Hastenrath, ich sehe gerade, ich habe von der Salbe noch eine Probepackung. Die kann ich Ihnen dalassen. Dann brauchen Sie keine zu kaufen."

Will strahlte. Als er sich, gemeinsam mit Dr. Mauritz, wieder erhob, quietschten seine grünen Gummistiefel. Gut gelaunt spannte er mit den Daumen seine ausgefransten, grauen Hosenträger, die notdürftig seine übergroße, abgetragene graue Stoffhose hielten, und ließ sie dann ausgelassen gegen sein grün-weiß kariertes Hemd zurückschnellen. Eine Modekombination übrigens, auf die er seit Jahren schwor.

„Das ist aber nett, Herr Doktor. Wenn ich Sie auch mal ein Gefallen tun kann, sagen Sie Bescheid. Dann nehme ich mir die Zeit."

„Gerne." Der Doktor nickte gütig und sah demonstrativ auf seine Uhr. „Apropos Zeit. Ich muss weiter. Ich habe heute noch eine Trichinenschau in Tripsrath."

Will nahm den Parka von der Kuh und zog ihn sich umständlich wieder an. Während er seine grüne Schirmmütze zurechtrückte, sagte er mit einer Stimme, die keinen Widerspruch duldete: „Aber ein Kaffee trinken Sie noch mit, oder?" Ohne eine Antwort abzuwarten, brüllte Will quer durch den Stall: „Marlene!"

Dr. Mauritz versuchte gar nicht erst, die rhetorische Frage zu verneinen: „Sehr gerne, Herr Hastenrath. Ich geh mir nur noch eben die Hände waschen."

Während der Mediziner sich im Nebenraum die Hände schrubbte, musste er lächeln über Will, den komischen Kauz, der nahezu perfekt in dieses Dorf passte. Nicht ohne Grund war der Landwirt auch der Ortsvorsteher des kleinen Dorfes Saffelen, das weit hinten in der rheinischen Provinz lag. Die 800-Seelen-Gemeinde war Teil der täglichen Route von Doktor Mauritz, dessen Praxis sich in der gut 25 Kilometer entfernten Kreisstadt befand. Doktor Mauritz liebte seinen Beruf als Landtierarzt und er mochte auch diesen ganz eigenen Menschenschlag, mit dem er es hier tagtäglich zu tun hatte.

Erneut schallte Wills Stimme scheppernd durch den gekachelten Waschraum: „Jetzt kommen Sie schon, Herr Doktor. Marlene ist gerade ein leckerer Filterkaffee am machen."

Doktor Mauritz mochte auch diese eigenwillige Grammatik, wenngleich er es sich nicht zutraute, sie jemals fehlerfrei zu beherrschen.

2
Montag, 5. Mai, 17.10 Uhr

„Riiiita. Riiiiita." Borowkas verärgerte Stimme jagte durch die gut geschnittene 65-Quadratmeter-Wohnung. „Wo sind meine Stutzen?" Richard Borowka war in Eile. Er musste dringend zum Training. Mit seinem Fußballverein SV Grün-Gelb Saffelen II befand er sich kurz vor Saisonende im tobenden Abstiegskampf und da konnte er sich keinen Trainingsrückstand erlauben. Wobei das mit dem Abstiegskampf nicht ganz richtig war, denn der SV Saffelen spielte in der Kreisliga C, aus der man ohnehin nicht mehr absteigen konnte. Richard Borowka war mit seinen 34 Jahren der Star der Saffelener Mannschaft. Die C-Jugendlichen des Vereins schauten zu ihm auf. Borowka galt als einer der kompromisslosesten Vorstopper im Umkreis von 50 Kilometern. Er hatte in seiner Karriere weit mehr Kreuzbandrisse verursacht als Tore geschossen. Und nun stand diese lebende Fußball-Legende, der Mann, der allen seinen Mitspielern ein Vorbild an Einsatz und Härte war, der Mann, der das versteckte Foulspiel perfektioniert hatte, stand vor seinem Kleiderschrank und fand seine Stutzen nicht. Nicht, dass ihm das Tragen von Stutzen beim Training wichtig gewesen wäre. Schienbeinschoner waren in seinen Augen ohnehin nur etwas für Mädchen. Das Problem war, dass jeder, der seine Stutzen vergaß, fünf Euro in die Mannschaftskasse zahlen musste. Und Borowka war mal wieder sehr pleite.

„Riiita!" Wütend riss er die Tür zum Wohnzimmer auf. Rita saß auf der abgewetzten Zweier-Couch und lackierte sich hochkonzentriert ihre langen, angeklebten Fingernägel. Zwischendurch kontrollierte sie immer wieder aus dem Augenwinkel, ob die Asche der Zigarette, die zwischen ihren Lippen hing, nicht auf ihre rosa Leggins fiel. Sie hatte Richard nicht rufen hören, da der Fernseher viel zu laut eingestellt war. Frauke Ludowig moderierte gerade einige Paparazzi-Urlaubsbilder von Cora Schumacher an.

„Rita, wo sind meine blöden Stutzen?"

Rita sah irritiert auf. Borowka hatte sich vor ihr aufgebaut. Er trug eine verwaschene, graue Trainingshose und ein T-Shirt mit der Aufschrift „Ich kann auch ohne Spaß Alkohol haben". Sein blondes Haar trug er sorgfältig geföhnt vorne kurz und hinten lang. Ein paar kaum merkliche braune Strähnchen durchzogen sein Haupthaar. Rita lächelte glücklich. Das war der Mann, in den sie sich vor nunmehr 16 Jahren unsterblich verliebt hatte, als er ihr um zwei Uhr nachts hinter dem Saffelener Schützenzelt seine Liebe gestanden hatte. Nervös, aber durch den Alkohol ein wenig aufgelockert, hatte er ihr das schönste Kompliment gemacht, das ihr jemals ein Mann gemacht hatte. Er hatte es ihr nicht nur gesagt, er hatte es in die Nacht hinausgeschrieen. Oder besser gesagt, er hatte es ihr ins Ohr gebrüllt, weil die Musik aus dem Festzelt so laut gewesen war. Im Schein Tausender funkelnder Sterne hatte er gebrüllt:

„Rita, von allen Frauen hier im Festzelt finde ich dich noch mit am besten." Seitdem waren sie ein Paar, seit vier Jahren sogar verheiratet. Nie würde sie das Lied vergessen, das in diesem magischen Moment von der Bühne hinaus in die vom Vollmond aufgehellte Nacht geweht wurde: „Es war in Königswinter, nicht davor und nicht dahinter ..." Es war bis heute ihr gemeinsames Lied.

„Was sagst du, Richard?"

Borowka war genervt: „Sag mal, sprech ich Kisuaheli? Mach doch mal der Fernseher leiser. Wo sind meine Stutzen?"

Rita fingerte sich vorsichtig mit der rechten Hand die Zigarette aus dem Mund und legte sie im übervollen Aschen- becher ab. „Mutter hatte nicht genug Buntwäsche zusammen. Die Stutzen liegen noch im Waschkeller."

Bevor Borowka antworten konnte, klingelte es an der Haustür Sturm. Sie sah ihn mit großen Augen an. „Geh du mal, Richard. Meine Fingernägel sind noch nicht trocken."

Vor der Tür stand Fredi Jaspers. Seine ganze Körperhaltung verhieß nichts Gutes. Die Schultern hingen schlaff herunter. Sein volles, braunes Haar, das er wie sein Gegenüber vorne kurz und hinten lang trug, war ungekämmt, seine Augen glasig. „Kann ich reinkommen? Mir geht es nicht gut."

Obwohl Borowka es eilig hatte, brachte er es nicht übers Herz, seinen besten Kumpel, mit dem er seit der Schulzeit befreundet war, abzuweisen. Im Flur fragte er routiniert: „Martina?"

Fredi nickte stumm. Sofort schossen ihm Tränen in die Augen. Hastig kramte er ein großes Stofftaschentuch aus seiner blauen Röhrenjeans mit den braunen Lederaufsätzen hervor und schnäuzte sich laut vernehmlich die Nase.

Borowka wusste, dass er nun psychologisch vorgehen musste. Dass er die richtigen Worte finden musste, um seinem besten Freund wirklich eine Hilfe zu sein. Er nahm Fredi bei den Schultern, schüttelte ihn und sagte: „Bist du eigentlich nur bekloppt? Wie oft soll ich dir eigentlich noch sagen: Vergess die blöde Tante. Die hat sie doch nicht mehr alle."

Fredi sah Borowka trotzig an. „Meinst du etwa, das wär alles so einfach für mich? Martina hat mich doch erst im Januar verlassen."

Borowka verdrehte die Augen. „Jaaa, Fredi! Aber im Januar vor zwei Jahren. Kapier es doch endlich. Das ist vorbei. Ende, aus, Micky Maus. Mein Gott, wie lange ist das jetzt her, dass die bei dir ausgezogen ist?"

Fredi antwortete ohne zu zögern: „27 Monate, 7 Tage und 15 Stunden."

Borowka schüttelte den Kopf und stemmte die Hände in die Hüften. „Fredi, so leid es mir tut. Ich muss los, zum Fußball. Ich bin sowieso schon viel zu spät dran. Wir können uns ja morgen nochmal ..."

Ohne vom Boden aufzusehen, presste Fredi mit tränenerstickter Stimme hervor: „Die hat ein neuer Freund. Der heißt Sascha, kommt aus Mönchengladbach und fährt ein Audi A8."

Borowka war wie vom Donner gerührt. Was das bedeutete, wurde ihm schlagartig klar. Zum ersten Mal seit der Trennung von Fredi hatte Martina einen neuen Freund. Konnte Fredi sich bisher noch mit der theoretischen Möglichkeit der Wiedervereinigung trösten, war seine Hoffnung nun in weite Ferne gerückt. Borowka schob Fredi vorsichtig ins Wohnzimmer, wie einen Blinden, den man durch ein Minenfeld führt. Als Rita aufsah, gab er ihr mit einem verschwörerischen Handzeichen zu verstehen, dass sie verschwinden soll. Bei Fredis desolatem Anblick verstand sie sofort, blies sich noch einmal kurz über die Fingernägel und verschwand lautlos in Richtung Küche. Borowka bugsierte Fredi auf die Couch und setzte sich daneben. Er schlug ihm aufmunternd, aber behutsam auf die Schulter: „Weißt du was, Fredi? Wir trinken jetzt erst mal zwei, drei Bier und dann fahren wir zusammen zum Fußball. Es wird sowieso langsam Zeit, dass du mal wieder mitspielst. Und dann treten wir der Tonne und der Spargel mal richtig in die Beine, für uns abzureagieren. So wie früher immer. Was meinst du?"

Fredi schüttelte nur schwach den Kopf. „Weißt du, Borowka, dazu bin ich mental noch nicht in der Lage – und vom Kopf her schon mal gar nicht."

3
Montag, 5. Mai, 17.25 Uhr

Schwarz und schwer tropfte der frische Filterkaffee in die Glaskanne und verbreitete einen angenehm-würzigen Geruch. Ein willkommener Kontrast zur Duftnote im schlecht belüfteten Kuhstall, wie Doktor Mauritz erfreut feststellte, als er die Küche der Hastenraths betrat. Er hatte sich noch schnell die Hände gewaschen in dem kleinen, weiß gekachelten Raum neben dem großen Milchtank, in den die Melkmaschinen die frische Milch aus dem Stall über oberirdisch verlegte Hartplastikrohre hineinpumpten. Im Tank wurde die Milch gekühlt und ständig von einem riesigen Schwenkarm in Bewegung gehalten. Jeden zweiten Tag zu den unterschiedlichsten Zeiten fuhr ein großer Tankwagen mit der Aufschrift „Eifeljuwel" am Hof der Hastenraths vor. Der Fahrer öffnete eine Klappe an der Hauswand, führte einen großen Schlauch durch ein Loch in der Wand zum Milchsammelbecken und schloss ihn dort an. Nur etwa drei Minuten dauerte es, bis 800 Liter Milch abgepumpt waren. Dann fuhr er weiter.

Als Doktor Mauritz die Küche betrat, hatte Hastenraths Will bereits am großen Eichentisch Platz genommen und rieb sich erwartungsfroh die Hände. Da Doktor Mauritz viele Landwirte regelmäßig besuchte, war ihm der in solchen Küchen typische Stilmix nur allzu vertraut. Es hätte ihn geradezu irritiert, wenn alle Geräte und Schränke in dieser Küche zueinander gepasst hätten. Ein alter Gasherd stand neben einem modernen, schlanken Kühlschrank mit extra großem Tiefkühlfach. Daneben ein Backofen von AEG, der, seiner Verblendung nach zu urteilen, aus derselben Serie stammte wie ein großer, brauner Vorratsschrank, der auf der anderen Seite des Raumes stand. Die zu dieser Serie gehörige Spüle meinte Doktor Mauritz einmal im Vorraum des Schweinestalls entdeckt zu haben. Will hatte darin damals mit seinen Händen das Schweinefutter angerührt.

Doktor Mauritz lächelte selig, mochte er doch diese ganz spezielle Gemütlichkeit und natürlich auch die Herzlichkeit, die ihm in Person von Marlene Hastenrath entgegensprang, kaum dass er die Küche betreten hatte. Marlene war die Frau, mit der Will seit fast vierzig Jahren verheiratet war und die einen Großteil der Ländereien mit in die Ehe gebracht hatte. Nun wischte sie ihre Hände an ihrem geblümten Arbeitskittel ab und begrüßte den Doktor mit aufrichtiger Freude.

„Guten Morgen, Herr Doktor. Wie geht es Ihnen und unsere Kühe?"

„Guten Morgen, Frau Hastenrath. Mir geht es gut. Den Kühen im Großen und Ganzen auch. Bei zweien habe ich jedoch eine akute Mastitis festgestellt. Also eine sehr schmerzhafte Euterentzündung, die wir ..."

Marlene Hastenrath schlug die Hände vors Gesicht und schüttelte besorgt den Kopf. „Mein Gott. Damit ist nicht zu spaßen. Das hatte Schlömer Lisabeth auch schon mal."

Doktor Mauritz war sprachlos. Sein Mund stand offen und er war außerstande, etwas Sinnvolles zu entgegnen.

Hastenraths Will rief ungerührt vom Küchentisch herüber: „Mastritis, Marlene. Nicht Gastritis. Kommen Sie, Herr Doktor, setzen Sie sich hier am Tisch."

Doktor Mauritz ging, immer noch leicht konsterniert, zum Tisch und nahm auf der rustikalen Eckbank Platz. Marlene wendete sich erleichtert ihrer Küchenzeile zu. Während sie den duftenden Kaffee in eine weiße Porzellankanne mit rosa Ornamenten goss, plapperte sie unverdrossen weiter: „Da kenn ich nix von, Herr Doktor. Für mich sind das alles römische Dörfer. Aber das kriegen Sie im Griff, oder?"

Doktor Mauritz nickte: „Gar kein Problem. Ein paar Tage müssen Sie eine Salbe auftragen und dann müsste es den Kühen wieder besser gehen. Sie schreien dann auch bestimmt nachts nicht mehr rum. Sie können also bald wieder gut schlafen, Frau Hastenrath."

„Ach, Herr Doktor", Marlene winkte ab, „mich stört das Brüllen nicht. Ich hör es ja sowieso kaum, weil der Will im Nebenzimmer so laut schnarcht." Sie nahm die volle Kaffeekanne und kam damit an den Tisch. Sie goss zuerst dem Doktor, dann Will und schließlich sich selbst eine Tasse ein. Die Tassen standen bereits auf dem Tisch und stammten ganz offensichtlich aus einer anderen Produktionsserie als die Kanne, wie Doktor Mauritz schmunzelnd feststellte. Die Kanne stellte Marlene in der Mitte des Tischs ab, genau unter einem entrollten Klebeband, das lang von der Decke herunterhing. Daran klebten Hunderte von Fliegen – die meisten davon tot.

Marlene Hastenrath war eine sehr tüchtige und lebensfrohe Frau. Auf 168 Zentimetern verteilten sich relativ gleichmäßig gut 100 Kilo. Bei ihrer täglichen Arbeit auf dem Hof und im Haushalt trug sie am liebsten praktische Kittel. Zu offiziellen Anlässen jedoch, wie beim sonntäglichen Kirchenbesuch, liebte sie es, sich schick zu machen. Dann trug sie Kleider, Schmuck und sogar Make-up, im Winter elegante Pelzmäntel. Dass ihr Mann Will sie dann immer „Zirkuspferd" nannte, überhörte sie geflissentlich. Auch wenn Will sich nichts aus Mode machte, so wusste sie genau, dass sie als Frau des Ortsvorstehers, sozusagen als First Lady von Saffelen, auch eine repräsentative Aufgabe wahrzunehmen hatte. Neben ihren verschiedenen Vereinsaktivitäten, wie etwa als Vorsitzende der katholischen Strickfrauen Saffelen, übernahm sie im Ort auch karitative Aufgaben. Sie kümmerte sich beispielsweise ehrenamtlich um die Organisation des Pfarrfestes, das in wenigen Tagen anstand. Der Erlös war für einen guten Zweck bestimmt, für den Kegelausflug der Strickfrauen nach Boppard.

Doktor Mauritz mochte die etwas burschikos anmutende Frau, insbesondere, weil es ihr mit ihrer ruhigen und ausgleichenden, manchmal vielleicht auch naiven Art meistens gelang, Will auf den Boden zurückzuholen, wenn dieser mal wieder übers Ziel hinausgeschossen war. Das einzige Problem war, dass man sich sehr geschickt in ein Gespräch mit Marlene einfädeln musste, um überhaupt selbst zu Wort zu kommen. Diese Kunst hatte Doktor Mauritz in den letzten Jahren perfektioniert. Er nannte sie stolz die „Apropos"-Methode.

Gerade holte Marlene wieder zu einer weitschweifigen Erklärung zu einigen Umbaumaßnahmen auf dem Hof aus:

„Bei der alte Hühnerstall war uns ja wegen die Statistik das Dach eingebrochen. Da hab ich für der Will gesagt ..."

„Apropos Einbruch", ging Doktor Mauritz prompt dazwischen, „gibt es eigentlich Neuigkeiten zu dieser unheimlichen Einbruchsserie in Saffelen?"

Die Einbrüche waren in der Tat unheimlich. Nachdem es in den vergangenen Jahrzehnten, abgesehen von ein paar jugendlichen Vandalismus-Aktionen in der Mainacht, in Saffelen so gut wie keine Kriminalität gegeben hatte, war in den letzten beiden Wochen insgesamt viermal gewaltsam in Häuser eingebrochen worden. Die Polizei vermutete einen Serieneinbrecher, weil jeder Einbruch die gleiche Handschrift trug. Immer kam der Täter durch die Haustür, die er fachmännisch mit einem Dietrich geöffnet hatte.

Wieder war Marlene schneller mit der Antwort: „Ist das nicht schlimm, Herr Doktor? Vor allem bei der Witwe von Gerhard Geiser. Die arme Frau. Da ist ihr Mann gerade mal eine Woche tot, da wird auch noch in der ihr Haus eingebrochen. Bestimmt weil die bei der Beerdigung so einen teuren Pelzmantel anhatte mit so ein umgehängter toter Fuchs. Den hatte die gekauft bei ..."

„Apropos tot. Wer war denn noch mal Gerhard Geiser? Der Name kommt mir irgendwie bekannt vor."

„Was? Sie kennen Gerhard Geiser nicht?" Jetzt hatte Wills Stunde geschlagen. „Gerhard Geiser war der wichtigste Mann, der in Saffelen je gelebt hat. Er ..."

„Jetzt übertreib es nicht schon wieder, Will", ging Marlene dazwischen. Doch dieses Mal ließ er sich nicht von seiner Frau bremsen.

„Gerhard Geiser war über 45 Jahre lang der Ortsvorsteher von Saffelen und fast genauso lang der erste Vorsitzende von fast alle Vereine in Saffelen, abgesehen von den katholischen Strickfrauen – da war der nur im Aufsichtsrat gewesen. Der Mann war eine Lichtgestalt, eine lebendige Legende. Als er mir vor fünf Jahre das Amt des Ortsvorstehers übertragen hat, da war das eine Ehre für mich. Ein paar Monate vor sein Tod ist er sogar noch zum Ehrenbürger des Kreises gewählt worden. Völlig zu Recht. Ich durfte ihn sogar nach dem Kreishaus hinfahren."

„Ja ja", ergänzte Marlene, „weil der vorher sein Führerschein aus Altersgründen abgeben musste. Wissen Sie, Herr Doktor, Gerhard Geiser war zwar ein einflussreicher und geachteter Mann, aber er war auch ein ganz schöner Sturkopf. Der ist das auch schuld mit die Euterentzündung."

Doktor Mauritz zog die Augenbrauen hoch. Will winkte grimmig ab, sagte aber nichts.

„Der war es nämlich", fuhr Marlene fort, „der der Will überredet hat, die Melkmaschine umprogrammieren zu lassen, dass die was stärker ist. Der Will hat immer alles gemacht, was der Gerhard gesagt hat. Der hat sogar ein gerahmtes Bild von Gerhard Geiser überm Telefon aufgehängt, das muss man sich mal vorstellen. Aber ich mochte der Gerhard nie so richtig, Herr Doktor. Dafür mag ich dem seine Frau umso lieber. Und die war sehr niedergeschlagen, als der Gerhard vor drei Wochen gestorben ist. Die wollte noch nicht mal meine Kiwi-Jägermeister-Torte ..."

„Apropos niedergeschlagen. Ist nicht bei einem dieser Einbrüche sogar jemand niedergeschlagen worden?"

„Das stimmt, Herr Doktor", Will nickte ernst, „Eidams Theo hatte der Täter nachts im Flur überrascht und in ein mutiger Zweikampf versucht, dem zu überwältigen. Aber der Einbrecher war stärker und hat dem brutal mit ein schwerer Gegenstand auf der Kopf geschlagen. Das musste mit zwölf Stiche genäht werden. Der hat viel Glück gehabt, hat der Arzt gesagt", Will war nachdenklich geworden, während er so sprach, „und wenn ich so da drüber überleg. Ich glaube, ich sollte in meiner Funktion als Ortsvorsteher eine ‚Aktuelle Stunde' in der Gaststätte Harry Aretz einberufen. Und zwar mit sofortiger Wirkung. Für mal zu überlegen, wie wir auf die Einbrüche reagieren können."

Marlene verschränkte die Arme vor der Brust und verzog verächtlich den Mund: „Pff. Aktuelle Stunde. Dass ich nicht lache. Ihr wollt doch bloß wieder blöde rumquatschen und am Ende seid ihr wieder alle voll wie die Eimer. Aber eins sag ich dir ..."

Doktor Mauritz sah demonstrativ auf die Uhr: „Apropos voll. Mein Terminkalender ist übervoll. Ich muss los." Der Doktor bedankte sich für den Kaffee, nahm seine Arzttasche und verabschiedete sich.

Aber Will hörte schon nicht mehr zu. Er überlegte bereits, mit welchen Worten er die „Aktuelle Stunde" eröffnen würde. Schließlich ging es ja diesmal um ein wirklich wichtiges Thema. Allerdings ahnte Hastenraths Will zu diesem Zeitpunkt noch nicht, dass er bereits mitten drin steckte – im größten Kriminalfall, der Saffelen je erschüttert hatte.

4
Mittwoch, 7. Mai, 20.08 Uhr

Will hatte seinen Parka ordentlich über den Stuhl gehängt. Er strich sich noch einmal über sein kariertes Hemd, das Marlene ihm zur Feier des Tages aufgebügelt und mit Textilerfrischer besprüht hatte. Alle wichtigen Funktionsträger des Dorfes waren zur ‚Aktuellen Stunde' im großen Saal der Gaststätte Harry Aretz erschienen und hatten sich unter lautem Gemur - mel an dem langen Tisch niedergelassen, den der Wirt extra von der Kegelbahn herüber in den Saal getragen hatte. Will saß am Kopfende und ging noch einmal im Geiste die Begrüßungs- sätze durch, die er intensiv vor dem großen Standspiegel in seinem Flur geübt hatte. Er erhob sich langsam und staats- männisch und nahm den alten, kunstvoll aus edler Mooreiche geschnitzten Richterhammer in die Hand. Diesen Richterham- mer, der eigentlich ein Versteigerungshammer war, hatte er von Gerhard Geiser höchstpersönlich überreicht bekommen, als dieser ihn in einem erhabenen Zeremoniell zu seinem Nachfolger bestimmt hatte. Will rückte kurz den Holzsockel in Position, auf den er in wenigen Augenblicken den Hammer sausen lassen würde, um für Ruhe zu sorgen. Er räusperte sich etwas lauter als nötig und klopfte dreimal kräftig auf den Sockel. Mit leichter Verzögerung kehrte im Saal Ruhe ein. Alle Augen waren nun auf den Ortsvorsteher gerichtet. Will sah bedeutungsschwer von einem zum anderen. Mit wohlgesetzter, knarzend-tiefer Stimme begann er: „In Zeiten wie diesen, meine sehr verehrten ..."

Plötzlich öffnete sich geräuschvoll die Falttür, die den Saal vom Schankraum trennte, und Richard Borowka schob sich umständlich herein, den Kopf rückwärts Richtung Theke gerichtet: „Harry, auf dem Klo sind die Papierhandtücher alle." Dann schloss er die Falttür wieder, wischte sich beide Hände an seinen Hosenbeinen ab und durchschritt gemächlich den Saal bis zu seinem Platz. Unterwegs grüßte er mit angedeutetem Kopfnicken die Anwesenden. Sein Platz war zur rechten Seite von Will, da er als Pressewart das Protokoll zu führen hatte. Bevor er Platz nahm, schüttelte er dem leicht verärgerten Will kurz die Hand und ließ sich unter lautem Stöhnen auf seinen Stuhl fallen. Er strich sich durch seine gepflegte Fönfrisur und sagte: „Tschuldigung. Der Auto ist nicht angesprungen. Musste ich zu Fuß gehen. Seid ihr schon lange dran?"

Will sah missbilligend auf Borowka herunter: „Ich wollte gerade anfangen, Richard. Also, schreib mit. Das ist alles wichtig, was ich jetzt sage."

Borowka erhob sich noch einmal kurz und zog einen Kugelschreiber der Spar- und Darlehenskasse Saffelen und einen geknickten Spiralblock aus der hinteren Hosentasche. „Kann losgehen."

Will faltete die Hände vor der Brust, atmete mit großer Geste ein und begann von Neuem: „In Zeiten wie diesen, meine sehr verehrten ..."

Erneut öffnete sich die quietschende Falttür. Herein trat diesmal Maurice Aretz, der Neffe des Kneipenwirts Harry Aretz, der sich als Gelegenheitskellner sein karges Gehalt aufbesserte. Maurice hatte gerade in der Nachbargemeinde Waldfeucht eine Lehre zum Versicherungskaufmann abgeschlossen. Er war eine Art Ziehsohn von Harry Aretz. Hiltrud, Harrys Schwester, hatte Maurice vor mehr als 22 Jahren unehelich im Kreiskrankenhaus zur Welt gebracht. Das alleine war seinerzeit in Saffelen schon ein Skandal gewesen. Dass der mutmaßliche Kindsvater, ein Dachdecker aus Krefeld, sich unmittelbar nach der Niederkunft aus dem Staub gemacht hatte, machte es der alleinerziehenden jungen Mutter erst recht nicht leicht, in der Dorfgemeinschaft Fuß zu fassen. Als Maurice vier Jahre alt war, verließ auch Hiltrud Saffelen in einer Nacht- und Nebelaktion für immer und ließ Maurice in der Obhut ihres Bruders zurück. Es hieß, sie würde heute mit einer neuen Familie in Hamburg leben. Genau wissen tat es aber niemand. Und eigentlich wollte es auch niemand wissen – die ganze Geschichte war im Laufe der Jahre zu einem Tabuthema geworden. Seit jener Zeit vor 18 Jahren hatte sich Harry Aretz seines Neffen angenommen und ihn großgezogen statt eines eigenen Sohnes, den er wegen des frühen Tods seiner Frau nie haben durfte. Maurice hatte seinen Onkel von diesem Kummer abgelenkt. In der Schule zählte er zu den Besten und auch als hoch talentierter Leichtathlet hatte er seinen Verein schon oft bei überregionalen Wettkämpfen vertreten. Er war sogar zwei Jahre lang Zehnkämpfer gewesen und stand kurz vor der Aufnahme in einen Förderkader des Leichtathletik-Verbands Nordrhein, doch dann beendete ein Kreuzbandriss seine junge

Karriere. In absehbarer Zeit beabsichtigte er, ins Ausland zu gehen. Deshalb sparte er eisern das Geld, das er sich mit dem Kellnern dazuverdiente.

Etwas unsicher stand Maurice nun im offenen Spalt der Falttür und hielt einen Block und einen Stift in der Hand. Offensichtlich wollte er die Getränkebestellung aufnehmen. „Ach, der Morris", rief eine Stimme aus der Runde. Alle im Dorf nannten ihn Morris. Die einen, weil es sich besser aussprechen ließ als Maurice, die anderen, weil ihnen gar nicht bewusst war, dass man diesen Namen auch anders aussprechen konnte.

Borowkas Miene hellte sich auf. Er zupfte Will aufgeregt am Ärmel und rief: „Ich würde mal sagen, wir gehen sofort über zu Tagesordnungspunkt eins – Bier- und Schnapsbestellung." Lautes Gelächter erfüllte den Saal. Ein aufgeregtes Stimmengewirr entspann sich und Maurice machte sich eifrig Notizen.

Nachdem er den Saal wieder verlassen hatte, wartete Will so geduldig, wie es ihm möglich war, bis wieder Ruhe eingekehrt war. Er räusperte sich noch einmal laut vernehmlich, bevor er erneut ansetzte: „In Zeiten wie diesen, meine sehr verehrten ..."

„Entschuldigung, Herr Hastenrath. Lassen Sie uns doch bitte gleich zum Punkt kommen. Ich muss heute Abend noch einige Diktate durchsehen." Die Stimme, die Will nun völlig aus dem Konzept brachte und konsterniert in die Runde blicken ließ, gehörte Peter Haselheim, dem Saffelener Grundschullehrer. Während dieser sich selbstbewusst erhob, ließ sich Will schwerfällig, fast wie in Trance, auf seinen Stuhl zurücksinken. Er sah Peter Haselheim sprachlos mit großen Augen an.

Peter Haselheim war ein blendend aussehender Mittdreißiger, der vielen Frauen im Dorf gefallen hätte, wenn er nicht so furchteinflößend intelligent und darüber hinaus verheiratet gewesen wäre. Er verstand es, in Schachtelsätzen zu sprechen, Fremdwörter im richtigen Zusammenhang zu benutzen oder Philosophen zu zitieren, deren Namen nie zuvor ein Saffelener gehört hatte. Keine Frage, Peter Haselheim war zwar vielen unheimlich, doch er genoss einen gewissen Respekt im Dorf, fast so großen wie der Dorf-Apotheker. Also, zumindest so großen Respekt, wie man ihn einem Zugezogenen in Saffelen zubilligte. Und so kam es auch, dass er dem Ortsvorsteher widerspruchslos ins Wort fallen konnte: „Warum sind wir heute hier? Wir sind hier, um zu überlegen, wie man der Einbruchsserie Herr werden kann, respektive, wie man präventiv vorgehen kann, damit so etwas nicht mehr geschieht."

Die Dorfbewohner sahen einander unsicher an, nickten aber einträchtig.

Peter Haselheim liebte die große Bühne und so schritt er dozierend auf und ab, mal hob er beschwörend den Arm, mal ließ er beiläufig eine Hand in der Tasche verschwinden. Die Saffelener klebten an seinen Lippen – mit Ausnahme von Will und Borowka. Will, weil er beleidigt und Borowka, weil er eingenickt war.

Haselheim war ein Freund von Fragen, die er sich gleich selbst beantwortete: „Warum müssen wir uns selbst helfen? Weil die Polizei nach einem Notruf mindestens 40 Minuten braucht, bis sie Saffelen über die Landstraße erreicht hat. Also müssen wir den Täter auf eigene Faust entlarven. Aber wie macht man das? Ganz einfach: Wir müssen ein Profil des Täters erstellen.

Wir müssen dem Täter, wenn noch kein Gesicht, dann zumindest schon mal einen Namen geben. Aber welchen?"

„Er hat doch schon einen Namen: Einbrecher." Paul-Heinz Mobers, seines Zeichens pensionierter Baustellenpolier und Saffelens angesehenster Schwarzarbeiter, steckte sich genüsslich eine Zigarre an und blies den Rauch in den Raum. Ein paar der Anwesenden lachten.

Haselheim warf ihm über die Schulter einen verächtlichen Blick zu und fuhr unbeirrt fort: „Woher ich weiß, dass so was nötig ist? Ich habe kürzlich einen spannenden Kriminalroman gelesen: ‚Cupido' von Jilliane Hoffman."

Plötzlich beugte sich ein Mann in einer Feuerwehruniform vor. Auf seinem Kopf trug er würdevoll einen fluoreszierenden Feuerwehrhelm mit einem reflektierenden roten Streifen. Bei dem Mann, der einen nervös-unbeholfenen Eindruck machte, handelte es sich um Josef Jackels, den Löschmeister und Sprecher der Freiwilligen Feuerwehr Saffelen. Er war 59 Jahre alt und etwa genauso lange schon der Nachbar und beste Freund von Hastenraths Will. Er war herzensgut, manchmal jedoch von beängstigender Naivität. Dennoch hatte er sich durch seine zahlreichen ehrenamtlichen Tätigkeiten, die vom Würstchenwender beim Pfarrfest bis hin zum Körbchenrundgeber in der Kirche reichten, zu einer Autorität im Dorf entwickelt. Sein Wort wurde gehört, seine Meinung hatte Gewicht. Und so horchte Hastenraths Will interessiert auf, als Josef Jackels das Wort ergriff, hoffte er doch, plötzlich unerwartete Schützenhilfe im Kampf gegen diesen aufgeblasenen Lehrer zu erhalten.

Josef Jackels sah Peter Haselheim mit ernstem Blick an und fragte: „Liliane Hoffmann? Ist das die Tochter von Hoffmanns

Leo? Die mit die abstehenden Segelohren, der der Mann laufen gegangen ist?"

Will verdrehte die Augen, während sich Haselheim ein Grinsen nicht verkneifen konnte.

„Nein, Herr Jackels. Jilliane Hoffman ist eine amerikanische Schriftstellerin. Die hat einen Bestseller geschrieben ... also ein berühmtes Buch. Darin geht es um einen Serienmörder und der bekommt von der Presse den Namen ‚Cupido'."

Josef Jackels stockte kurz, nickte dann wissend, murmelte leise: „Richtig, Cupido", und lehnte sich wieder zurück in den Schatten seiner Sitznachbarn.

Dafür ergriff Heribert Oellers nun das Wort. Heribert Oellers war eine imposante Erscheinung von massiger Statur mit ständig ölverschmierten Fingernägeln. Er war der gestrenge Inhaber von Autohaus Oellers, dem erfolgreichsten Unternehmen und größten Arbeitgeber von Saffelen. In seiner Firma war fast die gesamte Saffelener Fußballreserve beschäftigt, darunter auch Fredi Jaspers im Büro und Richard Borowka in der Werkstatt. Oellers' brummige Stimme klang wie ein herannahendes Fliegergeschwader: „Was soll der Quatsch mit das Buch? Und was ist Cupido überhaupt für ein bescheuerter Name?"

Peter Haselheim ärgerte sich über diesen Einwurf, aber er wusste, dass er den einflussreichen Gebrauchtwagenmogul auf seine Seite bringen musste. „Sie haben absolut Recht, Herr Oellers", er sah dem Autohausbesitzer tief in die Augen, „aber da wir es auch hier mit einem namenlosen Serientäter zu tun haben, wäre es gut, ihm einen Namen zu geben. Sie haben auch Recht, Herr Oellers, wenn Sie sagen, der Name ‚Cupido' sei nicht mit Bedacht gewählt. Cupido ist, wie wir alle wissen, in der römischen Mythologie der Liebesgott. Entsprechend dem Eros in der griechischen Mythologie." Im Saal wechselten unsichere Blicke. Es war mucksmäuschenstill. Nur das schwere, regelmäßige Atmen von Borowka war zu vernehmen. Haselheim fuhr ungerührt fort: „Angesichts der Gefahrenlage, in der wir uns in Saffelen befinden, halte ich einen anderen Namen für unseren Mann für wesentlich passender. Warum? Weil es der Name des Gottes der Totenwelt ist!" Haselheim hielt beschwörend beide Arme in die Höhe. Seine Stimmlage wechselte fast unmerklich in einen bedrohlichen Unterton. „Meint er etwa Hades?, werden Sie alle sich fragen. Nein, mir, und ich denke auch Ihnen allen, liegen die alten Römer mehr als die alten Griechen. Deshalb möge unser Einbrecher fortan den Namen PLUTO tragen!" Seine letzten Worten ließ er lange nachhallen, dann strich er sich mit großer Geste durchs Haar und setzte sich sichtlich zufrieden auf seinen Platz.

Im Saal brachen hitzige Diskussionen aus, an denen sich alle beteiligten. Außer Borowka, der tief und fest schlief und Will, der eingeschnappt vor sich hin stierte und sich die ganze Zeit fragte, warum um alles in der Welt man einen Einbrecher nach einem Schokoriegel benennen sollte.

5
Mittwoch, 7. Mai, 20.14 Uhr

Langsam breitete sich in seinem Magen eine wohlige Wärme aus. Ein Jägermeister kann Wunder wirken, dachte Frantisek. „Noch einen", rief er dem Mann hinter dem Tresen zu, „und für Kumpel auch."

Der wortkarge Wirt, der die ganze Zeit stoisch ein Bierglas nach dem anderen poliert hatte, legte langsam das Spültuch zur Seite und nahm die Jägermeisterflasche aus dem Regal, ohne seinen Blick von Frantisek zu wenden. Nachdem er wortlos die beiden Schnapsgläser aufgefüllt hatte, wandte er sich wieder den Biergläsern zu.

Frantisek stieß seinen Kumpel an und raunte ihm zu: „Was ist das für alter – wie sagt man – Grieskorn? Spricht kein Wort und glotzt die ganze Zeit mich an."

Hermann fixierte den Wirt aus dem Augenwinkel und sah Frantisek mit trübem Blick an: „Griesgram, nicht Grieskorn. Was regst du dich auf? Hier sind wahrscheinlich selten Fremde. Kein Wunder", er sah sich in der Kneipe um, „hier sieht's ja aus wie vor hundert Jahren. Und es riecht, als wäre hier drin ein Rudel Wildschweine gestorben." Sie mussten beide lachen. Der Alkohol hatte sie übermütig werden lassen, obwohl der

Anlass, weswegen sie in Saffelen waren, ein durchaus ernster war. Wenn man so will, hatten sie beruflich hier zu tun.

„Ich dir sagen, Hermann, ich froh, wenn wir hier weg. Wo wir gehen, wenn wir fertig?"

Hermann sah sich verstohlen um, kramte einen zerknitterten Zettel aus der Hosentasche, überflog ihn kurz und ließ ihn wieder verschwinden. Er beugte sich hinüber zu Frantisek und flüsterte: „Nach Frankfurt. Dann sind wir endlich wieder unter Menschen."

Frantisek brach erneut in albernes Gelächter aus. Als er aufsah, bemerkte er, dass der Wirt immer noch seinen Blick auf ihn geheftet hatte. Plötzlich öffnete sich die Falttür, die zum Saal führte, in dem es offensichtlich hoch her ging.

Seit zwei Stunden saßen diese beiden Typen nun schon an der Theke und tranken einen Jägermeister nach dem anderen, ohne auch nur annähernd betrunken zu werden. Harry Aretz spülte Biergläser und ließ sie nicht aus den Augen. Der eine, ein großer, behaarter Kerl mit einem beeindruckenden Stiernacken, schien der Chef zu sein, so viel hatte er mitbekommen. Der zweite, von eher schlanker Statur, sprach mit osteuropäischem Akzent. Er hatte auffällig hohe Wangenknochen und Augen, die tief in ihren Höhlen lagen. Doch wenngleich er auf den ersten Blick einen hageren Eindruck machte, so hatte er doch einen recht sehnigen und muskulösen Oberkörper. Sein spärliches, dünnes Haar klebte fettig am Kopf. Den ganzen Abend schon tuschelten die beiden miteinander, aber Harry konnte nur Wortfetzen auffangen. Er mochte keine Fremden. Spätestens, seit dieser Dachdecker aus Krefeld seine Schwester unglücklich gemacht hatte. Doch bevor seine Gedanken wieder zurückwanderten in diese düsteren Zeiten, in denen er kurz nacheinander erst seine Frau und dann seine Schwester verloren hatte, öffnete sich die Falttür neben der Theke und Maurice trat mit Schweiß auf der Stirn und einem vollgekritzelten Zettelblock in die Gaststätte. Der Anblick seines Neffen zauberte ein kurzes Lächeln in das ansonsten sorgenzerfurchte Gesicht von Harry Aretz.

Maurice versuchte seine Gedanken zu sortieren, nachdem er die Falttür wieder hinter sich geschlossen hatte. Er sah auf seinen Zettel: „18 Pils, 18 Korn, ein Alsterwasser und eine Cola light", rief er seinem Onkel zu, der das Spültuch zur Seite legte und sofort mit dem Zapfen begann. Während er hochkonzentriert ein Glas nach dem anderen unter dem strammen Bierstrahl der Zapfanlage vorbeiwandern ließ, fragte er, ohne aufzusehen: „Alsterwasser für Haselheim ist klar. Aber für wen ist denn die Cola light?"

„Ach, da ist noch so ein Typ von der Zeitung."

Maurice wollte gerade um die Theke gehen, um die Getränke auf ein Tablett zu laden, als der dünne Mann mit dem schütteren Haar, der auf dem Barhocker saß, ihn am Arm festhielt. Der Griff schmerzte.

„Was da los da drinnen?"

Maurice schluckte. Harry Aretz schloss den Hahn der Zapfanlage und sah herüber. Seine Augen verengten sich zu Schlitzen: „Lass den Jungen los."

Der dünne Mann lockerte seinen Griff und warf dem Wirt einen bösen Blick zu. „Was du für Problem?"

Harry Aretz verschränkte die Arme vor der Brust. „Ich glaube, du solltest besser nach Hause gehen. Sonst hast du gleich ein Problem."

Der große bullige Mann, der die Szene bislang wortlos beobachtet hatte, erhob sich und schob seinen Freund Richtung Tür. Dann legte er einen Zwanzig-Euro-Schein auf die Theke, sah Harry Aretz durchdringend an und sagte mit brummiger Stimme: „Wir wollten sowieso gerade gehen. Stimmt so." Dann verließen sie eilig die Gaststätte.

6
Mittwoch, 7. Mai, 20.22 Uhr

Will hatte sich erhoben und schlug mehrmals energisch mit dem Hammer auf den Holzsockel. Sein Blutdruck stieg in besorgniserregende Höhen.

„Ruhe, verdammt noch mal", brüllte er in die Runde, „seid ihr bekloppt geworden?" Schnell ebbte die erhitzte Debatte im Saal ab und alle sahen zum Ortsvorsteher, dessen Halsschlagader deutlich sichtbar pochte.

„Ich denke, wir können Folgendes festhalten, für der erste Punkt mal endlich abzuhaken", bemühte er sich mit fester Stimme, wieder etwas Ordnung in die Versammlung zu bringen. „Also: Wir beschließen hiermit, der unbekannte Einbrecher der Name ‚Lupo' zu geben."

„Pluto", warf Haselheim dazwischen.

„Ja, oder Pluto. Wie auch immer", fuhr Will ihn entnervt an. „Auf jeden Fall werden wir bis zur nächsten Sitzung jeder mal überlegen, ob uns etwas aufgefallen ist, was beitragen kann zur Profilierung von diesem Pluto."

Peter Haselheim hatte sich in seinem Stuhl weit zurückgelehnt und bildete mit seinen Händen ein Dreieck vor seiner Brust. Er runzelte kurz die Stirn und sagte dann ohne aufzusehen: „Was der Herr Hastenrath meint, ist, dass wir zunächst ein Profil erstel ..."

„Ich meine genau das, was ich gesagt habe", herrschte Will den Lehrer an. Und zwar so vehement, dass Haselheim fast vor Schreck mit seinem Stuhl hintenübergekippt wäre. Eingeschüchtert setzte er sich auf und machte eine beschwichtigende Geste in Richtung Will.

„Noch Fragen?" Wills Augen funkelten zornig. Niemand hatte in diesem Moment eine Frage.

„Gut", hob er nach wenigen Sekunden wieder an, „dann können wir ja jetzt zum nächsten Tagesordnungspunkt übergehen." Will ließ seinen Blick durch den Saal schweifen, von einem zum anderen. Nachdem er sich vergewissert hatte, dass ihm jeder der Anwesenden wieder die volle Aufmerksamkeit schenkte, drückte er seinen Rücken durch und begann in einem nunmehr bedächtigen Tonfall: „In Zeiten wie diesen, meine sehr verehrten ..."

In diesem Augenblick öffnete sich ächzend die Falttür. Maurice zwängte sich mühsam hindurch. Auf jeder Hand balancierte er ein Tablett, randvoll mit Getränken. Heribert Oellers sprang auf, um ihm durch die Tür zu helfen. Er nahm ihm ein Tablett aus der Hand und rief freudig in die Runde: „Nachschub!" Unter frenetischen „Morris, Morris"-Rufen ging der junge Kellner daran, die Bier- und Schnapsgläser zu verteilen.

Hastenraths Will trommelte mit den Fingern auf dem Tisch, um sich zu beruhigen. Mit versteinerter Miene wartete er ab, bis die erneute Unruhe sich halbwegs gelegt hatte. Dann schlug er noch einmal schwach mit dem Hammer auf den Block und setzte müde an: „In Zeiten ... ähm ... wie diesen, meine sehr verehrten ..." Plötzlich sah er aus dem Augenwinkel, wie sich der 17-jährige Schüler, den die Tageszeitung geschickt hatte, umständlich erhob, seine Jacke von der Stuhllehne nahm und hastig die Cola light hinunterstürzte. Will unterbrach seine Ansprache und wandte sich direkt an den Schreiber: „Wo soll's denn hingehen, junger Mann?" Vielleicht klang er zu vorwurfsvoll, aber das war ihm mittlerweile egal.

Der Schüler errötete leicht und antwortete mit dünner Stimme: „Tut mir leid, ich muss noch nach Waurichen, die Übergabe eines vergrößerten Schecks fotografieren. Da hat der Frauenkegelverein einen ..."

„Mich interessiert nicht, was die Waurichener Kegelfrauen machen", polterte Will unvermittelt los, „ich sage dir eins, mein Junge. Du bekommst jetzt von unser Pressewart Richard Borowka hier neben mir die Pressemappe mit den Themas vom heutigen Abend. Und achte dadrauf, dass alle Namen richtig geschrieben sind. Falls nicht, werden alle Vorstandsmitglieder und denen ihre Angehörige mit sofortiger Wirkung ihr Zeitungsabo kündigen. Ist das klar?"

Der Junge nickte verschüchtert. Dann trat Stille ein. Will war irritiert. Er sah über seine rechte Schulter und bemerkte, dass Richard Borowka leise schnarchte. Richards Kopf war mittlerweile leicht zur Seite gekippt und ein dünner Speichelfaden hing an seinem Mundwinkel. Will rammte seinem Pressewart wütend den Ellenbogen gegen die Schulter.

Borowka schreckte hoch: „Was? Wie? Nein, Rita, ich hab die Frau nicht angeguckt." Einige im Saal lachten. Will funkelte sie wütend an. Auf der Stelle verstummten sie.

In der Zwischenzeit hatte Borowka sich wieder einigermaßen gesammelt. Schuldbewusst sah er zu Will auf: „Tschuldigung, Will. Ich muss wohl ein kurzer Sekundenschlaf gehabt haben. Was muss ich tun?"

Will atmete einmal tief durch und sagte dann: „Hier, gib der Jung von der Zeitung die Pressemappe."

Borowka erhob sich, nahm eine Mappe von dem Stapel, der auf einem Beistelltisch lag, ging zu dem jungen Mann von der Zeitung und überreichte sie ihm mit den Worten: „Hier, Jung. Und achte dadrauf, dass alle Namen richtig geschrieben sind. Falls nicht, werden alle Vorstandsmitglieder und denen ihre Angehörige mit sofortiger Wirkung ihr Zeitungsabo kündigen. Ist das klar?"

Will schüttelte resignierend den Kopf. Dann sah er, wie Maurice, der längst mit dem Verteilen der Getränke fertig war, am anderen Ende des Raumes schüchtern die Hand hob, so als würde er in der Schule aufzeigen. Will erteilte ihm kraftlos mit einer kurzen Handbewegung das Wort: „Was ist los, Morris?"

Der Kellner zückte seinen Block. „Ich wollte nur noch eben schnell die Essensbestellung aufnehmen. Wie immer? Zehnmal Jägerschnitzel, achtmal Zigeunerschnitzel und ein kleiner Salat?" Maurice quittierte das zustimmende Gemurmel mit einem Kopfnicken und beeilte sich, den Saal wieder zu verlassen. Will ergriff seinen Hammer.

In diesem Augenblick erhob sich Peter Haselheim erneut. Er warf dem Ortsvorsteher einen freundlichen Blick zu. „Ganz kurz nur, Herr Hastenrath. Aus aktuellem Anlass würde ich gerne einen neuen Tagesordnungspunkt zur Diskussion stellen. Und zwar beantrage ich, dass hier in der Gaststätte Harry Aretz das ‚Zigeunerschnitzel' umbenannt wird in ‚Scharfes Schnitzel'. Aus Respekt vor den Sinti und Roma."

Während sich alle fragend ansahen, umklammerte Will seinen Richterhammer so fest, dass seine Fingerknöchel weiß wurden. Und wäre der Hammer nicht aus massiver Mooreiche gewesen, hätte er ihn in diesem Augenblick durchgebrochen.

7
Samstag, 10. Mai, 20.53 Uhr

Drei Tage waren seit der Dorfversammlung vergangen. Die Angst vor der Bedrohung durch den unheimlichen Serieneinbrecher war mittlerweile ein wenig der Vorfreude gewichen, die das Pfarrfest auslöste, das am nächsten Tag stattfinden würde. In unermüdlicher, ehrenamtlicher Arbeit hatten sämtliche wichtigen Institutionen des Dorfes, von der Freiwilligen Feuerwehr über den Karnevalsverein bis hin zu den katholischen Strickfrauen, ihren Beitrag geleistet zu dem Fest, das alljährlich zu den Höhepunkten des Dorflebens zählte. Die Vorbereitungen waren erfolgreich verlaufen, jetzt musste nur noch das Wetter mitspielen. Aber auch in dieser Hinsicht verhieß die angenehm frische Brise des Vorabends nur Gutes.

Die Sonne versank sanft hinter den Baumwipfeln und tauchte die leicht verwitterte Parkbank, die auf einer Anhöhe am Waldrand stand, in ein warmes Licht. Von hier hat man einen wunderschönen Blick auf Saffelen, dachte er. Er saß nun schon fast eine Stunde hier und genoss die friedlich hereinbrechende Dämmerung. Die Nacht war sein Zuhause, da fühlte er sich am wohlsten. Bedächtig legte er die Zeitung zur Seite und atmete in tiefen Zügen die frische Mailuft ein. Er war sich noch nicht sicher, ob ihm das gefiel, was er da eben gelesen hatte. Pluto – was für ein seltsamer Name. Hieß nicht auch der unterbelichtete Hund von Micky Maus so? Ärger stieg in ihm auf. Er musste sich beruhigen, denn er wusste, dass er seine Gefühle manchmal nicht gut unter Kontrolle hatte. Dabei war es gerade jetzt so wichtig, einen kühlen Kopf zu bewahren. Zu viel stand auf dem Spiel. Er sah auf die Uhr. Es wurde Zeit.

    Der Mann, dem man den Namen Pluto gegeben hatte, erhob sich von der Parkbank und ging den steinigen Waldweg hinunter ins Dorf, um sein Werk zu vollenden.

8
Sonntag, 11. Mai, 3.04 Uhr

Die sternenklare Nacht erhob sich über den kleinen Ort Oberbruch. Ein leises Flirren lag in der Luft. Kleine Pfützen auf dem Asphalt spiegelten die Sterne wider und eine leichte Maibrise wehte den Geruch einer nahe gelegenen Frittenbude herüber. Der große Schriftzug „Cheetah" strahlte majestätisch in die Nacht hinaus. Das „Cheetah" war eine von mehreren Diskotheken in dem beschaulichen Ort, sodass man dort stolz von einer sogenannten Altstadt sprach. Am Wochenende nahmen viele Jugendliche und schwer vermittelbare Ü-30-Veteranen aus den umliegenden Dörfern den beschwerlichen Weg über die Landstraßen auf sich, um sich auf dieser Partymeile vom grauen Alltag zu erholen.

Fredi und Borowka stützten sich gegenseitig, als sie vom Türsteher sanft auf den Bürgersteig geschoben wurden. Man hörte laute Musik, die sofort erstarb, als sich die Tür wieder hinter ihnen schloss. Beide hatten den obersten Knopf ihrer Jeanshemden geöffnet, die Lederkrawatten hingen gelockert herunter.

Als Borowka die frische Luft einsog, musste er husten. „Leck mich am Arsch. Ich bin breit wie ein Biberschwanz. So derbe haben wir doch gar nicht gelitert."

Fredi grinste. Er sah auf die Uhr. Er musste sich konzentrieren, um das Zifferblatt lesen zu können. „Na ja, am Anfang haben wir ja nur Bier gesoffen. Aber als dann die Typen aus Uetterath kamen, die du noch von der Führerscheinnachprüfung kanntest, da musstest du ja unbedingt auf Asbach-Cola umsteigen. Oh Mann, schon kurz nach drei. Lass uns mal abhauen. Morgen ist Pfarrfest."

Borowka strich sich mit beiden Händen durchs Gesicht und trat dann mit wackligen Beinen an den Fahrbahnrand. Mit hohem Tempo nahte ein Taxi heran. Mit großer Geste winkte er es vorbei, um mit Fredi über die Straße gehen zu können zu seinem Auto auf dem Parkplatz.

Der gelbe Ford Capri mit den roten Rallyestreifen war Borowkas ganzer Stolz.. Fast täglich wienerte er ihn. Obwohl Baujahr 1986, hatte er seinen Besitzer nur selten im Stich gelassen. Man erkannte Borowka mit seinem Wagen immer schon von Weitem, nicht nur wegen des hohen Tempos, sondern vor allem wegen der über die Doppelscheinwerfer gezogenen Motorhaube und den umgreifenden Stoßstangen, in denen sich auch die Blinker befanden. Es handelte sich um das Modell Capri III '78 mit großem Frontspoiler, Heckflügel und einem äußerst sportlichen Fahrwerk mit Gasdruckstoßdämpfern. Von 0 auf 100 in gerade mal acht Sekunden, war der Capri eigentlich vom Werk aus bei 215 km/h abgeregelt. Aber für den gelernten Kfz-Mechaniker Borowka brauchte es nur einen kleinen Eingriff, um diesen Fehler zu beheben. Der Wagen blitzte im Widerschein der Parkplatzlaterne, so, als sei er gerade erst vom Band gelaufen. Nicht eine Schramme wies er auf. Lediglich im Radius von fünf Zentimetern um das

Schlüsselloch herum befanden sich vereinzelte Kratzer, denen Borowka nun ein paar weitere hinzufügte, als er versuchte, den Schlüssel ins Loch zu bekommen.

Fredi ließ sich matt auf den Beifahrersitz fallen. Auch Borowka hinter dem Steuer atmete tief durch. „Bin ich froh, dass ich endlich mal sitz." Er startete den Wagen, ein gleichmäßiges Schnurren ertönte. Borowka sah stolz zu Fredi hinüber und lenkte den Wagen vorsichtig über die Erhebungen, die man aus Sicherheitsgründen alle zehn Meter auf dem Parkplatz aufgeschüttet hatte. Als er die Ausfahrt erreicht hatte, bog er nach links auf die Hauptstraße Richtung Saffelen ab und gab Vollgas.

Mit einer Hand am Lenkrad beugte sich Borowka tief über die Mittelkonsole und fingerte am CD-Player herum. Fredi stieß ihn zurück.

„Guck auf die Straße, Borowka. Ich mach das schon hier mit der CD-Player."

Fredi drückte den „On"-Knopf und ein futuristisches blaues Licht erhellte das Cockpit. In derselben Sekunde erschallte mit mindestens 130 Dezibel „Africa" von Toto aus den gigantischen Boxen, die hinter den Rücksitzen in der vibrierenden Hutablage eingelassen waren und von denen Fredi wusste, dass sie den kompletten Kofferraum ausfüllten. Diese Tatsache führte immer zu großem Ärger, wenn Borowka einmal im Jahr mit Rita zu Ikea musste. Borowka sang lauthals mit: „I wish it rains down in Aaaaafrica." Dabei klopfte er rhythmisch aufs Lenkrad und schloss zwischendurch sogar kurz die Augen. Fredi drückte augenblicklich die „Off"-Taste. Die Musik und das blaue Licht waren im Nu verschwunden. Borowka sah Fredi irritiert an.

„Ich kann das nicht hören", sagte Fredi.

„Das ist Toto. Ein absolutes Top-Lied, das ist amtliche Musik. Vielleicht ein bisschen zu wenig Bässe. Ich könnte mal ..."

„Nein, ich kann *das* Lied nicht mehr hören." Fredis Blick senkte sich. Er starrte auf die Fußmatte. „Das war mit drauf auf die ‚Kuschelrock', die ich immer mit Martina gehört habe. Das ist quasi im Prinzip – unser Lied!"

Borowka meinte, ein leichtes Schluchzen zu vernehmen. Deshalb verkniff er sich sein übliches „Ich werd noch bekloppt" und versuchte es auf die verständnisvolle Art: „Fredi. Das mit Martina, das musst du irgendswann auch mal ad Akte legen. Eben im ‚Cheetah', da ist es dir doch auch eine ganze Zeit mal gelungen, nicht von Martina zu erzählen ... bestimmt so drei, vier Minuten am Stück. Das ist doch ein Anfang. Dadrauf kann man doch aufbauen."

„Das wäre ja auch alles nicht so schlimm, wenn da jetzt nicht dieser Neue wäre. Dieser Sascha."

„Ach, Fredi. Was will die Martina denn mit so ein Klappspaten? Nur weil der super aussieht, weil der eine eigene Firma hat und weil der ein nagelneuer Audi A8 fährt? Und weil Martinas Mutter total von dem begeistert ist? Und nur weil der ..."

Fredi seufzte laut.

Borowka stockte. Er musste etwas vom Gas gehen, weil sie mit hoher Geschwindigkeit auf eine S-Kurve zuschossen. Elegant nahm Borowka die Kurve und beschleunigte danach wieder. „Fredi. Überleg doch mal. Auch andere Mütter haben schöne Töchter."

Fredi sah ihn an: „Aber ... wer denn in Saffelen?"

Damit hatte er ihn kalt erwischt. Borowka musste überlegen – sehr lange musste er überlegen. Nach zwei Minuten gab er auf: „Ja, jetzt auf Anhieb. Keine Ahnung. Was wär denn mit die Ex von Didi? Die trinkt kein Alkohol. Da hast du immer eine, die fährt."

Fredi sah ihn verständnislos an. „Aber die sieht doch scheiße aus."

„Dir kann man es aber auch überhaupt nicht recht machen."

Eine ganze Weile noch saßen sie schweigend nebeneinander. Dann tauchten vor ihnen wie eine Fata Morgana die Umrisse von Saffelen auf. Das letzte Stück vor der Ortseinfahrt war ein gerades Stück, auf dem Borowka noch mal stark beschleunigte. Dann aber, als sie das Ortsschild passierten, musste er leicht abbremsen. Vor einigen Monaten hatte man dort Schikanen mit Blumenkübeln aufgestellt. Borowka ärgerte sich sehr darüber. Vor allem, weil er es im Dorfausschuss nicht hatte verhindern können, da er während der Abstimmung auf der Toilette eingeschlafen war.

„Was soll der Quatsch hier überhaupt?"

Fredi sah den vorbeirauschenden Blumenkübeln mit ernstem Blick hinterher. „Das ist wegen weil die der Verkehr beruhigen wollen. Damit die jungen Leute hier nicht mit so ein Affenzahn reinfahren."

„Dadran sieht man aber mal wieder, wie Politik sich manchmal selbst ein Eigentor reinschießt. Jetzt, wo die Kübel dastehen, ist es doch noch viel schlimmer geworden. Weil, jetzt muss man ja versuchen, die Dinger bei hoher Geschwindigkeit auszuweichen. Also, ich find das gefährlicher."

Fredi nickte schläfrig. Als er wieder auf die Straße sah, ging alles blitzschnell. „Brems!", war das einzige, was er noch schreien konnte. Dann schlug er die Hände vors Gesicht. Borowka trat das Bremspedal bis zum Anschlag durch und kam mit einem lauten Quietschen zum Stehen. Gerade noch rechtzeitig. Wie aus dem Nichts hatte sich nämlich eine dunkel gekleidete Person aus dem Schatten einer alten Kastanie gelöst und überquerte die Straße. Nun stand sie mit aufgerissenen Augen wie ein erschrecktes Reh vor dem dampfenden Kühler von Borowkas Ford Capri. Noch ehe Fredi und Borowka das Gesicht im gleißenden Licht der Scheinwerfer erkennen konnten, rannte die Gestalt weg und wurde vom Dunkel der Nacht wieder verschluckt.

Borowka hatte sich als erster gesammelt. „Wer war das denn?"

Fredis Herz raste. Er sah Borowka ängstlich an.

„Meinst du, das war ... Duplo, der Einbrecher?"

„Ach Quatsch. Das war wahrscheinlich irgend so ein Scheintoter vom Pfarrfestkomitee. Die haben bestimmt noch bis jetzt getagt." Als er Fredis furchtsamen Blick sah, fügte er hinzu: „Mach dich nicht im Hemd, Fredi. Komm, ich fahr dich nach Hause. Wir müssen morgen fit sein für auf dem Pfarrfest."

„Öhm, wenn es dir nix ausmacht, Borowka, dann lass mich doch bei Martina am Haus raus. Ich muss da noch was ... öhm ... spazieren gehen."

Borowka wollte etwas sagen, überlegte es sich dann aber anders. Stattdessen ließ er den Motor wieder aufheulen und jagte den Wagen weiter durch das nächtliche Saffelen.

9
Sonntag, 11. Mai, 3.39 Uhr

Die Frau mit den langen, blonden Haaren massierte lustvoll ihre üppigen Brüste. Sie spitzte ihre blutroten Lippen und kam ohne Umschweife zur Sache: „Komm her, nimm mich jetzt", hauchte sie lasziv. Dann ließ sie ihre Hände an ihrem makellosen Körper herunterwandern und zog sich ganz langsam den Slip aus.

Will schreckte aus seinem Halbschlaf hoch. Schweiß stand auf seiner Stirn. Dann bemerkte er, dass die attraktive Frau tatsächlich zu ihm sprach und ihn aufforderte, sie jetzt zu nehmen, indem er eine SMS mit „Carmen XXL" an die 3322 schickte. Mein Gott, dachte Will, da muss ich ja vorhin aus Versehen auf die DSF-Sportclips geschaltet haben und dabei eingeschlafen sein. Er wischte sich mit dem Ärmel seines grünweiß karierten Hemdes den Schlaf aus den Augen und sah sich im Wohnzimmer um. Marlene saß nicht mehr auf ihrem angestammten Platz auf der Couch. Er selbst lag im zurückgekippten Fernsehsessel, die Beine lang ausgestreckt auf dem Fußhocker. Er bemerkte, dass er mit der rechten Hand noch die Fernbedienung umklammerte. Will gähnte und sah auf die große Wanduhr, die über dem Fernseher hing, in dem er mittlerweile von Viola aufgefordert wurde, bei ihr anzurufen. Es war zwanzig vor vier am Morgen. Will ärgerte sich, dass Marlene ihn nicht geweckt hatte, als sie zu Bett gegangen war. Immerhin begann bereits in wenigen Stunden das Pfarrfest.

Er stand auf und reckte sich. Kein Wunder, dass er irgendwann eingeschlafen war. Er hatte einen langen Tag hinter sich, der wie jeden Morgen um 5.30 Uhr begonnen hatte. Nach dem Aufstehen und einer oberflächlichen Morgenwäsche hatte ihn der erste Weg, wie immer, in den Kuhstall geführt. Jeder Tag begann mit Melken. Jeweils zwischen zwei Kühen befand sich ein Melkmaschinenanschluss. Will steckte den Schlauch in das oberirdisch verlaufende Melkrohr und hängte die Melkmaschine bei der ersten Kuh unter. Sobald sich die Melkmaschine an die Euter angesaugt hatte, begann sie zu pumpen. Während die erste Kuh abgepumpt wurde, schloss Will bereits das nächste Euter an. So wanderte er mit seiner Melkmaschine weiter von Kuh zu Kuh. Bei 20 Kühen benötigte er gut anderthalb Stunden zum Melken. Dieses Mal hatte es etwas länger gedauert, da er die beiden Kühe mit der Euterentzündung zur Schonung von Hand melken musste. Anschließend hatte er die Melkmaschine ausgespült. Während Will gemelkt hatte, hatte Marlene die Schweine gefüttert. Dazu musste sie im Vorraum des Schweinestalls zunächst in einem Bottich das Schweinefutter anrühren. Sie mischte Wasser, Getreide, Gerste und Kraftfutter. Dabei musste sie äußerst leise vorgehen, um die Schweine nicht zu wecken. Sobald die Schweine morgens nämlich nur das winzigste Geräusch hörten, begannen sie so lange zu schreien und zu quieken, bis sie abgefüttert waren. Marlene hatte dann die Tröge aus den Eimern befüllt und noch gesammelte Küchenabfälle wie Kartoffelschalen, alte Äpfel und sonstige Essensreste dazugeworfen. Mastschweine waren nicht besonders wählerisch. Anschließend hatte das Ehepaar gefrühstückt. Neben zwei Mettbrötchen und einem Stück Sahnekuchen hatte Will wie jeden Morgen fünf Tassen tiefschwarzen Kaffees mit jeweils sechs Stück Zucker getrunken. Dann war er gestärkt für den Tag. Während Marlene die Kühe auf die Weide trieb, begann Will mit der Feldarbeit. Die Frühkartoffeln hatte er bereits im April gepflanzt. Auch die Rüben hatte er schon gesät, sodass seine Aufgabe nun darin bestand, mit der Schuffelmaschine, die er an seinen Magirus-Deutz-Traktor anhängte, über die Felder zu fahren, um diese von Unkraut zu befreien. Später düngte er sie dann mit Gülle. Am Nachmittag hatte er den Mähdrescher repariert und anschließend den Schweinestall ausgemistet. Dann war noch mal Tierarzt Dr. Mauritz zur Visite gekommen, um sich die Euterentzündung anzusehen. Zudem hatte sich eine Sau erkältet. Dr. Mauritz hatte ihr ein Mittel gegen den Husten verabreicht und erklärt, dass im Moment ein Grippevirus unterwegs wäre. Er selber spüre auch schon eine Reizung im Hals.

Nachdem Marlene am späten Nachmittag die Kühe wieder in den Stall zurückgetrieben hatte, wo Will von Neuem mit dem Melkvorgang begann, hatten sie zu Abend gegessen. Stolz hatte Marlene Will noch die vier Kuchen gezeigt, die sie im Laufe des Tages ganz nebenbei für das Pfarrfest gebacken hatte, bevor das Landwirtsehepaar wie jeden Samstag pünktlich zur Tagesschau seine Plätze im Wohnzimmer eingenommen hatte. Nach dem Wetter begann auf dem dritten Programm ein Tatort. Erinnern konnte Will sich aber nur noch daran, dass plötzlich eine Leiche in der Isar trieb. Er mochte den bayrischen Tatort nicht besonders, weil dort so ein furchtbares Deutsch gesprochen wurde.

Jetzt schaltete Will schlaftrunken den flimmernden Fernseher aus und wollte ins Bad gehen. Dann stutzte er. Irgendetwas stimmte nicht. Was hatte ihn überhaupt geweckt? Normalerweise hatte er einen sehr tiefen Schlaf und es wäre nicht die erste Nacht gewesen, die er im Sessel verbrachte. Dann nahm er es wahr. Ein ungewohntes Geräusch, ein leises, unregelmäßiges Kratzen. Aus dem Stall konnte es nicht kommen, dort war alles ruhig. Überhaupt, seit Marlene regelmäßig die Eutersalbe auftrug, schrieen die Kühe kaum noch. Will hielt den Atem an. Das Geräusch kam von der Haustür. Jemand musste an der Haustür sein. Aber warum? Und vor allem: Warum nachts um viertel vor vier? Will schlüpfte lautlos in seine Gummistiefel, die neben dem Fußhocker standen, wo er sie sich während der Tagesschau abgestreift hatte. Das Kratzen an der Haustür wurde lauter. Plötzlich hörte er, wie jemand mit gedämpfter Stimme fluchte. Mein Gott, durchfuhr es Will. Pluto! Pluto ist dabei, mein Türschloss aufzubrechen. Er dachte an den armen Theo Eidams und spürte Panik in sich aufsteigen. Schnell löschte er das Licht im Wohnzimmer und schlich, so leise es ging, durch den Flur in die Küche. Der Raum wurde schwach durch die Digitaluhr des Mikrowellen- herds erleuchtet. Dann sah er ihn auf der Anrichte liegen: Den Regenschirm, den Marlene immer mit zur Kirche nahm. Er griff ihn mit seiner schwitzigen Hand und pirschte sich durch den dunklen Flur zurück, bis er direkt hinter der Haustür stand. Der obere Teil der Tür bestand aus dickem Milchglas, sodass er eine große Person erkennen konnte, die sich im schwachen Licht, das die Straßenlaterne herüberwarf, in gebückter Haltung an der Haustür zu schaffen machte. Wieder hörte er ein leises Fluchen. Wills Herz raste. Er versuchte, sich zu beruhigen. Er wusste, dass er nur eine Chance hatte. Und zwar, indem er den Überraschungseffekt nutzte. Er musste die Tür aufreißen und in dem Moment, in dem Pluto aufsah, musste er ihn mit dem Regenschirm niederschlagen. Er hatte eine gewisse Übung darin, denn hin und wieder hatte er auf diese Weise bei Heimspielen des SV Saffelen Schiedsrichter niedergestreckt, die Fehlentscheidungen gefällt hatten. Will war nun mal ein Gerechtigkeitsfanatiker. Aber würde das auch bei einem Verbrecher wie Pluto funktionieren? Pluto war ganz sicher aus einem anderen Holz geschnitzt als die Pfeifen vom Fußballplatz. Wenn man allein an die schlimme Kopfwunde denkt, die er Theo Eidams zugefügt hatte, schoss es Will durch den Kopf. Ausgerechnet dem lammfrommen Theo Eidams. Dem Mann, der Gewalt ablehnte, abgesehen von höchstens einem Dutzend Wirtshausschlägereien und einer kleinen Überreaktion beim Streit um einen Lidl-Parkplatz. Theo Eidams war so gesehen schon fast eine Art Gandhi von Saffelen. Trotzig wischte Will die Zweifel beiseite, schließlich hatte er keine andere Wahl. Er wusste: Die Polizei konnte in frühestens 40 Minuten hier sein, also war er auf sich allein gestellt.

Die Sekunden verrannen, ohne dass Will den Mut fand, in Aktion zu treten. Plötzlich verstummte das Kratzen und Pluto richtete sich auf. Verdammt, durchzuckte es Will. Er hat das Schloss geöffnet. Schnell schickte er ein kurzes „Ave Maria" zum Himmel, riss ruckartig die Tür auf, atmete tief ein und holte entschlossen mit dem Schirm aus. Und dann war es auch schon vorbei.

Paralysiert hielt Will inne und ließ den Arm sinken. Vor ihm stand ein völlig überraschter Richard Borowka, der seinen Haustürschlüssel in der Hand hielt und Will mit glasigen Augen ansah. „Hallo Will, was machst du denn bei uns?"

Will spürte, wie sich Wut in ihm breit machte. Das angesammelte Adrenalin bahnte sich seinen Weg. Er brüllte ihm ins Gesicht: „Sag mal, hast du sie noch alle, Richard? Weißt du eigentlich, wie spät es ist?"

Eine Zimmertür im ersten Stock öffnete sich. Marlene rief verschlafen herunter: „Will? Was ist denn los? Weißt du eigentlich, wie spät es ist?"

Während Borowka sich noch sammelte, antwortete Will nach oben: „Das ist dieser bekloppte Borowka. Der hat schon wieder unser Haus mit sein Haus verwechselt."

„Ich habe es dir schon hundert Mal gesagt. Du musst die Hecke schneiden. Die sieht genauso verwahrlost aus wie denen ihre", schimpfte Marlene. Dann schloss sie geräuschvoll die Schlafzimmertür.

„Warum ich? So eine Unverschämtheit. Die können doch auch ihre Hecke schneiden. Ich ..." Er unterbrach sich und wandte sich wieder an Borowka. „Was reg ich mich überhaupt auf? Das ist doch nicht mein Fehler. Du bist doch zu blöd, für dir die richtige Haustür zu merken. Richard, das ist schon das fünfte Mal in diesem Jahr."

Borowka wiegelte träge ab, als bewege er sich in Zeitlupe. „Reg dich nicht auf, Will. Kommt nicht mehr vor." Er drehte sich um und wankte unsicher zurück zur Straße. Auf dem

Bürgersteig sah er sich kurz nach allen Seiten um und entschied sich dann, nach links weiterzugehen.

Will schloss die Haustür, stellte den Schirm in die Ecke und lehnte sich mit dem Rücken gegen die Wand. Mit der Hand wischte er sich über die schweißnasse Stirn und atmete tief durch. Eines wurde ihm in diesem Augenblick klar. In Saffelen würde erst wieder Ruhe einkehren, wenn Pluto überführt war. Und da die Polizei offensichtlich zu unfähig dazu war, fasste der Ortsvorsteher in diesem Moment einen einsamen Entschluss: Ab sofort ermittelt Hastenraths Will.

10
Sonntag, 11. Mai, 12.17 Uhr

Die Sonne strahlte über Saffelen. Das 800-Seelen-Dorf lag idyllisch in einer Niederung nahe des Saffelbachs, der sich gemächlich Richtung Holland schlängelte. Das Plätschern des kleinen Rinnsals und das Zwitschern der Amseln und Rotkehlchen bildeten das harmonische Hintergrundgeräusch für einen wundervollen Tag. Saffelen war ein typisches Haufendorf, wie man es oft im weitläufigen, rheinischen Hinterland vorfand. Im Laufe der Jahrhunderte waren benachbarte Bauernhöfe und Weiler zu dem kleinen Dorf zusammengewachsen. Der Ortskern hatte sich um die mächtige Kirche spätgotischen Baustils herum gebildet. Eine Bäckerei, eine Metzgerei und ein kleiner Tante-Emma-Laden, der auch als Postannahmestelle diente, erstreckten sich von dort entlang der Hauptstraße. Hinzu kamen mehrere Bauernhöfe, die Eier, Kartoffeln und Äpfel ab Hof verkauften. Doch die traditionellen landwirtschaftlichen Betriebe, die seit Generationen existierten, wurden immer weniger. Nur Wilhelm Hastenrath und Paul-Heinz Brockers betrieben noch Viehwirtschaft. Die restlichen Höfe wurden nur noch als Nebenerwerbsbetrieb geführt. Die „Feierabendbauern", wie sie im Dorf genannt wurden, beackerten neben ihrem Hauptberuf die umliegenden Felder, von denen es sehr viele gab. Die meisten Einwohner von Saffelen waren gut situiert. Ihren Wohlstand hatten viele der unmittelbaren Grenznähe zu Holland und einer gut erschlossenen und schwer zu kontrollierenden ehemaligen Schmugglerroute zu verdanken. Am Ende der Pastor-Müllerchen-Straße, die noch in den fünfziger Jahren des letzten Jahrhunderts lediglich aus dem Hof der Urahnen von Paul-Heinz Brockers bestand, hatte sich mittlerweile sogar ein kleines Neubaugebiet entwickelt, das einige Städter mit seinen niedrigen Grundstückspreisen und seiner unverstellten Natur anlockte. Gemeinsam mit der Pfarre St. Ambrosius Saffelen bildeten die schräg gegenüberliegende Gaststätte Harry Aretz und der hinter dem Pfarrsälchen befindliche Fußball-Aschenplatz das kulturelle Zentrum der kleinen Ortschaft, wo die Bevölkerung sich traf und Neuigkeiten austauschte. Nicht weit entfernt davon lagen der Kindergarten und der Friedhof, nur durch einen kleinen Jägerzaun voneinander getrennt und überragt vom Altenheim „Haus Gnadenbrot", das in einem ehemaligen Kloster untergebracht war und seinen Bewohnern einen herrlichen Blick auf das mit unzähligen Trauerweiden bewaldete Friedhofsgelände gestattete.

Inmitten dieses Ensembles der wichtigsten Saffelener Institutionen erstreckte sich eine sorgsam gepflegte bistumseigene Rasenfläche, die bei diversen Feierlichkeiten genutzt wurde. Beim dreitägigen Schützenfest im Juni sowie in der Karnevalssaison wurde hier ein Zelt gelegt, ansonsten fanden die Feste meist unter freiem Himmel statt. So wie auch an diesem sonnigen 11. Mai. Der Duft gegrillter Bratwürste, pudergezuckerten

Kuchens und frisch gezapften Biers lag in der Luft. Die Kinder spielten fangen und die Erwachsenen flanierten über das Pfarrfest, dessen liebevoll geschmückte Stände sich um den mächtigen Maibaum herumgruppiert hatten.

Hastenraths Will lehnte am Stamm der großen Birke, die am Rande der Kirchenmauer Schatten spendete. Er hatte kaum geschlafen. Zu sehr hatten ihn die Geschehnisse der letzten Wochen aufgewühlt. Als Heribert Oellers mit seiner eingehakten Ehefrau vorbeistolzierte, winkte Will ihn zu sich. Oellers trug wie immer, wenn er zu offiziellen Anlässen unterwegs war, einen schlecht sitzenden, zerknitterten dunkelblauen Anzug, unter dem sich sein weißes Hemd bedrohlich wölbte. Die Krawatte war nachlässig gebunden und seine Fingernägel waren wie üblich ölverschmiert. Als er Will winken sah, schob er seine Frau, die sich erheblich in Schale geworfen hatte, von sich und sagte: „Irene, geh schon mal vor nach der Bierpavillon und bestell bei der Harry ein Pils und ein Korn für mich. Ich komm sofort nach. Ich muss nur noch kurz mit der Will reden." Eher widerwillig ging sie vor, nicht ohne Will noch einen geringschätzigen Blick über die Schulter zuzuwerfen. Oellers schüttelte Will weltmännisch die Hand. „Will!"

„Heribert!"

Oellers sah sich um. „Ich denke, man kann zufrieden sein mit dem Pfarrfest, oder?"

„Auf jeden Fall, Heribert. Das ist schon toll, was wir hier mit vereinte Kräfte hingerichtet haben. Aber ich wollte mit dir über was anderes drüber reden. Ich habe ein paar Erkundigungen zum Fall ‚Pluto' eingezogen. Da gibt es so ein paar Ungereimtheiten. Heute morgen um sechs habe ich mal der

Polizeikommissar in Heinsberg angerufen, der die Einbrüche bearbeitet. Kommissar Kleinheinz. Marlene hatte dem seine Handy-Nummer, weil die mit dem seine Frau in die Sauna geht."

Oellers wurde neugierig. „Und? Was hat er gesagt?"

„Der hat gesagt: Was fällt Ihnen ein, mich in aller Herrgottsfrühe anzurufen!"

Oellers nickte. „Verstehe. Und was hat er zu den Einbrüchen gesagt?"

Will sah sich verschwörerisch um. Seine Stimme wurde zu einem Flüstern: „Also: Es gab bisher vier Einbrüche. Alle vier Einbrüche sind auf die gleiche Art und Weise durchgeführt worden. Jedes Mal ist Pluto durch die Haustür eingestiegen. Jedes Mal wurde die Tür fachmännisch mit ein Dietrich geöffnet. Zuerst bei die Witwe von Gerhard Geiser, dann bei Geiser Hans-Willi, das ist der Vetter von Gerhard, dann in der Wohnung von Spargel, hier der Jung aus der Fußballreserve, und zum Schluss bei Theo Eidams. Jetzt pass auf: Nirgendswo ist etwas gestohlen worden, außer bei Spargel. Hier bei der ..., ach, jetzt habe ich wieder vergessen, wie der Spargel richtig heißt. Auf jeden Fall ist bei dem jede Menge gestohlen worden. Der Kommissar meinte, wahrscheinlich Gegenstände im Wert von 12.000 Euro. Das müssten die aber noch prüfen."

Oellers rieb sich das Kinn. „Also, für mich sind das alles ganz unterschiedliche Einbrüche. Wahrscheinlich purer Zufall."

„Das glaube ich nicht. Alle Opfer haben etwas gemeinsam. Überleg doch mal. Sie stammen alle aus dem Umfeld von Gerhard Geiser. Die Witwe, ist klar. Vetter Hans-Willi ist auch klar. Und Eidams Theo ist mit Gerhards einzigste Schwester verheiratet. Das ist der Schwager von Gerhard."

„Und Spargel?"

„Das ist der große Unbekannte." Will verschränkte die Arme vor der Brust. „Ich dachte, du kennst dem vielleicht näher."

„Das nicht", sagte Oellers, „aber ich weiß, wer uns da helfen kann." Heribert Oellers hatte in dem Menschenpulk vor dem Bierpavillon nämlich einen seiner Mitarbeiter aus der Werkstatt entdeckt: Richard Borowka. Richard stand inmitten einer kleinen Gruppe und erzählte heftig gestikulierend eine Geschichte, die ganz offenbar lustig war, denn die Umstehenden, abgesehen von Fredi Jaspers, der bedrückt wirkte, lachten unentwegt. Heribert Oellers brüllte quer über das Pfarrfest: „Borowka!" Einige der Besucher zuckten zusammen und sahen sich kopfschüttelnd um. Als Borowka seinen Chef erkannte, entschuldigte er sich kurz bei den anderen und kam schnell zur großen Birke gelaufen.

„Hallo Chef", sagte er, leicht außer Atem. Er bemerkte Will. „Morgen Will, noch mal tschuldigung wegen letzte Nacht. Ich ..." Will machte eine wegwerfende Handbewegung, was wohl so viel bedeuten sollte wie „Schwamm drüber".

Oellers kam direkt zur Sache: „Richard, du kennst doch der Spargel vom Fußball?" Borowka nickte eifrig. „Was ist das genau für ein Typ? Und vor allen Dingen, wie heißt der noch mal in echt?"

Borowka überlegte kurz. „Also, der Spargel ist im Prinzip schwer in Ordnung. Der wohnt auf der Pastor-Müllerchen-Straße. Der kriegt seit Jahren keine Frau ab. Der ist seit ein halbes Jahr arbeitslos. Der heißt ... ja, wie heißt der eigentlich in echt? Ach so, ja. Der heißt Udo Mertens. Das ist der Sohn von Gerhard Geiser seine einzigste Tochter. Hier die Elisabeth, die vor zehn Jahre wegen der große Streit mit der Gerhard nach Aachen weggezogen ist. Der Spargel ist also quasi im Prinzip der Enkelsohn von Gerhard."

Will und Oellers sahen sich an. Will wirkte nachdenklich. „Hab ich's doch gewusst", murmelte er besorgt.

Plötzlich wurde Borowka unruhig. „He Leute, ich muss los. Da ist Gefahr im Anzug." Er deutete auf ein junges Pärchen, das eng umschlungen auf das Pfarrfestgelände zusteuerte. Martina und ihr neuer Freund Sascha. Im selben Augenblick war Borowka auch schon wieder verschwunden.

Auch Heribert Oellers war mit einem Mal abgelenkt. Er schien ebenfalls jemanden erblickt zu haben, der ihn äußerst nervös machte. Er verabschiedete sich hastig von Will und ging auf zwei Männer zu, die sich gerade an einem der Biertische gegenseitig mit Jägermeister zuprosteten. Der eine war groß, kräftig und behaart, der andere ein eher athletischer Typ. Will hatte die beiden noch nie gesehen.

Josef Jackels stand, bekleidet mit Helm, Uniform und einer umgebundenen Schürze voller Stolz am großen Schwenkgrill. Mit großer Sorgfalt schälte er halb aufgetaute Würstchen aus einer Plastikhülle und legte sie mit einer Zange fein säuberlich nebeneinander auf den Grill.

„Guten Morgen, Josef." Will war an den Grillstand getreten.

„Ach Will", sagte Josef hocherfreut, „ich hab dich gar nicht kommen sehen. Die Würste sind gleich fertig."

„Schöne Grillzange, die du da hast."

„Das ist die original Tim-Mälzer-Grillzange." Josef hielt sie stolz in die Luft. Das Chrom blitzte in der Sonne, „Die habe ich vom Grillclub zum Jubiläum geschenkt bekommen. Ich bin da ja seit 40 Jahren Vorstandsvorsitzender."

„Ich weiß." Will wechselte vom saloppen in einen ernsten Tonfall: „Josef, ich brauche deine Hilfe. Du und deine Frau Billa, ihr wisst doch immer alles, was hier im Dorf so läuft. Sag doch mal, was der Spargel für einer ist."

Josef war sichtlich geschmeichelt. Er beugte sich über den Biertisch, der als improvisierte Theke diente, zu Will herüber und wechselte unwillkürlich ebenfalls in einen ernsten, fast flüsternden Tonfall.

„Danke Will. Also, der Spargel ist eigentlich ein ganz netter Jung. Aber der hat es nicht leicht. Der hat noch nie eine Freundin gehabt. Der ist arbeitslos. Und der ist der Enkel von Gerhard Geiser."

Will war entrüstet. „Was soll das denn heißen? Der hat es nicht leicht, der ist der Enkel von Gerhard Geiser. Mit Gerhard Geiser verwandt zu sein, ist eine Ehre. Was dieser Mann für Saffelen geleistet hat, das ist ..."

„Beruhig dich, Will. Ich mein ja gerade wegen die großen Fußabdrücke, die der Gerhard hinterlassen hat. Das ist nicht leicht, wenn alle erwarten, dass man mit seine Schuhe da reinpasst. Du weißt, Gerhard Geiser war in den fünfziger Jahren der beste Fußballer der ganzen Region. Und Spargel? Der ist Ersatzspieler in der Saffelener Reserve. Weißt du, was das bedeutet, Ersatzspieler in so eine Mannschaft zu sein? Aber der Gerhard war auch nicht ohne, das weißt du genauso gut wie ich. Auch wenn du nix auf dem kommen lässt, der hat sich seine Familie gegenüber auch nicht immer richtig verhalten. Der hat in sein Testament sogar reinschreiben lassen, dass der Spargel nie irgendswas erben darf. Wegen, weil der ein schwarzes Schaf ist."

Will schüttelte den Kopf. „Blödsinn. Der Gerhard war einfach nur ein Mann mit Prinzipien. Hart aber fair. Aber was anderes. Wer sind denn eigentlich die beiden komischen Männer, mit denen Heribert Oellers da hinten am rumdiskutieren ist?"

Josef sah hinüber zu den Biertisch-Garnituren. Heribert Oellers hatte beide Arme in die Hüften gestemmt und redete mit hochrotem Kopf auf zwei dunkel gekleidete Männer ein, die sich unter seinem Redeschwall geradezu wegzuducken schienen.

„Ach die. Das sind Hermann und Frantizek. Zwei sehr gute Schwarzarbeiter aus Erfurt. Die mauern dem Heribert der neue Anbau am Autohaus. Die sind bestimmt schon seit drei Wochen hier. Der Heribert hat denen bei sich im Heizungskeller zwei Betten reingestellt, wo die solange wohnen. Die arbeiten für vier Euro die Stunde. Wenn die rechtzeitig fertig werden, machen die bei mir noch der Garten."

„Ach so", sagte Will, „na ja, ich dachte, ich frag mal. Ich konnte ja nicht ahnen, dass das so ehrbare Leute sind."

Will ließ den Blick weiter über das Pfarrfest schweifen. Vorbei am Bierpavillon von Harry Aretz, vorbei am Kuchenstand, hinter dem seine Frau Marlene und Billa Jackels lauthals miteinander schnatterten, bis hin zum Luftballonstand. Dort stand ein junges Paar: Martina Wimmers und ihr neuer Freund aus der Stadt. Der junge Mann, der aus der Ferne in seinem modischen Jackett wie ein Filmstar wirkte, kaufte Martina, die in ihrer roten Bluse eher einem Knallbonbon ähnelte, gerade ein Lebkuchenherz und überreichte es ihr, indem er spaßhaft vor ihr auf die Knie ging. Martina kicherte und strich sich verlegen die braunen Locken hinters Ohr.

Ohne den Blick abzuwenden, fragte Will: „Was muss man über Martina ihr neuer Freund wissen?"

„Ach, der Sascha." Auch Josef beobachtete nun die anrührende Szene. Sascha küsste Martina gerade die Hand, als wäre er beim Wiener Opernball. Martina errötete.

„Die Billa hatte dem letzte Woche beim Bäcker getroffen, wie der für Martina ein Liebes-Berliner am kaufen war. Da hat die dem mal zusammen mit die Verkäuferin über dem seine Verhältnisse befragt. Der hat eine große Schlosserei mit viele Angestellte in Mönchengladbach, hat er gesagt. Aber Saffelen fände er auch ganz toll. Vor allem wegen die vielen attraktiven Frauen. Billa war ganz hingerissen von dem. Der fährt sogar ein Audi A8."

Will zog die Augenbrauen hoch und stieß einen leisen Pfiff aus: „Nicht schlecht. Aber so ist das, Geld findet zusammen. Die Wimmers haben ja auch einiges an den Füßen. Wusstest du, dass der alte Wimmers mit seine Wurstfabrik demnächst sogar an die Börse gehen will? Dann haben die ja auch noch mehrere Mietshäuser und sogar ein Bungalow auf Mallorca. Ich meine, die Martina sieht zwar nicht gerade aus wie Heidi Klump, aber sie ist ja schon eine Nette."

„Apropos Geld, Will. Was bekommst du eigentlich dafür, dass du mich letztens die sechs Tannen mit dein Frontlader rausgerissen hast?"

Will spielte den Empörten: „Josef, ich bitte dich. Das habe ich doch gern gemacht. Mehr als fünfzig Euro würde ich da nicht für nehmen. Sag mal, Josef. Bist du morgen zu Hause? Ich würde gerne mal in Ruhe ein paar Ermittlungsergebnisse mit dir besprechen."

Josef war erfreut. „Gerne, Will. Aber morgen ist schlecht. Ich bin von morgen früh bis übermorgen auf ein Feuerwehrlehrgang in Bad Neuenahr: ‚Das C-Rohr im Wandel der Zeit.' Ich bin schon ganz aufgeregt. Sonst komm doch am Dienstagnachmittag vorbei, wenn ich wieder da bin. Am besten so gegen 18 Uhr. Dann ist die Billa beim Treffen von die Weight Watchers. Die haben nachträglich Weihnachtsfeier im Spanferkelhaus."

11

Sonntag, 11. Mai, 12.28 Uhr

„Jägermeister ist beste Erfindung von Deutschland." Wie um das zu bestätigen, verleibte sich Frantisek bereits den achten an diesem Tag ein. Hermann lachte und deutete Maurice, der mit einer ledernen Kellnerschürze am Pavillon stand, mit zwei abgespreizten Fingern an, dass er Nachschub an den Biertisch bringen möge, obwohl die starke Sonne ihn schon deutlich den Alkohol spüren ließ. Egal, heute hatten sie sich frei gegeben. So wie es aussah, würde der Anbau bis zum Ende der Woche fertig werden und sie könnten rechtzeitig in Frankfurt sein. Dort war eine Arztpraxis zu fliesen. Hermann dachte an die vergangenen drei Wochen. Im Großen und Ganzen hatten sie es gut angetroffen bei diesem Autohändler. Gut, er war nicht übermäßig freundlich, aber er zahlte pünktlich. Außerdem versorgte er sie mit Getränken und seine Frau konnte sehr gut kochen. Und selbst im Heizungskeller hatte er es ihnen einigermaßen gemütlich eingerichtet. Es gab ein Transistorradio und jeder hatte ein eigenes Klappbett. Außerdem gab es noch einen Extraraum mit einem abgewetzten Sofa, einem Fernseher und einer kleinen Nasszelle im Haus, den sie nutzen konnten, um sich frisch zu machen. Es gab also weiß Gott schlimmere Jobs.

Die Arbeit lag ihm und er schlief meistens gut durch, es sei denn, die Ölheizung sprang mal wieder mitten in der Nacht an und bollerte los. Plötzlich fiel ihm etwas ein.

„Sag mal, Frantisek. Ich bin jetzt schon ein paarmal nachts wach geworden und du warst nicht da. Hast du hier in Saffelen etwa eine hübsche Frau kennengelernt?"

Frantisek nahm Maurice die beiden Jägermeister vom Tablett und nickte ihm abwesend zu. Dann schob er Hermann ein Glas rüber und setzte sich seinen Jägermeister an die Lippen. Bevor er trank, sagte er: „Was du reden? Guck dich doch mal um. Siehst du hier hübsche Frau?"

Hermann blickte sich um und schüttelte lachend den Kopf.

Frantisek trank das Glas auf ex und wischte sich zufrieden den Mund ab. „Ich hab leichter Schlaf. Außerdem du schnarchst. Ich geh schon mal nachts spazieren in Dorf."

Hermann stutzte: „Spazieren? Du? Hier?" Dabei machte er eine ausladende Geste und zeigte in Richtung Kirchturm. Schlagartig wurde ihm mulmig. Er sah Heribert Oellers mit zornesrotem Gesicht und energischen Schritten auf sich zustapfen. „Oho, jetzt gibt's Ärger." Noch bevor Frantisek aufsehen konnte, stand der Autohausbesitzer schon vor ihnen. Er stemmte die Hände in die Hüften, beugte sich leicht vor und fuhr sie an, allerdings mit stark gedämpfter Stimme, damit die Umstehenden nichts mitbekamen.

„Sagt mal, seid ihr bekloppt geworden? Was macht ihr überhaupt hier? Warum hängt ihr euch nicht noch Schilder um, wo draufsteht: ‚Wir arbeiten schwarz bei Heribert Oellers'? Ihr geht jetzt sofort zurück nach dem Betrieb. Meinetwegen könnt ihr bei euch im Extrazimmer noch was Fernseh gucken, bis ich zurückkomm, aber in drei Sekunden seid ihr hier verschwunden."

Beide nickten schuldbewusst. Hermann zog ein Portemonnaie, das an einer Kette befestigt war, aus seiner Gesäßtasche. Oellers winkte ab. „Lass stecken. Ich bezahl der Quatsch hier. Macht, dass ihr Land gewinnt."

Schnell erhoben sich die beiden und verließen mit gesenkten Köpfen eilig das Pfarrfestgelände. Als sie außer Reichweite waren, fragte Frantisek: „Was für Land wir gewonnen?"

Hermann sah ihn böse an. „Halt die Klappe."

Als sie am Schild „Gewerbegebiet Saffelen" angekommen waren, bog Hermann links ab in Richtung Autohaus Oellers, dem Unternehmen, aus dem streng genommen das Gewerbegebiet bestand. Jedenfalls, seit die Dachdeckerei Pangels im vergangenen Jahr Konkurs anmelden musste und Wurst Wimmers den größten Teil seiner Produktionsstätten an verkehrstechnisch günstiger gelegene Standorte verlegt hatte.

Frantisek blieb stehen. Er rief Hermann hinterher: „Hermann, ich noch kurz was spazieren in Dorf. Ich komme nach."

Hermann sah sich im Gehen um und zeigte ihm einen Vogel. „Mach doch was du willst. Aber lass dich nicht erwischen."

Frantisek blieb alleine zurück. Er grinste: „Ich mich noch nie erwischen lassen."

12
Sonntag, 11. Mai, 12.32 Uhr

Sie hatte ihre Lieblingsohrringe angelegt und extra für diesen besonderen Tag eine neue, rote Bluse gekauft mit einem für ihre Verhältnisse sehr gewagten Dekolleté. All das war ihm aufgefallen, als er sie zu Hause abgeholt hatte. Er hatte ihr die Beifahrertür seines Audi A8 aufgehalten, ihren Duft eingesogen und mit einem süßen italienischen Akzent gesagt: „Tosca – ich liebe Tosca." Das alles wäre Fredi früher niemals aufgefallen. Selbst wenn sie im durchsichtigen Negligé vor ihm gestanden hätte, hätte er sie nur nach der Fernsehzeitung gefragt. Das vermutete sie jedenfalls. Sie hatte sich ja nie im durchsichtigen Negligé vor Fredi gestellt. Damals wäre ihr das zu peinlich gewesen. Bei Sascha jedoch war das anders. Er hatte die Frau in ihr geweckt. Er machte ihr Komplimente für ihren Geschmack, für ihr Aussehen, ja sogar für ihre anmutigen Bewegungen, wenn sie den Müll rausbrachte. Sascha war ein Gentleman, wie sie das bisher nur von Videokassetten kannte. So wie Patrick Swayze in „Pretty Woman". Oder war es Tom Cruise gewesen? Sie konnte sich Namen so schlecht merken. Und Sascha sah noch dazu umwerfend aus. Sein volles, dunkles Haar, das er sich so kunstvoll aus der Stirn gelte. Seine noch dunkleren Augen, die sie zu durchdringen schienen, wann immer er sie ansah. All das elektrisierte sie.

Sie kannten sich erst seit vier Wochen, aber schon der Moment, in dem sie sich zum ersten Mal trafen, war wie Magie gewesen – damals an diesem späten Samstagabend auf der Ü-30-Party in Oberbruch. Er hatte sich im Flur übergeben, sie hatte ihm aufgeholfen. Und dann hatten sich ihre Blicke getroffen. Sie war mit ihm an die frische Luft gegangen und sie hatten miteinander gesprochen. Seine Freunde, mit denen er aus Jux extra aus Mönchengladbach aufs Land gekommen war, hatten ihn allein zurückgelassen. Zuerst hatte er so schnell wie möglich nach Hause gewollt, doch als er kein Taxi bekommen hatte, hatten sie sich einfach weiter unterhalten. Und plötzlich hatte er sich auch für sie interessiert, für die durchschnittliche Martina Wimmers aus Saffelen. Sie hatte ihm alles erzählt. Dass sie die große weite Welt kennenlernen wollte, dass sie Tiere liebte, dass sie auf dem Büro in der Wurstfabrik Wimmers arbeitete, jener Wurstfabrik, die ihrem Vater gehörte und die sogar Lidl und Real mit Wurst belieferte. Alles hatte sie ihm in dieser Nacht erzählt und auch er hatte sich ihr nach anfänglichem Zögern geöffnet. Doch dann war er ganz ehrlich gewesen und hatte nichts ausgelassen. Mit stockender Stimme hatte er von seiner schweren Kindheit erzählt, den entbehrungsreichen Jahren in der Fremdenlegion, die ihn in aller Herren Länder geführt hatten und von seiner Firma, die er mit nichts als mit seinen Visionen zum Erfolg geführt hatte. Dann hatten sie sich leidenschaftlich geküsst. Und wäre ihm danach nicht wieder schlecht geworden, wäre vielleicht schon in dieser ersten Nacht viel mehr passiert. Sie war ohnehin längst bereit dazu, doch er wollte alles erst mal langsam angehen lassen. Zu sehr litt er noch darunter, dass ihm vor vielen Jahren bei einem Einsatz als Entwicklungshelfer in Burundi eine Frau das Herz gebrochen hatte. So sehr die Erregung sie ergriffen hatte, sie würde warten, bis seine Wunden verheilt waren. Sie hatte alle Zeit der Welt, schließlich würde sie den Rest ihres Lebens an seiner Seite verbringen.

Jäh wurde sie aus ihren Tagträumen gerissen, als Billa Jackels sie fröhlich fragte: „Wie immer doppelt Sahne auf der Apfelkuchen, Martina?"

Martina sah verlegen zu Sascha auf, dem eine Locke verspielt in die Stirn gefallen war. Sascha lächelte sie gütig an und sagte zu Billa: „Natürlich mit Sahne. Ich liebe jedes Pfund an dieser wunderschönen Frau."

Martina errötete und auch Billa blickte verschämt zu Boden. Dann sagte sie: „Mit Sie hat die Martina aber Glück gehabt. Sie sind ein feiner Kerl. Nehmen Sie auch ein Stück?"

„Nein danke. Ich muss heute Abend noch trainieren – für den Berlin-Marathon."

Martina nahm den vollen Pappteller entgegen und Sascha reichte Billa zwei Euro: „Stimmt so." Dann ergriff er Martinas Hand und schaute sich um. „Lass uns zu der Birke gehen. Da setzen wir uns ins Gras. Das ist romantischer." Martina strahlte.

Plötzlich hörten sie hinter sich eine Stimme: „Na Arschloch." Sie drehten sich um. Eine Handbreit entfernt stand Fredi Jaspers, puterrot vor Zorn. Mit bösem Blick fixierte er Sascha. Er musste zu ihm aufsehen, da er gute zehn Zentimeter kleiner war als der Modellathlet mit den breiten Schultern.

Martina war entsetzt: „Fredi, bitte."

Sascha schob sie sanft beiseite: „Lass mich nur machen, Schatz. Ich regel das."

„Ja, du bist der große Regler", blaffte Fredi ihn an, „meinst, du könntest hier auf dicke Hose machen. Aber da hast du dich der Falsche ausgesucht. Ich werde dir ..." Fredi hatte sich so sehr in Rage geredet, dass er den Schlag gar nicht kommen sah. Ansatzlos und ohne mit der Wimper zu zucken, hatte Sascha zugeschlagen. Ein brutaler rechter Haken mitten auf die Nase von Fredi. Fredi kippte nach hinten wie ein gefällter Baum. Als er sich mühsam im Sitzen wieder aufrichtete, verteilte sich Blut auf seinem Jeanshemd. Es lief aus seiner Nase, die sich anfühlte, als wäre er damit gegen einen fahrenden D-Zug gelaufen. Überrascht sah er auf. „Die ist gebrochen." Dann fiel er benommen ins Gras zurück.

Sascha stand vor ihm wie ein Kickboxer, bereit zum letzten vernichtenden Schlag. Seine Augen funkelten böse und seine Stimme war kälter als Eis: „Wenn du uns nicht in Ruhe lässt, dann wird deine jämmerliche Nase nicht das einzige sein, was ich dir breche. Du elender Dorfdepp."

Martina war entsetzt. Sie hatte die Hände vors Gesicht geschlagen und wollte schreien, doch es kam kein Ton heraus.

Mittlerweile waren einige Leute aufmerksam geworden und kamen dazu. Das freundliche Lächeln kehrte in Saschas Gesicht zurück, als er sich beschwichtigend an die Schaulustigen wandte: „Kleine Meinungsverschiedenheit." Im selben Augenblick bekam er keine Luft mehr. Etwas schnürte ihm die Kehle zu. Es war die linke Hand von Richard Borowka, die ihn gewaltsam hochriss.

Richard Borowka war gerade auf dem Rückweg vom Biermarkennachkaufen gewesen, als Rita mit blankem Entsetzen im Gesicht zum Kuchenstand gezeigt hatte. Er hatte nur noch gesehen, wie Fredi schwer getroffen zu Boden ging und war sofort losgelaufen. Jetzt hatte er diesen schmierigen Sascha fest im Griff. Seine Wut verlieh ihm übermenschliche Kräfte. Er hob ihn in die Höhe, sodass dessen Wildleder-Slipper kurzzeitig sogar die Bodenhaftung verloren. „Sag auf Wiedersehen zu deine Zähne. Kein Mensch packt mein Kumpel ungestraft an. Ich mach Hackfleisch aus dir, dann kann Martina ihr Vater dich wenigstens noch für seine Wurstmaschine gebrauchen!" Borowka holte aus und schlug ihm mit voller Wucht in den Magen. Dann ließ er ihn fallen wie einen Sack Kartoffeln. Sascha kam hart auf und krümmte sich stöhnend am Boden. Verzweifelt rang er nach Luft.

Mittlerweile waren auch alle anderen Besucher zum Schauplatz des Geschehens gekommen. Während Josef sich um den angeschlagenen Fredi kümmerte, hielten Hastenraths Will, Heribert Oellers und Rita mit vereinten Kräften den wütenden Borowka zurück und redeten beruhigend auf ihn ein.

Martina half Sascha auf die Beine und zog ihn auf die Seite. „Geht's dir gut, Schatz? Komm, lass uns gehen. Das sind doch alles Idioten. Vor allem der Fredi und dem sein bescheuerter Freund."

Sascha hustete und rappelte sich langsam hoch. Dann schlug er den Staub von seinem Jackett und folgte Martina zum Parkplatz.

Als sie vor dem Audi A8 standen, brach Martina in Tränen aus. Sascha umschloss sie mit seinen Armen und versuchte sie zu trösten: „Schatz, das kann doch mal passieren. Die Hauptsache ist doch, dass wir zwei uns haben, oder?"

Martina nickte schluchzend und drückte ihr Gesicht fest an seine Brust. Er spürte, wie sie ihm das Bruno-Banani-Jackett vollschniefte, bemühte sich aber, sich seinen Ärger darüber nicht anmerken zu lassen. Überhaupt war er stinksauer darüber, dass er sich von diesen Halbaffen hatte demütigen lassen. Dieses ganze verdammte Kaff kotzte ihn an. Aber das würde bald ein Ende haben. Sehr bald schon würde er am Ziel sein. Das wusste er.

Er schob Martina sanft von sich und sah ihr tief in die Augen. Dann gab er ihr seinen Autoschlüssel. Sie sah ihn fragend an.

„Fahr doch bitte schon mit dem Wagen nach Hause. Ich komme gleich zu Fuß nach. Nach der ganzen Aufregung muss ich noch etwas frische Luft schnappen."

Sie blickte erst auf den Schlüssel, dann auf ihn. Mit dem Handrücken wischte sie sich die letzte Träne aus dem Augenwinkel. „Ich darf mit deinem Audi A8 fahren?"

„Was ist denn schon ein Audi A8 gegen die schönste Frau der ... von Saffelen?"

Martina seufzte glücklich und gab ihm einen Kuss auf die Wange. Dann setzte sie sich ans Steuer und lenkte den Wagen vorsichtig aus der Parklücke. Er winkte ihr lächelnd hinterher, als sie davonfuhr. „Ein Dorf voller Idioten", dachte er. Dann ging er wütend los.

13
Sonntag, 11. Mai, 19.48 Uhr

Schwül und drückend lag die Luft wie eine Honigschicht über dem Dorf. Träge ging ein herrlicher Tag zu Ende. Das Pfarrfest war ein voller Erfolg gewesen. Marlene Hastenrath und Billa Jackels zählten gemeinsam die Einnahmen aus dem Kuchenverkauf, der nach ersten Hochrechnungen die des Vorjahres noch übertroffen hatte. Die Prozedur zog sich etwas hin, da sie sich ständig verzählten, was ihrer guten Laune jedoch keinen Abbruch tat. Harry Aretz hatte seine Kellner nach Hause geschickt und wischte erschöpft, aber zufrieden die Theke seines Pavillons. Will half Josef dabei, den Grillstand abzubauen. Während sie gemeinsam den Biertisch zusammenklappten, sinnierte Josef laut vor sich hin: „Das war wieder ein tolles Pfarrfest. Wenn die ganze Welt so zusammenhalten würde wie die Dorfgemeinschaft Saffelen, dann gäbe es keine Kriege auf der Welt – höchstens mal 'ne Schlägerei. Oder, Will? ... Will?"

Will war in Gedanken. Er schaute auf. „Was? Ja natürlich, Josef. Tut mir leid, ich war gerade was am überlegen. Mir geht die ganze Zeit der Kriminalfall nicht aus der Kopf. Es muss irgendsein Zusammenhang geben zwischen die ganzen

Einbrüche. Irgendswas sucht dieser Pluto. Auf jeden Fall hat er es noch nicht gefunden, denn nirgendswo wurde was gestohlen."

„Außer bei der Spargel", wandte Josef ein.

„Das ist richtig. Aber trotzdem glaube ich, dass der noch nicht gefunden hat, was der sucht. Weil – nachdem der bei Spargel eingebrochen ist, hat der es noch bei Eidams Theo versucht. Und da hat er wieder nichts gestohlen."

„Vielleicht, weil der Theo dem überrascht hat."

„Könnte sein. Aber der hat dem Theo ja auch bewusstlos gehauen. Und wer so skrupellos ist, der hat auch kein Problem damit, danach in Ruhe weiterzusuchen. Nein, Josef, ich bin mir sicher, Pluto hat noch nicht gefunden, wonach der sucht. Und das kann nur eins bedeuten ..."

„... dass der Lupo nachtblind ist."

„Quatsch. Das kann nur bedeuten, dass er noch so lange weitermacht mit die Einbrüche, bis der am Ziel ist. Was auch immer dem sein Ziel ist."

„Das glaube ich nicht", Josef schüttelte energisch den Kopf, „irgendswann vergeht dem die Lust. Das ist normal. Unser Enkelkind, die Tamara-Vanessa, die hat, als die fünf war, jeden Tag 20 bis 30 Schnickers-Schokoriegel gegessen. Aber irgendswann ... "

Plötzlich erblickte Will Fine Mobers, die wild gestikulierend über die Wiese auf sie zugelaufen kam. Sie trug noch ihre weiße Pflegerinnenuniform. Fine war die Ehefrau von Polier - legende Paul-Heinz Mobers. Sie arbeitete als Pflegerin im Saffelener Altenheim. Und aus genau dieser Richtung rollte sie nun wie eine Dampfwalze im ersten Gang heran.

Als sie vor Will zum Stehen kam, beugte sie sich vornüber und schnappte nach Luft wie ein Fisch auf dem Trockenen. Sie war so sehr außer Atem, dass sie nicht sprechen konnte.

„Was ist los, Fine?", fragte Will ungeduldig.

„Soll ich dir ein Glas Wasser holen?", bot Josef an. Fine schaute kurz hoch, schnaubte und beugte sich wieder leicht nach vorne. Sie hustete heiser. Dann versuchte sie, ruhiger zu atmen. Aber nur sehr langsam verließen die Worte ihren Mund: „Will ... im ... im ... Altenheim ... da ... da ... ist ..."

Will zog sie an den Schultern hoch und schüttelte sie leicht. „Was ist im Altenheim passiert?"

„Sei nicht so grob, Will", ermahnte Josef seinen Freund, „sie muss erst mal wieder Luft bekommen. Sie ist die ganzen 200 Meter vom Altenheim bis hierhin gelaufen."

Fine atmete noch einmal kräftig durch und schnaufte dann: „Im Altenheim ist eingebrochen worden."

Will hielt inne. „Im Altenheim? Warum im Altenheim? Was ist denn gestohlen worden?"

„Das ist es ja", japste Fine, „es war alles durchwühlt, aber es ist nichts gestohlen worden. Meinst du, das war Ufo, der Einbrecher?"

„Du meinst Pluto? Ich weiß nicht. Warum sollte er im Altenheim einbrechen? Wo genau hat er denn gesucht?"

„Im Zimmer von Jakob Geiser, dem Bruder von Gerhard."

Will erstarrte. Josef wunderte sich: „Jakob Geiser? Ja, lebt der denn immer noch? Wie geht es ihm denn, Fine? Bestell ihm auf jeden Fall mal ..."

Will stieß den Feuerwehrmann an. „Überleg doch mal, Josef. Wieder ein Einbruch, wieder im Umfeld von Gerhard

Geiser. Und wieder hat der Täter nichts gefunden. Das bedeutet, er wird wieder zuschlagen. Wir müssen endlich herausfinden, was Pluto sucht. Nur so können wir dem zuvorkommen und dem enttarnen." Er wandte sich noch mal an Fine, die mittlerweile fast wieder auf Normalpuls war: „Habt ihr die Polizei alarmiert?"

„Ja natürlich. Die Pflegedienstleiterin hat da direkt angerufen. Die haben gesagt, die fahren sofort mit Blaulicht los. Die sind in spätestens 38 Minuten da – wenn die gut durchkommen."

Plötzlich verdunkelte sich innerhalb von Sekunden der Himmel. Es donnerte und rumorte. Und aus heiterem Himmel brach ein furchtbares Gewitter über Saffelen herein.

14
Montag, 12. Mai, 13.56 Uhr

„Ortsvorsteher Hajo Hamacher sitzt nach Besuch in Nachtbar in Haft fest." Will hielt mit der linken Hand die vor sich auf dem Schoß ausgebreitete Tageszeitung. Ungläubig las er die Schlagzeile. Mit der Rechten rieb er sich die Augen. Das kann doch nicht wahr sein, dachte er. Hajo gehörte zu den ehrenwertesten Männern, die er kannte. Der Ortsvorsteher des Nachbarortes war seit über 40 Jahren verheiratet, hatte zwei Kinder und wählte CDU. Nichts deutete also auf eine Anomalität hin. Erst kürzlich noch hatte Will mit Hajo auf dem Kreis-Ortsvorsteher-Frühschoppen über alte Zeiten erzählt. Dabei war ihm nichts Ungewöhnliches an dem Mann aufgefallen. Im Gegenteil, nachdem das Zwölf-Mann-Gremium das 50-Liter-Fass Starkbier geleert hatte, war Hajo es, der Will in seinem Mercedes bis nach Saffelen mitgenommen hatte. Will schüttelte den Kopf. Noch einmal las er die fett gedruckte Überschrift: „Ortsvorsteher Hajo Hamacher sitzt nach Besuch in Nachtbar in Haft fest." Kein Zweifel. Hajo Hamacher war vom gefeierten Politpromi zum gefallenen Engel geworden. Dann stutzte Will. Das dazugehörige Foto passte so gar nicht zum Text. Auf dem Foto lachte ein gut gelaunter, rotbackiger

Ortsvorsteher in die Kamera. Mit der linken Hand hielt er prostend einen überschwappenden Maßkrug voller Bier in die Höhe, die rechte Hand war locker abgelegt auf der ausladenden Hüfte einer Hostess der Spar- und Darlehenskasse. Im Hintergrund wiesen bunte Wimpel, die an einer Leine von einem Laternenmast zum anderen quer über die Straße gespannt waren, auf ein Straßenfest hin. Will las die Überschrift noch einmal, diesmal hoch konzentriert: „Ortsvorsteher Hajo Hamacher beim Besuch des Nachbarschaftsfestes."

Will atmete schwer durch. Kleine Schweißperlen bildeten sich auf seiner Stirn. Obwohl er alleine war, schämte er sich ein wenig dafür, dass er an Hajos Integrität gezweifelt hatte. Was war denn nur los mit ihm? Seit dem Pfarrfest gestern war er fahrig und zerstreut. Er konnte kaum noch einen klaren Gedanken fassen. Der Fall Pluto beschäftigte ihn pausenlos. Auch Marlene war schon aufgefallen, dass er heute morgen beim Frühstück lustlos und gedankenverloren in seinem Stück Schwarzwälder Kirsch herumgestochert hatte. Tausende von Fragen schwirrten in seinem Kopf herum. Fragen, auf die er keine Antwort fand. Was suchte Pluto? Was verband die Einbruchsopfer außer der Verwandtschaft zu Gerhard Geiser? Und wer, verdammt noch mal, war dieser Pluto?

Will wurde jäh aus seinen Gedanken gerissen, als Marlene durch die geschlossene Tür rief: „Brauchst du noch lange? Wenn die Kinder gleich kommen, wollen wir essen."

„Äh ... ja ... nein ... bin gleich soweit", antwortete Will. Ihm fiel auf, dass er es noch nicht einmal bis zur Sportseite geschafft hatte. Er faltete die Tageszeitung zusammen, legte sie auf den Boden und massierte sich mit den Handflächen seine

Schläfen. Da saß er nun in seinem Raum, der ihm normalerweise Ruhe und Entspannung in den hektischen Alltag zauberte. Die vier Quadratmeter große, fensterlose Kammer mit nichts weiter als einem kleinen Waschbecken, einem rustikalen Keramik-Flachspüler und einem knapp unter der niedrigen Decke hängenden Spülkasten, der mit einem an einer Kette herunterbaumelnden Holzgriff betätigt wurde, war seine Privat-Bibliothek. Hierhin zog er sich mindestens zweimal am Tag zurück, las ausgiebig die Tageszeitung, löste Kreuzworträtsel oder ließ einfach seine Gedanken schweifen.

Wills kleine Lieblingstoilette existierte schon zu Zeiten seines Großvaters. Ursprünglich hatte es sich dabei um ein Plumpsklo gehandelt, eine Art Holzschuppen mit einem schlichten, in der Mitte rund ausgesägten Holzbrett über einer dampfenden Sickergrube. Ein kühler, ungemütlicher Ort, den man zu Beginn des 20. Jahrhunderts aufsuchte, indem man das Bauernhaus verließ, denn er lag gute zwanzig Schritte entfernt über den Hof. Im Winter pfiff ein eisiger Wind durch die Ritzen der Bretterwand und man beeilte sich mit dem Aufenthalt. Das war mittlerweile nicht mehr nötig. Nach zahlreichen Umbauarbeiten im Laufe der letzten Jahrzehnte waren Haus und Stallungen sozusagen um das stille Örtchen herumgewachsen, das seinerseits natürlich auch verschiedene technische Neuerungen, wie etwa den Anschluss ans Kanalnetz oder eine Wasserspülung, erfahren hatte. Auf der linken Seite grenzte die Wand heute an den Raum mit dem großen Milchsammeltank, rechts gelangte man über einen schmalen, schlecht beleuchteten Flur in einen großen, braun gekachelten Waschraum, der weiter in den Schweinstall führte. Das beständige, monotone Brummen der Milch-Kühlanlage, von dem Marlene immer spaßhaft sagte, dass man dort höre, wie das Geld läuft, und gelegentliche zufriedene Grunz- und Quiekgeräusche aus dem nahen Stall waren der perfekte Klangteppich für Wills sanitäre Meditationen. Außer ihm konnte sich jedoch niemand für Sitzungen an diesem kargen Ort erwärmen. Das lag zum einen am fehlenden Fenster und dem damit verbundenen Verzicht auf Tageslicht und andere Annehmlichkeiten. Zum anderen könnte man die in die Jahre gekommene Toilette für überflüssig halten, weil es im Haus ein sehr geräumiges, für bäuerliche Verhältnisse fast schon luxuriöses Badezimmer sowie eine relativ einladende Gästetoilette gab, ausgestattet mit Moschus-Duftkugeln auf der Spiegelablage, einem kleinen Kippfenster und einer modernen Spültaste, die sogar in die Wand eingelassen war. Marlene Hastenrath war Wills Privatklo sogar so unangenehm, dass sie dessen Existenz vor Besuchern meist verschwieg. Will war das nur allzu recht. Umso mehr Besinnlichkeit und innere Einkehr fand er, wenn er sich dorthin zurückzog.

Doch heute kam er einfach nicht zur Ruhe. Nicht nur, weil ihn der Fall Pluto mehr beschäftigte als ihm lieb war, sondern auch, weil Marlene ungeduldig zum Essen drängte: „Jetzt beeil dich mal, Will. Sabine ist gerade am vorfahren. Die Jungs haben bestimmt Hunger."

Sabine war die gemeinsame Tochter und mit den Jungs waren die beiden Enkelkinder gemeint, der zehnjährige Kevin-Marcel und der sechsjährige Justin-Dustin. Heute besuchte Sabine nämlich wie jeden Montag ihren VHS-Seidenmalerei-kurs im benachbarten Brüggelchen. Das bedeutete, dass die beiden Kinder für die nächsten zwei Stunden das Kommando auf dem Hof übernehmen würden.

Kurz nachdem Marlene die Haustür geöffnet hatte, erfüllte ohrenbetäubender Lärm, der einem startenden Düsenjet zur Ehre gereicht hätte, das Haus. Will hörte durch die Tür seines Refugiums kreischende Kinderstimmen, lautes Schimpfen, knallende Türen, zerspringendes Porzellan, eine ängstlich miauende Katze und Stühle, die quietschend übers Parkett gezogen wurden. Nachdem Sabine sich schnell verabschiedet und Marlene ein Machtwort gesprochen hatte, wurde es etwas ruhiger, wenn auch nur unwesentlich.

Will verabschiedete sich innerlich bereits von seinem Mittagsschlaf. Dann versuche ich wenigstens noch schnell, den Sportteil zu überfliegen, dachte er und begann hastig die Kreisliga-C-Tabelle zu studieren. Doch plötzlich erlosch die Glühbirne, die in ihrer Fassung an einem schlichten, weißen Kabel von der Decke baumelte, und tauchte den kleinen Raum in tiefe Dunkelheit. Will seufzte und brüllte dann durch die Tür: „Kevin-Marcel, mach der Oppa sofort wieder das Licht an."

Vor der Tür war das durch eine vorgehaltene Hand gedämpfte Kichern zweier Jungen zu hören.

Will holte tief Luft. Diesmal nahm seine Stimme einen deutlich bedrohlicheren Unterton an: „Kevin-Marcel und Justin-Dustin! Wenn ihr der Oppa nicht sofort wieder das Licht anmacht, dann dürft ihr nie mehr beim Schlachten zugucken." Will horchte angestrengt. Er vernahm, wie seine beiden Enkel erschraken und kurz innehielten. Er musste grinsen. Eine Sekunde später begann die Glühbirne wieder matt zu flackern. Die beiden Kinder liefen mit lautem Gebrüll davon. Irgendetwas fiel scheppernd zu Boden. Will lächelte zufrieden. Kevin-Marcel und Justin-Dustin waren sein Ein und Alles. Aber so sehr er die beiden Rabauken auch liebte, eins war ihm heute klar geworden. Er musste in den nächsten Tagen dringend den Lichtschalter von außen nach innen verlegen. Mit einem tiefen Seufzer faltete er die Zeitung zusammen und verließ schweren Herzens seine Oase der Ruhe.

15
```
Dienstag, 13. Mai, 17.54 Uhr
```

Josef Jackels saß am Esszimmertisch und kehrte mit den Fingern sorgfältig Apfelschalen zusammen. Hoch konzentriert schob er sie mit der einen Hand über die Tischkante, um sie dort mit der anderen Hand aufzufangen. Dann legte er sie auf eine Serviette, die er zuvor ausgebreitet hatte. Nun ging er daran, den geschälten Apfel in vier gleich große Teile zu zerlegen. Mit geschicktem Schnitt entfernte er die Kerne, die er zu den Schalen auf die Serviette legte. Nachdem er die Serviette wie einen Müllbeutel ordentlich an den Enden zusammengeknotet hatte, legte er die vier Apfelstücke gewissenhaft auf eine Untertasse, die er ebenfalls bereitgestellt hatte. Zufrieden nahm er ein Apfelstück und führte es voller Vorfreude zum Mund. Im Hintergrund lief leise WDR 4. Roger Whittaker sang „Abschied ist ein scharfes Schwert". Während er den Apfel genoss, blätterte er interessiert in der aktuellen Prisma, einem kostenlosen Fernsehheft, das jeden Freitag der Tageszeitung beilag und für das Josef nach dessen erstmaligem Erscheinen 1977 die Hörzu abbestellt hatte. Seine Frau Billa steckte ihren Kopf zur Tür herein. Auf ihrer Dauerwelle trug sie eine durchsichtige Regenhaube. Draußen schien es zu regnen.

„Josef, ich bin jetzt weg, nach die Weight Watchers", sagte sie. Josef sah kauend auf. „Ist gut, Billa. Bis nachher. Heute Abend kommt im Dritten eine Reportage über die interessantesten Krankheiten Deutschlands. Das hört sich gut an." Er tippte mit dem Finger auf die aufgeschlagene Prisma.

„Es wird wohl später", sagte der Kopf im Türrahmen. „Nach dem Wiegen in der Turnhalle gehen wir ja noch essen. Wir haben doch heute unsere nachträgliche Weihnachtsfeier. Die Helmtrud hat uns ein Tisch bestellt im Spanferkelhaus."

Josef nickte eifrig und bedeutete Billa damit, dass er sich wieder erinnerte. Sekunden später hörte er die Haustür zufallen.

Josef streckte sich und gähnte. Er sah auf die Uhr. Es war kurz vor sechs. Gleich würde Will kommen, um mit ihm den Fall Pluto zu besprechen. Nachdem der ehrenamtliche Feuerwehrmann den Einbrüchen zu Beginn nicht allzu viel Aufmerksamkeit geschenkt hatte, war ihm spätestens nach den Vorfällen am Tag des Pfarrfests und Wills Ermittlungsansätzen klar geworden, dass es sich vielleicht doch nicht um Zufallstaten handelte, sondern um geplante Aktionen, denen vermutlich noch weitere Saffelener zum Opfer fallen könnten. Je mehr er darüber nachdachte, desto besorgter wurde er. Seine aufkommende Ängstlichkeit versuchte er zu beruhigen, indem er sich sagte, dass Will sicher längst einen Plan entwickelt hatte, mit dem man Pluto zur Strecke bringen würde. Entsprechend erleichtert war er daher, als es endlich an der Haustür klingelte. Josef stand auf, strich sich die Falten aus seiner braunen Strickjacke und ging durch die Küche zum Flur. Unterwegs entsorgte er noch die Serviette mit den Apfelresten im Treteimer. Dann öffnete er die Haustür. Zu seiner Überraschung stand dort aber nicht Will, sondern Dorflehrer Peter Haselheim, der laut mit einer Geldsammelbüchse klimperte.

Haselheim strahlte: „Endlich mal jemand, der die Tür aufmacht."

„Ach. Guten Tag, Herr Haselheim. Wodrum geht es sich?" Josef war irritiert.

Haselheim klapperte unaufhörlich weiter mit der Büchse. „Herr Jackels. Ich sammle für die Fahrt der Grundschüler ins Phantasialand im nächsten Monat. Wie Sie sicher gelesen haben, werden die Landesmittel immer knapper und der Förderverein interessierter Eltern hat sich aus Mangel an Mitgliedern aufgelöst. Jetzt möchte ich aber ungern die traditionelle Schuljahresabschlussfahrt der Viertklässler ins Wasser fallen lassen und habe mir gedacht, ich versuche eigenhändig, Spenden im Dorf zu sammeln."

„Das ist aber nett. Das Problem ist ..."

„Und da Ihr Enkelsohn Pascal-Daniel ja nun schon seit drei Jahren im vierten Schuljahr ist und die Fahrt demnach schon zweimal mitgemacht hat, habe ich mir gedacht, dass Sie sicher diesmal gerne dazu beitragen wollen, ihm und den anderen den Ausflug zu ermöglichen."

Während Josef noch versuchte, den Schachtelsatz zu erfassen, schlängelte sich Haselheim geschickt an ihm vorbei in den Flur. Von dort rief er: „Herr Jackels, Sie glauben gar nicht, wie schwer es ist, in Saffelen Geld zu sammeln. Sie sind der erste, der mir geöffnet hat. Nebenan bei Hastenraths wurden sogar die Rollläden runtergelassen, als ich geklingelt habe."

Josef schloss die Tür und folgte dem Lehrer. Peter Haselheim war vor der Garderobe stehengeblieben, an der sorgsam die

Feuerwehruniform aufgehängt war. Auf der Hutablage lag der gelb leuchtende Feuerwehrhelm mit dem roten Signalstreifen. Haselheim deutete grinsend darauf: „Heute ohne Uniform und Helm? Ich glaube, so habe ich Sie noch nie gesehen."

Josef hob entschuldigend die Schulter: „Wissen Sie, Herr Haselheim. Zu Hause trage ich die Uniform eher selten. Ja, äh, sonst kommen Sie doch durch im Esszimmer."

Die beiden nahmen einander gegenüber am Esszimmertisch Platz. Josef schob verschämt die Prisma beiseite.

„Ja, Herr Haselheim, ich würde Ihnen gern ein Kaffee anbieten, aber – meine Frau ist leider nicht da."

Haselheim winkte schmunzelnd ab. „Macht doch nichts, Herr Jackels. Ich muss ja sowieso noch weiter. Mit dem, was ich bis jetzt gesammelt habe, kommen wir ja noch nicht mal bis zum Autobahnkreuz Jackerath." Er lachte kurz auf und blickte Josef dann scharf an. „Was wollen Sie denn geben, Herr Jackels?"

Josef schluckte. „Ja, das ist genau das Problem, wo ich eben von dran war. Meine Frau hat das Portemonnaie mit. Sonst würde ich Ihnen gerne was geben. Zumal es ja sein könnte, dass der Pascal-Daniel dieses Jahr zum letzten Mal die Fahrt mitmachen kann."

„Aber Herr Jackels, Sie werden doch noch irgendwo etwas im Haus haben, mit dem Sie die Schulfahrt unterstützen können?"

Josef überlegte angestrengt. Dann strahlte er: „Vielleicht ein Stück Schokolade für die Busfahrt?"

Haselheims zuvor freundliche Miene verfinsterte sich. „Wissen Sie, Herr Jackels, ich bin vor acht Jahren hier nach

Saffelen gezogen, weil sich mir die Chance bot, Rektor an einer Grundschule zu werden. Doch so sehr meine Frau und ich uns auch bemühen, uns ins Dorfleben einzufügen, es will uns einfach nicht gelingen. Wir sind immer noch die Neuen, die Zugezogenen. Warum tut man sich hier so schwer damit, Fremde zu integrieren?"

Josef zuckte mit den Schultern. „Ich weiß es auch nicht. Vielleicht ... vielleicht, weil Sie SPD wählen oder ..."

„Woher wissen Sie, dass ich SPD wähle?", unterbrach Haselheim ihn barsch.

Josef spürte, wie sich kalter Schweiß auf seiner Stirn bildete. Mit einem Mal fühlte er sich unwohl. „Also, ich meine, wissen tun wir das jetzt nicht. Aber wir haben das bei der Vorstandssitzung vom Ortsring vermutet, weil es seit acht Jahren bei jeder Kommunalwahl plötzlich zwei SPD-Stimmen gibt. Aber das ist doch überhaupt nicht schlimm, Herr Haselheim. Wir können uns alle vorstellen, auch SPD-Wähler im Dorf zu intrigieren. Ich bin da absolut tolerant. Eine Nichte von mir, die ist sogar mit ein junger Mann aus Karken verlobt. Der kommt aus ganz schwierige Verhältnisse. Der ist ... evangelisch. Aber der ist trotzdem auf jeder Familienfeier gern gesehen. Außer natürlich, wenn unsere Omma dabei ist."

Noch bevor Haselheim antworten konnte, schrillte die Haustürklingel. Dankbar sprang Josef auf und eilte zur Tür. Als er sie öffnete, drängte sich Will grußlos an ihm vorbei in den Flur und polterte los: „Ich bin was spät dran, Josef. Hier der bekloppte Haselheini wollte bei uns Geld sammeln. Da musste ich mich erst noch verstecken, bis der wieder weg war. Was bist du denn so mit die Hände am wedeln, Josef?"

Will und Josef betraten fast gleichzeitig das Esszimmer. Haselheim warf beiden einen gekränkten Blick zu. Will schien das allerdings weit weniger zu stören als Josef. Jedenfalls fand er seine Sprache schnell wieder: „Ach. Der Herr Haselheim. Das ist ja schön, dass Sie der Josef mal besuchen kommen. Wie geht es Ihnen denn?"

Haselheim schüttelte resigniert den Kopf. Müde hob er an: „Das finde ich auch schön, Herr Hastenrath. Aber wo Sie gerade da sind. Ich sammle für die Schuljahresabschlussfahrt der vierten Klasse ins Phantasialand. Und Ihr Enkelkind Kevin-Marcel ist doch auch ..."

Will stülpte demonstrativ die beiden Innenfutter der Taschen seiner ausgebeulten grauen Stoffhose nach außen und fiel dem Lehrer ins Wort: „Das ist natürlich blöd jetzt. Hätten Sie doch was gesagt, dass Sie bei der Josef sind. Jetzt habe ich leider gerade kein Geld dabei. Aber es ist trotzdem gut, dass Sie da sind. Sie lesen doch immer so Kriminalistikromane, oder?" Haselheim nickte knapp. Will fuhr fort: „Ich würde gerne so ein sogenanntes Täterprofil von Pluto erstellen. Und da wollte ich Sie sowieso mal ..." Will sah Josef an. „Josef, stört es dich, wenn ich eine Zigarre rauche? Dann kann ich mich besser konzentrieren."

Josef schüttelte energisch den Kopf. „Die Billa will nicht, dass hier im Haus geraucht wird. Wegen der Goldkanten-Gardinen. Lass uns lieber auf die Terrasse gehen. Ich glaube, es hat auch aufgehört zu regnen."

Will zog neben ein paar Krümeln und kleinen Zettelchen eine bereits halb aufgerauchte Zigarre aus der Tasche seines Bundeswehrparkas, den er wie immer über seinem grün-weiß karierten Hemd trug. Er klopfte die Zigarre an seiner Hose ab und führte die kleine Gruppe hinaus an die frische Luft.

Peter Haselheim war klar, dass er sich gerade jetzt nicht der Gemeinschaft verweigern durfte. Außerdem war er insgeheim ein wenig stolz, dass Ortsvorsteher Hastenrath den von ihm kreierten Namen „Pluto" wie selbstverständlich verwendete. Er fühlte sich plötzlich sogar ein kleines bisschen akzeptiert. Das hob seine Stimmung derart, dass er, auf der Terrasse angekommen, sogar einen lockeren Small Talk mit Josef Jackels begann. Während Will bei leichtem Wind versuchte, seine Zigarre anzuzünden, deutete Peter Haselheim auf den mächtigen Komposthaufen, der am Ende von Josefs gepflegter Rasenfläche aufgetürmt war. „Herr Jackels, was ist denn das, was da oben drauf liegt?"

Josef sah angestrengt mit zusammengekniffenen Augen hinüber. „Ach so, das. Das muss wohl ein Maulwurf gewesen sein. Den habe ich beim Rasenmähen übersehen. Da konnte ich nix machen. Toter Winkel."

„Aaahhh. Mmmmh." Ganz offensichtlich war es Will in der Zwischenzeit gelungen, seine Zigarre zu entzünden. Er nahm zwei tiefe Züge, bevor er sich wieder an Haselheim wandte: „Stichwort Täterprofilierung. Ich habe ein paar Informationen zusammengetragen. Wie muss man da jetzt genau vorgehen, für die Persönlichkeit von Pluto immer mehr einzukreisen?"

Peter Haselheim dachte nach: „Ich denke, zunächst einmal müssen wir ein Muster finden. Serientäter arbeiten oft nach bestimmten Mustern. Um aber festzustellen, ob es sich überhaupt um einen Serientäter handelt, müsste man erst mal die Frage klären, ob es zwischen den Einbrüchen Gemeinsamkeiten gibt."

Will überlegte nicht lange: „Also, alle Opfer haben irgendswie mit Gerhard Geiser zu tun. Und – bei keinem Einbruch ist bisher was gestohlen worden."

„Außer bei Spargel", gab Josef zu bedenken.

„Das ist richtig", räumte Will ein, „das hat mich zuerst auch stutzig gemacht. Aber mittlerweile habe ich eine Theorie dazu entwickelt. Der zuständige Kommissar, Kommissar Kleinheinz, dem ich gestern morgen kurz vorm Melken nochmal angerufen hatte, der hat mir gesagt, dass der Spargel Gegenstände im Wert von über 12.000 Euro als gestohlen gemeldet hat. Deshalb habe ich gestern ausführlich mit der Richard Borowka gesprochen und dem die Liste der gestohlenen Sachen vorgelegt. Der hat mir glaubhaft gesagt, der Spargel hätte nie ein Plasmafernseher besessen oder ein moderner Capuschinoautomat, geschweige denn ein amerikanischer Kühlschrank mit Eiswürfelmaschine. Das kann nur eins bedeuten."

Josef nickte: „Das seh ich genauso, Will. Das kann nur bedeuten, dass der Spargel sich die ganzen Sachen erst gekauft hat, am Tag, wo der Einbruch war."

Will sah Josef entgeistert an. „Unsinn!", brach es aus ihm heraus. Haselheim legte beruhigend die Hand auf Wills Arm und übernahm.

„Nein, Herr Jackels. Das kann nur bedeuten, dass es sich hier ganz offensichtlich um Versicherungsbetrug handelt."

Will hatte sich wieder beruhigt und referierte weiter, diesmal jedoch mehr Peter Haselheim zugewandt.

„Unter anderem hatte Spargel eine Playstation 4 als gestohlen gemeldet. Ich habe der Kevin-Marcel gefragt: Die ist noch gar nicht auf dem Markt."

„Mit anderen Worten: Es ist also doch so, dass bislang bei niemandem etwas gestohlen wurde."

„Und damit haben wir unsere Gemeinsamkeit. Außerdem ging die Einbruchserie danach ja weiter. Zwei Tage nach Spargel wurde bei der Eidams Theo eingebrochen."

„Ganz genau, Herr Hastenrath. Das bedeutet, dass wir es in allen Fällen mit großer Wahrscheinlichkeit mit ein- und demselben Täter zu tun haben. Hinzu kommt, dass jedes Mal mit einem Dietrich die Haustür geöffnet wurde. Das deutet auf einen handwerklich geschickten Täter hin. Die wichtigste Frage aber ist: Was genau sucht der Täter? Es muss sehr wertvoll sein, denn ganz offensichtlich ist er bereit, Gewalt anzuwenden, um es zu bekommen. Das beweist der brutale Angriff auf Herrn Eidams."

Will rieb sich das Kinn. „Dann tipp ich auf jeden Fall auf ein männlicher Täter. Weil Eidams Theo eigentlich sehr kräftig ist. Der hat schon mehrmals in der Kneipe Leute k.o. geschlagen."

Haselheim nickte nachdenklich.

„Andererseits", stellte Will seine eigene Theorie wieder in Frage, „könnte es auch die Frau von Eidams Theo gewesen sein."

Nun zog Haselheim skeptisch die Stirn in Falten.

„Na ja, zum einen ist die Fine auch sehr groß und sehr, sehr kräftig. Und, Josef, erinner dich mal, wie die der Theo letztes Jahr nach dem Vatertagsausflug mit dem Bügeleisen zugerichtet hat. Auf dem seine Stirn konnte man noch wochenlang der spiegelverkehrte Schriftzug ‚Rowenta' lesen."

„Ich denke, dieser Fall von häuslicher Gewalt hat nichts mit Pluto zu tun", wischte Haselheim Wills Gedanken beiseite.

„Was können wir also festhalten? Pluto ist höchstwahrscheinlich ein männlicher, handwerklich geschickter Täter, der etwas Wertvolles sucht, das er im Umfeld von Gerhard Geiser zu finden glaubt. Möglicherweise stammt der Täter sogar aus dem unmittelbaren Umfeld von Gerhard Geiser. Immerhin kennt er sich dort sehr gut aus."

„Nicht gut genug", fügte Will an, „denn noch hat der nicht gefunden, wonach der sucht."

Haselheim nickte beipflichtend. „Das bedeutet, Pluto wird noch mal zuschlagen. Nur, wo? Gibt es in Saffelen noch mehr Verwandte von Gerhard Geiser?"

„Nein. Da habe ich mit der Kommissar Kleinheinz auch schon drüber gesprochen. Nach dem Einbruch im Altenheim ist mittlerweile bei alle Verwandte von Gerhard eingebrochen worden."

In der kurzen Pause, die entstand, als Will und Haselheim angestrengt nachdachten, fädelte Josef sich wieder ins Gespräch ein, nachdem er zuvor nur wie der gebannte Zuschauer eines Tennismatches von einem zum anderen gesehen hatte: „Ich habe eine sehr gute Idee."

Will und Haselheim sahen ihn überrascht, aber erwartungsvoll an. Der Feuerwehrmann strahlte und sagte: „Ich hol uns erst mal ein Scharlachberg Meisterbrand."

16
Dienstag, 13. Mai, 20.08 Uhr

Martina stand an ihrer Zimmertür und horchte aufmerksam nach unten ins Wohnzimmer. Dort war nichts zu hören außer dem gleichmäßigen Flirren des Fernsehers und der sachlichen Stimme des Nachrichtensprechers. Ab jetzt würde sie ungestört sein. Mit dem Beginn der Tagesschau begab sich ihr Vater nämlich stets in seinen Fernsehsessel und blieb dort sitzen, bis die Anstrengungen des Tages ihren Tribut forderten und er nach sanfter Aufforderung durch seine Frau zu Bett ging. Zuvor aber setzte seine Frau sich auf das Zweier-Sofa zu seiner Rechten und unterbrach ihre Strickarbeiten lediglich, um kurz aufzusehen und das Fernsehgeschehen zu verfolgen. Geredet wurde dabei so gut wie nie. Das Eheleben war nach 36 Jahren von merkwürdiger Tristesse und folgte nur noch eingefahrenen Ritualen. Still, heimlich und erbarmungslos war im Laufe der Jahre Gleichgültigkeit in diese Beziehung hineingesickert, wie Dauerregen in ein Paar undichter Schuhe. Und das, obwohl die Ehe eigentlich mal sehr glücklich war. Aber das war viele Jahre her. 30, um genau zu sein. Damals, kurz nach der Geburt von Martina, wuchs der wirtschaftliche Erfolg der Wurstfabrik in geradezu atemberaubendem Tempo. Mit Geschick, Raffinesse und einer gehörigen Portion Bauernschläue verwandelte Hans Wimmers seine kleine Saffelener Metzgerei in ein international agierendes Wurstimperium, das schon nach wenigen Jahren zu den größten Würstchen-im-Glas-Produzenten Europas gehörte. Die vielen Dienstreisen, die dadurch nötig wurden, lösten in Hans Wimmers ein Gefühl aus, das ihm zuvor völlig fremd gewesen war: Fernweh. Plötzlich fühlte er sich eingeengt in dem kleinen rheinischen Dorf, in dem seine Familie seit Generationen gelebt hatte. Er besuchte Rom, Paris, den Grand Canyon und die Niagarafälle. Die wunderbaren Eindrücke, die er auf seinen Reisen sammelte, hätte er allzu gern geteilt. Doch seine Frau begleitete ihn nur selten. Und wenn, dann nicht, um die Nilkreuzfahrt oder das Golf-Wochenende auf Mallorca zu genießen, sondern nur ihrem Mann zuliebe oder weil die geschäftliche Etikette es erforderte. Am wohlsten aber fühlte sie sich in ihrem kleinen dörflichen Kokon aus Kirchenchor, Aerobicstunde und Kindergartenbeirat. Während der Ort Saffelen für Hans Wimmers mehr und mehr zu einem schändlichen, kleinen Fleck auf seinem Briefpapier wurde, der ihn oft härter hatte kämpfen lassen müssen als seine Mitbewerber, bedeutete Saffelen für seine Frau Hedwig alles. Hier stand die Wiege ihrer ganzen Familie, hier fand ihr Leben statt. Niemals wollte sie diesen Ort verlassen.

Und so lebten sie jahrelang ihre Leben in zwei Paralleluniversen. Das, was sie einte, war die gemeinsame Liebe zu ihrem einzigen Kind, Martina. Martina genoss eine glückliche Jugend, die sich kaum von der Gleichaltriger unterschied. Denn trotz des materiellen Reichtums, der den Wimmers in der Saffelener Gesellschaftsstruktur selbstverständlich eine exponierte Stellung einräumte, wurde sie betont bodenständig erzogen. Hans wie auch Hedwig Wimmers waren sich ihrer Herkunft immer bewusst gewesen und hatten sich nicht mit snobistischem oder hochmütigem Gehabe, sondern mit wohltätigen Aktionen einen Namen gemacht und sich viel Anerkennung verdient. Den Saffelener Kindergarten beispielsweise hatte Hans Wimmers komplett gespendet. Dennoch verzichtete er, uneitel, ja, fast schon verlegen, wie er oft war, darauf, dass der Kindergarten „Wurst-Wimmers-Kindergarten" getauft wurde, was sein gutes Recht gewesen wäre. Jahr für Jahr unterstützte er diese Institution mit großzügigen Zuwendungen. Und immer wieder landete der „Gerhard-Geiser-Kindergarten", wie er mittlerweile nach einem groß angelegten, von Wilhelm Hastenrath initiierten Namenswettbewerb hieß, auf den vorderen Plätzen, wenn es um die Wahl zum schönsten der Region ging. Und so war es natürlich nicht verwunderlich, dass die Wurst-Wimmers-Dynastie neben dem jüngst verstorbenen Gerhard Geiser zu den Speerspitzen der Saffelener Gesellschaft zählte, wenn es darum ging, Saffelen überregional bekannt zu machen beziehungsweise dafür zu sorgen, dass der kleine Ort überhaupt wahrgenommen wurde.

All das ging Martina durch den Kopf, als sie behutsam die Tür ihres Zimmers schloss, in das sie vor gut zwei Jahren wieder eingezogen war, nachdem die Beziehung zu Fredi Jaspers in die Brüche gegangen und der Traum vom gemeinsamen Leben in der gemeinsamen Wohnung so jäh geplatzt war. Ihre Eltern hatten sich gefreut, dass sie wieder nach Hause kam. Nicht, dass sie Fredi nicht gemocht hätten. Ganz im Gegenteil, er war ein gern gesehener Gast im Hause Wimmers. Martina war es, die irgendwann gespürt hatte, dass sich ihre Beziehung, die zu diesem Zeitpunkt immerhin schon sechs glückliche Jahre erlebt hatte, in einer Sackgasse befand. Sie konnte sich nicht genau erklären, wie es zu diesem Gefühl kam, aber sie konnte sich noch sehr genau an den Moment erinnern, in dem es übermächtig wurde. So übermächtig, dass sie auf der Stelle ihre Sachen packte und Fredi verließ. Es war an einem Donnerstagabend gewesen. Sie stand an der Küchenzeile ihrer gemeinsamen Dreizimmerwohnung und spülte. Fredi kehrte wie jeden Donnerstag vom Fußballtraining zurück, trat in den Flur, zog seine verdreckten Fußballschuhe aus und rief in die Küche: „Schatzilein? Machst du mir Kroketten warm?" Was genau an diesem völlig normalen Satz ihre Kurzschlussreaktion auslöste – sie wusste es nicht mehr. Auf jeden Fall war dies der letzte Satz, den Fredi bis heute zu ihr sagen konnte, weil sie daraufhin mit zwei hastig gepackten Reisetaschen wortlos die Wohnung verließ und ihn drei Tage später per Brief darüber in Kenntnis setzte, dass sie sich von ihm trennen wolle. Drei weitere Tage später holten zwei „Wurst-Wimmers"-Fahrer mit einem MAN-Zwölf-Tonner, der die Aufschrift „Das lustige Würstchen vom Dorf" trug, die restlichen Kleider und Möbelstücke von Martina ab. Der Vorfall war wochenlang das beherrschende Thema an der Metzgerei- und Bäckereitheke der kleinen Ortschaft. Erst sehr spät wurde es abgelöst von der Nachricht, dass Gerhard Geiser mit überwältigender Mehrheit zum Bundesschützenmeister des Bundes der historischen deutschen Schützenbruderschaften gewählt worden war.

Und auch wenn das Gerede im Dorf langsam verstummte, so war Martina schon klar, dass Fredi sehr unter der Trennung litt und sie nach wie vor liebte. Der Gedanke machte ihr sehr zu schaffen, zumal ihr selbst nicht bewusst war, warum sie die Reißleine gezogen hatte. Irgendwie hing sie noch an Fredi, aber auf der anderen Seite konnte sie sich einfach keine Zukunft mehr mit ihm vorstellen. Von vielen Aktionen, die er unternahm, erfuhr sie durch ihre Freundin Rita, der Ehefrau von Richard Borowka. Etwa, als er eine Liebesbotschaft auf einen Brückenpfeiler gepinselt hatte und dafür ein empfindliches Ordnungsgeld aufgebrummt bekam oder als er in einer Diskothek bei einer Karaoke-Show ein Liebeslied für Martina gesungen hatte und dafür mit faulen Apfelsinen beworfen wurde. All das wurde ihr zwar manchmal zu viel, vor allem, wenn sie immer mal wieder nachts seinen blauen Fiat Panda in der Nähe ihres Hauses im Schatten des großen Nussbaums entdeckte. Aber auf irgendeine Art und Weise imponierte es ihr auch. Doch es half nichts. Zum einen verstärkte das alles nur ihr schlechtes Gewissen Fredi gegenüber, zum anderen ärgerte es sie, dass sie einfach nicht wusste, wohin ihr eigener Weg führen würde.

Bis vor vier Wochen, als ein kosmischer Glücksfall eintrat, der ihr Leben in eine neue Bahn lenkte. Es war jener traumhaft schöne Diskoabend, an dem sie Sascha kennen- und lieben gelernt hatte. Dieser große, gut aussehende und kultivierte Traum von einem Mann hatte ihr mit einem Mal die Augen geöffnet. Seitdem wusste sie, was sie wollte. Hinaus in die große, weite Welt, so wie einst ihr Vater. Nur dass der sich damals schweren Herzens dagegen entschieden hatte. Was das aus ihm gemacht hatte, das sah sie jeden Abend im Wohnzimmer vor dem Fernseher. Einen resignierten, viel zu früh gealterten Mann, der die Träume und Sehnsüchte, die in ihm aufbegehrten, nicht ausleben konnte. Ihr würde das nicht passieren. Und Sascha war der Schlüssel, der ihr Verließ öffnen würde. Das Verließ, das aus Klatsch und Tratsch, Engstirnigkeit und Beschränktheit, Spießigkeit und Intoleranz bestand. Mit ihm würde sie der miefigen Provinz entfliehen hinein in ein besseres Leben.

Als sie ihr gemachtes Bett sah, auf dem ihr aufgeklappter Koffer lag, schossen ihr Tränen in die Augen. Die Angst vor der Zukunft, vor dem neuen Lebensabschnitt überkam sie wie eine Welle. Es war zugleich die Angst vor dem Abschied von der alten Welt. Sie dachte an ihre Eltern, denen sie einen Brief schicken würde, in dem sie versuchen würde, alles zu erklären. Ihre Mutter würde weinen, ihr Vater würde zwar auch traurig sein, aber tief im Innern würde er sie wohl verstehen. Sie dachte aber auch an ihre Freunde, die sie ohne einen Gruß zurücklassen würde und sie dachte sogar an Fredi, dem sie mit diesem Schritt wohl endgültig das Herz brechen würde.

Doch es half alles nichts. Entschlossen löschte sie die Gedanken aus ihrem Kopf. Sie musste sich mit dem Packen beeilen. Sascha würde sie am nächsten Morgen vor Sonnenaufgang mit seinem Audi A8 abholen. Deshalb hatte er sie auch gebeten, heute besonders früh zu Bett zu gehen. Schließlich hatten sie eine anstrengende Reise vor sich. Weltmännisch wie er war, hatte er in den letzten Tagen alles geregelt. Seine Firma würde ganz normal weiterlaufen. Er hatte seinem besten Mitarbeiter Prokura erteilt. Die wichtigsten Entscheidungen könne er auch aus der Ferne per E-Mail oder mit seinem Hightech-Handy treffen, hatte er ihr erklärt. Wir fahren ja nicht in ein Entwicklungsland, hatte er lachend hinzugefügt. Wohl kaum, dachte Martina. Zunächst einmal sollte es nach Monaco gehen, wo Sascha einen Bungalow mit Whirlpool und Meerblick besaß. Danach würde man weitersehen. Da draußen warten so viele Abenteuer auf uns, hatte er mit seiner geschmeidigen Stimme gesagt und ihren Kopf dabei sanft an seine starke Brust gedrückt.

Martina legte mehrere Sommerblusen in den Koffer. Als sie die Kommode neben ihrem Bett aufzog und die Sportslips von Miss Sixty herausnahm, dachte sie, dass sie in Monaco dringend sexy Unterwäsche kaufen müsse. Schließlich wollte sie ihrem Sascha ja gefallen. Dann fiel ihr Blick auf die Nici-Stoff-Giraffe, die neben ihrem Hello-Kitty-Wecker stand. Sie nahm sie in die Hand. Fredi hatte ihr die Giraffe zum Fünfjährigen geschenkt. Aus dem Po der Giraffe hing eine kurze Schnur. Martina zog daran. Eine Spieluhr begann, die Melodie von Totos „Africa" zu spielen. Das war ihr gemeinsames Lied gewesen. Martina schossen erneut Tränen in die Augen. Sie ärgerte sich, dass sie an der Schnur gezogen hatte. Es war ganz automatisch passiert, so als sei sie ferngesteuert gewesen. Wütend warf sie die Giraffe und damit auch die Gedanken an Fredi weg. Mit voller Wucht landete das Stofftier an der Wand und der mechanische Inhalt zersprang in seine Einzelteile. Ein paar Sekunden lang leierte „Africa" noch schwerfällig vor sich hin, dann erstarb das Lied langsam.

17
Dienstag, 13. Mai, 20.23 Uhr

Tropfend trat er aus der Dusche. Schwerer Dampf hatte sich wie eine Dunstglocke über das kleine Badezimmer gelegt. Mit dem Handtuch wischte er ein Stück des Spiegels frei. Er betrachtete sich kurz, strich sich durchs Haar und trat dann mit umgebundenem Handtuch ins Zimmer. Auf dem Sofa lag fein säuberlich die Kleidung, die er sich bereitgelegt hatte. Eine schwarze Hose, ein schwarzes T-Shirt und ein schwarzer Rollkragenpullover. Damit würde er wieder eins werden mit der Dunkelheit. Er sah aus dem Fenster. Noch eine halbe Stunde, dann würde die Dämmerung hereinbrechen, dachte er. Nachdem er sich angezogen hatte, setzte er sich an den kleinen Holztisch, um seine Tasche zu packen. Es handelte sich um eine kleine, dunkelblaue Sporttasche mit Umhängegurt. Daneben ausgebreitet lagen die Gegenstände, die er einzeln und sehr sorgsam prüfte, um sie dann in der Tasche zu verstauen. Einen großen Schlüsselbund, ein Stemmeisen, Pfefferspray, schwarze Lederhandschuhe, eine Sturmhaube mit ausgeschnittenen Sehschlitzen und einen großen Granny-Smith-Apfel, falls er aus irgendeinem Grund würde warten müssen. Äpfel waren für ihn eine Art Beruhigungsmittel. Er neigte zwar nicht zur Nervosität, wohl aber zu leichtem Jähzorn und irgendwann einmal hatte er festgestellt, dass der saure Fruchtsaft des Apfels ihn entspannte. Der letzte Gegenstand, den er vom Tisch nahm, war ein großer, schwerer Holzknüppel. Versonnen wiegte er ihn in der Hand. Es handelte sich um einen Drehknüppel, wie Seeleute ihn zum Verdrillen der Spanndrähte für die Ladungssicherung verwenden. Vor Jahren hatte er ihn auf einem Flohmarkt gekauft. Damals hatte er noch keine Ahnung, wofür er ihn würde brauchen können. Heute wusste er es. Er legte den Knüppel jedoch nicht zu den anderen Utensilien in die Tasche, sondern ließ ihn in eine Art Holster gleiten, das an seinem Gürtel befestigt war. Im Notfall würde er ihn schnell ziehen müssen, falls er wieder in eine ähnlich brenzlige Situation geriet wie beim vorletzten Mal, als dieser alte Mann ihn überrascht hatte. Wenn er gezwungen werden würde, Gewalt anzuwenden, dann wäre es halt so. Und dann würden sie ihn mal richtig kennenlernen hier in Saffelen, dachte er. In diesem Scheiß-Kaff voller Idioten, denen kein besserer Name für ihn eingefallen war als Pluto. Er musste sich wieder beruhigen. Zu schnell geriet er in Rage. Und nichts konnte er heute Abend weniger gebrauchen. Heute Abend nämlich würde er sein Werk endgültig vollenden und dann für immer verschwinden.

Er sah auf die Uhr. Ein bisschen Zeit blieb ihm noch. Er setzte sich ans Fußende seines Bettes und schaltete mit der Fernbedienung den kleinen Fernseher an, der auf einer verwitterten Spanplatte stand, die von zwei Holzböcken gehalten wurde. Dem orangenen Farbstich nach zu urteilen handelte es sich um eine Folge von „CSI Miami". Eine junge, hübsche

Frau lief mit ängstlichem Gesicht durch eine dunkle, von umgefallenen Mülltonnen gesäumte Gasse. Plötzlich sprangen zwei Männer aus der Ecke und warfen sich lachend auf sie. Sie wehrte sich schreiend. Die Miene des Mannes, den sie Pluto nannten, gefror auf der Stelle. Er sprang wütend auf und trat mit voller Wucht gegen den Fernseher, der Sekunden später auf den Boden krachte. Bebend vor Zorn packte er seine Tasche, verließ das Zimmer und warf die Tür hinter sich so heftig zu, dass sie fast aus den Angeln fiel.

18
Dienstag, 13. Mai, 22.24 Uhr

Es gab einen lauten Knall. Borowkas Kopf war aus seiner aufgestützten Hand gerutscht und mit voller Wucht auf dem Küchentisch gelandet. Er schüttelte sich und sah auf. Zwei Augenpaare starrten ihn entgeistert an. Während Rita nach einigen Schrecksekunden besorgt fragte: „Hast du dir weh getan, Richard?", erhob sich Ritas Mutter resolut vom Küchentisch und warf ihm einen bösen Blick zu. Verärgert schnaubte sie: „Da sich der liebe Herr Schwiegersohn offensichtlich nicht für den Fortgang unserer Wohnzimmerrenovierung zu interessieren scheint, kann ich ja auch gehen." Theatralisch griff sie ihre Handtasche und verließ mit einem verächtlichen Seitenblick auf Borowka das Zimmer.

Rita lief hinter ihr her. „Mutter, warte doch."

Borowka, der langsam wieder zu sich kam, hörte nur noch, wie die Haustür krachend ins Schloss fiel. Dabei zuckte ein kurzer Schmerz durch seinen Kopf. Als er sich benommen die Schläfe rieb, erschien Rita betrübt im Türrahmen. In Borowka breitete sich ein unangenehmes Gefühl aus. Unsicher erhob er sich, ging zu Rita und nahm sie etwas ungelenk in den Arm, so ähnlich, wie er es mal in einem Film mit Chuck Norris gesehen hatte. „Tut mich leid, Rita. Ich war was müde von der Arbeit. Das hat nix mit deine Mutter zu ..."

Rita fuhr ihm sanft mit dem Zeigefinger über die Lippe: „Ist schon gut, Richard. Mama ist im Moment was angespannt wegen der Umbau. Außerdem ist es schon fast halb elf. Das heißt, Mutter hat jetzt über vier Stunden erzählt. So langsam reicht es auch." Sie gähnte mit vorgehaltener Hand.

Borowka bemerkte, dass er Rita immer noch im Arm hielt. Sie schmiegte sich an ihn und schnurrte: „Du riechst gut."

Borowka wurde verlegen. Er spürte instinktiv, dass so etwas wie Romantik in der Luft lag und ihm war klar, dass er jetzt unbedingt das Richtige würde sagen müssen, um die Situation für sich zu nutzen. Aber was war das Richtige? Was hatte Chuck Norris noch gesagt? Plötzlich fiel ihm ein, dass es sich bei dem Film ausgerechnet um „Cusack, der Schweigsame" gehandelt hatte. Mist, dachte er und sagte: „Das kann sein mit der gute Geruch. Wir haben bei Auto Oellers jetzt eine neue Handwaschpaste für gegen ölige Finger."

Rita stieß sich sanft, aber bestimmt ab, gähnte laut und sah demonstrativ auf die Uhr. „Ich glaube, ich geh nach Bett."

Borowka verfluchte sich innerlich für seine Antwort, die ganz offensichtlich nicht die richtige gewesen zu sein schien. Doch noch bevor Rita das Zimmer verließ, hatte er sich wieder gefangen. Das hatte er beim Fußball gelernt. Nie einer vergebenen Chance nachtrauern, sondern sofort wieder nachtreten. „Rita, warte."

Rita drehte sich langsam um. Sie lächelte zwar sparsam, aber ihr Blick verriet, dass sie durchaus bereit schien, ihm eine zweite Chance zu geben.

Borowka dachte kurz nach. Zuerst kehrte die Zuversicht zurück und dann ganz langsam so etwas wie Gewissheit. Er drückte seinen Rücken durch, hob das Kinn und legte den Kopf ein wenig schief. Er wusste, dass sie das mochte. Wenn ihm jetzt noch der richtige Satz einfiele, dann würde sie wie Butter in der Sonne dahinschmelzen. Und es kam Borowka vor, als ob ein unsichtbarer Engel der Liebe genau in diesem Moment vorbeigeflogen wäre und die Brisanz der Situation erkannt hatte. Denn exakt im richtigen Augenblick, exakt in dem Moment, in dem er den Mund öffnete, lag der perfekte Satz direkt auf seiner Zunge, als hätte er nur darauf gewartet, endlich in die Welt hinausgesprochen zu werden. Borowka musste diesen Satz nur noch wie einen Pfeil abfeuern, der sich Rita tief ins Herz bohrte. Siegessicher formte er seine Lippen und sagte: „Rita, mach es dir auf der Couch bequem. Ich hol uns im Keller eine gute Flasche Sekt."

Volltreffer! Mitten ins Schwarze. Rita schluckte deutlich vernehmlich und ihre Augen bekamen einen schimmernden Glanz. Sie hielt sich am Türrahmen fest, fast so, als wäre sie der Ohnmacht nahe. Sie brachte nur noch hervor: „Oh, Richard. Ich mach uns Kerzen an. Beeil dich mit der Flasche."

Borowka ballte die Faust. Er hatte gerade noch das Steuer rumgerissen. Mit großen Schritten spurtete er zur Kellertreppe, drückte im Vorbeilaufen den Lichtschalter und nahm auf dem Weg nach unten nur jede zweite Stufe. Mit hohem Tempo erreichte er den Werkzeugkeller, wo er seinen Schwung abbremsen musste. Er sah sich um. Es dauerte ein wenig, bis sich seine Augen an das trübe Kellerlicht gewöhnt hatten. Irgendwo hatte er die verdammte Sektflasche versteckt. Aber wo? Als er seinen

Blick nervös durch den Raum wandern ließ, klingelte es an der Haustür. Borowka verdrehte die Augen und rief hoch: „Nicht aufmachen!"

Schwach, wie durch Watte gedämpft, hörte er Ritas Stimme: „Ach Richard. Mutter hat bestimmt nur was vergessen. Ich schick sie gleich wieder weg. Komm lieber schnell mit der Flasche hoch, Tiger." Das letzte Wort hauchte sie wie ein amerikanischer Filmstar. Borowka suchte hastig weiter. Er schob den Bitumeneimer zur Seite. Polternd fiel ein Gummihammer zu Boden. Während er sich leise fluchend die Spinnweben von der Hand streifte, entdeckte er etwas grünlich Schimmerndes neben dem alten Rübenkrauteimer, der randvoll mit Schrauben und Muttern war. Das musste sie sein. Er schob seinen Pulloverärmel zurück und griff mit der rechten Hand ganz weit hinten durch ins Regal. Dann bekam er sie zu fassen und zog sie heraus. Sie war es tatsächlich. Die gute Flasche Sekt, die er hier unten für einen ganz besonderen Anlass aufbewahrt hatte. Stolz wischte er die dicke Staubschicht vom Etikett. Darauf stand: „40 Jahre Teppich Müller." Borowka strahlte.

Im selben Moment gellte ein markerschütternder Schrei durchs Haus. Borowka erschrak so sehr, dass er die Sektflasche fallen ließ. Sie zersprang auf dem Boden und der Sekt spritzte auf seine Röhrenjeans mit den modernen Lederapplikationen. Es war ein endloser, angsterfüllter Schrei. Und das Schlimmste war: Es war Rita, die schrie. Borowka war starr vor Schreck. Doch so laut und schrill wie der Schrei war, so plötzlich und abrupt endete er und eine gespenstische Stille legte sich über die Wohnung. Mein Gott, Rita, schoss es ihm durch den Kopf. Warum wurde es ihm erst jetzt klar? Schwiegermutter konnte es doch gar nicht gewesen sein. Schwiegermutter besaß selbstverständlich einen Schlüssel und würde niemals klingeln. Im Gegenteil, sie beherrschte die Kunst des lautlosen Anschleichens und machte davon, so oft es ging, Gebrauch.

In großer Panik griff Borowka den erstbesten Gegenstand, den er zu fassen bekam. Es war eine massive Säge mit Holzgriff und langen, rostigen Zacken. Wild entschlossen rannte er damit die Treppe hoch. Er würde jeden umbringen, der seiner Rita auch nur ein Härchen krümmte. Mit jedem Schritt auf der Treppe wuchs seine Wut. Obwohl nur wenige Meter bis zum Flur zu überbrücken waren, kam es ihm vor, als laufe er in Zeitlupe, als zöge er schwere Eisenkugeln hinter sich her. In seinem Kopf überschlugen sich die Gedanken. Wie oft hatte er Rita in Diskotheken und auf Schützenzelten schon beschützt, wenn ihr jemand zu nahe gekommen war? Nicht selten hatte er Leute zu Boden geschlagen, noch bevor Rita überhaupt bemerkt hatte, dass sie sexuell belästigt wurde. Mit wehendem Haar erreichte Borowka den Treppenabsatz und bog, ohne abzubremsen, in den Flur ein. Schlitternd kam er kurz vor der Haustür zum Stehen und riss in wilder Entschlossenheit die Säge hoch, um sie gleich wieder sinken zu lasssen. Es dauerte eine Weile, bis er begriff, was geschehen war.

Rita lehnte vornübergebeugt mit blassem Gesicht an der Wand und hielt sich die Hand vor den Mund. Ihre Halsschlagader pochte wild. In der Haustür stand Fredi Jaspers mit einer großen, weißen Gipsschale auf seiner Nase. Die Gipsschale wurde auf beiden Seiten von breiten, weißen Pflastern gehalten. Borowka blickte verwirrt zwischen den beiden hin und her. „Was ist denn hier los?"

Fredi zuckte ratlos mit den Schultern. Ritas Hand war mittlerweile auf ihren Bauch gewandert, den sie sich nun stattdessen hielt. Nur langsam fand sie ihre Sprache wieder: „Ich ... ich ... dachte, das ist ... das ist das Phantom der Oper oder dieser ... Mörder aus ‚Halloween' ... und der will mich ..."

Borowka ließ die Säge zu Boden sinken und nahm Rita tröstend in den Arm. Böse fixierte er Fredi: „Bist du bekloppt, Fredi? Abends um die Zeit an Häusertüren zu klingeln und Leute zu erschrecken."

Fredi war eingeschnappt. „Was soll das denn heißen? Ich wollte Rita doch gar nicht erschrecken. Was kann ich denn dafür, dass ich die Nase gebrochen hab? Das tut weh genug. Ich wollte dir bloß was zeigen kommen, Borowka."

Borowka winkte verärgert ab, doch Rita, die sich mittlerweile wieder gesammelt hatte, beschwichtigte: „Richard, jetzt sei nicht so. Das war doch nur ein Missverständnis. Guck ruhig, was der Fredi dir zeigen will. Ich geh solange im Wohnzimmer und trink ein Glas Wasser für zur Beruhigung."

Als Rita im Wohnzimmer verschwunden war, beugte Borowka sich zu Fredi hinüber und flüsterte: „Fredi, hat das nicht bis morgen Zeit? Das ist gerade total schlecht."

Fredi schüttelte den Kopf. „Nee, das hat nicht bis morgen Zeit. Außerdem geht das ganz schnell." Er zog Borowka vor die Tür. „Ich hab das da vorne im Auto." Fredi ging vor zu seinem hellblauen Fiat Panda, den er am Bordstein vor der wild wuchernden Hecke geparkt hatte. Borowka trottete missmutig hinterher und warf dabei einen sehnsüchtigen Blick zurück zum Haus. Derweil mühte Fredi sich ächzend, etwas Großes und Unförmiges vom Beifahrersitz auf den Bürgersteig zu hieven. Im schwachen Licht der Straßenlaterne konnte Borowka nicht genau erkennen, worum es sich handelte. Fredi stellte es ab und zeigte darauf.

Borowka war irritiert. Was sollte das sein? Das Gebilde war etwa 1,60 Meter hoch, stand auf vier Beinen und war komplett aus blank poliertem Stahl zusammengeschweißt. Und es war offensichtlich sehr schwer, wenn er Fredis Stöhnen beim Herausheben aus dem Auto richtig interpretierte. Auf den vier Beinen war eine flache Platte angebracht, von der auf der einen Seite ein langes Stahlrohr in die Höhe ragte. Es sah aus wie ein Stuhl mit einer langen, zu schmal geratenen Rückenlehne. Aber für einen Stuhl war die flache Platte zu groß. Am oberen Ende des Rohrs war ein um 90 Grad gewinkeltes Endstück angebracht. Die offene Stelle war mit Pappe zugeklebt, auf der mit ungeschickter Hand ein Smiley-Gesicht aufgemalt war. Fredi fragte mit stolz geschwellter Brust: „Und, wie findest du sie?"

Borowka sah ihn mitleidig an: „Wie soll ich ein Haufen zusammengeschraubter Schrott schon finden?"

„Du bist gemein, Borowka. Das ist Kunst. Das ist eine Giraffe."

„Eine was?"

„Eine Giraffe! Ich habe heute der ganze Tag gebraucht, für die zusammenzubauen."

„Sag mal, geht's noch? Hast du zu viel Zeit, oder was?"

Fredi deutete auf die Gipsschale in seinem Gesicht: „Ich bin doch krankgeschrieben. Meinst du, die Giraffe gefällt Martina?"

Borowka war einen kurzen Moment sprachlos: „Stop mal eben. Du willst Martina doch nicht etwa hier der Blechhaufen auf vier Beine schenken?"

„Na klar. Die sammelt doch Giraffen."

Borowka seufzte. Es war mal wieder an der Zeit, deutlich zu werden. „Fredi. Jetzt hör mir mal gut zu. Erstens: Martina sammelt Stoffgiraffen. Zweitens: Hör endlich auf, die mit irgendwelche Geschenke zu belästigen. Damit machst du es doch nur noch schlimmer. Und drittens: Lass mir der Scheiß bloß nicht hier im Vorgarten stehen. Ich hab mit Hastenraths Marlene schon genug Ärger wegen die Hecke."

Fredi sah seinen Kumpel mit traurigen Augen an. Eine einsame Träne kullerte ihm über die Wange. Borowka wurde weich. Er fasste Fredi an die Schulter und schlug einen versöhnlichen Tonfall an: „Ich weiß, dass das nicht einfach ist. Aber denk doch mal dadran, was die Martina mit die ganzen Blumensträuße gemacht hat, die du die in die letzten zwei Jahre geschenkt hast. Die hat die alle in die Biotonne geschmissen. Und der letzte Blumenstrauß, den hat dir der ihr neuer Typ sogar vor die Tür geworfen. Das bringt doch alles nix. Oder erinner dich an das Ordnungsgeld, das du bezahlen musstest, weil du ‚Martina, ich libbe disch' auf der Brückenpfeiler gepinselt hast. Wo die dich wegen die Rechtschreibfehler überführt haben. Und hör vor allen Dingen auf, vor dem Haus von Martina und ihre Eltern Patrollje zu stehen. Der alte Wimmers hat deswegen schon zweimal die Polizei gerufen."

„Aber bis die da sind, bin ich ja immer schon weg", sagte Fredi triumphierend. Borowka ließ sich nicht beirren. „Vergess die Frau einfach. So hart das klingt, Fredi. Der ihr neuer Typ spielt in eine andere Liga."

„Und genau deshalb hab ich die Giraffe geschweißt", sagte Fredi bockig. „Was der mit seine komische Schlosserei kann, das kann ich schon lange. Ich werde Martina heute Nacht mein Giraffen-Kunstwerk vor die Haustür stellen. Und dann wird die morgen früh wissen, was die an mir hat."

Die letzten Sätze hatte Borowka nur noch halb mitbekommen, weil er im Augenwinkel durch das hell erleuchtete Wohnzimmerfenster beobachtet hatte, wie Rita aufgestanden war, sich reckte und mit weit geöffnetem Mund gähnte. So ein Mist, dachte er. Er wandte sich wieder Fredi zu und sagte: „Weißt du was, Fredi? Tu, was du nicht lassen kannst. Ich hab jedenfalls was Besseres zu tun, als mit dir zu diskutieren." Er winkte noch kurz und verschwand dann schnell im Haus. Die Haustür fiel krachend hinter ihm ins Schloss.

Fredi drehte sich entschlossen um und wuchtete die Stahlgiraffe wieder mit einiger Anstrengung zurück auf den Beifahrersitz seines Fiats. Der Hals der Giraffe war so lang, dass der Kopf aus dem geöffneten Fenster ragte. Fredi stieg ein und fuhr mit quietschenden Reifen los – zum Haus seiner ehemaligen zukünftigen Schwiegereltern.

Als Borowka ins Wohnzimmer gelaufen kam, wäre er fast mit Rita zusammengestoßen. Sie sagte lächelnd: „Ich dachte, es dauert noch länger. Ich wollte gerade nach Bett."

„Aber nicht doch", sagte Borowka und führte Rita zurück ins Wohnzimmer. Sie ließ sich bereitwillig darauf ein. Nebeneinander setzten sie sich aufs Sofa. Borowka löschte das große Deckenlicht. Nun erhellten nur noch ein paar Duftkerzen den Raum. Sie sahen sich lange an. Plötzlich fiel Borowka ein, dass die Sektflasche zersprungen war. Er hob an: „Rita, die Sektflasche ist ..."

Rita hielt ihm mit ihren langen, falschen Fingernägeln den Mund zu und wisperte verführerisch: „Sssch ... wir brauchen keinen Sekt mehr. Du warst heute so heldenhaft und so romantisch wie seit Jahren nicht. Bleib hier. Ich geh nur mal eben im Bad – mich frisch machen. Dauert nur ein paar Minuten."

Als Rita so elfenhaft, wie es ihr möglich war, aus dem Zimmer geschwebt war, rieb Borowka sich voller Vorfreude die Hände. Noch einmal würde er sich diese Chance heute nicht entgehen lassen. Viel zu selten war das Paar ungestört, seit es in die Einliegerwohnung im Haus von Ritas Eltern gezogen war. Nervös bereitete er sich deshalb auf Ritas Rückkehr vor. Dann – nach einer kurzen Weile tauchte ihr Schatten im Türrahmen auf. Borowka sprang, seinem soeben ausgetüftelten Plan folgend, auf, griff Rita, ließ sich mit ihr rückwärts auf das Sofa fallen und drückte ihr mit romantisch geschlossenen Augen einen festen, feuchten Kuss auf die Lippen. Doch plötzlich blieb ihm die Luft weg. Etwas drückte schwer auf seinen Brustkorb. Es kam ihm vor, als hätte Rita in den wenigen Minuten im Bad gut 30 Kilo zugenommen. Nach Luft ringend riss er die Augen auf und blickte in das verdutzte Gesicht seiner Schwiegermutter, die er wie einen großen Rollbraten umklammert hielt. Ritas Mutter konnte nur noch ein perplexes „Ich hatte meine Jacke vergessen" hervorpressen, bevor Borowka ihren massigen Körper erschrocken losließ und dieser ungebremst auf den harten Wohnzimmerboden krachte.

19
Mittwoch, 14. Mai, 0.51 Uhr

Beschwingt von mehreren Gläsern Wein schlängelte Billa Jackels sich vorsichtig den Kiesweg entlang, der von ihrer Einfahrt zur Haustür führte. Das Spanferkel verursachte ihr leichtes Aufstoßen. Dabei hatte sie ihre Portion nicht einmal ganz aufbekommen. Die Reste befanden sich in ihrer Handtasche, sicher verpackt in ihrer Regenhaube. Daneben lag auch der Schlüsselbund, den sie, vor der Haustür angekommen, so leise wie möglich herausfingerte. Der schwache Schein der Straßenlaterne spendete gerade so viel Licht, dass sie den grün lackierten Schlüssel fand und nach einigen fehlgeschlagenen Versuchen behutsam ins Schloss einführen konnte. Fast geräuschlos gelang es ihr, die Tür aufzuschieben. Sie freute sich, denn sie wusste, dass ihr Josef um die Zeit bereits seit mindestens drei Stunden schlief. Und da ihr Mann sich als pflichtbewusster, stets einsatzbereiter Feuerwehrmann einen sehr leichten Schlaf antrainiert hatte, schlich sie auf leisen Sohlen in den Flur und ließ die Tür behutsam hinter sich ins Schloss schnappen. Plötzlich jedoch hörte sie Geräusche aus dem Wohnzimmer. Wahrscheinlich hatte Josef vergessen, den Fernseher auszuschalten. Sie ging ins Wohnzimmer und erschrak. Um den Couchtisch herum saßen Josef, Will und Grundschullehrer Haselheim. Das ungleiche Trio war in eine angeregte und offenbar sehr lustige Unterhaltung verstrickt, denn es wurde laut und dreckig gelacht. Immer wieder schlug Will Peter Haselheim prustend auf die Schulter, sodass dieser Mühe hatte, nicht aus dem Sessel zu kippen. Auf dem Couchtisch standen zwei leere und eine angebrochene Flasche Scharlachberg Meisterbrand, drei Cognacgläser, eine Schale Flips und ein überquellender Aschenbecher. Erst nachdem Billa sich mehrfach laut geräuspert hatte, bemerkte Josef seine Frau. Er grinste sie mit glutroten Wangen und leicht glasigen Augen an: „Billa. Du bist schon wieder da?"

Billa stemmte wütend die Arme in die Hüften: „Wer hat hier drinnen geraucht?"

Einige Sekunden lang starrten die drei Männer sie an. Dann zeigten sie gegenseitig aufeinander und prusteten laut los. Will schlug, fast schon wiehernd, Haselheim erneut auf die Schulter. Diesmal fiel der allerdings tatsächlich vom Sessel und riss die Schale Flips mit auf den Boden, als er daran Halt suchte. Die auf dem weißen Flokatiteppich verstreuten Flips sorgten für nur noch mehr Gelächter und Billa wusste, dass es heute keinen Zweck mehr haben würde, ein Machtwort zu sprechen. Sie wusste aber auch, wer in den nächsten sechs Wochen den Müll rausbringen würde. Ohne ein weiteres Wort verschwand sie in der Küche.

Im Wohnzimmer beruhigte sich die überdrehte Stimmung ein wenig. Will goss die Gläser noch einmal voll und ignorierte dabei, wie schon den ganzen Abend, Josefs zaghaft abwehrende Handbewegung. Haselheim rappelte sich wieder hoch und ließ sich schnaufend in den Sessel fallen. Plötzlich erhob sich Josef und ging wortlos hinüber zum massiven Eichenschrank. Er öffnete eine breite, tiefe Schublade, auf der ein großer, kunstvoll verzierter Schlüssel steckte. Mit einiger Mühe zog er daraus einen alten Schuhkarton hervor, der eingeklemmt zu sein schien. Der Schuhkarton, dessen Deckel sich unter der Fülle des Inhalts wölbte, war notdürftig mit einem Einmachgummi umspannt. Mit krakeliger Handschrift hatte jemand „GG" auf die Seite gekritzelt. Josef hielt den Karton triumphierend in die Höhe. Will und Haselheim sahen ihn fragend an.

„Das hatte ich schon ganz vergessen", sagte Josef. „Das sind die persönlichen Unterlagen von Gerhard Geiser. Die hatte mir dem seine Frau, ähm, also, Witwe heißt die ja jetzt, letzte Woche gegeben, für dass ich die mal durchgucke. Ob da noch wichtige Sachen für die Vereine bei sind. Wenn nicht, soll ich das Zeug wegwerfen, weil die es nicht mehr haben will."

Will schüttelte verständnislos den Kopf. „Wie, wegwerfen? Das ist ja unfassbar. Wie geht die Frau denn mit dem Andenken eines der größten Saffelener um? Was der Gerhard alles für unser Dorf getan hat. Das ist absolut unglaublich."

„Jetzt geht das schon wieder los." Josef schüttelte verständnislos den Kopf. „Will. Das ist genau der Grund, weswegen die mir die Sachen gegeben hat und nicht dir. Die wollte mit dir nicht schon wieder über der Gerhard diskutieren. Du tust immer so, als wenn der Gerhard so eine leuchtende Lichtgestalt gewesen wär, dabei darf ich dich mal dadran erinnern, dass der auch ..."

„Jetzt beruhigen Sie sich mal," unterbrach Haselheim, der mit einem Mal wieder einen sehr ernsthaften Eindruck machte.

„Ist Ihnen eigentlich klar, dass in der Kiste die Lösung stecken könnte? Das sind die persönlichen Unterlagen von Gerhard Geiser und wir suchen nach einem Täter, der fieberhaft etwas im Umfeld von Gerhard Geiser sucht."

„Vielleicht sogar die Kiste?", überlegte Will.

„Das glaube ich nicht", sagte Josef, stellte den Karton auf den Tisch und zog vorsichtig das Einmachgummi ab. Unter dem Deckel stapelten sich unordentlich ineinander verschachtelte Papiere. „Guckt mal hier. Das sind alles nur Quittungen und Zettelchen. Die sind bestimmt nicht wertvoll."

Haselheims Wangen glühten vor Aufregung. „Wer weiß, vielleicht finden wir irgendeinen Hinweis. Lassen Sie uns den Inhalt doch mal genau untersuchen, meine Herren." Er machte Platz auf dem Couchtisch und leerte die Kiste aus. Sofort machten er und Josef sich daran, die Blätter zu sortieren.

Will stand auf und sagte: „Eigentlich bin ich strikt dagegen, in Gerhard seine persönlichen Unterlagen zu wühlen, für dem sein Andenken nicht zu beschmutzen. Aber ...," fügte er seufzend hinzu, „wenn es denn der Wahrheitsfindung dient. Fangt schon mal an. Ich muss noch mal eben nach Klo."

Josef wies auf den Esszimmertisch. „Die Prisma liegt da hinten." Will warf ihm einen genervten Blick zu. „Ich bin sofort wieder da."

Auf dem Weg zur Gästetoilette musste Will die Küche durchqueren. Dort traf er auf Billa, die wieder einen sehr entspannten Eindruck machte. Die Weinseligkeit hatte offenbar gegenüber dem Ärger die Oberhand gewonnen. Vor sich auf dem Küchentisch ausgebreitet hatte sie große Mengen Messer, Gabeln und Löffel. Auf der Eckbank stand ein Besteckkasten.

Mit großer Sorgfalt nahm sie immer ein Besteckteil vom Tisch, polierte es gründlich mit einem speziellen Lappen, den sie vorher in eine Flüssigkeit getunkt hatte und legte es dann an den dafür vorgesehenen Platz in den Kasten. Sie lächelte Will an. „Hallo Will. Marlene hat mir eben bei den Weight Watchers erzählt, dass du diesem Udo dicht auf den Fersen bist."

„Wem?"

„Ja hier, Udo, dem Einbrecher."

Will neigte leicht den Kopf. „Der heißt Pluto. Das ist aber nur ein Deckname, den wir dem gegeben haben. Das macht man so in Kriminalfälle. Ich sag mal so: Wir ermitteln in alle Richtungen. Wir müssen aber noch herausfinden, was dieser Pluto sucht und wo er wieder zuschlagen wird. Was bist du da überhaupt am machen, Billa?"

„Ich polier das Silberbesteck. Am Sonntag kommt dem Josef seine Erbtante zu Besuch und da wollen wir nix dem Zufall überlassen. Das ist echtes Tafelsilber aus Italien." Sie hielt einen blinkenden Suppenlöffel in die Höhe. Das darin reflektierende Licht der Küchenlampe blendete Will. Als er die Augen zukniff, schossen ihm plötzlich stakkatoartige Bilder von blitzendem Silber und glänzendem Chrom durch den Kopf, und mit einem Mal wurde ihm alles klar. Warum war er nicht eher darauf gekommen? Er spürte, wie ihm die Farbe aus dem Gesicht wich. Ihn überkam Übelkeit. Er musste sich an der Wand abstützen und stöhnte laut auf: „Mein Gott, ich weiß, was Pluto sucht."

Billa ließ den Löffel sinken und sah ihn mit großen Augen an. Haselheim und Josef hatten sein Stöhnen gehört und kamen in die Küche gelaufen. Josef hielt den Schuhkarton fest umklammert.

Haselheim platzte vor Neugier: „Jetzt sagen Sie schon, Herr Hastenrath. Was sucht Pluto?"

„Die silberne Ehrenkette", stammelte Will blass wie ein Kalkeimer. „Gerhard hat für seine großen Verdienste kurz vor seinem Tod eine Art Ehren-Bürgermeister-Kette vom Kreis erhalten. Die war extra von einem bekannten holländischen Goldschmied gefertigt worden und ist über 25.000 Euro wert. Da sind sogar das Saffelener Dorfwappen und dem Gerhard seine Initialen drin eingraviert."

„Mein Gott", stieß Haselheim hervor, „und ich glaube, Herr Jackels und ich wissen, wo er danach suchen wird."

Josef hielt einen Brief in die Höhe: „Gerhard Geiser hatte ein Patenkind in Saffelen. Wusstet ihr das?" Will und Billa schüttelten gleichzeitig den Kopf. „Sie hat ihm ein paar Briefe geschickt und sich immer wieder für Geschenke bedankt."

„Nun sag schon. Wer ist es?", fragte Will ungeduldig.

„Die Tochter von Wurst Wimmers – Martina Wimmers."

Billa schlug die Hände vors Gesicht: „Du meine Güte. Martina! Wir müssen sofort die Polizei rufen."

20
Mittwoch, 14. Mai, 1.06 Uhr

Fredi wurde von einem grunzenden Schnarchgeräusch geweckt. Er schreckte hoch. Dann bemerkte er, dass es sein eigenes Schnarchen gewesen war. Er brauchte einen Augenblick, um sich zu sammeln, dann wusste er wieder, wo er war. Er saß eingeklemmt hinter dem Steuer seines kleinen Fiat Pandas. Sein Nacken schmerzte. Er sah auf die Armbanduhr, die er auf dem Armaturenbrett abgelegt hatte: Ein Uhr sechs. Er hatte gut 20 Minuten geschlafen. Die kurze Zeit hatte ausgereicht, um ihn an einen sonnüberfluteten Palmenstrand zu versetzen, an dem er Martina, die auf einer Bambusmatte lag, ihren wunderschönen Körper mit den süßen, kleinen Hüftpölsterchen einrieb. Und zwar mit einer Sonnenmilch, die nach Kokos duftete. Kokos war Martinas Lieblingsgeruch – neben Tosca.

Aber nun befand er sich wieder in der Enge seiner Panda-Fahrgastzelle auf seinem Stammplatz im Schatten eines gewaltigen Nussbaums, der ihm zwar einen Blick freigab auf Martinas Zimmer, der aber, wie er sich sicher war, ihr den Blick auf seinen Panda versperrte. Hier hatte er oft gestanden in den letzten 27 Monaten, 15 Tagen und fast 23 Stunden und sehnsüchtig hinaufgeschaut. Nicht selten war er dabei eingeschlafen und bei

Sonnenaufgang vom klappernden Schutzblech des Zeitungsboten geweckt worden. Anders als sonst hatte er diesmal aber eine Mission. Auf seinem Beifahrersitz saß angeschnallt die liebevoll gefertigte Stahlgiraffe, deren Kopf aus dem heruntergekurbelten Fenster ragte. Ein wenig wollte er noch warten, bis er das Kunstwerk hinübertrug, um es gut sichtbar im Vorgarten zu platzieren. Seit gut zwei Stunden war das Licht in Martinas Zimmer gelöscht. Offenbar musste sie am nächsten Tag früh raus, denn normalerweise blieb sie immer länger wach. Fredi atmete die klare Nachtluft ein, die aus dem heruntergelassenen Fenster hereinströmte. Der Sommer kündigte sich mit einem duftenden Mix aus Flieder, Fuchsien und Geranien an. Außer dem vereinzelten Zirpen der Grillen war nichts zu hören, abgesehen von dem leise wummernden „Africa" von Toto, das sich aus einem kleinen 15-Watt-Lautsprecher in Fredis Gehörgang schmeichelte. Die Box hatte Borowka ihm samt batteriebetriebenem CD-Player in das überdimensional große Ablagefach montiert. Dieses Ablagefach war so ziemlich das einzige Große an Fredis Panda 750 Fire, Baujahr '92. Nicht einmal über ein Radio verfügte der Fire serienmäßig. Und was genau feurig war an dem Modell, würde wohl für immer das Geheimnis der Konstrukteure bleiben. Borowka redete fast täglich auf Fredi ein, sich endlich von diesem, wie er es nannte, „Italo-Trabbi" zu trennen. Und ganz Unrecht hatte er sicher nicht. Das fehlende Radio war nicht das einzige Manko an diesem überdachten Gokart. Die 34 PS, mit denen man endlose 25 Sekunden brauchte, um von 0 auf 100 zu beschleunigen und das dünne Blech, das das ganze Auto zu einer einzigen Knautschzone machte, entsprachen nicht gerade dem, was man sich unter einem komfortablen Pkw vorstellte. Was Borowka aber am meisten nervte an Fredis Panda, war die Tatsache, dass man studiert haben musste, um die Tür von innen zu öffnen. Das funktionierte nämlich nur mittels eines Geheimgriffs, der kaum sichtbar in der Seitenablage versteckt war. Diese Ablage befand sich auf Höhe des Ellenbogens an der Tür und war in schwarz gehalten. Um die Tür zu öffnen, musste man die Kante am vorderen Ende anheben. Als Borowka das erste Mal versucht hatte, die Beifahrertür von innen zu öffnen, war er in seiner Verzweiflung nach fünf Minuten durchs Fenster ins Freie geklettert. Seitdem ließ er sich nur noch in absoluten Notfällen von Fredi mitnehmen.

Auch Fredi ärgerte sich oft über seinen Panda. Zum Beispiel darüber, dass man die Fenster genau anders herum als in anderen Autos herunterkurbelte oder dass es von außen keine Türgriffe gab, sondern nur eckige Schlüssellöcher, die man hereindrücken musste, oder dass das Ersatzrad im Motor- statt im Kofferraum untergebracht war. Aber irgendwie war er nie dazu gekommen, sich nach einem neuen Wagen umzusehen, so wie es ihm ohnehin schwerfiel, sich von alten Gewohnheiten zu lösen. Und aus genau diesem Grund hörte er sich zum wahrscheinlich dreitausendsten Mal bei Totos „Africa" mitsummen, das immer noch leise durch den kleinen Lautsprecher dröhnte. Es war kein Zufall, dass das Lied gerade jetzt lief, als er an Martina dachte. Denn zum einen dachte er immer an Martina und zum anderen stand der Song auf „Repeat", das bedeutet, er lief schon während der ganzen Zeit seiner Nachtwache.

Gedankenverloren streichelte Fredi den kalten Stahl der Giraffe. „Weißt du, Giraffe? Du hast es gut. Du hast keine

Gefühle, die man verletzen kann. Du weißt nicht, wie das ist, wenn man jemanden ohne Wenn und Aber liebt. Das ist nämlich nur so lange schön, wie der andere dich auch liebt. Aber wenn der andere dich plötzlich nicht mehr liebt, dann ist das als wie als wenn dir einer mit bloße Hände das Herz rausreißt. Wie dieser böse Priester in ‚Indiana Jones und der Tempel des Todes'. Dann gibt es Momente, da weiß man gar nicht, was man überhaupt noch auf der Welt machen soll. Kennst du die Straße nach Waldenrath? Ach nee, die kannst du gar nicht kennen. Ich habe dich ja erst heute Morgen gemacht. Auf jeden Fall hat die Straße eine ganz scharfe Rechtskurve und geradeaus steht ein Betonpfeiler. Und jedes Mal, wenn ich an die Stelle vorbeikomm, denke ich, wie das wohl wäre, wenn ich jetzt einfach geradeaus fahren würde. Mit zue Augen und Vollgas. Dann wäre der ganze Schmerz in eine Sekunde vorbei. Aber weißt du was, Giraffe? Ich trau mich nicht. Ich bin viel zu feige dafür. Das Mutigste, was ich in mein Leben je gemacht habe, war schwarzfahren in einem Bus voller Fußballfans, die vom Stadion zum Bahnhof fuhren. Aber da hätte sich wahrscheinlich sowieso kein Schaffner getraut, da drin zu kontrollieren. Die hätten dem direkt die Nase platt gehauen." Fredi musste laut lachen und fasste sich an die Gipsschale, die immer noch stramm auf seinem Nasenrücken saß. „Genau wie bei mir. Na ja, was meinst du, Giraffe? Ich glaube, es ist soweit. Ich werde dich jetzt aussetzen. Du bist Herpes, der Liebesbote, oder wie der heißt." Fredi stellte den CD-Player aus und wollte gerade aussteigen, als er in der Ferne eine Autotür wahrnahm, die geöffnet und kurz danach sehr vorsichtig wieder geschlossen wurde. Und obwohl sie nicht zugeworfen wurde, erkannte

Fredi sofort das Fabrikat. Es handelte sich um die Tür eines Audis. Entweder ein Audi A6 oder ein Audi A8. In dem Punkt war er sich nicht ganz sicher, weil beide Modelle die gleichen Türgummis verwendeten. Fredi konnte nämlich fast alle Automarken am Knallen der Tür erkennen. Das war so eine Art Hobby von ihm. Schon oft hatte er mit dieser Fähigkeit Leute beeindruckt. Viele hatten gesagt, er solle damit doch mal zu „Wetten dass ...?" gehen, aber Fredi war so etwas unangenehm. Er stand nicht gern im Mittelpunkt.

Als auf der Straße eine dunkel gekleidete Person mit einer umgehängten Tasche erschien, rutschte Fredi tief in seinen Sitz, sodass er gerade noch durch den Zwischenraum seines Lenkrads hindurch die Szenerie beobachten konnte. Die Person kam auf ihn zu, bog dann aber zielstrebig hinter dem mächtigen Rhododendronstrauch in die gepflasterte Zufahrt zur Villa der Wimmers ein. Dort verlangsamte sie ihren Schritt, schaute sich zu allen Seiten um und schlich die letzten Meter bis zur Haustür in gebückter Haltung. „Verdammte Scheiße, wer ist das denn?", dachte Fredi. Ein Gefühl der Beklemmung kroch in ihm hoch. An der Haustür angekommen, kniete sich die Person vor das Türschloss und setzte lautlos ihre Tasche auf der zweistufigen Treppe ab. In diesem Moment sprang der Bewegungsmelder an und tauchte die komplette Einfahrt in helles Licht. Die Person war nur einen kurzen Moment irritiert, griff schnell in die Tasche und zog sich professionell eine schwarze Sturmhaube mit Sehschlitzen über. Und auch wenn es nur ein kurzer Moment war, für den Fredi einen Blick auf das Gesicht der Person erhaschen konnte, hatte er vollkommen ausgereicht. Fredi hatte ihn sofort erkannt: Der Mann, der gerade versuchte, in die Villa der Familie Wimmers einzubrechen, war niemand anderes als Sascha, Martinas neuer Freund. Als dieser, ohne den Hauch von Nervosität zu zeigen, einen großen Schlüsselbund aus seiner Tasche fischte, meißelte sich die Erkenntnis mit aller Urgewalt in Fredis Hirn. Er hatte es hier nicht nur mit Sascha zu tun. Mein Gott, dachte er, Sascha ist Pluto! Als ihm klar wurde, in welcher Gefahr Martina schwebte, überschlugen sich seine Gedanken. Hektisch griff er sein Handy, das in der Mittelkonsole lag. Doch seine Hände waren so schwitzig, dass es ihm aus der Hand glitt und in den Fußraum fiel. Während Fredi im Dunkeln zwischen seinen angewinkelten Knien danach tastete, versuchte er, sich zu beruhigen. Sein Herz hämmerte. Du musst jetzt ganz cool bleiben, sagte er sich. Dann bekam er das Handy zu fassen. Bevor er wählte, blickte er noch einmal zur Haustür. Sascha war noch immer in aller Ruhe dabei, einen Schlüssel nach dem anderen auszuprobieren. Fredi wählte 110.

Nach schier endlosen Sekunden meldete sich eine tiefe Stimme: „Polizeidienststelle Heinsberg, Marx mein Name."

„Ja hallo, mein Name ist Fredi Jaspers. Ich stehe hier zu - fällig mit mein Wagen in Saffelen vor dem Haus von Hans Wimmers. Und gerade versucht Pluto, da drin einzubrechen." Es entstand eine kurze Pause. Fredi glaubte schon, die Leitung sei unterbrochen.

Dann räusperte sich die Stimme: „Entschuldigung, haben Sie was getrunken? Wer, bitte schön, ist Pluto?"

„Wie getrunken? Was soll denn der Quatsch? Pluto ist dieser Serieneinbrecher in Saffelen. Und ich bin gerade dabei, dem auf frischer Tat zu ertappen."

Endlich hatte der Polizist verstanden: „Saffelen? Der Einbrecher? Grundgütiger. Hören Sie. Bleiben Sie ganz ruhig. Versuchen Sie, ihn aufzuhalten, aber seien Sie vorsichtig. Ich werde Kommissar Kleinheinz verständigen und schicke Ihnen sofort eine Streife raus. Die wird so schnell wie möglich da sein – in spätestens einer Dreiviertelstunde." Er legte auf.

Fredi starrte auf das erlöschende Display seines Handys. Versuchen Sie ihn aufzuhalten, aber seien Sie vorsichtig? Dreiviertelstunde? Ein dicker Kloß setzte sich in seinem Hals fest, Schweiß trat ihm auf die Stirn. Seine gebrochene Nase pochte. Er blickte auf das Haus. Sascha mühte sich immer noch mit dem Schloss ab. Fredis Blick wanderte hoch zum Fenster von Martina. Er hatte keine andere Wahl. Nie könnte er es sich verzeihen, wenn ihr etwas zustoßen würde. Er glitt lautlos aus seinem Panda und schlich sich geduckt bis zum Rhododendronstrauch. Auf dessen Rückseite pirschte er sich an weiteren Büschen vorbei, bis er ungefähr auf Höhe der Eingangstür war. Die Sicht war ihm versperrt, aber er war bereits so nah, dass er Sascha atmen hörte. Es war ein ruhiges, gleichmäßiges Atmen. Ganz anders als bei Fredi, der sogar befürchtete, dass man sein Herzklopfen hören könnte. Ohne lange nachzudenken, nahm er seinen ganzen Mut zusammen und kämpfte sich durch den Strauch auf die andere Seite.

Als er dort hervortrat, drehte Sascha sich um und richtete sich blitzschnell auf. Durch die Sehschlitze erkannte er Fredi Jaspers und entspannte sich auf der Stelle.

Fredi bemühte sich, mit fester Stimme zu sprechen: „He Arschloch. Man sieht sich immer zweimal im Leben. Die Polizei ist schon unterwegs."

Sascha trat einen Schritt auf Fredi zu, Fredi wich instinktiv zurück, blieb dann aber stehen und ballte seine Fäuste.

„Ganz ruhig, Kleiner. Keine Ahnung, wovon du redest. Aber wir wollen doch hier niemanden wecken."

Saschas eiskalte Stimme jagte Fredi einen Schauer über den Rücken. Dennoch war er zum Kampf bereit. Sie bewegten sich voreinander wie zwei Hunde, die sich gegenseitig beschnupperten. Die dunklen Augen in den Sehschlitzen durchbohrten Fredi. Plötzlich griff Sascha sich mit der rechten Hand an den Gürtel. Fredi folgte der Bewegung mit seinem Blick und wusste in der nächsten Sekunde, dass es sich nur um ein Ablenkungsmanöver gehandelt hatte. Blitzschnell schoss Saschas linke Hand hoch und riss Fredi mit einem Ruck die Gipsschale von der Nase, die einige Meter weiter im Blumenbeet landete. Fredi versuchte noch die Hände vors Gesicht zu reißen, doch Sascha war erneut schneller. Mit der Wucht einer Kanonenkugel traf seine rechte Faust Fredis frisch gerichtete Nase, die zum zweiten Mal innerhalb von zwei Tagen mit einem lauten Knacken brach. Ein unvorstellbarer Schmerz durchzuckte Fredi. Er wollte laut losschreien, doch ihm entwich nur ein klägliches Japsen, denn im selben Moment traf ihn Saschas Knie mit voller Wucht im Magen und nahm ihm den Atem. Wie in Zeitlupe sackte er schwer getroffen zu Boden. Im Fallen spürte er noch einen heftigen Schlag neben dem rechten Ohr, dann kam er hart am Treppenabsatz auf. Er sah nur noch Blut und spürte nur noch Schmerz. Mehrere heftige Tritte trafen ihn, als er sich am Boden wand.

Irgendwie gelang es ihm, sich aufzurappeln und sich von der Tür wegzuschleppen. Sein Körper gehorchte ihm nur mühsam.

Als er jedoch bemerkte, dass Sascha ihm nicht folgte, sammelte er seine letzten Kräfte, um hinkend zu fliehen.

Sascha sah Fredi hinterher, wie der aus der Einfahrt flüchtete. Wie ein angeschossener Hase, der versuchte, sich in seinen Bau zu retten. Ein jämmerliches Bild. Kein Wunder, dass er bei Martina so leichtes Spiel gehabt hatte. Bei einem solchen Loser als Vorgänger. Normalerweise hätte er sich einen Spaß daraus gemacht, dem Typ jetzt noch den Rest zu geben, aber die Zeit drängte. Es würde zwar noch eine Weile dauern, bis die Polizei eintreffen würde, die der miese Feigling angeblich gerufen hatte. Dennoch hatte ihn der kleine Zwischenfall wertvolle Minuten gekostet. Sobald er das Schloss geöffnet hatte, würde alles ganz schnell gehen. Er wusste genau, wo er zu suchen hatte. Mit ruhigem Puls machte er sich wieder daran, die Tür zu öffnen. In nicht mal einer Viertelstunde würde er seine Sorgen los sein. Sein Plan war perfekt. Er musste leise in sich hineinlachen, als er sich das dumme Gesicht von Martina vorstellte, wie sie in aller Herrgottsfrühe mit gepackten Koffern vergeblich auf den Prinz auf dem weißen Pferd wartete. Diese pummelige, grenzenlos naive Frau. Sie hatte es nicht besser verdient.

In diesem Moment rastete der Schlüssel ein. Vorsichtig drehte er ihn im Schloss und schob die Tür dann leise einen Spalt auf. Immer noch kniend verstaute er den Schlüsselbund in seiner Tasche. Plötzlich hörte er ein Rascheln im Busch direkt hinter sich. Kurz danach ein unterdrücktes Ächzen, das sehr nach Fredi Jaspers klang. Sascha ließ sich nicht anmerken, dass er ihn bemerkt hatte. Der ist doch zäher als ich vermutet hatte, dachte Sascha und umschloss mit der Hand fest das

Stemmeisen, das sich ebenfalls in seiner Tasche befand. Er zählte leise bis drei, fuhr dann mit einer schnellen Bewegung herum – und erstarrte. Fredi stand nur wenige Zentimeter vor ihm mit einem riesigen Ungetüm, das er mit großer Mühe über seinem Kopf balancierte. Mit den Worten „Hasta la vista, Arschloch" ließ er es fallen. Sascha kam nicht mehr rechtzeitig aus der Hocke hoch. Eine gigantische Stahlgiraffe sauste auf ihn nieder. Dann wurde es dunkel.

21
Mittwoch, 14. Mai, 20.09 Uhr

Schwerer Zigarettenrauch hing wie ein Wolkenschleier in der Gaststube, die Luft war stickig und es herrschte ein ohrenbetäubender Lärm. Harry Aretz kämpfte sich schnaufend durch die Menschenmenge und öffnete ein Fenster nach dem anderen, um so etwas wie eine Lüftung zu simulieren. An seinem Hals hatten sich hektische Flecken gebildet. Annähernd so voll wie heute war seine Kneipe erst ein einziges Mal gewesen. Am 14. Juni 1985, der Tag, an dem Gerhard Geiser zum dritten Mal in Folge Schützenkönig geworden war und in einem unvergesslichen Zeremoniell zum ersten und bislang einzigen Schützenkaiser von Saffelen ernannt wurde. Und der heutige Tag war im Begriff, ein mindestens genauso historisches Datum zu werden. In der Nacht zuvor war der fürchterliche Pluto gefasst worden. Und nachdem Pluto festgenommen beziehungsweise vom Rettungswagen abtransportiert worden war, hatte in Saffelen den ganzen Vormittag über reges Treiben geherrscht. Kommissar Kleinheinz hatte sich mit einem Team der Spurensicherung den Tatort vorgenommen und die ganze Nachbarschaft befragt. Eine Pressekonferenz wollte er aber erst geben, wenn die Ermittlungen abgeschlossen und der mutmaßliche Täter verhört worden war. Ganz Saffelen aber war begierig darauf, zu erfahren, was genau in der letzten Nacht passiert und wie man Pluto auf die Schliche gekommen war. Aus diesem Grund hatte sich Ortsvorsteher Hastenrath, der maßgeblich zum Fahndungserfolg beigetragen hatte, dazu bereit erklärt, am Abend gemeinsam mit Fredi Jaspers, der Pluto mit einem genialen Manöver überwältigt hatte, eine Art Pressekonferenz für die Dorfbevölkerung in der Gaststätte Harry Aretz abzuhalten. Schon zwei Stunden vorher war der Saal völlig überfüllt gewesen. Harry Aretz zog die Falttür ganz auf und installierte Lautsprecher im Thekenbereich und auf der Kegelbahn, wo sich ebenfalls die Menschen drängelten. Neben seinem Neffen Maurice hatte er vier weitere Aushilfskellner bestellt, um dem Andrang Herr zu werden. Am Kopf des Saals hatte er einen großen Biertisch quer aufgestellt. Daran saßen bereits Richard Borowka, Peter Haselheim und Josef Jackels, letzterer selbstverständlich mit Uniform und Helm. Zwei Plätze in der Mitte waren noch frei. Auf dem Tisch standen drei Mikrofone, mit denen die Konferenz in die angrenzenden Räume übertragen werden sollte. Fast der komplette männliche Teil der Saffelener Bevölkerung war erschienen. Autohausbesitzer Heribert Oellers hatte neben seiner Belegschaft sogar seine beiden Schwarzarbeiter Hermann und Frantisek mitgebracht, die tags zuvor die Arbeiten am Anbau fertiggestellt hatten und am nächsten Morgen abreisen würden. Auch sie schienen sich mittlerweile für die Vorkommnisse im Dorf zu interessieren.

Plötzlich öffnete sich die hintere Tür, die hoch in die Privaträume von Harry Aretz führte. Unter unvorstellbarem Jubel betraten Wilhelm Hastenrath und Fredi Jaspers den Saal und genossen es sichtlich, sich feiern zu lassen. Fredi nahm zuerst Platz. Die letzte Nacht hatte Spuren in seinem Gesicht hinterlassen. Die gebrochene Nase, die am Vormittag erneut gerichtet worden war, war stark angeschwollen und wurde von einer noch größeren Gipsschale als bisher geschützt. Das rechte Auge schimmerte blau-violett und als er sich setzte, verzog er das Gesicht, was vermutlich an den Prellungen und seinen drei gebrochenen Rippen lag. Borowka, der neben ihm saß, klopfte ihm anerkennend und stolz auf die Schulter. Hastenraths Will zelebrierte seinen Auftritt noch ein wenig ausgiebiger. Wie Gerhard Schröder nach der gewonnenen Kanzlerwahl winkte er in die Menge und klatschte Hände ab. Nachdem auch er sich gesetzt hatte, räusperte er sich ins Mikrofon. Schlagartig wurde es mucksmäuschenstill im Saal.

„Liebe Saffelener, wir freuen uns sehr, Ihnen mitteilen zu können, dass in der vergangenen Nacht der mysteriöse Pluto gefasst werden konnte." Applaus brandete auf, den Will mit einer Handbewegung wieder zum Erliegen brachte. „Zunächst einmal möchte ich die Personen danken, die mit dazu beigetragen haben, dass wir diesen Erfolg heute feiern können. Und zwar sind das außer mir noch Josef Jackels, Peter Haselheim und Richard Borowka. Sie alle haben intensiv und entscheidend beim Ermitteln mitgeholfen." Es folgte ein lang anhaltender Applaus, zu dem sich jeder der Genannten zu einer kurzen Verbeugung erhob. „Und natürlich ein Extra-Applaus für Fredi Jaspers, der mit sein heldenhafter Einsatz Pluto am Ende zur Strecke gebracht hat." Erneut großer Applaus und vereinzelte „Fredi, Fredi"-Rufe, die allerdings vornehmlich aus den Reihen der Saffelener Fußballmannschaft kamen.

„Da Sie alle ein berechtigtes Interesse dadran haben, mehr über die Hintergründe zu erfahren", fuhr Will fort, „und die Polizei sich aus unerklärliche Gründe noch bedeckt hält, haben wir uns entschlossen, Ihnen heute Abend hier Rede und Antwort zu stehen. Also fangen Sie ruhig an zu fragen."

Das nun einsetzende Stimmengewirr, das keine vernünftige Fragestunde zuließ, veranlasste Peter Haselheim dazu, die Rolle des Moderators zu übernehmen. Erst nachdem er sich ein kabelloses Mikrofon gegriffen hatte und die Fragesteller rausfilterte, indem er ihnen das Mikro vor die Nase hielt, konnte eine ordnungsgemäße Pressekonferenz beginnen.

„Wer ist denn jetzt Pluto?"

Will, Josef und Fredi stimmten sich kurz ab, wer antworten sollte, dann beugte sich Will vor: „Sein Name ist Sascha Schnitzler. Er stammt aus Mönchengladbach und betreibt dort eine Schlosserei. Der ein oder andere hat ihn vielleicht auf dem Pfarrfest gesehen. Es handelt sich um der junge Mann, der vor ungefähr vier Wochen angefangen hat, mit Martina Wimmers auszugehen."

Fredi schluckte, blieb aber tapfer.

„Hat er die anderen Einbrüche denn auch schon gestanden?"

„Er liegt im Moment noch mit ein Schädel-Hirn-Trauma zweiten Grades im Kreiskrankenhaus und kann frühestens morgen früh verhört werden", sagte Josef Jackels.

„Aber im Prinzip ist der Fall klar", ergänzte Will. „Die Einbruchsserie begann vor etwa zwei Wochen, kurz nachdem Sascha angefangen hatte, mit Martina zu pussieren. Sascha ist gelernter Schlosser, kann also mit dem Dietrich umgehen, was er ja an der Haustür von Hans Wimmers bewiesen hat."

„Es heißt, der Täter habe die Ehren-Bürgermeisterkette von Gerhard Geiser gesucht. Wenn er aber doch aus Mönchengladbach kommt, woher wusste er denn überhaupt von der ihre Existenz?"

Jetzt beugte sich Fredi zum Mikrofon: „Die Polizei hat in dem sein bescheuerter Angeber-Audi A8 die Seite mit ein Artikel aus einer alten Tageszeitung gefunden, wodrin über die wertvolle Bürgermeisterkette berichtet wurde, die Gerhard Geiser geschenkt bekommen hatte."

„Das heißt, die Tat war von langer Hand geplant?"

„Wir glauben nicht", sagte Will, „wahrscheinlich war es reiner Zufall. Fredi hatte Martina heimlich ein Strauß Rosen vor die Tür gelegt. Vor drei Wochen. Oder wann war das genau, Fredi? Seit wann war der Sascha genau mit Martina zusammen?"

„Ist doch jetzt egal", antwortete Fredi gereizt.

„Ja, auf jeden Fall waren die Rosenstiele mit dieser alten Zeitung umwickelt. Zwei Stunden später ist dieser Sascha mit sein Audi A8 an Fredis Wohnung vorbeigefahren und hat dem die Blumen wieder vor die Tür geworfen – aber ohne die Zeitungskrempe."

Jetzt übernahm Peter Haselheim: „Nachdem Sascha davon gelesen hatte, begann er nach der Bürgermeisterkette zu suchen. Da er sie bei Gerhards Witwe nicht fand, suchte er der Reihe nach bei jedem, bei dem er sie vermutete. Am Ende machte er nicht einmal vor seiner eigenen Freundin Martina Halt."

„Aber was hat Martina denn mit Gerhard Geiser zu tun?"

Josef Jackels räusperte sich kurz und ließ die Katze dann mit getragener Stimme aus dem Sack: „Sie war das Patenkind von Gerhard Geiser."

Ein lautes Raunen ging durch den Saal.

Vom anderen Ende des Saales rief Spargel herüber: „Jetzt muss ich aber auch mal was fragen." Das Mikrofon wurde zu ihm durchgereicht. Als er es in der Hand hielt, fragte er: „Eins kapier ich nicht. Wenn dieser Sascha ein Audi A8 fährt und möglicherweise sogar irgendwann mal – Fredi, verzeih mir – Martina geheiratet hätte und Wursterbe geworden wäre. Warum sollte so jemand Einbrüche machen? Für dem ist so eine Kette doch Peanuts."

Will nickte beipflichtend. „Da hast du absolut recht, Spargel. Dadrüber haben wir uns am Anfang auch der Kopf zerbrochen. Aber Kommissar Kleinheinz hat herausgefunden, dass dieser Sascha ganz dringend Geld brauchte. Der hat uns auch genau erklärt, wie man sich das vorstellen muss: Wenn man ein Auto nicht käuft, dann kann man das pachten. Der Auto gehörte dem also gar nicht richtig. Und für dem seine Firma hatte der schon vor Monate Inkontinenz angemeldet ..."

„Entschuldigung, Herr Hastenrath. Wenn ich Sie kurz unterbrechen darf", fiel Haselheim dem Landwirt ins Wort. Die Saffelener hielten den Atem an und nahmen dann überrascht zur Kenntnis, dass Will den Lehrer mit gönnerhafter Geste gewähren ließ. Haselheim dozierte mit bedeutungsschwerer Stimme: „Was der Herr Hastenrath sagen will, ist Folgendes: Der A8 von Herrn Sascha Schnitzler war nur geleast und wäre in den nächsten Tagen von Audi wieder abgeholt worden. Audi besitzt nämlich bereits einen Titel gegen den Herrn Schnitzler, weil er seit Monaten keine Raten mehr bezahlt hatte. Und für die Schlosserei des Herrn Schnitzler ist schon vor über zwei Monaten der Insolvenzantrag gestellt worden. Und nicht nur das. Er wird höchstwahrscheinlich sogar wegen Insolvenzverschleppung angeklagt. Aber das dürfte im Moment wohl sein geringstes Problem sein."

Im Saal machte sich Gelächter breit, das in befriedigtes Gemurmel überging. Will nahm das zum Anlass, den offiziellen Teil zu beenden: „Ich denke, damit konnten wir die wichtigsten Fragen klären. Dann würde ich sagen, wir gehen jetzt zum gemütlichen Teil über. Harry, dreh der Zapfhahn auf neun Uhr."

„Einen Moment noch, Will." Die voluminöse Stimme von Heribert Oellers schallte durch den Raum, „Der Frantisek fragt mich gerade was, was mich auch interessieren würde. Wo ist denn überhaupt jetzt die wertvolle Ehren-Bürgermeisterkette?"

„Genau", platzte es auch aus Spargel heraus.

Alle Anwesenden hielten gespannt den Atem an. Wills Blick wanderte genüsslich durch den Saal. Er lehnte sich zurück und sagte: „Sie war die ganze Zeit bei mir."

Er ließ den Satz einige Sekunden wirken, dann erzählte er ausführlich, wie es dazu gekommen war; nicht ohne nebenbei wieder einmal die zahlreichen Verdienste Geisers aufzuzählen. Als Gerhard Geiser spürte, dass es mit ihm zu Ende ging, hatte er Will, der sein Nachfolger als Ortsvorsteher geworden war, gebeten, die Kette an sich zu nehmen und ihr ein ehrenvolles Andenken zu bewahren. Will verzichtete an dieser Stelle darauf, zu erwähnen, dass Gerhard vor allem die Sorge geäußert hatte, dass seine Frau die Kette würde einschmelzen lassen, weil sie solche Insignien der Macht hasste. Will schloss mit den Worten: „Und seitdem bewahre ich die Kette am sichersten Ort der Welt auf. Ein Ort, den außer mir noch nie jemand betreten hat. Mein Privatklo."

Im Saal brach lautes Gelächter aus. Haselheims despektierliche Frage, welch ein ehrenvolles Andenken der Kette an diesem Ort wohl zuteil werde, ging darin unter. Zum Glück für ihn, hatte er sich doch nach acht Jahren durch den Fall Pluto endlich so etwas wie Anerkennung in der Saffelener Bevölkerung erworben.

Als die Leute in engen Menschenknäueln den Saal verließen, rief Harry Aretz seine Thekenmannschaft zusammen: „Maurice, Hans-Gerd, Dirk, Rolle und Dose. Wie sagt man in England? Scho-Teim."

22
Mittwoch, 14. Mai, 21.18 Uhr

„Wie viele Punkte hat denn Schweinebraten mit Sahnesoße, dicke Kartoffelknödel und Schlemmerrotkohl?"

Marlene musste kurz überlegen. „Bestimmt auch so 49. Aber das sind auf jeden Fall schon mal weniger als bei die Lammkeule mit fette Brühe, Kartoffeln, Schnittbohnen und vier Portionen Schinkenspeck, wo du eben von dran warst."

Billa Jackels am anderen Ende der Telefonleitung stöhnte resignierend auf. Bereits seit einer Dreiviertelstunde berieten sich die beiden Freundinnen, was denn wohl das richtige Festmahl für Josef sei. Billa hatte sich vorgenommen, Josef am nächsten Tag mit einem Überraschungsmenü zu verwöhnen. Schließlich hatte er, genau wie Will, großen Anteil an der Festnahme von Pluto gehabt. Marlene hatte sich ebenfalls etwas Besonderes für ihren Will überlegt. Sobald er von seiner Pressekonferenz zurückkehrte, würde in der Küche eine seiner vielen Lieblingsspeisen auf ihn warten: ein frisch gebackener Marmorkuchen mit Jägermeisterfüllung.

„Marlene, du glaubst gar nicht, wie froh ich bin, dass der ganze Spuk endlich vorbei ist. Aber wie man sich doch in Men - schen täuschen kann. Hättest du gedacht, dass dieser adrette junge Mann ein Verbrecher ist? Denk doch nur mal dadran, wie nett der mit Martina umgegangen war auf dem Pfarrfest."

„Ja, ich fand dem auch nett. Aber man kann die Leute immer nur vor der Kopf gucken. Wirklich schade, weil der war wirklich sehr charmant."

„Und gut aussehend."

„Und stark."

„Und gebildet."

„Und humorvoll."

„Ja", sagte Billa, „so was findet man selten heutzutage."

„Vor allem in Saffelen", seufzte Marlene.

„Aber auf der anderen Seite. Perfekt war der auch nicht. Jetzt mal abgesehen von die Einbrüche. Hans Wimmers musste mal mit dem nach dem Notarzt fahren, weil der bei denen eine Quarkspeise gegessen hatte mit Apfelstückchen drin."

Marlene zog die Augenbrauen hoch. „Wie Notarzt?"

„Ja, der wusste nicht, dass da Apfelstückchen drin waren. Und der hat eine schwere Obstallergie. Wenn der nur ein bisschen Obst isst, dann kriegt der sofort Atemnot und Ausschlag am ganzen Körper. Der Notarzt hat gesagt, das kann sogar lebensbedrohlich sein. Aber das konnten die Wimmers ja nicht wissen."

Marlene schüttelte den Kopf. „Was es nicht alles gibt. Das ist aber bestimmt, weil der aus der Stadt kommt. Die entwickeln da ja keine Abwehrstoffe für ihr Humansystem. Das habe ich mal in der Prisma gelesen."

Und so nahm das Telefongespräch in gewohnter Manier seinen Lauf. Über die ungesunde Lebensweise der Stadtbewohner ging es zur städtischen Verordnung, die gelbe Tonne nur noch jeden zweiten Mittwoch abzuholen, von da zum eingezogenen Führerschein von Mobers Paul-Heinz und zu dessen Frau, die beim Friseur über Billa gelästert haben soll bis hin zu einer neuen Trendsportart, die gerade in Saffelen Einzug hielt und sich Nordic Walking nannte.

Während Billa gerade von einem sehr interessanten Zeitungsbericht erzählte, in dem aufgedeckt worden war, wo Hans Meiser seinen Sommerurlaub verbringen will, stieg Marlene ein unangenehmer Geruch in die Nase. Ein Geruch, der ihr nur allzu vertraut war. „Mein Gott, der Marmorkuchen!" Sie ließ den Telefonhörer fallen und lief, so schnell es ihre Filzpantoffeln erlaubten, in die Küche, wo sie bereits von einer dunklen Rauchwolke empfangen wurde, die aus dem Ofen quoll. Sie griff sich zwei Spültücher. Eins davon hielt sie sich vor den Mund und mit dem anderen umwickelte sie ihre Hand, mit der sie schnell die Ofentür aufriss. Dichter Qualm umhüllte sie. Nachdem sie das Fenster geöffnet und eine Weile mit dem Spültuch gewedelt hatte, verzogen sich langsam die Schwaden. Nach einer weiteren Minute konnte sie mit ihren mit Plätzchenornamenten versehenen Backofenhandschuhen den steinharten, verkohlten Marmorkuchen aus dem Ofen ziehen. Sie stellte das kokelige Etwas auf den Küchentisch und ging zurück in den Flur, um Billa von ihrem Missgeschick zu erzählen. Dort angekommen, stellte sie fest, dass Hörer samt Wählscheibentelefon auf den Boden gekracht waren. Als sie sich das Telefon kurz ans Ohr hielt, fiel die Sprechmuschel heraus und landete klimpernd auf dem Boden. Die Leitung war tot. Marlene ärgerte sich. Das ist heute einfach nicht mein Tag, dachte sie und wusste zu diesem Zeitpunkt noch nicht annähernd, wie recht sie damit hatte.

23
Donnerstag, 15. Mai, 0.22 Uhr

In der Kneipe von Harry Aretz herrschte immer noch reges Treiben. Doch nach und nach holten sich die Leute ihre Jacken und gingen nach Hause, schließlich war der nächste Tag ein ganz normaler Arbeitstag. Fredi Jaspers und Richard Borowka hatten sich mit einem Bier in die äußerste Ecke unter dem mächtigen Hirschgeweih zurückgezogen, um abseits des Trubels den aufregenden letzten Abend noch einmal Revue passieren zu lassen. Borowka nahm sein Bierglas vom Deckel, der rundherum mit Strichen gesäumt war und brachte zum bestimmt zehnten Mal an diesem Abend einen Toast aus: „Auf Fredi Jaspers, die coole Sau. Muss ich ganz ehrlich sagen. Wie du dem Gel-Toni mit deiner Stahlgiraffe der Schädel rasiert hast – das war ganz großes Tennis."

Fredi winkte verlegen ab. „Jetzt hör mal auf. Ich mein, dir kann ich das ja sagen. Ich hatte ganz schön die Hose voll."

„Papperlapapp." Borowka hob das Glas in Richtung Schankraum und brüllte mit lallender Stimme: „Ein Hoch auf Fredi Jaspers, der Held von Saffelen."

Die verbliebenen Männer an der Theke, darunter Spargel und der harte Kern vom Fußball sowie einige Schützenbrüder, quittierten die Aufforderung mit beifälligem Gemurmel und prosteten freundlich zurück.

Fredi stieß Borowka leicht an: „Weißt du, was das Beste ist? Ich war heute Mittag im Krankenhaus, wo die mir die neue Gipsschale angepasst haben. Da geht auf einmal mein Handy. Was meinst du wohl, wer da dran war?"

„Kommissar Kleinheinz wegen eine Belohnung?!"

„Nein, viel besser. Martina!"

„Ist nicht wahr!" Borowka ließ sich erstaunt gegen die Stuhllehne zurückfallen.

Noch bevor er den nächsten Toast ausbringen konnte, sagte Fredi: „Das war vielleicht ein Gefühl. Der letzte Satz, dem ich für die gesagt hatte, war ..."

„... ja, ja, ich weiß. Der Scheiß mit die Kroketten."

„Genau. Auf jeden Fall hat Martina sich bedankt für mein heldenhafter Einsatz und sich dafür entschuldigt, dass die sich nie mehr bei mir gemeldet hat. Und dann haben wir uns ganz normal unterhalten – fast so wie früher."

Borowka sah ihn auffordernd an: „Ja ... und weiter?"

Fredi lächelte verschämt: „Die hat mich gefragt, ob ich mit die ein Eis essen gehen würde. Für mal über alles zu reden."

Borowka schlug mit der flachen Hand auf den Tisch. „Alter Falter. Und damit kommst du jetzt erst raus? Dadrauf müssen wir aber noch einen trinken. Mir ist sowieso schon ganz langweilig im Mund."

Fredi sah sich verlegen um. Er wollte um jeden Preis Aufsehen vermeiden. Er beugte sich hinüber zu Borowka. „Alles zu seine Zeit. Ich will das jetzt erst mal ganz in Ruhe wieder angehen. Außerdem glaube ich, dass du genug getrunken hast.

Soll ich dich nicht besser nach Hause fahren?"

„Mit deine Sardinien-Büchse? Nee, danke."

Doch Fredi ließ nicht locker: „Komm, Borowka. Du solltest jetzt besser nach Hause gehen. Sonst findest du nachher wieder nicht deine Wohnungstür und klingelst der Hastenraths Will aus dem Bett."

Wie aufs Stichwort erschien plötzlich ein gut aufgelegter Hastenraths Will und klopfte dreimal auf die Tischplatte. „So, meine Herren, ich mach mich mal auf. Morgen früh ist die Nacht zu Ende." Er lachte laut.

Fredi nickte. „Wir wollten auch gerade gehen. Das war alles in allem schon ein sehr anstrengender Tag."

Will schlug Fredi anerkennend auf die Schulter. „Das kann man wohl sagen. Du bist ein guter Junge, Fredi. Und ich glaube, die Martina weiß das auch." Er zwinkerte ihm zu, worauf Fredi leicht errötete. Dann drehte Will sich um und rief Harry Aretz zu: „Harry, ich bin jetzt weg. Aber mach auf mein Deckel noch mal eine Lokalrunde für alle." Dieser Satz löste heftigen Jubel im Thekenbereich aus, der in stakkatoartiges Klatschen überging. Während Harry Aretz rief: „Ihr habt's gehört. Die letzte Runde geht auf Inspektor Hastenrath", verließ Will winkend und händeschüttelnd die Kneipe.

Maurice kam mit einem Tablett voller Biergläser zu Fredi und Borowka an den Tisch. Borowka nahm sich hastig zwei herunter, die dabei leicht überschwappten und verneigte sich spaßhaft: „Firma dankt, Morris." Maurice nickte freundlich und ging weiter zu einem Tisch am anderen Ende der Gaststätte, wo ein ausgelassener und stark angetrunkener Heribert Oellers gerade versuchte, seinen beiden Schwarzarbeitern Hermann und Frantisek das Skatspielen beizubringen. Borowka stieß ein letztes Mal mit Fredi an. Dann leerte er sein Glas in einem Zug. Er stand auf, klopfte dreimal auf den Tisch und sagte: „Fredi. Man sieht sich." Dann verließ er gefährlich schwankend die Kneipe, während er mit etwas Mühe den Autoschlüssel aus seiner engen Hosentasche fummelte.

Fredi blieb noch einen Moment sitzen und schwenkte sein Bierglas versonnen wie einen Weinkelch hin und her. Und plötzlich umspielte Fredis Mundwinkel ein süffisantes Lächeln, das langsam zu einem breiten Grinsen wurde. Es war das erste Mal seit ziemlich genau 27 Monaten, 16 Tagen und 22 Stunden.

24
Donnerstag, 15. Mai, 0.27 Uhr

Er hatte Hastenraths Will den ganzen Abend nicht aus den Augen gelassen. Zuerst bei der Pressekonferenz, wo der Landwirt zwischen seinen Marionetten Josef Jackels und Richard Borowka thronte und sich feiern ließ. Und auch jetzt nicht in der Kneipe, wo er wie ein gedopter Gockel von Tisch zu Tisch lief und damit prahlte, mit welch genialen Tricks er dem Täter auf die Schliche gekommen war. Aber so war dieser aufgeplusterte Bauer halt. Selbstherrlich, eitel und egoistisch. Im Grunde ein Abziehbild seines großen Vorbilds Gerhard Geiser. Kein Wunder, dass dieser ihm die wertvolle Kette gegeben hatte. Ein bisschen ärgerte er sich, dass er nicht früher darauf gekommen war. Jetzt beobachtete er, wie Hastenraths Will hinüberging an den Tisch in der Ecke, an dem diese beiden tumben Fußballtrottel Fredi und Borowka saßen und sich angeregt unterhielten. Will klopfte dreimal auf den Tisch, sagte etwas und lachte dann laut. Nach einem kurzen Geplänkel drehte er sich zur Theke und bestellte in seiner gönnerhaften Art eine Lokalrunde für alle. Kaiser Will, der Große. Und als ob das nicht schon genug Beweihräucherung wäre, stieg Harry Aretz auch noch darauf ein und rief: „Letzte Runde auf

Inspektor Hastenrath". Unter tosendem Beifall verließ Will feixend die Kneipe. Na warte, dir wird das Lachen noch vergehen. Der Mann, den sie Pluto nannten, betastete den schweren Holzknüppel, den er an seinem Hosenbund spürte. Seine sonst so ernste Miene hellte sich auf. „Letzte Runde *für* Inspektor Hastenrath", dachte er spöttisch.

25
Donnerstag, 15. Mai, 0.42 Uhr

Mit dem Lied „Hoch auf dem gelben Wagen" auf den Lippen und beseelt vom gelungenen Abend betrat Will den Flur seines Hauses und ließ die Tür geschmeidig hinter sich ins Schloss fallen. Als er seinen Bundeswehrparka an der Garderobe aufhängte, fiel sein Blick auf das zerbrochene Telefon, das säuberlich zusammengekehrt auf seinem angestammten Konsolenplatz lag. Dann erst vernahm er das leise Schluchzen aus der Küche, dem er folgte. Er fand seine Frau Marlene vor, die wie ein Häufchen Elend mit verweinten Augen vor einem großen, dunklen Klotz saß, der auf einem geblümten Teller lag.

„Hallo Will", schniefte sie, „heute ist irgendwie alles schiefgelaufen. Erst ist das Telefon kaputtgegangen und dann habe ich der Marmorkuchen hart werden lassen, dem ich extra für dich gebacken hatte."

Will war gerührt. Da es ihm jedoch nicht gegeben war, Gefühle zu zeigen, versuchte er, Marlene auf seine Art zu trösten. Er machte eine wegwerfende Handbewegung und sagte: „Jetzt reg dich doch nicht auf, Marlene. Ein Marmorkuchen muss hart sein, sonst würde der ja nicht Marmorkuchen heißen." Als Marlene nicht in sein lautes Lachen mit einfiel, sondern ganz im Gegenteil noch mehr in sich zusammensackte, wurde es Will mulmig zumute. Unbeholfen ging er einen Schritt auf seine Frau zu und klopfte ihr zweimal unentschlossen auf den Rücken, was aber eher den Schlägen ähnelte, die er seinen Kühen beim Weideabtrieb verpasste. Stammelnd suchte er nach Worten: „Marlene, jetzt ... also ... ich find das toll, wie du ... also, im Prinzip, ich freu mich. Das ist ..." Als Marlene mit tränenverschleiertem Blick zu ihm aufsah, wusste er nicht mehr weiter. Er rettete sich, wie er sich meist aus solchen Situationen rettete. Er schnappte sich die Tageszeitung vom Küchenbord und sagte: „Ich geh mal eben nach Klo. Wir reden dann nachher weiter."

Ohne eine Reaktion abzuwarten, verschwand er schnell im Nebenraum, der ihn zu seiner kleinen, verschwiegenen Toilette neben dem Milchsammeltank führte. Er schaltete das Licht an, schlüpfte hinein und schloss die massive Holztür hinter sich. Als er sie mit dem großen Schlüssel versperrt hatte, lehnte er sich mit dem Rücken dagegen. Erst jetzt fühlte er sich wieder sicher und geborgen. Er atmete tief durch. Sein Blick wanderte hoch zum Spülkasten, der knapp unter der niedrigen Decke auf einem Rohr thronte. Dann stieg er mit seinen Gummistiefeln auf den geschlossenen Toilettendeckel und streckte sich, um seitlich in den oben offenen Spülkasten greifen zu können. Mit einiger Mühe förderte er dabei einen länglichen Holzkasten mit einem goldenen Klappscharnier zutage, der auf einem Zwischenbrett lag, das Will vor Jahren dort eingelassen hatte. Ursprünglich, um dort seinen Zigarrenvorrat vor Marlene zu verstecken. Mittlerweile diente es aber nur noch als Aufbewahrungsort für die mit Schnitzereien verzierte Holzkiste, die er jetzt in seinen Händen hielt. Er stieg wieder ab vom Toilettendeckel, kniete sich und öffnete den vor ihm auf dem Boden liegenden Holzkasten. Darin lag die funkelnde Ehren-Bürgermeisterkette, die für den ganzen Aufruhr der letzten zwei Wochen verantwortlich war. Zu Recht ein Objekt der Begierde, wie Will fand. Die Kette war in mühevoller Handarbeit von einem bekannten holländischen Künstler gefertigt worden. Über acht Monate hatte dieser dafür gebraucht. Die aneinandergefügten Glieder entsprachen in der vertikal zu den Schultern des Trägers aufsteigenden Kettenform genau der Statur von Gerhard Geiser, der sogar einmal höchstpersönlich zur Vermessung nach Rotterdam reisen musste. Durch die vielen, verdeckt eingebauten Scharniere hatte die Kette eine perfekte Passform und Beweglichkeit erhalten. Die Kette bestand aus acht unterschiedlichen Silberlegierungen und, auf Höhe des Saffelener Dorfwappens, aus drei verschiedenen Rotgoldlegierungen. Die Initialen „GG" waren mit kleinen Juwelen eingelassen. Die Kette war aus massivem Gold und Silber und über achthundert Einzelteilen handgefertigt. Dennoch wog sie nur angenehme drei Kilo. Allein der materielle Wert belief sich auf über 25.000 Euro. Will hielt das teure Stück fasziniert in seinen schwieligen Händen. Vorsichtig legte er die Kette zurück in den Holzkasten und versprach Gerhard Geiser mit einem verklärten Blick gen Himmel, dass er immer gut darauf Acht geben würde. Dann verstaute er die Kiste wieder sicher im Spülkasten und stieg vom Toilettendeckel herunter, den er nun hochklappte, um es sich auf der Brille bequem zu machen. Zufrieden mit sich und seinem Erfolg nahm er die mitgebrachte Tageszeitung und begann mit der Mitternachtslektüre.

26
Donnerstag, 15. Mai, 1.28 Uhr

Marlene hatte sich wieder ein wenig beruhigt. Nachdem Will sich auf seinen Platz des himmlischen Friedens zurückgezogen hatte, war sie ins Wohnzimmer gegangen, um den Fernseher einzuschalten. Zum Glück lief dort die Wiederholung einer der vielen Rosamunde-Pilcher-Verfilmungen, die sie so sehr liebte. Und auch diesmal war es eine anrührende Geschichte um ein junges, bitterarmes Mädchen, das seine Eltern nicht kannte und mit einem bösen Gutsbesitzer zwangsverheiratet werden sollte. Kurz vor der Hochzeit lernt sie jedoch einen edlen, gut aussehenden Mann kennen, der gerade seine Frau bei einem tragischen Jagdunfall verloren hat. Sie verlieben sich ineinander, aber der böse Gutsbesitzer kommt dahinter. Obwohl Marlene atemlos mitfieberte, tröstete sie der Gedanke, dass es auf dieser Welt schlimmere Unglücke gab als ein kaputtes Telefon und einen harten Marmorkuchen. Gerade als der Gutsbesitzer den jungen Mann in einen Hinterhalt locken wollte, klingelte es an der Haustür. Marlene sah überrascht zur Wanduhr, die über dem Fernseher hing. Wer soll denn das sein um diese Zeit, dachte sie. Sie stand nur zögerlich auf, weil gerade jetzt der Gutsbesitzer mit dem jungen Mann in ein einsames Moorgebiet ritt und dabei heimlich sein Jagdgewehr durchlud. Es klingelte ein zweites Mal.

Sie hörte von weit her die durch die Toilettentür gedämpfte Stimme ihres Mannes: „Marlene, geh mal nach die Tür und sag der Borowka, wenn der noch einmal nachts hier klingelt, dann ziehe ich bei dem zu Hause mal die Möbel gerade. Der hat sie ja wohl nicht alle."

Schweren Herzens riss sich Marlene vom Fernseher los, ging zur Tür und öffnete. Da sie mit einem Ohr noch dem Fernsehdialog lauschte, nahm sie die große Gestalt mit der schwarzen Sturmhaube zunächst nur aus dem Augenwinkel wahr. Noch bevor sie reagieren konnte, traf sie ein harter Schlag an der linken Schulter. Sie verlor das Gleichgewicht, taumelte rückwärts und suchte verzweifelt irgendwo Halt. Im Fallen hielt sie sich an Wills aufgehängtem Parka fest und riss mit einem lauten Poltern die Garderobe aus der Verankerung. Dann schlug sie hart mit dem Kopf auf den Steinboden. Sie spürte, wie sich ein dumpfer Schmerz in ihrem Schädel ausbreitete. Das Letzte, was sie wahrnahm, war, wie die langsam vor ihrem Auge verschwimmende Gestalt lautlos wie ein Geist an ihr vorbeiglitt. Dann tauchte sie in ein helles Sternenmeer und es umfing sie eine friedliche Stille.

Um der unangenehmen, emotionalen Situation mit Marlene zu entgehen, hatte Will den Sportteil zweimal gelesen, in der Hoffnung, sie würde zwischenzeitlich zu Bett gehen. Nun legte er die Zeitung zur Seite. Nachdem es zum zweiten Mal an der Tür geklingelt hatte, hatte er nur noch ein lautes Rumpeln und Scheppern gehört. Danach war eine fast schon unheimliche Ruhe eingekehrt.

„Marlene?", rief er.

Doch er erhielt keine Antwort. Angestrengt horchte er in die Stille.

„Marlene? Bist du das? Sag doch was." Nichts. Es war so gespenstisch ruhig wie auf einem Friedhof. Nur die Milchkühlanlage brummte monoton vor sich hin.

Dann Schritte. Ein kurzes Knacken – und Will betrachtete mit angehaltenem Atem die Türklinke, die sich wie von Geisterhand ganz langsam nach unten bewegte. Sein Puls beschleunigte sich.

„Wer ist da?", entfuhr es ihm, doch seine Stimme war brüchig und er musste kurz husten.

Ein leises Fluchen deutete darauf hin, dass der Unbekannte festgestellt hatte, dass die Tür verschlossen war. Eine Sekunde später erlosch die Glühbirne und Will fand sich in tiefer Dunkelheit wieder. Dieser verdammte Lichtschalter, dachte er. Er bemühte sich, die in ihm aufsteigende Panik zu unterdrücken, indem er einen möglichst sonoren Tonfall anschlug: „Hören Sie. Wer auch immer Sie sind. Sie werden hier nichts finden. Ich bin ein armer Landwirt."

Der Unbekannte stemmte sich gegen die Tür, aber die war zu massiv, um sie einfach so aufzudrücken. Dann sprach der Unbekannte plötzlich: „Wilhelm Hastenrath. Du hast etwas, das ich suche."

Will erschrak. Woher kannte der Mann seinen Namen? Wer war das? Er musste ihn im Gespräch halten, um die Stimme zu erkennen. „Und was soll das sein?"

„Die Bürgermeisterkette."

Komm, konzentrier dich auf die Stimme, sagte sich Will.

Doch die unheilvolle Dunkelheit, die ihn wie eine Zwangsjacke umschloss, machte es ihm nicht leicht, seine Gedanken nur auf die fremde Stimme zu lenken.

„Welche Bürgermeisterkette?", war das einzige, was ihm als Antwort einfiel.

Nun wurde der Mann wütend: „Verarsch mich nicht. Wenn du die Tür nicht sofort aufmachst, werde ich sie eintreten."

Will wusste, dass er diese Stimme schon einmal gehört hatte. Aber wann und wo?

„Ich zähl bis drei", drang es durch die Tür – und in diesem Augenblick erkannte Will die Stimme. Er konnte es kaum glauben und musste schwer schlucken. Sein Adamsapfel tanzte auf und ab.

„Ich weiß, wer du bist. Du bist ... Morris!"

Der Mann wurde wütend und brüllte: „Ich heiße nicht Morris. Ich habe nie Morris geheißen. Ich heiße Maurice. Maurice Aretz. Und ich bin stolz darauf." Jetzt war er so in Rage, dass er mit aller Wucht gegen die Tür trat. Will spürte die heftige Vibration. Aber die Tür hielt.

„Mach die verdammte Scheißtür auf." Ein zweiter Tritt erschütterte die Tür.

Will tastete im Dunkeln nach einem Gegenstand, den er als Waffe benutzen konnte, falls es zum Kampf käme. Aber das Einzige, was er zu fassen bekam, war die Klobürste, die neben einem Turm aus aufeinandergestapelten Klorollen in einer Wandhalterung steckte. Er packte sie. Dabei fielen zwei Klorollen zu Boden und entrollten sich im Raum. Will umklammerte die Klobürste wie ein Samuraischwert. Er wusste, er musste versuchen, den wütenden Maurice zu beruhigen.

„Hör zu, Junge. Was ist los mit dir? Warum machst du das?"
„Warum ich das mache?", Maurice schien sich wieder unter Kontrolle zu haben. „Das kann ich dir sagen. Die Bürgermeisterkette steht mir zu. Mir allein."

„Unsinn", ereiferte sich Will ungeachtet seiner prekären Lage, „die Kette ist das ehrenvolle Andenken an Gerhard Geiser, einen der größten Saffelener, der je gelebt hat."

Maurice lachte verächtlich auf.

„Okay, Will. Ich habe zwar nicht viel Zeit, aber ich werde dir mal was erzählen über den größten Saffelener, der je gelebt hat. Sagt dir der 14. Juni 1985 etwas?"

„Ja natürlich. Das war ein großartiger Tag. Damals wurde Gerhard Geiser der Schützenkaiser von Saffelen. Das ist ein ganz historischer Tag. Ein Tag, den kein Saffelener je vergessen wird." Trotz der brenzligen Situation, in der er sich befand, löste die Erinnerung an diesen prunkvollen Tag ein Wohlgefühl in Will aus, das sogar in eine leichte Gänsehaut mündete.

„Ganz genau", sagte Maurice, „und allen voran meine Mutter wird diesen Tag niemals vergessen. Denn an diesem historischen Tag ist noch etwas anderes passiert. Da bin ich nämlich gezeugt worden. Und zwar im staubigen Kartoffelkeller der Gaststätte Harry Aretz. Gegen den Willen meiner Mutter. Und jetzt rate mal, von wem? Von einem gewissen Gerhard Geiser. Während seine ahnungslose Frau oben in der Kneipe Komplimente entgegennahm für ihr Festkleid."

Will war gleichermaßen fassungslos und empört.

„Junge, was redest du denn da?"

„Du hast schon richtig gehört. Ich bin der uneheliche Sohn von Gerhard Geiser."

Will wollte sich angesichts dieser ungeheuerlichen Anschuldigungen die Ohren zuhalten, doch er hörte mit offenem Mund weiter zu.

„Gerhard Geiser hat von meiner Mutter verlangt, dass sie mich abtreibt. Aber meine Mutter brachte mich zur Welt. Vor den Behörden verschwieg sie den Namen des Vaters und erfand diesen Quatsch mit dem Dachdecker aus Krefeld. Irgendwann aber war der Druck und der Psychoterror, den Gerhard Geiser auf sie ausübte, zu groß und sie verschwand über Nacht aus Saffelen. Da sie kein Geld hatte, ließ sie mich schweren Herzens bei meinem Onkel, Harry Aretz, zurück. Sie hat das alles nie überwunden und befindet sich jetzt schon seit über zwanzig Jahren in psychologischer Betreuung in Norddeutschland."

„Mein Gott. Und du hast das all die Jahre gewusst?" Will wischte sich den Schweiß von der Stirn. Er war noch immer wie vor den Kopf gestoßen.

„Nein. Ich kannte nur die Version, die ihr alle kennt. Vor drei Wochen aber hat meine Mutter einen Selbstmordversuch unternommen. Daraufhin hat mich ihr Hausarzt angerufen und mir die ganze Geschichte erzählt. Er wollte nicht mehr länger schweigen."

„Und dann – wurdest du zu Pluto?"

„Pluto – was für ein bescheuerter Name! Noch schlimmer als Morris."

Will hatte gar nicht richtig zugehört. Er versuchte, seine Gedanken zu sortieren. „Und wir dachten alle, dieser Sascha wäre Pluto. Immerhin wollte der ja bei Hans Wimmers einbrechen."

„Purer Zufall. Aber das war schon lustig. Ich hatte ebenfalls vor, an diesem Abend bei den Wimmers einzubrechen, weil ich die Kette da vermutet habe. Aber als ich ankam, war schon alles voller Polizei und Krankenwagen. Na ja, zum Glück hast du mich heute dank deiner Geschwätzigkeit zum Ziel geführt. Und jetzt hol ich mir die Kette."

Erneut trat Maurice mit voller Wucht gegen die Tür. Diesmal gab sie nach, Holz splitterte. Doch noch hielt das Schloss. Will schlotterte vor Angst.

„Sag mal, Junge, ist es das denn alles wert? Die ganze Gewalt wegen eine blöde Kette. Der arme Eidams Theo, dem hättest du ja fast totgeschlagen."

„Blödsinn", ereiferte Maurice sich, „gar nichts habe ich. Der kam stinkbesoffen nach Hause, als ich gerade meine Suche in der Küche beendet hatte. Der Idiot sieht mich und rennt in voller Panik gegen den Kühlschrank. Und dann ist dem die Küchenmaschine auf den Kopf gefallen, die oben drauf stand. Ich habe die Maschine schnell wieder zurückgestellt und bin abgehauen. Und jetzt mach endlich auf."

Ein weiterer Tritt erschütterte die Tür.

„Weiß Harry davon?", presste Will panisch hervor. Maurice hielt plötzlich inne.

„Onkel Harry ... nein ... natürlich nicht. Und er soll es auch nicht erfahren. Er hat genug gelitten. Ich will nur die Kette als Wiedergutmachung und dann werde ich für immer aus Saffelen verschwinden und versuchen, mit meiner Mutter ein neues Leben aufzubauen ... irgendwo ... wo uns keiner kennt und wir noch mal ganz von vorne anfangen können."

Plötzlich kehrte Stille ein. Will ließ die Klobürste langsam zu Boden sinken und tastete sich bis zur Tür vor. Er legte ein Ohr dagegen und war sich sicher, auf der anderen Seite ein leises Schluchzen zu hören. Dann ein Geräusch, das klang, als ob sich jemand an der gekachelten Wand heruntergleiten ließ. Will sah seine Chance gekommen, Maurice mit dem angemessenen Feingefühl zur Aufgabe zu bewegen. Kein Problem für ihn, schließlich war er als Ortsvorsteher mit diplomatischen Verhandlungen vertraut. Er wog seine Worte genau ab, bevor er zu sprechen begann.

„Hör mal zu, Junge. Ich kann mir vorstellen, wie du dich fühlst. Aber denk doch mal an dein Onkel Harry. Der war doch immer wie ein Vater zu dir. Der liebt dich. Wenn du jetzt einfach verschwindest, wirst du ihm das Herz brechen. Und du weißt doch, wie sich das anfühlt, oder?" Das Schluchzen vor der Tür wurde stärker. Will beeilte sich, weiterzusprechen, denn er spürte, dass er einen guten Lauf hatte: „Wir alle haben dich sehr gern. Und du darfst eins nicht vergessen: Die Kette kann nichts dafür, Morris."

Beim letzten Wort sprang Maurice wie von der Tarantel gestochen auf und trommelte in unbändiger Wut mit beiden Fäusten gegen die Tür. Der Druck ließ Will zurückweichen.

„Ich heiße nicht Morris", brüllte er. Ein weiterer Tritt, viel kräftiger als die vorherigen, erschütterte die Tür. Es krachte und das Schloss gab langsam nach.

Will zitterte. Er hatte wohl irgendetwas Falsches gesagt. Er hörte, wie Maurice Anlauf nahm und ihm war klar, dass der letzte Tritt die Tür endgültig aus den Angeln heben würde. Voller Furcht schloss er die Augen, obwohl es wegen der Dunkelheit eigentlich gar nicht nötig gewesen wäre. Sekunden später krachte es und irgendetwas fiel schwer zu Boden. Will öffnete die Augen. Doch er spürte keinen Schmerz. Im Gegenteil, er stellte fest, dass er immer noch alleine in seinem Raum war. Dann hörte er die Stimme seiner Frau. „Will, mach auf."

Hastig entriegelte Will die Tür und schob sie auf. Vor ihm stand Marlene mit einer beträchtlichen Beule über dem rechten Auge und einer leicht blutenden Platzwunde, gegen die sie sich ein Spültuch presste. Auf dem Boden lag Maurice in seltsam gekrümmter Haltung. Neben seinem Kopf lag, in viele kleine Stücke zerfallen – der Marmorkuchen.

Epilog
Donnerstag, 15. Mai, 10.18 Uhr

Kommissar Kleinheinz durchschritt mit wachem Blick die Küche und nahm auf der Eckbank neben dem Ehepaar Hastenrath Platz. Will sah aus wie immer, nur Marlene trug zu ihrem üblichen geblümten Arbeitskittel einen Kopfverband, der wie ein Turban auf ihrer plattgedrückten Dauerwelle saß. Die Platzwunde, die sie sich bei ihrem Sturz zugezogen hatte, war noch in der Nacht mit sechs Stichen genäht worden. Das rechte Auge leuchtete in verschiedenen Violetttönen. Der Kommissar musterte mit neutralem Gesichtsausdruck das Fliegenklebeband, das von der Decke baumelte. Dann steckte er seinen Notizblock und einen Kugelschreiber in die Innen - tasche seiner schicken, schwarzen Lederjacke. Überhaupt machte er einen modisch sehr aufgeräumten Eindruck. Er sah sowieso ganz anders aus, als Will ihn sich früher immer am Telefon vorgestellt hatte. Statt einer Uniform trug Kleinheinz eine Jeanshose und Turnschuhe und unter seiner Lederjacke ein weißes T-Shirt, das seinen durchtrainierten Oberkörper umspannte, als hätte man ihn mit einem Tannenbaumtrichter hineingeschossen. Auf dem T-Shirt prangte in schnörkeliger Schrift ein Name, den Will nicht richtig entziffern konnte:

Tommy Helfinger oder so ähnlich. Muss wohl ein Bekannter von ihm sein, dachte Will. Kleinheinz strich sich beiläufig mit der Hand durchs Haar, das zwar trotz seiner gerade mal 40 Jahre schon grau wurde, ihm aber nichts von seiner charismatischen Ausstrahlung nahm. Ganz im Gegenteil.

„Zunächst einmal", begann er mit tiefer Stimme und einem Timbre, das Marlene einen wohligen Schauer über den Rücken jagte, „darf ich Ihnen mein größtes Lob aussprechen für Ihren couragierten Einsatz. Ohne Sie hätten wir den Täter nicht so schnell festnehmen können."

„Das ist doch eine Selbstverständlichkeit, Herr Wachtmeister", sagte Will.

„Polizeihauptkommissar", zischte Kleinheinz und sah ihn scharf an. Will nickte eingeschüchtert.

Der Beamte wandte sich an Marlene: „Vor allem Ihnen möchte ich danken, Frau Hastenrath. Wie Sie trotz Ihrer Verletzung den Täter niedergeschlagen haben – Chapeau."

Marlene wusste zwar nicht, was das hieß, da es sich aber möglicherweise um ein verstecktes Kompliment handelte, lächelte sie verschämt. „Ja. Aber denken Sie bitte nicht, ich würde immer der Marmorkuchen anbrennen lassen."

Kleinheinz schüttelte gütig den Kopf. „Natürlich nicht, Frau Hastenrath."

„Nur gut, dass ich der Pluto so lange psychologisch in Schach gehalten habe, bis meine Frau wieder zu sich gekommen war. Oder, Herr Kriminalhauptmeister?"

Kleinheinz musterte Will kurz und wendete sich dann wieder Marlene Hastenrath zu. „Frau Hastenrath. Wir brauchen Menschen mit Zivilcourage, wie Sie jemand sind. Mir ist ja selbst bewusst, dass Sie es hier in Saffelen mit einer schwierigen Situation zu tun haben. Die Einsatzkräfte brauchen immer sehr lange, bis sie vor Ort sind. Nachdem Sie den Täter vergangene Nacht außer Gefecht gesetzt hatten, hat ja der erste Streifenwagen auch gut 35 Minuten gebraucht, bis er hier war."

In diesem Moment betrat ein junger Mann im Blaumann die Küche. Sein zauseliges Haar wirkte, als sei er erst wenige Minuten zuvor aufgestanden. In der Hand hielt er eine kleine Werkzeugkiste, aus der ungeordnet Schraubenzieher und Kabel herausragten. „So, Will, ich mach mal den Dachs. Euer Telefon läuft wieder. Wegen das Geld komme ich die Tage vorbei. Du brauchst keine Rechnung, oder?"

Kommissar Kleinheinz zog eine Augenbraue hoch. Will stand auf und beeilte sich, den Handwerker zu verabschieden. Er gab ihm die Hand und schob ihn gleichzeitig zur Tür hinaus. „Danke, Hans-Gerd. Wir regeln das die Tage." Dann kam er zurück an den Tisch und fragte während des Hinsetzens mit seriösem Tonfall: „Wo waren wir stehen geblieben, Herr Oberkommissar?"

„Hauptkommissar. Na ja, im Prinzip war's das. Unsere Jungs von der Spurensicherung haben alles aufgenommen. Es kann sein, dass wir in den nächsten Tagen noch mal mit ein paar Fragen auf Sie zukommen, aber im Großen und Ganzen kann man den Fall als geklärt betrachten. Der Täter war ja in vollem Umfang geständig."

„Was erwartet den Morris denn jetzt, Herr Hauptkommissar?", fragte Marlene mit unverkennbarer Besorgnis in der Stimme.

Kleinheinz rieb sich das Kinn. „Das muss natürlich der Richter entscheiden. Schwerer Diebstahl ist allerdings nicht ohne."

„Aber der Morris hat doch gar nichts gestohlen."

Kleinheinz legte die Stirn in Falten. „Im Prinzip nicht, Frau Hastenrath. Aber versuchter Diebstahl wird strafrechtlich genauso wie ein vollzogener Diebstahl behandelt. Es handelte sich ja in allen Fällen um fehlgeschlagene Versuche, weil er nicht gefunden hatte, wonach er suchte. Insofern kann man hier nicht von einem strafbefreienden Rücktritt vom Diebstahl sprechen. Außerdem kommen ja noch mehr Delikte dazu wie gefährliche Körperverletzung oder Nötigung. Und mit seinen 22 Jahren wird er nicht mehr nach dem Jugendstrafrecht verurteilt. Da er aber geständig und nicht vorbestraft ist, könnte er vielleicht mit einem Jahr davonkommen und bei guter Führung nach ein paar Monaten wieder auf freiem Fuß sein."

„Der arme Harry", grummelte Will. Doch in Wirklichkeit wanderten seine Gedanken in diesem Moment zu Gerhard Geiser, dem großen, alten Mann der Saffelener Dorfgemeinschaft, der für ihn immer das leuchtende Vorbild gewesen war. Die Hochachtung und der grenzenlose Respekt, den er diesem Mann zeitlebens und auch noch nach dessen Tod entgegengebracht hatte, war in dieser Nacht binnen weniger Sekunden zu Staub zerfallen. Er verstand nicht, wie Gerhard all die Jahre mit dieser zentnerschweren Lüge hatte leben können. Peter Haselheim hatte einmal auf einer Ortsausschusssitzung, bei der es in einer hitzigen Debatte um die Verwendung von staatlichen Fördergeldern ging, einen Philosophen namens Plankton oder so ähnlich zitiert. Damals hatte Will die Bedeutung des Zitats nicht verstanden und sich durch den anmaßenden Ton des Lehrers provoziert gefühlt. Jetzt, im Nachhinein, tat es ihm leid, dass er Haselheim deswegen gegen einen Türrahmen geschubst und damit ein Handgemenge ausgelöst hatte, denn plötzlich sah er dieses Zitat in einem ganz anderen Licht. Haselheim hatte damals gesagt: „Die Unwahrheit liegt oft nicht in dem, was man sagt, sondern in dem, was man nicht sagt." Und in dieser Nacht hatte Will verstanden. Inmitten des Trubels aus Polizeibeamten, Notärzten und Blaulicht, inmitten dieses unwirklichen Gemischs aus Stimmengewirr und Sirenengeheul hatte er einen Entschluss gefasst. Gleich am nächsten Tag würde er zum Goldschmied fahren, die Bürgermeisterkette verkaufen und das Geld an den Hausarzt von Hiltrud Aretz überweisen mit der Bitte, es ihr als anonyme Zuwendung zukommen zu lassen. Er wusste, dass er damit keine zerbrochene Seele reparieren konnte, aber er würde sich wenigstens ein kleines bisschen besser fühlen.

Will wurde aus seinen Gedanken gerissen, als Marlene etwas unbeholfen vom Tisch aufstand und sagte: „Vielen Dank für alles, Herr Hauptkommissar. Ich muss jetzt mal eben rüber nach Billa gehen. Es gibt viel zu erzählen."

Kleinheinz winkte freundlich hinterher und erhob sich ebenfalls. „Na ja, ich denke, ich werde mich dann auch mal aufmachen, Herr Hastenrath. Vielen Dank für Ihre ermittlungstechnische Unterstützung, auch wenn Sie sich mit Ihrer voreiligen Pressekonferenz letztlich selbst in Gefahr gebracht haben."

Auch Will erhob sich und begleitete Kleinheinz zur Tür. „Ich weiß, Herr Wachtmeister, aber auf die Weise konnten wir wenigstens der richtige Täter überführen."

Gemeinsam traten sie vor die Haustür und wurden von einer strahlenden Morgensonne empfangen. Die Maiglöckchen blühten in voller Pracht und es versprach ein herrlicher Tag zu werden. Hupend ruckelte in gemächlichem Tempo ein hellblauer

Fiat Panda vorbei. Aus dem heruntergekurbelten Fenster winkte Fredi Jaspers herüber, der trotz seiner überdimensionalen Gipsschale übers ganze Gesicht strahlte. Vom Beifahrersitz grüßte eine ebenfalls gut gelaunte Martina Wimmers.

Fredi rief: „Wir fahren mal nach neue Gebrauchtwagen gucken."

Will winkte lachend zurück. Er musste lange überlegen, wann er Fredi das letzte Mal so fröhlich erlebt hatte. Plötzlich fiel Will etwas ein.

„Ach, eine Frage noch, Herr Kleinheinz. Warum hat eigentlich dieser Sascha versucht, bei Hans Wimmers einzubrechen?"

„Ach ja, richtig", Kleinheinz zog sein Notizbuch wieder aus seiner Innentasche heraus und blätterte darin. Währenddessen sprach er weiter: „Sascha Schnitzler konnte heute Morgen von den Kollegen vernommen werden. Wie Sie ja schon wissen, ist seine Schlosserei insolvent und ihm droht eine Klage wegen Insolvenzverschleppung. In seiner akuten Geldnot hat er sich an Martina Wimmers herangemacht, da er offensichtlich wusste, dass Hans Wimmers oft große Mengen Bargeld zu Hause aufbewahrte. Bei mehreren Besuchen im Haus der Wimmers hatte er es bereits heimlich durchsucht. Doch erst vor ein paar Tagen hatte Martina ihm verraten, wo der Tresor versteckt ist und in ihrer Naivität – oder nennen wir es blinde Verliebtheit – hatte sie ihm sogar gesagt, dass ihr Geburtsdatum die Kombination ist. In der Nacht, als er gefasst wurde, wollte er schlicht und einfach den Tresor leeren. Er wird natürlich jetzt angeklagt wegen versuchten Einbruchs."

„Dann hat er gar nicht nach der Bürgermeisterkette gesucht?"

„Nein. Davon wusste er gar nichts. Es ging ihm nur um

Bargeld. Immerhin konnten wir Hans Wimmers jetzt dazu bewegen, eine Alarmanlage installieren zu lassen. Denn man sieht: Selbst in Saffelen ist man nicht sicher vor Verbrechen. In diesem Sinne: Machen Sie es gut, Herr Hastenrath." Der Kommissar schüttelte Will die Hand und schlenderte leise pfeifend zu seinem Dienstwagen, der am Straßenrand geparkt war.

Will atmete mit tiefen Zügen die frische Mailuft ein. Plötzlich klingelte das Telefon. Will ging zurück in den Flur und hob ab. Am anderen Ende vernahm er ein leises Rascheln, dann eine heisere Stimme: „Herr Hastenrath?"

„Ja?!"

„Haben die Kühe aufgehört zu schreien?"

Will erstarrte. „Warum fragen Sie?"

„Weil ich dann diese Woche nicht vorbeizukommen bräuchte. Ich liege nämlich mit Grippe im Bett."

„Kein Problem, Dr. Mauritz", Will nahm das gerahmte Bild von Gerhard Geiser, das über dem Telefon hing, von der Wand und legte es mit dem Glas nach unten auf die Kommode, „die Kühe haben aufgehört zu schreien."

Danksagung

Kristina für Dein furchtloses Durchkämpfen durch die eigenwillige Grammatik, für die vielen, wertvollen Anregungen und nicht zuletzt fürs Mitdenken. Wilfried für Deine stets gelassene und engagierte Unterstützung bei den verschiedensten Projekten und Marion für den letzten Blick. Lenka, Bärbel, Simon und Marius fürs Rückenfreihalten. Melanie und Bob für Eure Kreativität. Marcus für Deine gute Laune und perfektes Licht. Claus für Deine außerordentliche Fähigkeit, Druck zu machen. Claudia für Dein Talent, alles in Topform zu bringen. Marita und Hans-Josef für Euer profundes landwirtschaftliches Fachwissen. Hildegard für Deine Liebe, Du fehlst mir. Arnold und Ellen für Euren unerschütterlichen Glauben an mich. Michel für Deine grenzenlose Unterstützung bei allem, was ich mache. Agnes für Deinen guten Geist. Christian für Dein Vertrauen. Markus für Deine selbstlose Hilfe in allen Lagen. Marc für Deine Freundschaft. Alexandra, meiner Testleserin, Problemlöserin, Geheimwaffe und Inspiration, für alles.

Und Danke an alle, die ich vergessen habe und an die, die je zu meinen Auftritten und Lesungen gekommen sind und etwas Nettes zu mir gesagt haben – oder es zumindest vorhatten. Ohne Euch würde das alles keinen Spaß machen.

Außerdem erhältlich

In dieser inszenierten Lesung mit Geräuschen werden das kleine Dorf Saffelen und seine skurrilen Bewohner lebendig. Macharski verleiht den einzelnen Figuren Tiefe und Nuancen, wodurch die Lesung so kurzweilig wird wie ein rasantes Hörspiel.
Als Bonustrack befindet sich auf diesem Hörbuch zusätzlich ein 25-minütiger Livemitschnitt der Leseshow zum Roman.

Hörbuch | 4 CDs | 300 Minuten
Livemitschnitt der Leseshow | 25 Minuten
€ 12,90
ISBN 978-3-9807844-6-7

Erhältlich überall im Handel oder unter www.dorfkrimi.de

paperback verlag

Die Königin der Tulpen

Ein brutaler Überfall auf den einzigen Lebensmittelladen der kleinen Ortschaft Saffelen bringt die dörfliche Idylle ins Wanken. Als dann auch noch eine alte Frau spurlos verschwindet und Hauptkommissar Kleinheinz den charismatischen Landwirt Hastenraths Will nicht in die Untersuchungen miteinbezieht, nimmt dieser auf eigene Faust Ermittlungen auf. Auch Löschmeister Josef Jackels und die beiden Kreisliga-C-Fußballstars Richard Borowka und Fredi Jaspers werden in den Sog der Geschehnisse gerissen und geraten dabei in höchste Lebensgefahr. Mit der Zeit kommt Hastenraths Will einer unglaublichen Verschwörung auf die Spur, die das kleine Dorf in seinen Grundfesten erschüttert und den Landwirt in eine unheimliche Welt voller Drogen, Gewalt und Schlagermusik führt.

Auch der zweite Fall von Hastenraths Will überzeugt durch seine genauen Beobachtungen des Dorflebens und seine wunderbare Mischung aus aberwitzigem Humor und atemloser Spannung.

256 Seiten
€ 12,90
ISBN 978-3-9807844-5-0

Erhältlich überall im Handel oder unter www.dorfkrimi.de

paperback verlag

Das Auge des Tigers

Saffelen zittert! Einer der kältesten Winter der letzten Jahre hält das kleine Dorf an der holländischen Grenze fest umklammert. In die friedliche, vorweihnachtliche Stimmung platzt die Nachricht, dass der Tiger, ein skrupelloser Mörder, bei einem Gefängnisausbruch entkommen konnte. Vor allem Landwirt Hastenraths Will und die beiden Freunde Fredi Jaspers und Richard Borowka sind darüber in heller Aufregung. Schon bald geraten die drei mit Hauptkommissar Kleinheinz auf die Abschussliste des erbarmungslosen Killers. Als Kleinheinz bei einem brutalen Überfall das erste Opfer des Tigers wird, sind die Dorfbewohner auf sich allein gestellt. Mit dem Mut der Verzweiflung bereiten sie sich, unterstützt von Löschmeister Josef Jackels, auf das mörderischste Duell ihres Lebens vor. Es beginnt eine fieberhafte Hetzjagd gegen die Zeit.

Der dritte Krimi um den ermittelnden Landwirt Hastenraths Will bietet wieder eine einzigartige Mischung aus subtilem Witz, atemberaubender Spannung und überraschenden Wendungen.

336 Seiten
€ 12,90
ISBN 978-3-9807844-7-4

Erhältlich überall im Handel oder unter www.dorfkrimi.de

paperback verlag

Irgendwo da draußen

Von 1994 bis 2003 veröffentlichte Christian Macharski regelmäßig Kolumnen in den Aachener Nachrichten. Die satirischen Notizen aus der rheinischen Provinz erfreuten sich größter Beliebtheit bei den Lesern. Kein Wunder, denn wo sonst erfuhr man inmitten nüchterner Weltnachrichten alles über die wahren Hintergründe von Aschermittwochsbeschwerden, Spargelzucht und Qualitätsferkelproduktion? Aus einem Sammelsurium von über 500 subtilkomischen Glossen hat der Autor im Jahre 2001 die 99 besten ausgewählt und eine handliche Bett-, Reise- und Freizeitlektüre für die ganze Familie geschaffen. Ein Meilenstein der Provinzpoesie ...

160 Seiten
€ 11,00
ISBN 978-3-9807844-0-5

Erhältlich überall im Handel oder unter www.comedybedarf.de

paperback verlag

25km/h

2003 erschien „25 km/h", der lang erwartete Nachfolger des regionalen Verkaufsschlagers „Irgendwo da draußen". Wieder erzählt Christian Macharski herzerfrischende und kuriose Geschichten aus der rheinischen Provinz. In 99 sorgfältig ausgewählten Glossen analysiert der Autor herrlich respektlos die kleinen und großen Dinge des Lebens. Dabei geht es um so wichtige Themen wie fehlende Kanalanschlüsse, heimtückische Gänsemorde oder die UNO. Außerdem enthält dieses Buch eine mitreißende Fortsetzungsgeschichte über einen außergewöhnlichen Wohnwagenurlaub in Kroatien. Ein Lesegenuss auf höchstem Niveau.

160 Seiten
€ 11,00
ISBN 978-3-9807844-2-9

Erhältlich überall im Handel oder unter
www.comedybedarf.de

paperback verlag

Schafe zählen
Die natürliche Einschlafhilfe

Immer mehr Menschen leiden heutzutage unter Einschlafstörungen. Doch bevor man zu Medikamenten greift, sollte man auf natürliche Heilmethoden vertrauen. Zu den Bewährtesten zählt zweifellos das „Schafe zählen". Einziger Nachteil bisher: Man musste sich sehr konzentrieren, um sich nicht zu verzählen. Doch das ist jetzt vorbei. Christian Macharski zählt die Schafe für Sie, eins nach dem anderen, während Sie entspannt und friedlich einschlafen können. Garantiert ohne Risiken und Nebenwirkungen.

Die originelle Geschenkidee für nur € 4,95.

Laufzeit 42 Min.
€ 4,95 (unverbindl. Preisempfehlung)
ISBN 978-3-86604-939-0

Erhältlich überall im Handel oder unter www.comedybedarf.de

Dieses Buch gehört

Christian Macharski
Die Königin der Tulpen

paperback verlag

Das Buch
Ein brutaler Überfall auf den einzigen Lebensmittelladen der kleinen Ortschaft Saffelen bringt die dörfliche Idylle ins Wanken. Als dann auch noch eine alte Frau spurlos verschwindet und Hauptkommissar Kleinheinz den charismatischen Landwirt Hastenraths Will nicht in die Untersuchungen miteinbezieht, nimmt dieser auf eigene Faust Ermittlungen auf. Auch Löschmeister Josef Jackels und die beiden Kreisliga-C-Fußballstars Richard Borowka und Fredi Jaspers werden in den Sog der Geschehnisse gerissen und geraten dabei in höchste Lebensgefahr. Mit der Zeit kommt Hastenraths Will einer unglaublichen Verschwörung auf die Spur, die das kleine Dorf in seinen Grundfesten erschüttert und den Landwirt in eine unheimliche Welt voller Drogen, Gewalt und Schlagermusik führt.

Auch der zweite Fall von Hastenraths Will überzeugt durch seine genauen Beobachtungen des Dorflebens und seine wunderbare Mischung aus aberwitzigem Humor und atemloser Spannung.

Der Autor
Christian Macharski wurde 1969 in Wegberg geboren. Seit 1991 ist er Kabarettist und Autor. Diverse Programme mit dem Comedy-Duo „Rurtal Trio", zwei Solo-Programme, eine Regiearbeit, Gag-Autor (WDR, SAT1, RTL). Von 1994 bis 2003 Kolumnist für die Aachener Nachrichten. Nach zwei Büchern mit gesammelten Glossen erschien mit „Das Schweigen der Kühe" 2008 sein erster Roman. „Die Königin der Tulpen" ist der Nachfolger.

Von Christian Macharski sind außerdem als Taschenbuch erhältlich:
Irgendwo da draußen (ISBN 978-3-9807844-0-5)
25 km/h (ISBN 978-3-9807844-2-9)
Das Schweigen der Kühe (ISBN 978-3-9807844-4-3)

Christian Macharski

Die Königin der Tulpen

DORFKRIMI

© 2009 by paperback Verlag
Alle Rechte vorbehalten. Abdruck, auch auszugsweise,
nur mit ausdrücklicher Genehmigung des Verlags

Umschlaggestaltung: kursiv, Oliver Forsbach
Fotos: Marcus Müller
Lektorat: Kristina Raub
Satz & Layout: media190, Wilfried Venedey
Druck & Bindearbeiten: CPI – Clausen & Bosse, Leck

ISBN 978-3-9807844-5-0

Die Personen und Handlungen der Geschichte sind frei erfunden.
Ähnlichkeiten mit lebenden und verstorbenen Person sind zufällig
und nicht beabsichtigt. Die Protagonisten des Romans basieren auf
Bühnenfiguren des Comedy-Duos Rurtal Trio.

Für Alexandra

Prolog
Freitag, 10. Juli, 22.14 Uhr

Der aufgeweichte Waldboden quietschte unter ihren Schuhen. Die hohen Kiefern bewegten sich träge im Wind und ächzten unter dem peitschenden Regen. In der Ferne durchzuckte ein Blitz den wolkenverhangenen Abendhimmel. Irgendwann hatte sich der Pfad, dem sie gefolgt war, in einem Dickicht aus Unterholz, verrotteten Baumstämmen und moosbewachsenen Wurzeln verloren und der Wald war wie eine schwere Tür hinter ihr zugeschlagen. Sie hatte längst jegliches Zeitgefühl verloren. Hunger und Kälte nagten an ihr. Und Angst. Unsagbare Angst. Plötzlich tauchte mitten im Wald ein großes, gusseisernes Tor auf. Irritiert, aber neugierig schob sie es mit einiger Kraftanstrengung auf. Dahinter lag eine lange Kieseinfahrt, die vor einer brüchigen Treppe endete. Die Treppe führte in ein Haus, das man vor hundert Jahren als hochherrschaftlich bezeichnet hätte. Mittlerweile war es zwar windschief und zusehends verfallen, aber noch strahlte die Silhouette, die sich gegen die immer stärker werdende Dämmerung abhob, eine gewisse Würde aus. Die wenigen Fenster, die nicht zerbrochen waren, waren blind und mit Spinnweben überzogen. Die Veranda war von Unkraut überwuchert.

„Besser als nichts", sagte sie sich, „hier kann ich wenigstens die Nacht verbringen."

Nun nicht mehr durch die hohen Baumkronen geschützt, lief sie über den kurzen Weg zum Haus. Als sie ankam, war sie komplett durchnässt, weil der Regen erbarmungslos auf sie niedergeprasselt war und der schneidende Wind ihn ihr von vorne ins Gesicht geblasen hatte. Die große Eingangstür war unverschlossen. Sie schob sie vorsichtig auf und steckte ihren Kopf durch den Spalt. Ein muffiger Geruch von feuchten Wänden und alten Teppichen schlug ihr entgegen. Sie rief: „Hallo. Ist da einer?" Doch ihre Worte echoten von den Wänden der leeren Empfangshalle zurück. Das Licht im Inneren des Hauses schimmerte bläulich und es war deutlich wärmer, als sie erwartet hatte. Es schien, als hätte erst vor Kurzem jemand geheizt. Kann aber auch nur Einbildung sein, dachte sie fröstelnd. Sie stand nun in der großen Vorhalle und ließ ihren Blick durch den Raum wandern. Auf der linken Seite befanden sich ein großer Saal, in dem zerbrochene Stühle und jede Menge Bauschutt lagen, und eine Art Wintergarten, in dem die Scherben der zerborstenen Fenster auf dem Boden verstreut waren. Auf der rechten Seite führte eine breite Steintreppe nach oben. Sie entschied sich für die Treppe und gelangte im ersten Stock zu einem langen Korridor, von dessen Wänden Tapetenstreifen herabhingen. Als sie den dunklen Flur entlangging, ließ ein Geräusch sie herumfahren. Doch es war nur ein Fensterladen, den der Wind zugestoßen hatte. Danach legte sich wieder eine erdrückende Stille über das Haus. Atemlos tastete sie sich Schritt für Schritt vor. Am Ende des Ganges entdeckte sie eine Tür, die einen Spalt geöffnet war. Ihr war, als würde in dem Raum dahinter Licht brennen. Als sie sich der Tür näherte, stieg ihr zusätzlich zum modrigen Gestank des Gemäuers ein süßlicher Geruch in die Nase, der ihr merkwürdig vertraut vorkam. Als sie die Tür vorsichtig öffnete und den Raum betrat, stellte sie fest, dass der Mond ihn durch ein zerschlagenes Fenster mit sanftem Licht erfüllte. Abgestandene Luft baute sich wie eine Wand vor ihr auf und sie hielt sich instinktiv die Nase zu. Aus alter Gewohnheit schloss sie die Tür hinter sich. In dem Zimmer stand ein Bett, das sogar noch mit einer staubigen Tagesdecke bezogen war. Auf dem Boden lag Unrat, aber auf eine eigentümliche Weise wirkte das Zimmer bewohnt. Dann entdeckte sie etwas, das ihr das Blut in den Adern gefrieren ließ. Sie schrie auf. Unter dem Bett ragte eine bleiche, menschliche Hand hervor, fast so beiläufig wie ein Teddybär, der heruntergefallen war. Doch das war echt, das war kein Spiel. Sie wusste, wem die Hand gehörte. Sie erkannte den schwarzen Ring sofort. Das war die Frau, nach der die Polizei seit Tagen fieberhaft suchte. Offenbar war die Befürchtung der Polizei wahr geworden: Sie war das achte Opfer des unheimlichen Frauenmörders, der immer noch auf der Flucht war und eine grauenhafte Blutspur durchs Land zog. Mit einem Mal wurde ihr klar, dass sie sich im Haus des Killers befand. Ein Knacken riss sie aus ihren Gedanken. Mit rasendem Puls wirbelte sie herum und starrte zur Tür. Als sich schwere, schleppende Schritte langsam näherten, hatte sie das Gefühl, ihr Herz würde jeden Moment aussetzen. Sie saß in der Falle. Panisch sah sie sich im Raum um und suchte nach einem Ausweg — doch es gab keinen. Ein widerliches Gemisch aus Schweiß, Angst und Verwesung lag wie eine klebrige Schicht über diesem Raum und nahm ihr die Luft zum Atmen. Die Schritte verstummten. Der Unbekannte schien nun direkt vor der Tür zu stehen. Er war so nah, dass sie sogar sein rasselndes Atmen hören konnte. Dann wurde mit einem Ruck die Tür aufgerissen.

Mit einer Zeitung unterm Arm stand dort Landwirt Wilhelm Hastenrath. Er trug eine lange, weiße Grobripp-Unterhose und ein ausgewaschenes Pyjamaoberteil. Seine Füße steckten in abgetragenen Stoffpantoffeln. Erstaunt sah er in das vor Schreck verzerrte Gesicht seiner Frau. Marlene Hastenrath stieß einen spitzen, schrillen Schrei aus. Reflexartig fuhr ihre Hand heraus und warf das Taschenbuch, das sie hielt, in hohem Bogen durch den Raum. Mit einem lauten Knall landete es an der Wand und rutschte von dort herunter wie ein Vogel, der gegen eine Scheibe geflogen war. Will rückte seine Hornbrille zurecht und sah seine Frau fragend an. Marlene wechselte vom Schreien zu einer unnatürlichen Schnappatmung und beruhigte sich dann langsam wieder. Sie strich sich mit der Hand durchs Gesicht.
„Will. Musst du mich denn so erschrecken?"

Will verzog den Mundwinkel und sagte ärgerlich: „Was heißt denn hier erschrecken? Ich wollte nur sagen, dass ich nach Bett geh ... bist du etwa wieder so ein spannender Triller am lesen?" Ohne eine Antwort abzuwarten, ging er zur Wand und hob das Taschenbuch auf. Er klappte es zu und las den Titel laut vor: „Der irre Frauenmörder mit der scharfen Klinge. Gerichtsmedizinerin Maria Schneider ermittelt."

„Mareia Sneider. Das ist eine Amrikanerin", sagte Marlene schnippisch. Sie stand auf, nahm Will das Buch aus der Hand und legte es auf ihren Nachttisch.

Während sie sich auf die Bettkante setzte, um sich ein Glas Wasser einzugießen, verließ Will mit einer wegwerfenden Geste das Zimmer. „Schlaf gut," presste er missmutig hervor.

„Schlaf du auch gut", rief Marlene hinterher. „Hast du die Türkette vorgemacht?"

Will lag im Bett und starrte an die Decke seines Zimmers, in das er vor fünf Jahren gezogen war, nachdem seiner Frau plötzlich aufgefallen war, dass sein Schnarchen sie störte. Hastenraths Will, wie ihn alle im Dorf nannten, war zwar der Ortsvorsteher und der erfolgreichste Landwirt der kleinen Ortschaft Saffelen, doch gegen seine Frau konnte er sich nur selten durchsetzen. Sonst hätte er ihr längst verboten, abends immer diese Psychothriller zu lesen. Nicht etwa, weil er Lesen ablehnte. Ganz im Gegenteil, er las regelmäßig auf dem Klo mit großem Interesse die Tageszeitung, wenn auch nur den Lokal- und den Sportteil. Zu mehr reichte die Zeit nicht, schließlich hatte er einen großen Hof zu versorgen. Nein, es war vielmehr, weil sich mit dem Fall Pluto vieles verändert hatte in dem einst so friedlichen Dorf. Etwas über ein Jahr war vergangen, seit eine unheimliche Einbruchsserie die Bewohner von Saffelen in Angst und Schrecken versetzt hatte. Mit Kombinationsgabe und etwas Glück hatte Will den Täter seinerzeit überführen können. Ein Lächeln umspielte seine Lippen, als er daran zurückdachte, wie Kommissar Kleinheinz ihn dafür gelobt hatte. Ein lautes „Muh" aus dem Stall gegenüber ließ ihn hochschrecken. Dann atmete er tief durch und zog sich die Decke bis zum Kinn hoch. „Mein Gott, jetzt werd ich auch schon bekloppt. Obwohl ich überhaupt keine Horrortriller lese." Er gähnte und die Müdigkeit kroch unaufhaltsam in seinen Körper. Der letzte Gedanke, der ihm kam, bevor er in einen tiefen, traumlosen Schlaf fiel, war, dass das kleine, friedliche Dorf Saffelen seine Unschuld verloren hatte. Und er wusste gar nicht, wie recht er damit hatte.

1
Samstag, 11. Juli, 9.42 Uhr

Der Sommer war heißer als erwartet. Umso mehr genoss Fredi Jaspers den Fahrtwind, der sein schulterlanges Haar, das er vorne kurz trug, durcheinanderwirbelte. Er fuhr mit offenem Verdeck über die endlose und menschenleere Landstraße, die in das entlegene Saffelen führte. In tiefen Zügen atmete er den Sommer ein und summte kaum hörbar „Africa" von Toto vor sich hin. Es war das perfekte Wetter zu seiner Gemütslage. Noch vor einem guten Jahr war sein Leben ein Scherbenhaufen gewesen. Und jetzt? Jetzt war er der glücklichste Mann der Welt. Seit ungefähr sieben Monaten waren er und seine große Liebe Martina wieder ein Paar. Seinen 16 Jahre alten Fiat Panda hatte er in Zahlung gegeben und sich dafür ein fast neues Cabrio gekauft. Gut, es war ein Mitsubishi Colt Cabrio in dunkelbraun. Aber etwas Besseres konnte er sich nicht leisten von seinem Gehalt als Büroangestellter bei Auto Oellers. Immerhin hatte ihm der alte Oellers einen großzügigen Kredit eingeräumt, den er mit Sonderschichten abarbeiten konnte. Aber viel wichtiger war sowieso die Sache mit Martina. Nachdem über zwei Jahre Eiszeit geherrscht hatte zwischen dem einstigen Saffelener Vorzeigepärchen, hatte der Fall Pluto, in den Fredi unfreiwillig hineingeraten war, dazu geführt, dass Martina und er sich wieder einander angenähert hatten. In der ersten Zeit waren sie unregelmäßig miteinander ausgegangen, dann immer häufiger und irgendwann waren sie unausgesprochen wieder zusammen. Trotz allem hatte Martina ihn gebeten, es diesmal behutsamer anzugehen. Sie wollte zunächst noch bei ihren Eltern wohnen bleiben und sie beanspruchte auch einen gewissen Freiraum für sich. Und Fredi war vorsichtig geworden. Er wollte auf keinen Fall denselben Fehler machen wie damals, als er Martina mit seiner Liebe schier erdrückt hatte. Diesmal würde er klüger sein. Diesmal hatte er sich nämlich eine Taktik zurechtgelegt, um ihr Herz zurückzugewinnen. Ganz langsam und subtil würde er sie wieder in ihn verliebt machen. Mit kleinen, beiläufigen Gesten und herzerweichenden Überraschungen. Heute Morgen um halb neun zum Beispiel hatte er bei ihr zu Hause geklingelt, obwohl sie erst für den nächsten Tag miteinander verabredet gewesen waren. Er hatte sein gelbes Jackett und seine beste Lederkrawatte angezogen und ihr einen 30-Euro-Blumenstrauß mit eingearbeitetem Douglas-Geschenkgutschein überreicht. Noch ehe sie die Situation mit ihrem verwirrten Blick erfasst hatte, hatte er sie außerdem zu einer spontanen Cabriofahrt ins Phantasialand eingeladen, während er die Eintrittskarten in der rechten Hand schwenkte. Fredi freute sich, denn die Überraschung war offenbar gelungen, als Martina ungeschminkt, mit zerzaustem Haar und im Nachthemd die Haustür geöffnet hatte. Nachdem sie nach mehreren stammelnden Versuchen ihre Sprache wiedergefunden hatte, musste sie Fredi jedoch schweren Herzens absagen. Gerade im Moment hätte ihr Vater aus der Firma angerufen und sie gebeten, ihm helfen zu kommen. Hans Wimmers war der erfolgreichste Unternehmer Saffelens. Er hatte aus der kleinen Metzgerei Wimmers ein internationales Wurstimperium gemacht und gehörte mittlerweile zu den größten Würstchen-im-Glas-Produzenten Europas. Seinen Hauptsitz hatte er schon vor Jahren von Saffelen nach Heinsberg verlegt. Martina, sein einziges Kind, arbeitete dort in der Buchhaltung. Fredi war klar, dass es schon mal passieren konnte, dass man in der eigenen Firma auch samstags arbeiten musste, und so bemühte er sich, seine Enttäuschung zu verbergen. Da er seine Lektion gelernt hatte, bestand er darauf, Martina mit seinem Cabrio nach Heinsberg zu fahren. Obwohl sie mehrfach betonte, dass es nicht nötig sei, hatte Fredi geduldig vor der Tür gewartet, bis sie sich fertig gemacht hatte. Die Fahrt über war Martina sehr einsilbig gewesen und auch als er sie auf dem Firmenparkplatz herausgelassen hatte, hatte sie sich nur knapp von ihm verabschiedet. Sie hatte ihm nicht einmal zugewinkt, als sie im Gebäude verschwand. Na ja, aber wer arbeitet schon gerne samstags, sagte sich Fredi.

Das Blaulicht hatte er schon von Weitem gesehen. Doch als er sich nun der Pastor-Müllerchen-Straße näherte, traute er seinen Augen nicht. Der kleine Tante-Emma-Laden, der seinem Fußballkameraden Hans-Peter Eidams gehörte, war großräumig mit Flatterband abgesperrt. Zwei Polizeiautos, ein Rettungswagen und das Löschfahrzeug der Freiwilligen Feuerwehr Saffelen standen quer auf der Straße. Als Fredi seinen Wagen auf dem Kundenparkplatz der Gaststätte von Harry Aretz, die gegenüber dem Tante-Emma-Laden lag, abgestellt hatte, erkannte er Ortsvorsteher Hastenraths Will, der sich wild gestikulierend mit Löschmeister Josef Jackels unterhielt. Fredi stieg aus und ging zu den beiden hinüber.

Josef Jackels zog gerade umständlich ein großes Funkgerät aus seiner Uniformtasche. Nachdem er den richtigen Knopf gefunden hatte, sprach er mit sehr ernstem Tonfall hinein: „Florian 1 an Florian 2 – kommen." Das Funkgerät rauschte. „Florian 1 an Florian 2 – kommen." Wieder nur Rauschen. Josef rüttelte am Funkgerät, seine Stimme klang nun ärgerlich: „Florian 1 an Florian 2 – kommen. Hans-Gerd, geh mal dran!"

Plötzlich tippte ihm von hinten ein hagerer Feuerwehrmann mit schütterem Haar auf die Schulter und sagte: „Tschuldigung, Josef. Ich habe mein Funkgerät zu Hause vergessen. Es musste ja alles so schnell gehen."

Josef fuhr erschrocken herum. Er hob hilflos den Arm. „Ja, wie, vergessen? Hans-Gerd, so geht es nicht. Das ist ein wichtiger Einsatz. Um nicht zu sagen, der wichtigste Einsatz, dem die Saffelener Feuerwehr in den letzten fünf Jahren hatte. Jetzt mal abgesehen von die Katze von Frau Mühlensiepen und die abgestreute Ölspur." Verärgert bedeutete er seinem Kollegen, dass er ihm folgen solle. Bevor er ging, verabschiedete er sich noch: „Will. Ich muss los. Ich mach jetzt hier mit der Hans-Gerd Einsatzbesprechung."

Hastenraths Will hatte die Hände tief in seiner ausgebeulten, grauen Stoffhose vergraben, die notdürftig von fransigen, grauen Hosenträgern gehalten wurde. Nase und Wangen des Landwirts waren von geplatzten Äderchen gerötet. Das grünweiß karierte Hemd hatte er sich bis zum Ellenbogen hochgekrempelt. Fredi fiel allerdings auf, dass Will heute nicht seinen obligatorischen Bundeswehrparka trug. Entweder, weil es zu warm war oder weil es schnell gehen musste.

Fredi deutete mit dem Kopf hinüber zu einem der beiden Polizeiwagen, in dem ein dicker, schwitzender Beamter saß und Notizen machte. „Hallo Will. Was ist denn hier los?"

Will setzte sein weltmännisches Gesicht auf. „Grüß dich, Fredi. Der Laden von Eidams Hansi ist überfallen worden."

Fredi war sprachlos. Dafür redete Will weiter: „Das muss vor ungefähr eine Stunde passiert sein. Keiner hat irgendwas gesehen. Auf einmal kam die Polizei hier mit Blaulicht reingefahren und hat sofort der Laden abgeriegelt. Es muss irgendwas Schlimmes passiert sein, weil die auch ein Rettungswagen dabei haben."

Fredi schüttelte fassungslos den Kopf. „Wer war denn im Laden?"

„Keine Ahnung. Hier das Schnittlauch", er zeigte verächtlich auf die Polizisten, „will nix sagen, bis der Kommissar da ist. Ich durfte noch nicht mal der Tatort betreten."

„Das gibt's doch nicht. Du bist doch der Ortsvorsteher."

„Ja klar. Das habe ich denen auch gesagt. Aber Respekt ist für die ein Fremdwort." Ein junges Pärchen fuhr langsam auf Fahrrädern vorbei und reckte die Köpfe Richtung Laden. Will ging einen Schritt auf sie zu und wedelte mit dem Arm. „Fahren Sie bitte weiter. Hier gibt es nichts zu sehen. Das ist ein polizeilicher Tatort. Hier haben Zivilisten nichts verloren."

Plötzlich bog mit hohem Tempo ein dunkelblauer Opel Corsa in die Pastor-Müllerchen-Straße ein. Auf dem Dach blinkte ein Blaulicht, das etwas schief mit einem Magnethalter angebracht war. Eine Sirene war aber nicht zu hören. Der Wagen kam mit quietschenden Reifen vor dem Flatterband zum Stehen. Während der Fahrer, ein athletischer, leicht untersetzter Mann mit Stirnglatze, mit einem Satz aus dem Wagen sprang und sofort zu dem Polizeibeamten ging, der am Streifenwagen lehnte, stieg der Beifahrer, der wie der Fahrer mit Jeans und T-Shirt bekleidet war, gemächlich aus und verschaffte sich erst mal einen Eindruck von der Umgebung. Will erkannte ihn sofort. Es handelte sich um Hauptkommissar Kleinheinz, den Will während der Ermittlungen im Fall Pluto kennengelernt hatte. Will witterte seine Chance, ließ Fredi stehen und lief, so schnell seine Gummistiefel es ihm erlaubten, auf den Kommissar zu. Schon von Weitem rief er: „Hallo Herr Kleinhans. Hallo."

Als dieser ihn erkannte, verdrehte er die Augen und wandte sich an seinen Kollegen: „Jochen, geh doch schon mal rein. Ich komm gleich nach. Ich muss hier noch was klären." Der Kollege in Zivil tippte sich verstehend mit dem Zeigefinger gegen die Stirn und folgte dem Streifenbeamten in den Tante-Emma-Laden.

In der Zwischenzeit war Will schnaufend angekommen. Während er noch nach Luft schnappte, begrüßte Kleinheinz ihn mit einem gequälten Lächeln: „Hallo Herr Hastenrath. Das hätten Sie aber auch nicht gedacht, dass wir uns so schnell wiedersehen, oder? Geht's Ihnen gut?"

„Schlechte Leute geht es immer gut", versuchte Will einen Scherz, während er immer noch Atem schöpfte. Als er bemerkte, dass der Kommissar nicht darauf einstieg, fuhr er seriös fort: „Ja, Herr Kommissar. Ich habe bis zu Ihre Ankunft der Tatort abgeriegelt und die Schaulustigen ferngehalten. Ich würde sagen, wir gehen jetzt mal rein, für uns zu informieren, was genau passiert ist."

Freundlich, aber bestimmt antwortete Kleinheinz: *„Ich gehe jetzt mal rein.* Und *Sie* gehen am besten nach Hause. Sie können hier nichts tun."

„Ja, aber, Herr Oberkommissar ..."

„Hauptkommissar!", Kleinheinz' Augen verengten sich zu Schlitzen. „Tut mir leid, Herr Hastenrath. Es handelt sich um einen polizeilichen Tatort. Ich darf Sie da nicht mit reinnehmen. Schon mal gar nicht, bevor die KTU da war."

„Wer?"

„Die Spurensicherung. Hören Sie, Herr Hastenrath. Wir haben es hier mit einem Raubüberfall zu tun. Es ist von einer Schusswaffe Gebrauch gemacht worden und es gibt einen Verletzten. Und ich muss jetzt schnell da rein."

Will war wie betäubt. „Schüsse? Verletzte? Herr Kommissar. Das geht nicht. Sie müssen mir sagen, was los ist. Ich habe als Ortsvorsteher ein Recht dadrauf, etwas zu erfahren. Was meinen Sie, was hier im Dorf los ist, wenn ..."

Der Zivilkollege erschien in der Ladentür und rief: „Peter! Ich glaube, das solltest du dir mal ansehen."

Kleinheinz wendete sich ab und ging, aber Will blieb dicht hinter ihm. „Herr Kommissar, bitte!"

Kleinheinz blieb abrupt stehen und sah den Landwirt scharf an. „Gut, Herr Hastenrath. Wir machen es folgendermaßen. Ich mache meine Arbeit und Sie gehen nach Hause. Wenn ich hier fertig bin, komme ich zu Ihnen auf den Hof und sage Ihnen alles, was Sie wissen müssen. Okay?" Will nickte eingeschüchtert.

„Ach, und noch was", fuhr der Kommissar fort. „Nehmen Sie Ihren Feuerwehrfreund Jackels mit, bevor der noch was kaputt macht. Meine Beamten haben die Lage auch so im Griff." Er deutete auf den Löschmeister, der sich gerade bei dem Versuch, noch mehr Flatterband zu spannen, verheddterte.

„Aber Herr Kleinheinz. Das ist eine freiwillige, ehrenamtliche Amtshilfe, die der Herr Jackels hier in seine Freizeit anbietet."

Der Kommissar verschwand wortlos im Laden.

2
Samstag, 11. Juli, 10.04 Uhr

Richard Borowka lehnte gelangweilt an der Küchenzeile und telefonierte mit seinem Handy. Er sah abwechselnd aus dem Fenster und auf seine nackten Füße, die in blau-weißen Adiletten steckten. Sein Gesprächsanteil beschränkte sich auf einige „Ahs" und „Ohs", die er einwarf, ab und zu auch mal ein „Echt?". Am anderen Ende des Telefons überschlug sich ein aufgekratzter Fredi Jaspers, der von dem Überfall auf den Tante-Emma-Laden berichtete. Mittlerweile waren immer mehr Einzelheiten an die Öffentlichkeit gedrungen. Als der Laden überfallen worden war, hatten sich Inhaber Hans-Peter Eidams und eine Kundin im Laden befunden. Ein maskierter Mann war in den Laden gestürmt und hatte die Kasse leer geräumt. Als Hans-Peter sich zur Wehr setzte, hatte der Maskenmann auf ihn geschossen und ihn verletzt. Wie schwer, hatte Fredi noch nicht herausbekommen. Borowka, wie ihn der Einfachheit halber alle nannten, war offenbar nur mäßig interessiert an den Neuigkeiten. Er hatte zurzeit ganz andere Probleme, über die er mit Fredi aber nicht sprechen wollte. Dabei waren Fredi und Borowka seit der gemeinsamen Schulzeit die engsten Freunde. Aber selbst wenn Borowka mit ihm darüber hätte sprechen wollen, in diesem Telefonat wäre er ohnehin nicht mehr zu Wort gekommen. Denn mittlerweile war Fredi zu seinem Lieblingsthema gewechselt: Martina. In epischer Breite folgte ein Bericht über die gescheiterte Fahrt ins Phantasialand und seinen neuen Plan, am morgigen Sonntag essen zu gehen. Ob er und Rita Lust hätten, mitzukommen. Oh Gott, dachte Borowka. Auf nichts hatte er im Moment weniger Lust. Deshalb fiel er Fredi schroff ins Wort: „Oh, Fredi. Da kommt gerade ein wichtiger Anruf rein. Lass uns später noch mal quatschen." Ohne eine Antwort abzuwarten, drückte er das Gespräch weg und atmete erleichtert durch. Dann wählte er eine Nummer mit holländischer Vorwahl. Als nach längerem Klingeln am anderen Ende abgehoben wurde, wechselte Borowkas Stimmlage in ein Flüstern: „Hör zu. Da ist leider was schiefgelaufen. Ich muss ein bisschen aufpassen. Wir müssen ein neuer Treffpunkt ausmachen. Ich ruf dich wieder an."

Als er das Gespräch gerade weggedrückt hatte, hörte er ein Räuspern, schaute auf und sah seine Frau Rita in der Tür stehen. Borowka hatte keine Ahnung, wie lange sie schon dort gestanden hatte.

Rita hob eine Augenbraue. „Wer war denn dran?" Sie trug einen bequemen Jogginganzug in Pink und Flip-Flops mit leichten Absätzen, die ihre rot lackierten Fußnägel mit den aufgeklebten Strasssteinchen optimal zur Geltung brachten. Ihre wasserstoffblonden Locken hatte sie zu einem Dutt zusammengesteckt.

„Wie? Wer war dran? Darf ich nicht mehr telefonieren, oder was? Noch nie was von Privatfähre gehört?", schnauzte Borowka und ließ das Handy in der Gesäßtasche seiner kurzen Sporthose verschwinden.

Rita sah ihn prüfend an. „Ich hab doch nur gefragt, wer dran war. Oder darf ich das nicht wissen?"

„Wie? Nicht wissen. Klar ...", Borowka geriet ins Stocken, „das war ... das war der Fredi. Der hat erzählt, dass es ein Überfall gegeben hat auf der Laden von Hansi und dass gerade überall Polizei ist und so."

Sofort war Ritas Interesse geweckt: „Was denn für ein Überfall? Hier, der Hansi, der mit dir Fußball spielt?"

„Ja. Oder kennst du noch ein anderer Hansi, der ein Laden in Saffelen hat?", blaffte Borowka seine Freundin an und wollte die Küche verlassen.

Aber Rita stellte sich ihm in den Weg und funkelte ihn mit durchdringendem Blick an. „Was ist los mit dir, Richard? Du bist schon seit Tagen so gereizt. Bei jede Kleinigkeit bist du dich am aufregen. Und immer diese Heimlichtuerei. Geht es sich um eine andere Frau?"

Borowka sah sie entgeistert an. „Sag mal, geht's noch?" Ihm wurde plötzlich klar, dass er sich auf ganz dünnem Eis bewegte. Wenn er jetzt nicht einlenkte, würde es wieder einen tagelangen Streit geben, der damit enden würde, dass sie gemeinsam bei Ikea neues Geschirr kaufen mussten. Und es gab nichts Schlimmeres für ihn, als zu Ikea zu fahren. Außerdem stand im Moment zu viel auf dem Spiel, als dass er sich einen Nebenkriegsschauplatz mit Rita leisten konnte. Also änderte er seine Taktik. Er sah Rita treuherzig an. „Wie kannst du so was denken, Rita? Du bist die Einzigste für mich. Ganz im Gegenteil. Ich wollte dich eigentlich überraschen. Ich habe eben mit der Fredi ausgemacht, dass wir vier, Martina, Fredi, du und ich, morgen zusammen essen gehen."

Rita lächelte schwach. „Hast du deshalb eben geflüstert am Telefon?"

„Ja klar, was denkst du denn?"

Rita musterte ihn einige Sekunden, dann fiel sie ihm so stürmisch um den Hals, dass er mit dem Rücken gegen den Kühlschrank knallte. „Danke, mein Schatz. Wir waren schon so lange nicht mehr zusammen weg." Während sie sich an seine Schulter schmiegte, starrte Borowka mit leerem Blick gegen die Wand.

3
```
Samstag, 11. Juli, 11.38 Uhr
```

Die Erinnerung war sofort wiedergekommen, als Kommissar Kleinheinz die Küche der Hastenraths betreten hatte. Der einzigartige Möbelmischmasch, das Fliegenklebeband über dem Tisch, das monotone Brummen der Milchkühlanlage aus dem Nebenraum und ein Geruchswirrwarr aus rustikaler Eiche, Duftbäumchen und Kuhstall, diesmal durchsetzt mit der kräftigen Note eines dunkelschwarzen Filterkaffees, den Marlene Hastenrath an den Tisch brachte.

Will wartete voller Spannung auf den Bericht des Beamten, doch seine Frau schien von einer gewissen Unruhe getrieben. Während sie die Tassen randvoll goss, lieferte sie gleich die Erklärung für ihre Nervosität: „Ich hab leider nicht viel Zeit, Herr Kleinheinz. Billa und ich haben bei ein Preisausschreiben in der Prisma ein Kurzaufenthalt in ein Wellnesshotel in der Eifel gewonnen. Und gleich geht's schon los. Da musste man rauskriegen: eine babylonische Gottheit mit sechs Buchstaben, die mit M anfängt. Das war vielleicht schwierig. Alle katholischen Strickfrauen haben über eine Woche mit dadran rumgeknobelt."

Will sah sie grimmig an. „Marlene, ich glaube nicht, dass der Herr Kommissar sich für deine Kreuzworträtsel interessiert.

Der ist hier, für mit mir über der Überfall zu reden und was das für Saffelen bedeutet."

„Moloch", sagte Kleinheinz.

„Wie bitte?" Will war verwirrt.

„Moloch. Babylonische Gottheit mit sechs Buchstaben."

„Stimmt!", strahlte Marlene. Jetzt wusste sie, dass Kommissar Kleinheinz mit seinem durchtrainierten Körper und seinen angegrauten Schläfen nicht nur aussah wie George Clooney, sondern auch mindestens so schlau war wie Albert Einstein.

Will entging die Verzückung in ihrem Blick nicht. „Musst du nicht packen?"

„Doch, doch. Aber erst muss ich natürlich noch wissen, was passiert ist. Möchten Sie ein Stück Kiwi-Jägermeister-Torte zum Kaffee?"

„Nein danke." Kleinheinz kramte seinen Notizblock hervor und schlug die erste Seite um. „Also, Herr Hastenrath. Wie versprochen, einige Infos zum Überfall. Ich muss Sie aber noch mal daran erinnern, Stillschweigen zu bewahren. Es handelt sich um eine laufende Ermittlung."

„Aber natürlich. Sie kennen mich doch."

„Eben drum", sagte Kleinheinz, ohne aufzusehen. Er nahm einen Schluck Kaffee und begann: „Nachdem ich den Laden betreten hatte, schilderte mir mein Kollege, Oberkommissar Dohmen, die Lage. Gegen 8.20 Uhr am Morgen befanden sich in dem kleinen Gemischtwarenladen, der gleichzeitig offensichtlich auch als Postannahmestelle dient, zwei Personen. Der 38-jährige Inhaber Hans-Peter Eidams, der sich im Kassenbereich aufhielt, sowie eine Kundin, die 70-jährige Katharina Thönnissen."

„Oh Gott, Käthchen!" Marlene schlug die Hände vor den Mund.

Kleinheinz fuhr unbeirrt fort: „Ein mit einer schwarzen Motorradsturmhaube maskierter Mann stürmte das Geschäft und forderte Herrn Eidams auf, den Inhalt der Kasse herauszugeben. Herr Eidams weigerte sich und es kam zu einem Handgemenge, in dessen Verlauf er dem Täter die Maske vom Kopf riss. Daraufhin zog der Mann eine Waffe und schoss auf Herrn Eidams, der mit einer Schussverletzung am Oberarm zusammenbrach. Der Täter leerte die Kasse und verschwand mit einem schwarzen Motorrad mit holländischem Kennzeichen. Herr Eidams hat großes Glück gehabt. Die Kugel hat ihn nur am Arm gestreift und ist dann in die Wand eingeschlagen. Er wurde vor Ort notärztlich versorgt und dann ins Krankenhaus gebracht. Sein Zustand war aber so stabil, dass Dohmen und ich ihn kurz befragen konnten. Das Nummernschild hat er nicht erkannt, dafür konnte er eine relativ genaue Täterbeschreibung abgeben. Es wird jetzt ein Phantombild erstellt und nach dem schwarzen Motorrad wird gefahndet. Leider gibt es ansonsten keine Zeugen, die irgendwas gesehen oder gehört haben."

Will rieb sich das Kinn. „Und was hat Käthchen gesehen? Also, ich meine, Frau Thönnissen."

„Frau Thönnissen stand unter Schock. Wir konnten sie noch nicht befragen. Sie bekam ein Beruhigungsmittel und wurde ins Saffelener Seniorenheim gebracht. Wo sie offensichtlich lebt."

Marlene nickte. „Ja. Frau Thönnissen hat vor zwei Jahren ihr Haus verkauft. Die hat ja keine Familie mehr. Deshalb ist die ins Altenheim gezogen. In so ein Einzimmerapartment. Obwohl die eigentlich noch ganz rüstig ist."

„Na ja, da läuft sie uns ja nicht weg", konstatierte Kleinheinz. „Ich werde morgen noch mal hinfahren und sie befragen. Ansonsten ist das erst mal alles. Der Laden bleibt bis auf Weiteres versiegelt, die Spuren werden in Ruhe ausgewertet. Die Kugel haben wir zur kriminaltechnischen Untersuchung nach Düsseldorf geschickt, um die Tatwaffe zu ermitteln."

Will wirkte nachdenklich. „Eins versteh ich nicht, Herr Kommissar. Sie sagten, der Mann hätte auf Hansi geschossen. Warum gibt es denn keine Zeugen, die einen Schuss gehört haben?"

„Tja. Wie es aussieht, hat der Täter einen Schalldämpfer benutzt. Sagen Sie mal, Herr Hastenrath. Was muss man denn über Hans-Peter Eidams wissen? Gibt es keine Frau Eidams?"

„Doch. Dem seine Mutter."

„Nein, ich meine, hat Hans-Peter Eidams keine Ehefrau?"

Nun schaltete sich Marlene ein: „Vor ein paar Jahren war der mal verlobt gewesen. Mit eine Frau aus Thailand. Kim Su Peng hieß die. Die hat der damals im Urlaub kennengelernt. Und da hat der sich auf der erste Blick in die drin verliebt, wie der die im Katalog gesehen hat. Die hat ein paar Monate hier gewohnt und überall in der Nachbarschaft geputzt. Die war sehr fleißig, aber das Problem war, dass die weder Deutsch noch Saffelener Platt verstand. Und dann hat der Hansi Krach bekommen mit seine Eltern wegen weil der das Geschäft vernachlässigt hat. Der wollte sogar mit die Kim Su Peng ein Restaurant in Uetterath aufmachen. Ein ägyptisches Steakhaus oder so. Und irgendwann war plötzlich der ihre Aufenthaltsgenehmigung abgelaufen. Der alte Eidams kennt da wohl ein paar Leute bei der Stadtverwaltung."

„Da dürfte das Verhältnis zu seinem Vater ja nicht das beste sein, oder?"

Marlene zuckte die Schultern. „Der Hansi hatte ja keine Wahl, weil der Vater dem immer finanziell unterstützt hat. Der verdient mit sein kleiner Laden ja nicht so viel."

„Und seit damals ist Hans-Peter Eidams alleinstehend?"

„Ja, ja. Seitdem ist der ein eingeschweißter Junggeselle. Der ist sogar der Vorsitzende vom Saffelener Junggesellenverein „Heiß wie Frittenfett e.V." Marlene sah auf die Uhr. „Um Gottes willen. Ich muss los. Um zwölf Uhr muss ich bei Billa sein."

Auch Kommissar Kleinheinz sah auf die Uhr. „Ich muss dringend zurück aufs Revier. Den Bericht schreiben. Hier ist eine Karte mit meiner Handynummer, Herr Hastenrath. Rufen Sie mich jederzeit an, wenn Sie irgendwas Neues hören. Und ich warne Sie – fangen Sie nicht wieder hinter meinem Rücken an, auf eigene Faust zu ermitteln. Wir haben es hier ganz offensichtlich mit einem gefährlichen Täter zu tun." Während er sich erhob, schob er die Visitenkarte über den Tisch. Will nahm sie und steckte sie in seine Hosentasche. „Und Ihnen, Frau Hastenrath, gute Erholung bei Ihrem Wellnesstrip." Er nickte ihr galant zu.

Marlene errötete leicht und fuhr sich verlegen mit der Hand durchs Haar. Wie Kleinheinz so dastand, wirkte er im matten Schein der Deckenlampe wie Sky Dumont in ihrer Lieblings-Rosamunde-Pilcher-Verfilmung „Blüte des Lebens", nur jünger und sportlicher. Der Gedanke wurde aber schnell von Wills rasselndem Husten vertrieben, mit dem er den Kommissar zur Tür geleitete. Auf dem Treppenabsatz drehte dieser sich noch einmal um und sah den Landwirt besorgt an. „Eins versteh ich einfach nicht. Warum um alles in der Welt überfällt jemand so früh am Morgen einen Tante-Emma-Laden in Saffelen?"

„Vielleicht, weil der danach noch andere Termine hatte?"

Kleinheinz ignorierte die Antwort. „Irgendetwas stimmt hier nicht. Wenn jemand einen Raubüberfall auf ein Geschäft begeht, dann macht er das abends, wenn die Kasse voll ist und nicht morgens. Das macht einfach keinen Sinn." Grübelnd ging der Hauptkommissar zu seinem Wagen und ließ Hastenraths Will grußlos im Hauseingang zurück.

4
Samstag, 11. Juli, 11.58 Uhr

„Auf jede Tupperdose habe ich mit ein Eddingstift der Wochentag draufgeschrieben. Hier auf der Zettel kannst du dann nachlesen, was da drin ist. Zum Beispiel Montag ist Rinderbraten mit Kartoffelklöße und Blumenkohl. Daneben steht, wie lange du der Teller in die Mikrowelle stellst. Das ist ganz einfach. Genauso wie damals, als ich die Woche in Kur war." Billa Jackels ging bereits zum zweiten Mal den Ablauf der nächsten fünf Tage durch.

Josef Jackels saß zusammengekauert am Esszimmertisch und hörte angestrengt zu. Auf seiner Stirn hatten sich kleine Schweißperlen gebildet. Seine schwitzigen Hände wischte er zwischendurch immer wieder an seiner Strickjacke ab. Kraftlos sah er zu seiner Frau auf. „Müsst ihr denn ausgerechnet diese Woche im Wellnessurlaub fahren? Nächsten Samstag ist die große Hundertjahrfeier der Freiwilligen Feuerwehr Saffelen. Die sind jetzt schon das Festzelt am legen. Was ich da noch alles organisieren muss. Wir haben noch kein Toilettenwagen, weil gleichzeitig in Honsdorf und Brüggelchen Sommerfest ist, die Bier- und Schnapsbestellung muss noch mit der Zeltwirt abgestimmt werden, der Diskjockey hat noch nicht zugesagt, weil der an dem Tag eine wichtige Einführungsveranstaltung hat – ich glaub', bei sein Urologe. Außerdem muss ich durch der Abend moderieren. Wie soll ich mich denn da noch um der Haushalt kümmern?"

„Josef!" Billa stemmte energisch die Hände in die Hüften. „Jetzt übertreib doch nicht so. Die Anni kommt jeden zweiten Tag und erledigt das Putzen und der Abwasch. Deine Uniform ist gebügelt und die anderen Anziehsachen habe ich dir rausgelegt. Das Einzigste, was du machen musst, ist, einmal am Tag die Mikrowelle anstellen. Ansonsten hast du jede Menge Zeit, dich auf das Feuerwehrfest vorzubereiten. Außerdem konnten wir uns der Zeitpunkt für die Reise nicht aussuchen, weil es sich um ein Gewinn handelt."

Josef seufzte laut. Es klingelte an der Haustür. Josef seufzte noch lauter.

Vor der Haustür stand eine aufgekratzte Marlene Hastenrath mit einer großen Reisetasche. Billa fiel ihr um den Hals. „Marlene. Ich freu mich so. Weißt du eigentlich, wann wir das letzte Mal zusammen weg waren?"

„1998. Da waren wir mit die Kegelfrauen in Bad Hönningen. Aber das war ja in dem Sinne kein Wellnessurlaub." Sie kniff ein Auge. Beide lachten laut.

Im gleichen Moment schob sich Josef Jackels mit Leidensmiene und hängenden Schultern vorbei an den beiden Frauen aus dem Haus. Er sah gequält auf. „Grüß dich, Marlene. Ich hol eben der Auto." Dann schlurfte er über die Einfahrt zur Garage, schob lethargisch das Tor hoch und ging hinein.

Marlene zog eine Augenbraue hoch. „Was ist denn mit der Josef los?"

„Ach, der", Billa machte eine wegwerfende Handbewegung. „Der jammert schon der ganze Tag rum. Der ist so aufgeregt wegen das Feuerwehrfest nächsten Samstag, weil der da die Eröffnungsrede halten muss. Der hat letzte Nacht nur zwei Stunden geschlafen. Erst als der zwei Valium genommen hatte, ging es."

„Der Arme", sagte Marlene. „Ich glaube, der Will ist ganz froh, dass ich fahr. Ich habe gestern durchs Küchenfenster gehört, wie der für der Schlömer Karl-Heinz sagte, dass das für ihn auch Wellness ist, wenn ich mal ein paar Tage weg bin."

„Ach, Männer. Wir machen uns jetzt fünf schöne Tage mit Prozecco und Massagen von muskulöse Psychiotherapeuten." Marlene kicherte wie ein Teenager.

„Ich hol schnell meine Tasche." Als Billa ins Haus lief, sah Marlene, wie Josef fast wie in Zeitlupe seinen dunkelroten Opel Ascona rückwärts aus der Garage bugsierte. Dabei schaute er hektisch immer wieder abwechselnd in den Seiten- und in den Rückspiegel. Dann bog er in die Straße ein und brachte den Wagen haarscharf neben dem Bürgersteig mit einem abrupten Bremsen zum Stehen, woraufhin der Motor ruckelnd erstarb. Der Feuerwehrmann sah hinüber zum Haus, kurbelte das Fenster runter und drückte auf die Hupe, die so verrostet krächzte wie die Hupe der Waltons, die Vater John immer betätigte, wenn er von der harten Arbeit im Sägewerk nach Hause kam und sich auf seine Frau Olivia und die Kinder John-Boy, Jason, Jim-Bob, Ben, Mary-Ellen, Erin und natürlich die kleine Elizabeth freute.

Josef hatte sich angeboten, die beiden Frauen zum Bahnhof zu bringen. Überdreht kam Billa mit einem großen Trolley und einer Umhängetasche aus dem Haus gesprungen und rief lachend: „Kutscher, zum Bahnhof! Und geben Sie die Pferde die Peitsche." Marlene stieg gackernd in das Gelächter ein, während Josef sich den Schweiß von der Stirn wischte und niedergeschlagen den Wagen startete.

5
Sonntag, 12. Juli, 15.42 Uhr

Das Saffelener Altenheim war, anders als der ungewöhnliche Name „Haus Gnadenbrot" vermuten ließ, ein sehr mondän anmutendes Gebäude mit moderner Einrichtung. Untergebracht in einem aufwendig sanierten, ehemaligen Kreuzherrenkloster, gab es dort 42 Pflegeplätze, darunter 30 Einzel- und sechs Doppelzimmer. Das Angebot umfasste neben der stationären Pflege noch einen betreuten Wohnbereich und kleine Ein- und Zweizimmerapartments. Haus Gnadenbrot verfügte über eine hauseigene Küche und einen großen Aufenthaltsraum, der gleichzeitig als Essenssaal diente und sogar mit einer kleinen Bühne ausgestattet war, auf der immer wieder kleine Konzerte, Lesungen und die bei Alt und sehr Alt beliebten Bingonachmittage stattfanden. Eine Zeitlang hatte der Saffelener Pastor, Rodrigo Gonzales, hier auch ökumenische Messen abgehalten. Das wurde jedoch eingestellt, nachdem sich herausgestellt hatte, dass die meisten Bewohner ihn nicht verstanden. Darüber hinaus kamen regelmäßig eine Frisörin und eine Fußpflegerin ins Haus, um die alten Leute zu verwöhnen. Ein kleiner, eingezäunter Park lud zum Spazieren ein und führte am neu gestalteten Saffelener Friedhofsgelände vorbei.

Das alles hatte Kommissar Kleinheinz eigentlich gar nicht wissen wollen, als er an diesem Sonntag das Altenheim aufsuchte. Er wollte lediglich die Aussage von Frau Thönnissen aufnehmen, falls sie denn so weit wiederhergestellt war. Doch als er die breite, einladende Steintreppe hinaufgestiegen war, war er im Eingangsportal bereits von Dieter Brettschneider abgefangen worden und hatte von ihm unaufgefordert eine ausgiebige Begehung des Gebäudes verpasst bekommen. Dieter Brettschneider, der Leiter des Seniorenheims, war Mitte fünfzig, sah aber bedeutend jünger aus. Lediglich seine große Nase verhinderte, dass man ihn als gutaussehend bezeichnen konnte. Sein dichtes, schwarzes Haar trug er sorgfältig in der Mitte gescheitelt und sein dunkelblauer Anzug saß wie angegossen. Er schien sportlich zu sein, wenngleich sich ein kleines Bäuchlein über dem Gürtel wölbte. Der schwere Siegelring, den er trug, war Kleinheinz als Erstes aufgefallen. Und auch sonst schien Brettschneider nicht mit seinem Wohlstand hinter dem Berg zu halten. Am Handgelenk prangte eine Rolex Daytona und auch das goldene Panzerarmband schien nicht billig gewesen zu sein. Bei seinem Rundgang hatte er in einem unaufhörlichen Redefluss stolz den wirtschaftlichen Aufstieg und die erfolgreiche Expansionspolitik seines 1990 gegründeten Hauses hervorgehoben. Überhaupt lief er immer dann zur Hochform auf, wenn es um die unternehmerische Seite des Seniorenheims ging, sodass Kleinheinz leise Zweifel beschlichen, ob der Geschäftsführer auch in irgendeiner Form durch besonderes soziales Engagement motiviert war. Von den Bewohnern sprach er nicht selten als Insassen, natürlich nicht, ohne die Ironie seiner Worte durch schallendes Gelächter zu unterstreichen. Gleiches galt wohl auch für den ungewöhnlichen Namen „Haus Gnadenbrot", für den Brettschneider eine erstaunliche Erklärung parat hatte. Kurz nach der Einweihung hätten einige jugendliche Vandalen in der Mainacht die überdimensionalen Buchstaben auf dem Dachfirst einfach vertauscht. Ursprünglich hätte das Heim nämlich „Haus Abendrot" geheißen. Dass die Jugendlichen, sollte an dieser Version etwas dran sein, bei jenem Maischerz noch ein in gleicher Form und Größe gestaltetes „G" und „N" hätten mit sich führen müssen, wollte Kleinheinz nicht ansprechen. Zum einen interessierte es ihn nicht und zum anderen wollte er statt einer kritischen Diskussion eigentlich nur schnell mit Frau Thönnissen sprechen und ihre Aussage aufnehmen, um seinen Bericht zu vervollständigen. Deshalb fiel er Brettschneider auch barsch ins Wort, als dieser gerade von seiner neuesten Aktion schwärmte, nämlich „Schnupperwochen im Altenheim", bei denen man seine Oma mal testweise für ein paar Tage im Heim parken könne, wie er es ausdrückte.

„Herr Brettschneider. Wo finde ich denn Frau Thönnissen?"

„Ach ja, richtig", unterbrach der Heimleiter seinen Redeschwall, „Sie sind ja dienstlich hier. Wenn ich einmal heiß laufe. In mir steckt ein Verkäufer durch und durch. Ich habe damals lange im Im- und Export gearbeitet. Holländische Blumenzwiebeln. Ein Bombengeschäft. Kommen Sie, wir nehmen den Aufzug." Während sie auf den Fahrstuhl warteten, plapperte er unverdrossen weiter: „Aber wenn Sie mal eine Omma haben, die Ihnen gehörig auf die Nerven geht. Erst letzte Woche ist hier ein wunderschönes Zimmer frei geworden. Mit einem herrlichen Blick auf den Saffelbach."

„Meine Oma ist letztes Jahr verstorben."

„Das ist natürlich schade für Sie. Und für mich." Nach dem letzten Satz lachte er wieder schallend auf. Bevor Kleinheinz etwas entgegnen konnte, öffnete sich mit einem Zischen die Fahrstuhltür. Im Inneren saß ein alter, faltenzerfurchter Mann, der mit angestrengter Miene und steifen Bewegungen versuchte, seinen Rollstuhl über die Bodenschwelle zu lenken. „Ah, unser Herr ... äh ... hier Dings", rief Brettschneider ebenso überzogen laut wie freundlich. Er zwängte sich an ihm vorbei in den Aufzug, ohne Anstalten zu machen, ihm über die Schikane zu helfen. Von hinten gab er dem Rollstuhl einen leichten Tritt, sodass dieser mit Schwung über die Schwelle rumpelte. Der alte Mann brummelte etwas Unverständliches und Brettschneider wandte sich wieder dem Kommissar zu, während sich die Aufzugtür geräuschvoll hinter ihnen schloss: „Das Erfolgsgeheimnis ist, genau die richtige Mischung zwischen Respekt und Mitgefühl für die alten Knacker zu entwickeln."

Kleinheinz, der nur schwer an sich halten konnte, versuchte das Thema zu wechseln. „Warum lebt denn Frau Thönnissen hier? Sie machte gestern auf mich einen sehr rüstigen Eindruck – abgesehen von dem Schock, unter dem sie stand."

„Einsamkeit. Wissen Sie, wir sind hier ja auch so eine Art Geriatrie-Wellness-Oase." Er musste kurz auflachen über seine Wortschöpfung. „Hier leben ja nicht nur umnachtete Tattergreise, sondern auch Menschen, die keine Familie mehr haben und die Gesellschaft brauchen. Und wenn sie das nötige Kleingeld dafür haben, kann man hier gut leben. Besser als im Hotel."

Der Aufzug kam mit einem Ruck zum Stehen und die Tür öffnete sich wieder. Davor wartete eine junge, sehr attraktive Schwester mit einem Tablett, auf dem ganz offensichtlich mehrere Urinproben standen. Brettschneider wies ihr breit lächelnd mit beiden Armen den Weg in den Fahrstuhl und sagte: „Oh, Schwester Vanessa. Aber nicht wieder alles auf einmal austrinken." Darauf folgte das schon obligatorische laute Lachen. Schwester Vanessas Wangen erröteten leicht und sie zwang sich ein gequältes Lächeln ab.

Kleinheinz musste sich anstrengen, mit Brettschneider Schritt zu halten, als dieser den Flur entlangpflügte. „Hier um die Ecke ist der große Essenssaal. Da müsste Frau Thönnissen jetzt sein. Es gibt hier genug ruhige Ecken, wo Sie sich mit der alten Schacht ... äh ... Dame unterhalten können. Stimmt es wirklich, dass sie gestern bei dem Überfall mit im Laden war?"

„Bedauerlicherweise ja. Ich danke Ihnen, Herr Brettschneider. Ich komme dann alleine klar. Vielen Dank für die interessanten Eindrücke."

„Gerne. Wenn noch was ist, ich bin unten in meinem Büro." Er drehte sich schwungvoll um und wäre fast mit einer Bewohnerin zusammengestoßen, die gerade, auf einen Rollator gestützt, auf dem Weg in den Essenssaal war. „Huppsala, Frau ... äh ... Dings. So schnell unterwegs? Nicht, dass Sie noch geblitzt werden." Lachend ging er zurück zum Aufzug.

Kleinheinz atmete kurz durch, bevor er in den Essenssaal trat. Er erkannte Frau Thönnissen sofort. Als er sie ganz alleine an einem Tisch sitzen sah, wo sie leicht vornübergebeugt mit ihrer zittrigen rechten Hand ganz langsam ein Stück Marmorkuchen zerteilte, überfiel ihn eine bleierne Traurigkeit und er musste unwillkürlich an seine geliebte Großmutter denken, die in ihrem letzten Lebensjahr auch immer so schief an ihrem kleinen Küchentisch gesessen hatte, so als ob sie die ganze Last des Lebens auf ihren knochigen, zerbrechlichen Schultern tragen müsste. Damals war der einstige Glanz in ihren Augen längst erloschen und man hatte das Gefühl, sie würde nur noch darauf warten, erlöst zu werden. Kommissar Kleinheinz schneuzte sich kurz und leise die Nase, bevor er auf Frau Thönnissen zuging.

6
Sonntag, 12. Juli, 15.59 Uhr

Das Thermometer war an diesem Nachmittag auf über 28 Grad geklettert. Borowka wedelte sich mit der Speisekarte frische Luft ins Gesicht. Obwohl sie draußen saßen, machte ihm die drückende Hitze zu schaffen. Außerdem fächelte er, um sich irgendwie zu beschäftigen. Seit über zwei Stunden saßen sie nun schon hier auf der Außenterrasse der Saffelener Frittenbude „Grill-Container". Sobald das Wetter es zuließ, stellte die Inhaberin, Rosi Schlömer-Okawango, Plastiktische und -stühle auf den Schottervorplatz ihrer mit weißen und roten Lampions geschmückten Imbissbude. Für die Gäste war es eine Wohltat, konnten sie doch nicht nur die Sonne genießen, sondern auch noch dem schlecht belüfteten Gastraum entgehen. Das war umso wichtiger, da die Abzugshaube nun schon seit Längerem defekt war. Genau genommen seit vier Monaten, seit Rosi von ihrem Mann Owamba verlassen worden war. Es musste ungefähr einen Tag nach dem Erhalt seiner unbefristeten Aufenthaltserlaubnis gewesen sein, als man Owamba das letzte Mal mit einem Koffer am Bahnhof gesehen hatte. Bis dahin hatte er zuverlässig alles repariert, was kaputt gegangen war und auch an der Friteuse hatte er ausgeholfen, wenn Not am Mann war. Nun war Rosi wieder auf sich allein gestellt. Wie all die Jahre vor Owamba auch. Sie hatte den gut aussehenden Schwarzafrikaner damals bei einem Cluburlaub in Kenia kennengelernt, wo er sich als Animateur um die Gäste gekümmert hatte. Kurz danach war er ihr nach Saffelen gefolgt, wo sie bald geheiratet hatten. Fredi und Borowka kannten Rosi noch aus der Schule. Und deshalb war es natürlich Ehrensache für die beiden gewesen, dass sie die Frau in ihrer schwierigen privaten Situation mit einem Sonntagsbesuch unterstützten. Zwar hatten Rita und Martina auf etwas anderes gehofft, als Fredi stolz verkündet hatte, dass er einen Tisch für vier Personen bestellt hatte, aber egal – es war Sommer und die Laune war bei allen prächtig. Außer bei Borowka, der angeödet mit der Speisekarte vor sich hin wedelte. Rita und Martina waren enge Freundinnen und konnten sich stundenlang über nichts unterhalten, was sie auch diesmal wieder mit großer Begeisterung taten. Fredi genügte es völlig, Martina anzusehen und mit einem fast schon an Debilität grenzenden verzückten Grinsen jede einzelne Sommersprosse auf ihrer Nase und jedes einzelne blonde Härchen auf ihrem Unterarm zu bewundern. Borowka war so satt, dass er nicht mal mehr etwas essen konnte gegen die lähmende Langeweile. Sie hatten jeder eine große Portion Fritten mit Bratrollen und Bamis gegessen und Unmengen Cola getrunken. Die Frauen hatten anschließend jeweils einen Cappuccino getrunken, ein neumodisches Szenegetränk, das langsam in Saffelen Einzug hielt. Fredi und Borowka dagegen hatten es beim bewährten Jägermeister belassen. Zu Beginn des Treffens hatte Borowka sich noch mit Fredi über Autos unterhalten, aber der hatte nie richtig zugehört, weil er immer mit einem Ohr auf das Frauengespräch geachtet hatte, um ja nicht zu verpassen, wenn sich Martina an ihn wandte. Was aber nicht passierte.

  Gerade als Borowka dachte, dass es nicht mehr schlimmer kommen konnte, sah er mit hohem Tempo einen schwarzen BMW X5 auf den Parkplatz schießen. Der Fahrer bremste sportlich ab und etwas Rollsplitt spritzte bis kurz vor Borowkas Füße. Das Gespräch am Tisch verstummte und auch Fredi, Martina und Rita sahen nun zu dem schicken Wagen hinüber. Mit einem Satz sprang Bernd Bommer heraus und kam selbstbewusst mit federndem Gang und durchgedrücktem Kreuz auf den Frittencontainer zu. Eine große Sonnenbrille steckte in seinem dunkelblonden, mit Gel gebändigten struppigen Haar. Über einer dunklen Cargohose mit ausgebeulten Seitentaschen trug er ein eng tailliertes buntes T-Shirt, auf dem Borowka einen Totenkopf erkannte, aus dessen rechtem Auge eine Schlange herauszüngelte. Darüber stand in verspielter Schrift „Ed Hardy". Was für Scheißklamotten, dachte Borowka und zupfte sich die Lederkrawatte auf seinem Jeanshemd zurecht. Bernd Bommer war vor knapp zwei Monaten nach Saffelen gezogen und hatte für einigen Aufruhr unter der heiratsfähigen weiblichen Bevölkerung gesorgt, weil er recht gut aussah und mit seinem gepflegten Dreitagebart immer sehr verwegen wirkte. Doch Bommer hatte nie Augen für die Frauen des Dorfes gehabt, so sehr sie sich auch um ihn bemüht hatten. Es hieß, dass er sich gerade erst von seiner Frau und seinem kleinen Sohn getrennt hatte. Er war aus der Nähe von Euskirchen gekommen und wollte nun in der ländlichen Gegend neu anfangen. Noch wohnte er in einem Fremdenzimmer der Gaststätte Harry Aretz, doch er suchte fieberhaft nach einer geeigneten Wohnung. Er war freiberuflicher Dolmetscher und arbeitete von zu Hause aus. Im Dorf hatte er sich schon ganz gut eingelebt. Er spielte sogar zusammen mit Fredi und Borowka in der Reserve des SV Saffelen, die sich zumeist am Tabellenende der Kreisliga C tummelte. Noch trainierte er nur mit, aber zur kommenden Saison würde er spielberechtigt sein. Bommer war für die Saffelener Reserve weit mehr als nur eine Verstärkung. Er war eine Art Hoffnungsträger, hatte er doch beim Kaller SC sogar in der Landesliga gespielt.

Als er nun auf die Frittenbude zumarschierte, zeigte Borowka auf das Euskirchener Nummernschild des X5. „Guck mal. ‚EU' – Esel unterwegs." Er lachte, doch die anderen ignorierten ihn.

Fredi stieß nur hervor: „Das ist mal eine geile Karre!" Martina und Rita schauten sich kichernd an.

Bommer blieb vor dem Vierertisch stehen und musste wegen der Sonne blinzeln. „Hallo Fredi, hallo Borowka." Martina und Rita bedachte er mit einer angedeuteten Verbeugung. „Die Damen."

„Setz dich doch, Bernie", sagte Fredi. Borowka versetzte ihm unter dem Tisch einen Tritt gegen das Schienbein. „Aua!"

„Ja, komm, hol dir ein Stuhl", setzte Rita nach. Genau wie Martina mochte sie den quirligen Kerl, der immer gute Laune zu haben schien.

„Warum nicht?", sagte Bommer, holte sich vom Nebentisch einen Plastikstuhl und nahm Platz. „Was für ein Wetter, oder? Ich wollte mir hier bei Rosi noch schnell zwei Flaschen Cola holen für heute Abend. Rosi", brüllte er Richtung Theke, "bring mir doch bitte ein kleines Weizen! Und für die vier Hübschen hier auch noch mal eine Runde. Ach, und noch eine Bratrolle spezial. Für hier zu essen." Rosi nickte. Bommer wandte sich wieder an seine Tischnachbarn: "Für hier zu essen. Ist doch richtig, oder? So langsam lerne ich eure Sprache." Er lachte. Auch Martina und Rita prusteten los. Selbst Fredi lachte nach einem kurzen Seitenblick auf Martina, auch wenn er den Witz nicht verstanden hatte. Nur Borowka verzog genervt das Gesicht. Bommer bemerkte das. Er schlug ihm freundschaftlich auf den Oberschenkel und sagte salopp: "Was ist los, Borowka? Schlechte Laune?"

"Ach der. Der ist schon seit Tagen total muffelig", warf Rita ein.

Borowka merkte, dass er in die Defensive geriet. Um nicht als Spielverderber dazustehen, sagte er: "Kann schon sein. Wird Zeit, dass die Sommerpause vorbei ist. Zum Glück ist Mittwoch das Freundschaftsspiel gegen Kleinwehrhagen."

"Hast du schon eine Wohnung gefunden?", versuchte Martina das Gespräch wieder vom Fußball wegzulenken. Bommer wendete sich ihr zu. "Nee, leider nicht. Ist gar nicht so einfach. Ich werd wohl noch eine Weile beim Harry über der Kneipe wohnen. Ist aber kein Problem. Das ist ein richtig netter Kerl."

"Und du sitzt an der Quelle", platzierte Borowka einen Scherz, um zu demonstrieren, dass er alles andere als eine trübe Tasse war. Dabei stieß er Fredi feixend mit dem Ellenbogen in die Seite.

"Aua!"

„Wo hast du denn das coole T-Shirt her?", fragte Rita unvermittelt. Borowka blieb das Lachen im Hals stecken.

Bevor Bommer antworten konnte, kam Rosi mit einem Tablett an den Tisch geschlurft. Dabei rieben ihre Oberschenkel, die sie in viel zu enge Leggings gezwängt hatte, wie Schmirgelpapier aneinander. Ihre käsigen Füße steckten in ausgetretenen weißen Birkenstock-Sandalen. Sie keuchte leise vor sich hin. Die Hitze machte ihr sichtbar zu schaffen. Mit ihrer fleischigen, weißen Hand nahm sie die Getränke vom Tablett und stellte sie auf den Tisch. Zuletzt setzte sie vor Bommer eine längliche Plastikschale ab. Darin lag eine Bratrolle, die in Ketchup und Mayonnaise schwamm. Darüber waren frische Zwiebeln gestreut. Rosi steckte noch eine weiße Plastikgabel in die Wurst. „Einmal Bratrolle spezial für hier zu essen. Aber nachher kommst du rein, Bernie: für drinnen zu bezahlen."

Der ganze Tisch brach in lautes Gelächter aus. Auch Borowka lachte pro forma mit, während er Bommer mit festem Blick fixierte. Du musst mal schwer aufpassen, Junge, sonst hängt der Kiefer tiefer, dachte er.

7
Sonntag, 12. Juli, 16.10 Uhr

Kommissar Kleinheinz hatte sein Laptop aufgeklappt und einen kleinen tragbaren Drucker auf den Tisch gestellt. Er sah Frau Thönnissen beruhigend in die Augen und strich ihr über die leicht zitternde Hand. „Machen Sie sich keine Sorgen. Es dauert nicht lang." Nachdem Kleinheinz sich davon überzeugt hatte, dass die alte Dame vernehmungsfähig war und auch bereit, mit ihm über den gestrigen Vorfall zu sprechen, hatten sie sich auf ihren Wunsch hin in einer kleinen abgemauerten Nische des großen Saals einander gegenübergesetzt, um sich zu unterhalten. Kleinheinz hätte zwar ein abgeschlossenes Zimmer vorgezogen, doch er wollte die alte Frau nicht einem größeren Stress aussetzen als nötig. Ein wenig beunruhigte es ihn zwar, dass sich der zuvor leere Saal zunehmend füllte, aber dennoch konnten sie in ihrer Ecke trotz des leichten Gemurmels ungestört sprechen. Um ihr die Aufregung zu nehmen, schlug er einen sonoren Ton an: „Wenn es Ihnen zu viel ist, komme ich auch gerne an einem anderen Tag wieder."

„Ach was", sagte sie tapfer, „bringen wir es hinter uns. Ich habe in meinem Leben schon so viel mitgemacht, dann werde ich das auch noch überleben."

Kleinheinz nickte. „Bevor wir anfangen, muss ich Sie belehren, dass ich Sie als Zeugin in einer Strafsache vernehme. Als Zeugin haben Sie ein Zeugnisverweigerungsrecht, das heißt, Sie sind nicht verpflichtet, Angaben zu machen. Des Weiteren müssen Sie sich als Zeugin nicht selbst belasten und Sie müssen keine Angaben über Personen machen, die in einem verwandtschaftlichen Verhältnis zu Ihnen stehen. Und Sie müssen selbstverständlich die Wahrheit sagen. Haben Sie das verstanden?"

„Ich bin zwar alt, aber nicht senil", erwiderte sie leicht gereizt.

„Natürlich nicht", lächelte Kleinheinz. „Ich möchte eine Vernehmung mit Ihnen durchführen über das, was Sie gestern Morgen im Geschäft von Hans-Peter Eidams gesehen, gehört oder wahrgenommen haben. Vielleicht schildern Sie mir zuerst mal in eigenen Worten, was genau passiert ist."

Ihre Stimme zitterte leicht, als sie begann: „Ich wollte gerade an der Theke zwei Dosen Ravioli bezahlen, als die Ladentür aufgerissen wurde. Ein Mann mit so einer schwarzen Kapuze über dem Kopf, wie Motorradfahrer sie anhaben, brüllte plötzlich: ‚Geld raus!' Dann ist der Hansi um die Theke herumgekommen und hat zu dem Mann gesagt: ‚Verschwinden Sie.' Danach ging alles sehr schnell. Sie haben sich irgendwie geschubst, der Hansi hat dem Mann die Kapuze vom Kopf gezogen und plötzlich hatte der Mann eine Pistole in der Hand und hat sie dem Hansi vor die Brust gehalten." Sie stockte. Dann kramte sie umständlich ein Stofftaschentuch heraus und tupfte sich ein paar Tränen ab. Sie schluchzte noch mal kurz, dann sprach sie schleppend weiter: „Der Hansi wusste gar nicht, was los war. Dann hat der Mann mich auf Seite geschubst und ich bin gefallen. Als ich hochgucke, sehe ich, wie Hansi das Gesicht verzieht und sich die rechte Schulter festhält."

„Das heißt, Sie haben keinen Schuss gehört?"

„Nein. Gar nichts."

„Ist Ihnen an der Pistole irgendetwas Ungewöhnliches aufgefallen?"

„Die war vorne sehr lang."

„Ein Schalldämpfer", murmelte Kleinheinz leise vor sich hin und tippte alles ein. „Was ist dann passiert?"

„Der Hansi hat auf dem Boden gelegen und geschrien. Der Mann hat in aller Seelenruhe das Geld aus der Kasse genommen, in eine Tüte gepackt und ist gegangen. Draußen ist er auf ein Motorrad gestiegen und weggefahren."

„Wissen Sie zufällig, was für ein Motorrad das war? Eine bestimmte Marke?"

„Nein. Ein ganz normales Motorrad."

„Konnten Sie das Kennzeichen lesen?"

„Nein. Ich habe nur gesehen, dass es ein gelbes Nummernschild war."

„Holländisches Nummernschild", tippte Kleinheinz in seinen Computer. „Was ist dann passiert?"

„Das weiß ich alles gar nicht mehr so genau. Der Hansi hat geblutet und gestöhnt. Und dann muss ich wohl mit dem Telefon auf der Theke die 110 angerufen haben. Obwohl ich mich da gar nicht mehr dran erinnern kann."

„Ihr Notruf ging um 8 Uhr 23 bei uns ein. Sie haben sehr verwirrt geklungen. Kein Wunder, Sie standen unter Schock. Ich würde noch gerne wissen ..."

Mitten im Satz setzte plötzlich ohrenbetäubende Musik ein, die aus dem großen Saal kam. Kleinheinz zuckte heftig zusammen und Frau Thönnissen sah interessiert auf. Ihre Miene erhellte sich, und das, obwohl grauenhafte Akkordeonmusik erklang.

Kleinheinz sprang auf und schaute aus der Nische heraus. Er konnte nicht in den Saal sehen, weil ihm eine Säule den Blick versperrte. Er brüllte: „Macht mal bitte jemand das verdammte Radio leiser!"

Im nächsten Moment kamen Hastenraths Will und Josef Jackels um die Ecke. Will strahlte den verdutzten Kleinheinz an. „Hallo Herr Kommissar. Was machen Sie denn hier?"

„Ich führe gerade eine Vernehmung durch. Und was machen, bitte schön, Sie hier?" Plötzlich ertönte auch noch Gesang zu dem Akkordeon. Kleinheinz bekam auf der Stelle Kopfschmerzen. Er brüllte noch lauter: „Mach doch mal jemand das Radio leiser."

„Das ist kein Radio", sagte Will ruhig, „das ist Charlie van der Valk."

„Wer?"

„Sagen Sie bloß, Sie kennen der Charlie van der Valk nicht?"

„Wer zum Teufel soll das sein?"

Jetzt meldete sich Josef zu Wort. Seine Stimme klang belehrend, als er sagte: „Charlie van der Valk. Der Mann mit dem Akkordeon. Der berühmte holländische Schlagerstar. Da müssen Sie doch mal was von gehört haben. Der Tulpenkavalier."

Kleinheinz verstand gar nichts mehr. Die Akkordeontöne hämmerten sich erbarmungslos in sein Hirn.

Will rief durch den Saal: „Herr van der Valk, kommen Sie doch mal eben."

Mitten im Lied brach die Musik ab. Kleinheinz entspannte sich. Im nächsten Augenblick tauchte ein groß gewachsener, schlanker Mann mit dünnem, grauem Haar auf, der ein Akkordeon umgeschnallt hatte. Der Kommissar schätzte ihn auf Mitte bis Ende 60.

„Das ist der große Charlie van der Valk", stellte Will den Mann mit Pathos in der Stimme vor. „Der hatte in den 70er Jahren viele Hits: ‚Walzer ins Glück', ‚Du bist die eine' oder ‚Akkordeon der Liebe'. Der gibt einmal im Monat ein Umsonst-Konzert hier im Altenheim. Der Josef und ich sind hier, für mit dem zu verhandeln wegen ein Auftritt auf dem Feuerwehrfest nächste Woche. Aber ich denk, da werden wir uns schon einig, oder Herr van der Valk? Ein bisschen was am Preis tun Sie noch, oder?" Mit dem letzten Satz wendete sich Will in seiner plump vertraulichen Art direkt an den Musiker. Der nickte sparsam, machte aber insgesamt ein freundliches Gesicht.

Kleinheinz konnte das alles nicht fassen. Resigniert fragte er: „Und warum ‚Der Tulpenkavalier'?"

Hastenraths Will spielte den Empörten. „Aber das gibt es doch nicht, Herr Kommissar. Haben Sie denn die letzten 30 Jahre in ein Kellerverlies verbracht? Der Name bezieht sich auf dem sein Riesenhit, mit dem der damals hier in der Region weltberühmt geworden ist: ‚Die Königin der Tulpen'!"

Kleinheinz war mittlerweile zu schwach, um zu antworten. Sein Gesicht verzog sich, als hätte er in eine Zitrone gebissen, denn ohne Vorwarnung begann Will nun zu allem Überfluss mit seiner durchdringenden Bassstimme zu singen: „Die Königin der Tulpen – die bist du!" Der Kommissar sah sich hilflos um, verzweifelt auf der Suche nach jemandem, der mit einer versteckten Kamera um die Ecke kommt, um die bizarre Situation aufzuklären. Doch das Gegenteil war der Fall. Unmittelbar nachdem Will angefangen hatte zu singen, stimmte auch Josef Jackels schmetternd mit ein.

Charlie van der Valk setzte zum ersten Mal, seit er dabeistand, ein breites Lächeln auf, nahm sein Akkordeon hoch und stieg auf den nächsten Takt ein. Sekunden später begann der ganze Saal, in dem sich mittlerweile bestimmt 70 Bewohner befanden, lauthals mitzusingen:

Erst Rendezvous – dann Schubidu
Doch eines sollst du wissen immerzu
Die Königin der Tulpen – die bist du!

8
Montag, 13. Juli, 19.13 Uhr

Bernd Bommer hatte den Ball in vollem Lauf aus der Luft angenommen. Er führte ihn so eng am Fuß, als würde er daran festkleben. Mit einem eleganten Schlenker ließ er den ersten Gegner aussteigen. Dann ein Übersteiger, gefolgt von einer lässigen Rechts-links-Kombination, und der nächste Gegner rutschte ins Leere. Jetzt hatte er nur noch zwei Verteidiger vor sich, die ihm frontal entgegenkamen, um ihn in die Zange zu nehmen. Bommer wartete, dann legte er sich den Ball auf die Hacke und katapultierte ihn von hinten über sich hinweg, um ihn hinter den beiden verdutzten Verteidigern wieder aufzunehmen. Jetzt gab es nur noch ihn und den Torwart. Er lief auf ihn zu und sah die Angst in dessen Augen. Noch drei Meter, dann würde er abziehen, noch zwei Meter, noch einen. Er holte aus – und plötzlich flog von der Seite ein gestrecktes Bein wie ein Dumdumgeschoss gegen sein rechtes Knie. Das Knie verdrehte sich, Bommer wirbelte herum und für endlose Sekunden, in denen er sich in der Luft zu befinden schien, wusste er nicht mehr, wo oben und unten war. Dann schlug er hart mit dem Hinterkopf auf dem grobkörnigen Aschenplatz auf. Wie durch einen Nebel sah er nur noch aus der seitlichen Froschperspektive Trainer Karl-Heinz Klosterbach wild gestikulierend mit seiner Trillerpfeife auf den Platz laufen. Dann verlor er das Bewusstsein.

Er wurde wieder wach durch einen Schwall Wasser, der ihm aus einem Eimer frontal ins Gesicht geschüttet worden war. Er hatte keine Ahnung, wie lange er weg gewesen war. Ein paar Minuten mussten es gewesen sein, denn er sah, dass Klosterbach mit hochrotem Kopf auf Richard Borowka einredete. Der schrie nicht weniger erregt zurück. Die ganze Mannschaft stand im Halbkreis um die beiden Streithähne herum. Dann erschien auf einmal das Gesicht von Fredi Jaspers direkt vor Bommers Nase. Er sah ihm direkt in die Augen. „Hallo Bernie, da bist du ja wieder." Fredi stand auf. Er hielt den leeren Eimer noch in der Hand. Er rief zu den anderen hinüber: „Herr Klosterbach. Der Bernd ist wieder da." Klosterbach und Borowka hörten auf zu streiten. Der Trainer kam mit seinen breiten O-Beinen auf Bernie zu. So langsam nahm dessen Wahrnehmung wieder Konturen an. Er wollte aufstehen, doch ein stechender Schmerz durchzuckte ihn. Scheiße, mein Knie, dachte er. Als er danach tastete, spürte er eine tennisballgroße Beule oberhalb vom Schienbein. Er setzte sich benommen auf.

Klosterbach kniete sich neben ihn. „Hallo Bernie. Schön, dass du wieder wach bist. Bleib mal liegen. Wir haben der Doktor Frentzen angerufen. Der hat gesagt, der kommt gleich raus und macht dir eine Zypresse."

„Kompresse."

„Was?"

„Egal. Was ist überhaupt passiert?"

Klosterbach sah kopfschüttelnd zu Borowka auf, der sich neben ihm aufgebaut hatte. „Unser Richard ist etwas übermotiviert zur Sache gegangen."

Borowka hob entschuldigend die Arme. „Spielen wir jetzt Fußball oder Mau-Mau?"

Klosterbach stand auf und sah ihm direkt in die Augen. Zornig funkelte er ihn an. „Richard! Es gibt ein Unterschied zwischen Verteidigen und vorsätzliche Körperverletzung. Auch wenn beides mit ‚F' anfängt."

Bommer betrachtete sein wild pochendes Knie. Jetzt verstand er und wurde auf der Stelle wütend. Vom Boden aus brüllte er Borowka an: „Sag mal, hast du sie noch alle? Das ist doch nur ein Trainingsspiel."

Borowka trat einen Schritt nach vorne. „Was denn? Ist hier Zwergenaufstand, oder was? Hat der Spacko jetzt auch schon was zu melden? Der Typ ist gerade mal seit zwei Monate dabei und schon fangt ihr alle an zu heulen, wenn der mal in ein Zweikampf umfällt."

Bommer machte mit der Hand eine Scheibenwischerbewegung und schüttelte den Kopf. „Zweikampf?! Ich glaub, ich spinne."

Borowka fuhr ihn an: „Halt die Fresse, du Vollhorst. Sonst gibt es hier gleich Fratzengeballer."

Klosterbach packte ihn hart am Arm. „Jetzt reicht's, Richard. Beruhig dich mal. Ich würde sagen, du kannst duschen gehen. Und am Mittwoch bleibst du erst mal zu Hause. Vielleicht kühlst du dich dann wieder was ab."

Borowka war wie vor den Kopf geschlagen. „Ist das dein Ernst?"

Fredi machte einen Schritt auf ihn zu und verschränkte die Arme vor der Brust. Er sah ihn vorwurfsvoll an. „Der Trainer hat recht. Das war Scheiße, was du eben gemacht hast."

„Ich glaub's nicht, Fredi. Jetzt fällst du mir auch noch im Rücken." Wütend zog er sich seine Kapitänsbinde vom Arm und warf sie den anderen Mitspielern vor die Füße. „Macht euren Scheiß doch alleine. Und du", er zeigte mit dem Finger auf Bommer, der immer noch auf dem Boden saß und sein Knie rieb, „du musst mal schwer aufpassen, oder hast du schon mal versucht, mit gebrochene Finger deine Zähne aufzusammeln?" Es musste sich um eine rhetorische Frage gehandelt haben, denn ohne eine Antwort abzuwarten, stapfte Borowka wütend davon.

Fredi rief ihm hinterher: „He, warte, du musst mich doch gleich noch mit nach Hause nehmen."

Borowka drehte sich um, ohne seinen Schritt zu verlangsamen. „Fahr doch mit dein neuer Freund nach Hause." Dann verschwand er in der Umkleidekabine.

9
Montag, 13. Juli, 19.58 Uhr

Käthe Thönnissen hatte sich gerade in ihren Sessel gesetzt, um die Tagesschau einzuschalten, als es an ihre Apartmenttür klopfte. Sie drehte sich zur Seite und ihre Arthrose meldete sich schmerzhaft. Wenn sie den ganzen Tag auf den Beinen gewesen war, fühlte sie sich abends noch älter, als sie ohnehin schon war. Mit dünner Stimme rief sie: „Ist offen."

Dieter Brettschneider, der Leiter des Altenheims, steckte den Kopf zur Tür rein. „Klopf, klopf, Frau Thönnissen." Er betrat schwungvoll das Zimmer. „Ich wollte mal sehen, wie es Ihnen geht."

Sie sah ihn an und bewegte den Kopf hin und her. „Na ja, es geht so."

„Frau Thönnissen. Nicht so bescheiden. Sie sehen aus wie das blühende Leben. Unkraut vergeht nicht, oder?" Er lachte schallend. Dann blieb er eine Weile unmotiviert im Raum stehen.

Frau Thönnissen war sich nicht sicher, ob er darauf wartete, dass sie ihm einen Platz anbot. Aber sie hatte keine Lust dazu. Sie wollte einfach nur ihre Ruhe haben. „Ist sonst noch was, Herr Brettschneider?"

„Ja, wie soll ich sagen?" Er rieb sich nachdenklich am Kinn und begann im Zimmer auf und ab zu wandern. „Ich frage mich die ganze Zeit, was denn wohl der Kommissar von Ihnen wollte."

Sie sah ihn verwundert an. „Er hat meine Zeugenaussage aufgenommen. Warum?"

Die Antwort schien ihm nicht zu genügen. „Was haben Sie ihm denn gesagt?"

Die alte Frau zuckte mit den Schultern. „Alles, was ich gesehen habe. Aber ich glaube nicht, dass Sie das etwas angeht, Herr Brettschneider." Sie sah ihn streng an.

Er ignorierte ihren Blick und sagte: „Ach ja?" Dann kniete er sich mit einer schnellen Bewegung direkt vor ihren Sessel. Er stützte seine Ellenbogen auf ihre knochigen Knie, die zum Teil von ihrem Bademantel verhüllt waren. Dann übte er einen starken Druck auf die Beine aus. Frau Thönnissen zuckte zusammen, die Druckstellen schmerzten und sie sah instinktiv zu ihrem Bett, neben dem der rote Alarmknopf prangte.

Brettschneider folgte ihrem Blick und sagte: „Bisschen weit weg der Knopf, oder?" Dann wurde sein Gesicht zu einer unbeweglichen Maske. Seine Blicke bohrten sich tief in Frau Thönnissens Augen. Sie schluckte. „Ich warne Sie", zischte Brettschneider. „Wenn ich eins nicht leiden kann, dann sind das Bullen, die hier rumschnüffeln. Warum sind Sie am Samstag nicht einfach in die Morgenandacht gegangen statt in diesen Scheißladen? Dann hätten Sie uns allen viel Ärger erspart. Falls dieser blasierte Kommissar hier noch mal auftaucht, dann würde ich es begrüßen, wenn Sie mal eine kleine Reise antreten würden. Haben wir uns verstanden?"

Die alte Frau nickte, bekam aber keinen Ton heraus. Sie war starr vor Schreck. Ihr Mund war trocken und ihr Magen krampfte sich zusammen.

Brettschneider stand auf und ging zur Tür. Im Türrahmen drehte er sich noch einmal um. „Ich wünsche Ihnen eine angenehme Nacht, Frau Thönnissen. Passen Sie auf sich auf." Bevor er die Tür schloss, sagte er noch: „Ach übrigens, kleiner Tipp. Ich würde die Tür an Ihrer Stelle abends abschließen."

Doch den letzten Satz hörte sie schon nicht mehr, weil sich die Angst wie eine dicke Decke über sie gelegt hatte. Paralysiert starrte sie auf den dunklen Fernseher.

10
Dienstag, 14. Juli, 17.12 Uhr

Will fütterte gerade die Schweine, als es an der Haustür klingelte. Die Klingel wurde durch ein lautes, schnarrendes Schellen verstärkt, damit man sie auch in den Nebengebäuden hörte. Hofhund Attila, ein großer, kräftiger Rottweiler, schlug mit seinem lauten Organ an und sprang wie geisteskrank immer wieder mit dem ganzen Gewicht seines massigen Körpers gegen die Käfigtür, die an einigen Stellen bereits gefährlich ausgebeult war. Will stellte die Schütte zur Seite, in der er das Schweinefutter angerührt hatte. Er ging über den Hof durch ein kleines Nebengebäude in Richtung Küche. Im Laufe der Jahre war das Hauptgebäude immer mehr erweitert worden. Und auch wenn die meisten der Anbauten weder eine gerade Wand noch einen rechten Winkel zu haben schienen, so waren sie doch alle in derselben Weise entstanden – nämlich ohne Baugenehmigung. Will ging durch die Küche in den Hausflur, um die Vordertür zu öffnen. Aber irgendwas war anders als sonst. Dann fiel es ihm auf. Seine Frau Marlene schimpfte nicht, weil er vergessen hatte, sich die Stiefel vorher auszuziehen. Seine Frau war nämlich in Urlaub. Will lächelte, als er die Klinke herunterdrückte. Vor der Tür standen seine Tochter Sabine, eine kompakte, fröhliche Blondine, und deren Mann Michael, ein blasser, schmächtiger Mann mit einer Art Günter-Netzer-Gedenk-Seitenscheitel. Sabine hielt einen großen Topf in der Hand. Es war merkwürdig ruhig. Zu ruhig, dachte Will. Doch noch ehe er reagieren konnte, wurde er von seinen beiden Enkelkindern Kevin-Marcel, elf Jahre, und Justin-Dustin, sieben Jahre, in einem klassischen Überraschungsangriff überrumpelt. Die beiden hatten sich hinter dem mächtigen Kirschlorbeerstrauch neben der Haustür versteckt und sprangen nun mit lautem indianischen Kriegsgeheul an ihrem Großvater hoch. Will musste sich anstrengen, um sein Gleichgewicht zu halten. Er lachte und drückte die beiden fest an sich. „Na, ihr zwei Racker. Habt ihr Ferien, was?"

Sabine nickte erschöpft und zeigte Will mit einer Geste, bei der sie mit der Hand über ihre Stirn strich, was das bedeutete. „Können wir reinkommen, Papa?", fragte sie.

„Na klar", sagte Will.

Sabine stellte den Topf auf den Küchentisch. „Ich hab dir Eintopf gemacht, Papa."

„Das ist aber lieb. Wollt ihr was trinken?" Er deutete mit dem Kopf auf seinen Schwiegersohn. „Ein Jägermeister, Markus?"

„Michael", sagte der leise.

„Was?"

Sabine verdrehte die Augen. „Das ist der Michael. Mensch Papa, wie lange kennst du der Micha schon?" Ohne die Antwort abzuwarten, setzte sie energisch hinzu: „Seit über zwölf Jahre. Da haben wir nämlich geheiratet."

„Ja, ich weiß." Will sah sie schuldbewusst an. Dann wurde seine Stimme wieder fest: „Wie auch immer. Jägermeister?"

Michael schüttelte den Kopf. „Ein Wasser, bitte."

„Für mich auch", sagte Sabine. „Du könntest aber auch mal wieder spülen." Vorwurfsvoll zeigte sie auf das verschmutzte Geschirr, das aufgetürmt in der Spüle stand.

Will nickte abwesend, während er aus dem Schrank zwei frische Gläser nahm, die offenbar früher mal als Senfgläser gedient hatten, da noch vergilbte Reste eines Etiketts an ihnen hingen. Aus dem Wohnzimmer hörte man plötzlich einen lauten Schrei, der von bitterem Schluchzen abgelöst wurde.

Einen Augenblick später stand Justin-Dustin mit verheultem Gesicht in der Tür. Über seinem Auge war eine gerötete Stelle zu erkennen. „Der Kevin-Marcel hat mir mit der Fernbedienung ganz fest auf der Kopf geschlagen!" Hinter ihm erschien Kevin-Marcel mit einem schelmischen Grinsen im Gesicht.

Will machte einen Schritt auf sie zu und sah den größeren der beiden streng an. „Kevin-Marcel, lässt du das wohl sein. Die war teuer die Fernbedienung." Er zeigte nach draußen. „Geht mal schön was im Hof spielen. Es ist so herrliches Wetter. Frische Luft tut gut. Ihr könnt was im Kuhstall spielen oder auf der Misthaufen."

Justin-Dustins Schmerzen schienen mit einem Mal verflogen. Seine Augen glänzten. Er schubste seinen Bruder heftig gegen den Türrahmen und rannte los durch den langen gekachelten Flur, der hinter der Küche auf den Hof führte. Kevin-Marcel folgte ihm mit großen Schritten und versuchte, ihm im Lauf von hinten die Beine wegzutreten. Doch der Kleine war schneller. Das laute Geschrei entfernte sich.

Will brüllte noch hinter ihnen her: „Aber nicht wieder der Attila am Schwanz ziehen! Der ist heute etwas gereizt."

Sabine saß auf der Eckbank und hatte die Beine übereinandergeschlagen. Sie schüttelte matt den Kopf, während Michael, der kerzengerade neben ihr saß, ihr liebevoll den Rücken tätschelte. „Ach, Papa. Wenn ich dadran denke, dass die Ferien noch vier Wochen dauern."

Will setzte sich an den Tisch und goss den beiden Mineralwasser ein. „Und?", unterbrach er die aufkommende Stille, „musst du heute nicht nach Aachen im Bürro, Matthias?"

„Michael", warf Sabine ärgerlich ein. Michael verstärkte sein Streicheln, während er Will ruhig antwortete: „Ich bin seit zwei Jahren schon nicht mehr bei DeltaDivision. Ein Headhunter hat mein Profil bei Xing gefunden und mich da abgeworben. Ich arbeite jetzt für CS-Datec. Das CS steht für Computer Solutions. Deren Hauptsitz ist in Düsseldorf. Die sind europaweit führend auf dem Gebiet Schutzmaßnahmen gegen DoS-Angriffe, Denial of Service. Das heißt, wir zeigen Firmen, wie man sich vor Angriffen aus dem Internet schützt. Als Diplommathematiker und IT-Consultant bin ich spezialisiert auf heterogene Netzwerke. Ich integriere bei den Firmen die Schutzsysteme vor Ort, das heißt, ich bin viel unterwegs. Ansonsten arbeite ich von meinem Homeoffice aus."

Will sah ihn mit halb geöffnetem Mund an. Nach wenigen Sekunden löste sich seine Schockstarre. Mühsam rang er nach Worten: „Ja, äh, das klingt ja sehr ... also ... interessant. Heißt das etwa auch, dass du dich mit Computer auskennst?"

„Ein bisschen", lächelte Michael.

Vom Hof hörte man ein schepperndes Geräusch und das jämmerliche Jaulen eines Hundes. Darauf folgte lautes Kinderlachen.

Will dachte angestrengt nach. Dann sah er seinen Schwiegersohn durchdringend an. „Hör mal zu. Du könntest mir helfen ... äh ..."

„Michael", sagte Michael.

Sabine saß aufrecht auf dem Wohnzimmersessel und klebte Kevin-Marcel, dessen Hose hochgekrempelt war, ein breites Pflaster mit Piratenmotiv auf das zerschrammte Knie. Der Junge war auf den Rübenroder geklettert und hatte Superman gespielt. Dabei war er hart aufgekommen. Sabine zog ihm das Hosenbein wieder runter und noch bevor sie etwas sagen konnte, war Kevin-Marcel auch schon wieder nach draußen verschwunden.

Dann wandte sie ihren Blick wieder dem Zweiersofa zu. Dort saßen Will und Michael nebeneinander. Sabine beobachtete, wie Michael seinem Schwiegervater aufmerksam zuhörte, während dieser mit ernster Miene erzählte: „... und dann ist der Täter mit ein Motorrad weggefahren. Nur – irgendswas stimmt hinten und vorne nicht an der Geschichte. Der Kommissar ist zwar ganz nett, aber ich glaube, der erzählt mir nicht alles, was der weiß. Ich müsste dringend mal was rech ... rechar ... also, was rausfinden. Am besten im Internet."

Sabine schaltete sich ein: „Du weißt, dass Mama nicht mehr möchte, dass du dich in Kriminalfälle einmischst. Das ist gerade mal ein Jahr her, dass die dein Leben retten musste."

„Ich wär auch selbst mit der Einbrecher fertig geworden. Außerdem ist deine Mutter nicht da."

„Also, ich find's spannend", sagte Michael. „Dann lass uns doch mal ins Internet gehen."

Will sah ihn erwartungsfroh an. „Gute Idee. Und wo geht man in so ein Internet?"

„Ach so, du hast gar kein Internet?"

Sabine lachte laut auf. „Der hat ja noch nicht mal ein Handy."

Will ignorierte den spöttischen Einwurf seiner Tochter. „Wir können zu euch fahren und da im Internet gehen."

„Das geht leider nicht", sagte Michael. „Wir wohnen ja in der Nähe der Kirche und da hat letzte Woche ein Bagger die Hauptleitung der Telekom durchtrennt, weil Pastor eine neue Hauseinführung bekommen sollte. Seitdem habe ich kein ISDN mehr. Ich habe mir zwar einen Surfstick besorgt, mit dem ich über UMTS ins Netz komme, aber meine Mobilfunkkarte ist noch nicht aktiviert, weil ich meinen Provider gewechselt habe. Ich kann im Moment nicht von zu Hause aus arbeiten. Meine E-Mails von der Firma bekomme ich aufs Handy. Ich hätte aber eine andere Idee. Kennst du jemanden im Dorf, der einen Computer hat?"

Will überlegte lange und schüttelte dann den Kopf. „Keine Ahnung. Also, ganz ehrlich. Ich glaube, Internet wird sich hier in Saffelen niemals durchsetzen. Das hätte damals mit der Euro auch fast nicht geklappt. Puh, wer könnte denn hier Internet haben?" Dann fiel ihm jemand ein. Er reckte den Zeigefinger in die Höhe. „Peter Haselheim. Unser Grundschullehrer. Natürlich. Der gibt immer damit an, dass der ein Computer hat."

„Perfekt." Michael sprang vom Sofa auf. „Dann lass uns hinfahren."

Will blieb sitzen. „Geht nicht. Im Moment sind ja Sommerferien. Und Peter Haselheim ist mit seine Frau im Urlaub. Die sind letzte Woche nach Spanien gefahren, in die Toskana."

„Das könnte aber trotzdem klappen." Michael grinste. „Wir müssen uns nur mit dem Auto vor Haselheims Haus stellen. Den Rest erledige ich."

Will erhob sich beschwingt aus dem tiefen Sofa und strahlte übers ganze Gesicht. „Ich habe zwar keine Ahnung, was du vorhast. Aber das hört sich gut an. Dann lass uns mal fahren."

„Tut, was ihr nicht lassen könnt", scheuchte Sabine sie lachend aus dem Haus. „Ich werde hier in der Zwischenzeit mal ein bisschen aufräumen und spülen."

Michael hatte seinen Audi A4 in der Einfahrt von Haselheims Doppelhaushälfte geparkt. Das Haus stand im noch recht jungen Saffelener Neubaugebiet, das merkwürdig menschenleer wirkte. Die wenigen fertigen Häuser schienen unbewohnt. Drei weitere befanden sich noch im Rohbau. Ein schwacher Windhauch trieb ein Lidl-Werbeblättchen vor sich her.

Will saß auf dem Beifahrersitz und fächelte sich durch das heruntergelassene Fenster Luft zu. Der Wagen war durch die Sonne von innen ziemlich stark aufgeheizt. Die Ledersitze brannten. Interessiert beobachtete der Landwirt, wie Michael, der sich seinen Fahrersitz weit nach hinten geschoben hatte, mit schnellen Bewegungen ein Laptop auf seinem Schoß bearbeitete. Seine Finger flogen über die Tastatur. Während er tippte, kommentierte er: „So, ich habe meinen Netstumbler gestartet. Das Programm prüft jetzt mit meiner speziellen Esernet-Netzwerkkarte, ob Haselheim WLAN hat. Sehr gut. Er hat nur nach dem alten WEP-Standard verschlüsselt. Kinderspiel. So, ich bin drin. Jetzt können wir surfen. Wonach suchen wir?"

Will sah erstaunt auf den Bildschirm. „Ich muss alles wissen über Hans-Peter Eidams und Katharina Thönnissen. Mist, jetzt habe ich nix zu schreiben dabei."

„Kein Problem", Michael holte ein schmales, silbernes Etwas aus dem Handschuhfach und hielt es in die Luft, „ich habe einen USB-Stick dabei. Da werden wir alles drauf speichern und ich drucke es dir heute Abend zu Hause aus."

Nach einer Stunde hatten sie eine Unmenge von Informationen gesammelt. Vieles davon war uninteressant gewesen, aber einiges hatte Will zwischendurch aufhorchen lassen. „Voilà", Michael zog den USB-Stick aus dem Computer. „Ich denke, das war's, oder?"

„Das ist schon nicht schlecht. Aber ich bräuchte noch ein paar Informationen, die wahrscheinlich nur Kommissar Kleinheinz auf sein Computer hat. Meinst du ..."

„... wir können seinen Computer hacken?", vervollständigte Michael den Satz.

Will nickte unsicher. „Was auch immer das heißt. Ja."

„Puh. Abgesehen davon, dass das illegal ist, ist das natürlich eine ziemliche Sisyphosarbeit."

„Komm mir jetzt nicht mit Geschlechtskrankheiten. Sag mir lieber, ob das viel Arbeit ist."

Michael seufzte, aber sein Ehrgeiz als Computerexperte war längst geweckt und so hielt er sich nicht länger mit Gewissensbissen auf. Für ihn war das schon jetzt der spannendste Job seit zehn Jahren. Will war platt, als er beobachtete, wie der junge Mann in einem Höllentempo die Tastatur bearbeitete. Nach nicht einmal einer weiteren Stunde hatte Will alle Informationen, die er brauchte. Michael atmete zufrieden durch und zog den

USB-Stick erneut heraus. Er wedelte damit vor Will hin und her. „Ich werde dir die Sachen heute Abend rübermailen, Will."

Will starrte ihn hilflos an.

„Kleiner Scherz. Ich werde sie ausdrucken und dir persönlich vorbeibringen."

Will musste breit grinsen. Er musterte seinen Schwiegersohn mit bewundernden Blicken. „Also, das hätte ich nicht gedacht. Du bist ein ganz patenter Kerl, ... äh ..."

„Michael", sagte Michael.

11
Dienstag, 14. Juli, 20.06 Uhr

Hauptkommissar Peter Kleinheinz saß zurückgelehnt in seinem Schreibtischstuhl und starrte nachdenklich auf den Bildschirm seines Laptops. Gerade hatte er den Telefonhörer aufgelegt. Er hatte Brettschneider vom Saffelener Altenheim angerufen und ihm mitgeteilt, dass er am nächsten Tag noch mal zu Frau Thönnissen müsse, weil ihm noch ein paar Angaben fehlten. Die Vernehmung am Sonntag hatte er nach dem Akkordeon-Intermezzo erst mal beendet, weil die alte Dame gerne das Konzert hören wollte. Brettschneider hatte gewitzelt, warum er sich denn nicht auch das Konzert angehört habe. Schließlich sei Charlie van der Valk der graue Star des Hauses. Um sein Wortspiel zu unterstreichen, hatte er wieder schallend gelacht. Kleinheinz war froh, als er auflegen konnte. Das vorläufige Vernehmungsprotokoll von Katharina Thönnissen hatte er vorhin in der Datei mit dem Namen „Ermittlungssache Saffelen" abgespeichert. Dort befanden sich auch die Auswertungen der kriminaltechnischen Untersuchungen, die man ihm heute Vormittag zugemailt hatte. Kleinheinz ging im Geiste noch einmal die wesentlichen Ergebnisse durch. Auf den Ladeninhaber Hans-Peter Eidams war mit hoher Wahrscheinlichkeit mit einer sogenannten Desert Eagle, einer 44er Magnum, geschossen worden. Dabei handelte es sich um eine sehr große, schwere Waffe, die bei Profikillern äußerst beliebt war. Wenn es aber ein Profi war, warum hatte er Eidams nicht richtig getroffen? Entweder, weil er gestört wurde, was unwahrscheinlich war, oder – weil er ihn nicht schwerer verletzen wollte. Wollte er ihm eine Lektion erteilen? Eine Warnung? Eine andere Erklärung gab es nicht. Kein Profi würde einen Tante-Emma-Laden überfallen und schon mal gar nicht morgens. Nach den Ermittlungen konnte er höchstens 100 Euro erbeutet haben. Wahrscheinlich ging es um etwas ganz Anderes. Etwas viel Größeres. Hans-Peter Eidams hatte Dreck am Stecken, das war klar. Bei der Vernehmung am Vortag im Krankenhaus hatte er unsicher gewirkt, viel geschwitzt und verwirrende Angaben gemacht. Und auch wenn das meiste mit der Aussage der alten Frau übereinstimmte, so hatte er trotzdem gelogen. Oder – nicht alles gesagt. Kleinheinz war sich sicher, dass Eidams wichtige Informationen zurückhielt. Dafür hatte er in seiner Laufbahn schon genug Vernehmungen durchgeführt. Frau Thönnissen hatte zwar auch gesagt, dass das Fluchtfahrzeug ein Motorrad mit holländischem Kennzeichen gewesen war, und auch die Täterbeschreibung deckte sich im Großen und Ganzen mit der von Eidams. Aber die Fahndung nach dem Motorrad war ins Leere gelaufen und auch auf die Veröffentlichung des Phantombilds in der hiesigen Presse hatte es keinen einzigen Hinweis gegeben. Außer der alten Frau gab es keine Zeugen, die etwas gehört oder gesehen hatten. Kleinheinz war sich sicher, dass der Besuch des Unbekannten einen anderen Hintergrund hatte. Der Maskenmann wollte sich Eidams vorknöpfen, aber er hatte nicht damit gerechnet, dass noch jemand im Laden war. Es ging nicht um Kleingeld, es ging um Drogen. Kleinheinz wusste von den Kollegen vom Drogendezernat, dass Hans-Peter Eidams schon seit längerer Zeit im Visier der Ermittler war. Einen kurzen Bericht dazu hatte er erst gestern erhalten. Aber es gab keinen Grund, ihn festzunehmen. Noch nicht, dachte Kleinheinz. Ganz im Gegenteil. Eidams musste unbedingt wieder zurück nach Saffelen. Er war der Köder. Der Mann mit der Maske wird wiederkommen. Und dann werde ich auf ihn warten, dachte Kleinheinz.

Er wurde aus seinen Gedanken gerissen, als sich die Tür zu seinem Büro öffnete. Oberkommissar Dohmen steckte seinen Kopf herein und sagte: „Ich bin weg, Peter. Willst du nicht auch langsam mal Schluss machen?"

„Ja, ja." Kleinheinz winkte ihm geistesabwesend zu. Als sich die Bürotür wieder geschlossen hatte, stand er auf und ging zum geöffneten Fenster. Er sah hinaus in den wolkenlosen Himmel. Ganz weit hinten am Horizont nahm er einen winzigen Punkt wahr – Saffelen! Als er seinen Blick auf den Punkt konzentrierte, wanderten seine Gedanken wieder an den Tatort und ihn überkam ein unangenehmes Bauchgefühl. Er wusste, dass er irgendetwas Wichtiges übersehen hatte. Etwas, das ganz offen vor ihm lag. Aber er kam nicht darauf, was es war. „Hoffentlich unterschätze ich diese Saffelener nicht", sagte er laut. Und während er weiter den kleinen Punkt am Horizont fixierte, entging ihm, wie auf seinem Computerbildschirm der Cursor wie von Geisterhand umherwanderte und die Datei mit dem Namen ‚Ermittlungssache Saffelen' kopierte.

12
Dienstag, 14. Juli, 23.27 Uhr

Lautes Gebrüll ließ Katharina Thönnissen aus ihrem tiefen Schlaf hochschrecken. Es dauerte ein wenig, bis sich der Schleier aus Halbschlaf und Benommenheit auflöste und sie verstand, was los war. Sie saß immer noch in ihrem Fernsehsessel. Der Raum war merklich abgekühlt und ihre nackten Füße suchten nach den Pantoffeln, in die sie schnell hineinschlüpfte. Sie sah zum Fernseher. Die Tagesthemen waren längst zu Ende. Mittlerweile lief eine Dokumentation, in der zwei Löwen ein junges Zebra jagten und zu Fall brachten. Daher das Gebrüll. Sie beruhigte sich wieder, denn Brettschneiders Besuch vom Vortag steckte ihr noch in den Knochen. Heute jedoch war sie ihm den ganzen Tag über nicht begegnet. Katharina Thönnissen blickte auf ihren altmodischen Reisewecker auf dem Nachttisch, der sich in einer, in das Gehäuse integrierten Schatulle befand. Die Zeiger standen auf halb zwölf. Sie gähnte und erhob sich widerwillig aus ihrem Sessel. Die Decke, die über ihren Beinen gelegen hatte, faltete sie sorgfältig zusammen und legte sie auf den Fußhocker. Sie schlich ins Bad und machte sich dort bettfertig. Erst als sie im Nachthemd wieder ins Zimmer kam, bemerkte sie das herzförmige Stück Schokolade, das auf ihrem Kopfkissen lag. Das musste die Schwester ihr hingelegt haben, als sie vorhin nach ihr gesehen hatte. Sie lächelte selig. Dann setzte sie sich auf die Bettkante, nahm ihre Brille ab und legte sie in ein Etui neben ihren Wecker, den sie traurig ansah. Diesen Wecker hatte er ihr geschenkt, vor über 20 Jahren, als Symbol seiner Liebe. Er hatte immer gesagt: „Unsere Zeit wird kommen." Wehmütig berührte sie das lederbezogene Klappetui und strich über das Glas, das die Leuchtziffern schützte. Ihre Augen füllten sich mit Tränen. „Viel Zeit, die kommen wird, haben wir nicht mehr", murmelte sie. Dann wischte sie den Gedanken weg, ließ die Pantoffeln auf den Boden fallen und legte sich ins Bett. Sie löschte das Licht und fiel in einen dämmrigen, unruhigen Schlaf.

Frau Thönnissen hörte nicht, wie die Tür zu ihrem Apartment geöffnet und wieder geschlossen wurde. Erst ein leises Quietschen auf dem Linoleum ließ sie hochfahren und nur für den Bruchteil einer Sekunde nahm sie eine Bewegung wahr. Dann legte sich eine fleischige Hand auf ihren Mund. Sie riss die Augen auf und griff nach dem Brillenetui auf ihrer Nachtkonsole, doch in ihrer Panik stieß sie dagegen und es fiel scheppernd zu Boden. Sie versuchte sich aufzurichten, doch die Hand drückte sie nieder.

Eine düstere Stimme flüsterte dicht neben ihrem Ohr, so nah, dass sie heißen Atem spürte, der über ihr Gesicht fegte: „Sie werden keine Schmerzen haben."

Sie musste würgen und erst jetzt bemerkte sie den strengen, chemischen Geruch, der langsam in ihre Nase kroch. Sie wehrte sich mit aller Kraft, doch ihre Arme steckten unter dem verwickelten Bettlaken fest. Die süßliche Flüssigkeit, die sie mit jedem japsenden Atemzug inhalierte, ließ ihre Gegenwehr schnell erlahmen. Das Zimmer um sie herum begann sich zu drehen und auch die Umrisse der Person neben ihrem Bett verdoppelten sich, bevor sie ganz zu einem Fresko aus Grautönen verschwammen. Sie versuchte sich noch einmal aufzubäumen, doch längst war jegliche Kraft aus ihrem Körper entwichen. Sie fühlte sich plötzlich leicht wie eine Feder, die von einem Windstoß immer tiefer in die Dunkelheit getrieben wurde. Immer tiefer und tiefer. Dann: Stille.

13
Mittwoch, 15. Juli, 17.15 Uhr

Kommissar Kleinheinz war sauer. Er war die breite Steintreppe des Altenheims im Laufschritt hochgejagt und dann in der Eingangshalle mit voller Wucht gegen Hastenraths Will geprallt, der, ebenfalls im Laufschritt, auf dem Weg nach draußen war. Nun saßen sie sich auf dem kalten Marmorboden gegenüber. Will rieb sich die schmerzende Schulter. Kleinheinz prüfte seine Laptoptasche, die ebenfalls auf dem Boden lag. Nachdem er festgestellt hatte, dass sie wohl keinen Schaden davongetragen hatte, herrschte er den Landwirt an: „Was machen Sie denn schon wieder hier?"

Will setzte sich verlegen seine grüne Mütze auf, die er bei dem Zusammenprall verloren hatte. Er überlegte kurz, was er sagen sollte, dann entschied er sich für die Wahrheit: „Ich war hier für mal nach die alte Frau Thönnissen zu gucken."

„Darf ich auch fragen, warum?" Kleinheinz, der bereits wieder auf den Beinen war, half dem Ortsvorsteher widerwillig hoch. Dabei quietschten dessen grüne Gummistiefel unangenehm auf dem glatten Untergrund.

„Es gibt da so ein paar Ungereimtheiten bei der Überfall und da wollte ich ..."

Kleinheinz wurde wütend. „Hatte ich Ihnen nicht verboten, sich in die Ermittlungen einzumischen?"

„Ja schon, aber ... aber es geht sich ja auch um Saffelen", antwortete Will kleinlaut.

Kleinheinz seufzte. Dann schlug er wieder einen etwas moderateren Tonfall an: „Herr Hastenrath, ich verstehe ja Ihre Sorgen. Aber meine Kollegen und ich tun alles, was in unserer Macht steht, um den Fall schnell aufzuklären. Jetzt fahren Sie nach Hause und ich werde mich in aller Ruhe mit Frau Thönnissen unterhalten."

Als er sich zum Gehen wandte, hielt Will ihn am Ärmel zurück. „Das wird Sie nicht gelingen", sagte er. „Frau Thönnissen ist nämlich verschwunden!"

Kleinheinz erstarrte. Es dauerte ein paar Sekunden, bis die Botschaft bei ihm angekommen war. „Wie, verschwunden?"

„Die Pflegerin hat mir eben gesagt, dass Frau Thönnissen wohl heute Morgen in aller Frühe abgereist sein muss. Angeblich zu ihre Schwester im Sauerland."

„Das kann nicht sein. Frau Thönnissen hat mir versichert, dass sie immer erreichbar ist."

„Das kann auch aus ein ganz anderer Grund nicht sein, Herr Kommissar. Frau Thönnissen war schon mal vor zwei Monaten im Sauerland."

„Ja und?"

„Auf der Beerdigung von ihre Schwester."

Kleinheinz war fassungslos. Was war hier los? Seine grauen Zellen rotierten. „Kommen Sie, Herr Hastenrath, das sehen wir uns genauer an." Der Kommissar spurtete die Treppe hinauf. Will hatte Mühe, in seinen Gummistiefeln zu folgen.

Kleinheinz hatte Will gebeten, vor der Tür zu warten. Nachdem er zweimal mit seinem Handy telefoniert hatte, hatte er sich Latexhandschuhe angezogen und das Apartment von Frau Thönnissen betreten. Will sah durch die offene Tür, wie der Kommissar vorsichtig alle Schubladen öffnete und kurz im Badezimmer verschwand. Plötzlich wurde Will unsanft gegen den Türrahmen geschubst. Brettschneider. Der Altenheimleiter hatte sich lautlos genähert und wollte nun an Will vorbei ins Zimmer. Will hielt ihn fest. „Sie können da nicht rein. Das ist ein Tatort."

Brettschneider entgegnete ungehalten: „Lassen Sie mich los. Was reden Sie denn für einen Unsinn? Das ist mein Haus. Ich kann hier rein, wo ich will."

Kleinheinz tauchte in der Tür auf. „Ach, Herr Brettschneider. Sie wollte ich sowieso sprechen."

Der Altenheimleiter wischte über die Stelle am Anzug, an der Will ihn festgehalten hatte. „Was ist denn hier los, Herr Kommissar? Die Schwester hat gesagt, dass ..."

„Frau Thönnissen ist verschwunden."

„Ja natürlich ist Frau Thönnissen verschwunden. Sie ist ins Sauerland gefahren. Hier, den Brief hat die Schwester heute Morgen gefunden." Er holte ein zusammengefaltetes Stück Papier aus der Tasche und reichte es dem Kommissar. Der fasste es vorsichtig an der oberen Ecke an und überflog den Inhalt. In knappen, krakeligen Worten stand dort geschrieben: „Liebe Schwester Vanessa, ich bin für ein paar Tage zu meiner Schwester ins Sauerland gefahren. Gruß K. Thönnissen."

„Herr Brettschneider", rief Kleinheinz, „auf diesem Brief könnten wichtige Fingerabdrücke sein."

Kleinheinz hatte sich mit Dieter Brettschneider in das Schwesternzimmer zurückgezogen, das auf dem gleichen Flur lag wie das Apartment von Frau Thönnissen. Inzwischen war eine Funkstreife eingetroffen. Ein Beamter bewachte das Zimmer von außen. Der andere war mit Oberkommissar Dohmen, der sich von der Funkstreife hatte mitbringen lassen, im Zimmer.

Brettschneider hatte die Arme trotzig vor der Brust verschränkt, als Kleinheinz ihm das mittlerweile verschweißte DIN-A4-Blatt vor die Nase hielt. „Dieser Brief ist mit hoher Wahrscheinlichkeit eine Fälschung. Im Moment müssen wir davon ausgehen, dass Frau Thönnissen etwas zugestoßen ist. Ich muss Sie bitten, den Kollegen unverzüglich alle Unterlagen auszuhändigen, die mit Frau Thönnissen zu tun haben. Krankenakte, Formulare. Alles. Wir haben gerade eben eine Vermisstenmeldung herausgegeben. Aber ich frage mich, wie eine alte, gebrechliche Frau hier einfach so spurlos verschwinden kann."

Brettschneider zuckte mit den Schultern. „Frau Thönnissen ist ja keine Gefangene. Sie kann kommen und gehen, wann sie will."

„Schreibt sie denn jedes Mal einen Abschiedsbrief, wenn sie geht?" Ohne eine Antwort abzuwarten, fuhr er fort: „Das Apartment von Frau Thönnissen wird jedenfalls bis auf Weiteres versiegelt. Wo kann ich Sie erreichen, falls ich noch Fragen habe?"

„Entweder hier im Haus oder", er kramte in der Innentasche seines Jacketts und zückte eine Visitenkarte, „hier! Das ist meine Privatadresse und meine Handynummer. Ich wohne etwas außerhalb auf einem umgebauten Bauernhof. Kann sein, dass der Handyempfang da manchmal etwas schlecht ist."

Kleinheinz steckte die Visitenkarte ein und ging auf den Flur. Dort stand Hastenraths Will, der gerade seine Brille mit einem großen Stofftaschentuch reinigte. Als er den Kommissar sah, setzte er die Brille hastig auf und kam ihm entgegen. „Herr Kommissar, glauben Sie, die Entführung hat was mit der Überfall auf der Laden zu tun?"

„Noch können wir nicht mit Gewissheit sagen, ob es sich wirklich um eine Entführung handelt, aber ich befürchte schon, dass beides miteinander zu tun hat."

Oberkommissar Dohmen trat aus dem Zimmer und wies den Streifenbeamten an, den Raum zu versiegeln. Dann sah er zu Kleinheinz hinüber. „Nimmst du mich mit zurück, Peter?"

„Ja klar. Lass uns fahren."

Zu dritt gingen sie die breite Steintreppe hinunter auf den Parkplatz vor dem Seniorenheim, als plötzlich ein glänzend polierter, weißer Mercedes CLS durch das große Eingangstor fuhr. Der Wagen wurde schief auf dem Vorplatz geparkt und Alleinunterhalter Charlie van der Valk stieg aus. Er wirkte angespannt, als er Will und den Kommissaren auf halber Strecke begegnete. Will sprach ihn an: „Hallo Herr van der Valk. Was machen Sie denn hier?"

Gedankenverloren sah er auf die kleine Gruppe, die er vor sich hatte. „Ach, Herr Hastenrath. Die Herren", grüßte er freundlich mit starkem holländischen Akzent und blieb stehen. „Ich muss wohl nach meinem Sonntagskonzert meinen Notenständer hier irgendwo vergessen haben. Ich bin ja auch nicht mehr der Jüngste." Er lachte. Dann deutete er auf den Streifenwagen, der an der Seite geparkt war. „Polizei? Was ist denn hier passiert?"

„Nichts Besonderes", sagte Kleinheinz. „Eine Bewohnerin wird vermisst. Aber so was kommt vor."

Van der Valk nickte zerstreut und wollte weitergehen. Will hielt ihn am Ärmel fest. „Ach, übrigens noch mal Danke, dass Sie am Samstag auf unser Feuerwehrfest auftreten. Und Danke für der Spezialpreis. Der Josef Jackels und ich, wir freuen uns schon sehr dadrauf."

„Ja, ja. Ich freu mich auch schon sehr", antwortete van der Valk routiniert und verschwand im Gebäude.

Kleinheinz sah Will an. „Herr Hastenrath, ich weiß, das ist Vertragsgeheimnis, aber könnten Sie mir vielleicht verraten, für welche Gage ein so berühmter Mann wie Herr van der Valk am Samstag im Saffelener Festzelt auftritt?"

Will grinste übers ganze Gesicht. „Ich muss schon sagen, ich und der Josef Jackels haben am Sonntag sehr gut verhandelt. Der große Charlie van der Valk tritt eine halbe Stunde auf für 300 Euro Gage. Das ist natürlich ein Sonderspezialpreis, weil der weiß, dass hier bei uns in Saffelen immer gut gefeiert wird."

„Für 300 Euro Gage fährt unser Profimusiker aber einen verdammt teuren Wagen", griff Oberkommissar Dohmen den Gedanken auf, der auch Kleinheinz beschäftigte.

Will winkte ab. „Ach was. Der Charlie tritt doch nur noch für zum Spaß auf. Der hat seine Schäfchen doch schon längst im Trockenen. Ich habe gehört, dass der von seine Liedergebühren lebt."

Kleinheinz sah ihn fragend an. In der nächsten Sekunde wurde ihm bewusst, dass dies ein Fehler war, denn Will holte tief Luft und begann aus voller Kehle zu singen: „Die Königin der Tulpen – die bist du."

14
Mittwoch, 15. Juli, 18.48 Uhr

Josef Jackels hatte die Anweisungen, die Billa ihm aufgeschrieben hatte, akribisch befolgt. Zuerst hatte er den Kochreis aus der Packung genommen und im Beutel erhitzt. Dann hatte er die Tupperdose mit der Aufschrift „Mittwoch – Geschnezzeltes mit Currysohse" aus der Gefriertruhe geholt und in der Mikrowelle aufgetaut. Anschließend hatte er einen Teller genommen, den Reis aus der Tüte daraufgeschüttet und darüber die Soße mit den Fleischstücken verteilt. Als er den Teller gerade auf den Esstisch gestellt hatte, klingelte es an der Haustür. Er öffnete und Will drängte sich mit einem kurzen Gruß sofort an ihm vorbei in den Flur. Josef folgte ihm ins Esszimmer.

Will war ganz aufgeregt. Unter dem Arm trug er einen prall gefüllten Aktenordner. „Josef, du glaubst nicht, was los ist in Saffelen. Ich komme gerade aus dem Altenheim." Er sah auf den Teller. „Hmm, das riecht aber lecker."

„Möchtest du auch was? Es ist genug da." Ohne die Antwort abzuwarten, holte Josef aus der Küche einen zweiten Teller und schaufelte mit einem Löffel die Hälfte von seinem darauf.

Will nahm den Löffel und machte ihn randvoll. „Das sieht wirklich sehr gut aus, Josef. Seit Marlene weg ist, ist bei mir

Schmalheinz Küchenchef. Wenn Sabine nicht ab und zu was vorbeibringen würde, wäre ich schon verhungert." Er steckte sich den Löffel in den Mund und spuckte in der nächsten Sekunde alles in hohem Bogen wieder aus. Ein paar Spritzer Soße landeten sogar auf Josefs Strickjacke. Der Feuerwehrmann wich erschrocken zurück.

„Bah", Will holte sich mit der Hand die letzten Reste aus dem Mund, „was ist das denn? Mit der Reis stimmt aber irgendswas nicht."

Josef lud sich etwas auf seine Gabel und probierte vorsichtig. Auch er verzog angewidert das Gesicht. „Das versteh ich nicht. Ich habe der Reis warm gemacht – genau wie Billa mir das aufgeschrieben hat."

„Vielleicht hast du zu wenig Salz im Wasser getan?!"

„Welches Wasser?"

„Wie, welches Wasser? Wie hast du der Reis denn warm gemacht?"

„Ja ... so, wie ich jeden Tag alles warm gemacht habe. Ich habe der Beutel in die Mikrowelle gelegt und auf fünf Minuten gestellt."

Nachdem Josef das Essen im Treteimer entsorgt hatte, hatten sich er und Will ins Wohnzimmer gesetzt und aßen nun geröstete Erdnüsse aus der Dose. Dabei hatte Josef halbwegs konzentriert zugehört, als Will ihm alles erzählte, was er bisher an Informationen zusammengetragen und was sich im Altenheim ereignet hatte. Der Landwirt blätterte dabei immer wieder in seinem Aktenordner hin und her, in dem er über alles Buch führte. Wie er an manche Informationen gekommen war, unterschlug er allerdings. Josef hätte es sowieso nicht verstanden. Will beschloss seinen Vortrag mit den Worten: „Was sagst du dazu, Josef?"

Der Löschmeister war überfordert. Er suchte nach Worten: „Ja, ich weiß nicht. Was soll ich davon halten? Ich muss mich im Moment um viel wichtigere Dinge kümmern."

Will verstand die Welt nicht mehr. „Das ist ein richtiger Kriminalfall. Was gibt es denn da für wichtigere Dinge?"

„Will! In drei Tagen ist das große Feuerwehrfest und ich muss die Eröffnungsrede halten. Ich kann seit Tagen nicht mehr schlafen. Ich bin ein körperliches Frack." Josef wirkte völlig verzweifelt und zum ersten Mal fiel Will auf, dass der Löschmeister tiefe Ränder unter den Augen hatte.

Der in vielen Krisensituationen gestählte Ortsvorsteher legte seinem Freund die Hand auf die Schulter und sagte: „Josef. Du musst auch mal die positiven Seiten sehen. Es sind mittlerweile fast 200 Karten verkauft. Der Toilettenwagen ist schon angeliefert worden. Und wir haben mit Charlie van der Valk einen internationalen Superstar der Spitzenklasse verpflichtet. Da würden sich die Süsterseeler die Finger nach ablecken. Das Feuerwehrfest wird ein Riesenerfolg."

„Das stimmt." Josef nickte und begann leise die Melodie von ‚Die Königin der Tulpen' zu summen.

Will griff in die Erdnussdose und stellte fest, dass sie leer war. „Hast du noch was Anderes zu essen?"

Josef schüttelte den Kopf. Will ging in die Küche und öffnete den Kühlschrank. Bis auf eine verschrumpelte Gurke, einen Joghurtbecher mit gewölbtem Deckel und eine Scheibe Schinkenwurst, die dunkel verfärbt war und sich am Rand zu wellen begann, war er leer. „Es müsste mal wieder eingekauft werden, Josef", rief Will ins Wohnzimmer.

„Ich weiß", antwortete Josef, „aber Billa kommt ja erst morgen zurück."

Will erschien wieder im Wohnzimmer. „Josef, so geht es nicht weiter. Wir brauchen beide unsere Kräfte. Komm, ich lad dich zum Essen ein. Heute ist genau der richtige Tag dafür. Mittwochs wechselt die Rosi nämlich immer das Frittenfett."

15
Mittwoch, 16. Juli, 19.05 Uhr

Fredi war zehn Minuten zu früh dran, als er seinen Mitsubishi Colt vor der Gaststätte von Harry Aretz parkte. Er schloss das Verdeck, weil er panische Angst vor einem plötzlichen Sommergewitter hatte. Nach dem Training am Montag hatte er dem leicht verletzten Bommer aus Mitleid angeboten, ihn zum Freundschaftsspiel abzuholen. Der hatte sich darüber sehr gefreut. Jetzt überlegte Fredi, ob er noch warten oder schon klingeln sollte. Als er hinüber zum Laden von Hansi Eidams sah und feststellte, dass außer einem Siegel an der Eingangstür nichts mehr auf den Überfall hindeutete, humpelte Bernd Bommer aus der Tür der Gaststätte. Er trug Sneakers ohne Socken und eine kurze Sporthose, darüber ein weißes T-Shirt. Um das verletzte Knie war eine Mullbinde gewickelt. Vor sich balancierte er einen Stoß alter Zeitungen. Fredi machte einen Satz zur grünen Tonne, die auf dem Bürgersteig stand, und öffnete den Deckel.

Jetzt sah Bommer ihn. Er schien erstaunt, während er das Altpapier in die Tonne fallen ließ. „Fredi. Du schon hier? Hatten wir nicht gesagt ..."

„Ja, ich weiß, aber ich bin gut durchgekommen."

Bernie lächelte gequält, schließlich wohnte Fredi nur zwei Straßen entfernt. „Ja, Fredi, sonst warte doch eben hier unten. Ich bin direkt fertig."

„Öhm, kann ich vielleicht kurz mit nach oben kommen? Ich hab nämlich mein Handy zu Hause liegen lassen. Und ich wollte Martina eben noch Bescheid sagen, dass wir heute ein Spiel haben. Vielleicht will die ja gucken kommen."

„Ach so", Bernie druckste herum, „das Problem ist ... ich hab nicht aufgeräumt."

„Das macht doch nix. Ich will ja keine Fotos machen für ‚Schöner Wohnen'."

Bernie gab sich geschlagen. „Ja gut. Dann komm mit hoch."

Fredi folgte ihm durch den Flur, von dem es nach rechts in die Gaststätte ging. Nach wenigen Metern führte eine alte Holztreppe mit wackligem Geländer nach oben. Fredi musste daran denken, dass er zwar schon gefühlte tausend Mal in der Kneipe von Harry Aretz gesessen, gestanden oder gelegen hatte, aber dass er noch nie eines der drei Fremdenzimmer gesehen hatte, in denen zumeist Monteure übernachteten, die in der Gegend zu tun hatten. Fredi war sehr gespannt. Genau genommen war das auch der Grund für sein überpünktliches Erscheinen gewesen. Den Anruf bei Martina hatte er auf die Schnelle erfunden, den hatte er selbstverständlich schon von zu Hause erledigt. Er war einfach nur neugierig gewesen, wie der coole Bernie wohl so lebte.

Oben angekommen, öffnete Bommer die angelehnte Tür des Zimmers, das zur Straße lag. „Dann mal rein", sagte er und zeigte zum Schreibtisch. „Da steht das Telefon. Ich geh mich schnell frisch machen. Dann komme ich."

Fredi wunderte sich. Das Dachgeschosszimmer war für die bescheidenen Möglichkeiten, die es bot, ganz nett eingerichtet. Von Unordnung jedenfalls keine Spur. Fredi schämte sich ein wenig, wenn er an seine eigene, unaufgeräumte Wohnung dachte. Und deswegen machte Bernie sich einen Kopf? Er ging zum Schreibtisch, während Bommer in einem Nebenraum verschwand, der wohl das Badezimmer war. Neben einem zugeklappten Laptop fand Fredi ein pop-oranges Tastentelefon, das auf einem Schnellhefter mit schwarzem Einband stand. Fredi hob den Hörer ab, ohne zu wählen, nur für den Fall, dass Bernie wieder zurückkommen würde. Dabei sah er aus dem Fenster und stellte fest, dass man von hier aus genau auf den Laden von Hansi Eidams sehen konnte. Fredi ging noch einen Schritt nach links, um zu schauen, wie sein Mitsubishi Colt von oben aussah. Dabei zog er versehentlich das Telefonkabel aus der Buchse, weil es zu kurz war für Fredis Ausfallschritt. Ach du Scheiße, dachte Fredi. Er horchte. Zum Glück lief nebenan noch der Wasserhahn. Hektisch beugte er sich nach unten, um das Kabel wieder einzustecken. Dabei riss er den Schnellhefter vom Tisch, dessen Inhalt sich auf dem Boden verteilte. Mit zitternder Hand und ständig einem Ohr am Badezimmer fummelte Fredi das Kabel wieder in die Buchse und hob den Schnellhefter samt Inhalt auf. Er sah, dass es sich um lauter Fotos handelte, die lose daringelegen hatten. Weit über dreißig waren es bestimmt. Eigentlich wollte er sie gar nicht ansehen, doch dann machte ihn etwas stutzig. Er nahm die Fotos und blätterte sie durch. Ihm rutschte das Herz in die Hose. Es handelte sich um mehrere Fotos von Hansis Laden, die eindeutig aus dem Dachfenster heraus gemacht worden waren, hinter dem er gerade stand. Auf der Rückseite der Aufnahmen waren mit einem dünnen, schwarzen Filzstift fein säuberlich Datum und Uhrzeit vermerkt. Dann folgten mehrere Fotos von Hansi in immer anderer Bekleidung, wie er vor seinem Laden stand. Auf der Rückseite waren jeweils der Name „Hans-Peter Eidams" und das entsprechende Datum vermerkt. Dann folgte eine Serie von Fotos, auf denen Frau Thönnissen zu sehen war. Auf der Rückseite des letzten stand das Datum vom vergangenen Samstag, dem Tag des Überfalls, und daneben: „Zeugin. Wie verfahren?". Dann folgten mehrere Personen, die er nicht kannte, die entweder vor dem Laden standen, ihn betraten oder verließen. Ein dicker Mann mit einem Zigarillo, eine schwangere Frau, zwei Männer in Lederjacken. Beim nächsten Foto traute er seinen Augen nicht. Richard Borowka, der mit einer Büchse Mezzo-Mix und einem Twix aus dem Laden trat. Bei den vier Bildern, die dann folgten, setzte Fredi fast das Herz aus. Kleine Schweißperlen bildeten sich auf seiner Stirn. Das konnte doch nicht sein! Die vier Bilder zeigten ebenfalls Borowka, der sich an irgendeinem Ort, den Fredi noch nie zuvor gesehen hatte, mit einem fremden Mann unterhielt. Im Hintergrund erkannte Fredi zwei Autos mit holländischem Kennzeichen. Alle vier Fotos schienen an einem Tag aufgenommen worden zu sein, weil beide Personen immer dieselbe Kleidung trugen. Das Datum auf der Rückseite bestätigte Fredis Einschätzung. Montag, der 14.07. – vorgestern. Daneben der Vermerk „Richard Borowka, wie verfahren?" Fredi war so in die Bilder vertieft, dass ihm erst jetzt auffiel, dass das Wasser im Badezimmer nicht mehr lief. Stattdessen hörte er Schritte und sah, wie sich die Türklinke langsam nach unten bewegte. Schnell stopfte er die Fotos zurück in den Schnellhefter und schob diesen wieder unter das Telefon. Er riss den Hörer hoch, hielt ihn sich ans Ohr und in dem Moment, als Bommer das Zimmer betrat, sagte er: „Okay, Schatz. Ich muss los. Tschööö." Dann legte er auf.

Bernie winkte ihm fröhlich zu: „Fertig."
Fredi lächelte zurück: „Sch ... schöne Grüße von Martina."
„Oh, danke."

Als sie auf die Straße traten, schlug Bommer sich mit der Hand vor die Stirn. „Ach, Mist. Ich hab vergessen, abzuschließen." Er drückte Fredi seine Sporttasche in die Hand und lief noch einmal zurück ins Haus. Während Fredi die Sporttasche in die Hand nahm, merkte er, dass er zitterte.

Bernd Bommer ging ins Zimmer und schloss die Tür hinter sich. Dann trat er ans Fenster und beobachtete, wie Fredi gerade das Verdeck seines Mitsubishi Colts öffnete. Bommer nahm den Telefonhörer ab und drückte die Wiederholungstaste. Die Nummer, die erschien, war die, die er selbst zuletzt gewählt hatte. Er schaute zurück auf die Straße, wo Fredi nun versuchte, die Sporttasche in den kleinen Kofferraum zu zwängen. „Du kleine Ratte", murmelte Bommer. Dann wählte er eine Nummer und wartete geduldig das Tuten ab, ohne Fredi dabei aus den Augen zu lassen. Als jemand am anderen Ende abhob, sagte er: „Kleine Änderung. Ich glaube, dieser Jaspers hat was gemerkt. Wir sollten uns um ihn kümmern." Dann legte er auf.

16
Mittwoch, 15. Juli, 21.14 Uhr

Marlene und Billa prosteten sich bereits zum achten Mal an diesem Abend mit einem Glas Sekt zu. Sie waren aufgekratzt wie Teenager. An ihrem letzten Abend im Wellnesshotel wollten sie es noch einmal richtig krachen lassen. Da passte es hervorragend, dass gerade an diesem Abend in der Festhalle des kleinen Eifeldorfes ein Konzertabend stattfand unter dem Motto „Lieder, die von Herzen kommen". Verschiedene aktuelle und ehemalige Schlagerstars sangen nacheinander ihre größten Hits. Billa hatte einen Stehtisch in der Nähe der Theke gesichert, von wo man einen guten Blick auf die Bühne hatte. Nachdem vor wenigen Minuten zwei Rotkreuzhelfer den großen Gus Backus von der Bühne geleitet hatten, der zuvor seine beiden Megahits „Sauerkrautpolka" und natürlich „Da sprach der alte Häuptling der Indianer" zum Besten gegeben hatte, fand nun schon zum x-ten Mal an diesem Abend bei voller Saalbeleuchtung ein Umbau auf der Bühne statt. Eine gute Gelegenheit für Marlene und Billa, noch einmal die letzten fünf Tage Revue passieren zu lassen. Sie erinnerten sich mit glühenden Wangen an die ausgiebigen Saunagänge, die Schlammpackungen und vor allem an die kräftigen Hände von Bruno, dem Masseur. Schon längst hatten sie beschlossen, diesen Trip sehr bald mal zu wiederholen. Ihre Sehnsucht nach Saffelen hielt sich in Grenzen. Plötzlich ging das Licht im Saal wieder aus und der übergewichtige Moderator trat in seinem unförmigen Smoking vor die knapp 400 Leute. Mit holprigen Sätzen kündigte er den nächsten Schlagerstar an. „Nicht nur in Holland ist er einer der ganz Großen des gefühlvollen Schlagers: Bart Koift. Er wird Sie jetzt verwöhnen mit seinen drei größten Hits ‚Das Karussell der Liebe', ‚Der Liebes-Boogie-Woogie' und natürlich ‚Die Königin der Tulpen'. Bühne frei."

Marlene und Billa sahen sich fragend an, als ein knapp 50-jähriger Mann mit rotem Haarkranz und orangefarbenem Glitzerjackett auf die Bühne sprang. Ein Bühnenhelfer reichte ihm ein blank poliertes Akkordeon, das Bart Koift sich überstreifte, während er mit holländischem Akzent ins Mikro brüllte: „Ich will eure Hände sehen!" Zwei Lieder später sang der ganze Saal aus voller Kehle:

Erst Rendezvous – dann Schubidu

Doch eines sollst du wissen immerzu

Die Königin der Tulpen – die bist du!

Bart Koift bearbeitete sein Akkordeon, als wenn es kein Morgen mehr gäbe, ihm rann der Schweiß in Strömen runter. Zwischendurch setzte er mit dem Akkordeon aus und ließ nur die Zuschauer singen. Währenddessen warf er frische Tulpen ins Publikum. Jede Frau, die eine fing, stieß einen spitzen Schrei aus. Nachdem Koift unter unvorstellbarem Jubel die Bühne wieder verlassen hatte, brodelte der Saal und der Moderator hatte Mühe, den nächsten Künstler anzukündigen.

Marlene ging zur Theke, um zwei neue Gläser Sekt zu holen. Sie musste in zweiter Reihe warten, weil die wenigen Kellner deutlich überfordert waren. Plötzlich stieg ihr ein würziger Geruch in die Nase, eine unheilvolle Mischung aus kaltem Schweiß und Old Spice-Rasierwasser. Als sie sich zur Seite drehte, traute sie kaum ihren Augen. Der Mann, der diesen animalischen Geruch verströmte, war niemand Geringeres als Bart Koift, der Mann, der noch vor wenigen Minuten den Saal zum Toben gebracht hatte. Aus der Nähe sah er viel kleiner aus als vorhin auf der Bühne. Auch trug er statt seines Glitzerjacketts jetzt einen mausgrauen Strickpullover und eine karierte Schiebermütze. Marlene erkannte ihn aber trotzdem sofort. Zum einen an den roten Haarfusseln, die unter der Mütze herausschauten, und zum anderen an dem Akkordeonkoffer, den er in der rechten Hand hielt. Mit der linken Hand winkte Koift aufgeregt den Kellnern zu, die aber viel zu beschäftigt waren, um ihn zu bemerken.

Marlene nahm sich ein Herz und sprach ihn an: „Guten Abend, Herr Koift. Ihr Auftritt hat mir sehr gut gefallen."

Er sah sie irritiert an, offenbar überrascht darüber, dass ihn jemand erkannte. Er lächelte verlegen. „Dank u wel, mevrouw."

Marlene wies zur Theke. „Möchten Sie auch was trinken?"

Er schüttelte den Kopf. „Nein, ich soll hier meine Gage abholen. Aber das kann dauern." Er grinste gequält. „Immer dasselbe."

„Kennen Sie Charlie van der Valk eigentlich persönlich?"

„Charlie wer?"

„Van der Valk! Von dem ist doch ‚Die Königin der Tulpen'."

„Ach so", Koift lachte auf, „der van der Valk. Richtig, der hat das Lied ja in den 70er Jahren auch gesungen. Den hatte ich ganz vergessen. Lebt der noch?"

Marlene nickte vehement.

„Das ist aber nicht ganz richtig, was Sie da sagen. ‚Die Königin der Tulpen' gehört zum Standardrepertoire von jedem holländischen Akkordeonspieler. Das darf jeder singen, das ist so eine Art allgemeines Liedgut. Die Melodie ist ein altes holländisches Volkslied. So ähnlich wie ‚Wir lagen vor Madagaskar' bei euch. Der Text stammt von einem gewissen Piet van Muzik. Wenn überhaupt, gehören dem die Rechte."

„Ach so. Wusste ich gar nicht."

„Ah, endlich", sagte Koift. Marlene sah, dass hinter der Theke ein Mann im Anzug, der ein schief sitzendes Toupet trug, den Schlagerstar entdeckt hatte und ihn mit einem Briefumschlag in der Hand zu sich herüberwinkte. „Ich wünsche Ihnen noch einen schönen Abend", verabschiedete er sich und zwängte sich durch die Menge in Richtung Theke, wo er von dem Toupet-Mann begeistert in Empfang genommen und in einen Nebenraum geführt wurde.

Na ja, ist aber trotzdem ein schönes Lied, dachte Marlene und summte die Melodie von „Die Königin der Tulpen" beschwingt vor sich hin, während sie weiter auf den Sekt wartete.

17
Mittwoch, 15. Juli, 22.07 Uhr

Sie hatte eine Weile gebraucht, bis sich ihre Augen an das fahle Dämmerlicht gewöhnt hatten, das durch ein kleines, vergittertes Dachfenster schien. Nachdem sie aufgewacht war, hatte sich ihre Erinnerung nur sehr bruchstückhaft zusammengesetzt. Ihr Zimmer im Altenheim, der fremde Mann, der süßliche Geruch. In welchen Albtraum war sie da nur reingeraten? Katharina Thönnissen trug noch ihr Nachthemd. Irgendjemand hatte ihr dicke Socken angezogen. Sie lag auf einem rostigen Feldbett. Der Stoff, der das Gestell umspannte, war alt und rissig. Die Decke darauf jedoch war frisch und auch das kleine Kopfkissen roch nach Waschpulver. Müde ließ sie ihren Blick durch den Raum schweifen. In der Ecke stand ein Campingklo, daneben ein Stapel Klorollen. Ansonsten war der Raum leer, bis auf den kleinen Tisch direkt neben ihrem Bett. Darauf eine Flasche Wasser und ein Laib Brot. Sie griff hastig nach der Flasche und nahm einen tiefen Schluck. Ihre Kehle war so trocken, dass das Schlucken schmerzte. Dann setzte sie sich auf und ließ ihre Augen erneut umherwandern. Das Zimmer mochte gerade mal zehn Quadratmeter groß sein. Sie berührte die Wand hinter sich. Grober Rauputz. Gegenüber sah sie eine

Tür, deren Oberfläche aus breiten Holzbrettern gezimmert zu sein schien. Sie stand auf und wankte mit weichen Knien hinüber. Obwohl es nur ein paar Schritte gewesen waren, überkam sie Schwindel und ein heftiger Schmerz durchfuhr ihren Kopf. Sie musste sich abstützen. Nachdem sie sich wieder gesammelt hatte, betastete sie die Tür, die aus sehr massivem Holz war. Ihre Hände wanderten herunter und bekamen eine Türklinke aus Messing zu fassen. Ohne viel Hoffnung drückte sie sie herunter. Verschlossen. Sie legte ihr rechtes Ohr an die Tür. Zunächst hörte sie nur ihre eigenen kurzen, heftigen Atemstöße und ihr pochendes Herz. Doch dann drangen Vogelgezwitscher und muhende Kühe zu ihr durch. In der Nähe musste sich eine Weide befinden. Aber das konnte überall in Saffelen sein, dachte sie resigniert. Oder ganz woanders. Mühsam schleppte sie sich zurück zum Bett und legte sich wieder hin. Sie starrte an die Decke und nach wenigen Minuten fiel sie erschöpft in einen unruhigen Schlaf.

18
Mittwoch, 15. Juli, 22.21 Uhr

Es war ein klassischer Kantersieg. Mit 12 zu 3 hatte die Saffelener Reserve Kleinwehrhagen vom Platz gefegt und damit zum ersten Mal seit über 14 Monaten wieder gewonnen. Trainer Karl-Heinz Klosterbach war 90 Minuten lang gestenreich und mit hochrotem Kopf am Spielfeldrand umhergesprungen und hatte anschließend gegenüber einem zufällig anwesenden Lokalreporter überglücklich von einem historischen Sieg gesprochen. Auch wenn es nur ein Freundschaftsduell und Kleinwehrhagen aus Personalmangel nur mit sieben Feldspielern angetreten war, sah Klosterbach in dem klaren Ergebnis die Bestätigung seiner erfolgreichen Arbeit. Während Klosterbach auf dem Platz noch sein Interview gab, war die Stimmung in der Kabine eher gedrückt. Der hohe Sieg konnte nicht über die Probleme hinwegtäuschen, die die Mannschaft zurzeit hatte. Spielführer Richard Borowka war bis auf Weiteres suspendiert und hatte sich seit dem Vorfall beim Montagstraining bei niemandem mehr gemeldet. Der rechte Verteidiger Hans-Peter Eidams war aufgrund seiner Schussverletzung für längere Zeit krankgeschrieben. Mittelstürmer Fredi Jaspers agierte viel zu unkonzentriert und war glücklos bei seinen

Aktionen. Seine beste Szene hatte er noch bei einem taktischen Foul an der Außenlinie, mit dem er den Kader von Kleinwehrhagen auf sechs Feldspieler dezimierte. Lediglich der neue Mittelfeldregisseur Bernd Bommer konnte überzeugen. Er hatte alle zwölf Tore für Saffelen innerhalb der ersten 18 Minuten geschossen, bevor er in der 19. Minute ausgewechselt werden musste, weil sein Knie wieder angeschwollen war. Wie es aussah, würde er für die nächsten Wochen ausfallen. Nach seiner Auswechslung wurde das Spiel unansehnlich und fahrig. Spargel, den Klosterbach aus Mangel an Alternativen für den verletzten Bommer bringen musste, gelang sogar das Kunststück, innerhalb von nur sechs Minuten einen lupenreinen Eigentorhattrick zu fabrizieren. Klosterbach hatte ihn daraufhin wieder ausgewechselt, ohne einen neuen Spieler zu bringen. Auf der Rückfahrt von Kleinwehrhagen nach Saffelen hatten Fredi und Bommer nicht viel gesprochen. Nur über das geschwollene Knie, das Bommer mit einem Eisbeutel kühlte, und darüber, dass er wohl das Training am Freitag knicken könne. Fredi fielen sonst keine unverfänglichen Themen ein, weil er ein äußerst schlechtes Gewissen hatte. Zum einen, weil sein bester Freund Borowka für das dicke Knie verantwortlich war, zum anderen, weil er in Bommers Unterlagen herumgeschnüffelt hatte. Außerdem wusste er nicht mehr, was er glauben sollte. Die merkwürdigen Spitzelfotos rückten den Wahl-Saffelener in ein unangenehmes Licht. Er war froh, als Bommer mit einem knappen Gruß an der Gaststätte Harry Aretz ausgestiegen war. Auf dem Rückweg zu seiner Wohnung fuhr Fredi in Gedanken versunken über die Wiesenstraße und sah Hastenraths Wills Traktor vor Josef Jackels' Haus stehen.

Drinnen brannte noch Licht. Fredi fasste einen spontanen Entschluss und bremste scharf.

Nachdem sie sich in Rosis Grillcontainer gestärkt hatten, waren Will und Josef zurückgekehrt und der Ortsvorsteher hatte auf dem Wohnzimmertisch seine Ermittlungsakten ausgebreitet. Darunter befand sich neben dem Vernehmungsprotokoll von Katharina Thönnissen auch ein Schwarz-Weiß-Foto der mutmaßlichen Tatwaffe, einer 44er Magnum, unter der „Desert Eagle" stand. Josef war beeindruckt von dem, was Will alles zusammengetragen hatte und sehr betroffen über die Nachricht, dass Katharina Thönnissen möglicherweise einem Verbrechen zum Opfer gefallen war. Der Landwirt war gerade dabei, seine Theorie zu erläutern, als es an der Haustür klingelte. Will riss den Kopf hoch und kehrte eilig alle Papiere zurück in den Aktenordner. Josef ging zur Tür und kam mit Fredi Jaspers zurück ins Wohnzimmer. Fredi trug einen ausgeblichenen grünen Trainingsanzug und weiße Tennissocken, dazu Adiletten. Sein schulterlanges braunes Haar war an einigen Stellen noch etwas feucht. Als er das Wohnzimmer betrat, verzog er das Gesicht. Erst jetzt nahm auch Will den intensiven Geruch von frischem Frittenfett wahr, der durch den Raum waberte.

„Wie geht's Rosi?", fragte Fredi grinsend.

Will lachte und roch demonstrativ an seinem grün-weiß karierten Hemd. Entschuldigend hob er die Arme. „Unsere Frauen kommen erst morgen aus dem Urlaub zurück."

„Möchtest du was trinken?", fragte Josef.

Fredi schüttelte den Kopf. „Nein danke, Josef. Ich will auch gar nicht lange stören." Er wandte sich an Will: „Ich weiß wahrscheinlich was über der Überfall auf dem Hansi sein Laden."

Will hob eine Augenbraue. „Das trifft sich gut, Fredi. Ich bin gerade mit der Josef über der Fall am diskutieren."

„Du kennst doch Bernd Bommer?! Hier der Typ, der im Moment bei Harry Aretz wohnt?" Will nickte und Fredi fuhr fort: „Ich hab dem vorhin zum Fußball abgeholt und dabei in dem seine Wohnung durch Zufall Fotos gefunden. Dadrauf waren verschiedene Leute zu sehen, die vor Hansis Laden standen. Unter anderem Hansi, Frau Thönnissen ...", Fredi stockte kurz. Er entschied sich, zu verschweigen, dass er auch Borowka darauf entdeckt hatte. „Und noch ein paar Fremde. Auf alle Fotos waren Notizen drauf gemacht. Wie es aussieht, hat der von sein Fenster aus der Laden obduziert."

„Was?", fragte Josef.

„Obduziert!", wiederholte Will laut. „Das ist der Fachbegriff, für wenn man Personen oder Gebäude überwacht." Seit dem Fall Pluto kannte sich Will richtig gut aus mit Detektivarbeit. Er heftete seinen Blick auf Fredi. „Was ist denn dieser Bommer für ein Typ?"

„Eigentlich war der mir bis jetzt ganz sympathisch. Aber mir ist noch was ganz anderes aufgefallen. Ich habe eben das ganze Spiel lang dadrüber nachgedacht. Auf einem der Fotos waren zwei Männer in Lederjacken. Ich wusste die ganze Zeit, dass ich die schon mal irgendswo gesehen hab. Jetzt weiß ich wieder, wo. Samstagmorgen, als ich Martina zur Arbeit gefahren hab."

„Wann genau?"

„Ich bin um viertel nach acht zu Martina gefahren. Als ich die Pastor-Müllerchen-Straße langfahr, parkt da ein dunkelblauer 3er-BMW auf der Kundenparkplatz von Harry Aretz. Die beiden Lederjacken-Typen steigen aus und gehen in Hansi sein Laden."

„Bist du sicher, dass das um viertel nach acht war?"

„Hundertpro. Da lief im Radio nämlich gerade das Gewinnspiel, wo man das ‚bekloppte Geräusch' raten kann. Das läuft jeden Tag um Punkt viertel nach acht."

Will rieb intensiv über die Stoppeln an seinem Kinn. „Das kann aber nicht sein. Der Notruf ging bei die Polizei ein um", er nahm einen Stoß Blätter aus dem Aktenordner und ging sie durch, „ah, hier. Um genau 8:23 Uhr. Das heißt ..."

„... dass die beiden Männer der Hansi ...?"

„Das ist unmöglich." Will blätterte wild durch seine Unterlagen, hin und wieder überflog er kopfschüttelnd einige Sätze. Er sah hilflos zu Josef auf. „Weißt du, was das bedeutet?"

Josef, der an den Wohnzimmerschrank gelehnt stand und der Unterhaltung aufmerksam gelauscht hatte, schaute Will mit ernster Miene an und sagte: „Nein."

„Überleg doch mal. Das heißt, dass die zwei Männer auf der Hansi geschossen haben. Hansi hat aber behauptet, es wäre ein Mann mit ein Motorrad gewesen. Hansi hat also gelogen."

„Aber du hast doch eben gesagt, Käthchen hätte auch ausgesagt, dass ein Mann mit ein Motorrad der Überfall begangen hat." Josef wirkte jetzt hochkonzentriert.

„Richtig. Aber Käthchen stand unter Schock. Vielleicht hat Hansi ihr das alles auch nur eingeredet und sie hat es am Ende selbst geglaubt."

„Vielleicht hat Frau Thönnissen aber auch absichtlich gelogen", warf Fredi ein.

Will schaute ihn skeptisch an. „Warum sollte sie das machen?"

„Keine Ahnung. Vielleicht weil sie unter Druck gesetzt wird? Auf einem der Fotos, wo sie drauf war, stand: „Zeugin. Wie verfahren?"

„Was sagst du da?"

„Auf einem der Fotos stand ..."

„Das gibt's doch gar nicht!" Will stand auf und wanderte im Raum auf und ab. „Ich muss dir was sagen, Fredi. Ich war heute im Altenheim. Käthchen ist verschwunden. Sie ist entweder entführt worden oder ihr ist etwas noch Schlimmeres zugestoßen."

Fredi war schockiert. Nachdem er seine Gedanken sortiert hatte, fragte er: „Meinst du, der Bernie ... also der Bernd Bommer hat damit irgendwas zu tun?"

Will verschränkte die Arme vor der Brust: „Ja, wie findest du das denn, wenn einer heimlich ein Laden überwacht, der dann irgendwann überfallen wird? So langsam glaube ich, dass es sich hier gar nicht um ein Überfall geht. Meine Quellen besagen, dass es sich hier um Drogenschmuggel gehen könnte. Das müsst ihr euch mal vorstellen – Drogen in Saffelen. Und Eidams Hansi scheint da tief drin zu stecken."

„So unglaublich ist das nicht", sagte Josef. „Das hat bei die Eidams Tradition. Hansis Vater, der Ewald, und dem sein Oppa, Karl-Josef, die haben immer schon geschmuggelt."

Will winkte ab. „Aber doch nur Kaffee und Zigaretten."

„Was heißt denn hier ‚nur'? Die haben damals Unmengen über die Grenze geschmuggelt. In abgetrennte Autotanks, im Verbandskissen, im Reserverad ..."

„Mein Vater hat gesagt, dass die bei sich im Keller immer der Zollfunk abgehört haben", ergänzte Fredi.

„Das sowieso", nahm Josef seinen Faden wieder auf, „aber die haben sich trotzdem eine Menge einfallen lassen. Manchmal haben die auch das Zeug unter der Rückbank versteckt und dann Omma Eidams dadraufgesetzt. Die wog in ihre besten Zeiten 150 Kilo. Die haben die mit zwei Zöllner nicht hochbekommen. Oder einmal haben die Eidams sich ein großes Klavier in Holland gekauft. Das haben die von eine Spedition rüberbringen lassen. Da waren die ganzen Hohlräume mit Kaffeepakete zugestopft. Der Laden von Eidams war in den 60er Jahren der größte Umschlagplatz für Kaffee und Zigaretten aus Holland. Jeder wusste das. Damit sind die alten Eidams steinreich geworden."

Will musterte Josef skeptisch.

„Kann doch sein, Will", sagte Fredi. „Der Hansi hat in letzter Zeit immer Kohle. Und das, obwohl dem sein Vater dem immer knapp hält und der Laden bestimmt nicht viel abschmeißt. Nur, dass es heute nicht mehr um Kaffee und Zigaretten geht, sondern um echte Drogen."

„Ist der Hansi denn schon wieder zu Hause?" Will schien besorgt.

„Muss wohl", sagte Fredi, „der war eben in Kleinwehrhagen das Spiel gucken. Der hatte der rechte Arm verbunden und in so eine Armschlinge."

„Fredi, danke, dass du uns das gesagt hast. Und tu mich ein Gefallen. Sag keinem ein Wort dadrüber, was du gesehen hast. Auch nicht der Kommissar Kleinheinz. Ich muss jetzt erst mal in Ruhe selbst was kombinieren."

Fredi verließ Josefs Haus um viertel nach elf. Die Dunkelheit begann sich bereits langsam über das Dorf zu legen. Lediglich die Straßenlaternen, die in großzügigem Abstand voneinander standen, warfen ein unzureichendes, kegelförmiges Licht auf den Asphalt. Fredi war in Gedanken versunken, als er zu seinem Wagen schlenderte. Er hatte etwa den halben Weg zurückgelegt und war gerade dabei, den Autoschlüssel aus der Trainingshose zu ziehen, als sich plötzlich seine Nackenhaare aufstellten. Er blieb abrupt stehen und riss den Kopf hoch. Die Straße lag verlassen und leer vor ihm und dennoch war ihm in diesem Augenblick, als ob irgendjemand in der Nähe sei. Er drehte sich einmal um die eigene Achse. Nichts bewegte sich. Das einzige Geräusch der Nacht war das entfernte Zirpen der Grillen. Dennoch war Fredi sich sicher, dass er nicht allein war. Es war nichts Greifbares, nur der flüchtige Eindruck von etwas, das ihn zur Vorsicht mahnte. Mit langsamen, lautlosen Schritten näherte er sich von hinten seinem Wagen. Dabei hielt er den Kopf wachsam in die Höhe gestreckt. Fredi achtete darauf, sich ruhig und ohne Hast zu bewegen, auch wenn sein Magen sich zu einem schmerzhaften Klumpen zusammenkrampfte. Dann ließ ihn ein Geräusch herumwirbeln. Ein unangenehmes Knirschen zerriss die Stille. Ein Knirschen, das sich schnell entfernte. Schritte auf Kies, schoss es Fredi durch den Kopf. Er versuchte in der Dunkelheit etwas zu erkennen, doch es war zwecklos. Die letzten zwei Meter zum Wagen lief er und er war froh, als er die Fahrertür hinter sich zufallen ließ und mit zitternder Hand den Knopf heruntergedrückte. In heftigen Stößen atmete er ein und aus. Er war in Schweiß gebadet. Erst als sein Herzschlag sich langsam wieder beruhigte, führte er den Zündschlüssel ein, um den Mitsubishi zu starten. Als er den Wagen stotternd zum Leben erweckte, fiel ihm auf, dass ein Stück Papier unter den Scheibenwischer geklemmt war. Er brauchte nicht auszusteigen, um nachzusehen, was darauf stand, denn die beschriebene Seite klebte vor der Windschutzscheibe. In gut lesbarer Schreibschrift stand dort mit Edding geschrieben: „Nehm dich in Acht!"

19
Donnerstag, 16. Juli, 8.56 Uhr

Will trank schon den dritten Kaffee in Folge. Er hatte sein Wählscheibentelefon vom Flur bis auf den Küchentisch gezogen. Das Kabel reichte so eben. Jetzt saß er davor und starrte nervös auf das goldene Brokatsamtfutteral, das das Plastiktelefon vor Schmutz schützte. Will erwartete einen wichtigen Anruf. Es klingelte, als er gerade die Süßstoffdose, in der sich die Kügelchen verklemmt hatten, heftig auf den Tisch klopfte. Er ließ die Dose fallen und riss den Hörer hoch, noch bevor das erste Klingeln verstummt war. Kommissar Kleinheinz am anderen Ende der Leitung war überrascht, dass so schnell abgehoben wurde. Offenbar hatte er gerade noch in ein Brötchen gebissen: „Hmm, öhmm ... Herr Hastenrath? Sekunde."

Will ärgerte sich. Das war nicht der wichtige Anruf, auf den er gewartet hatte. Hoffentlich würde Kleinheinz sich kurz fassen.

„So, Herr Hastenrath. Da bin ich. Geht's gut?"

Für Small Talk hatte Will schon mal gar keine Zeit. „Wodrum geht es sich, Herr Kommissar? Ich habe nicht viel Zeit. Die Adelheid kalbt jeden Moment." Eine bessere Notlüge fiel ihm auf die Schnelle nicht ein.

„Ach so. Ich habe eigentlich nichts Bestimmtes. Ich wollte mal hören, ob Sie irgendwas Neues gehört haben, den Überfall betreffend oder Frau Thönnissen. Sie haben doch Ihr Ohr immer an der Bevölkerung."

„Wissen Sie denn schon was Neues? Also, ich meine, eine Hand wäscht die andere."

Kleinheinz lachte. „Verstehe. Sie meinen quid pro quo?"

„Nein, ich meine, wenn ich Sie was sagen soll, dann müssen Sie mich auch ..."

„Ja, ja. Ich hab schon verstanden. Also gut. Die Fahndung nach dem Motorrad hat nichts ergeben. Ebenso gibt es keine Hinweise zum Phantombild. Am Tatort keine Fingerabdrücke, keine DNA. Mit anderen Worten, der Täter ist spurlos verschwunden. Genau wie Frau Thönnissen. Zum Abschiedsbrief: Wir haben die Schrift mit ihrer Unterschrift vom Vernehmungsprotokoll verglichen. Das grafologische Gutachten belegt eindeutig, dass der Abschiedsbrief eine Fälschung ist, wenn auch eine gute. Wir haben es also auch hier mit einem Profi zu tun. Unnötig zu erwähnen, dass auch im Zimmer der alten Dame keine verwertbaren Spuren zu finden sind. Nur Fingerabdrücke vom Personal und von Brettschneider. Das bestätigt jedenfalls unsere schlimmsten Befürchtungen. Frau Thönnissen ist mit großer Wahrscheinlichkeit einem Verbrechen zum Opfer gefallen. Wir verstärken im Moment unsere Anstrengungen, sie zu finden. Die Vernehmung von Hans-Peter Eidams hat auch nichts ergeben. So, das waren die Neuigkeiten von meiner Seite. Jetzt sind Sie dran. Haben Sie irgendwas gehört?"

„Nein." Will legte auf.

Er versuchte erneut sein Glück mit der Süßstoffdose. Da sich die Kügelchen nicht lösten, schraubte er den Deckel ab. Er griff hinein, nahm eine kleine Menge zwischen Daumen und Zeigefinger und ließ sie in seinen Kaffee fallen. Gerade als er den Deckel wieder zuschrauben wollte, zerriss das schrille Klingeln des Telefons abermals die Stille. Will zuckte heftig zusammen und die geöffnete Dose fiel mit einem lauten Knall auf den Boden. Die Süßstoffperlen verteilten sich auf dem Linoleum. Will stöhnte genervt auf. Dann nahm er hastig den Hörer ab. „Ja, bitte?"

„Hallo Will."

„Na endlich, Markus."

„Michael."

„Was?"

„Tut mir leid. Es ging nicht schneller. Ich muss hier in der Firma ein bisschen aufpassen. Außerdem muss ich schon sagen, dieser Bernd Bommer ist eine harte Nuss. Ich habe alles durchkämmt. Einwohnermeldeamt. Straßenverkehrsamt. Sogar die Spielerpässe beim Kaller SC. Überall ist Bernd Bommer ordnungsgemäß gemeldet. Der war bisher in keinster Weise auffällig. Aber dann bin ich stutzig geworden. Nämlich als ich mich um die Genealogie gekümmert habe."

„Hä?"

„Ahnenforschung. Ich habe mal ein bisschen in seinem Stammbaum rumgeschnüffelt. Und was glaubst du, was ich da gefunden habe?"

„Was?"

„Nichts. Überhaupt nichts. Der Mann hat keine Eltern. Keine Verwandten."

„Ist der ein Waisenkind?"

„Darauf gibt es keine Hinweise. Möchtest du meine Theorie hören?"

„Ja klar."

„Der Mann ist ein Computergenie. Ich habe bei einigen Einträgen Hinweise gefunden, dass nachträglich rumgetrickst worden ist. Hier versucht jemand, seine Identität zu vertuschen. Es gibt keinen Bernd Bommer. Wer auch immer das ist, der Mann ist gefährlich. Nimm dich vor ihm in Acht."

„Mach ich. Danke, Marco."

„Michael. Ach, wann kommt Marlene denn nachher zurück?"

„Wer?"

„Marlene? Deine Frau? Kevin und Justin fragen schon die ganze Zeit."

„Ach so, richtig. Ich glaube, heute Nachmittag."

„Soll ich sie vom Bahnhof abholen? Ich könnte früher hier weg."

„Nee, nicht nötig. Der Josef holt die ab. Aber noch mal danke für alles."

„Gern geschehen. Wenn du noch irgendwas brauchst, ich bin ab morgen für eine Woche in Hannover auf der Messe. Du kannst mich aber einfach auf meiner Festnetznummer anrufen. Ich habe eine Weiterleitung aufs Handy."

„Ja, gut. Mach ich. Tschüss Martin." Will legte geistesabwesend auf und dachte nach. Das machte alles keinen Sinn. Gedankenverloren nahm er das Telefon in die Hand. Er stand auf, um es zurück in den Flur zu bringen. Plötzlich geriet er aus dem Tritt. Sein linker Fuß, der in einer Wollsocke steckte, rutschte mit Wucht nach hinten. Will sah verwirrt nach unten. In derselben Sekunde, in der er die kleinen weißen Kügelchen auf dem Boden liegen sah, verlor er das Gleichgewicht und der Linoleumboden kam ihm mit atemberaubender Geschwindigkeit entgegen. Er kam hart mit dem Oberkörper auf. Nur Zentimeter neben seinem Ohr schlug das Telefon ein und zersprang mit einem lauten Krachen in viele kleine Teile. Will drehte sich auf den Rücken und starrte auf das klebrige Fliegenband, das schräg über dem Tisch von der Decke baumelte. Eine Fliege kämpfte chancenlos ums Überleben. Was für ein Scheißtag, dachte Will. Aber da wusste er noch nicht, dass das alles erst der Anfang war.

20
Donnerstag, 16. Juli, 10.14 Uhr

Fredi hatte verschlafen. Nachdem er am Vorabend vor dem Haus von Josef Jackels den Zettel mit der unmissverständlichen Warnung unter seinem Scheibenwischer gefunden hatte, war er viel zu aufgewühlt gewesen, als dass er hätte schlafen können. Also war er noch mal zur Gaststätte Aretz gefahren, wo der harte Kern seiner Mannschaftskameraden ausgiebig den Sieg feierte. Obwohl am Ende nur noch sechs Leute die Puppen tanzen ließen, war es immerhin kurz nach zwei, als Harry die letzte Runde brachte. Dann hatte Fredi seinen Mitspielern Tonne und Spargel noch geholfen, Trainer Karl-Heinz Klosterbach nach Hause zu tragen, bevor er endlich selbst ins Bett fiel. Sein Digitalwecker zeigte zu diesem Zeitpunkt 2:41 Uhr an. Zum Glück sorgten die 16 Pils dafür, dass er schnell einschlief. Am Morgen hatte er dann den Wecker überhört.

Es war schon viertel nach zehn, als er in seinen Mitsubishi Colt stieg und mit quietschenden Reifen losjagte. Um ins Gewerbegebiet Saffelen zu gelangen, gab es zwei Möglichkeiten. Entweder man nahm den Weg über die Hauptstraße durchs Dorfzentrum oder man fuhr über die Wiesenstraße durchs Neubaugebiet. Der Weg durchs Neubaugebiet war deutlich kürzer. Das Problem aber war, dass die Zugezogenen kreuz und quer Blumenkübel aufgestellt und damit die Strecke zu einem anspruchsvollen Kurvenparcours gemacht hatten. Diesen Parcours schafften nur Profis, ohne Zeit zu verlieren. Fredi entschied sich dennoch für die Abkürzung durchs Neubaugebiet. Der Weg führte ihn auch am Haus von Borowka vorbei, der in unmittelbarer Nachbarschaft von Hastenraths Will in einem Anbau am Haus seiner Schwiegereltern wohnte. Fast hätte er seinen Kumpel übersehen, weil er mit einem Affenzahn vorbeischoss, doch aus dem Augenwinkel erkannte er gerade noch das leuchtend rote T-Shirt mit der Aufschrift ‚Fashion Wear'. Borowka stand neben seinem Ford Capri in der Einfahrt seines Hauses. Der Kofferraumdeckel war hochgeklappt. Zuerst wunderte Fredi sich noch, warum Borowka nicht bei der Arbeit war. Schließlich war er auch bei Auto Oellers beschäftigt, allerdings in der Werkstatt. Im Gegensatz zu Fredi, der im Büro saß. Doch dann fiel Fredi ein, dass Borowka sich für diese Woche hatte krankschreiben lassen, weil er noch so viele unerledigte Schwarzarbeiterjobs hatte. Fredi überlegte kurz und stieg dann in die Bremsen. Ob er zwei oder zweieinhalb Stunden zu spät kam, war jetzt auch egal. Er machte sich Sorgen, weil Borowka sich seit dem Training am Montag nicht mehr gemeldet hatte. Und er hatte Angst davor, dass ihre Freundschaft Schaden nehmen könnte. Dabei brauchte er gerade jetzt jemanden, mit dem er über die beunruhigenden Ereignisse des gestrigen Tages sprechen konnte. Fredi brachte seinen Wagen ungefähr 200 Meter entfernt zum Stehen. Er stieg aus und legte das Stück zu Borowkas Haus zu Fuß zurück. Die warme Juliluft fuhr durch sein

Haar und streichelte seine Haut. Er liebte den Sommer. Vor allem, wenn er dabei an Martina in ihrem hellblauen H&M-Top dachte.

Er näherte sich der Einfahrt über den Vorgarten. Zwischen ihm und Borowka lag jetzt nur noch eine verwilderte Kirschlorbeerhecke. Als er gerade an ihr vorbei wollte, erklang die Melodie von „The final countdown". Borowkas Handy. Aus irgendeinem Grund, den er sich im Nachhinein gar nicht mehr erklären konnte, hielt Fredi inne und duckte sich hinter der Hecke, während Borowka das Gespräch annahm. Er konnte jedes Wort verstehen, das sein Freund sprach. Und es gefiel ihm nicht, was er hörte.

„Borowka! Ja ... mmh ... weiß ich selber. Hab ich doch grad gesagt. Ich weiß, dass die Zeit knapp wird ... wenn ich sag, ich kümmere mich dadrum, dann mach ich das auch. Das ist nun mal nicht so einfach. Ich muss höllisch aufpassen. Ja, super Idee. Und dann werd ich kontrolliert, oder was? Weißt du eigentlich, wie viel das ist? Eben. Ich muss die Scheiße ja auch irgendwo lagern. Ja, ist okay. Ich meld mich. Und ruf mich nicht immer auf dem Handy an. Tschöö."

Fredis Herz schlug bis zum Hals, als Borowka auflegte. Er atmete tief durch und zählte: „Einundzwanzig, zweiundzwanzig." Dann kam er langsam hoch und schlenderte um die Hecke. „Hallo Borowka", rief er im normalsten Tonfall der Welt.

Borowka fuhr erschrocken herum. Er musterte Fredi, dann drückte er mit der rechten Hand den Kofferraumdeckel zu, ohne Fredi aus den Augen zu lassen. „Hallo. Was machst du denn hier? Ich hab dich gar nicht kommen hören." Er suchte die Straße nach dem Mitsubishi ab.

„Ich hab der Auto die Straße runter geparkt. Ich hatte dich zufällig hier stehen sehen. Und bis ich mit dem Geschoss mal zum Stillstand komme ... Wie geht's dir?"

„Seit wann interessiert dich das denn?"

„Borowka, jetzt sei doch nicht beleidigt. Das mit Montag, das war ..."

„Ach, lass mich in Ruhe. Ihr könnt mich alle mal."

„Wir haben gestern in Kleinwehrhagen gewonnen. 12 zu 3."

„Schön für euch."

„Was bist du denn so komisch? So kenn ich dich ja gar nicht."

„Was wird das jetzt? Eine physiologische Beratung? Fredi, geh mit dein neuer Freund Bernie Bommer spielen."

„Das ist überhaupt nicht mein Freund. Ganz im Gegenteil. Ich hab ..."

„Und weißt du was? Du kannst Rita direkt mitnehmen. Die ist auch bloß noch dran: ‚Der Bernie hat tolle Klamotten', ‚Der Bernie hat ein tolles After Shave', ‚Der Bernie zupft sich die Augenbrauen', Bernie dies und Bernie das."

„Jetzt versteh ich. Du bist eifersüchtig, Borowka." Fredi musste grinsen.

Borowka stemmte die Arme in die Hüften. „Sag mal, Fredi. Hast du kein Frisör, dem du das alles erzählen kannst? Und überhaupt – musst du nicht arbeiten?"

Fredi sah auf die Uhr. „Stimmt. Sonst reißt mich der Oellers noch der Kopf ab. Sollen wir heute Abend nicht mal wieder einen zusammen trinken? Ich hab da was, wodrüber ich ..."

„Keine Zeit."

„Oder morgen nach dem Training?"

„Super Idee. Zum einen bin ich bis auf Weiteres supsendiert oder wie das heißt und zum anderen habe ich morgen Abend wichtigere Sachen zu erledigen."

„Aber am Samstag kommst du mit aufs Zelt, oder?"

„Boah, Fredi. Du lässt aber nie locker, oder? Jaaa, ich komm mit aufs Zelt. Dann trink ich mir ein paar Asbach-Cola und wenn ich richtig gut drauf bin, dann gibt es für Bernie Bommer Nackenfutter." Zum ersten Mal huschte ein Lächeln über Borowkas Gesicht.

Fredi freute sich. „So kenn ich dich, Borowka. Dann bis dann." Er lief zu seinem Wagen. Borowka wartete noch, bis der Mitsubishi Colt um die nächste Ecke verschwunden war. Erst dann öffnete er wieder seinen Kofferraum.

21
Donnerstag, 16. Juli, 16.17 Uhr

Als Marlene und Billa auf den Bahnhofsvorplatz traten, erkannten sie Josef sofort in der Menge. Nicht nur, weil er nervös und mit steifen Bewegungen auf und ab ging vor seinem Opel Ascona, dessen Vorderreifen halb auf dem Bürgersteig stand, sondern vor allem, weil er seine blaue Feuerwehruniform trug inklusive seines fluoreszierenden gelben Helms mit dem reflektierenden roten Streifen. Er wiederum bemerkte die beiden erst, als sie nur noch wenige Meter von ihm entfernt waren.

„Hallo Josef!", rief Billa. Josef machte nach kurzer Desorientierung winkend einen Schritt auf sie zu. Im Gehen griff er mit der rechten Hand nach dem Trolley und versuchte, mit angewinkeltem linken Arm die Umarmung von Billa zu erwidern. Dabei verhielt er sich jedoch so ungeschickt, dass er ins Straucheln geriet und fast zusammen mit seiner Frau hingefallen wäre. So landete dann auch sein geplanter Wangenkuss auf Billas Schulter.

„Du bist aber stürmisch, Josef", sagte Marlene, „und so schick. Womit haben wir das denn verdient, dass du uns in deine Ausgehuniform abholst?"

Josef hielt sich verlegen am Saum seiner Jacke fest. „Das ist nur wegen weil wir nachher Generalprobe im Festzelt haben. Für übermorgen. Wie war es denn? Habt ihr auch ein bisschen Seesighting gemacht in der Eifel? Leben da wirklich so viele Hinterwäldler, wie man immer hört?"

Billa gab ihm jetzt einen richtigen Wangenkuss und sagte: „Das erzählen wir dir im Auto."

Der Ascona musste wohl schon eine ganze Weile direkt in der Sonne gestanden haben, denn die Gluthitze im Inneren war fast unerträglich. Auch das geöffnete Seitenfenster trug kaum zur Erfrischung bei, da durch Josefs defensive Fahrweise so gut wie kein Fahrtwind entstand. Josef lenkte den Ascona so vorsichtig aus der Stadt heraus, dass die Frauen den Eindruck hatten, die Landschaft am Fenster würde sich keinen Millimeter weiterbewegen.

„Du kannst ruhig auch mal in der zweite Gang schalten", sagte Marlene und lachte dabei schrill auf. Billa stieg prustend in das gellende Gelächter mit ein. Josef nickte nur verlegen, beschleunigte weltmännisch auf 40 km/h, nur um Sekunden später vor einer Ampel, die gerade von Grün auf Gelb umsprang, mit einer Vollbremsung zum Stehen zu kommen. Marlene, die auf dem Rücksitz saß, wurde nach vorne geschleudert. Billa warf ihrem Mann einen strafenden Blick zu. Josef sah sie schuldbewusst aus den Augenwinkeln heraus an und war froh, als die Frauen sich wieder schnatternd anderen Themen zuwandten. Er war weiß Gott nervös genug wegen der Aufgabe, die ihm am übernächsten Tag bevorstand. Da konnte er sich jetzt keine halsbrecherischen Fahrmanöver erlauben.

Außerdem hatte er in den letzten Tagen kaum geschlafen. Doktor Frentzen hatte ihm extra eine Großpackung Diazepam, ein Mittel gegen Angstzustände und Nervosität, aufgeschrieben. Und selbst die war schon wieder halb leer. Josef zuckte heftig zusammen, als hinter ihm eine Hupe ertönte, die ihn darauf aufmerksam machte, dass die Ampel längst auf Grün umgesprungen war. Ruckelnd nahm der Löschmeister wieder Fahrt auf und war erleichtert, als er die hektische Innenstadt hinter sich ließ, um auf die kaum frequentierte Landstraße abzubiegen, die nach Saffelen führte. Da die Sonne nun von vorne kam, klappte Josef die Blende herunter und musste, aus welchem Grund auch immer, an die beunruhigenden Ermittlungsergebnisse denken, die Will ihm am Vorabend präsentiert hatte. Josef war mit der Situation völlig überfordert. Wie konnte es sein, dass so ein friedliches und idyllisches Dorf wie Saffelen innerhalb von nur 14 Monaten gleich zweimal von Verbrechen heimgesucht wurde? In den 60 Jahren davor war nie etwas Schlimmeres passiert als vielleicht mal ein vollgelaufener Keller oder eine entlaufene Katze. Einmal war es etwas heikler geworden, als beim Kinder-St.-Martinszug plötzlich das Pferd mit St. Martin, dargestellt von Methusalem Mühlensiepen, durchgegangen war und erst in Roermond wieder eingefangen werden konnte. Der bis heute dramatischste Einsatz der Freiwilligen Feuerwehr Saffelen allerdings hatte am 7. Juni 1973 stattgefunden. Nie würde Josef dieses Datum vergessen. Es war ein durchwachsener Sommertag, als die Sirene ging. Eine alte baufällige Scheune voller Stroh, die Hastenraths Will erst zwei Wochen zuvor hatte überversichern lassen, stand lichterloh in Flammen. Der Löschzug war damals vollzählig ausgerückt.

Will erwartete die Feuerwehrleute schon ungeduldig mit einer Flasche Jägermeister. Unter der Einsatzleitung des damaligen Löschmeisteranwärters Josef Jackels ließ man das Gebäude kontrolliert abbrennen. Anschließend machte Will vom kompletten Löschzug ein Erinnerungsfoto vor den kokelnden Grundmauern. Das Foto stand heute noch gerahmt auf der Kommode im Flur.

„Was sagst du dazu, Josef?" Billa stieß ihm mit dem Ellenbogen in die Seite.

Josef schreckte aus seinem Tagtraum hoch und sah seine Frau entgeistert an. „Ich? Wozu? Warum?"

Billa verzog die Mundwinkel. „Sag mal, hörst du uns überhaupt zu?"

„Ja natürlich. Ich musste mich nur gerade auf der Gegenverkehr konzentrieren." Beim Blick auf die menschenleere Landstraße vor sich wurde ihm klar, dass das eine schlechte Ausrede war.

„Deine Frau hat dich gerade gefragt, wie du das findest, dass ‚Die Königin der Tulpen' gar nicht von Charlie van der Valk ist", palaverte Marlene vom Rücksitz.

„Wie? Das ist nicht von Charlie van der Valk?"

„Mein Gott, du hast ja gar nichts mitbekommen. Charlie van der Valk behauptet doch immer, er hätte das Lied selber geschrieben. Für seine ‚Königin der Tulpen'. Das stimmt aber überhaupt nicht. Typisch Mann. Wir haben in der Eifel nämlich ein Sänger kennengelernt, der uns erzählt hat, dass das ein ganz altes holländisches Lied ist. So wie ‚Wir lagen vor Madagaskar'."

„‚Wir lagen vor Madagaskar' ist ein altes holländische Lied?"

„Quatsch. Dadrum geht es sich doch gar nicht."

Josef wurde die Diskussion zu viel. Er sagte: „Ist doch völlig egal. Hauptsache, ‚Die Königin der Tulpen' ist ein schönes Lied."

„Das ist auch wieder wahr", stimmten ihm die beiden Frauen zu.

„Guck doch mal eben im Handschuhfach. Da liegt eine Cassette. Hol die mal raus", sagte Josef.

Billa kramte und hielt plötzlich eine verstaubte Cassettenhülle in der Hand, auf der Charlie van der Valk in jungen Jahren abgebildet war. Über der Schulter hing lässig sein Akkordeon und mit der rechten Hand hielt er einen großen Strauß Tulpen in die Kamera. Billa las holprig den Titel vor: „Tulpenträume – Die größten Erfolge von Charlie van der Valk."

„Schieb doch mal rein", forderte Josef sie auf.

Nach wenigen Sekunden erklangen die ersten Takte von „Die Königin der Tulpen", und als Charlie van der Valks samtweicher Bariton erklang, fiel schmetternd ein dreistimmiger Autochor mit ein. Josef sah selig zu seiner strahlenden Billa herüber und erinnerte sich zurück an die Zeit, als der Ascona noch neu und sie beide noch jung waren. Da war dieses Lied der Soundtrack ihrer Liebe gewesen. Übermütig beschleunigte Josef auf über 70 km/h und die Hasen am Wegesrand hörten aus dem heruntergekurbelten Fenster eines vorbeirasenden Opels einen Refrain, den sie so schnell nicht vergessen würden:

Erst Rendezvous – dann Schubidu

Doch eines sollst du wissen immerzu

Die Königin der Tulpen – die bist du!

22
Freitag, 17. Juli, 18.44 Uhr

Rita stand mit einem Käsebrot am Küchenfenster und beobachtete, wie Borowka seinen Ford Capri mit einem Affenzahn über die Wiesenstraße jagte, vor ihrem Haus kurz abbremste und dann mit quietschenden Reifen in die Einfahrt einbog. Nur Zentimeter vor dem Garagentor kam er zum Stehen. Hektisch sprang Borowka aus dem Wagen und rannte zur Haustür. Er trug einen Blaumann und beide Hände waren ölverschmiert. Als er sich im Flur die Schuhe auszog, schimpfte er: „Der scheiß Vergaser von Schlömer Karl-Heinz. Warum fährt der bloß so eine bescheuerte Reisschüssel."

Rita kam in den Flur. „Ich hab schon mal angefangen zu essen. Hab mir gedacht, dass es was später wird."

Borowka ging an ihr vorbei Richtung Badezimmer und gab ihr dabei einen abwesenden Kuss auf den Mund. „Tut mich leid, aber das Ding passte hinten und vorne nicht. Ich kann sowieso nicht mitessen. Ich muss direkt weiter zum Training."

Rita seufzte. Sie hatte ganz vergessen, dass heute Freitag und damit Fußballtraining war. Trainer Klosterbach hatte das wöchentliche Training vor einigen Monaten von donnerstags auf freitags verlegt. Rita holte ihr Handy aus der Handtasche und wählte mit ihren langen, lackierten Fingernägeln die Nummer von Martina.

„Wimmers?!"

„Hallo Tina-Maus", zwitscherte Rita. „Lust auf ein Frauenabend?"

„Hallo Rita. Ja super. Fredi hat sowieso heute Training. Was macht Richard denn?"

Die Badezimmertür öffnete sich. Borowka trocknete sich gerade die Hände mit einem gelben Handtuch ab, das nun voller Öl war. Er winkte Rita kurz zu und rief: „Ich hol schnell unten meine Sportsachen. Das Handtuch tu ich direkt in die Wäsche." Dann lief er eilig die Kellertreppe runter.

„Äh, tschuldigung. Was hattest du gesagt?", fragte Rita ins Telefon.

„Ich hatte gefragt, was Richard denn heute Abend macht."

„Wie jetzt? Der hat natürlich auch Training. Hallooo? Der ist doch mit Fredi in eine Mannschaft. Seit 20 Jahre."

„Ja schon", Martina stockte, „aber der Fredi hat mir eben noch erzählt, dass Richard von Klosterbach suspendiert worden ist und vorerst nicht mehr am Mannschaftsbetrieb teilnehmen darf."

Der Satz traf Rita wie eine Keule. „Sag das noch mal."

Als Borowka mit seiner Sporttasche aus dem Keller zurückkehrte, stand Rita zur Verabschiedung an der Haustür. Sie drückte ihm einen Kuss auf die Wange und sagte: „Viel Spaß, Schatz. Schade, dass du zum Training musst."

„Was soll ich machen?" Er hob entschuldigend die Arme. „Aber morgen gehen wir schön aufs Festzelt. Versprochen."

Sie schloss die Tür hinter ihm und sagte: „Verarschen kann ich mich selber."

Sie hatte sich in der Zwischenzeit nebenan den Schlüssel vom Ford Mondeo ihres Vaters geholt, der in der zweiten Einfahrt des Hauses stand. Ihr roter Suzuki Vitara wäre für diese Mission zu auffällig gewesen. Während sie Borowka in dem unscheinbaren Mittelklassewagen folgte, achtete sie immer darauf, genug Abstand zu halten. Ihm zu folgen, war für sie überhaupt kein Problem, auch wenn er bisweilen ordentlich Gas gab. Obwohl Borowka es nie gerne zugab, Rita war die weit bessere Fahrerin von beiden. Als Jugendliche war sie eine hochtalentierte Gokartfahrerin und später eine noch bessere Rallyefahrerin gewesen. Jahr für Jahr hatte sie sämtliche Pokale in ihrer Altersklasse abgeräumt. Die Rallye war schnell zu ihrer Lieblingsdisziplin geworden, weil sie dabei nicht immer nur im Kreis fahren musste. Bei den Rallyes fuhr man oft über mehrere Tage verteilt auf normalen Straßen oder Feldwegen in unterschiedlichen Wertungsprüfungen von einem Etappenziel zum nächsten. Nach einem doppelten Schlüsselbeinbruch bei einem vergleichsweise harmlosen Unfall und der vergeblichen Suche nach einem Sponsor hatte Rita jedoch vor vier Jahren den Leistungssport aufgegeben und seitdem nicht mehr an Wettkämpfen teilgenommen. Ein Autonarr aber war sie geblieben.

Längst war ihr klar, dass Borowka überall hinfuhr, nur nicht zum Training. Sie hatten Saffelen bereits seit geraumer Zeit hinter sich gelassen und überquerten gerade die holländische Grenze Richtung Sittard. Als Borowka den kleinen

Industrieort Geleen erreichte, verlangsamte er seine Fahrt. Rita ließ sich noch etwas mehr zurückfallen und beobachtete gespannt, wie ihr Mann seinen Ford Capri durch ein Tor auf einen großen Platz lenkte. Vor einem Blechcontainer blieb er stehen. Rita suchte mit Blicken das Tor ab, aber kein Schild deutete darauf hin, um was für eine Firma es sich wohl handelte. Noch näher konnte sie nicht ungesehen heranfahren. So entschied sie sich, auszusteigen und sich seitlich am Zaun vorbeizupirschen. In gebückter Haltung suchte sie sich eine geschützte Stelle, von der aus sie einen guten Blick auf die Szenerie hatte. Zuerst passierte nichts. Dann öffnete sich die Tür des Containers und ein kleiner dicker Mann, Typ Danny DeVito, hüpfte erstaunlich behände heraus. Borowka stieg aus seinem Wagen und schüttelte dem Mann die Hand. Beide verschwanden im Container und kamen nach wenigen Minuten wieder heraus. Jeder von ihnen trug einen riesigen Karton, den sie vor dem Capri abstellten. Mit offenem Mund beobachtete Rita, wie Borowka mehrere zerknüllte 100-Euro-Scheine aus seiner Hosentasche fummelte und sie dem Mann gab, der sie erst glättete und dann zählte. Anschließend steckte er das Geld in seine Jackentasche und half Borowka, die beiden Kartons im Kofferraum zu verstauen. Rita war perplex. Das war unmöglich. Der komplette Laderaum war mit Richards Boxen und Verstärkern ausgefüllt. Da hatte beim letzten Mal noch nicht einmal der Hulingen-Treteimer von Ikea reingepasst. Doch nun verschwanden die Kartons darin wie von Geisterhand und Borowka konnte sogar den Deckel schließen. Als Rita ihr Gewicht verlagerte, trat sie auf einen Ast und es knackte. Da sie weit genug vom Geschehen entfernt war, machte sie sich keine Gedanken. Doch plötzlich tauchte unmittelbar vor ihrem Gesicht das riesige, aufgerissene Maul eines wütenden Dobermanns auf, der sie wild ankläffte und wie irre gegen den Drahtzaun sprang, der sie trennte. Rita hatte vor Schreck kurz aufgeschrien. Borowka und der kleine dicke Mann schauten herüber, konnten sie aber nicht sehen, da sie geistesgegenwärtig hinter einem Baum in Deckung gegangen war. Dann kamen sie langsam auf sie zu.

Rita war niemand, der schnell in Panik geriet. Und so entschied sie sich, zu verschwinden. Sie pirschte sich geschickt zu ihrem Wagen zurück, schlüpfte hinter das Steuer und konnte den Wagen ungesehen wenden. Mit dem sicheren Gefühl, dass niemand sie erkannt hatte, fuhr sie zurück nach Saffelen. Allerdings hatte sie sich getäuscht. Denn sie hatte den schwarzen BMW X5 mit Euskirchener Kennzeichen nicht bemerkt, der in einer Seitenstraße stand und aus dessen Fahrerfenster ein langes Teleobjektiv ragte.

23
Samstag, 18. Juli, 19.41 Uhr

Sein knallroter Kopf schlug hin und her. Vor lauter Anstrengung traten an der Schläfe bereits breite Adern hervor. Will ächzte und stöhnte. In immer gleichen rhythmischen Schüben bewegte sich sein ganzer Körper auf und ab. Auch seine Frau Marlene zuckte und stöhnte in wellenförmigem Stakkato. Dann schien es so weit zu sein. Marlene stieß einen spitzen Schrei aus, der in einem langgezogenen „Jaaaa" endete.

„Nein", japste Will, „es geht nicht. Der Reißverschluss bewegt sich kein bisschen." Sie stand vor dem großen Spiegel im Schlafzimmer, er hinter ihr. Seit geschlagenen fünf Minuten versuchte Marlene nun schon, sich in ihr weinrotes Tüllkleid zu zwängen, die meiste Zeit davon mit angehaltener Luft. Will mühte sich nach Kräften ab, den Reißverschluss auf ihrem Rücken nach oben zu bewegen, aber immer wieder schnitt er seiner Frau dabei ins Fleisch. Es hatte keinen Sinn.

Marlene war den Tränen nahe. „Das kann nicht sein. Letztes Jahr hat es noch gepasst."

Will sah auf die Uhr. „Wir müssen uns beeilen. Sonst zieh doch der hellblaue Hosenanzug an, den du letztens auch auf die Kinderkommlion von der Marvin Schlömer anhattest."

Marlene stemmte resolut die Hände in die Hüften. „Nie im Leben. Damit geh ich nicht vor die Tür. Die Leute denken, ich hätte nichts anderes. Dann bin ich morgen Tagesgespräch in Saffelen. Auf der Kinderkommlion hat mich doch das ganze Dorf gesehen. Auf gar keinen Fall ziehe ich der hellblaue Hosenanzug an."

„Ach Quatsch. Auf so was achtet doch kein Mensch."

„Du hast ja keine Ahnung!" Marlene musterte Will skeptisch und fragte: „Wann willst du dich eigentlich umziehen?"

Will sah an sich herunter. Er trug wie immer Gummistiefel, seine ausgebeulte graue Stoffhose mit den Hosenträgern, das verblichene karierte Hemd und die grüne Schirmmütze. „Wie, umziehen? Ich bin schon seit Stunden fertig."

Marlene holte Luft, doch dann schluckte sie herunter, was sie hatte sagen wollen. Diese Diskussion hatten sie schon zu oft geführt. Immer ergebnislos. Sie würde ihn nie dazu bekommen, sich einen vernünftigen Anzug anzuziehen. Stattdessen sagte sie: „Dann sprüh wenigstens ein bisschen Febreze drauf."

„Ja, ja, mach ich noch. Bist du sicher, dass Billa uns abholen kommt? Die müsste doch längst hier sein."

„Sei doch nicht so ungeduldig, Will", Marlene ging im Schrank ein Kleidungsstück nach dem anderen durch und hielt es sich vor die Brust, „wir werden schon nichts verpassen."

„Hoffentlich hält der Josef das nervlich durch. Schließlich wird heute das ganze Dorf da sein." Er hielt inne. Dann fügte er hinzu: „Bis auf die arme Frau Thönnissen natürlich."

Marlene drehte sich zu Will um. Ihre Augen verrieten großes Mitgefühl. „Hat die Polizei immer noch keine Spur von ihr?"

„Nicht die geringste. Ich habe heute morgen extra noch mal mit der Kommissar Kleinheinz deswegen telefoniert. Alle Streifenwagen sind in Alarmbereitschaft, aber bisher hat keiner was gesehen."

„Meinst du, die ist ..." Marlene wollte den Gedanken gar nicht zu Ende führen.

„Nein, bestimmt nicht. Der Kommissar glaubt, dass die vielleicht versteckt gehalten wird. Der befürchtet, dass die irgendswas gesehen oder irgendseinem erkannt hat bei der Überfall. Die Polizei ist sich mittlerweile sicher, dass es sich bei die ganze Sache um Drogenhandel geht. Irgendjemand schmuggelt das Zeug in große Mengen von Holland nach Saffelen. Hansis Laden ist der Umschlagplatz. Da werden die Sachen dann abgeholt von Kuriere aus Köln und Frankfurt. Das steht so in meine Unterlagen ..., also, ich mein, das hat mir Kommissar Kleinheinz so gesagt."

„Und warum läuft der Hansi noch frei rum? Ich hab dem gestern erst am Sportplatz gesehen."

„Der Kommissar sagt, die können dem nix nachweisen. Außerdem ist der nur ein kleiner Fisch. Die wollen an die großen Bosse ran."

„Aber der Hansi weiß doch vielleicht, wo Käthchen ist."

„Der sagt aber nix. Das ist schon schlimm. Gut, dass die alte Frau Thönnissen keine Familie hat. Was meinst du, was die sich Sorgen machen würden."

„Na ja, Familie hat die keine. Aber es gibt da ein Mann in der ihr Leben."

Will sah sie verstört an. „Was redest du denn da für ein Unsinn? Die Frau ist 70."

„Na und? Ich hab mal alleine mit die im Wartezimmer von Dr. Frentzen gesessen. Da habe ich aus dem ‚Goldenen Blatt der Frau' ein Bericht über Johannes Heesters laut vorgelesen. Und als wir uns über dem unterhalten haben, hat sie gesagt, dass sie auch eine große Liebe hat, die viel mit dem gemeinsam hat, nur dass der Mann 40 Jahre jünger ist."

„40 Jahre jünger als Frau Thönnissen?" Will war entsetzt.

„Unsinn! 40 Jahre jünger als Johannes Heesters."

„Was? So alt?"

„Will! Jetzt sei nicht so. Sag mir lieber, ob ich das braune oder das lindgrüne anziehen soll." Marlene hielt in jeder Hand einen Kleiderhaken aus Draht in die Höhe, an dem zwei in Klarsichtfolie verpackte Kleider hingen.

Will sah nur flüchtig hin und sagte: „Am besten eins, das passt. Ich muss mal dringend telefonieren." Er ließ Marlene mit der Entscheidung allein und lief die Treppe herunter zum Telefon, das im Flur auf einer eigenen Konsole stand. Bei der Konsole handelte sich um eine Art Multifunktionsmöbelstück. Daran waren nämlich nicht nur ein Spiegel, eine Hutablage, ein Schirmständer und vier Messingkleiderhaken angebracht, sondern auch ein kleiner gepolsterter Sitz für längere Telefonate. Will nahm den Hörer auf und erinnerte sich noch einmal an den schmerzhaften Sturz vor zwei Tagen in der Küche. Zum Glück hatte Hans-Gerd, einer der begehrtesten Schwarzarbeiter Saffelens, heute Morgen noch Zeit gefunden, das Telefon zu reparieren. Will wählte die Festnetznummer seines Schwiegersohns. Ungeduldig wartete er das Tuten ab.

Nach dem fünften Mal hob Michael ab. „Hallo?" Im Hintergrund ertönte ein Riesenlärm.

„Ja, hallo Markus. Ich bin es!", brüllte Will ins Telefon. „Sag mal, was ist denn bei euch los? Hauen sich Kevin-Marcel und Justin-Dustin wieder gegenseitig die Holzeisenbahn auf der Kopf?"

„Nein", brüllte Michael zurück, „kleinen Moment. Ich geh mal eben raus." Nachdem es ein wenig geraschelt und gerappelt hatte, wurde es merklich ruhiger. Im Hintergrund hörte man nun nur noch gedämpftes Stimmengewirr. „Da bin ich wieder, Will. Ich hatte dir doch gesagt, dass ich hier in Hannover auf einer Messe bin."

„Ach ja, richtig." Will erinnerte sich wieder. „Nur ganz kurz. Bei die ganzen Unterlagen, die wir im Internet gesammelt haben. Ist dir da im Zusammenhang mit die alte Frau Thönnissen irgendswann mal was aufgefallen, dass die ein Mann hatte oder ein Freund oder irgendseiner, der die nahegestanden hat?"

Michael überlegte kurz und antwortete dann: „Definitiv nicht. Das einzige aus dem familiären Umfeld, was wir gefunden haben, war die Todesanzeige von ihrer Schwester aus dem Sauerland. Und im Verhörprotokoll der Polizei hat sie keine Angaben gemacht. Da stand nur ein Vermerk vom Kommissar, dass sie auf die Frage nach ihrem Familienstand kurz gezögert hätte. Das könnte doch ein Hinweis darauf sein, dass es jemanden gibt, oder? Warum fragst du überhaupt?"

„Die alte Frau Thönnissen ist seit Mittwoch spurlos verschwunden."

Michael schwieg betroffen. Der Lärm im Hintergrund wurde lauter. Eine entfernte Stimme, die über ein Mikrofon sprach, hallte herüber. Will wurde Michaels Schweigen peinlich und er sagte: „Sag mal, es ist ja ganz schön laut bei dir. Das ist doch bestimmt ein evangelischer Gottesdienst, wo du da bist, oder?"

Plötzlich klingelte es schrill an der Haustür. Will schreckte hoch. Er verabschiedete sich abrupt von seinem Schwiegersohn, legte auf und öffnete die Haustür. Davor stand Billa Jackels in einem knallengen rosafarbenen Abendkleid. Sie hatte einen angestrengten Gesichtsausdruck, ihre Backen waren leicht aufgeblasen.

„Komm rein", sagte Will. „Marlene ist noch nicht ganz fertig. Die muss sich noch schnell vollschminken." Als Billa sich ächzend an ihm vorbeischob, stellte Will schmunzelnd fest, dass der Reißverschluss auf ihrem Rücken nur zu etwa drei Viertel hochgeschoben war. In der Küche unterhielt sich der Landwirt noch eine Weile mit ihr über Josef, Valium und das Feuerwehrfest, bis seine Frau endlich dazukam.

Billa musterte sie bewundernd von oben bis unten und sagte: „Hach Marlene. Schick. Ist das nicht der hellblaue Hosenanzug, dem du auch auf der Kinderkommlion von der Marvin Schlömer anhattest?"

24
Samstag, 18. Juli, 20.18 Uhr

Die Luft im Festzelt war rauchgeschwängert. Es war stickig und warm, weil das PVC-Dach den ganzen Tag über den hohen Außentemperaturen ausgesetzt gewesen war. Große Stoffbahnen bildeten einen prächtigen Zelthimmel in Rot und Weiß. Die Seitenwände bestanden aus Holz, Aluminiumstangen dienten der Stabilisation und wurden als Ersatzgarderoben genutzt. Die Holzbänke auf beiden Seiten der langen Bierzelttische waren bis auf den letzten Platz gefüllt. Vor der Bühne, über der ein riesiges Banner mit der Aufschrift „100 Jahre Freiwillige Feuerwehr Saffelen" hing, war Platz gelassen worden für eine Tanzfläche, im hinteren Drittel des Festzeltes waren weiße Plastikstehtische mit Tischdecken aus rotem Krepppapier überall im Raum verteilt. An der 20 Meter langen Seitentheke, hinter der Harry Aretz sein Kellnerteam dirigierte, drängelten sich die Menschen. Es wummerte dumpfe Musik aus den Boxen, der dröhnende Bass brachte den Holzboden zum Vibrieren. Obwohl das Zelt schon längst hoffnungslos überfüllt war, wollte die Menschenschlange, die durch die breite Eingangstür hineinströmte, kein Ende nehmen. Zwei Feuerwehrleute in Uniform regelten hektisch den Einlass.

Einer kontrollierte die Eintrittskarten, der zweite saß an einem kleinen Holztisch, auf dem eine aufgeklappte Geldkassette stand. Daneben lagen zwei riesige Rollen mit Biermarken, die er nach einem ausgeklügelten System verkaufte. Sobald jemand die gewünschte Menge nannte, ermittelte er auf einem in Folie eingeschweißten Blatt Papier den Preis. Die Preise waren darauf in den üblichen Verkaufsmengen aufgelistet: 30 Biermarken = 54 Euro, 50 Biermarken = 90 Euro und 100 Biermarken = 180 Euro. Nachdem der Gast die Wunschmenge genannt hatte, hielt die Kassenfachkraft die Rolle an ein großes Holzlineal, auf dem Markierungen in Zehnerschritten eingezeichnet waren. Er riss die Biermarken ab und kassierte. Der Mann schwitzte stark und wischte sich in den wenigen Ruhepausen, die er hatte, mit einem Taschentuch über die Stirn. Er trank hastig ein Bier nach dem anderen, um nicht zu dehydrieren. Mit anderen Worten: Es war ein Fest wie jedes andere in Saffelen.

Fredi, Borowka und Spargel hatten sich schon früh am Abend einen Stehtisch gesichert und ihn in die Nähe der Tanzfläche geschoben. Von dort hatte man den besten Überblick. Rita und Martina waren später dazugestoßen. Fredi war aufgefallen, dass die Stimmung zwischen Borowka und Rita eisig war. Und so beschäftigten sich die beiden Frauen in erster Linie miteinander. In ihren seltenen Quatschpausen gingen sie tanzen. Fredi war bedient. Er konnte sich weder mit Martina unterhalten noch mit Borowka, der wortkarg und griesgrämig am Stehtisch lehnte und sich eine Asbach-Cola nach der anderen reinschüttete. So hatte sich Fredi schon zum zweiten Mal Spargels spannungsarme Geschichte anhören müssen, wie dieser zum wiederholten Male beim Idiotentest durchgefallen war, weil der Prüfer ihn angeblich nicht leiden konnte.

Plötzlich wurde das Bühnenlicht angeschaltet. Ein Raunen ging durch die Menge und alle Köpfe drehten sich neugierig nach vorne. In der Mitte der Bühne stand einsam ein Galgenständer mit einem Kabelmikrofon. Diesem Mikro näherte sich nun mit stockendem Schritt Josef Jackels, der, halb ohnmächtig und mit weit aufgerissenen Augen in die aufgepeitschte Menge blickte, die lauthals „Josef, Josef" skandierte. Mit der linken Hand hielt er den Rocksaum seiner Uniformjacke so fest umklammert, dass seine Knöchel weiß hervortraten. Nachdem er endlose Sekunden später das Mikrofon erreicht hatte, tippte er vorsichtig mit dem Zeigefinger darauf. Ein tiefes „Tock Tock" ertönte. Mit trockener Kehle räusperte er sich, um mit seiner Rede zu beginnen, doch das spitze Jaulen einer Rückkopplung ließ ihn ängstlich zurückweichen. Große Schweißtropfen traten auf seine Stirn. Nach einem ängstlichen Blick hinüber zu DJ Hartmut, der schräg hinter ihm an seinem Pult herumschraubte und dann einen Daumen in die Höhe hielt, unternahm Josef einen zweiten Versuch: „Liebe Kulturfreunde und denen ihre mitgebrachten Frauen. Mein Name heißt Josef Jackels, ich bin der Löschmeister der Freiwilligen Feuerwehr Saffelen ... und der Sprecher der Freiwilligen Feuerwehr Saffelen. Ich darf Sie willkommen heißen hier im aufwendig dekorierten und prunkvoll geschmückten Festzelt. An die Stoffbahnen", er zeigte mit zittriger Hand unter die Decke, „waren die katholischen Strickfrauen schon seit Allerheiligen am nähen gewesen." Er lenkte seinen Blick wieder in die Menge, die nun etwas aufmerksamer zuhörte. „Aber wodrum geht es sich heute Abend? Die Freiwillige Feuerwehr Saffelen feiert ihr 100-jähriges Jubiläum. Und wenn eine Feuerwehr in einer heutigen Zeit, wovon es ja in jedem Dorf eine gibt, ein rundes Jubiläum feiert, dann ..." Er stockte und der Saal hielt den Atem an. Gehetzt griff er in seine Jackentasche und holte mehrere Blatt Papier heraus, die am oberen Ende zusammengetackert waren. Mit fahrigem Blick überflog er den Text. Dann sah er lächelnd wieder auf. Im Saal war ein deutliches Aufatmen zu verspüren. „Am heutigen Tag können wir, wie gesagt, zurückkucken auf 100 Jahre Freiwillige Feuerwehr Saffelen. Damals die 54 Gründungsmitglieder, das waren: Traugott Zielinski, Karl Jaspers, Jakob Richthofen ..."

Fredi sah gelangweilt umher. Borowka schmollte weiterhin vor sich hin und Spargel redete mittlerweile aufgeregt auf die Tochter des Apothekers ein, die dazu abwesend nickte und sich immer wieder suchend nach ihren Freundinnen umsah. Fredi entschied, zur Theke zu gehen, um dort ein ganzes Tablett Bier für sich zu ordern, damit die Rennerei ein Ende hatte.

„... Johann Ferfers, Gotthilf Wimmers, Methusalem Mühlensiepen ..."

Fredi ließ den Blick durchs Zelt wandern, während er auf seine Bestellung wartete. Alle vom Fußball waren da, außer Hansi Eidams. Wahrscheinlich blieb er absichtlich zu Hause, weil langsam im Dorf durchsickerte, dass er wohl mit Drogen zu tun haben könnte. Plötzlich erblickte Fredi Bernd Bommer, der sich durch die Menge Richtung Tanzfläche schob. Er zuckte unwillkürlich zusammen. Da sein Chef, Heribert Oellers, ihn am Tag zuvor gezwungen hatte, seine versäumten Stunden nachzuarbeiten und er von da aus sofort zum Training gehetzt war, hatte Fredi den Gedanken an Bommers Fotos und die Drohung an seinem Auto ganz verdrängt. Nun, als er ihn sah, kroch die Angst wieder in ihm hoch. Bernie Bommer trug ein weit geöffnetes Designerhemd, aus dem ein Büschel Brusthaare herausquoll. Seine Haare waren mit Gel verwuschelt und eine Sonnenbrille steckte auf seinem Kopf. Oh Gott, dachte Fredi, nicht dass Martina und ... zu spät. In dieser Sekunde hatte Rita Bommer entdeckt und winkte ihn freudestrahlend zu sich herüber auf die Tanzfläche. Auch Martinas Augen strahlten. Bommer winkte lachend und quetschte sich mithilfe seines kräftigen Oberkörpers zwischen den Leuten hindurch, die dicht an dicht standen. Fredi blickte hinüber zu Borowka, doch der hatte noch nichts bemerkt, sondern stierte immer noch gedankenleer auf sein Glas Asbach-Cola.

„... Ewald Mobers, Hans-Wilhelm Hastenrath, Johann Schlömer der Ältere ..."

Fredi bezahlte das Tablett mit einem Streifen Biermarken und ging damit zurück an den Stehtisch. „Hier Borowka, willst du nicht zwischendurch mal ein Bier? Sonst hast du morgen ein dicker Kopf."

Borowka sah ihn genervt an und blaffte: „Nee danke. Ich geh mal zum Klo." Dann verschwand er durch eine Seitentür nach draußen, um zum Toilettenwagen zu gelangen. Ein knapp 13-jähriger Jungfeuerwehrmann in deutlich zu großer Uniform wollte ihm einen Stempel auf den Handrücken geben, doch Borowka stieß ihn gegen den Türrahmen und verschwand. Fredi atmete erst mal durch. Von seinem Platz aus hatte er gute Sicht auf die Tanzfläche und so sah er, wie Bommer auf Rita und Martina einredete und diese immer wieder lachend den

Kopf in den Nacken warfen und ganz nah an sein Ohr gingen, wenn sie ihm antworteten. Fredi seufzte und schüttete sich das erste Pils auf ex hinunter.

Auf der Bühne schien Josef Jackels zum Ende seiner Eröffnungsrede zu kommen: „Ja, und, ich glaube, Karl-Josef Mertens war auch noch mit dabei. Ich will es aber nicht beschwören. Jedenfalls wünsche ich Ihnen jetzt viel Spaß mit der prunkvolle Festabend der Freiwilligen Feuerwehr. Ich möchte mich abschließend zum Schluss am Ende noch bei alle Mitwirkenden bedanken, die auf der Bühne und aus dem Hinterhalt mitgeholfen haben, der schöne Abend hier auf die Beine zu organisieren. Bei die fleißigen Helfer vom THW, die Kuchenspender, die Zeltdachspanner, die Blättchenrundbringer, die Toilettenfrau ..." Fredi stöhnte auf und trank auch das zweite Bier auf ex.

Als Borowka zehn Minuten später wieder an den Stehtisch zurückkehrte, hatte Josef Jackels seine Dankesorgie beendet und den Abend offiziell für eröffnet erklärt. DJ Hartmut hatte das Regiment übernommen und heizte dem Saal gerade mit „Cowboy und Indianer" von Olaf Henning richtig ein. Dazu machte er hinter seiner DJ-Kanzel auf der Bühne unrhythmische Bewegungen und hatte sein Gesicht auf Dauergrinsen eingestellt. Fredi hatte Borowka ein neues Glas Asbach-Cola hingestellt, über das sich dieser sehr freute und das er sofort zur Hälfte leerte. „Firma dankt. Ich hab aber auch einen Brand heute." Fredi bemerkte, dass sich durch die frische Luft die Laune seines Kumpels erheblich gebessert zu haben schien. Und er behielt Recht, denn Borowka plauderte locker weiter:

„Gerade an die Pinkelrinne hat der Klosterbach neben mir gestanden. Wir haben noch mal über alles geredet. Ich hab mich entschuldigt und ab sofort darf ich wieder mitspielen. Dadrauf haben wir uns sogar die Hände gegeben."

„Das freut mich, Borowka. Das wird auch Zeit, dass du wieder dabei bist. Prost." Sie stießen miteinander an und Borowka reckte den Zeigefinger in die Höhe, als DJ Hartmut den nächsten Knaller auflegte: „Wahnsinn" von Wolle Petry. Begeistert sangen Fredi und Borowka mit: „Hölle, Hölle, Hölle." Die Tanzfläche war gerammelt voll. Die Leute rieben sich beim Paar- und Einzeltanz aneinander. Die Stimmung war schon zu diesem frühen Zeitpunkt auf dem Siedepunkt. DJ Hartmut hatte ein glückliches Händchen, denn mit der nächsten Nummer brachte er den Saal vollends zum Kochen: „Du hast mich tausendmal mal belogen" von Andrea Berg. Die gute Nachricht von Klosterbach und der Asbach-Cola-Mix hatten Borowka so sehr aufgelockert, dass er sogar, entgegen seiner Natur, im Stehen mittanzte und textsicher intonierte: „Du hast mich tausendmal belogen, du hast mich tausendmal verletzt. Ich bin mit dir so hoch geflogen, doch der Himmel war besetzt." Aber dann passierte das, was nie hätte passieren dürfen. Die wogende Menge spuckte direkt vor dem Stehtisch von Borowka ein Pärchen aus, das eng umschlungen miteinander tanzte. Fredi brauchte einige Sekunden, bevor er realisierte, dass es sich dabei um Bommer und Rita handelte. Bommer hatte die Hüfte von Rita fest umklammert und Ritas lackierte, lange Fingernägel wuschelten sich durch sein struppiges Haar. Sie lachten und sahen sich dabei tief in die Augen, während ihre Unterkörper sich gefährlich nah kamen. Fredi überlegte panisch, was er tun konnte, doch da hörte er schon, wie der Gesang von Borowka neben ihm abrupt erstarb: „Du warst der Wind in meinen Flügeln, hab so oft mit dir ..." Richard Borowka starrte wie paralysiert auf das eng umschlungene Paar. Seine Kinnlade klappte herunter.

Als Bommer ihn bemerkte, schob er Rita rasch beiseite und stellte sich halb vor sie. „Oh, äh. Hallo Borowka", keuchte er unsicher.

Auch Rita begriff, was gerade geschah. Sie schlug mit vor Angst geweiteten Augen die Hand vor den Mund. Um den Stehtisch herum bildete sich eine kleine Menschentraube. Dann ging alles blitzschnell. Borowka feuerte ohne Vorwarnung eine gewaltige Rechts-Links-Kombination ab, so sehr aus der Hüfte, dass Bommer nicht einmal mehr die Hände hochreißen konnte. Der erste Schlag traf ihn knapp über der linken Augenbraue, die sofort aufplatzte, der zweite landete halb auf der Nase. Doch Bommer besaß enorme Nehmerqualitäten, denn er blieb stehen wie ein Baum. Er wischte sich kurz das Blut vom Auge und ballte dann beide Fäuste vor dem Gesicht, bereit zum Faustkampf. Dem nächsten Schlag konnte er mit einer geschickten Bewegung ausweichen. Dann schnellte sein rechtes Bein wie eine Peitsche hoch und traf den überraschten Borowka mit voller Wucht seitlich an der Rippe. Der stechende Schmerz machte Borowka nur noch wütender. Jetzt warf er sich ohne Taktik auf Bommer und ging mit ihm zusammen zu Boden. Im Fallen konnte er ihm noch einen Fausthieb aufs Ohr verpassen, bevor er in einem wilden Handgemenge von mehreren Leuten weggerissen wurde. Im nächsten Augenblick standen sich die beiden Kontrahenten wieder gegenüber. Jeder wurde von mehreren Umstehenden festgehalten. Sie funkelten sich wütend an. Borowka stellte befriedigt fest, dass das linke Auge von Bommer dick geschwollen war und auch Blut aus seiner aufgesprungenen Lippe rann. Er selbst spürte nur die schmerzende Rippe, sonst schien er unversehrt. „Lass die Finger von Rita, du blöde Sau", schleuderte er ihm wütend entgegen.

Bommer brodelte innerlich, doch er verzog nur verächtlich das Gesicht. Er sagte: „Na warte, du kleiner Drecksack. Das kriegst du zurück." Er riss sich los und verließ mit langen Schritten das Festzelt durch den Seiteneingang. Den Jungfeuerwehrmann, der ihm einen Stempel geben wollte, schubste er unwirsch gegen den Türrahmen.

Borowka rieb sich stolz die Faust. Von den Umstehenden nahm er Schulterklopfer und bewunderndes Lob entgegen. Fredi schob ihm ein Bier rüber und sagte anerkennend: „Dem hast du es aber gegeben."

Pötzlich baute sich Rita vor ihm auf. Ihre Augen waren mit Tränen der Wut gefüllt. Borowka kannte diesen Blick. Er stammelte: „Rita. Ich ...."

Aber Rita ließ ihn nicht ausreden. „Du bist der größte Vollidiot, dem ich kenne. Ich will dich nie mehr wiedersehen!" Sie umklammerte ihre strassbesetzte Handtasche und rannte durch den Seiteneingang nach draußen. Der Jungfeuerwehrmann machte vorsorglich einen Schritt nach hinten.

Borowka war sprachlos und auch Fredi und Martina, die mittlerweile dazugestoßen war, beobachteten die Szene mit offenen Mündern. DJ Hartmut legte die nächste Scheibe auf: „Verlieben, verloren, vergessen, verzeih'n" von Wolfgang Petry.

25
Samstag, 18. Juli, 20.53 Uhr

Will hatte es sich im Backstagebereich gemütlich gemacht. Backstage bedeutete in diesem Fall ein mit flatternder Plane abgetrennter Bereich seitlich der Bühne, in dem ein Biertisch und zwei Bänke standen. Auf dem Tisch befanden sich Cola-, Limo- und Bierflaschen, ein Papptablett mit einem Berg aus belegten Brötchen, sowie ein Stapel ineinandergeschobener Plastikbecher. Der Behelfsraum hatte eine Tür, die auf die Rückseite des Zeltes führte. Auf diese Weise konnten Techniker oder Künstler hinter dem Festzelt parken und ungesehen in den Bühnenbereich gelangen. Durch diese Tür trat in diesem Augenblick Josef Jackels ein, der zwar blass war, aber im Großen und Ganzen gelöst wirkte. Will klatschte mit erhobenen Händen und rief: „Josef, das war großartig. Das war mit Abstand eine von deine besten Reden."

„Meinst du wirklich?" Josef wirkte auf eine naive Weise gerührt. „Ich war eigentlich auch ganz zufrieden. Hier und da kann man immer was verbessern."

„Papperlapapp. Die Rede war perfekt. Ich habe eben mit ein paar Leute vom Vorstand gesprochen. Die sind auch begeistert."

Josefs Augen glänzten vor Glück. „Das freut mich aber. Dann lass mich aber jetzt noch mal schnell mein Redemanuskript für die nächste Moderation durchgehen." Er setzte sich an den Tisch und holte seinen zusammengetackerten Zettelstoß aus der Jackentasche.

„Lass dich nicht stören", sagte Will und biss in ein Mettbrötchen. „Se scho mast go on."

Plötzlich wurde die Tür aufgerissen und Charlie van der Valk betrat den abgetrennten Bereich. Seine große, gerade Gestalt verdunkelte den Raum geradezu. Der Grandseigneur des holländischen Schlagers trug einen maßgefertigten, schwarzen Anzug mit dunkelrotem Einstecktuch, darunter ein akkurat gebügeltes weißes Seidenhemd. Die glänzenden schwarzen Lackschuhe trugen kleine Lehmspritzer. Sein dünnes, graues Haar hatte sich der Entertainer sorgfältig mithilfe eines Spritzers „Brisk"-Frisiercreme zu einem Seitenscheitel gekämmt. Ihn umgab eine dezente Wolke aus unaufdringlichem After Shave, das sich nun mit dem Geruch der Mettbrötchen vermengte. Will konnte sich gut vorstellen, dass diesem Mann auf dem Höhepunkt seines Erfolgs reihenweise Frauenherzen zugeflogen waren. Er verspürte ein wenig Neid.

Charlie van der Valk wirkte trotz seines imposanten Auftritts seltsam zerstreut. „Wer ist hier der Verantwortliche?", fragte er mit hartem holländischen Akzent.

Josef stand umständlich auf, strich kurz seine Uniform glatt und stellte sich vor: „Mein Name heißt Josef Jackels. Ich bin hier der Moderatormann. Wir haben uns letzte Woche im Altenheim kennengelernt. Ich darf Sie auf das herzlichste willkommen heißen im Namen der ..."

Van der Valk unterbrach ihn höflich, aber bestimmt: „Bedankt, meneer Jackels. Ich hätte eine Bitte. Eigentlich bin ich ja erst um 23 Uhr dran. Ich muss aber heute noch was erledigen. Wäre es Ihnen möglich, meinen Auftritt vorzuziehen? Ich wäre Ihnen sehr verbunden."

„Das ist aber jetzt", Josefs Gesichtsfarbe veränderte sich augenblicklich, „also ich meine, wir haben ja ein ausgeklügelter Ablaufplan, dem wir hier extra ... also wodrauf ich hinauswill, ist ... eigentlich sollten jetzt gleich hier die Karnevalsfrauen, verkleidet als spanische Flamingotänzerinnen, ein Tanz vorführen. Und danach wäre erst noch das Saffelener Männerballett ‚The Schluppendales' dran."

„Josef", unterbrach Will ihn, „jetzt lass der Mann doch zuerst auftreten. Das ist der einzigste Vollprofi heute. Und die Saffelener sind doch sowieso der ganze Abend hier. Außerdem können die Frauen viel besser tanzen, wenn die noch ein paar Kleine Feiglinge mehr drin haben."

Josef blickte ratlos von van der Valk zu Will und wieder zurück. Dann gab er sich geschlagen: „Ja, gut. Dann jetzt um 21 Uhr."

Van der Valk strahlte ihn an. „Geweldig. Könnte mir vielleicht jemand helfen? Ich habe noch ein paar Sachen im Auto."

Will sprang auf und rief: „Ich kann Sie helfen, Herr van der Valk. Wilhelm Hastenrath mein Name. Ich bin der Ortsvorsteher von Saffelen und habe mich sehr für Ihre Verpflichtung stark gemacht. Wir sind uns schon ein paarmal im Altenheim begegnet. Ihre Konzerte haben mir immer sehr gut gefallen." Er schüttelte ihm staatsmännisch die Hand. „Wo haben Sie der Auto geparkt?"

Der Landwirt folgte van der Valk zu dessen weißem Mercedes, der auf der staubigen Grasfläche hinter dem Festzelt abgestellt war. Mit der Fernbedienung öffnete der Entertainer im Gehen den Kofferraum seines Wagens. Will war beeindruckt und stieß einen Pfiff aus. „Nicht schlecht der Auto. Was ist das für einer?"

„Ein Mercedes CLS 350 CGI Coupé. In Diamantweiß." Die Farbe fügte er nicht ohne Stolz hinzu.

„Coupé? Da kenn ich jetzt nur die Zeitung. Aber ein Mercedes hab ich auch. 190 D. Schon mit elektrische Fensterheber und beheizbare Außenspiegel. Was kostet der denn?" Er deutete auf van der Valks Wagen.

„Das weiß ich gar nicht so genau. Ich sag mal so, irgendwas um die sechzigtausend."

Will schürzte die Lippen. „Ojoijoi. Da müssen Sie aber viele Festzeltauftritte für machen."

„In godsnaam", van der Valk lachte auf, „dann könnte ich mir wahrscheinlich nur einen gebrauchten Golf leisten. Nein, solche Auftritte wie heute oder wie im Saffelener Altenheim, die mache ich nur aus – wie sagt man in Deutschland? – Spaß an der Freude. Ich lebe von Tantiemen."

Will runzelte die Stirn. „Ist das, für wenn man für Kinder bezahlen muss?"

„Nein, nein", van der Valk schüttelte den Kopf, „nicht Alimente. Tantiemen! Tantiemen sind so eine Art Gewinnbeteiligung an Liedern. Sie müssen bedenken: ‚Die Königin der Tulpen' war 1973 in Holland 63 Wochen auf Platz 1. In Deutschland immerhin 14 Wochen. Das war ein richtiger Hit. Und der läuft auch heute noch regelmäßig im Radio. Und immer wenn der läuft, bekomme ich dafür Geld."

„Weil Sie dem gesungen haben?"

„Nein, weil ich den geschrieben habe. Das war zwar der einzige richtige Hit, den ich hatte, aber das reicht zum Leben." Er holte einen Notenständer, eine kleine Tasche und einen Eimer voller Tulpen aus dem Kofferraum. „Wären Sie so freundlich, mein Akkordeon zu nehmen?"

Will nickte und zog den Akkordeonkoffer heraus. Er war überrascht: „Der ist ja gar nicht so schwer, wie ich dachte. Ich habe Ihnen auch mal im Altenheim das Akkordeon hochgetragen und ich meine, da wäre das viel schwerer gewesen."

„Das kann sein. Ich habe viele verschiedene Akkordeons. Das ist hier ist eine Hohner Morino V 120. Ein ganz leichtes Modell. Das nehme ich in letzter Zeit immer häufiger. Wissen Sie, der Rücken."

Als sie wieder den Backstageraum betraten, wurden sie schon ungeduldig von Josef erwartet. „So, Herr van der Valk. Ich habe der Diskjockey DJ Hartmut Bescheid gesagt. Sobald das nächste Lied aus ist, geh ich am Mikrofon für Sie anzusagen. Soll ich irgendwas Bestimmtes sagen?"

Charlie van der Valk überlegte kurz und schüttelte dann bescheiden den Kopf. „Im Prinzip nicht. Es wäre nett, wenn Sie erwähnen, dass ich oft und gerne live auftrete."

Josef nickte abwesend, denn soeben hatte DJ Hartmut ihm ein Zeichen gegeben. Der Löschmeister ging auf die Bühne, diesmal wesentlich selbstbewusster als noch zu Beginn des Abends. Seine Rolle schien ihm mittlerweile sogar Spaß zu machen. Der Anblick des prall gefüllten Festzelts beflügelte ihn nahezu. Die wogende Menge sah von der Bühne betrachtet aus wie ein Kornfeld, über das der Wind streicht. Josef klopfte obligatorisch zuerst auf das Mikrofon, während die linke Hand den Saum seiner Jacke umkrallte. Nachdem sich das Gemurmel im Zuschauerraum etwas gelegt hatte, sagte der Feuerwehrmann: „Verehrtes Publikum. Ich habe nun die große Ehre, Ihnen ein international bekannter Superschtar anzusagen zu dürfen. Er ist ein Künstler, der, wie er mir gerade noch gesagt hat, schon in viele Altenheime für Furore gesorgt hat – hier ist Charlie van der Valk!"

Van der Valk verzog ärgerlich das Gesicht, doch als er die Bühne betrat, lächelte er sein Profilächeln, das er sich in über 30 Jahren im Showgeschäft antrainiert hatte. Er schüttelte Josef Jackels überschwänglich die Hand und als er zur Begrüßung eine rote Tulpe in die Menge warf, verwandelte sich das Festzelt augenblicklich in einen Hexenkessel. Noch bevor er den ersten Ton auf seinem Akkordeon anschlagen konnte, begann der Saal geschlossen „Die Königin der Tulpen" zu singen. Einer der wenigen, die nicht mitsangen, war Will, der gedankenverloren in ein Schinkenbrötchen biss. Trotz des Trubels um ihn herum musste er plötzlich an den Kriminalfall denken. Ihn überkam das unangenehme Gefühl, etwas Wichtiges übersehen zu haben. Ein Hinweis, eine Spur, die geradezu offen ausgebreitet vor ihm lag. Doch immer, wenn er danach greifen wollte, löste sie sich wieder in Luft auf.

Aber nicht nur Will hatte dieses eigentümliche und sehr beunruhigende Gefühl. Auch ein anderer Mann, der am gegenüberliegenden Ende des Zeltes stand, getarnt mit einer Sonnenbrille und einer Baseballkappe, hatte diese merkwürdige Empfindung, dass ihm etwas Offensichtliches entging. Es war Kommissar Kleinheinz, der seinen Blick sorgenvoll durch den

Saal schweifen ließ. Eigentlich war er an diesem Tag wie immer zu seiner monatlichen Skatrunde verabredet gewesen, doch eine unbestimmte, nicht erklärbare Unruhe hatte ihn erfasst. Kurzerhand hatte er seinen überraschten Freunden abgesagt und war nach Saffelen gefahren. Doch in dem Augenblick, in dem Charlie van der Valk mit seinem Akkordeon die Bühne betrat und die Menge in einem wahren Begeisterungstaumel „Die Königin der Tulpen" anstimmte, war er sich nicht mehr ganz so sicher, ob das eine gute Idee gewesen war.

26
Samstag, 18. Juli, 21.06 Uhr

Der Vollmond tauchte den kleinen, unbefestigten Feldweg in ein zartes Licht. Rita trug ihre Stöckelschuhe in der Hand und der knochentrockene Boden malträtierte ihre nackten Füße. Aber das war ihr egal. Sie wollte nur noch weg. Irgendwohin. Egal wohin. Nur nicht zurück aufs Festzelt und nicht nach Hause. Seitdem sie aus dem Zelt gerannt war, hatte sie geweint. Wie lange sie schon unterwegs war, wusste sie nicht. Ziellos stolperte sie durch die hereinbrechende Nacht.

Plötzlich, wie aus dem Nichts, umgab sie ein Lichtkegel und sie hörte ein leises Motorengeräusch hinter sich. Die kleinen, blonden Härchen auf ihren Armen stellten sich auf und in ihrer Magengegend breitete sich ein flaues Gefühl aus. Jetzt nur keine Panik bekommen, sagte sie sich. Welche Möglichkeiten hatte sie? Rechts von ihr begann der Saffelener Wald, links von ihr lag freies Feld. Der nächste Hof war bestimmt zwei Kilometer entfernt. Das Motorengeräusch kam näher. Sie wagte es nicht, sich umzusehen. Stattdessen beschleunigte sie ihren Schritt, doch das Geräusch wurde nicht leiser. Im Gegenteil, es kam immer näher. Sie atmete tief durch und spurtete los. Während sie lief, wühlte sie in der Handtasche nach ihrem Handy. Sie keuchte und schnappte wild nach Luft. Zweige, die in den Weg ragten, peitschten sie und hinterließen Striemen auf ihrem Arm. Ihr Puls raste. Dann bekam sie ihr Handy zu greifen und wollte wählen. In diesem winzigen Moment der Unachtsamkeit übersah sie die Wurzel direkt vor sich. Sie konnte nicht mehr reagieren. Armrudernd stürzte sie vornüber. Als sie auf dem harten Boden aufschlug, wich alle Luft aus ihrer Lunge. Benommen und völlig außer Atem lag sie mit dem Gesicht auf einem dünnen Grünstreifen. Obwohl ihre Schulter wie Feuer brannte, versuchte sie, sich wieder aufzurappeln. Doch dann legte sich ein dunkler Schatten über ihren Körper. Unmittelbar neben ihr hatte ein Wagen gehalten. Sie schnappte nach Luft und sog dabei den Staub ein, den er aufgewirbelt hatte. Sie musste husten. Eine Autotür schlug zu. Als sie aufsah, stand ein grinsender Mann vor ihr – Bernd Bommer. Er hielt ihr seine Hand hin: „Darf ich Ihnen aufhelfen, schöne Frau?"

Rita betrachtete ihr derangiertes Gesicht im Spiegel der heruntergeklappten Sonnenblende. Während sie sich mit einem Taschentuch die verschmierte Mascara aus dem Gesicht wischte, sagte sie: „Du hast mir ein ganz schöner Schreck eingejagt, Bernie."

Bommer lachte. Dabei schmerzte sein Kiefer. Sein rechtes Auge begann sich bereits violett zu färben. „Oh je, nicht dass dein Mann mir dafür schon wieder eine reinhaut."

„Ach, der blöde Spinner. Der kann mich mal am ... oh Entschuldigung."

„Kein Problem. Ich mag Frauen, die sagen, was sie denken. Im Übrigen habe ich vorhin das Gleiche über deinen Mann gedacht." Sie lachten. Dann fuhr Bernie fort: „Aber mal im Ernst. Findest du das nicht ein bisschen gefährlich, nachts alleine im Wald rumzulaufen? Nach allem, was hier in Saffelen passiert ist?"

„Ja schon. Aber ich war so sauer. Und ich wusste nicht wohin." Sie lächelte ihn verlegen an. „Na ja, zum Glück bist du ja gekommen mit dein BMW X5. Find ich übrigens super der Auto."

„Eine so elegante Frau wie du interessiert sich für Autos?"

„Wie die Sau. Ich steh total auf allen möglichen Schnickschnack." Ihre Augen bekamen einen strahlenden Glanz. „Hier dein Sportlederlenkrad oder dein iDrive-Controller finde ich super. Dein Navi ist auch nicht schlecht."

„Nicht schlecht?" Bommer spielte den Entrüsteten. „Das ist eines der besten Onboard-Navis, die es gibt. Außerdem habe ich hier zusätzlich noch ein Oregon 300. Das ist der Hammer." Bommer öffnete die Mittelkonsole, holte ein kleines handliches Gerät hervor, das aussah wie ein kleines Funkgerät, und hielt es stolz in die Höhe. „Für den Outdoor-Einsatz. Vom Allerfeinsten. 850 MB Speicher. Mit Höhenmesser, Kompass und – man kann sogar Koordinaten eingeben."

„Ja, ja. Ich weiß", Rita klang gelangweilt, „ich hab das Oregon 400 T. Das ist noch ein bisschen besser. Das hat sogar 1,5 GB Speicher. Das kostet über 300 Euro. Dem hat der Richard mir letztes Jahr zum Geburtstag geschenkt."

„Ein Navigationsgerät?"

„Nicht nur der Navi. Auch noch ein Ersatzkanister und eine Parkscheibe mit so Batterien drin, für dass der Zeiger immer weitergeht." Sie schluchzte.

Bommer legte ihr tröstend den Arm auf die Schulter und sagte sarkastisch: „Das ist ja ... das ist ja sehr romantisch von Borowka."

Rita sah ihn aus tränenverschleierten Augen an. „Ja", schniefte sie, „damals hat er mich eben noch geliebt."

Ihre Wange berührte nun seinen Arm. Er begann, ihr Haar zu kraulen. Sie wehrte sich nicht. Bommer sah heimlich auf seine Armbanduhr, dann strich er ihr eine Strähne hinters Ohr. Er ging mit dem Mund ganz nah heran und hauchte: „Sollen wir uns nicht einen bequemeren Platz suchen? Hier könnte man uns sehen."

Sie sah auf und blickte in seine stahlblauen Augen. Dann nickte sie stumm. Als sie ihren Kopf wieder auf seinen Arm sinken ließ, bemerkte sie nicht, wie sich seine Mundwinkel zu einem dunklen Grinsen verzogen.

27
Samstag, 18. Juli, 21.33 Uhr

Das Festzelt brodelte. Charly van der Valk hatte die beiden obersten Knöpfe seines weißen Seidenhemds geöffnet, sein dünnes Haar klebte an seiner schweißüberströmten Stirn. Bevor er sich verbeugte, nahm er eine letzte rote Tulpe aus seinem Eimer, der am Bühnenrand stand, und warf sie in die Menge. Es war Billa Jackels, die sie mit einem beherzten Sprung aus der Luft fischte, allerdings ohne sich zuvor Gedanken darüber gemacht zu haben, wie sie ihren massigen Körper wieder sicher zurück auf den Boden bringen würde. Sie verlor das Gleichgewicht und drehte in der Abwärtsbewegung nach links ab. Zwei männliche Teenager in Schützenuniform rissen angsterfüllt die Hände vors Gesicht, als sich über ihnen der Himmel verdunkelte. Sie konnten gerade noch ein abgehacktes „Oh" ausstoßen, bevor sie von 120 Kilo Lebendgewicht begraben wurden. Einer kurzen Schrecksekunde folgte ungeheurer Jubel der Umstehenden, als Billa aus dem stöhnenden Menschenknäuel heraus triumphierend die Tulpe emporstreckte. Sekunden später wurde sie von mehreren Mitgliedern der katholischen Strickfrauen ebenso bewundernd wie neidisch hochgezogen und durch die Menge wieder Richtung Bühne bugsiert.

Um die beiden benommenen Jugendlichen kümmerte sich ein Sanitäter, der sich in der Zwischenzeit durch den Saal an den Ort des Geschehens gekämpft hatte.

Von dem kleinen Unfall bekam Charly van der Valk nichts mit, denn gerade als er winkend hinter der Bühne verschwinden wollte, wurde er von Josef Jackels abgefangen und unsanft am Arm wieder ins Scheinwerferlicht gezerrt. Während er sich noch aus dem festen Griff zu befreien versuchte, brüllte Josef bereits in sein fiependes Mikrofon: „Meine Damen und Herren. Das war der große Charly van der Valk. Ich glaube, ohne eine Zugabe wollen wir dem nicht gehen lassen, oder?" Obwohl die dünne Stimme des Löschmeisters in der johlenden Menge unterging, schien diese aus dem Bild, das sich ihr bot – ein gequält lächelnder Schlagerstar, der sich sein verrutschtes Jackett zurechtzupfte, neben einem übermütigen, rotbackigen Moderator, der unverständliche Satzfetzen in sein Mikrofon schrie – die richtigen Schlüsse zu ziehen: Augenblicklich setzte ein stakkatoartiges „Zugabe, Zugabe" ein und van der Valk gab sich nach kurzer Zeit mit gespielter Bescheidenheit geschlagen. Er schnallte noch einmal sein Akkordeon um und die Zuschauer vor der Bühne stimmten textsicher in den Refrain mit ein: „Doch die Königin der Tulpen, die bist du."

Richard Borowka hatte sich gut gelaunt bei Spargel eingehakt und sang hinter seinem Stehtisch begeistert mit. Fredi stieß ihn bereits zum wiederholten Mal mit besorgter Miene an. „Borowka, das kannst du nicht bringen. Wir müssen Rita suchen gehen. Nachher tut die sich noch was an."

Borowka hielt inne und verdrehte die Augen. „Mensch Fredi, du nervst. Du guckst mit Martina zu viele so bescheuerte

Liebesfilme. Die Rita tut sich nix an. Jedes Mal wenn ich nachts besoffen nach Hause komm, macht die das gleiche Theater und haut ab. Nach eine Stunde hat die sich dann abgeregt und kommt wieder zurück. Ich könnte bei uns in der Wohnung eine Drehtür einbauen lassen." Seinem Scherz ließ er einen Ellbogencheck auf Spargels Oberarm folgen, den er damit ins Gespräch miteinbezog: „Verstehst du, Spargel? Drehtür. Wegen, weil die immer geht und kommt." Doch Borowkas Motorik hatte ein wenig unter den zwölf Asbach-Cola gelitten und so geriet ihm der kleine Schubser heftiger als beabsichtigt und Spargel ging mit einem lauten Schrei und einem Griff an seinen Arm auf dem klebrigen Zeltboden in die Knie. Kurzatmig schnappte er nach Luft.

„Jetzt hör doch mal zu, Borowka!" Fredi ließ nicht locker. „Das ist diesmal was anderes. Martina hat gesagt, die Rita ist heulend in Richtung Wald gelaufen. Denk doch nur mal dadran, was letzte Woche mit der Hansi passiert ist oder mit die arme Frau Thönnissen. Hier in Saffelen sind ein paar Leute unterwegs, die verstehen kein Spaß."

Während Spargel sich stöhnend am Stehtisch wieder hochzog, dachte Borowka angestrengt nach. Er brauchte einen Moment, um die Information zu verarbeiten. „Du meinst ...?"

„Ja klar. Komm, lass uns gehen." Er zog ihn an seinem lila Jackett zum Seitenausgang. Borowka folgte nachdenklich. Auf seiner Stirn bildeten sich Sorgenfalten.

„Quatsch. Mecki ist der komische Igel aus der Hörzu, nicht der Maulwurf aus Fix & Foxi."

„Wohl", ereiferte sich Borowka.

„Nein, der Maulwurf heißt Pauli. Mecki ist der Freund von Egon."

„Wer ist denn Egon?"

„Egon ist der Gegenspieler von Pauli. Ein Hamster."

„Ah, Moment. Du hast Recht, Fredi." Die frische Abendluft hatte Borowka wieder klar werden lassen. „Der blinde Maulwurf aus Fix & Foxi heißt auf jeden Fall Pauli. Ich hatte mal ein Sonderheft, wodrin der ..."

„Pauli ist doch nicht blind."

„Ja klar. Alle Maulwürfe sind blind."

Fredi schüttelte energisch den Kopf. „Wenn alle Maulwürfe blind wären, dann bräuchtest du das ja nicht extra erwähnen. Dann ist das so was wie weißer Schimmel."

Borowka blieb stehen und machte mit der rechten Hand eine Scheibenwischerbewegung vor seinem Gesicht. „Was redest du für ein Blödsinn? Was hat ein blinder Maulwurf denn mit Schimmel zu tun? Außerdem ist Schimmel nicht immer weiß. Ich hatte letztens im Badezimmer ..."

Auch Fredi war stehengeblieben und sah sich um. „Scheiße. Wo sind wir überhaupt?"

Kurz nachdem die beiden das Festzelt verlassen hatten, war auf dem Weg zum Wald eine hitzige Diskussion entbrannt, bei der es um kontroverse Themen ging wie „Warum trägt Donald Duck nie eine Hose, außer wenn er schwimmen geht?" In einen leidenschaftlichen Disput versunken, hatten sie nicht mehr auf den Weg geachtet und fanden sich nun mitten im Wald wieder. Noch nicht einmal auf dem normalen Weg waren sie geblieben. Der überwucherte Pfad, auf dem sie standen, war nur noch schwerlich als solcher zu erkennen. Durch die hohen

Baumkronen warf der Vollmond ein fahles Licht auf den wurzelbedeckten Boden. Borowkas Blick suchte den Pfad ab. Dann sah er nach rechts und links. Da er in Saffelen groß geworden war und den Wald in- und auswendig kannte, fiel es ihm auch bei Mondschein nicht schwer, sich zu orientieren. „Wir müssen da lang", sagte er und zeigte auf einen kaum sichtbaren Trampelpfad, der an einer mächtigen Buche vorbeiführte. „Da hinten ist eine Lichtung. Da bin ich früher immer mit Rita mit dem Moped hingefahren, wenn der ihre Mutter mal wieder Terror gemacht hat. Von der Lichtung aus kommen wir dann wieder auf der normale Weg."

Als sie ein paar Schritte gegangen waren, konnten sie von Weitem tatsächlich die Lichtung sehen, die vom Mond in ein gespenstisch blasses Licht gehüllt wurde. Plötzlich hörte Fredi Geräusche. Seine Nackenhaare stellten sich auf, denn es waren nicht die üblichen Waldgeräusche wie Blättergeraschel oder leiser Wind, der durch die Bäume pfiff. Nein, es waren menschliche Geräusche. „Psst", sagte er und hielt Borowka am Arm fest, „da ist was." Sie gingen beide instinktiv hinter einem Busch in die Hocke.

Auch Borowka hielt den Atem an. Dann war es ganz deutlich zu hören. Jemand wälzte sich auf dem Boden. Leises, unregelmäßiges Stöhnen durchschnitt die unheimliche Stille der Nacht. Fredi bekam eine Gänsehaut. Doch Borowkas Augen verengten sich zu grimmigen Schlitzen. „Da ist doch ein Typ am stöhnen."

Fredi starrte ihn aus verängstigten Augen an. Dann verstand er, was sein Kumpel meinte. Erst hatte Bernie Bommer das Zelt verlassen. Kurz danach war Rita verschwunden. Fredi legte Borowka beschwichtigend die Hand auf den Arm und flüsterte:

„Das muss nicht das sein, was du glaubst, was das ist. Vielleicht ist da nur einer hingefallen."

Borowka sah ihn durchdringend an. „Ja klar. Und der Papst ist katholisch, oder was?" Er riss seinen Arm los und stand auf. Seine Miene hatte sich in eine entschlossene, hasserfüllte Maske verwandelt. Als er mit kraftvollen Schritten zur Lichtung lief, zischte er: „Dem bring ich um."

Fredi war wie gelähmt vor Schreck, unfähig, sich zu bewegen. Er sah Borowka hinterher und konnte nur noch schwerfällig die Hand heben. Seine Stimme brach, als er Borowka hinterherrief: „Ja, aber. Aber der Papst ist doch katholisch. Oder nicht?"

28
Samstag, 18. Juli, 21.46 Uhr

Bernd Bommer kühlte sein linkes Auge mit einem Spültuch, in das er eine Handvoll Eiswürfel gewickelt hatte. Er saß an seinem Schreibtisch und tippte einhändig auf seinem Laptop herum. Sein Kiefer schmerzte und er ärgerte sich, dass er sich im Festzelt einfach so hatte verprügeln lassen. Aber hätte er Ernst gemacht, wäre am Ende noch seine Tarnung aufgeflogen. Das konnte er nicht riskieren. Nicht jetzt, wo er so kurz vor dem Ziel stand. Die Daten auf seinem Bildschirm bauten sich nur sehr langsam auf, da es in Saffelen natürlich noch kein DSL gab. Bommer musste mit einer ISDN-Karte vorliebnehmen. Und da zurzeit auch noch das Telekomkabel an der gegenüberliegenden Kirche gestört war, musste er mit seiner GPRS-Mobilfunkkarte ins Internet. Als der Ladevorgang beendet war, nickte er zufrieden, zog eine Schublade unter dem Schreibtisch auf, und nahm einen Zettelblock mit der Aufschrift „Wurst Wimmers – das lustige Würstchen vom Lande" und einen Kugelschreiber heraus. Ohne den Kühlbeutel vom Auge zu nehmen, stützte er sich mit dem linken Ellenbogen auf den Block und übertrug mit der rechten Hand die Daten vom Bildschirm. Er lehnte sich weit in seinem Schreibtischstuhl zurück und warf das Spültuch, in dem die Eiswürfel bereits zu tauen begannen, in den Mülleimer. Bevor er den Hörer seines orangenen Telefons abnahm, atmete er noch einmal tief durch. Es tutete zweimal, dann drang ohrenbetäubender Lärm durch die Hörmuschel an Bommers Ohr. „Hallo? Hallo?", sagte er irritiert.

Er hörte heftiges Gerappel, dann wurde es etwas leiser. Als sich die Stimme am anderen Ende meldete, sagte Bommer gedämpft: „Hör zu. Ich glaube, es ist so weit. Wir sollten nicht mehr länger warten. Ich werde jetzt ... Was? Ich versteh kein Wort. Warum ist es so laut bei dir? Du bist wo? In Saffelen am Festzelt? Verdammt, wir hatten doch gesagt ... Okay, dann bis gleich. Ich hol dich da ab." Bommer hörte eine Weile zu, dann sagte er: „Nein, keine Sorge. Sie wird uns keine Probleme mehr machen. Ich kümmere mich um sie. Sobald ich hier fertig bin, hol ich dich ab." Er legte auf und blieb noch einen Moment sitzen, während er nachdenklich an seinen Fingernägeln kaute. Dann zog er entschlossen eine zweite Schublade unter seinem Schreibtisch auf. Darin lagen eine Walther P99 und ein volles Magazin. Er schob das Magazin in den Griff ein und zog den Schlitten zurück, um die Waffe zu entsichern.

Plötzlich rief Rita aus dem Badezimmer: „Bernie?! Hast du vielleicht irgendwo Feuchtigkeitstücher für wegen mein Make-up?"

Bernie schüttelte genervt den Kopf und stand auf. Er lud seine Pistole durch und ging zum Badezimmer. Währenddessen kehrte ein Lächeln in sein Gesicht zurück. „Ich komme."

29
Samstag, 18. Juli, 22.17 Uhr

Fredi war Borowka in einigem Abstand zur Lichtung gefolgt. Doch was er dann sah, ließ ihn zurücktaumeln. Mit angehaltenem Atem ging er hinter einem großen Busch in Deckung. Von dort konnte er die komplette Lichtung einsehen. Fredi brauchte mehrere Sekunden, um zu realisieren, was sich dort abspielte. Am Fuß einer großen Eiche lag Hans-Peter Eidams, zusammengerollt wie ein Embryo, mit hinter dem Rücken gefesselten Händen. Über seinem Mund klebte ein grobes, graues Textilband. An seinen vor Angst geweiteten Augen und den aufgeblähten Backen konnte man erkennen, dass er schrie, doch das einzige, was man hörte, war ein dumpfes Stöhnen. In der Mitte der Lichtung standen zwei Männer in schwarzen Lederjacken, deren Gesichter Fredi im nachlassenden Mondlicht nicht genau erkennen konnte. Ihnen gegenüber entdeckte er Borowka, der in seinem lila Jackett, dem hellblauen Jeanshemd und der herunterhängenden weißen Lederkrawatte wie die einzige bunte Figur in einem Schwarz-Weiß-Film wirkte. Unsicher stand er vor den beiden Ledermännern. Sein Blick irrte zwischen ihnen und Hansi hin und her. Einer der schwarzen Männer machte einen Schritt auf Borowka zu, der instinktiv zurückwich. In seiner Hand hielt der Mann einen Gegenstand, den Fredi nicht erkennen konnte. Die düsteren Bäume warfen zu lange Schatten. Eine unheimliche Stille lag über der Lichtung. Nicht nur Fredi, auch der Wald schien beklommen zu schweigen. Dann hob der Mann den Arm. Jetzt erkannte Fredi den Gegenstand – es war eine riesengroße Pistole mit einem langen Lauf. Er hielt sich entsetzt die Hand vor den Mund.

Borowka riss abwehrend die Hände hoch. „Was soll der Scheiß?", war alles, was ihm einfiel.

Dann sprach der Mann in ruhigem Tonfall, ohne die Pistole herunterzunehmen: „Wer bist du und was willst du hier?"

„Ich bin ... also ... ich", stotterte Borowka, „ich hab mich verlaufen. Ich ..."

Der Mann schnellte nach vorne und Fredi dachte schon, er würde Borowka erschießen, doch dann drehte er blitzschnell die Pistole in der Hand und knallte den Knauf mit irrsinniger Kraft auf Borowkas Kopf. Borowka sackte in sich zusammen wie eine Marionette, der man die Schnüre durchgeschnitten hatte. Sein matter Körper landete seltsam verrenkt auf dem Boden. Das panische Stöhnen von Hansi wurde lauter. Er wand sich auf dem Boden wie ein Fisch, den man vom Haken abgenommen und auf den Bootssteg geworfen hatte. Der Mann mit der Pistole ging langsam zu ihm und trat ihm zweimal mit voller Wucht in den Magen. Hansis Augen verdrehten sich grotesk und das Stöhnen verstummte. Hansi war ohnmächtig geworden.

Fredi beobachtete fassungslos die Szene. Er war gelähmt vor Angst und seine Gedanken rotierten in seinem Kopf. Seine

Hände waren klatschnass und zitterten. Nur mühsam brachte er seine Nerven wieder unter Kontrolle. Denk nach, Fredi, sagte er sich. Das müssen die beiden Männer sein, die ich auf Bernies Fotos gesehen habe. So viel ist klar. Aber was haben die mit Hansi vor? Die Stimme des Pistolenmannes riss ihn aus seinen Überlegungen.

„Verdammt noch mal. Was ist eigentlich hier los?"

Der zweite Mann trat neben ihn. „Ach, irgendein Betrunkener. Hast du die Asbach-Fahne nicht gerochen? Heute ist doch das Fest in dem Kaff." Seine Stimme war heiser und ließ Fredi auf der Stelle frösteln.

„Und was ist, wenn der Typ nicht alleine ist?"

Fredi erstarrte. Er kauerte hinter seinem Busch und sah sich gehetzt nach einem Gegenstand um, den er im Notfall als Waffe verwenden konnte. Doch außer ein paar verdorrten Zweigen und Ästen lag nichts in Reichweite.

Der zweite Mann wiegelte ab: „Ach, Quatsch. Komm, lass uns weitermachen."

Der Mann mit der Pistole schien nicht überzeugt. Sein eisiger Blick suchte die Umgebung ab. Dann sagte er: „Vielleicht hast du recht. Wir müssen uns beeilen. Hol das Seil aus dem Auto. Und schau doch noch mal nach dem Ersatzreifen." Der zweite Mann stutzte kurz, nickte dann und verschwand auf der gegenüberliegenden Seite zwischen den Bäumen. Dort lag der große Waldweg. Offensichtlich hatten sie dort geparkt, kombinierte Fredi. Der Mann auf der Lichtung packte den bewusstlosen Borowka von hinten unter beiden Armen. Wie einen Kartoffelsack schleifte er ihn hinüber zur Eiche und legte ihn neben Hansi ab. Dabei ächzte er vor Anstrengung.

Fredi nutzte die Gelegenheit und schlich sich, so leise er konnte, zurück auf den kleinen Pfad, auf dem sie vorhin gekommen waren. Als er außer Reichweite war, ging er in einer laubbedeckten Senke in Deckung. Aus seiner hinteren Hosentasche zog er sein Handy, um die Polizei zu verständigen. Ihm war bewusst, dass sein Freund in Lebensgefahr schwebte und dass jetzt jede Sekunde zählte. Als er wählen wollte, stellte er fest, dass er kein Netz hatte. Verdammt, dachte er. Hektisch wischte er sich den Schweiß von der Stirn, der ihm schon in die Augen tropfte. Er sah sich um. Alles war ruhig. Fast lautlos robbte er aus der Senke heraus und kroch vorsichtig auf allen Vieren weiter. Den Blick hielt er auf sein Handy gerichtet. Nach wenigen Metern baute sich ein erster Balken auf dem Display auf, dann ein zweiter. Fredi ballte die Faust. Der zweite Balken verschwand wieder. Egal, das muss reichen, dachte er sich. Er lehnte sich mit dem Rücken an einen Baum und nahm das Handy dicht vors Gesicht.

„Hallo, kleines Arschloch ...", sagte plötzlich eine heisere Männerstimme aus dem Dunkeln. Fredi zuckte zusammen und sah auf, direkt in die Mündung eines Revolvers. Vor ihm stand der zweite Ledermann. Jetzt aus der Nähe erkannte er die harten Gesichtszüge von dem Foto wieder, das er auf Bernies Schreibtisch gefunden hatte. Der Mann packte Fredi blitzartig am Kragen seines Jacketts und riss ihn mit einer Leichtigkeit in die Höhe, als sei dieser eine Spielzeugpuppe. Das Handy fiel zu Boden. Mit seinen schweren Stiefeln trat der Mann mehrmals darauf und zermalmte es. Er schubste Fredi gegen einen Baum, hob das, was vom Handy übrig war, auf und steckte es in seine Tasche, ohne Fredi aus den Augen zu lassen. Dann sagte er:

„Ich glaube, wir beide sollten einen kleinen Spaziergang unternehmen."

Der Mann trieb Fredi mit seinem Revolver vor sich her. Immer wieder stieß er ihm dabei den Lauf in den Rücken. Auf der Lichtung angekommen, war der andere Mann gerade dabei, dem immer noch bewusstlosen Borowka ebenfalls die Hände auf dem Rücken zu fesseln. Hansi war mittlerweile wieder zu sich gekommen. Seine angsterfüllten Augen sahen den Baumstamm hinauf. Fredi folgte dem Blick und bemerkte ein festes Hanfseil, das über einem kräftigen Ast zusammengeknotet war. Das herunterhängende Ende war ungeschickt zu einer Schlinge gebunden, die im sanften Abendwind hin und her wiegte. Fredi lief es eiskalt den Rücken hinunter. „Ein Galgen", entfuhr es ihm.

„Halt's Maul", rief der heisere Mann und versetzte ihm einen heftigen Schlag auf die Schulter. Fredi stolperte und fiel vornüber zu Boden.

Der andere Mann richtete sich auf und sah Fredi grinsend an. „Richtig. Ein Galgen, Klugscheißer. Unser Hans-Peter hat sich entschlossen, heute Nacht aus dem Leben zu scheiden." Hansis Kopf schlug wild hin und her. Auf seiner Stirn traten große Adern hervor. Er schrie lautlos.

Fredi fragte schwer atmend: „Warum macht ihr das?"

Der Mann lächelte zwar, aber sein Mund bildete dabei eine schmale Linie. „Du bist ja ganz schön neugierig, Kleiner. Was wird das hier heute Abend? Der Angriff der Lederkrawatten?" Er lachte spöttisch.

„Was hat der Hansi euch denn getan?", Fredi wunderte sich, dass er plötzlich so merkwürdig ruhig wurde.

Der Mann, der offensichtlich der Chef zu sein schien, kam auf Fredi zu. Er seufzte: „Okay, du gibst ja wohl doch keine Ruhe. Der Hansi hat unsere erste Lektion nicht ganz verstanden. Und jetzt müssen wir ein bisschen deutlicher werden."

Fredis Blick wanderte von dem Mann zum Galgen und wieder zurück. Ein dicker Kloß bildete sich in seinem Hals. Obwohl ihn eine böse Ahnung beschlich, fragte er schluckend: „Und was bedeutet das für mein Kumpel und mich?"

Der Mann stand jetzt unmittelbar vor dem auf dem Boden knieenden Fredi und sah ihn mit einem durchdringenden Blick an. „Was meinst du wohl, was so was für zwei Augenzeugen bedeutet?" Er nahm seine Pistole hoch und richtete sie direkt auf Fredis Stirn.

Fredi schloss die Augen. Mit einem Mal erfasste ihn ein warmes Gefühl. Er spürte, dass er gar nicht so viel Angst vor dem Sterben hatte, wie er immer geglaubt hatte. Was ihn eigentlich überraschte, weil er sich weder für tapfer noch für religiös hielt. Er musste sogar daran denken, dass er schon sehr früh angefangen hatte, den Kindergottesdienst zu schwänzen, um mit Borowka auf der Parkbank am Kindergarten zu rauchen. Und noch mehr Stationen seines Lebens zogen auf einmal an seinem geistigen Auge vorbei. Seine Einschulung, bei der er als einer der ersten bereits einen echten Scout-Tornister und einen Pelikan-Füller besaß. Sein erstes Mofa, eine Kreidler Flory Dreigang mit aufgebohrtem Rennauspuff und Hirschlenker. Seine erste Alkoholvergiftung in Borowkas Partykeller. Die Massenschlägerei in Roermond nach dem Achtelfinalsieg am 24. Juni 1990 bei der WM in Italien gegen Holland. Sein erster Kuss mit Martina. Mein Gott, Martina. Er spürte eine

Träne, die ihm die Wange herunterlief. Würde sie ihn vermissen? Fredi öffnete noch einmal kurz die Augen. Durch einen leichten Schleier blickte er in ein regungsloses Gesicht und beobachtete dann, wie der Daumen des Mannes fast wie in Zeitlupe den Hahn des Revolvers nach hinten zog. Das letzte, was er wahrnahm, waren ein dumpfer Knall und eine kleine Flamme, die aufblitzte. Dann kippte er zur Seite und ein kräftiger Strudel zog ihn sanft nach unten in eine tiefe, friedliche Dunkelheit.

30
Samstag, 18. Juli, 22.28 Uhr

„Currywurst mit große Fritten, doppelt Mayo, doppelt Ketchup. Und ein Schewampschichi für hier zu essen. Dat macht sechs neunzig." Rosi knallte die große Pappschale mit der geschnetzelten Wurst auf den Tresen ihres Frittenanhängers, der unmittelbar neben dem Eingang zum Festzelt aufgebockt war. Die Currysoße schwappte über, doch die Spritzer, die sie verursachte, fielen nicht großartig ins Gewicht auf der mit den verschiedensten Essenresten verklebten, ehemals weißen Theke. Will wühlte in der tiefen Tasche seiner grauen Stoffhose eilig nach Münzgeld, während Rosi die Schale mit den Fritten folgen ließ, an deren Rand noch das dampfende Cevapcici wackelte. Sie wischte sich mit einem löchrigen Spültuch den Schweiß aus der Stirn und brüllte einen dünnen, lang aufgeschossenen Jugendlichen neben Will an, dessen blasses Gesicht mit zahlreichen, zum Teil überfälligen Pickeln übersät war: „Warst du das halbe Hähnchen?" Verschüchtert nickte der Junge. „Dat sind bei dir zwei fuffzig." Rosi drehte sich zu einer molligen, älteren Dame um, die hinter ihr stand und gerade einen Drahtbehälter mit einem verschrumpelten Hähnchen aus der Friteuse riss und energisch am Rand abklopfte. Es handelte sich um Annemie Schlömer, Rosis Mutter, die ihrer Tochter aushalf, seit Owamba auf Nimmerwiedersehen verschwunden war. Das war auch bitter nötig, denn die Schlange vor dem rostigen Anhänger schien an diesem Abend überhaupt kein Ende zu nehmen. Selbst der Ortsvorsteher hatte geschlagene fünf Minuten warten müssen. „Tu noch mal vier Pommes und zwei Bratrollen rein, Mama."

Will legte sieben Euro auf die Theke und sagte mit gönnerhaftem Nicken: „Stimmt so, Rosi." Er sah sich um und balancierte dann seine beiden Schalen an einen Plastikstehtisch, an dem eine einzelne Person mit ihm zugewandtem Rücken stand. Als Will die heißen Schalen hastig absetzte und freundlich „Ist hier noch frei?" fragte, erkannte er den Mann. Es war Dieter Brettschneider, der Leiter des Saffelener Altenheims. Der zuckte kurz zusammen und nickte dann abwesend, ohne aufzusehen. Vor ihm auf dem Tisch lag sein Handy, das er nun beiläufig zur Seite schob. Will deutete auf einen Plastikbecher, der zur Hälfte mit Mineralwasser gefüllt war. „Was ist das denn, Dieter? Willst du dich die Hände waschen?" Der Landwirt prustete laut los und schlug Brettschneider kräftig auf die Schulter.

Der sah grimmig auf, dann erkannte er den Ortsvorsteher. Seine leichte Verärgerung wich einem routinierten Lächeln. „Ach, hallo Will. Ich hatte dich gar nicht erkannt." Er deutete auf das Wasser und erklärte entschuldigend: „Ich kann heute nicht so viel trinken. Ich muss noch arbeiten."

Will sah ihn mit großen Augen an, schob sich ein Stück Currywurst, das er auf eine Plastikgabel gespießt hatte, in den Mund und plapperte kauend weiter: „Was musst du denn an so ein Tag wie heute arbeiten? Was ist denn wichtiger als wie unser Feuerwehrfest?"

„Wir haben heute im Altenheim nur eine Notbesetzung. Ich wollte gleich noch mal nach dem Rechten sehen. Nichts Besonderes."

„Stichwort Altenheim", Will ließ nun gleich zwei aufgespießte Stücke Currywurst in seinen Mund wandern, „da wollte ich dich sowieso noch mal drauf ansprechen. Und zwar wegen unsere Omma. Ob du da was am Preis machen kannst. Ich mein, für so was brauche ich ja keine Rechnung."

Brettschneider zog die Stirn in Falten. „Eure Omma? Aber ich denk, die ist letztes Jahr gestorben?"

„Ja, die Omma väterlicherseits: Omma Hastenrath. Die ist letztes Jahr mitten in der Heuernte plötzlich und unerwartet gestorben. Mit 96 Jahre. Aber ich meine die Omma von meine Frau."

„Ach, die lebt immer noch?"

„Ja klar. Die ist ja erst 92."

Brettschneider kräuselte gelangweilt die Lippen und blickte zwischendurch immer wieder verstohlen auf das Display seines Handys, als erwarte er einen Anruf. „Welche Pflegestufe hat die denn?", fragte er, ohne Will anzusehen.

Der Ortsvorsteher nahm das Cevapcici zwischen Zeigefinger und Daumen und steckte es sich komplett in den Mund. Das Fett lief an seinen Mundwinkeln herunter. Er kaute zweimal mit dicken Backen, bevor er antwortete: „Ne, nicht Pflegestufe. Die ist noch ganz rüstig. Ich dachte, ich frag mal so präservativ. Weil, ich habe der Eindruck, dass die in letzter Zeit so vergesslich geworden ist. Ich hatte die vor zwei Wochen mal mit dem

Fahrrad nach dem Raiffeisenmarkt in Brüggelchen geschickt, für dass die mir ein Sack Torf, zwei Zinkeimer und ein paar Gummistiefel käuft."

„Ja und?"

„Da kam die zurück und hatte die Quittung vergessen. Ich weiß auch nicht, was in letzter Zeit mit die los ist."

Plötzlich ertönte Lärm aus dem hinteren Teil des Zeltes. Aufgeregtes Stimmengewirr deutete auf einen Tumult hin. Will reagierte sofort und eilte zum Eingang, nur für den Fall, dass ein erfahrener Streitschlichter gebraucht werden würde. Es dauerte eine Weile, bis er die Lärmquelle lokalisiert hatte, da das Zelt unter der Überfüllung ächzte und schwere Rauchschwaden und aufsteigender Wasserdampf die Sicht erschwerten. Der Holzboden, auf dem Wills Gummistiefel augenblicklich festpappten, zuckte unter dem schweren Bass von „Hello again", das aus Hunderten Kehlen mitgegrölt wurde. DJ Hartmut machte mal wieder einen fantastischen Job. Will kniff die Augen zusammen und suchte mit seinen Blicken den Raum ab. Um eine Schlägerei schien es sich ausnahmsweise nicht zu handeln. Dann entdeckte er Festzeltwirt Harry Aretz, der hinter seinem langen Edelstahltresen aufgeregt mit den Armen wedelte. Zwei Kellner mit durchgeschwitzten weißen Hemden und schwarzen Lederschürzen standen vor ihm und zuckten ratlos mit den Schultern. Will bahnte sich einen Weg durch die wogende Menge und trat hinter die Theke. Er sprach Harry Aretz an, unter dessen Achseln sich ebenfalls breite Salzränder gebildet hatten: „Was ist los, Harry? Kann ich helfen?"

Harrys hochroter Kopf fuhr herum. „Ach, Will. Leider nicht. Mir ist eine von die vier Hochleistungszapfanlagen ausgefallen.

Da ist wohl das Ventil kaputt. Die müssen wir dringend wieder am laufen kriegen, sonst brechen die mir hier der Laden ab." Der Wirt wandte sich an seine beiden Kellner. „So, Dirk und Dose. Ihr bleibt jetzt erst mal hier hinter die Theke und helft die Silke. Ich fahr mal schnell in die Gaststätte, im Lager gucken, ob ich noch ein Ventil habe." Er zog seine Schürze aus und warf sie in die Ecke.

Will eilte vor ihm zum Ausgang und drückte unsanft die Menschenmenge auseinander, sodass eine schmale Gasse entstand: „Leute, auf Seite. Wir haben hier ein Notfall."

Harry bedankte sich und lief zu seinem Wagen, der auf einem Grasstreifen am Straßenrand geparkt stand. Will sah dem davonrasenden Kadett noch kurz hinterher, bevor er wieder an seinen Stehtisch zurückkehrte und sagte: „Irgendwas läuft immer schief, oder, Dieter?! Dieter?"

Doch Dieter Brettschneider war spurlos verschwunden. Auf dem Tisch stand noch sein halbvoller Wasserbecher. Will schüttelte den Kopf und beschäftigte sich stattdessen mit seiner Portion Fritten, die er bislang arg vernachlässigt hatte. Er genoss sie lustvoll, denn er liebte den einzigartigen Geschmack der von Mayonnaise und Ketchup durchtränkten Pommes. Wer diese Kreation erfunden hatte, müsste nachträglich den Nobelpreis bekommen, dachte er. Zufrieden schaute er in den wolkenlosen Himmel, an dem der Vollmond seine ganze Pracht entfaltete. Die Nacht war so klar, dass man auf der Mondoberfläche sogar Konturen von Bergketten erkennen konnte. Alles wirkte so nah, dabei war es bestimmt Hunderte von Kilometern entfernt, sinnierte Will. Versonnen dachte er daran, dass ihn seine weiteste Reise bislang nach Bad Neuenahr geführt hatte. Und das war auch schon fast 40 Jahre her. Es war seine Hochzeitsreise gewesen.

Wie aufs Stichwort klopfte ihm plötzlich seine Frau Marlene auf die Schulter und riss ihn aus seinen romantischen Gedanken. „Hast du mal zwei 50-Cent-Stücke für der Toilettenwagen", säuselte sie leicht beschwipst. Will drehte sich um. Neben Marlene stand Billa mit dem gleichen verklärten Mienenspiel, das auch seine Frau zwischen ihren geröteten Wangen trug. Wie einen wertvollen Pokal hielt Billa eine leicht abgeknickte, rote Tulpe in der Hand, an der sie unentwegt roch. Während Will in seiner Hosentasche nach Kleingeld kramte, redete Marlene weiter: „Stell dir vor, Will. Die Billa hat eine Tulpe gefangen von Charlie van der Valk. Und der hat uns ganz tief in die Augen geguckt, wie der so schön am singen war: ‚Die Königin der Tulpen – die bist du'." Will grummelte irgendetwas Unverständliches und drückte seiner Frau zwei 50-Cent-Stücke in die Hand.

„Das Lied ist so schön", schwärmte Marlene, „auch wenn das eigentlich gar nicht von Charlie van der Valk ist."

„Komm, wir gehen nach dem Klo", drängelte Billa. Als sich die beiden Frauen zum Gehen wandten, hielt Will Marlene am Arm zurück: „Was hast du gerade gesagt?"

„Komm, wir gehen nach dem Klo", wiederholte Billa.

„Nicht du." Er schob sie unwirsch beiseite, sah seiner Frau tief in die Augen und fragte: „Was soll das heißen, das Lied ist nicht von Charlie van der Valk?"

Marlenes glasige Augen starrten ihn irritiert an. „Das hat uns ein holländischer Sänger gesagt, dem wir in unser Wellnessurlaub getroffen haben. Der hat gesagt, ‚Die Königin der

Tulpen' ist ein ganz altes holländisches Volkslied. So wie ‚Wir waren in Madagaskar' oder wie das heißt."

Will rieb sich angestrengt das Kinn. „Das kann doch gar nicht sein. Das würde ja bedeuten ..."

„Ist doch egal, Will. Ich hab eben noch für der liebe Herr Brettschneider gesagt: Das wäre ein Grund für mich, bei Sie im Altenheim zu gehen, nur für einmal die Woche zu hören, wie schön der Charlie auf sein Schifferklavier spielt."

„Auf sein was?"

„Sein Schifferklavier!" Marlene wurde ärgerlich: „Was ist denn los mit dir, Will? Hast du irgendswas an deine Ohren?"

„Ich muss zum Klo", quengelte Billa.

Doch Will hörte schon gar nicht mehr richtig zu. Worte flogen wild durch seinen Kopf: „Die Königin der Tulpen", „Altenheim", „Brettschneider" „Schifferklavier". Zuerst wusste er nicht, was das zu bedeuten hatte, doch mit einem Mal setzte sich alles zusammen wie ein Puzzlespiel. Die Erkenntnis traf ihn mit solch einer ungeheuerlichen Wucht, dass er etwas machte, was er seit über 20 Jahren nicht mehr getan hatte. Er umarmte seine Frau und küsste sie mitten auf den Mund. Lang, feucht und leidenschaftlich. Als er von ihr abließ, starrte sie ihn völlig verstört an. Will strahlte. „Marlene! Ich glaube, du hast der Fall gelöst."

31
Samstag, 18. Juli, 22.56 Uhr

„Maaaaaaaaaama – und bringt das Leben mir auch Kummer und Schmerz." Irgendjemand hatte 20 Cent in die Jukebox geworfen und die glockenklare Stimme von Heintje erfüllte den Gastraum mit dem Rhythmus der Unschuld. Die Tanzfläche war voller junger Menschen, die miteinander tanzten und sich dabei tief in die Augen sahen. Das junge Mädchen saß alleine an einem Tisch in der hintersten Ecke, sog mit einem Strohhalm an ihrer Sinalco und beobachtete die ausgelassenen Leute. Versonnen summte sie den Hit mit. Dieses Lied gefiel ihr fast noch besser als ‚Du sollst nicht weinen'. Sie trug ein hellgrünes Kleid mit eng anliegenden Ärmeln und hatte ihr langes, blondes Haar zurückgekämmt und im Nacken zu einem Knoten aufgesteckt. Das dezente Make-up unterstrich ihre natürliche Schönheit. Mit ihren klaren, blauen Augen verfolgte sie das ausgelassene Treiben um sich herum. Jeden Sonntag kam sie zum Tanztee. Doch sie ließ sich nie auffordern. Zu sehr schmerzte noch die Trennung von Johannes, der sie wegen einer anderen aus dem Dorf hatte sitzen lassen. Um ihm und vor allem ihr aus dem Weg zu gehen, fuhr sie immer in dieses Tanzlokal in Sittard gleich hinter der Grenze mit dem Namen

„Het Heiderösje". Hier kannte sie niemanden und niemand kannte sie.

Doch dass ihr Leben ausgerechnet hier und ausgerechnet an diesem Tag eine entscheidende Wendung nehmen würde, das hätte sie niemals für möglich gehalten. Es begann damit, dass sich ein muskulöser, junger Mann mit weit geöffnetem Hemd zu ihr herunterbeugte. Er sah ihr tief in die Augen und kam ihr dabei so nahe, dass sie seinen strengen Heineken-Atem roch, der sich mit seinem aufdringlichen Aftershave vermischte. „Hallo, ik ben Chiem. Kom op danze, schatje!"

Sie schüttelte leicht angewidert den Kopf und sagte: „Nein danke. Ich möchte nicht tanzen."

„Ach. Du bist deutsch. Dann musst du erst recht mit mir tanzen." Chiem packte ihren Arm. Sein fester Griff schmerzte. Sie setzte sich zur Wehr, doch er riss sie problemlos hoch. Dann drückte er seinen Körper fest an ihren und versuchte sie zu küssen. Mit der rechten Hand trommelte sie auf seine Brust und strampelte mit den Beinen, die sich knapp über dem Boden befanden.

„Lass das Fräulein los!" Eine kräftige Stimme durchschnitt die Luft und augenblicklich hielt ein Teil der Tanzenden inne. Die Geräuschkulisse veränderte sich, nur Heintje sang unverdrossen in den höchsten Tönen weiter. Chiem sah sich irritiert um, ohne seinen Griff zu lockern.

Vor ihm stand ein schmaler, groß gewachsener Mann, dessen dunkles Haar mit Haarcreme zu einer Tolle gekämmt war. Er hatte dunkle Augen und ein fein geschnittenes Gesicht. Chiem hatte ihn noch nie gesehen. Er sah ihn abschätzig an und sagte: „Hau ab. Such dir selber eine."

Doch der Unbekannte ließ sich nicht beirren. „Lass das Fräulein los, sonst ..."

„Sonst was?" Jetzt schubste Chiem das Mädchen weg und baute sich vor dem Mann auf. „Willst du mir eine reinhauen, oder wie?"

Der Fremde wich keinen Millimeter zurück. „Wenn es sein muss."

Chiem war verunsichert. Er sah sich um. Mittlerweile hatte sich eine Menschentraube um die beiden Kontrahenten gebildet. Nun gab es kein Zurück mehr. Chiem musste sein Gesicht wahren. Er machte einen Schritt auf den Mann zu und schubste ihn nach hinten. Der Mann taumelte, fing sich aber gleich wieder und hielt jetzt unsicher die Fäuste hoch. Sein zuvor fester Blick flackerte kurz. Dieser Moment hatte Chiem gereicht, um zu erkennen, dass der Mann keine Chance gegen ihn haben würde. Chiem war ein erfahrener Schläger. Er grinste darüber, dass er sich einen Moment hatte verunsichern lassen. Mit angewinkelten Armen ging er auf den Fremden zu. Mit rechts holte er weit aus, doch in der Bewegung blieb seine Faust plötzlich in der Luft stehen. Der Fremde, der gerade noch den Schlag erwartet hatte, sah nun, wie sich Chiems Kopf leicht zur Seite drehte und sein muskulöser Körper ungebremst auf den Boden krachte. Dann tauchte hinter ihm das Mädchen im hellgrünen Kleid auf. In der Hand hielt sie den abgebrochenen Hals einer Sinalco-Flasche. In diesem Moment trafen sich ihre Blicke und sie beide wussten: Das würde für immer sein.

Wieder und wieder lief diese Szene vor Käthe Thönnissens geistigem Auge ab, wenn sie auf ihrem verrosteten Feldbett im Zwischenreich von Schlaf und Wachsein vor sich hin dämmerte. Es war fast genau 40 Jahre her, doch es fühlte sich an, als sei es gestern gewesen. Das hellgrüne Kleid besaß sie heute noch. Es hing in ihrem Apartment im Schrank. Ohne ihre Erinnerung wäre sie längst tot, dachte sie. Sie wusste nicht mehr, wie lange sie schon in ihrem Verlies eingesperrt war. Vier, fünf Tage bestimmt. Am zweiten Tag war ein maskierter Mann gekommen, der ihr Kleidung und etwas Obst gebracht hatte. Er hatte kein Wort gesprochen und war nach wenigen Minuten wieder verschwunden. Von da an wiederholte sich dieses Ritual Tag für Tag. Der Mann kam immer zur selben Zeit. Einmal am Morgen und einmal am frühen Abend. Mal brachte er Zeitschriften, mal Süßigkeiten. Doch er sprach nie mit ihr, so sehr sie ihn auch anflehte. Bis auf heute Abend. Da sagte er ihr plötzlich, dass es bald vorbei sein würde. Seine Stimme hatte dabei kalt und erbarmungslos geklungen. Nun lag Frau Thönnissen auf ihrem Feldbett und fragte sich, was er wohl damit gemeint haben mochte. Sie zog sich die Decke bis unters Kinn. Unwillkürlich musste sie weinen. Sie hatte keine Angst vor dem Tod, aber musste es denn wirklich so enden? Sie hätte so gerne noch ein paar Dinge in ihrem Leben geklärt. Sie wischte sich gerade mit dem Handrücken die Tränen aus dem Gesicht, als sie Schritte hörte. Schwere, dumpfe Schritte, die vor der Tür zum Stillstand kamen. Dann erkannte sie den rappelnden Schlüsselbund. Um die Zeit ist er noch nie gekommen, dachte sie. Eine Gänsehaut legte sich über ihren ganzen Körper. Der Schlüssel schob sich langsam ins Schloss. Sie versuchte sich einzureden, dass es nichts zu bedeuten hatte. Der Schlüssel drehte sich knirschend. Doch ihr war bewusst, dass es so weit war. Wie es aussah, war sie am Ende einer langen Reise angekommen. Sie atmete schluchzend aus und erinnerte sich noch ein letztes Mal an diesen einzigartigen Moment vor 40 Jahren. Als die Tür sich öffnete und die verrosteten Angeln laut quietschten, sagte sie leise: „Ich liebe dich." Dann schloss sie die Augen.

32
Samstag, 18. Juli, 23.04 Uhr

Fredi lag auf einer grünen Wiese, die nach Klatschmohn und Löwenzahn duftete. Er blickte in einen strahlend blauen Himmel, an dem sich ein paar kleine Schäfchenwolken im Zeitlupentempo eine Verfolgungsjagd lieferten. Er hatte seine Windjacke zusammengefaltet und sich unter den Kopf gelegt. Die Anwesenheit der Gestalt spürte er lange, bevor er sie sah. Es war Martina, die, bekleidet mit einer leichten Sommerbluse und einem kurzen Rock, der Schwerkraft trotzend direkt über ihm schwebte. Ihr lockiges, braunes Haar hatte sie zu einem Pferdeschwanz zusammengebunden. Eine leichte Brise wehte eine Nuance von Tosca zu ihm herunter. Martinas Lieblingsparfüm. Er atmete es tief ein und schaute ihr glücklich in die Augen. Auch Martina lächelte. Dann öffnete sie ihre vollen Lippen und sagte: „Fredi, wach auf." Fredi wunderte sich. Zum einen war er doch wach und zum anderen klang Martinas Stimme so fremd. Viel zu tief. Sie klang wie die Stimme von – Borowka. Fredis Kopf fuhr hoch. Die Blumenwiese war verschwunden. Er lag auf lehmigem Boden, sein Rücken schmerzte. Irgendjemand hatte ihm ein zusammengeknülltes lila Jackett unter den Kopf gelegt. Verschwommen erkannte er die Waldlichtung, dann plötzlich tauchte Borowkas Gesicht in seinem Blickfeld auf. Es sah ihn breit grinsend an und drehte sich dann zu jemand anderem um, den Fredi nicht erkennen konnte. „Der ist wieder unter die Lebenden, Bernie."

Fredi verstand nicht, was los war. Nur mühsam setzten sich die Bilder in seinem Kopf zusammen. Der Wald, die beiden Lederjackenmänner, die Pistole, der Schuss. Bernie? Hatte Borowka gerade Bernie gesagt? Bernie Bommer, dachte Fredi. Um Gottes willen, ich muss Borowka warnen. Fredi sprang auf und wollte etwas sagen, doch dann erfasste er nach und nach die Situation. Hansi Eidams saß immer noch vor dem Baum, er war immer noch gefesselt, diesmal mit Kabelbinder. Mehrere Bäume entfernt hockte mit mürrischem Blick der Mann, der Fredi im Wald gefangen genommen hatte. Auch seine Hände und Füße waren mit Kabelbinder zusammengebunden. Fredi ließ seinen Blick weiter schweifen und entdeckte plötzlich Bernd Bommer, der sich vor einem Baum auf der gegenüberliegenden Seite über den zweiten, ebenfalls gefesselten Lederjackenmann beugte. Der Mann krümmte sich stöhnend am Boden. Die Ursache für seine Schmerzen schien eine blutende Wunde an seinem rechten Oberschenkel zu sein, die Bommer fachmännisch mit einem provisorischen Druckverband umwickelte. „Was ist hier los?", rief Fredi entsetzt.

Borowka klopfte ihm auf die Schulter und tönte: „Na Fredi? Ausgeschlafen? Du hast hier ein echter Krimi verpasst. Das war besser wie ‚Alarm für Cobra 11'." Borowkas blondes Haar war durcheinander und mit irgendwas verklebt. Bei genauerem Hinsehen erkannte Fredi, dass es sich dabei um getrocknetes Blut handelte. Die Ärmel seines Jeanshemdes waren aufgekrempelt und die weiße Lederkrawatte baumelte aus seiner Hosentasche. Dann trat auch Kommissar Kleinheinz dazu. Fredi verstand gar nichts mehr. Kleinheinz trug eine Baseballkappe, die ihm ein sehr jugendliches Aussehen verlieh, auch wenn ein angegrauter Haarkranz darunter hervorlugte. Über seinem hautengen T-Shirt trug er eine kugelsichere Weste, wie Fredi sie mal in „Auf der Jagd" mit Wesley Snipes gesehen hatte. Fredi erschrak. Wie selbstverständlich hielt Kleinheinz eine Pistole in der Hand, an der er gedankenverloren herumfummelte, während er Fredi ansprach: „Na, da sind Sie ja wohl noch mal mit dem Schrecken davongekommen, Herr Jaspers."

„Was ist passiert?" fragte Fredi schwach.

„Ich bin Ihnen wohl eine Erklärung schuldig", begann Kleinheinz. „Dem Herrn Borowka habe ich es schon gesagt. Bernd Bommer ist ein Kollege von mir. Er ist verdeckter Ermittler vom Landeskriminalamt in Düsseldorf. Das ist eine sehr heikle Situation, denn normalerweise dürfen wir die Tarnung eines V-Mannes vor Zeugen und Tatbeteiligten nicht aufdecken. Da wir aber wegen der Gefahrensituation unverzüglich handeln mussten, blieb uns keine andere Wahl. Bernd Bommer ist bereits seit über einem Jahr auf einen Drogenhändler angesetzt. In den letzten zwei Monaten hat sich dann konkretisiert, dass die Spur nach Saffelen führt. Der Tante-Emma-Laden von Hans-Peter Eidams ist der Umschlagplatz, wo die Drogen aus Holland angeliefert und zum Weiterverkauf dann abgeholt werden. Diese beiden Herren im schwarzen Leder, die Sie ja schon kennengelernt haben, sind einschlägig bekannte Drogenkuriere aus Köln."

„Und der Hansi ist auch Drogenhändler?"

„Wie man's nimmt. Zumindest fungiert er als Mittelsmann. Wir wollen aber natürlich an die großen Fische ran. Deshalb hat Herr Bommer den Laden observiert und sich unter einer Scheinexistenz im Dorf umgehört. Was manchmal auch sehr schmerzhaft war." Kleinheinz lächelte mit einem Seitenblick Borowka zu, der entschuldigend die Arme hob. Dann fuhr er fort: „Nach dem Überfall auf den Laden spitzte sich die Sache zu. Irgendwas schien schiefzulaufen. Wir mussten vorsichtiger werden. Als wir Hans-Peter Eidams routinemäßig als Zeugen vernommen haben, haben wir deshalb seine Armbanduhr heimlich mit einem GPS-Sender ausgestattet. Wir hatten ihm gesagt, dass wir sie auf Schmauchspuren untersuchen müssten. Von da an waren wir immer über seine Schritte informiert. Er ist ja nach wie vor der einzige, der uns zum Drogenboss führen kann."

„Und was ist mit die beiden Ledermänner?"

„Das sind Kuriere, die das Zeug abholen. Wer es in den Laden liefert, dürften sie nicht wissen. Und wenn doch, werden sie es uns nicht sagen. Das sind absolute Profis. Deshalb waren wir auch beunruhigt, als Eidams heute Abend im Wald verschwand. Herr Bommer hat sofort reagiert und die Koordinaten in sein Navi eingegeben. Es sah so aus, als könnte plötzlich ein Zugriff nötig werden und es war keine Zeit mehr, ein Sondereinsatzkommando anzufordern. Glücklicherweise war ich gerade zufällig in Saffelen und konnte Herrn Bommer unterstützen. Als wir hier ankamen, sahen wir, was los war. Die beiden Männer wollten Hans-Peter Eidams umbringen und einen Suizid vortäuschen. Dann sind Sie beide wohl da reingeplatzt. Als wir eintrafen, richtete der Typ hier vorne gerade seine Pistole auf Sie. Wie gesagt, es lag eine Gefahrensituation vor. Zum Glück konnte Herr Bommer in letzter Sekunde schießen und den Angreifer außer Gefecht setzen. Sie sind dann in Ohnmacht gefallen."

„Das heißt ... Bernie", stammelte Fredi tonlos.

„Richtig. Herr Bommer hat Ihnen das Leben gerettet."

Nun kam Bernd Bommer auf die drei zu. Auch er trug eine kugelsichere Weste. Er schüttelte dem immer noch verblüfften Fredi lachend die Hand und sagte: „Freut mich, Fredi, dass du wieder da bist."

„Danke Bernie, für dass du ..."

„Nicht der Rede wert. Das ist doch mein Job." Dann wandte er sich mit ernster werdender Miene an Kleinheinz: „Also, ich habe die Kollegen verständigt. Rettungswagen ist auch unterwegs. Die Blutung am Bein ist gestillt. Ich habe einen Druckverband angelegt. Außerdem habe ich alle drei fixiert. Wir können sie jetzt nacheinander verhören."

Hansi und die beiden Ledermänner saßen außerhalb der Hörweite vom jeweils nächsten vor einem Baum. Nacheinander nahmen sich Bommer und Kleinheinz zunächst die beiden Kuriere aus Köln vor. Fredi und Borowka wohnten der Befragung aus einigen Metern Entfernung staunend bei. Sie konnten sich eines gewissen Nervenkitzels nicht erwehren, auch wenn die Situation für sie mehr als unwirklich war. Immer wieder stieß Borowka Fredi begeistert in die Rippen, wenn Kleinheinz und Bommer mit einem der beiden Lederjackenmänner hart ins Gericht gingen. Doch die beiden Gangster schwiegen beharrlich und ließen sich durch keine Drohung einschüchtern. Dann gingen die beiden Kripobeamten auf die andere Seite zu Hansi

Eidams. In Fredis Magengrube breitete sich ein unangenehmes Gefühl aus. Er hatte sich immer gut mit Hansi verstanden und konnte gar nicht glauben, was er gerade erlebte. Sein Fußballkamerad wurde verhört wie ein skrupelloser Verbrecher.

Kleinheinz rief Borowka zu: „Ach, Herr Borowka. Würden Sie mir bitte die Sachen bringen?" Er zeigte auf den Metallkoffer, aus dem Bommer vorhin das Verbandsmaterial für den Gangster genommen hatte. Borowka spurtete sofort los und bremste leicht ab, als er an den beiden Ledermännern vorbeimusste. Der Koffer stand schräg hinter dem Baum, an dem derjenige der beiden Männer lehnte, der nicht verletzt war. Ein Frösteln überkam Borowka, aber er ließ es sich nicht anmerken. Mit Schwung riss er den Koffer hoch und wollte zurücklaufen, als er einen heftigen Widerstand spürte. Der Koffer hatte sich in einer Wurzel verkeilt. Borowka wurde zurückgerissen und der Ledermann grinste ihn spöttisch an. Wütend zog Borowka an dem Koffer, der sich allerdings diesmal sehr leicht aus seiner Verankerung löste und seinen Arm nach vorne schnellen ließ. Mit voller Wucht traf die Kante des Koffers den grinsenden Ledermann an der Stirn. Er stöhnte kurz auf und schlug mit dem Hinterkopf mit voller Wucht gegen den Baum. Dann kippte sein Kopf nach vorne und seine Schultern erschlafften. Borowka stand mit offenem Mund daneben. Fredi klatschte Beifall. „Super, Borowka. K.o. in der ersten Runde."

Kleinheinz seufzte und rief: „Nun kommen Sie schon mit dem Koffer."

Bommer sprach Hansi zuerst an: „So, Eidams. Dann mal raus mit der Sprache. Wer liefert dir den Stoff?"

Hansi zitterte vor Angst, doch er schwieg.

„Ich kann es auch gerne aus dir rausprügeln, wenn du willst", setzte Bommer nach.

Kleinheinz ging beschwichtigend dazwischen und legte Bommer die Hand auf die Schulter. Er kniete sich vor Hansi und sprach ruhig auf ihn ein: „Hören Sie zu, Herr Eidams. Ich denke, Ihnen ist mittlerweile klar geworden, dass es hier nicht um einen Schülerstreich geht. Die beiden Typen da hinten haben ein Vorstrafenregister, das ist länger als die Straße von Heinsberg nach Saffelen. Und ich muss Ihnen ja nicht sagen, was die mit Ihnen vorhatten", er zeigte auf den aufgeknüpften Strick, der immer noch bedrohlich im Wind hin- und herwiegte. „Sie sollten sterben und es sollte wie ein Selbstmord aussehen. Die beiden Typen sind eiskalte Killer. Warum auch immer, Sie stehen auf der Abschussliste. Und Ihre einzige Chance, zu überleben, ist, uns alles zu sagen. Nur wir können Sie beschützen. Das nächste Killerkommando ist wahrscheinlich schon unterwegs. Und glauben Sie nicht, dass Sie im Gefängnis sicher sind. Die kriegen Sie, egal wo. Wir müssen die Hintermänner finden und die Bande zerschlagen, ansonsten sind Sie ein toter Mann."

Der letzte Satz hallte lange nach. Fredi und Borowka hielten den Atem an. Hansi zögerte. Er sah hinüber zu den beiden Gangstern. Auf Hansis Stirn bildeten sich große Schweißtropfen.

„Nun sag schon, Hansi", platzte es aus Borowka heraus.

Bommer warf ihm einen strafenden Blick zu.

Hansi brach in Tränen aus. „Das wollte ich doch alles nicht. Ich hätte nie gedacht, dass plötzlich so eine große Sache dadraus wird. Die Drogen wurden immer mehr und immer härter.

Ich wollte aussteigen, ich wollte das alles nicht mehr. Ich hatte Angst. Ich bin doch nur ein kleiner Saffelener Einzelhändler. Ich wollte doch nur ein bisschen Geld verdienen, für mit Kim Su Peng ein neues Leben anzufangen. Ich ..."

„Wer hat Ihnen den Stoff geliefert?", insistierte Kleinheinz.

Hansi sah ihn aus tränenverschleierten Augen an und schluchzte: „Katharina Thönnissen!"

Mit einem Mal schien die Zeit stehenzubleiben. Kleinheinz erhob sich mit offenem Mund. Auch Bommer war fassungslos. Fredi und Borowka waren wie vom Blitz getroffen, unfähig, etwas zu sagen. Der erste, der die angespannte Stille durchbrach, war Kleinheinz. Im nächsten Moment war er wieder ganz der professionelle Ermittler. Er ging sehr nah an Hansi ran. „Für wen war sie der Kurier?"

„Ich weiß es nicht."

„Für wen?", brüllte Kleinheinz ohrenbetäubend laut.

Hansi fiel in sich zusammen und weinte noch hemmungsloser. „Ich weiß es wirklich nicht. Käthe war mein einziger Kontakt. Sie hat mir alle nötigen Instruktionen übermittelt und mir einmal im Monat die Drogen gebracht. Aber wir wollten beide aussteigen, weil uns die Sache zu heiß wurde, ehrlich. An dem Morgen haben wir darüber gesprochen, als die beiden Typen reinkamen, um mich zu warnen."

„Verdammt." Kleinheinz stand auf und schlug sich mit der Faust in die Hand.

Bommer trat neben ihn. „Große Scheiße. Nur die Alte kennt den Hintermann und die ist verschwunden. Ich sag dir was. Die Sache ist Mister X zu heiß geworden und jetzt werden alle Mitwisser aus dem Weg geräumt." Er deutete auf den improvisierten

Galgen und fügte hinzu: „Falls Frau Thönnissen überhaupt noch leben sollte, dann schwebt sie in akuter Lebensgefahr."

Kleinheinz zog die Baseballkappe vom Kopf und strich sich fahrig mit der Hand durch die Haare. „Das darf nicht wahr sein. Wir stecken in einer Sackgasse. Jetzt kann uns nur noch ein Wunder helfen." Dann klingelte sein Handy.

33
Samstag, 18. Juli, 23.16 Uhr

Hastenraths Will hatte lange suchen müssen. Nachdem er sich durch die Menschenmenge im Zelt gezwängt und etliche Bekannte vergeblich nach einem Handy gefragt hatte, stand er nun am Ende der Theke vor dem massigen Körper von Heribert Oellers, dem Inhaber der Firma Auto Oellers. Der kramte gerade murrend in der Innentasche seines schlecht sitzenden dunkelblauen Jacketts nach seinem Handy. Seine Frau Irene hatte sich kopfschüttelnd abgewendet und unterhielt sich demonstrativ laut mit ihren Freundinnen. Sie schien sich über den Ortsvorsteher zu echauffieren, den sie ohnehin nicht besonders gut leiden konnte. Doch das war Will in diesem Moment egal, schließlich stand die Sicherheit des Dorfes auf dem Spiel. Erst nachdem er Heribert Oellers in groben Zügen über die Wichtigkeit seiner Mission in Kenntnis gesetzt hatte, hatte der sich schließlich breitschlagen lassen, sein Handy zu verleihen, nicht ohne mehrfach zu betonen, dass er das normalerweise nicht mache. Nach endlosen Sekunden zog er es aus seiner Innentasche und reichte es Will mit seinen schwieligen Händen. Die abgekauten Fingernägel seiner dicken Wurstfinger waren ölverschmiert. In seiner großen Pranke wirkte das verdreckte und an vielen Stellen stark verkratzte Siemens ME 45 wie ein Spielzeughandy. Will bedankte sich flüchtig und rannte schon in Richtung Seitenausgang, als Oellers ihm noch mit seiner wuchtigen Stimme hinterherrief: „WMF – Wiedersehen macht Freude, mein lieber Will. Und guck, dass an das Handy nix dran kommt."

Will trat vors Zelt und genoss die frische Luft, die ihm entgegenschlug. Er ging zum Toilettenwagen und stellte sich seitlich dahinter, wo ihn niemand beobachten konnte. Aus seiner Hosentasche zog er die Visitenkarte, die Kommissar Kleinheinz ihm gegeben hatte. „Wie gut, dass ich nicht der Sonntagsanzug angezogen habe", murmelte er in Erinnerung an das Streitgespräch mit Marlene. Es war für ihn nicht leicht, mit seinen groben Händen die Telefonnummer auf den Minitasten zu drücken. Zweimal musste er neu ansetzen, doch schließlich tutete es dreimal, bevor sich der Kommissar meldete.

„Kleinheinz?"

„Ja, hallo Herr Kleinheinz, entschuldigen Sie die späte Störung. Aber mir ist da eine Idee gekommen ..."

„Hören Sie, Herr Hastenrath", der Kommissar schien kurz angebunden, „wir stecken hier gerade in einer wichtigen Operation. Wir haben hier im Saffelener Wald drei Verdächtige festgenommen und wir ..."

Will fiel dem Kommissar ins Wort: „Geht es sich etwa um der Drogenschmuggel?"

Kleinheinz war sprachlos. Er brauchte einige Sekunden, bevor er reagieren konnte: „Wieso ... woher wissen Sie von dem Drogenschmuggel?"

„Ich bin ja nicht doof. Ich habe auch ein bisschen was zusammenkombiniert. Der Laden von Hansi war der Umschlagplatz, richtig? Wem haben Sie denn festgenommen?"

„Zwei Drogenkuriere und Hans-Peter Eidams. Und wir wissen, dass Frau Thönnissen der Kurier von dem Mann war, den wir suchen."

Jetzt war Will an der Reihe, erstaunt zu sein. Er stammelte: „Sagten Sie gerade Frau Thönnissen?"

„Ja genau. Eine 70-jährige Frau ist natürlich eine perfekte Tarnung. Aber sie ist ja leider verschwunden. Und Hans-Peter Eidams ..."

Die Worte, die nun folgten, konnte Will nicht verstehen, weil unmittelbar neben ihm im Toilettenwagen eine Klospülung ging, die einen Höllenlärm verursachte. Er tat einen Schritt nach vorne und schaute verärgert zum Eingang des Wagens. Dort trat in diesem Augenblick Spargel heraus und wischte sich seine Hände an seiner Jeanshose ab. Als er Will erblickte, nickte er ihm staatsmännisch zu und eilte schnellen Schrittes zurück ins Zelt.

„Entschuldigung", sagte Will, „ich hatte gerade der letzte Satz nicht verstanden."

„Ich sagte, Hans-Peter Eidams hat die Drogen von Frau Thönnissen geliefert bekommen. Er kennt aber angeblich nicht den Hintermann. Jetzt müssen wir herausfinden, wer die Drogen über die Grenze bringt und vor allem, wie er das macht." Der Kommissar seufzte.

Will grinste breit. Dann sagte er: „Richtig, Herr Kleinheinz. Und jetzt komm ich im Spiel. Ich denke, ich kann Sie helfen. Ich weiß nämlich, wer der große Unbekannte ist."

Kleinheinz war zum zweiten Mal während dieses Telefonats sprachlos. „Jetzt machen Sie es nicht so spannend. Wer ist unser Mann?", drängte der Kommissar ungeduldig.

„Da werden Sie nie drauf kommen", holte Will aus. „Der Mann, dem Sie suchen, ist ..." Weiter kam er nicht. Die Attacke erfolgte wie ein Blitz aus heiterem Himmel. Ohne Vorwarnung spürte er einen dumpfen Schlag an seiner Schläfe. Instinktiv zog er sein Taschentuch aus der Hose, weil er dachte, er hätte sich irgendwo gestoßen. Doch als er sich umdrehte, sah er den Schatten einer dunklen Person, die ihn mit voller Wucht gegen die Wand des Toilettenwagens stieß. Seine Beine knickten ein wie Streichhölzer und noch bevor er auf dem Boden aufkam, wurde ihm schwarz vor Augen. Das Handy kullerte über den Boden und gab eine weit entfernte Stimme ab: „Herr Hastenrath. Was ist los? Sagen Sie was." Eine ruhige Hand in einem schwarzen Lederhandschuh ergriff das Handy und beendete das Gespräch.

34
Samstag, 18. Juli, 23.22 Uhr

Kommissar Kleinheinz war außer sich. In heftigen Stößen atmete er ein und aus. Immer wieder starrte er auf das Handy in seiner Hand. Er hatte nicht einmal zurückrufen können, da die Rufnummer unterdrückt gewesen war. „Verdammt noch mal", fluchte er verzweifelt hinaus in die Lichtung, deren Dunkelheit mittlerweile von einer batteriebetriebenen Handweitleuchte erhellt wurde, die Bernd Bommer wenige Minuten zuvor aus seinem Kofferraum geholt und aufgestellt hatte. Kleinheinz schien durch Fredi und Borowka hindurchzusehen. Die beiden Saffelener standen ihm gegenüber und traten verlegen von einem Fuß auf den anderen. „Bernd!", brüllte Kleinheinz quer über den Platz, sodass auch Hansi Eidams mit verquollenem Gesicht den Kopf herumriss. Der eine Ledermann saß immer noch bewusstlos vornübergebeugt vor dem Baum, während der zweite mit schmerzverzerrtem Gesicht neben seinen Baum gerutscht war. An dem Ast über Hansi hing immer noch die Schlinge, die durch den Scheinwerfer einen monströsen Schatten warf.

Bernd Bommer stand etwa 20 Meter entfernt am Rande des Weges, an dem sein Wagen geparkt war. Durch die Bäume konnte man erkennen, dass er aufgeregt telefonierte. Er sah auf und deutete Kleinheinz mit einer Geste an, dass er sich beeilen würde. Der Kommissar wandte sich nachdenklich Fredi Jaspers zu: „Wir müssen auf dem schnellsten Weg zum Festzelt."

Fredi schluckte. Er spürte, wie seine Handinnenflächen feucht wurden. „Ich kenne eine Abkürzung hier durch der Wald. Mit der X5 kommen wir da ohne Probleme durch."

„Okay", Kleinheinz schob das Handy in seine Tasche und rieb die Hände aneinander wie ein Turner, der sie sich vor seiner Reckübung mit Magnesium einreibt, „wir machen es folgendermaßen. Besondere Situationen erfordern besondere Maßnahmen. Eigentlich ist es zu gefährlich, Zivilisten mit in die Aktion einzubeziehen, aber uns bleibt keine andere Wahl. Wärt ihr, trotz der Gefahr, bereit, uns zu helfen?"

Fredi und Borowka nickten, ohne auch nur eine Sekunde zu zögern. Über ihre Gesichter huschte ein Strahlen. Fast zeitgleich drückten sie ihre Rücken durch. Borowka entfuhr ein leises „Cool".

Kleinheinz sprach unbeirrt weiter: „Wir können nicht warten, bis Verstärkung kommt. Wir müssen sofort handeln, da Gefahr im Verzug ist. Sie beide werden Hauptkommissar Bommer und mich jetzt bei den Ermittlungen unterstützen. Sie handeln nur nach unseren Anweisungen. Außerdem gilt absolute Geheimhaltung. Ist das klar?"

Fredi und Borowka nickten mit offenen Mündern. Borowkas Mundwinkel wurden dabei von einem Lächeln umspielt, das er mühsam zu unterdrücken versuchte.

„Herr Jaspers, Sie werden mit mir zum Festzelt fahren. Wir müssen so schnell wie möglich Herrn Hastenrath finden. Es könnte gefährlich werden. Also bleiben Sie dabei immer in meiner Nähe. Herr Borowka, Sie werden mit Hauptkommissar Bommer hierbleiben und die Gefangenen bewachen."

Borowkas Lächeln erstarb. Fassungslos stammelte er: „Hierbleiben? Bewachen? Aber Herr Kleinheinz. Ich kenn doch auch der Weg zum ..." Borowka verstummte, als ihn der entschlossene Blick des Kommissars traf.

In diesem Augenblick kam Bernd Bommer mit großen Schritten auf sie zugelaufen. „Die Kollegen sind unterwegs. Ich hab denen noch mal richtig Dampf gemacht, aber die sagen, ob uns überhaupt klar wäre, wie weit es nach Saffelen ist. Ich hab gesagt, wenn nicht uns, wem sonst? Was ist mit Hastenrath?"

„Keine Ahnung", antwortete Kleinheinz mit besorgter Miene, „aber wir müssen das Schlimmste befürchten. Ich habe gerade entschieden, dass Herr Jaspers mit mir zum Festzelt fährt und du mit Herrn Borowka hierbleibst."

Bommer blieb wie angewurzelt stehen. Verdutzt sah er zuerst Kleinheinz, dann Borowka an. Dieser hielt seinem Blick nur kurz stand. Verschämt blickte der Saffelener zu Boden, als er die aufgeplatzte Lippe und das mittlerweile ins violett changierende, aufgequollene Auge des V-Mannes aus der Nähe betrachtete. Bommer versuchte, sich zu sammeln und hob dann an: „Aber Peter. Was redest du da? Wir können doch hier keine Zivilisten ..."

„Wir haben keine andere Wahl, Bernd", schnitt Kleinheinz ihm das Wort ab. „Die beiden werden uns jetzt unterstützen und damit basta. Ich brauche jemanden, der mich auf dem schnellsten Weg zum Festzelt bringt. Außerdem haben wir jetzt keine Zeit, zu diskutieren. Wir müssen sofort los." Ohne eine Antwort abzuwarten, stapfte er in Richtung Wagen. Er blieb noch einmal kurz stehen und winkte Fredi zu sich. Fredi begriff erst jetzt, dass er mit „wir" gemeint war. Er musste sich zusammenreißen, um sich seinen Stolz nicht anmerken zu lassen. Ihm war klar, dass jede Art von Gefühlsausbruch unangebracht war für einen Hilfspolizisten, der alle seine Sinne für die Ermittlungsarbeit brauchen würde. Er, Fredi Jaspers, war jetzt die rechte Hand des Chefs. Denn dass Kleinheinz der Chef war, das war ja wohl gerade mehr als klar geworden. Eifrig rannte er los und überholte Kleinheinz noch, bevor sie am Wagen ankamen.

Bernd Bommer hatte seine Arme sinken lassen und rief nur noch kraftlos hinterher: „Peter, sonst nimm doch den Borowka auch mit. Ich komme hier schon alleine klar."

Kleinheinz hatte sich bereits hinters Lenkrad geschwungen und die Tür zugeworfen. Das Fenster fuhr automatisch herunter und der Kommissar brüllte gegen den startenden Motor an: „Nein, es ist besser, wenn ihr hier zu zweit seid, bis die Kollegen kommen. Mit den zwei Ledertypen ist nicht zu spaßen. Zur Not gibst du Herrn Borowka den Koffer in die Hand." Er lachte kurz, dann raste der X5 mit durchdrehenden Reifen in die Nacht.

Borowka sah Bommer schuldbewusst an. „Tut mich leid, Bernie."

Bommer musterte ihn kurz und sagte: „Ist ja nicht deine Schuld." Dann ließ er ihn stehen und ging in die Mitte der Lichtung, von wo er die drei Gefesselten gut im Auge halten konnte. Er setzte sich auf eine mit Moos bewachsene Stelle, zog seine Waffe und überprüfte sie übertrieben gründlich.

Borowka kniete sich neben ihn und suchte einige Sekunden nach den richtigen Worten. Dann setzte er mit einem leichten Räuspern an: „Hör mal Bernie. Mich ist schon klar, dass du sauer bist und kein Bock hast, mit mir hier rumzusitzen. Ich mein, ich hab ... also, was ich sagen will, ist ... ja, wie soll ich sagen? Jedenfalls, tut es mich leid, dass ich dir eine reingehauen hab. Und auch, dass ich dir vor das Knie getreten habe. Aber die Situation ..."

Bommer winkte ab: „Ist schon okay. Du konntest ja nicht wissen, dass das Ganze eine verdeckte Operation war."

Borowka war erleichtert, dass Bommer nicht sauer war. Er setzte sich neben ihn auf den Boden und überlegte kurz. „Ja gut", sagte er dann zögerlich, „Operation hin oder her. Dass du dich an Rita rangemacht hast, hatte ja wohl nix mit die Drogen zu tun."

Bommer lachte kurz auf. „Schon klar. Übrigens: Rita habe ich vorhin auf einem Waldweg aufgesammelt und zu mir in Sicherheit gebracht."

„Zu dir?"

„Ja, damit sie sich wieder frisch machen konnte. Bevor ich hierhin gekommen bin, habe ich sie aber noch bei ihren Eltern abgesetzt. Also mach dir keine Sorgen."

„Du hast die doch wohl nicht schon wieder schöne Augen gemacht, oder?"

Bommer sah Borowka belustigt in die Augen. „Du glaubst doch nicht im Ernst, dass ich mich an Rita ranmachen würde? Ich bitte dich."

Borowkas Miene verfinsterte sich. Bommer realisierte, dass er dabei war, einen verhängnisvollen Fehler zu begehen. Schnell versuchte er, das Ruder wieder herumzureißen: „Also, versteh mich nicht falsch. Rita ist eine sehr attraktive Frau. Aber hier geht es doch um was ganz anderes."

„Und wodrum?" Borowka fixierte ihn unerbittlich.

„Okay. Ich darf eigentlich nicht mit dir darüber reden, weil das eine laufende Ermittlung ist. Aber da Kleinheinz dich ja offensichtlich zu einer Art Hilfspolizist ernannt hat, kann ich's dir auch sagen. Ich habe versucht, über Rita mehr über dich herauszubekommen. Du gehörst nämlich zu den Verdächtigen in diesem Fall."

Borowkas Gesichtszüge entgleisten. „Ich? Bist du bekloppt? Wie kommst du denn dadrauf?"

„Bei der Beschattung von Hansis Laden bist du in unser Visier geraten. Du bist mehrmals zu immer denselben Zeiten im Laden gewesen. Du hättest der Kurier sein können."

„Ja klar bin ich öfters da", Borowka dachte kurz nach. „Immer wenn ich Frühstückspause hab bei Auto Oellers. Da hole ich mich immer ein Twix und eine Mezzo-Mix. Außerdem kenn ich der Hansi doch vom Fußball. Das ist ein alter Kumpel von mir." Bei diesen Worten schaute er unwillkürlich zu Hansi hinüber, der geschunden und zusammengesunken mit glasigem Blick vor dem Baum saß. Während er ihn mitleidig ansah, wurde ihm klar, dass auch er sich in einem Freund getäuscht hatte. Gerade für einen wie Hansi hätte er seine Hand ins Feuer gelegt. Und jetzt? Jetzt war der harmlose rechte Verteidiger, der auf der Geburtstagsfeier von Karl-Heinz Klosterbach noch unter Anfeuerungsrufen nackt in den Fischteich gesprungen war, auf einmal als Täter in einen Kriminalfall verwickelt. Plötzlich hatte Borowka sogar Verständnis dafür, dass Bernie ihn verdächtigte. Im Moment konnte man niemandem trauen. Noch nicht einmal in Saffelen.

Bommer beobachtete Borowka. Als könne er dessen Gedanken lesen, sagte er: „Tja, es ist eben nicht immer alles so, wie es scheint. Während der Beschattung stand ich natürlich die ganze Zeit mit Kleinheinz in Kontakt. Er hat die Operation geleitet. Zwischendurch hat sogar Fredi mal die Nase daran bekommen. Ich glaube, er hat bei mir Fotos gefunden. Und dann habe ich dich noch zweimal beobachtet, als du nach Holland gefahren bist. Beim zweiten Mal hast du dort mehrere Kartons in deinem Kofferraum verstaut. Und da wir wussten, dass die Drogen aus Holland kommen, standest du natürlich ganz oben auf unserer Liste."

Borowka war perplex. Nie im Leben wäre er auf die Idee gekommen, dass ihm jemand nach Holland gefolgt sein könnte. Er hatte doch alles perfekt vorbereitet. Gut, beim zweiten Mal hatte der Hund von diesem Verkäufer angeschlagen, aber als sie nachgesehen hatten, war dort niemand gewesen. Sein Plan war rundum wasserdicht. Er hatte sogar seine geliebte Shark-Hifianlage, bestehend aus zwei 6000-Watt-Verstärkern und zwei 15-Zoll-Basstubes, die sonst immer den kompletten Kofferraum ausfüllte, ausgebaut und in der Garage seiner Schwiegereltern unter einer großen Plane versteckt. Auf diese Weise konnte er die Kartons transportieren und lagern. Sein Plan war ja gerade deshalb so perfekt, weil er bei dieser Aktion von seiner Schwiegermutter, mit der er sonst immer auf Kriegsfuß stand, unterstützt und gedeckt wurde. Das war die beste Tarnung, die man sich vorstellen konnte, auch wenn sie ihn die ganze Zeit mit ihren lästigen Anrufen genervt hatte. In

Gedanken versunken, kreuzte sein Blick plötzlich den von Bommer, der ihm tief in die Augen sah. Der Kommissar schien auf eine Erklärung zu warten.

Borowka räusperte sich: „Ach so, Holland. Ja, also, das war so gewesen. Ich hab da ein Geschenk gekauft."

Bommer runzelte die Stirn und verschränkte die Arme vor seiner kugelsicheren Weste, die dabei ein quietschendes Geräusch von sich gab. „Ein Geschenk? Auf einem vergammelten Schrottplatz?"

„Hallo?", entrüstete sich Borowka. „Henk Houwechrad ist ein hoch angesehener Händler in Geleen."

„Ach. Und womit handelt er? Mit verrosteten Fahrradklingeln?"

„Wenn man die braucht, würde man die da bestimmt auch bekommen. Aber im Prinzip verkäuft der alles Mögliche. Ich habe bei dem vier Alufelgen von ATS gekauft, 4 x 20 Zoll. Aber nicht irgendwelche, sondern die Pegasus. Das ist ja quasi im Prinzip der Rolls-Royce unter die Alufelgen. Bei der Henk sind die aber viel billiger als wie in Deutschland. Hier bezahlst du fast 300 Euro pro Felge. Die haben doch der Knall nicht ..."

„Moment, Moment", Bommer machte eine unbestimmte Handbewegung, „jetzt mal langsam. Eben hast du gesagt, du hättest ein Geschenk gekauft. Jetzt behauptest du, du hättest Alufelgen gekauft."

„Ja und?"

Bommer schüttelte den Kopf. „Ja, wem, um Himmels willen, schenkt man denn Alufelgen?"

„Rita!"

„Rita?"

„Ja klar. Die hat doch bloß so olle Stahlfelgen auf ihr Suzuki Vitara. Und die wünscht sich nix mehr als wie Alufelgen. Ich meine, die hofft natürlich, dass ich ihr welche schenke. Aber die rechnet natürlich im Leben nicht damit, dass ich die Pegasus-Alufelgen von ATS kaufe."

Bommer starrte ihn an, als würde er einem Medizinmann beim Regentanz zusehen.

Borowka fuhr unbeirrt fort: „Da werden alle neidisch sein, wenn die damit zur Arbeit kommt. Jetzt fragst du dich natürlich, warum ich so ein teures Geschenk kaufe, oder?"

„Das und vieles mehr frage ich mich."

„Weil wir nächste Woche Samstag unser fünfter Hochzeitstag haben. Das wird eine Riesenüberraschung für Rita. Da rechnet die im Leben nicht mit. Und weißt du auch warum?"

Bommer schüttelte den Kopf.

„Weil ich die letzten vier Hochzeitstage alle vergessen habe."

Bommer musste unwillkürlich grinsen. Irgendwie fand er diesen erfrischend naiven Borowka doch nett. Er nickte ihm zu. „Ist natürlich klar, dass wir deine Angaben noch überprüfen müssen. Aber trotzdem schon mal Entschuldigung für die Sache mit Rita."

„Schon vergessen. Und von mir Entschuldigung für dein Knie, deine Lippe und dein Auge. Aber wenn es sich um Rita geht, verstehe ich kein Spaß."

Eine Weile saßen sie nebeneinander im weichen Moos und blickten in den klaren Nachthimmel, der wirkte, als hätte ihn jemand mit Tusche gezeichnet und willkürlich kleine, glitzernde Sterne hineingetupft. Versonnen fragte Bommer: „Glaubst du eigentlich an Astrologie?"

„Wodran?"

„An Horoskope."

Borowka sah ihn entrüstet an. „An Horoskope? Natürlich nicht!"

„Und warum nicht?"

„Ich bin Skorpion. Skorpione glauben nicht an Horoskope."

35
Samstag, 18. Juli, 23.43 Uhr

Schon von Weitem sahen sie den hochroten Kopf von Heribert Oellers. Der Autohausbesitzer schien wilde Flüche auszustoßen. Er stand vor dem Festzelt auf einer verschmutzten Gummimatte, mit der Kabel und Schläuche abgedeckt waren, die ins Innere führten. Oellers' dunkelblauer Anzug, der auf den Schultern mit Schuppen gesprenkelt war, wirkte genauso mitgenommen wie sein Träger. Ein zerknitterter Zipfel seines weißen Hemdes lugte unterhalb des überhängenden Bauches aus der Hose hervor. Neben ihm stand seine Frau in einem formlosen, geblümten Kleid. Sie machte den Eindruck, als hätte sie gerade geweint, und zupfte Oellers unaufhörlich, aber halbherzig am Arm, doch der riss sich immer wieder los. Neben den beiden standen ein sichtlich überforderter Josef Jackels und ein weiterer Mann in einer Feuerwehruniform. Mit hohem Tempo jagte Kleinheinz den X5 auf den Vorplatz und kam mit einer Vollbremsung auf Höhe des Frittenanhängers zum Stehen. Fredi Jaspers hatte sich während der ganzen Fahrt durch das rumpelige Gelände am Armaturenbrett festgekrallt. Nun stellte er fest, dass die Knöchel seiner Finger weiß hervorstanden. Mit leichter Übelkeit stieg er aus dem Wagen und folgte Kleinheinz, der mit entschlossenen Schritten auf die Gruppe zusteuerte. Noch im Gehen zückte er seinen Ausweis und unterbrach das Gebrüll von Heribert Oellers: „Kleinheinz, Kriminalpolizei. Was ist hier los?"

Oellers, der es nicht gewohnt war, im Befehlston angesprochen zu werden, suchte aufgebracht und mit wirrem Blick nach der Quelle der Stimme. Als Kleinheinz sich vor ihm aufbaute, fuhr er ihn an: „Das wurde auch Zeit, dass Sie kommen. Mein Handy ist geklaut worden."

„Heribert", sagte seine Frau und rüttelte wieder an seinem Arm.

„Sagen Sie mir bitte genau, was passiert ist." Kleinheinz hatte nun in einen besonnenen Tonfall gewechselt.

„Der Hastenraths Will hat sich eben mein Handy ausgeliehen und ist damit abgehauen. Und ich sag noch für dem: WMF!", polterte Oellers los, ohne seine Stimme zu senken.

„Ja aber, vielleicht ist der Will ja noch auf dem Klo", warf Josef Jackels unsicher ein.

„Meinst du etwa, da hätte ich noch nicht nachgeguckt? Der ist hier nirgendswo auf dem Gelände", blaffte Oellers ihn an. Josef zuckte zusammen und tat einen Schritt zurück, als sei er von einer riesigen Druckwelle erfasst worden.

Kleinheinz machte mit beiden Armen eine beschwichtigende Geste. „So, jetzt beruhigen wir uns alle erst mal. Der Reihe nach. Wann genau haben Sie Herrn Hastenrath Ihr Handy geliehen?"

Oellers sah auf die Uhr. „Das muss so kurz nach elf gewesen sein. Zehn Minuten später bin ich rausgegangen, für dem zu suchen. Aber der ist wie vom Erdboden verschluckt."

Kleinheinz legte die Stirn in Falten. In der Mitte bildete sich eine kleine Furche. „Verdammt."

Josef Jackels hob den rechten Zeigefinger und meldete sich noch einmal zaghaft zu Wort: „Was ist denn passiert, Herr Kommissar?"

„Ich habe eben mit Herrn Hastenrath telefoniert. Das Gespräch wurde unterbrochen. Im Moment müssen wir davon ausgehen, dass er überfallen worden ist."

Josef wurde blass. Auch Heribert Oellers war plötzlich sprachlos. Kleinheinz dachte angestrengt nach. Dann sagte er: „Herr Oellers, bitte schreiben Sie mir Ihre Handynummer auf. Ich muss nur schnell mit dem Staatsanwalt telefonieren. Dann können wir versuchen, es orten zu lassen. Vielleicht haben wir Glück. Herr Jaspers", er winkte seinen Hilfssheriff zu sich, „als ich mit Herrn Hastenrath telefoniert habe, habe ich im Hintergrund eine sehr laute Klospülung gehört. Mit großer Wahrscheinlichkeit hat er neben dem Toilettenwagen gestanden. Es könnte sich um den Tatort handeln. Ich muss schnell telefonieren. Gehen Sie schon mal rüber und sichern Sie die Stelle. Achten Sie darauf, dass niemand rumtrampelt oder Spuren verwischt, bis ich dazukomme." Fredi spurtete los. Dann wandte sich der Kommissar an den Löschmeister: „Herr Jackels, bitte unterstützen Sie Herrn Jaspers und sperren Sie den Bereich mit Flatterband ab. Ich verlasse mich auf Sie."

Bei dem Begriff „Tatort" war Josef merklich zusammengezuckt. Er nahm den Helm ab und strich sich mit der Hand über sein schweißnasses Haar. Nach einer Schrecksekunde setzte er ihn wieder auf und wies seinen Nebenmann an: „Hans-Gerd, geh Flatterband holen und komm dann nach dem Toilettenwagen." Hans-Gerd verschwand und Josef nickte Kleinheinz pflichtbewusst zu. Dann schritt er wie ein Gardeoffizier davon.

Fredi leuchtete den Bereich neben der Eingangstreppe zum Toilettenwagen mit der großen Taschenlampe aus, die der Kommissar ihm während der Fahrt gegeben hatte. In diesem Moment ging mit lautem Getöse die Klospülung und wenige Sekunden später trat Spargel aus der Tür. Er wischte sich seine Hände an den Hosenbeinen ab. Dann erblickte er Fredi und rief erfreut: „Ha, Fredi, Aschloch. Was machst du denn da? Hast du dein Autoschlüssel verloren?"

„Ich? Nein. Sag mal, Spargel, hast du zufällig der Hastenraths Will innerhalb der letzten zehn Minuten irgendwo gesehen?"

Spargel überlegte. Der Denkprozess zog sich etwas hin, da der Alkohol ganz offensichtlich seine Sinne umnebelte. Dann nickte er: „Ja, klar. Der hat eben, wie ich das letzte Mal auf dem Klo war, hier vorne telefoniert." Er zeigte auf eine Stelle seitlich vom Wagen.

„Danke, Spargel. Viel Spaß noch."

Spargel machte einen Kapitänsgruß und zeigte aufs Festzelt: „Danke Monsieur. Jetzt gleich ist die Tamara so was von fällig. Die habe ich eben schon mit Jenever sturmreif geschossen." Beseelt wankte er durch den Seiteneingang ins Zelt.

Josef Jackels tauchte neben Fredi auf und sah ihn besorgt an. „Meinst du, dem Will ist was passiert?"

Fredi zuckte die Schulter und erwiderte: „Keine Ahnung. Vielleicht ist er auch einfach nach Hause gegangen und …" Fredi hielt inne, weil der Lichtstrahl seiner Lampe einen Gegenstand auf dem Boden gestreift hatte. Vorsichtig näherte sich Fredi der Stelle und ging in die Hocke.

Josef beugte sich ungelenk zu ihm herunter. „Was ist denn da, Fredi? Du weißt, du darfst nix anfassen."

„Ja, ja."

Fredi hielt die Taschenlampe auf Höhe seines rechten Ohres. Auf diese Weise konnte er einen Bereich von etwa einem Quadratmeter hell ausleuchten. Fredi erkannte ein weißes Knäuel, das aussah wie etwas Schafswolle, und daneben eine schmierige Flüssigkeit. Als er sich noch weiter herunterbeugte, erstarrte er. Neben einem zerknüllten Taschentuch, in das die Initialen „WH" eingestickt waren, entdeckte er eine dunkelrote Blutlache.

36
Sonntag, 20. Juli, 0.17 Uhr

Wills Schädel brummte fast so wie an dem Morgen nach dem großen Schützenball im Juni, als der zweite namhafte Saffelener Landwirt, Brockers Paul-Heinz, ihn mit dem Trecker nach Hause gefahren hatte. Will hatte vorne in der großen Schaufel gelegen, die Paul-Heinz dann ganz sanft vor der Haustür der Hastenraths abgelassen und gekippt hatte. Das Schädelbrummen, das sich dann im Laufe des Vormittags eingestellt hatte, stammte aber nicht von den 18 Pils und den neun Cola-Korn, sondern von der mit allerlei Kleinkram gefüllten Damenhandtasche von Marlene, mit der diese den in Embryonalstellung auf der Fußmatte schlummernden Will geweckt hatte.

Will schlug die Augen auf und ein heftiger Schmerz durchzuckte seinen Kopf. Er wollte nach Luft schnappen, doch es ging nicht, weil irgendetwas seine Lippen zusammenpresste. Über seinem Mund klebte ein breites Kreppband. Will wollte es abziehen, doch dann stellte er fest, dass seine Hände hinter seinem Rücken gefesselt waren. Ächzend gelang es ihm, das Klebeband teilweise mit der Zunge abzudrücken, sodass es an einer Seite herunterhing. Nachdem er tief Luft geholt hatte, sah er sich benommen um. Er befand sich in einem ungemütlichen, schummrig beleuchteten Raum, in dem ein großer Kessel monoton vor sich hingrummelte. Ein Heizungskeller, dachte Will, der auf kaltem Estrichboden in der Ecke saß. Plötzlich trat neben dem Kessel eine mächtige Gestalt in Wills Blickfeld. Da der Körper den matten Schein der von der Decke baumelnden Glühbirne komplett verdeckte, konnte Will nur Konturen erkennen. Aber das war egal, denn er wusste ohnehin, wer der Mann war.

„Guten Abend, Herr van der Valk", sagte Will.

Der Mann machte einen Schritt nach vorne. Nun konnte der Landwirt den holländischen Schlagerstar genau erkennen. In diesem Moment wirkte dieser längst nicht mehr so glamourös wie noch vorhin bei seinem Auftritt – und das lag nicht nur an der fast heruntergebrannten Zigarette, die schlaff aus seinem Mundwinkel schaute. Seine Wangen waren eingefallen, seine Haut wirkte bleich und dünn wie Papier und die leicht gebeugte Haltung verlieh ihm ein gebrechliches Aussehen. Das weiße Rüschenhemd war weit geöffnet, die Fliege hing wie ein toter Fisch daran herunter und sein graues Haar pappte in wirren Strähnen an seiner Stirn fest. Offensichtlich hatte der Transport des bewusstlosen Wills ihm große körperliche Anstrengung abverlangt. Erschöpft, aber mit kühlem Blick fixierte er den am Boden kauernden Ortsvorsteher. Langsam hob er seinen rechten Arm und richtete eine Pistole auf ihn. Als Will in den Lauf blickte, zuckte er innerlich zusammen, versuchte sich seine Angst aber nicht anmerken zu lassen.

Mit ausgebrannter Stimme sagte van der Valk: „Ich wünsche Ihnen auch einen guten Abend, Herr Hastenrath. Es tut mir leid, dass wir uns unter diesen Umständen wiedersehen. Aber Sie haben mir keine andere Wahl gelassen."

Er blieb auch in dieser Situation ganz der Grandseigneur, wie Will anerkennend feststellte. Mit vorsichtigen Bewegungen setzte sich der Landwirt gerade auf und sagte: „Warum haben Sie das gemacht, Herr van der Valk? Sie haben doch alles, wovon ein Mensch immer am träumen ist: Erfolg, Geld, Ruhm."

Van der Valk schnaubte verächtlich: „Was wissen Sie denn schon? Aber ich habe nicht die Zeit, mit Ihnen darüber zu diskutieren. Was mich allerdings interessieren würde: Wie sind Sie eigentlich auf mich gekommen?"

Will rutschte ein Stück zur Seite, hielt aber sofort inne, als er sah, dass die Waffe seiner Bewegung folgte. Langsam schlich sich die Ausweglosigkeit seiner Situation in sein Bewusstsein. Er war der einzige, der um das Geheimnis des Schlagersängers wusste. Für van der Valk stand zu viel auf dem Spiel, als dass er Will würde laufen lassen. Und an Flucht war nicht zu denken. Die einzige Tür war versperrt und er blickte nach wie vor in den Lauf einer Pistole. Der Holländer zog ein letztes Mal kräftig an seiner Zigarette. Doch anstatt sie wegzuwerfen, drückte er sie mit den Fingerspitzen aus und ließ sie in seine Hosentasche gleiten. Er will keine Spuren hinterlassen, dachte Will. Dann räusperte sich der Landwirt und sagte: „Eigentlich bin ich erst heute Abend dadrauf gekommen, als ich Ihr Akkordeon im Zelt reingetragen habe."

Van der Valk legte fragend den Kopf schief. Will fuhr fort: „Ich habe Sie doch gesagt, dass ich schon einmal im Altenheim Ihr Akkordeon getragen habe. Und damals war das viel schwerer gewesen. Sie haben zwar behauptet, das wäre ein anderes

Modell gewesen, aber ich war mir ziemlich sicher, dass es sich um ein und dasselbe Instrument gehandelt hat."

Van der Valk pfiff durch die Zähne. „Nicht schlecht, Sherlock. Und welche Schlüsse haben Sie daraus gezogen?"

„Zuerst keine. Aber als meine Frau dann später für mich gesagt hat, dass Sie so schön auf Ihr Schifferklavier gespielt hätten, da wurde mir alles klar."

„Ich versteh nicht."

„Josef Jackels hatte mir vor ein paar Tagen erzählt, dass Familie Eidams früher immer in alle erdenkliche Gerätschaften Kaffee und Zigaretten über die Grenze geschmuggelt hat. Einmal haben die sogar in ein Klavier alle Hohlräume damit ausgestopft. Und genauso haben Sie das auch gemacht. Sie haben die Drogen einfach im Akkordeon drin versteckt und über die Grenze nach dem Altenheim transportiert. Ich denke, da passt schon einiges rein in so ein Instrument."

Der Holländer lächelte. „Na ja, so drei, vier Kilo Heroin passen da schon rein. Und das Wunderbare ist: Das Akkordeonspiel wird dadurch nicht beeinträchtigt."

„Im Altenheim haben Sie die Drogen Frau Thönnissen gegeben und die hat die dann in Hansi sein Laden gebracht."

Van der Valk zog die Stirn kraus. „Sie wissen von Katharina?"

„Das hat mir der Kommissar gesagt. Hansi hat zugegeben, dass die der Kurier war. Der Rest war klar. Sie waren der große Unbekannte in Frau Thönnissen ihr Leben. Der ihre unerfüllte Liebe. Sie haben die arme Frau schamlos ausgenutzt für Ihre Zwecke."

„Aber selbst wenn alles so wäre, wie Sie vermuten, warum sollte ich Drogen schmuggeln? Ich habe doch genug Geld."

„Das habe ich am Anfang auch gedacht. Aber mit ‚Die Königin der Tulpen' verdienen Sie kein Cent. Das Lied ist nämlich gar nicht von Sie. Und was Sie bei Ihre Auftritte in Altenheimen und Festzelten verdienen, dürfte wohl kaum reichen für Ihr Lebensstil."

„Wissen Sie", van der Valk sah Will versonnen an, „ich habe Sie unterschätzt. Sie sind cleverer, als Sie aussehen. Schade, dass Ihnen das rein gar nichts mehr nützt." Er streckte seinen rechten Arm aus und richtete die Waffe erneut auf Will.

Plötzlich öffnete sich quietschend die schwere Eisentür des Heizungskellers und eine junge Stimme auf der anderen Seite des Kessels rief: „Herr Brettschneider! Sind Sie da?"

Wir sind im Heizungskeller vom Saffelener Altenheim, schoss es Will durch den Kopf. Doch noch ehe er etwas rufen konnte, war van der Valk direkt vor ihm und presste ihm das herunterhängende Kreppband mit roher Gewalt zurück auf den Mund.

Fredi Jaspers kam sich albern vor in der weißen Pflegerbekleidung. Außerdem war sie zwei Nummern zu klein, weil sie Schwester Vanessa gehörte. Doch auf die Schnelle war Kommissar Kleinheinz kein besserer Plan eingefallen. Das Handy von Heribert Oellers war lokalisiert worden: Es befand sich im Saffelener Altenheim. Doch in welchem der vielen Räume, konnte die technische Abteilung nicht genau sagen. Fredi hatte sich für seinen Einsatz geradezu aufgedrängt und Kleinheinz hatte notgedrungen zugestimmt. Da sie unter Zeitdruck standen, mussten sie sich aufteilen. Während der Kommissar die oberen Etagen durchsuchte, kundschaftete Fredi als Pfleger verkleidet die unteren Räume aus. Als er nun die schwere Eisentür vom Heizungskeller öffnete, stellten sich ihm die Nackenhaare auf. Es brannte ein schwaches Licht und er spürte sofort, dass er nicht allein war. Als er eintrat, klangen die Schritte seiner zu engen weißen Birkenstocksandalen unnatürlich laut auf dem groben Estrich. Sein Herz pochte und er hatte Mühe, das Tablett mit der Urinprobe, das er zur Tarnung vor sich her trug, auszubalancieren. „Herr Brettschneider! Sind Sie da?", rief er. Er hörte ein Geräusch, dann tauchte eine große Gestalt neben dem Kessel auf. Trotz des schwachen Lichts erkannte er den Schlagersänger Charlie van der Valk. Fredi ließ sich seine Verwunderung aber nicht anmerken. Stattdessen sagte er: „Ach, Hallo. Was machen Sie denn hier?"

Van der Valk hielt die entsicherte Beretta 92 hinter seinem Rücken, als er um den Kessel herumging. Dort stand ein junger Pfleger, den er noch nie hier im Altenheim gesehen hatte. Wahrscheinlich war er neu. Deshalb schien er van der Valk auch nicht zu erkennen. Der Holländer änderte seine Strategie, die zuvor daraus bestanden hatte, sofort zu schießen. Er lächelte den Pfleger freundlich an und sagte: „Herr Brettschneider ist oben. Er hat mich gebeten, nach der Heizungsanlage zu sehen." Er deutete auf seine festliche Kleidung und hob entschuldigend die Arme: „Wochenendnotdienst. Ich komme gerade von einer Feier."

Der Pfleger nickte. „Okay, dann guck ich mal oben nach der Herr Brettschneider. Schönen Abend noch."

Den letzten Satz sprach der Pfleger etwas zu laut aus. Nicht viel, aber diese Nuance genügte van der Valk, um zu begreifen, dass es sich um einen Trick handelte. Er umklammerte den Griff seiner Pistole und ging einen Schritt auf den Pfleger zu. Jetzt musste alles ganz schnell gehen. Und das ging es auch. Allerdings anders, als van der Valk sich das gedacht hatte. Blitzschnell riss Fredi Jaspers das randvolle Glas mit der Urinprobe vom Tablett und schüttete dem Schlagersänger den kompletten Inhalt ins Gesicht. Ein brennender Schmerz schoss ihm in die Augen und ein schmieriger Film legte sich über seine Netzhaut. Van der Valk ließ die Waffe fallen und konnte nur noch schemenhaft erkennen, wie ein zweiter Mann mit lautem Geschrei in den Raum stürmte und ihn brutal zu Boden riss.

37
Sonntag, 20. Juli, 0.46 Uhr

Der Vollmond schien durch die halb geöffneten Jalousien des kleinen Sozialraums und vermischte sich mit dem viel zu hellen Deckenstrahler zu einem diffusen Licht. Kommissar Kleinheinz hatte die kleine Teeküche zum Verhörraum umfunktioniert. Charlie van der Valk saß schweigend auf einem gepolsterten Plastikstuhl, dessen aufgerissenes Kissen ungeschickt mit Klebeband geflickt worden war. Seine Hände waren mit Handschellen hinter dem Rücken gefesselt. Auf einer Eckbank wurde Wills Kopfwunde gerade von Schwester Vanessa mit Jod beträufelt. Sie befand sich so nah neben ihm, dass ihm ihr süßes Parfüm unweigerlich in die Nase stieg. Es war ein so betörender Duft, wie er ihn noch nie in seinem Leben gerochen hatte. Das blumige Aroma raubte ihm fast den Verstand. Als dann auch noch Vanessas rechte Brust beim Betupfen der Wunde aus Versehen Wills Schulter streifte, wurde dieser halb ohnmächtig und stöhnte auf. „Brauchen Sie ein Glas Wasser, Herr Hastenrath?", fragte die Schwester besorgt.

„Noch besser ein Schnaps", antwortete der.

Fredi Jaspers betrat den Raum. Er hatte sich im Nebenzimmer umgezogen und trug jetzt wieder seine Jeanshose mit den

Lederapplikationen und darüber sein Jeanshemd. Das gelbe Jackett und die rosa Lederkrawatte hatte er über den Arm gelegt. In der rechten Hand schwenkte er eine Tüte, in der die Ersatzkleidung von Vanessa steckte. Er wedelte der Schwester damit zu. „Danke für die Sachen. Die geb ich meine Mutter für zum Waschen."

In diesem Moment beendete Kommissar Kleinheinz auf dem Flur sein Telefonat und trat ebenfalls in den Raum. An Vanessa gewandt, fragte er: „Haben Sie Brettschneider immer noch nicht erreicht?" Vanessa schüttelte treuherzig den Kopf. Dabei schlugen einige ihrer blonden Locken, die so herrlich nach grünem Apfelshampoo rochen, in Wills Gesicht. Der Landwirt seufzte laut vernehmlich.

„So", wandte sich der Kommissar an alle, „die Kollegen werden gleich hier sein." Dann ging er auf Charlie van der Valk zu und sah ihn scharf an. „Und nun zu dir, mein König der Tulpen. Wo ist Katharina Thönnissen?"

Van der Valk schwieg. Kleinheinz wartete einen Augenblick, dann wurde seine Stimme lauter und bedrohlicher: „Hör zu, alter Mann. Deine Komplizen haben wir geschnappt. Die werden früher oder später auspacken. Wir wissen, dass du der Drogenboss bist und das Zeug von Holland hierher gebracht hast. Wir wissen, dass Katharina Thönnissen der Kurier war und wir wissen, dass Hans-Peter Eidams' Laden der Drogenumschlagplatz war. Was wir noch nicht wissen, ist, wo sich Frau Thönnissen aufhält. Oder – ist sie tot?"

Van der Valks Augen weiteten sich beim letzten Satz. Die zuvor stoische Miene wich einem ängstlichen Blick. Kleinheinz stutzte. Er schlug auf den Tisch: „Komm schon, was hast du mit ihr gemacht? Hast du sie umgebracht? Weil sie zu viel wusste? So wie du Wilhelm Hastenrath umbringen wolltest?"

„Nein, ich hab sie nicht umgebracht", stieß der Holländer hervor. In seiner Stimme schwang Verzweiflung mit. Es schien, als wolle er weiterreden, doch stattdessen verstummte er wieder. Kleinheinz merkte, dass er auf der richtigen Spur war. Gleich hatte er ihn so weit. Er durfte jetzt nur nicht locker lassen. „Wo ist sie?", brüllte er ihm ins Gesicht.

Van der Valks Gesichtszüge verzerrten sich. „Ich weiß es nicht!", brüllte er zurück. Dann sackte er in sich zusammen und brach in Tränen aus. Kleinheinz verstand die Welt nicht mehr. Was sollte das jetzt? Wie ein Tiger im Zoo ging er im Raum auf und ab und dachte angestrengt nach. Nur das Ticken der Küchenuhr war zu hören.

Plötzlich durchbrach Will die Stille. „Herr Kommissar. Ich glaube, der sagt die Wahrheit. Ich glaube, die alte Frau Thönnissen ist die Königin der Tulpen."

Kleinheinz sah ihn fassungslos an. Mühsam rang er nach Worten: „Was? Wie? Lassen Sie mich doch jetzt mit dem Scheiß in Ruhe, Herr Hastenrath. Ich führe hier gerade eine Vernehmung durch."

Doch Will ließ sich nicht beirren. Er schob Schwester Vanessa zur Seite, stand auf und ging auf Charlie van der Valk zu. Er kniete sich vor ihn und sagte: „Als ich vorhin gesagt habe, dass Sie die große Liebe von Frau Thönnissen waren, da hatte ich Recht, oder?"

Van der Valk nickte, sah aber nicht auf. Der Landwirt fuhr fort: „Was ich aber bis eben noch nicht gewusst habe, ist, dass Frau Thönnissen auch Ihre große Liebe ist. Stimmt's?"

Van der Valk biss sich auf die Lippe. Kleinheinz platzte der Kragen: „Herr Hastenrath, wenn Sie bitte jetzt mal vor die Tür gehen. Mit Ihrer Rosamunde-Pilcher-Nummer kommen wir hier nicht weiter. Wir haben es hier mit einem skrupellosen Drogendealer zu tun. Wenn es ihm hilft, würde er uns auch erzählen, dass er der Bruder von Britney Spears ist."

Charlie van der Valk hob den Kopf und sah den Kommissar an. Tränen rannen über seine Wangen. Mit brüchiger Stimme sagte er: „Ich bin bereit, ein Geständnis abzulegen."

Kleinheinz kramte hastig sein Handy aus der Tasche und legte es auf den Tisch direkt vor den Sänger. Da er kein Aufnahmegerät hatte, aktivierte er das eingebaute Diktafon. „Wir hören", sagte er, als er es gestartet hatte.

Van der Valk atmete einmal tief ein und wieder aus. Dann begann er mit dem gleichen Timbre zu erzählen, das seine Lieder so unverwechselbar machte: „Ja, es stimmt. Ich schmuggle seit ungefähr zwei Jahren für unseren Boss regelmäßig Drogen von Holland nach Deutschland. Und zwar hier ins Altenheim. Katharina Thönnissen bringt die Sachen in den Laden von Hans-Peter Eidams. Dort wird alles ausgewogen und von Kurieren abgeholt. Es ist ein sehr gutes Geschäft. Ich brauche das Geld, um meine Schulden zu bezahlen. Alles, was ich in den 70er Jahren verdient habe, ist weg."

„Welche Rolle spielt Frau Thönnissen?" Kleinheinz stellte seine Frage protokollarisch nüchtern.

Van der Valk zögerte einen Augenblick. Dann sagte er: „Wir sind ein Liebespaar. Schon seit über 30 Jahren. Aber ich bin verheiratet. Meine Frau weiß nichts von meinem Doppelleben. Weder von Katharina noch von der Drogensache. Sie glaubt, dass mein ganzes Geld aus den Plattenverkäufen stammt. Und meine Frau lebt auf großem Fuß. Unsere Ehe existiert seit Langem nur noch auf dem Papier. Aber meine Frau will eine halbe Million für die Scheidung. Sobald ich meine Schulden bezahlt und genug Geld für einen Neuanfang habe, wollte ich mit Katharina ein neues Leben beginnen. Ganz woanders, wo uns keiner kennt. Das war der Plan."

„Sehr rührselig, Herr van der Valk. Mir kommen gleich die Tränen. Mit der Menge, die Sie geschmuggelt haben, müssen Sie in den letzten zwei Jahren steinreich geworden sein. Wenn ich mir zum Beispiel Ihren Wagen ansehe ..."

„Ach, der Wagen. Den hat der Boss mir bezahlt, damit ich mein Image als erfolgreicher Schlagersänger weiter pflegen kann."

„Jetzt reicht es mir aber!" Kleinheinz' Stimme schwoll zu einem Donnergrollen an. „Ich hör immer nur Boss. Entweder Sie erzählen jetzt alles, was Sie wissen, oder Sie werden das Gefängnis nie wieder verlassen."

Van der Valk nickte, hob den Kopf und begann stockend zu erzählen: „Vor drei Jahren war ich ganz unten angekommen. Obwohl ich auf jedem Festzelt aufgetreten bin, wurde der Schuldenberg immer größer. Da ich meiner Frau nichts sagen wollte, bin ich in die Kriminalität abgerutscht. Am Anfang waren es nur kleine Einbrüche, später bin ich dann in den Drogenhandel reingeraten. Die konnten mich ganz gut gebrauchen, weil ich alt und damit unauffällig war. Außerdem war ich durch meine Prominenz unverdächtig. Dann gab es auf einmal eine große Übergabe in einer Lagerhalle in Eindhoven. Es ging um richtig viel Stoff. Ich war eigentlich nur zum Schmierestehen dabei. Doch es war eine Falle. Ein Sondereinsatzkommando der Polizei schlug zu und nahm alle fest. Alle, außer mich, weil ich die Rückseite der Halle bewachte. Ich wollte gerade verschwinden, als mich ein Polizist erwischte. Wir beide waren zu dem Zeitpunkt alleine hinter der Halle. Der Polizist erkannte mich und ich wusste, dass mein Leben für immer vorbei sein würde, wenn ich mit dieser Sache in die Schlagzeilen geraten würde. Zu meiner Überraschung schlug der Mann mir jedoch einen Deal vor."

„Was für einen Deal?", fragte Kleinheinz und zog die Augenbrauen hoch.

„Er hat gesagt, ich könne für ihn arbeiten. Im Gegenzug würde er mich laufen lassen. Mir blieb nichts anderes übrig, als einzuwilligen. Er ließ mich laufen und zwei Wochen lang habe ich nichts gehört. Dann hat der Mann sich bei mir gemeldet und mir gesagt, was ich zu tun habe. Er wusste alles über mich. Auch die Sache mit Katharina. Daraus ist dann die Operation Altenheim entstanden, wie wir das immer genannt haben. Deshalb ist Katharina auch nach hier gezogen. Ich habe regelmäßig Konzerte gegeben und wir konnten uns immer sehen. Jeder hat denselben Anteil bekommen. Katharina, Hans-Peter und ich."

„Warum gab es den Überfall auf Hans-Peter Eidams?"

„Die Mengen, die ich schmuggeln sollte, wurden immer größer. Uns war allen nicht wohl bei der Sache. Irgendwann hat Hans-Peter Angst bekommen und wollte aussteigen. Doch dafür hingen wir schon zu tief drin. Als Hans-Peter dann angeschossen wurde, wollte ich auch aussteigen. Nur Katharina hat gesagt: Lass uns weitermachen, bis wir das

Geld zusammenhaben, um zu verschwinden. Aber ich glaube, ihr war nicht klar, wie gefährlich die Leute sind, mit denen wir es hier zu tun haben."

„Und dann ...", begann Kleinheinz.

Will trat hinter ihn und vervollständigte den Satz: „Und dann hat der große Boss Käthe entführt, für Sie zu erpressen. Und Sie haben keine Ahnung, wo die ist."

„Genau", schluchzte van der Valk und legte den Kopf in seine Hände.

Fredi Jaspers hatte das Verhör starr wie eine Salzsäule verfolgt. Nun merkte er, dass seine Glieder schmerzten. Er dehnte sich kurz und kratzte sich grübelnd am Kopf. Dann stellte er als erster die alles entscheidende Frage: „Aber, wer ist denn jetzt der große Boss?"

Van der Valk sah auf. „Der Mann heißt Manfred Bergmann. Ich weiß nur, dass er Drogenfahnder ist. Damals in Eindhoven hat er an einer länderübergreifenden Razzia teilgenommen."

Will und Fredi sahen sich fragend an. Der Ortsvorsteher zuckte die Schultern und sagte: „Manfred Bergmann. Nie gehört der Name. Schlömer Lisabeth hat früher mal pussiert mit ein gewisser Alfred Bergmann. Der war gebürtig aus Uetterath. Der hatte so Segelohren, die die in Uetterath alle haben, und so Geheimagentsecken in den Haaren. Aber das ist der einzigste Bergmann, dem ich kenne."

Kleinheinz stand auf und lehnte sich wie in Trance gegen den Küchenschrank. Er war leichenblass. Fredi sah ihn erschrocken an und fragte: „Ist Ihnen nicht gut, Herr Kommissar?"

Kleinheinz wischte sich fahrig durchs Gesicht. Er musste sich auf der Spüle abstützen. Langsam und stockend verließen die Worte seinen Mund: „Manfred Bergmann ist der richtige Name von Bernd Bommer. Bommer ist nur der Tarnname für seinen verdeckten Einsatz."

Es dauerte endlose Sekunden, bis die Information Fredis Hirn erreicht hatte. Dann riss er die Augen auf und schrie: „Ach du Scheiße. Borowka!"

38
Sonntag, 20. Juli, 0.48 Uhr

„Was haben ein Polizist und ein Kondom gemeinsam? Mit ist es sicherer, aber ohne ist es schöner." Borowka brach in schallendes Gelächter über seinen eigenen Witz aus. Bommer verzog den Mund zu einem gequälten Lächeln. Er sah hinüber zum gefesselten Hansi, der ebenfalls kicherte und zu den beiden Ledermännern, von denen der eine immer noch bewusstlos vor dem Baum saß. Dann blickte er nervös auf seine Uhr. Plötzlich erklang „The final countdown" und Bommer riss die Waffe hoch.

„Cool bleiben, Bernie. Das ist nur mein Handy", beruhigte Borowka ihn und fummelte es umständlich aus seiner engen Jeanshose heraus. „Borowka?", meldete er sich.

Bommer stieß ihn an: „Mach das Scheiß-Handy aus."

Borowka winkte ab und hörte angestrengt einer Stimme zu, die ohne Punkt und Komma zu reden schien. Dann sah er auf sein Display und schüttelte den Kopf. „Was ist denn hier los? Da kommt noch ein Anruf rein von Fredi."

Bommer nahm Borowka das Handy aus der Hand und drückte so lange die Off-Taste, bis das Handy aus war. Dann warf er es in hohem Bogen ins Gebüsch. Borowka sah ihm mit offenem Mund dabei zu und stammelte: „Sag mal Bernie, geht's noch? Ich ..."

Bommer funkelte Borowka böse an: „Hör mal zu. Du nervst. Das hier ist eine Polizeiaktion und kein Kasperletheater."

„Aber das war meine Schwiegermutter. Die wollte mir was Wichtiges sagen."

„Hat das vielleicht auch bis morgen Zeit?"

„Genau dadrum ging es sich ja. Die hat sich Sorgen gemacht, weil ich die eben die SMS geschrieben habe. Und da ..."

„Was für eine SMS?" Bommer riss den Kopf herum.

„Eben, wie du pinkeln warst, habe ich Schwiegermutter nur auf eine SMS geantwortet. Die löchert mich ja die ganze Zeit wegen die blöden Alufelgen. Jetzt habe ich die geschrieben, dass ich mich morgen melde, wegen weil wir beide hier im Wald auf zwei Verbrecher und Hansi aufpassen, bis die Polizei kommt."

Bommer stand auf und ging ein paar Schritte. Er atmete in tiefen Zügen die frische Abendluft ein und schien angestrengt nachzudenken. Borowka wusste nicht genau, was er davon halten sollte. Während er mit den Blicken das Gras nach seinem Handy absuchte, fragte er: „Wann kommen unsere Kollegen denn endlich?"

Bommer ging auf den bewusstlosen Ledermann zu und gab ihm eine starke Ohrfeige. Stöhnend kam dieser wieder zu sich. Er brüllte ihn an: „Aufwachen, Dragan. Es geht los." Dann zog er ein Springmesser aus seinem Gürtel und ließ es aufklappen. Er sah über die Schulter zu Borowka herüber, der seine Aktion aufmerksam verfolgte. Ganz ruhig sagte er: „Die Bullen werden nicht kommen."

Borowka starrte fasziniert auf die blinkende Klinge. „Das ist aber ein cooles Messer. Gehört das auch zur Polizeiausrüst ...", er stockte kurz. „Was hast du gerade gesagt? Die Bullen kommen nicht?"

„Genau."

„Aber warum denn nicht?"

„Weil ich sie gar nicht angerufen habe."

Borowka wusste nicht, was er sagen sollte. Stattdessen beobachtete er stocksteif, wie Bommer sich an dem unverletzten Ledermann zu schaffen machte, und den Kabelbinder, mit dem seine Hände auf den Rücken gebunden waren, mit einer schnellen Bewegung aufschnitt. Der Mann schüttelte benommen den Kopf. Dann nahm er die Hände nach vorne und rieb sich die Handgelenke, während Bommer auch den Kabelbinder zerschnitt, mit dem die Beine zusammengebunden waren.

Borowka fragte schockiert: „Was machst du denn da, Bernie?"

Doch die beiden beachteten ihn gar nicht. Der Ledermann sagte: „Mensch, Manni. Mein Schädel brummt vielleicht." Nun meldete sich auch der zweite Ledermann von der anderen Seite der Lichtung zu Wort: „Nu mach mal hinne. Und das mit dem Oberschenkelschuss, da müssen wir noch mal in Ruhe drüber reden."

Bommer fuhr ihn an: „Was sollte ich denn machen?"

„He, Bernie, was soll der Scheiß?" Borowka sprang panisch auf und blickte hektisch umher, so, als suche er nach einer versteckten Kamera.

Bommer fuhr herum und zielte mit der Pistole auf Borowka: „Hinsetzen!", herrschte er ihn an.

Borowka gehorchte und ließ sich wie paralysiert auf den Boden sinken. Bommer kam langsam auf ihn zu. „Tja, mein Freund, habe ich es dir nicht eben noch gesagt? Es ist nicht immer alles so wie es scheint. Tut mir leid, dass du da jetzt mit reingeraten bist, denn eigentlich finde ich dich ganz amüsant." Er deutete auf die zwei Ledermänner und sagte: „Darf ich dir vorstellen: Mike und Dragan. Zwei Arbeitskollegen von mir. Mike hat im Moment einen kleinen Gehfehler", er lachte, „aber so was nennt man wohl Kollateralschaden. Genauso wie du einer bist."

„Was ist denn ein ... ein Choleraschaden?", fragte Borowka vorsichtig. Er bemühte sich sehr, seine Nerven unter Kontrolle zu behalten.

„Meine Fresse", brüllte Mike von hinten. „Wird das jetzt ein Wissensquiz? Schneid mir endlich die Scheiß-Fesseln durch."

Bommer winkte mit der Pistole ab. „Halt die Klappe. Der junge Mann hier ist ein Fußballkamerad von mir. Der hat ein Recht darauf, zu erfahren, was los ist. Also, meine Kumpels und ich haben ein bisschen mit Heroin gedealt. Weißt du, die Polizei zahlt so schlecht. Aber unser Hansi wollte plötzlich nicht mehr mitspielen, obwohl er auch gut davon gelebt hat."

Hansi sagte kein Wort. Er beobachtete Bommer mit wachsender Angst. Der V-Mann grinste: „Der heutige Abend war ursprünglich ganz anders geplant. Hansi sollte sich eigentlich hier im Wald aufhängen und ich wollte ihn dann finden. Dann sind zwei Probleme aufgetaucht. Zum einen war plötzlich Kleinheinz in Saffelen und wollte unbedingt mitfahren und zum anderen stolperst du mit Fredi in unser kleines Arrangement. Also Planänderung. Jetzt wird Folgendes passieren:

Unser Dragan hatte ein Messer am Körper versteckt und hat sich und seinen Kollegen damit befreit. Dann haben die beiden mich entwaffnet, niedergeschossen und sind mit ihrem Transporter geflüchtet."

Unter Borowkas Armen hatten sich breite Schweißränder gebildet. Er schnappte kurzatmig nach Luft und krallte sich mit den Fingern im weichen Moosboden fest. Seine Stimme bebte, als er fragte: „Und was ist mit Hansi und mir?"

„Ach, ich Dummerchen", Bommer schlug sich mit der Pistole vor die Stirn, „das hatte ich ganz vergessen. Euch hat der Dragan natürlich auch niedergeschossen. Nur, dass ihr im Gegensatz zu mir nicht überlebt habt, weil ihr keine kugelsicheren Westen anhabt. Und das – mein lieber Borowka – das nennt man dann einen Kollateralschaden, denn im Prinzip hast du mir ja nichts getan. Obwohl", er betastete sein geschwollenes Auge, „das hat schon wehgetan."

„Amen", rief Mike von hinten. „Sind wir dann so weit? Mach mir endlich die Drecks-Kabelbinder ab."

Bommer schlenderte zu ihm, ohne Borowka aus den Augen zu lassen. In der Mitte der Waldlichtung überreichte er Dragan das Springmesser, als plötzlich ein mächtiges Grollen die Erde erzittern ließ. Alle sahen aufgeschreckt auf, doch der Lärm war so ohrenbetäubend laut, dass man nicht erkennen konnte, aus welcher Richtung er kam. Hansi ließ sich zur Seite fallen und Borowka warf sich in der allgemeinen Verwirrung hinter einen Baum. Bommer riss die Waffe hoch und drehte sich wie ein Eiskunstläufer im Kreis. Dann schoss aus dem Unterholz plötzlich ein Jeep mitten in die Lichtung. Alle vier Räder hatten vom Boden abgehoben. Fast wie in Zeitlupe flog der Wagen genau auf Bommer und Dragan zu, die abwehrend die Hände vors Gesicht rissen. Borowka beobachtete staunend, wie der Wagen zunächst für Sekunden in der Luft zu schweben schien, dann krachend aufsetzte und die beiden Gangster mit seinem Stoßfänger wie Spielzeugpuppen wegschleuderte. Die beiden überschlugen sich mehrfach und blieben reglos im Gestrüpp liegen. Borowka spurtete los und ergriff die Pistole, die ganz in seiner Nähe gelandet war. Erst jetzt erkannte er den Jeep. Es war der rote Suzuki Vitara von Rita. Ungläubig beobachtete er, wie zuerst Rita an der Fahrerseite ausstieg und kurz danach seine Schwiegermutter an der Beifahrerseite. Sie war blass und hielt sich ein Taschentuch vor den Mund.

Bevor er sich um die beiden kümmerte, vergewisserte sich Borowka, dass von den Verbrechern keine Gefahr mehr ausging. Bommer und Dragan bewegten sich keinen Millimeter, Mike war noch gefesselt und außerdem am Oberschenkel verletzt und Hansi war offensichtlich vor Schreck ohnmächtig geworden. Borowka steckte sich die Pistole in den Gürtel, so wie er es mal bei Chuck Norris gesehen hatte. Dann lief er zurück zu Rita und ihrer Mutter. Fassungslos starrte er sie an: „Was macht ihr denn hier?" Rita gab ihm einen Kuss auf den Mund und lächelte: „Wir haben uns gedacht, du brauchst vielleicht Hilfe."

Mit Ritas Handy rief Borowka Fredi an, der ihm mitteilte, dass sie auf dem Weg zu ihnen waren. In kurzen, atemlosen Sätzen, die in der Hauptsache mit Begriffen wie „cool", „supercool" und „obercool" ausgeschmückt waren, erzählte Borowka den beiden Frauen, was auf der Lichtung passiert war. Doch dann war seine Neugierde zu groß. Er sah Rita mit großen Augen an und fragte: „Aber woher wusstest du, dass ich in Gefahr bin?"

Rita lächelte zwar, aber die Erleichterung war ihr deutlich anzumerken. Erschöpft setzte sie an: „Wie ich aus dem Festzelt weggelaufen war, hat der Bernie mich am Wald aufgegabelt und in seine Wohnung gebracht. Da hat er mir dann erzählt, dass der ein V-Mann der Polizei ist und dass heute Abend ein Schlag gegen der Drogenring stattfinden würde. Aus Sicherheitsgründe hat er dadrauf bestanden, mich mit sein X5 zu meine Eltern zu bringen. Unterwegs hat er Koordinaten, die auf ein kleines Zettelchen standen, in sein Navi eingegeben und gesagt, dass er jetzt gleich Kommissar Kleinheinz abholt und die dann gemeinsam die beiden Schweine schnappen, die auf der Hansi geschossen haben. Ich soll mir keine Sorgen machen."

„Und dann?"

„Dann habe ich mir von Bernie noch dem seine Handynummer und die von Kommissar Kleinheinz für der Notfall aufschreiben lassen. Danach bin ich rein und die Mama hat was zu essen gemacht, damit ich mich wieder beruhige. Beim Essen wollte der Papa alles wissen und ich hab ihm die ganze Geschichte erzählt. Irgendwann platzt auf einmal Mama damit raus, dass die eben eine SMS von dir bekommen hätte, dass du mit Bernie im Wald die zwei Gangster bewachst. Und da ist mir auf einmal ganz schlecht geworden."

„Warum? Was hat Schwiegermutter denn wieder gekocht?"

Ritas Mutter, die sich mit grün angelaufenem Gesicht an einem Baum abstützte, warf Borowka einen bösen Blick zu.

„Mir ist nicht vom Essen schlecht geworden", fuhr Rita leicht tadelnd fort, „mir ist schlecht geworden, weil mir plötzlich eingefallen ist, was der Bernie gesagt hatte. Der hatte mir im Auto gesagt, dass er die zwei Schweine schnappen will."

„Na und? Das hat der ja auch gemacht."

„Ja, überleg doch mal, Schatz. Woher wusste der Bernie denn, dass es zwei Täter waren? Bisher hatte es doch immer nur geheißen, Hansi ist von ein einzelner Mann überfallen worden. Das konnte nur bedeuten, dass Bernie mit denen unter eine Decke steckt. Als Mama mir dann noch erzählte, dass du mit denen im Wald bist, habe ich versucht, Kommissar Kleinheinz auf dem sein Handy anzurufen. Aber die Nummer, die der Bernie mir diktiert hatte, war falsch. Dann bin ich sofort in der Auto gesprungen. Und Mama hinterher."

Borowka folgte der Schilderung mit halboffenem Mund. Dann schluckte er und fragte: „Und woher wusstest du, wo wir waren? Ich hatte Schwiegermutter doch nur geschrieben, dass wir im Wald sind."

„Die Koordinaten, die Bernie in sein Navi eingegeben hatte, standen noch auf die Rückseite von der Zettel, wo ich mir die Handynummern drauf aufgeschrieben hatte."

„Das ist aber jetzt wirklich mal cool", entfuhr es Borowka bewundernd.

„Aber eins würde mich noch interessieren", sagte Rita und blickte forschend von Borowka zu ihrer Mutter und wieder zurück. „Seit wann schreibt ihr beide euch eigentlich SMS?"

Borowka hob unbeholfen die Arme und suchte nach Worten. Doch noch bevor er antworten konnte, bremste auf dem Waldweg ein Wagen. Es schlugen drei Autotüren und Kommissar Kleinheinz, Will und Fredi kamen auf die Lichtung gelaufen.

Kleinheinz hatte seine Dienstpistole im Anschlag und rannte mit wachsam erhobenem Kopf sofort auf Bommer und Dragan zu. Als er sie berührte, stöhnten sie beide auf. Sie lebten. Er legte ihnen Handschellen an und ging dann erschöpft im wild wuchernden Gras auf die Knie. Mit aschfahlem Gesicht und tiefen Rändern unter den Augen sah er zu den anderen herüber und sagte: „Dieses Dorf macht mich fertig!" In der Ferne hörte man Sirenen.

Epilog
Samstag, 25. Juli, 15.04 Uhr

Hastenraths Will blickte zufrieden in einen blauen, wolkenlosen Himmel. Ein sich langsam auflösender Kondensstreifen war das letzte Zeichen eines Flugzeugs, das vor wenigen Minuten vorbeigeflogen war. Irgendwann muss ich auch mal in Urlaub fliegen, dachte der Landwirt. Aber er war sich nicht sicher, ob es in Bad Neuenahr überhaupt einen Flughafen gab. Wills Parka hing über dem Gartenstuhl, sein grün-weiß kariertes Hemd hatte er sich bis über die Ellenbogen hochgezogen. Die Sonne wärmte sein Gesicht. Es war ein herrlicher Tag. Er saß auf der Terrasse von Richard Borowka und hing seinen Gedanken nach, während um ihn herum hektische Betriebsamkeit herrschte. Rita und Borowka feierten ihren fünften Hochzeitstag aus gegebenem Anlass nicht zu zweit, sondern hatten neben Ritas Eltern auch Will und Marlene, Josef und Billa, Fredi und Martina und vor allem Kommissar Kleinheinz eingeladen. Als eine Art Abschlussbankett für den nervenaufreibenden Kriminalfall, in den sie alle mehr oder weniger verwickelt gewesen waren. Kommissar Kleinheinz war als einziger ohne Begleitung erschienen. Seine launige Bemerkung, dass er seit zwei Jahren glücklich geschieden sei, hatte Marlene Hastenrath mit einem sehnsüchtigen und offenbar zu laut geratenen Stoßseufzer kommentiert, womit sie sich einen bösen Blick von Will eingehandelt hatte. Ansonsten aber war die Stimmung sehr gelöst. Rita bereitete in der Küche ihr berühmtes Menü „Kartoffelsalat an Würstchen mit einem Hauch Senf" zu, während Borowka versuchte, mit ein paar ausgesuchten CDs von Wolfgang „Wolle" Petry eine entspannte Atmosphäre in den Nachmittag zu zaubern. Fredi hielt Händchen mit Martina, die von ihm immer wieder aufs Neue die faszinierende Geschichte vom Überfall im Wald und von der Urinattacke auf Charlie van der Valk hören wollte.

Durch das allgemeine Stimmengewirr hindurch erklang schwach die Haustürklingel. Dann klimperndes Geschirr in der Küche und Schritte, als Rita zur Tür ging und sie öffnete. Kurz danach rief sie: „Will! Hier ist jemand für dich!" Will sah überrascht auf und erhob sich ächzend aus seinem Gartenstuhl. Seine Knochen schmerzten, als er sich schleppend in Bewegung setzte. Fast wäre er noch ins Stolpern geraten, als er die vier aufeinandergestapelten Chromfelgen streifte, die, mit einer großen, roten Schleife umwickelt, mitten im Wohnzimmer standen. An der Tür standen Rita, die ihre Hände an der umgebundenen Schürze trockenrieb, und eine Person, die Will durch die blendende Sonne nicht richtig erkennen konnte.

„Dein Schwiegersohn möchte dich sprechen", sagte Rita. Dann erkannte Will den Mann seiner Tochter. Hinter ihm erblickte er den am Straßenrand parkenden silbergrauen Audi A4. Auf dem Beifahrersitz saß Sabine, die sich gerade schimpfend zu Kevin-Marcel und Justin-Dustin umdrehte, die sich gegenseitig mit Quartettkarten bewarfen.

Schwiegersohn Michael trug ein hellblaues Poloshirt, auf dem ein Krokodil aufgenäht war, und hatte einen gelben Pullunder um den Hals gebunden. Seine Hände steckten in den Taschen einer beigen Bundfaltenjeans. Trotz seiner schlaksigen Figur machte er einen beinahe lockeren Eindruck. Er lächelte breit. „Hallo Will."

Noch bevor Will antworten konnte, sagte Rita: „Sonst kommt doch rein. Ich hab genug Kartoffelsalat für alle."

Michael schüttelte freundlich den Kopf. „Danke, aber besser nicht. Wir haben Kevin-Marcel und Justin-Dustin dabei."

„Kein Problem. Ihr seid doch haftpflichtversichert."

Michael lachte gequält auf. „Ja, wer weiß, wie lange noch. Aber wir sind gerade auf dem Weg zu meinen Eltern nach Dormagen. Ich wollte dem Will nur schnell was geben."

Rita hob die Hände. „Dann lass ich euch mal alleine und geh nach die Würstchen gucken, bevor die noch platzen."

Michael vergewisserte sich, dass Rita auch wirklich in der Küche verschwunden war, bevor er sich wieder an Will wandte, der ihn die ganze Zeit fragend angesehen hatte. „Will. Ich wollte dir zuerst mal dazu gratulieren, wie du den Fall gelöst hast. Ich war ja bis heute Morgen auf der Computermesse. Aber Sabine hat mir alles haarklein erzählt. Ich bin beeindruckt."

Will grinste übers ganze Gesicht und antwortete: „Das ist aber lieb von dir. Woher wusstet ihr denn, dass wir hier sind?"

„Bei euch am Tor hängt doch ein Schild: „Wenn Sie Eier, Äpfel und Kartoffel kaufen wollen, bei Borowka klingeln."

„Ach ja", Will erinnerte sich daran, dass er das Schild heute Morgen noch hastig geschrieben hatte. „Wie viel Pfund Kartoffeln braucht ihr denn?"

„Nein. Wir brauchen keine Kartoffeln. Ich wollte dir nur was geben." Michael kramte in seiner Hosentasche, holte ein kleines silbernes Röhrchen hervor und hielt es Will hin. Will nahm es und betrachtete es verwundert von allen Seiten.

„Das ist der USB-Stick mit den ganzen Daten, die wir zusammengetragen haben. Ich weiß ja nicht, ob du ihn aufbewahren möchtest. Schließlich sind da ja einige illegale Sachen drauf." Will nahm den Stick, sah sich um und ließ ihn schnell in der großen Tasche seiner grauen Stoffhose verschwinden.

„Das hatte ich ganz vergessen", flüsterte er verschwörerisch, „das ist mir eben erst wieder eingefallen, wie der Kommissar Kleinheinz am erzählen war, dass die gestern unser Grundschullehrer Peter Haselheim auf dem Revier vorgeladen haben, nachdem der aus dem Urlaub zurückgekommen war. Die haben dem drei Stunden lang verhört, weil die wohl irgendeine Adresse von dem gefunden haben, mit der der im Computer von der Kleinheinz gewesen sein soll. Ich hab das aber nicht ganz verstanden."

„Ach du Scheiße. Die haben Haselheims IP- und MAC-Adresse zurückverfolgt, weil wir von dessen Computer aus ..."

„Ja, ja. Für heute genug Computerkauderwelsch. Ich wollte mich sowieso noch bei dir bedanken." Will legte seinem Schwiegersohn die Hand auf die Schulter und verfiel in einen feierlichen Tonfall: „Ohne dich hätten wir der Fall vielleicht gar nicht gelöst. Ich hätte nie gedacht, dass ich das mal zu dir sagen würde, aber ich bin stolz dadrauf, dass du mein Schwiegersohn bist – MICHAEL."

Michael wollte gerade dazu ansetzen, seinen Vornamen zu nennen, doch nun verschlug es ihm die Sprache. Er sah Will dankbar an und rang stotternd nach Worten: „Das ist ja ... also, Will, ich weiß gar nicht, was ich sagen soll. Nach all den Jahren. Und du nimmst es mir auch nicht mehr übel, dass ich manchmal so besserwisserisch bin?"

Will machte eine wegwerfende Handbewegung. „Ach was, Junge. Ich akzeptiere dich einfach mal so wie du bist. Ich sag immer: Nobaddi ist pörfekt."

Michael strahlte und sagte: „Danke. Das finde ich ganz großartig von dir. Wir müssen jetzt leider los. Ach ja, eins wollte ich dir noch sagen: Bei „Kartoffel" fehlt ein „n". Plural!" Er schüttelte dem irritierten Will noch kurz die Hand und schlenderte dann gut gelaunt zurück zum Auto. Aus dem Seitenfenster winkte Sabine: „Tschöö Papa."

Auf dem Rücksitz machten Kevin-Marcel und Justin-Dustin Grimassen und streckten die Zunge heraus, während der Audi davonbrauste. Will sah dem Wagen noch grübelnd hinterher, bis er um die nächste Ecke verschwunden war, und murmelte leise vor sich hin: „Versteh ich nicht. In Kartoffel kommt doch gar kein ‚n' vor."

Als Will auf die Terrasse zurückkehrte, waren die anderen gerade in eine hitzige Diskussion verstrickt.

„Brettschneider ist ein Arschloch."

„Fredi, so was sagt man nicht", Josef Jackels rügte den jungen Heißsporn mit einem strafenden Blick. „Der Herr Brettschneider ist ein ganz patenter Mann. Auf das alljährliche Altenheimfest bekommen wir mit unsere Feuerwehrgulaschkanone und dem Bierpavillon immer der beste Platz. Direkt neben das Dixie-Klo."

"Da muss ich Ihnen widersprechen, Herr Jackels", warf Kleinheinz sichtlich erheitert ein. "Der Herr Brettschneider ist nicht ohne. Ich würde zwar nicht so weit gehen wie unser lieber Herr Jaspers, aber der Mann hat auf jeden Fall Dreck am Stecken. Ich muss zugeben, dass ich eine ganze Weile sogar gedacht habe, er sei in die Drogengeschichte verstrickt. Er hat sich aber nur deshalb verdächtig gemacht, weil er Angst hatte, dass wir bei unseren Ermittlungen im Altenheim belastendes Material finden. Was wir letztlich auch tatsächlich gefunden haben."

"Was denn?", fragte Marlene Hastenrath neugierig.

"Nachdem Frau Thönnissen aus dem Altenheim verschwunden war, haben wir alle Akten, die mit ihr im Zusammenhang standen, sichergestellt. Wir brauchten eine Schriftprobe, um den angeblichen Abschiedsbrief auf seine Echtheit hin überprüfen zu können. Dabei sind uns einige Papiere in die Hände gefallen, die eindeutig belegen, dass Herr Brettschneider Steuern hinterzogen hat. Ich gehe davon aus, dass Frau Thönnissen nicht die einzige war, von der er Schwarzgeld kassiert hat."

"Ja, aber Herr Kleinheinz", sagte Will, während er sich wieder in seinen Gartenstuhl fallen ließ, "Sie tun ja gerade so, als wenn das ein Verbrechen wäre. Bei die hohen Pflegekosten heutzutage muss man doch jeden Euro zweimal umdrehen. Ich hab dem Dieter letzte Woche am Festzelt auch mal gefragt, ob der für unsere Omma nicht noch ein Zimmer frei hat für kleines Geld. Für so was brauche ich doch keine Rechnung."

"Du hast wegen meine Omma angefragt?", empörte sich Marlene und wollte aufspringen.

Kleinheinz hielt sie am Arm zurück und sah Will scharf an: „Herr Hastenrath, ich glaube, ich möchte das gar nicht hören, was Sie da gerade sagen. Ich hoffe für Sie, dass Sie noch nichts schriftlich gemacht haben. Ich habe die ganze Sache nämlich bereits der Steuerfahndung übergeben. Die drehen seit Anfang der Woche das Altenheim auf links. Ich denke, wir sollten das Thema wechseln."

„Ich glaube auch, Will", räusperte sich Josef. „Öhm, Herr Kleinheinz, sagen Sie mal: Wie geht es denn überhaupt die arme Frau Thönnissen?"

Kleinheinz wendete sich dem Feuerwehrmann zu. „Nun, sie ist immer noch im Krankenhaus. Aber nur noch zur Beobachtung. Sie musste ein bisschen aufgepäppelt werden. Sie war doch sehr schwach, nachdem sie befreit worden war."

„Genau. Das wollte ich sowieso die ganze Zeit noch gefragt haben", rief Borowka, der nun auch auf die Terrasse kam und sich vorsichtig auf die Ecke einer hölzernen Gartenliege setzte. „Wie kam das überhaupt, dass Harry Aretz die alte Frau Thönnissen gefunden hat?"

„Das war wirklich ein glücklicher Zufall", sagte Kleinheinz. „Während der Festzeltveranstaltung war plötzlich eine Zapfanlage defekt und Herr Aretz ist in seine Gaststätte gefahren, um Ersatzteile zu besorgen. Dort wurde er aber nicht fündig. Daraufhin ist er mehrere Schuppen abgefahren, in denen er allerlei Gerümpel aufbewahrte. Er scheint einige davon zu besitzen."

„Dem seine verstorbene Frau hatte gut geerbt", warf Billa ein, ermunterte Kleinheinz aber gleichzeitig per Kopfnicken, weiterzuerzählen.

„Einen dieser Schuppen, der etwas außerhalb lag, hatte er seinem Untermieter Bernd Bommer vermietet, der dort angeblich seine Umzugskartons untergestellt hatte. Da Herr Aretz nirgendwo Ersatzteile gefunden hatte, fuhr er nun mit seinem Ersatzschlüssel zu diesem vermieteten Schuppen, in der Hoffnung, dass vielleicht dort noch irgendein Ventil in der Ecke liegen könnte. Was er stattdessen fand, war eine verängstigte Frau Thönnissen."

„Die arme Frau", sinnierte Marlene mit sorgenvoller Stimme. „Die und der Charlie van der Valk waren früher bestimmt ein tolles Paar. Das ist irgendwie eine traurige Geschichte, wie die beiden da reingeraten sind."

„Der Hansi tut mir aber auch leid", sagte Fredi. „Der wollte doch bloß mit seine Kim Su Peng glücklich werden. Der brauchte Geld, für von sein Vater wegzuziehen."

„Der kann ja jetzt auf Staatskosten woanders wohnen", tönte Borowka und lachte laut. Doch niemand lachte mit. Stattdessen durchbrach Marlene die entstandene peinliche Stille mit der Frage: „Müssen die jetzt alle drei im Gefängnis?"

Kleinheinz seufzte. „Tja, das sind leider ziemlich schwere Verbrechen, derer sie sich schuldig gemacht haben. Was vielleicht ein bisschen helfen könnte, ist, dass Frau Thönnissen, Herr van der Valk und Herr Eidams geständig sind und auch gegen die Drahtzieher aussagen werden. Vielleicht wird die Kronzeugenregelung angewandt."

„Das heißt?"

„Nun", führte Kleinheinz mit einem ernsteren Unterton in der Stimme aus, „Straftäter werden milder oder auch gar nicht bestraft, wenn ihre Aussagen helfen, eine Straftat aufzuklären oder zu verhindern. Vielleicht werden die Kuriertätigkeiten der drei auch nur als minder schwerer Fall bewertet. Dann könnte man, weil sie ja auch keine Vorstrafen haben, bei viel Glück mit zwei Jahren auskommen. Und bis zu zwei Jahre können zur Bewährung ausgesetzt werden. Dann müssten sie nicht ins Gefängnis."

„Was ist denn mit Bommer oder Bergmann oder wie der Mann jetzt heißt?", fragte Billa. „Der hatte doch wahrscheinlich auch keine Vorstrafen?"

„Das nicht. Aber der wird auf keinen Fall um eine Freiheitsstrafe rumkommen. Ganz im Gegenteil: Er und seine beiden Komplizen haben sich ja einiges zuschulden kommen lassen: Körperverletzung, Freiheitsberaubung, versuchter Mord und natürlich Einfuhr von Betäubungsmitteln in nicht geringer Menge. Also, vorsichtig geschätzt würde ich mal sagen, mindestens zwölf bis fünfzehn Jahre. Da haben Bergmann und Dragan genug Zeit, ihre zahlreichen Knochenbrüche auszukurieren, die sie sich bei ihrer Begegnung mit Ritas Stoßfänger zugezogen haben."

In diesem Augenblick trat Rita auf die Terrasse. In ihren Händen balancierte sie ein Tablett mit dampfenden Würstchen und eine große Schüssel Kartoffelsalat, auf dessen aufgetürmter Spitze mit Gurkenscheiben die Zahl Fünf gelegt war.

„Ich höre, ihr sprecht gerade von mir", sagte sie fröhlich und setzte das Essen auf dem Tisch ab. Sie deutete auf die leeren Teller und das bereitliegende Besteck: „Aber jetzt erst mal: Guten Appetit!"

„Halt. Stop", rief Borowka und sprang auf. „Die Musik ist aus." Und tatsächlich – vor lauter Diskussion war niemandem aufgefallen, dass Wolfgang Petry längst verstummt war. Borowka schritt zu seinem üppigen CD-Regal und sagte: „Zum fünfjährigen Ehejubiläum und zu Ehren von meine wunderschöne Frau Rita brauchen wir natürlich auch die passende Musik."

„Ist denn die neue Kuschelrock schon draußen?", rief Martina ausgelassen. Alle lachten, außer Borowka, der mit gespielter Verärgerung das Gesicht verzog. Angestrengt suchte er die Wand aus über 500 CDs mit hin- und herwedelndem Blick ab. Dann strahlte er und zog eine gebrannte CD heraus. Er hob den rechten Daumen und legte sie ein. Zuerst hörte man ein leises Rauschen, dann das Kratzen einer Nadel, die auf eine Platte aufgesetzt wird. Als die ersten Anschläge eines Akkordeons ertönten, wurde Kommissar Kleinheinz kreidebleich. Noch ehe er protestieren konnte, stimmte ein exklusiver Chor, bestehend aus Rita, Ritas Eltern, Borowka, Fredi, Martina, Josef, Billa, Marlene und Will nicht eben schön, dafür aber umso lauter in den Refrain mit ein:

Erst Rendezvous – dann Schubidu
Doch eines sollst du wissen immerzu
Die Königin der Tulpen – die bist du!

Die Königin der Tulpen

Erst Rendezvous
dann Schubidu
Doch eines sollst du wissen immerzu
Die Königin der Tulpen – die bist du
Die Königin der Tulpen – die bist du

Ich stehe am Strand und sehe aufs Meer
Und sehne mich nach deinen Küssen so sehr
Ich geh auf die Knie und sag: Werd meine Frau

Die Sonne, die schien, die Tulpen, die blühten
Du bist eine Frau wie aus Märchen und Mythen
Drum sag ich zu dir: Ik hou van jou

Erst Rendezvous
dann Schubidu
Doch eines sollst du wissen immerzu
Die Königin der Tulpen – die bist du
Die Königin der Tulpen – die bist du

Grachten, Frikandel, Nordseestrand
Sind meines Glückes Unterpfand
du bist noch blonder als ein Amstel-Bier

Wir gingen verliebt Hand in Hand
Durch unser schönes Nederland
Und schon war ich dein Tulpenkavalier

Erst Rendezvous
dann Schubidu
Doch eines sollst du wissen immerzu
Die Königin der Tulpen – die bist du
Die Königin der Tulpen – die bist du
(3x)

Originalaufnahme | Text & Musik: Piet van Muziek | performed by Charlie van der Valk
Mit freundlicher Genehmigung von Oorpijn Records | „Die Königin der Tulpen" ist eine
Singleauskopplung aus dem Album „Tulpenträume", erschienen im Jahr 1973.

Gratis Download
unter www.dorfkrimi.de

Charlie van der Valk wurde 1941 in Alkmaar geboren. Er arbeitete als Kartenabreißer im Freizeitpark „De Efteling", Milchausfahrer und Tankwart, bevor er 1973 mit dem Lied „Die Königin der Tulpen" über Nacht berühmt wurde. In der ersten Hälfte der 70er Jahre folgten weitere Hits wie „Walzer ins Glück" und „Akkordeon der Liebe" sowie zahlreiche Auftritte in holländischen Musiksendungen und -filmen, durch die van der Valk zu einem der beliebtesten Unterhaltungskünstler der Niederlande wurde. An den großen Erfolg mit „Die Königin der Tulpen" konnte er jedoch nicht mehr anschließen. Ende der 70er Jahre wurde es ruhig um den sympathischen Sänger mit dem samtweichen Bariton.

Quelle: popmuziek-lexicon, 1986

Danksagung

Ich danke

meiner aufmerksamen Lektorin Kristina, die durch präzise Anmerkungen zum Manuskript und kritisches Hinterfragen („Sind die Bierpreise auf dem Land realistisch wiedergegeben?") den Roman mal wieder auf den Punkt gebracht hat;

Allrounder Wilfried für das Layout, den guten Cappuccino und die wunderbare Liveaufnahme unserer Leseshow „Das Schweigen der Kühe" (zu hören als Bonustrack auf dem gleichnamigen Hörbuch) und natürlich Spürnase Marion;

dem Kreis Heinsberg und einem Teil seiner Bewohner dafür, dass sie mich inspirieren. Bei der Gelegenheit der Hinweis, dass das in diesem Roman beschriebene Dorf selbstverständlich ein Produkt meiner Fantasie ist. Saffelen ist, wenn man so will, ein fiktives Dorf, das es wirklich gibt. Es existiert zwar eine Ortschaft mit dem Namen Sae̲ffelen und die liegt zufällig geografisch an exakt derselben Stelle, wo auch der fiktive Ort Saffelen liegt, aber die beiden Dörfer haben nicht das Geringste miteinander zu tun. Die Personen, die hier leben, haben niemals existiert, wenngleich sie es durchaus hätten tun können.

Sollte dennoch jemand meinen, jemand anderen oder – noch schlimmer – sich selbst wiederzuerkennen, so wäre das einfach nur ein unglaublicher Zufall. Und selbst da, wo ich in die Realität abschweife, ist diese oft den Anforderungen der Erzählung gemäß verändert worden. Suchen Sie also nie die Pastor-Müllerchen-Straße, es könnte dauern;

Melanie und Bob für ihre beängstigend zuverlässigen Geistesblitze. Wo nehmt ihr nur immer die Ideen her?

Marcus für die Fotos, auf denen ich bedeutend besser aussehe als in echt;

Simon für seinen Einsatz im paperback Verlag und für seine außergewöhnlichen schauspielerischen Leistungen auf der Bühne (als Sidekick in der Leseshow) und im Büro (beim Fragen nach Urlaub);

Marlene, Josef und Diko für die tolle Zeit auf Tour mit der Leseshow zu „Das Schweigen der Kühe". Es hat einen Riesenspaß gemacht. Keep on running mit „Die Königin der Tulpen";

Andy Muhlack für das perfekte Sounddesign für unsere Leseshows. Gänsehaut!

Micki und Ron – ihr wisst wofür;

allen Mitarbeitern der Rurtal Produktion für Engagement, Einsatz und Unterstützung;

allen Testlesern, Zwischendurchlesern und Schlusslesern für das Durcharbeiten der manchmal noch unausgegorenen Fassungen und für die vielen wertvollen Anregungen zur Story und Hinweise auf logische Fallstricke;

Marc für Freundschaft;

Christian für Vertrauen und Unterstützung;

allen, die mir bei meinen (diesmal sehr ausführlichen!) Recherchen behilflich waren, wie zum Beispiel Wolfgang, Roland, Marita, Josef und Mario. Sollte ich jemanden vergessen haben, darf er mich gerne auf ein Freigetränk ansprechen. Zwei, die mir bei meinen Recherchen geholfen haben, möchte ich hier besonders hervorheben, weil sie mir sehr viel ihrer kostbaren Lebenszeit geschenkt haben. Zum einen Stefan, den ich im Vorfeld mit unendlich vielen Fragen zur Polizeiarbeit löchern durfte und der, zumindest äußerlich, sehr geduldig meine pingeligen Fragen beantwortet hat.
Und natürlich Markus, der mir bei diesem Buch, aber auch im täglichen Leben, mit seinem enzyklopädischen Wissen über alles, was mit Technik in irgendeiner Form zu tun hat, aus jeder Patsche hilft. Und auch dafür, dass er fast immer ans Telefon geht, wenn ich anrufe.
Es ist überflüssig, zu erwähnen, dass Ungenauigkeiten oder sogar Fehler mein und nicht ihr Verschulden sind. Entweder hatte ich nicht richtig aufgepasst oder sie sind der Dramaturgie der Geschichte geschuldet;

meiner Familie Arnold, Ellen und Michel für Unterstützung in allen Lebenslagen. Und vor allem dafür, dass sie mich zum Schreiben ermutigt haben, lange bevor es einen Grund dazu gab. Und Sebastian für den Neuanfang.

Unendlich viel Liebe schicke ich nach oben an meine beiden Schutzengel Hildegard und Agnes. Was soll ich sagen? Ihr fehlt mir.

Ein Dankeschön mit Ausrufezeichen geht an Alexandra, meinen Anker und meine Inspirationsquelle. Vor allem für die große Geduld und die wertvollen Verbesserungsvorschläge, die noch dazu logisch begründet und nur selten zu widerlegen waren. Erneut ist es ihr gelungen, unnötiges Blutvergießen und sogar einen sinnlosen Mord an einer hilflosen Person zu verhindern.

Zu guter Letzt danke ich allen, die dieses Buch gekauft, verschenkt oder weiterempfohlen haben und allen, die bei meinen Lesungen waren, da ich ansonsten Dinge tun müsste, die weniger Spaß machen als Schreiben – wie zum Beispiel Arbeiten.

Außerdem erhältlich

Das kleine Dorf Saffelen wird von einer unheimlichen Einbruchsserie heimgesucht. Da die Polizei im Dunkeln tappt, nimmt Ortsvorsteher Hastenraths Will höchstpersönlich die Ermittlungen auf. Der rustikale Landwirt formt aus Löschmeister Josef Jackels, Kreisliga-C-Legende Richard Borowka und anderen Dorfbewohnern eine schlagkräftige Task Force und spürt dem Täter mit überschaubarer Intelligenz, aber viel Herz nach. Je tiefer die Dorfbewohner in das Dickicht aus Schuld und Sühne eindringen, desto näher kommen sie einem dunklen Geheimnis, das ihr Leben von Grund auf verändern wird. Doch Hastenraths Will folgt unbeirrt der Spur des Täters. Zu spät wird ihm klar, dass er in tödlicher Gefahr schwebt ...

Der erste Fall von Hastenraths Will ist ein fesselnder Krimi voller Humor, Leidenschaft und Spannung, der ganz nebenbei noch einen liebevollen Seitenblick auf das Innenleben einer kleinen Dorfgemeinschaft wirft.

176 Seiten
€ 12,90
ISBN 978-3-9807844-4-3

Erhältlich überall im Handel oder unter www.dorfkrimi.de

paperback verlag

In dieser inszenierten Lesung mit Geräuschen werden das kleine Dorf Saffelen und seine skurrilen Bewohner lebendig. Macharski verleiht den einzelnen Figuren Tiefe und Nuancen, wodurch die Lesung so kurzweilig wird wie ein rasantes Hörspiel.
Als Bonustrack befindet sich auf diesem Hörbuch zusätzlich ein 25-minütiger Livemitschnitt der Leseshow zum Roman.

Hörbuch | 4 CDs | 300 Minuten
Livemitschnitt der Leseshow | 25 Minuten
€ 12,90
ISBN 978-3-9807844-6-7

Erhältlich überall im Handel oder unter
www.dorfkrimi.de

paperback verlag

Irgendwo
da draußen

Von 1994 bis 2003 veröffentlichte Christian Macharski regelmäßig Kolumnen in den Aachener Nachrichten. Die satirischen Notizen aus der rheinischen Provinz erfreuen sich größter Beliebtheit bei den Lesern. Kein Wunder, denn wo sonst erfuhr man inmitten nüchterner Weltnachrichten alles über die wahren Hintergründe von Aschermittwochsbeschwerden, Spargelzucht und Qualitätsferkelproduktion? Aus einem Sammelsurium von über 500 subtilkomischen Glossen hat der Autor im Jahre 2001 die 99 besten ausgewählt und eine handliche Bett-, Reise- und Freizeitlektüre für die ganze Familie geschaffen. Ein Meilenstein der Provinzpoesie ...

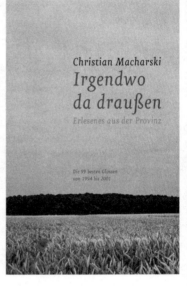

160 Seiten
€ 11,00
ISBN 978-3-9807844-0-5

Erhältlich überall im Handel oder unter www.comedybedarf.de

paperback verlag

25km/h

2003 erschien „25 km/h", der lang erwartete Nachfolger des regionalen Verkaufsschlagers „Irgendwo da draußen". Wieder erzählt Christian Macharski herzerfrischende und kuriose Geschichten aus der rheinischen Provinz. In 99 sorgfältig ausgewählten Glossen analysiert der Autor herrlich respektlos die kleinen und großen Dinge des Lebens. Dabei geht es um so wichtige Themen wie fehlende Kanalanschlüsse, heimtückische Gänsemorde oder die UNO. Außerdem enthält dieses Buch eine mitreißende Fortsetzungsgeschichte über einen außergewöhnlichen Wohnwagenurlaub in Kroatien. Ein Lesegenuss auf höchstem Niveau.

160 Seiten
€ 11,00
ISBN 978-3-9807844-2-9

Erhältlich überall im Handel oder unter www.comedybedarf.de

paperback verlag

Das Rurtal Trio zum Hören

Während Löschmeister Josef Jackels voller Elan eine einwöchige Bildungsfahrt der Pfarre Saffelen nach Rom vorbereitet, kümmert sich Hastenraths Will nach dem überraschenden Tod seiner 96jährigen Omma um die Organisation der perfekten Beerdigung. Richard Borowka plagt sich mit seiner Freundin Rita. Diese Probleme hat Neu-Single Fredi Jaspers nicht. Er ist bereits eingeschrieben für den VHS-Kurs „Flirt-Profi in 12 Doppelstunden".

Laufzeit 70 Min.
€ 9,90 (unverbindl. Preisempfehlung)
ISBN 3-7857-3017-9

Weihnachtszeit in unserem Lieblingsdorf Saffelen. Ein romantischer Traum aus Tannenduft, festlichem Lichterglanz und Rinder-Rouladen mit Kartoffelpürree und Soße. Es könnte alles so schön sein, wenn nicht das Nachbardorf Uetterath versuchen würde, dem Saffelener Weihnachtsmarkt den Garaus zu machen. Doch Hastenraths Will, Josef Jackels, Fredi Jaspers und Richard Borowka nehmen die Herausforderung an.

Laufzeit 78 Min.
€ 9,90 (unverbindl. Preisempfehlung)
ISBN 978-3-9807844-3-6

Der Löschmeister und Frührentner Josef Jackels ist auf der Suche nach neuen Hobbys. Auf diese Weise kommt er zur Schriftstellerei. Das Unmögliche geschieht: Sein erster Roman „Heiße Küsse in Königswinter" wird zur literarischen Sensation und Josef Jackels zum Bestsellerautor. Nun wird es Zeit für einen persönlichen Manager. Ob aber Landwirt Hastenraths Will die richtige Wahl ist, muss sich erst noch zeigen.

Laufzeit 75 Min.
€ 11,90 (unverbindl. Preisempfehlung)
ISBN 978-3-86604-715-0

Der dritte Mann fehlt beim Rurtal Trio. Komisch sind die zwei Erfinder der Dorf-Comedy aber für drei.
Süddeutsche Zeitung

Intelligenter Spott vom Feinsten – es hätte auch Realität sein können. Nie sarkastisch und doch höchst komisch.
Kölner Stadt-Anzeiger

Umwerfend komisch und beängstigend real.
Rheinische Post

Suchen Sie Saffelen auf der Landkarte? Sie finden es vor der Haustüre. Viel, viel Beifall.
Leverkusener Stadt-Anzeiger

Erhältlich überall im Handel oder unter
www.comedybedarf.de

Schafe zählen
Die natürliche Einschlafhilfe

Immer mehr Menschen leiden heutzutage unter Einschlafstörungen. Doch bevor man zu Medikamenten greift, sollte man auf natürliche Heilmethoden vertrauen. Zu den Bewährtesten zählt zweifellos das „Schafe zählen". Einziger Nachteil bisher: Man musste sich sehr konzentrieren, um sich nicht zu verzählen. Doch das ist jetzt vorbei. Christian Macharski zählt die Schafe für Sie, eins nach dem anderen, während Sie entspannt und friedlich einschlafen können. Garantiert ohne Risiken und Nebenwirkungen.

Die originelle Geschenkidee für nur € 4,95.

Laufzeit 42 Min.
€ 4,95 (unverbindl. Preisempfehlung)
ISBN 978-3-86604-939-0

Erhältlich überall im Handel oder unter www.comedybedarf.de

POLIZEIABSPERRUNG

Dieses Buch gehört

Christian Macharski
Das Auge des Tigers

paperback verlag

Das Buch

Saffelen zittert! Einer der kältesten Winter der letzten Jahre hält das kleine Dorf an der holländischen Grenze fest umklammert. In die friedliche, vorweihnachtliche Stimmung platzt die Nachricht, dass der Tiger, ein skrupel-loser Mörder, bei einem Gefängnisausbruch entkommen konnte. Vor allem Landwirt Hastenraths Will und die beiden Freunde Fredi Jaspers und Richard Borowka sind darüber in heller Aufregung. Schon bald geraten die drei mit Hauptkommissar Kleinheinz auf die Abschussliste des erbarmungslosen Killers. Als Kleinheinz bei einem brutalen Überfall das erste Opfer des Tigers wird, sind die Dorfbewohner auf sich allein gestellt. Mit dem Mut der Verzweiflung bereiten sie sich, unterstützt von Löschmeister Josef Jackels, auf das mörderischste Duell ihres Lebens vor. Es beginnt eine fieberhafte Hetzjagd gegen die Zeit.

Der Autor

Christian Macharski wurde 1969 in Wegberg geboren. Seit 1991 ist er Kabarettist und Autor. Das Ergebnis seiner Arbeit sind diverse Programme mit dem Comedy-Duo „Rurtal Trio", zwei Solo-Programme, zwei Regiearbeiten, von 1994 bis 1996 Gag-Autor für Harald Schmidt und Thomas Koschwitz sowie für verschiedene Fernsehsender (WDR, SAT1, RTL), von 1994 bis 2003 Kolumnist für die Aachener Nachrichten. Nach zwei Büchern mit gesammelten Glossen erschien 2008 mit „Das Schweigen der Kühe" der erste Roman mit dem ermittelnden Landwirt Hastenraths Will in der Hauptrolle. Nach „Die Königin der Tulpen" (2009) ist „Das Auge des Tigers" der dritte Teil der Dorfkrimi-Reihe.

Von Christian Macharski außerdem als Taschenbuch erhältlich:

Irgendwo da draußen (ISBN 978-3-9807844-0-5)
25 km/h (ISBN 978-3-9807844-2-9)
Das Schweigen der Kühe (ISBN 978-3-9807844-4-3)
Die Königin der Tulpen (ISBN 978-3-9807844-5-0)

Christian Macharski

Das Auge des Tigers

DORFKRIMI

2. Auflage

© 2010 by paperback Verlag
Alle Rechte vorbehalten. Abdruck, auch auszugsweise,
nur mit ausdrücklicher Genehmigung des Verlags

Umschlaggestaltung: kursiv, Oliver Forsbach
Fotos: Marcus Müller
Lektorat: Kristina Raub
Satz & Layout: media190, Wilfried Venedey
Druck & Bindearbeiten: CPI – Clausen & Bosse, Leck

ISBN 978-3-9807844-7-4

Die Personen und Handlungen der Geschichte sind frei erfunden.
Ähnlichkeiten mit lebenden und verstorbenen Personen sind zufällig
und nicht beabsichtigt. Die Protagonisten des Romans basieren auf
Bühnenfiguren des Comedy-Duos Rurtal Trio.

Für Arnold

Prolog
Sonntag, 6. Dezember, 20.04 Uhr

Manfred Bergmann ließ seinen Blick durch den kahlen Raum wandern, in dessen Mitte ein abgenutzter Kicker stand. Der Einschluss würde heute erst nach dem „Tatort" erfolgen. Darauf hatten sich die Gefangenen mit der Anstaltsleitung geeinigt. Weil Weihnachten vor der Tür stand, wurde die sogenannte Sozialstunde, in der die Zellentüren geöffnet waren und sich die Insassen untereinander besuchen konnten, ausnahmsweise verlängert. Im Gemeinschaftsraum stand ein Fernseher für alle. Bergmann wechselte einen kurzen Blick mit Steiner, der verschwörerisch grinste, sich dann aber wieder seinem Apfel zuwandte, den er im Zeitlupentempo schälte. Dass der JVA-Beamte Uwe Steiner korrupt war, hatte Bergmann schon kurz nach dem Antritt seiner Untersuchungshaft erfahren. Ergebene Mitgefangene, die er schnell um sich geschart hatte, hatten ihm berichtet, dass Steiner sich hin und wieder als Schlepper verdingte und gerne kleine Gefälligkeiten gegen Bares erledigte. Ein Beamter von ganz besonderer Hilfsbereitschaft also, der den Gefangenen ein angenehmeres Leben in den Zellen ermöglichte. Hier ein Handy, da ein Brief, wenn es sein musste auch mal etwas Koks. Nichts Besonderes in einem Knast dieser Kategorie.

So einen Mann konnte Manfred Bergmann – oder „der Tiger", wie man ihn hier im Knast nannte – ganz gut gebrauchen. Den Beinamen hatte er aufgrund seines Rufes erhalten, der ihm vorauseilte. Schnell hatte sich nämlich herumgesprochen, dass er über erstklassige Kontakte nach draußen verfügte und über viel Geld. In dieser Kombination eine der wertvollsten Währungen im abgeschotteten System des Strafvollzugs. Sogar die Langzeitinsassen, die in der Knasthierarchie schon sehr weit oben standen, nannten ihn ehrfürchtig den „Tiger". Viele Gerüchte waren im Umlauf. Dass der Tiger lautlos töten und Leichen verschwinden lassen könne. Dass er ein Kopf der albanischen Mafia in Deutschland sei. Und dass er intelligent sei. Viel zu intelligent, um lange eingesperrt zu bleiben. Doch um rauszukommen, das wusste Bergmann, brauchte er Hilfe. Steiner war ein Anfang. Aber das Problem war: Steiner war zu dumm für den Plan, den er sich überlegt hatte. Er brauchte jemanden, der ihm nicht nur eine Tafel Schokolade besorgen konnte, sondern ein Duplikat des Generalschlüssels, mit dem er die Schleusentüren überwinden konnte. Und der dann noch so nett war, ihm die Pforte zu öffnen. Nett war vielleicht nicht das richtige Wort. Skrupellos und unmoralisch würde es besser treffen. Ach ja, und eine Waffe würde er natürlich auch noch brauchen. Schier unmöglich für ein schlichtes Gemüt wie Steiner. Die Suche nach weiteren Helfern gestaltete sich allerdings schwierig. Bergmann wollte keinen der Mitgefangenen in seinen Plan einweihen, weil er auch niemanden mitnehmen wollte in die Freiheit. Es war schon schwer genug, alleine unterzutauchen. Die meisten Beamten bekam er selten zu Gesicht, weil nur Steiner und eine Handvoll hartgesottener Kollegen im Hafthaus 4 Dienst schoben. Einer davon war Dieter Kuschinski, ein verschlossener und unzugänglicher Typ mit glatt rasiertem Schädel und kantigem Kinn. Kuschinski schien besonnen und klug zu sein, denn er wahrte – anders als Steiner – eine gesunde Distanz zu den Inhaftierten. Er zog eine Art unsichtbare Grenze um sich herum, die sich nicht einmal die schweren Jungs zu überschreiten trauten. Der Mann war ganz nach Bergmanns Geschmack. Aber wahrscheinlich schwer zu knacken. Doch dann kam ihm der Zufall zu Hilfe. Als Bergmann wegen seiner teils komplizierten Verletzungen, mit denen er inhaftiert worden war, mal wieder vorübergehend ins Justizkrankenhaus nach Fröndenberg verlegt werden musste, beobachtete er aus dem Fenster des VW-Bullys, mit dem er transportiert wurde, wie Kuschinski von seiner Frau und seiner kleinen Tochter am Tor abgeholt wurde. Die Tochter trug einen Schlauch, der aus ihrer Nase in ein Sauerstoffgerät führte, das sie wie eine Kindergartentasche umhängen hatte. Ein Herzfehler! Das war seine Chance. Da er zum einen um die schlechte Bezahlung in der Justiz wusste und zum anderen um die überlebenswichtige Notwendigkeit einer viel zu teuren Herzoperation, hatte er womöglich einen Angriffspunkt. Kuschinski war vielleicht nicht bestechlich, aber er war mit Sicherheit ein liebender und verantwortungsbewusster Vater. Wie erwartet, dauerte es eine Weile, bis Bergmann sich das Vertrauen des unnahbaren Beamten erschlichen hatte. Aber dann hatte er mehr erfahren, als er zu hoffen gewagt hatte. Lea Kuschinski war dem Tode geweiht. Die Ärzte gaben dem kleinen Mädchen noch höchstens ein halbes Jahr, wenn sie sich nicht einer Herzoperation in den USA unterziehen würde. Kostenpunkt mindestens 60.000 Euro. Dieter Kuschinski war verzweifelter, als man es seiner stoischen und entschlossenen Miene hätte ansehen können. Er hatte hohe Schulden und keine Bank gab ihm Kredit. Es kam Bergmann fast schon zu leicht vor, Kuschinski davon zu überzeugen, dass er das Leben seiner Tochter retten könnte, indem er möglicherweise sein eigenes ruinierte. Während eines Aufschlusses, in dem die beiden miteinander Dame spielten, wurde der Deal perfekt gemacht. Schon zwei Tage später fand Dieter Kuschinski in einem Schließfach am Bahnhof, zu dem er den Schlüssel von Bergmann erhalten hatte, 30.000 Euro in bar. Den Rest würde er dort finden, sobald Bergmann geflohen und abgetaucht war.

Der Tiger sah auf die Uhr. Es war jetzt zehn nach acht. Gleich würden die Kollegen zum Fernsehen in den Sozialraum gehen. Gerade mal eine Stunde war es her, dass Kuschinski Bergmann den nachgemachten Generalschlüssel gebracht hatte, den sogenannten Durchgänger für die sechs Schleusentüren, die Bergmann überwinden musste, um zur Pforte zu gelangen. Kein Problem für einen Tiger, hatte er gescherzt, doch Kuschinski hatte nur kurz mit den Mundwinkeln gezuckt. Die Positionen der Kameras hatte er ihm auch noch genannt, bevor er mit verbitterter Miene davon geschlichen war. Er selbst hatte heute den Dienst an der Pforte für einen Kollegen übernommen. Er würde Bergmann herauslassen, sobald der Beamte, der regelmäßig die Anstalt mit einem Wachfahrzeug umrundete, um die nächste Ecke verschwunden war. Ein simpler Plan, dachte Bergmann und bekam fast ein bisschen Mitleid mit Kuschinski, als dieser wie ein geprügelter Hund den Zellentrakt Richtung Verwaltungshof verließ. Was soll's, am Ende sind sie alle käuflich.

Viertel nach acht. Zeit zu gehen. Bergmann holte sich aus seiner Zelle noch sein Bargeld, das er im Hohlraum der Tischbeine versteckt hatte und das Messer, das er sich von einem Mitgefangenen in der Werkstatt hatte anfertigen lassen. Der Scheißrusse hatte 200 Euro dafür verlangt, dachte Bergmann grimmig an das Verhandlungsgespräch zurück, während er das massive Stück in seiner Jackentasche verschwinden ließ. Zwei gebrochene Rippen später war Oleg aber auf 50 Euro runtergegangen. Bergmann war ja schließlich kein Goldesel. Außerdem hatte Steiner schon 100 Euro dafür bekommen, dass er wegsehen würde, sobald der Tiger seinen Käfig zum letzten Mal verlassen würde. Was in diesem Moment auch geschah. Der JVA-Mann nickte Bergmann kurz zu und verschwand dann zusammen mit den anderen Gefangenen im Sozialraum. Er schloss die Tür hinter sich. Es konnte losgehen. Bergmann hatte in seiner Zeit als V-Mann bei der Polizei gelernt, sich lautlos und unsichtbar zu bewegen. Er überwand die Türen und Kameras mit einer Leichtigkeit, mit der er selbst nicht gerechnet hatte. Ständig hatte er eine Hand am Messer, um auf eventuelle Zwischenfälle reagieren zu können. Doch niemand kam ihm in die Quere. Es schien sich um eine der besseren „Tatort"-Folgen zu handeln. Auf diese Weise dauerte es keine acht Minuten, bis er das innere Schiebetor der Fahrzeugschleuse erreicht hatte, das einen Spalt geöffnet war. Bergmann schlüpfte geschmeidig hindurch und gelangte über eine kleine Treppe vor das dicke, kugelsichere Glas der Pforte. Kuschinski nickte ihm ernst zu und drückte den Knopf. Seine buschigen Augenbrauen hatten sich über seiner Nasenwurzel zu einem V zusammengezogen. „Da bist du ja endlich", brummte er.

„Schneller ging's nicht." Bergmann musterte ihn mit kühlem Blick. „Hast du die Waffe?"

Obwohl außer ihnen niemand da war, sah Kuschinski sich nervös im Raum um, bevor er eine Schublade öffnete. Er nahm eine Beretta und einen Schalldämpfer heraus und reichte Bergmann die Sachen. „Hier, geladen mit acht Schuss. Der verdammte Schalldämpfer war nicht leicht zu kriegen. Also verarsch mich nicht."

Bergmann prüfte in aller Seelenruhe das Magazin und schob es wieder ein. „Warum sollte ich dich verarschen? Hast du die 30.000 Euro bekommen oder nicht?"

Kuschinski nickte stumm. Bergmann beobachtete den Monitor, auf dem soeben das Wachfahrzeug im Schritttempo das äußere Schiebetor passierte.

„Noch eine Minute", sagte Kuschinski.

„Hast du die Außenkameras abgeschaltet?"

„Ja klar. Wie du gesagt hast."

Es entstand eine längere Pause, in der keiner sprach. Der Beamte beobachtete unablässig den Monitor. Als das Fahrzeug aus dem Blickfeld verschwunden war, gab er dem Tiger ein Zeichen und sagte: „Los, raus jetzt."

Er drückte auf einen großen, roten Knopf und das äußere Tor schob sich quietschend zur Seite. Bergmann trat auf den Vorplatz und atmete die eisige Dezemberluft gierig ein. Der erste Schnee des Jahres fiel in dünnen Fäden vom Himmel und hatte sich wie eine Puderzuckerschicht über die kahlen Bäume gelegt. Weiße, steifgefrorene Zweige streckten sich in den grauen Himmel. Der Schnee auf der Straße und den Bürgersteigen war geschmolzen. Die leichten Flocken, die durch die Luft wirbelten, wurden vom nassen Asphalt aufgesaugt, kaum dass sie gelandet waren.

Kuschinski trat hinter Bergmann und flüsterte mit belegter Stimme: „Ich würde das nicht machen, wenn die Lea nicht ..."

Bergmann drehte sich um und sah ihm geradewegs in die Augen. „Das interessiert mich nicht."

Kuschinski hielt dem Blick stand. Die Verachtung stand ihm ins Gesicht geschrieben. „Wann bekomme ich den Rest?"

„Wie besprochen. Sobald ich in Sicherheit bin, findest du in deinem Schließfach die restlichen 30.000 Euro."

„Ich verlass mich auf dich. Du weißt genau, dass ich wahrscheinlich in den Bau muss."

Bergmann rang sich ein Lächeln ab. Während er mit ruhiger Hand den Schalldämpfer auf die Beretta schraubte, sagte er: „Höchstens drei Jahre. Dafür hast du danach aber eine gesunde Tochter."

Plötzlich bog langsam ein Wagen mit dunkel getönten Scheiben um die Ecke und rollte auf die beiden zu. Bergmann hob den Blick. „Mein Taxi ist da."

Kuschinski ging einen Schritt auf ihn zu und hob warnend den rechten Zeigefinger. „Das Geld muss heute Nacht da sein. Du weißt genau, dass sie mich spätestens morgen festnehmen werden."

Bergmann strich sich durchs Haar und sah Kuschinski mitleidig an. „Mach dir keine Sorgen, Dieter. Die werden dich nicht festnehmen."

Ganz langsam hob er die Waffe und richtete sie auf den Beamten. Es machte kurz „Plop". Noch bevor Dieter Kuschinski ihn fragen konnte, was er damit meinte, schlängelte sich über sein erstauntes Gesicht ein kleines Rinnsal, das aus dem Einschussloch in seiner Stirn lief. Er merkte bereits nicht mehr, wie seine Beine einknickten und sein schwerer Körper auf dem nassgrauen Asphalt aufschlug.

Bergmann drehte sich um und stieg auf der Beifahrerseite des Wagens ein. „Fahr! Wir haben viel zu tun." Hinter den Mauern der Haftanstalt erhob sich der Mond und es begann die erste wirklich kalte Nacht des Jahres.

1
Montag, 7. Dezember, 10.06 Uhr

Es hatte die ganze Nacht hindurch geschneit. Da die Temperaturen am Morgen aber noch zu hoch waren, hatte sich die weiße Pracht mittlerweile in bräunlich-wässrigen Schneematsch verwandelt. Einiges davon spritzte am Straßenrand zur Seite, als Richard Borowka seinen gelben Ford Capri mit quietschenden Reifen haarscharf neben dem Bordstein zum Stehen brachte. Mit einem Satz sprang der sportliche Mittdreißiger mit der blonden Fönfrisur, die er über den Ohren kurz und im Nacken lang trug, aus dem Auto und lief mit großen Schritten in den kleinen Tante-Emma-Laden der Familie Eidams. Borowka trug Arbeitsschuhe, einen ölverschmierten Blaumann und darunter einen verwaschenen blau-grauen Polyester-Pullover mit Paisleymuster. Wie jeden Morgen nutzte er seine Frühstückspause bei Auto Oellers für eine kurze Fahrt vom Gewerbegebiet ins Dorfzentrum von Saffelen, um einzukaufen. Auf den ersten Blick wirkte der kleine Laden chaotisch unorganisiert, weil alles irgendwo abgestellt war – entweder auf einem der unterschiedlich hohen Regale oder der Einfachheit halber gleich auf dem Boden. Klopapier neben Gurkengläsern, Heringsfilet in Tomatensauce neben Ohrenstäbchen, Damenbinden neben Regenschirmen, Gelierzucker neben Pfefferspraydosen. Doch irgendein geheimes System musste es geben, denn Richard Borowka, den alle nur Borowka nannten, fand sich schlafwandlerisch zurecht und hatte innerhalb weniger Sekunden alle Artikel gefunden, die er brauchte. Vielleicht lag es aber auch daran, dass er an jedem Werktag immer zur gleichen Zeit die gleichen drei Dinge kaufte: Eine Büchse Mezzo-Mix, einen Twix-Schokoriegel und eine Bildzeitung. Borowka war diesmal sogar so schnell gewesen, dass er die Verkaufstheke noch vor dem Ladeninhaber Ewald Eidams erreichte, der gramgebeugt in Richtung Registrierkasse schlurfte. Er kam aus seinem Wohnzimmer, das direkt hinter dem Ladenlokal lag und in das die nervtötend laute Ladenbimmel übertragen wurde, die ertönte, sobald jemand das Geschäft betrat. Eidams' schleppender Gang, die hängenden Schultern und das aschfahle, faltige Gesicht erinnerten Borowka daran, dass der Mann sehr darunter zu leiden hatte, dass sein einziger Sohn Hansi vor einigen Monaten Saffelen für immer verlassen hatte und zu seiner Freundin Kim Su Peng nach Thailand gezogen war. Als Ewald Eidams sich der Theke näherte, wirkte er wie eine leblose Hülle, aus der sämtlicher Lebensmut entwichen war. Borowka fühlte sich unbehaglich, als Eidams wortlos die Preise in die Kasse eintippte. Borowka hatte das Gefühl, die Stille durchbrechen zu müssen. Vorsichtig setzte er an: „Bestellen Sie der Hansi mal schöne Grüße, wenn Sie dem sehen. Also ... ich meine, wenn Sie mit dem mal telefonieren. Ich ... also, *wenn* Sie telefonieren mit dem. Ich weiß ja nicht, wie die Verbindung ist nach China."

Ewald Eidams antwortete ohne aufzusehen: „Zwei Euro dreißig!"

Borowka legte das Geld abgezählt auf den Tresen und beeilte sich, den Laden zu verlassen. Erleichterung machte sich in ihm breit, als die Tür bimmelnd hinter ihm zuschlug. Er klemmte sich die Bildzeitung unter den Arm und versuchte, mit den Zähnen das Twix-Papier zu öffnen. Dabei geriet er aus dem Tritt und die Zeitung fiel flatternd zu Boden, um sich dort auf dem nassen Bürgersteig auszubreiten. Er stieß einen kleinen Schrei aus, als er wegrutschte und fluchte: „Verdammte Scheiße."

Borowka legte das Twix und die Büchse Mezzo-Mix auf seinem Autodach ab und bückte sich, um die vollgesogene Zeitung wieder zusammenzulegen. Während er sich noch ärgerte, streifte sein Blick geistesabwesend die halb aufgeschlagene Seite drei. Nichts hätte ihn in diesem Augenblick auf das vorbereiten können, was er da sah. Der Moment fror ein, als ihn ein diabolisch grinsendes Gesicht anstarrte, direkt unter der fetten Schlagzeile: Gewaltverbrecher aus Gefängnis ausgebrochen. Langsam fing die Umgebung an, sich zu drehen. Der Bordstein näherte sich ihm gefährlich. Borowka wurde übel und er musste sich an der Türklinke seines Capris festhalten. Sein Herz hämmerte und das einzige, was er hörte, war das Geräusch seines eigenen, heftigen Atmens. Nach unendlichen Sekunden packte er die Zeitung und zog sich am Türgriff hoch. Irgendwie gelang es ihm, sich um das Auto herumzunavigieren und einzusteigen. Er ließ sich schweißgebadet in den Fahrersitz fallen. Dann riss er sich zusammen, startete den Wagen und schoss mit Vollgas aus der Parklücke. Er sah nicht einmal, wie in seinem Rückspiegel die Büchse Mezzo-Mix und das Twix durch die Luft wirbelten und mitten auf der

Straße landeten. Auch an die wenige Minuten dauernde Fahrt zum Autohaus Oellers konnte sich Borowka im Nachhinein nicht mehr erinnern, so sehr rotierten seine Gedanken. Er parkte den Ford Capri auf dem Vorplatz der Ausstellungshalle und stürzte ins Gebäude. Vorbei an den kreuz und quer eingeparkten Gebrauchtwagen rannte er wie ein Slalomläufer in den Büroberich. Vor dem Schreibtisch von Fredi Jaspers bremste er seinen Schwung ab. Fredi Jaspers war seit Kindestagen der beste Kumpel von Richard Borowka. Auch wenn beide vom Temperament her verschieden waren, so tickten sie ansonsten sehr ähnlich. Fredi, der ruhigere von beiden, trug sein glattes, braunes Haar ebenfalls vorne kurz und hinten lang. Und wie Borowka begeisterte auch er sich für Fußball, Lederkrawatten und Flaschenbier. Beide waren angestellt bei Auto Oellers. Während Borowka als Spezialist für alle Modelle in der Werkstatt schraubte, war Fredi als gelernter Bürokaufmann am Schreibtisch tätig. Durch seine Zuverlässigkeit hatte er sich in den letzten Jahren zur rechten Hand von Heribert Oellers hochgearbeitet, was vor allem deshalb eine Leistung war, weil es noch eine Beschönigung wäre, Oellers als cholerisch zu bezeichnen. Fredi besaß mittlerweile sogar einen eigenen Schreibtisch ganz in der Nähe von Fräulein Regina, der wasserstoffblondierten Empfangs- und Telefondame des Hauses.

Borowka stand vor dem leeren Schreibtisch seines Kumpels und blickte sich suchend um. Regina saß an ihrem Platz. Sie trug trotz der winterlichen Außentemperaturen ein knappes Top, aus dem fast ihre wohlgeformte, üppige Oberweite herausschwappte. Das Top war auch am unteren Ende etwas knapp, sodass man den funkelnden Strassstein in ihrem Bauchnabel sehen konnte. Außerdem war ihr knapper Minirock hochgerutscht, weil sie ihre langen Beine übereinandergeschlagen hatte. Zu ihren Füßen lief ein Heizöfchen auf Hochtouren. In aller Seelenruhe lackierte sie ihre Fingernägel, während direkt vor ihr bereits seit geraumer Zeit das Telefon klingelte. Borowka trat vor ihren Tisch und fragte: „Regina, wo ist denn der Fredi?"

Regina schreckte hoch, als hätte sie ihn zuvor gar nicht wahrgenommen. Verstört sah sie zu Fredis Schreibtisch und versuchte sich in einem offenbar sehr mühsam verlaufenden Denkprozess zu erinnern, wo Fredi sein könnte. Das Telefon klingelte unverdrossen weiter. Langsam öffnete Regina den Mund. Doch es dauerte noch einige Sekunden, bevor auch etwas herauskam. Die Worte setzten sich dann auch nur allmählich zusammen. „Ich glaube, der ist im Sozialraum. Für wegen Frühstückspause." Borowka schüttelte genervt den Kopf. Aus der Werkstatt wehte trotz der Entfernung die Stimme von Heribert Oellers wie ein Donnerhall in den Verkaufsraum. „Wenn da nicht gleich einer am Telefon drangeht, dann kreist hier aber der Hammer." Mit einem lauten Seufzer steckte Regina den Lackierpinsel zurück in das Nagellackfläschen und hob den Hörer ab: „Auto Oellers – Ihr Gebrauchtwagenparadies in Saffelen. Regina Wallraven am Apparat. Was kann ich für Sie tun?"

Währenddessen hatte Borowka bereits den Sozialraum erreicht, der im hinteren Teil des Gebäudes lag. In dem schmucklosen Zimmer hing ein ölverklebtes kleines Waschbecken an der Wand, auf dem eine Plastikschale mit Handwaschpaste lag. Auf einer wackligen Anrichte standen ein vor sich hin dudelndes Transistorradio und eine Kaffeemaschine, die auch schon bessere Zeiten erlebt hatte. Ansonsten befanden sich nur noch sechs Spinde und ein großer Tisch mit acht Stühlen im Raum. Auf einem dieser Stühle saß Fredi Jaspers, mit ernster Miene in die neueste Sport Bild vertieft, neben sich einen Joghurtbecher, in dem ein Löffel steckte. Ihm gegenüber blätterte Udo, ein Geselle aus der Werkstatt, schlecht gelaunt in einer zerfledderten ADAC Motorwelt. Im Radio kündigte eine überschwängliche Stimme die besten Songs der 80er, 90er und von heute an.

„Morgen Udo", sagte Borowka betont freundlich, „bist du gerade an der Mazda dran?" Udo nickte grimmig, ohne seinen Blick von der Zeitung zu wenden.

„Dann sucht der Alte dich", fuhr Borowka fort. „Der war irgendwas am nuscheln von ‚Dem bring ich um' oder so."

Udos Kopf schoss hoch und er glotzte Borowka mit großen, angsterfüllten Augen an. „Wieso? Was habe ich denn jetzt schon wieder ..."

Borowka zuckte nur mit den Schultern. Udo sprang auf und verließ im Laufschritt den Sozialraum. Borowka schloss die Tür hinter ihm, nahm sich einen Stuhl, und setzte sich verkehrt herum darauf neben Fredi.

Der hatte mittlerweile die Arme hinter den Kopf gelegt, sich nach hinten gelehnt und beobachte amüsiert die Szene. Mit einem unterdrückten Gähnen sagte er: „Morgen Borowka. Auch mal im Sozialraum? Was will der alte Oellers denn schon wieder von der Udo?"

„Ja, nix. Ich wollte bloß mit dir unter vier Augen sprechen", antwortete Borowka. „Hier!" Er knallte die aufgeschlagene

Bildzeitung auf den Tisch, während im Hintergrund Lou Bega seinen einzigen Hit sang.

Fredi überflog die Seite. Als er das Foto sah, erstarrte er. Er stammelte: „Das ... das darf doch nicht wahr sein. Das ist ja Manni Bergmann."

„Ganz genau. Der Typ, dem wir zusammen mit Hastenraths Will im Gefängnis gebracht haben."

Fredis Gesichtsfarbe verwandelte sich von gut durchblutet in käseweiß. Er flog mit den Augen über den Text und las einzelne Satzfetzen vor: „Bergmann war unter den Häftlingen als „der Tiger" bekannt, weil er erbarmungslos zuschlägt ... gewalttätig ... albanische Mafia ... nichts mehr zu verlieren." Dann stockte er. Fredi glaubte seinen Augen nicht zu trauen. Er sah seinen Kumpel an. „Der hat bei seine Flucht ein Mann erschossen. Weißt du, was das heißt?"

Borowka nickte. „Klar. Der ist bewaffnet und gefährlich."

„Meinst du, der kommt nach hier, für sich an uns zu rächen?"

Borowka versuchte, cool zu wirken, obwohl er sich genau die gleiche Frage auch schon gestellt hatte. „Glaub ich nicht. Die ganze Polizei ist dem doch am suchen. Der muss gucken, dass der untertaucht. Wahrscheinlich ist der längst im Ausland. Der hat uns bestimmt schon vergessen."

„Das ist doch gerade mal ein halbes Jahr her, dass wir dem überführt haben. Wir müssen uns heute Abend unbedingt mit Hastenraths Will treffen. Der hat doch ein guter Draht zu Kommissar Kleinheinz. Vielleicht kann der uns helfen."

Borowka nickte wie ein Wackeldackel mit dem Kopf, während er geistesabwesend am Fingernagel seines rechten Daumens kaute.

Im selben Moment flog die Tür vom Sozialraum auf. Sie knallte so heftig gegen die Wand, dass sie fast aus den Angeln gehoben wurde. Fredi und Borowka zuckten zusammen. In der Tür stand Heribert Oellers mit puterrotem Kopf und brüllte: „Habt ihr mal auf die Uhr geguckt? Meint ihr, ich bezahl euch für Pause machen? Da werd ich noch bekloppt dran! Außerdem stinkt es hier wieder wie bei meine Omma unter den Armen." Er deutete mit seinem dicken, verölten Zeigefinger auf das verschlossene Fenster mit den rostigen Scharnieren. „Da kommt aber mal keiner auf die Idee, am Fenster zu gehen und am Fenstergriff ein neues Duftbäumchen aufzuhängen! Wenn ihr nicht in einer Minute wieder an eure Plätze seid, dann Gnade euch Gott!" Er drehte sich um und war genauso schnell wieder verschwunden, wie er gekommen war. Borowka stand als erster auf und steckte die Bildzeitung in die obere Tasche seines Blaumanns. Er sagte zu Fredi: „Also gut. Ich ruf der Will gleich an. Und dann treffen wir uns heute nach der Arbeit bei dem auf der Hof für alles zu besprechen. Unsere Operation Tiger." Doch der hilflose Versuch, die Angst wegzuscherzen, lief ins Leere. Fredi schlich wie benommen zum Transistorradio, um es auszustellen. Gerade als er den Knopf betätigen wollte, moderierte der Sprecher den nächsten Song an: „So, Freunde, hier ist wieder euer lustiges Hitradio mit den besten Hits der 80er, 90er und von heute. Bevor gleich die Flitzer-Blitzer kommen, jetzt noch ein Kracher aus den 80ern. Hier ist für euch: ‚Eye of the tiger'!"

Fredi und Borowka sahen sich beklommen an, als Dave Bickler von der Gruppe Survivor mit seiner rauchigen Stimme den Refrain in den Sozialraum spie:

It's the eye of the tiger, it's the spirit of the fight
Risin' up to the challenge of our rival
And the last known survivor stalks his prey in the night
And he's watchin' us all with the eye of the tiger. *

Zum Glück aber war ihr Englisch nicht so gut, dass sie den Text verstanden.

*Deutsche Übersetzung:
Es ist das Auge des Tigers, es ist die Erregung des Kampfes
Ich steige auf zur Herausforderung unseres Rivalen
Und der letzte bekannte Überlebende verfolgt seine Beute in der Nacht
Und er beobachtet uns alle mit dem Auge des Tigers.

2
Montag, 7. Dezember, 18.50 Uhr

Hauptkommissar Kleinheinz schaute von seinem Schreibtisch aus durchs Fenster in die dunkle Nacht. Es hatte wieder angefangen zu schneien. Eigentlich empfand er es als beruhigend, die kleinen Flocken zu beobachten, wie sie im Gegenlicht einer Straßenlaterne ohne Hast zu Boden rieselten. Doch in Wahrheit hasste er den Dezember. Diese Zeit, in der die Nacht mit einem Mal so früh hereinbrach. Zu kalt, zu dunkel, zu einsam. Es stand das dritte Weihnachtsfest an, das er alleine verbringen würde. Nicht, dass er sich nach seiner Exfrau sehnte. Gott bewahre. Aber irgendwie lösten die bevorstehenden Feiertage Beklemmungen bei ihm aus. Er würde am liebsten wegfahren. Aber dummerweise war etwas dazwischengekommen. Auf seinem Tisch lag die aufgeschlagene Zeitung mit dem großen Farbfoto eines grinsenden Manfred Bergmann. Niemand kannte diesen Mann so gut wie Kleinheinz. Jahrelang hatte er mit ihm eng zusammengearbeitet. Damals, als Bergmann noch Hauptkommissar bei der Kripo war, war er einer der Besten gewesen. Vor allem später als V-Mann. Aber irgendwann in dieser Zeit musste er die Seiten gewechselt haben und Kleinheinz hatte es nicht gemerkt. Niemals zuvor hatte er sich so sehr in einem Menschen getäuscht. Nachdem er ihn vor einem halben Jahr mithilfe der sonderbaren Saffelener, allen voran Landwirt Hastenraths Will, überführt und festgenommen hatte, war er in ein tiefes Loch gefallen. Er wusste nicht mehr, ob er seinen Job noch gut machte. Zu viel hatte er übersehen und dadurch Menschen in Lebensgefahr gebracht. Menschen, die ihm etwas bedeuteten. Ja, so seltsam es auch klang, aber Leute wie Hastenraths Will, Josef Jackels, Fredi Jaspers oder Richard Borowka waren ihm richtig ans Herz gewachsen. Er hatte ihre raue Herzlichkeit schätzen gelernt und sich während der Ermittlungen sogar in Saffelen zu Hause gefühlt. Zu Hause – wie fremd ihm dieser Begriff mittlerweile geworden war. Er sah wieder aus dem Fenster. Der Schnee fiel nun dichter. Da ganz hinten am Horizont ist Saffelen, dachte er. Ich kann jetzt nicht abhauen. Ich muss sie beschützen. Auch wenn alle etwas anderes sagen. Kleinheinz spürte, dass Bergmann zurückkommen würde. Er würde sich an allen rächen, die ihn hinter Gitter gebracht hatten. Aber wo würde er ihn finden? Kleinheinz knüllte wütend die Zeitung zusammen und warf sie in die Ecke. „Wo bist du?", brüllte er.

Es klopfte an der Tür. Ohne ein „Herein" abzuwarten, betrat Oberkommissar Dohmen das Dienstzimmer. Dohmen war vor einem halben Jahr Kleinheinz' Ermittlungskollege gewesen. „Alles klar, Peter?"

Der Hauptkommissar schaute überrascht auf. „Ach, hallo Jochen. Ich wusste nicht, dass noch jemand da ist."

Dohmen setzte sich auf die Schreibtischkante. „Willst du nicht auch langsam mal Feierabend machen? Heute fängst du Bergmann nicht mehr."

„Du hältst mich auch für einen Spinner, oder?"

Dohmen machte eine abwehrende Handbewegung. „Natürlich nicht. Aber überleg doch mal. Der Mann bricht aus und erschießt einen Justizbeamten. Der ganze Polizeiapparat läuft auf Hochtouren, um ihn zu bekommen. Das ist der meistgesuchte Mann in Deutschland. Der muss so schnell wie möglich von der Bildfläche verschwinden – und zwar für die nächsten Jahre. Ich wette, der ist längst im Ausland. Der Boden hier ist viel zu heiß für ihn."

Kleinheinz schüttelte kaum merklich den Kopf. Er lehnte sich in seinem Schreibtischstuhl zurück und bildete mit seinen Händen ein Dreieck. „Rein faktisch hast du vielleicht recht. Fast jeder würde so vorgehen. Aber Bergmann denkt anders. Ich weiß es. Der bleibt im Auge des Sturms. Eben weil man ihn da am wenigsten vermutet. Und vor allem, weil er noch eine Rechnung offen hat."

Dohmen seufzte laut. Er sah Kleinheinz ausdruckslos an und sagte fast schon mitleidig: „Mensch Peter. Hör doch auf mit dieser Rachestory. Bergmann ist vielleicht ein Psychopath, okay. Aber in erster Linie ist er ein gieriges, skrupelloses Arschloch, das nur seine Haut retten will. Du und diese Dorfheinis interessieren den doch einen Scheißdreck."

Jetzt schüttelte Kleinheinz energisch den Kopf. Er sprach, ohne Dohmens Blick zu erwidern: „Denkt alle, was ihr wollt. Ich kenn den Typ besser. Wir sollten auf die Saffelener aufpassen."

Dohmen verzog den Mund. „Das kriegst du niemals durch beim Landrat. Dann musst du dich eben selbst in deiner Freizeit um die Leute kümmern. Aber pass auf, dass dich der Tiger dabei nicht anfällt." Er fauchte, formte seine Hände zu Krallen und schlug damit nach dem Hauptkommissar.

„Hör doch auf mit dieser Tiger-Scheiße." Kleinheinz wehrte den gespielten Angriff ab, schubste Dohmen dabei aber so unglücklich, dass dieser das Gleichgewicht verlor und von der Tischkante kippte. Dabei fielen scheppernd sein Portemonnaie und sein Schlüsselbund zu Boden. Kleinheinz sprang erschrocken auf, doch Dohmen hatte sich schnell wieder aufgerappelt und lachte: „Nix passiert, Peter. Aber bevor du mich total fertig machst, hau ich lieber ab."

Kleinheinz begleitete seinen Kollegen noch bis auf den Flur, um ihn dort zu verabschieden. „Bis morgen, Jochen. Grüß deine Frau und die Kinder."

Dohmen winkte im Gehen. „Und du grüß ..." er stockte, „wen auch immer." Lachend verschwand er am Ende des Flurs. Kleinheinz schob die Hände in die Hosentaschen und blieb noch eine Weile stehen. Er genoss die Stille des menschenleeren Gebäudes und sog die Ruhe in sich auf. Als er ausatmete, dachte er plötzlich: Mein Gott, ich werde noch ein alter, griesgrämiger Einzelgänger mit Wahnvorstellungen. Spontan beschloss er, seine Jacke zu holen und noch ein Bier in der Kneipe zu trinken. Als er in sein Büro zurückkehrte, hatte sich seine Laune deutlich gebessert.

Das erste, was er spürte, als er seine Jacke von der Stuhllehne nahm, war, dass der Raum merklich abgekühlt und viel dunkler war als zuvor. Zu spät bemerkte er, dass die große Deckenleuchte nicht mehr brannte, sondern nur noch seine Schreibtischlampe. Sein Herz klopfte plötzlich, als würde es gleich explodieren. Er fuhr herum und im gleichen Moment, in dem er das offenstehende Fenster wahrnahm, blickte er in die Mündung einer Pistole, die ihn wie ein schwarzes Auge anstarrte. Eine groß gewachsene, kräftige Gestalt machte einen Schritt aus dem Schatten auf ihn zu. „Guten Abend, Peter. Schön, dich wiederzusehen."

Kleinheinz versuchte, seine Nerven unter Kontrolle zu bekommen. Nachdenken, nachdenken, sagte er sich, während er das Blut in seinen Ohren pochen hörte. Seine Dienstwaffe hatte er, wie immer, wenn er in der Kreispolizeibehörde arbeitete, in seinem Schließfach verstaut. Er wich einen Schritt zurück und stieß dabei mit dem Rücken gegen den Aktenschrank. So ruhig er konnte, sagte er: „Bergmann. Ich wusste, dass du kommst."

Manfred Bergmann trat noch ein Stück vor, sodass sein Gesicht nun schwach von der Schreibtischlampe erhellt wurde. Er hat sich kaum verändert, dachte Kleinheinz. Dichtes, dunkles Haar, markante Gesichtszüge, Dreitagebart und ein eiskalter Blick aus stahlblauen Augen. Doch dann huschte die Andeutung eines Lächelns über Bergmanns Gesicht. „Freut mich, dass du mich erwartet hast. Und wie du siehst, geht es mir gut. Ich bin wieder topfit, obwohl ihr mich bei meiner Festnahme übel zugerichtet habt. Ich konnte wochenlang nicht laufen. Aber so sehr ich dich mal mochte, lass es uns kurz machen. Bevor ich mich absetze, will ich mich nämlich auch noch um unsere drei Dorfdeppen Will, Fredi und Borowka kümmern. Denn das ist mal klar: Keiner sperrt den Tiger ein!"

Bergmann hob die Waffe und zielte Kleinheinz genau zwischen die Augen. Der Hauptkommissar schluckte. Seine Kehle war völlig ausgetrocknet. Hilflos drückte er sich gegen den Aktenschrank. Dann ging alles sehr schnell. Die Bürotür öffnete sich und Dohmen kam herein. „Tschuldigung Peter. Aber kann es sein, dass mein Autoschlüssel noch hier ..." In dem Moment nahm er Bergmann wahr, der seine Waffe nun auf ihn richtete. Instinktiv riss Dohmen seine Walter P 99 aus dem Schulterhalfter und schoss. Einmal, zweimal. Kleinheinz schrie, aber sein Schrei verlor sich im Mündungsfeuer. Die Beretta zuckte in Bergmanns Hand und donnerte zweimal hintereinander. Kleinheinz musste mitansehen, wie Dohmen nach hinten gegen den Türrahmen geschleudert wurde. Als er seinen Kopf drehte, blickte er dem leicht taumelnden Bergmann direkt in die Augen. In der nächsten Sekunde wurde die Luft von einer heftigen Explosion zerrissen und Kleinheinz spürte einen schweren Schlag gegen den Oberschenkel. Dann noch einen unterhalb der Brust. Wie von einer Flutwelle getroffen, wurde er nach hinten gegen den Schrank geschleudert. Aktenordner fielen heraus. Blut spritzte in sein Gesicht und ein großer Schmerz breitete sich über seinen ganzen Körper aus. Kleinheinz' Beine versagten den Dienst und er fiel in sich zusammen wie ein Kartenhaus. Alles um ihn herum verschwamm. Er sah nur noch Farben, die ineinander übergingen. Ein Lichtblitz zuckte auf und mit einem Mal verschwanden die Schmerzen. Aber merkwürdigerweise verschwand plötzlich alles.

3
Montag, 7. Dezember 19.37 Uhr

„Kriegt noch einer Kartoffelklöße mit Soße oder ein Rest Sauerbraten?" Marlene Hastenrath rührte mit einem Holzlöffel in einem großen Kochtopf. Aus dem Topf stieg schwerer Dampf auf, der von der brummenden Abzugshaube gierig aufgesogen wurde. Als keine Antwort kam, drehte sie sich um und sah erwartungsvoll hinüber zu dem großen Eichentisch am anderen Ende der Küche. Sie trug einen geblümten Arbeitskittel, der ihre barocke Figur eng umspannte. Darüber eine weiße Schürze, die mit frischen Soßenspritzern gesprenkelt war. Ihre aufwendige Dauerwelle hingegen war makellos. Am Eichentisch saßen ihr Ehemann Hastenraths Will, nicht nur der erfolgreichste Landwirt, sondern auch der Ortsvorsteher von Saffelen, Löschmeister Josef Jackels, der Chef der Freiwilligen Feuerwehr, und Richard Borowka. Es handelte sich sozusagen um die politische Elefantenrunde des kleinen Dorfes. Die drei blickten nachdenklich auf ihre Teller und waren dabei, die letzten Reste von Sauerbraten, Rotkohl und Klößen auf ihre Gabeln zu kehren. Man hörte lautes, monotones Schmatzen. Marlene ging einen Schritt auf den Tisch zu und wiederholte energisch ihre Frage. „Ob noch einer Klöße will?!"

Josef Jackels zuckte zusammen und sah auf. Der Löschmeister trug seine Feuerwehruniform. Den fluoreszierenden gelben Helm mit dem roten Streifen hatte er zum Essen abgenommen und neben den Teller gelegt. Kauend antwortete er mit vollem Mund: „Nein danke, Marlene. Ich kann nicht mehr. Es war aber sehr lecker."

Auch Borowka richtete sich auf und wischte sich mit dem Ärmel seines Arbeitspullovers den verschmierten Mund ab, ohne eine sichtbare Veränderung herbeizuführen. Er konnte Josef nur beipflichten: „Das hat wirklich super geschmeckt. Kompliment an die Küche."

Marlene errötete und begann, die Teller einzusammeln. Hastenraths Will entfuhr ein unterdrückter Rülpser, dem er ein lautes Lachen folgen ließ. Den strafenden Blick von Marlene übersah er und wendete sich stattdessen an Richard Borowka: „Wir sollten jetzt langsam anfangen. Wo bleibt denn der Fredi?"

Borowka sah auf die Uhr und hob die Schultern. „Keine Ahnung. Der hat für mich gesagt, dass der lieber bei sich zu Hause isst und dann nachkommt. Aber so lange kann es ja nicht dauern, eine Dose Ravioli warm zu machen." Borowka grinste breit. Hastenraths Will ließ erneut sein schallendes Lachen hören und schlug dabei so heftig mit der flachen Hand auf den Tisch, dass einer der beiden ausgefransten Hosenträger, die seine graue Stoffhose hielten, herunterrutschte. Mit leichter Verzögerung lachte auch Josef Jackels unbeholfen mit, nach - dem er zunächst nur unsicher zwischen den beiden hin und her gesehen hatte.

Mittlerweile hatte Marlene den Tisch abgeräumt und das Geschirr in die Spüle gestellt. Nun stand sie mit in den Hüften gestemmten Fäusten vor dem Ecktisch und warf ihrem Mann einen strengen Blick zu. „Wenn es jetzt gemütlich wird, würde ich vorschlagen, dass ihr euch im Wohnzimmer setzen geht, damit ich hier saubermachen kann."

Will sprang sofort auf, weil er wusste, dass er nur so dem Abtrocknen entkommen konnte. Seine Gummistiefel quietschten auf dem Linoleum, als er die Küche verließ. Auch Josef und Borowka erhoben sich und folgten dem Landwirt ins Wohnzimmer, wo dieser sie schon mit einer Flasche Weinbrand und drei großen Gläsern empfing. Will nahm in seinem Fernsehsessel Platz, legte seine Füße mit den Gummistiefeln auf dem Hocker ab und schob sich die Hornbrille auf seiner Nase zurecht. Das Wohnzimmer der Hastenraths war, wie so oft auf Bauernhöfen, ein Mischmasch von Möbelstücken aus den unterschiedlichsten Epochen. Nichts passte zusammen. Die komplette rechte Seitenwand wurde von einem dunkelbraunen Eichenschrank eingenommen, der unten breite Schubladen mit kitschig verzierten Goldgriffen hatte und im oberen Bereich Türen mit schweren Bleiglasfenstern, die mit biblischen Szenen bemalt waren. Schemenhaft war zu erkennen, dass dahinter Unmengen von Gläsern und Kaffeeservice ihre Heimat gefunden hatten. Wills ganzer Stolz, sein Fernsehsessel, war mit grünem Stoff überzogen und hatte im Kopfbereich große ohrenähnliche Auspolsterungen. An der Seite befand sich ein Hebel, mit dem man den Sessel in verschiedene Liegepositionen kippen konnte. Borowka und Josef hatten auf der breiten Couch mit dem abgewetzten braunen Lederbezug Platz genommen. Der Tisch davor bestand aus dunklem Furniersperrholz. In der Mitte waren schwarze und weiße Fliesen im

Schachbrettmuster eingelassen. Auf einer verschnörkelten Kommode, die man mit etwas Wohlwollen dem Rokoko zuordnen konnte, thronte erhaben ein uralter Telefunken-Röhrenfernseher.

Will goss seinen Gästen den Branntwein ein und übersah dabei Josefs zaghaft abwehrende Geste, als er dessen Glas bis zum Rand vollschüttete. Bei Borowka stieß er auf weitaus weniger Widerstand. Während er ihm eingoss, fragte er nachdenklich: „Jetzt erzähl doch noch mal, Richard. Bergmann ist also gestern Abend ausgebrochen und hat dabei ein Wachmann erschossen?!"

Borowka nickte ernst. In dem Moment, in dem er gerade mit seinen Ausführungen ansetzen wollte, erschütterte die laute Türklingel die erwartungsvolle Stille. Will sprang auf und rannte zur Haustür, die am Ende des Flurs neben dem Wohnzimmer lag. Er riss die Tür auf. „Na endlich, Fredi. Wo bleibst du denn?"

Doch vor ihm stand nicht Fredi Jaspers, sondern ein verdutzter Peter Haselheim, der vor Schreck zwei Schritte zurückwich. Haselheim war vor neun Jahren mit seiner Frau nach Saffelen gezogen, um den Posten als Grundschulrektor anzunehmen. Bis heute galt er unter den Dorfbewohnern als Zugezogener und wurde von alteingesessenen Familien wie den Hastenraths misstrauisch beäugt. Das Verhältnis zu Will hatte sich jedoch in den letzten beiden Jahren erheblich gebessert. Vor gar nicht allzu langer Zeit hatte Will dem Lehrer sogar das „Du" angeboten.

Draußen schneite es wieder heftiger. Peter Haselheim trug eine gesteppte Jacke mit breitem Fellkragen. Er hatte die Schultern weit hochgezogen und sog die kalte Abendluft schlotternd ein. Obwohl er Handschuhe trug, rieb er die Hände aneinander. „Guten Abend, Will", sagte er und sein Atem wurde in der Luft sichtbar.

Will blieb unbewegt im Türrahmen stehen und machte keine Anstalten, ihn hereinzubitten. „Grüß dich, Peter. Wodrum geht es sich?"

Haselheim schaute kurz über Wills Schulter in den wohlig beheizten Flur, um seinen Blick dann wieder dem Landwirt zuzuwenden. Der verharrte jedoch reglos und musterte den Lehrer prüfend.

„Es geht um das Kinderkrippenspiel in der Kirche, das wir mit den Kindern aus der vierten Klasse aufführen. Dein Enkelkind, der Kevin-Marcel, soll ja auch ..."

Will schob die Unterlippe vor und unterbrach Haselheim: „Tut mich leid, Peter. Aber ich habe im Moment wichtigere Dinge zu tun, als mit dir über das Krippenspiel zu diskutieren. Zwei Kühe kalben in den nächsten Tagen und im Moment haben wir eine Krisensitzung wegen ein neuer Kriminalfall."

Haselheims Augenbrauen verzogen sich zu einem Fragezeichen. Ein neuer Kriminalfall? Hastenraths Will schien so langsam eine neue Berufung für sich zu entdecken. Bei einem Fall vor knapp zwei Jahren hatte Haselheim sogar noch beim Ermitteln mitgeholfen, einen weiteren aus diesem Sommer kannte er nur vom Hörensagen, weil er zu der Zeit in Urlaub gewesen war. Er wusste nur, dass es sich um einen sehr gefährlichen Fall gehandelt haben musste und so hatte er keine Lust, sich wieder in etwas hineinziehen zu lassen. Plötzlich war er sogar froh, dass er nicht hereingebeten wurde. Er setzte noch einmal an: „Ich weiß, dass es Wichtigeres gibt als das Kinderkrippenspiel. Und die Aufführung ist ja auch erst in zwei Wochen. Aber wir haben vorhin im Pfarrsälchen mit den Proben angefangen und da gab es ein Problem mit Kevin-Marcel."

Will verzog das Gesicht, als hätte er in eine Zitrone gebissen. Diese Ausdrucksweise gefiel ihm gar nicht. Seine beiden Enkelkinder Kevin-Marcel und Justin-Dustin waren sein Ein und Alles. Und er mochte es nicht, wenn jemand abfällig über sie sprach. Außerdem wusste er, dass Kevin-Marcel zwar schon zum zweiten Mal im vierten Schuljahr war, aber zum ersten Mal beim Krippenspiel mitwirken durfte und sich sehr darauf freute. Will funkelte Haselheim herausfordernd an. „Was für ein Problem gibt es denn mit der liebe Jung?"

Der Lehrer schluckte und sein Adamsapfel wanderte aufgeregt auf und ab. Er nahm seinen ganzen Mut zusammen und sagte: „Als wir heute die Rollenverteilung vornehmen wollten, da hat der Kevin-Marcel darauf bestanden, Herodes zu spielen, weil du ihm gesagt hättest, das wäre die interessanteste Rolle."

Will zuckte ratlos mit den Schultern. „Ja und? Stimmt doch. Der Bösewicht ist immer die interessanteste Rolle."

Der Schneefall wurde stärker und schlug Haselheim jetzt mit zunehmendem Nordwind gegen die Seite. Er wollte es kurz machen. „Ja aber Will. Wir machen hier doch ein Kinderkrippenspiel. Da gibt es keinen Bösewicht. Meinst du etwa, wir spielen den Kindermord in Bethlehem nach? Ich habe versucht, den Kindern zu erklären, dass ich die Rollen so verteilen möchte, wie sie am besten zu den Darstellern passen. Jetzt ist Kevin-Marcel beleidigt. Und um das zum Ausdruck zu bringen, hat er ein paar Kraftausdrücke verwendet, die ich hier nicht wiederholen möchte."

Normalerweise hätte Will dem Lehrer an dieser Stelle ausführlich die Meinung gesagt, aber da seine Prioritätenliste anderes vorsah, wählte er den diplomatischen Weg. Er nickte ernst und sagte: „Gut. Ich werde mit der Kevin-Marcel reden. Welche passende Rolle hast du denn für dem vorgesehen?"

Haselheim schluckte erneut und nur sehr stockend verließen die Worte seinen Mund. „Also im Moment ... weißt du, es gibt ja nicht so viele gute Rollen. Und deshalb habe ich für den ..."

„Welche Rolle?", Wills Stimme klang nun bedrohlich.

„Den Esel", antwortete Haselheim kleinlaut.

Will atmete tief durch, um sich zu beruhigen. Als er Luft holte um eine deutliche Antwort auf diese Unverschämtheit zu formulieren, rief Borowka aus dem Wohnzimmer: „Sag mal, wo bleibst du? Der Dujardeng ist leer."

Haselheim reagierte schnell. „Weißt du was, Will? Reg dich nicht auf. Ich werd mal sehen. Der Marvin Schlömer ist im Moment noch erkältet. Vielleicht wird dadurch die Rolle des Herbergsvaters frei. Ich muss los." Er drehte sich um und ging eilig davon. Der Schnee, der mittlerweile schon eine dünne Schicht auf dem Asphalt bildete, knirschte unter seinen Wanderschuhen.

Will warf wütend die Tür ins Schloss und stapfte zurück ins Wohnzimmer. „Richard, ruf sofort der Fredi an."

4
Montag, 7. Dezember, 19.38 Uhr

Fredi Jaspers saß an seinem Schreibtisch und stocherte lustlos in dem kleinen Topf herum, in dem er die Ravioli erhitzt hatte. Seit Martina vor über dreieinhalb Jahren aus der gemeinsamen Wohnung ausgezogen war, hatten sich seine Essgewohnheiten radikal verschlechtert. Zunächst hatte er noch versucht, regelmäßig zu kochen. Da der Wechsel zwischen Ravioli, Tiefkühlpizza und Spiegelei ihm auf Dauer jedoch zu langweilig wurde, zählte er mittlerweile zu den Stammgästen in Rosis „Grillcontainer", der ortsansässigen Frittenbude. Die kleine Wölbung über seinem Gürtel, die trotz seines Fußballtrainings langsam anwuchs, legte ein trauriges Zeugnis davon ab. Was auf seinen Körper zutraf, konnte man von seiner Wohnung nicht behaupten. Hier hatte sich nichts verändert, seit Martina gegangen war. Die Einrichtungsgegenstände veränderten sich allenfalls dadurch, dass sie nie geputzt wurden. Die Unordnung in seiner Dreizimmerwohnung glaubte Fredi im Griff zu haben. Jedenfalls fand er meistens noch, was er suchte. Genau wie sein tragbares Telefon, das er in diesem Moment aus einem umgefallenen Stapel Computerzeitschriften herausfischte. Er schob die Ravioli zur Seite und tat das, was er immer tat, wenn es ihm schlecht ging. Er rief Martina an. Er hatte keine Ahnung, ob es richtig war oder nicht. Fredi wusste schon lange nicht mehr, woran er bei Martina war. In den ersten beiden Jahren nach ihrer Trennung hatte sie kein einziges Wort mehr mit ihm gesprochen. Vor anderthalb Jahren waren sie sich dann wieder etwas näher gekommen und hatten viel gemeinsam unternommen. Und seit diesem Sommer war sich Fredi sicher, dass alles wieder auf dem richtigen Weg war. Sie hatten sich nach einem Ausflug leidenschaftlich geküsst und sein ganzer Körper hatte gekribbelt. Danach galten sie in Saffelen unausgesprochen wieder als Paar, aber Martina bestand darauf, zunächst weiter bei ihren Eltern wohnen zu bleiben und es langsam angehen zu lassen. Fredi respektierte das und bemühte sich, ihr ihren Freiraum zu lassen. Aber jetzt war es an der Zeit, sie noch mal anzurufen, denn am Wochenende hatten sie sich nicht gesehen, weil Martina etwas vorgehabt hatte und seit zwei Tagen hatte sie sich nicht mehr bei ihm gemeldet. Fredi sah auf die Uhr. Ein bisschen Zeit blieb ihm noch, bevor er zu Will musste. Er wählte Martinas Handynummer und es tutete vier Mal.

„Wimmers?!", meldete sie sich und Fredi schmolz beim Klang ihrer Stimme augenblicklich dahin.

„Hallo. Ich bin's, der Fredi. Ich wollte mal hören, ob du noch lebst."

Es entstand eine kurze Pause. Martina räusperte sich, bevor sie antwortete: „Ja klar, wieso sollte ich nicht mehr leben? Ich hatte nur total viel Stress dieses Wochenende. Ich habe mit einer Freundin aus Waldfeucht Weihnachtseinkäufe erledigt."

„Hast du das schon gehört mit der Gefängnisausbruch?"

„Ja furchtbar, oder?" Martina klang auf einmal sehr besorgt. „Meinst du, der Typ kommt nach Saffelen zurück?"

„Ne, glaub ich nicht", log Fredi, „und wenn schon. Ich habe jetzt gleich zusammen mit Borowka eine Besprechung bei Hastenraths Will für ein Plan auszuarbeiten. Und wenn der doch nach hier kommt, dann kriegt der von uns der Scheitel neu gezogen." Fredi lachte unsicher. Doch Martina redete unbeirrt weiter: „In der Zeitung stand, dass der wahrscheinlich nach Albanien abgehauen ist."

Fredi merkte, dass er gar keine Lust hatte, mit Martina über Bergmann zu reden. Er wechselte elegant das Thema. „Apropos Albanien. Hast du eigentlich schon mal über unser Sommerurlaub nachgedacht, wo wir letztens von dran waren? Du hast ja gesagt, dass du dir vorstellen kannst, dass wir beide zusammen ..."

„Fredi", unterbrach sie ihn barsch, „wir haben Dezember. Draußen schneit's total. Da denke ich doch noch nicht über meinen Sommerurlaub nach."

Ich die ganze Zeit, dachte Fredi. Er sagte aber: „So was muss man früh planen. Von wegen Frühbucherrabatt und so. Ich hatte mal gedacht an Teneriffa. Das soll fast so gut sein wie Mallorca. Und die haben da ..."

„Fredi, bitte! Müssen wir jetzt über den Urlaub reden? Es ist doch noch nicht mal Weihnachten."

Fredi seufzte leise. Dann entschied er sich, etwas auszusprechen, das ihm schon lange auf der Seele lag. „Sag mal, Martina, willst du überhaupt mit mir zusammen sein?"

In der Leitung blieb es still. Martina ließ sich sehr lange Zeit mit der Antwort. Fredi verfolgte auf seinem PC das Windows-

Symbol, das als Bildschirmschoner über den schwarzen Monitor wanderte. Dann hörte er wieder Martinas Stimme, die nun deutlich leiser und entfernter klang. „Natürlich möchte ich mit dir zusammen sein. Aber mein Leben ist im Moment total kompliziert. Das war schön mit uns diesen Sommer. Aber es geht mir schon wieder alles viel zu schnell."

Fredi verstand die Welt nicht mehr. Zu schnell? Er kam sich vor wie die langsamste Schnecke in einem Schneckenrennen und ihr ging es zu schnell? Er rang nach Worten: „Aber was mache ich denn falsch? Ich mach immer das, was du willst. Wenn du im Kino willst, fahr ich mit dir im Kino. Wenn du essen gehen willst, gehe ich mit dir essen."

„Das ist es ja. Vielleicht will ich ja einfach mal, dass du bei irgendwas die Initiative übernimmst. Dass du mal vorschlägst, was wir machen sollen."

„Und wenn dir das dann nicht gefällt?"

„Dann sage ich dir das schon."

Fredi dachte nach. Das klang logisch. Bevor er etwas sagen konnte, sprach sie weiter: „Und manchmal hast du mir einfach zu wenig Einfühlungsvermögen?"

„Zu wenig was?" Fredi hatte dieses Wort noch nie gehört.

„Zu wenig Ein-füh-lungs-ver-mö-gen", Martina betonte jede Silbe einzeln, als würde sie mit einem Schimpansen sprechen. „Weißt du noch, als wir im Sommer das Picknick am Waldsee gemacht haben? Da haben wir in den blauen Himmel geguckt, wo die schönen Wolken vorbeigezogen sind. Da habe ich dich gefragt, woran du gerade denkst. Weißt du noch, was du geantwortet hast?"

„An Fußball. Das war, weil die eine Wolke aussah wie ..."

„Oder – als ich mir im September das neue Kleid gekauft habe für den Siebzigsten von Tante Gisela. Ich habe es anprobiert und dich gefragt, ob du findest, dass ich zu dick bin. Darauf hast du gesagt: Verglichen mit was?"

Fredi wunderte sich. Er hatte gerade diese Antwort damals für besonders clever gehalten, weil ja wohl völlig klar war, dass es sich um eine gemeine Fangfrage gehandelt hatte. Er versuchte sich zu rechtfertigen. „Ja aber, ich meine, die Frage ist doch sowieso überflüssig. Ich liebe dich doch so wie du bist. Die paar Kilos mehr stehen dir super. Du musst dich doch wirklich nicht verstecken. Ich habe schon weitaus dickere Frauen gesehen."

Es knackte in der Leitung. Martina hatte aufgelegt. Fredi starrte überrascht den Hörer an. Das Tuten in der Leitung dröhnte in seinen Ohren.

„Weiber!", dachte er resigniert, als er das Telefon ausstellte. Dabei stieß Fredi aus Versehen an die Maus. Der Bildschirmschoner verschwand und es öffnete sich die Google-Startseite. Obwohl er dringend losmusste, konnte er nicht anders, als den Suchbegriff „Liebeskummer" einzugeben. Gespannt wartete er auf die Ergebnisse. Der vierte Eintrag weckte sein Interesse. „Sind Sie glücklich in Ihrer Partnerschaft?" Die Unterzeile verhieß: „Der ultimative Beziehungscheck" Fredi klickte darauf und gelangte auf eine Seite mit dem Namen „Partnerschaft & Erotik". Fredi konnte einen Fragebogen mit insgesamt 20 Fragen ausfüllen und anschließend würde er sofort eine Auswertung erhalten. Auf Fragen wie „Finden Sie Ihren Partner attraktiv?", wusste er auf Anhieb eine Antwort, bei anderen Fragen wie etwa „Fühlen Sie sich mit Ihrem Partner spirituell verbunden?", musste er erst einmal im Lexikon nachschlagen. Nach einer knappen Viertelstunde hatte er alles beantwortet und klickte voller Erwartung den Button „Auswertung" an. Innerhalb von Sekunden erhielt er sein Ergebnis. Von möglichen 80 Punkten hatte er genau 4 erreicht und lag damit ziemlich eindeutig im Bereich 0 bis 30. Konzentriert las er seine persönliche Auswertung: „Aufgrund Ihrer Angaben sind Sie mit Ihrer Partnerschaft sehr unzufrieden. Warum sind Sie und Ihr Partner überhaupt noch zusammen? Haben Sie Schuldgefühle oder spielen finanzielle Gründe eine Rolle? Unser dringender Rat: Ziehen Sie einen Schlussstrich unter Ihre Beziehung oder suchen Sie allein oder mit Ihrem Partner nach Möglichkeiten, Ihr Leben zufriedener und glücklicher zu gestalten."

Fredi starrte schockiert den Bildschirm an. Nachdem er sich gesammelt hatte, klickte er sich durch die Seite. Aber es bestand kein Zweifel an der Richtigkeit der Auswertung. Der Fragebogen war von einem echten Professor zusammengestellt worden. Er suchte weiter und fand auf einer Unterseite unter dem Button „Hilfe" wertvolle Tipps. Zwei Links später gab er bereits sein Profil in einer Singlebörse ein, die von sich behauptete, die erfolgreichste Singlevermittlung im Internet zu sein. Außerdem warb sie mit vielversprechenden Slogans wie „Über 1.000 attraktive Singles aus Ihrer Nähe", „Ihr Traumpartner wartet schon" und vor allen Dingen „Registrieren Sie sich jetzt kostenlos". Bei Angaben wie Größe, Gewicht und Aussehen schummelte Fredi ein wenig, um seine Chancen zu erhöhen. Zuletzt wurde er aufgefordert, sich einen Namen für sein Postfach zu überlegen. Er entschied sich für „Hengst_85".

Nachdem er seine Registrierungsbestätigung erhalten hatte, fuhr er seinen PC zufrieden runter. Er freute sich bereits darauf, die ganze eingehende Post zu lesen. Vielleicht würde es ihm ja endlich gelingen, sein Leben wieder in die richtige Bahn zu lenken. Er wusste, dass man manchmal nur ganz fest an etwas glauben musste. Er machte gerne Gedankenspiele, wie etwa „Wenn jetzt gleich ein rotes Auto um die Ecke fährt, dann bekomme ich heute eine Gehaltserhöhung." Leider war in solchen Momenten bisher nie ein rotes Auto um die Ecke gefahren. Aber ab und zu hatte es auch geklappt. Er hatte plötzlich das Gefühl, dass er auch jetzt Erfolg haben könnte mit einem Gedankenspiel. Er schloss die Augen und flüsterte: „Wenn jetzt Martina anruft, dann werden wir vielleicht doch noch ein glückliches Paar." Tatsächlich klingelte im nächsten Moment das Telefon. Fredi riss die Augen auf und konnte sein Glück gar nicht fassen. Mit schwitzigen Händen griff er hastig nach dem Telefon und nahm das Gespräch an. „Jaspers?!"

„Du Aschloch. Wo bleibst du?", brüllte Borowka am anderen Ende in sein Handy.

5
Donnerstag, 10. Dezember, 9.47 Uhr

Hastenraths Will stand im Eingangsbereich des Krankenhauses vor dem Ständer mit den Tageszeitungen und Magazinen und wartete ungeduldig darauf, dass der 400-Euro-Mann an der Pforte sein privates Telefongespräch beendete. Die Titelseiten waren immer noch voll von einem der spektakulärsten Gefängnisausbrüche der letzten Jahrzehnte. Während die tagesaktuellen Medien mittlerweile über den brutalen Überfall in der Polizeibehörde berichteten, hatten die Wochenmagazine reißerische Aufmacher produziert, wie etwa der Stern („Wie sicher sind Deutschlands Gefängnisse?"), Der Spiegel („Die Hegemonie des Subproletariats") oder die Bunte („Wie sexy sind Deutschlands Knackis?"). Eine vorbeikommende Krankenschwester blieb stehen und musterte den Landwirt in seinem grün-weiß karierten Hemd, dem abgewetzten Parka, der grünen Schirmmütze und den schlammverschmierten Gummistiefeln. Höflich sprach sie ihn an: „Werden Sie schon verarztet?"

„Wieso verarztet? Ich möchte jemandem besuchen", antwortete Will.

Die Krankenschwester wurde rot. Sie hob entschuldigend

die Hand. „Oh, tut mir leid. Ich dachte, Sie wären ein Notfall, der direkt vom Feld eingeliefert wurde."

Will schüttelte energisch den Kopf. „Um Gottes Willen. Ich würde mich niemals in ein Krankenhaus legen gehen. Aber vielleicht können Sie mir helfen, Schwester ...", er las das Namensschild auf ihrem weißen Kittel „... Schwester Ingeborg. Ich möchte gerne zu Kommissar Kleinheinz."

Die Schwester legte den Kopf schief. „Da werden Sie keine Chance haben. Herr Kleinheinz liegt im dritten Stock auf der Intensivstation und wird streng bewacht. Ich bin die Oberschwester der Abteilung. Da dürfen bis auf Weiteres nur Polizisten oder Verwandte rein. Aber Sie könnten da hinten in den allgemeinen Briefkasten", sie zeigte auf eine weiße Box, die an der gegenüberliegenden Wand hing, „eine Nachricht für den Kommissar einwerfen. Die wird dann weitergeleitet." Als sie keine Antwort erhielt, drehte sie sich wieder um zu dem Landwirt. Doch der war plötzlich wie vom Erdboden verschluckt.

Der Chefarzt stand mit der Patientenakte vor dem Bett von Kommissar Kleinheinz, der schwer atmete. Über einen Tropf erhielt er starke Schmerzmittel und über einen Katheter in seinem Hals Bluttransfusionen. Ein weiterer Schlauch führte ihm durch die Nase Sauerstoff zu. An seinem rechten Oberarm befand sich eine Blutdruckmanschette, die sich alle 15 Minuten automatisch aufpumpte. Neben dem Krankenbett stand eine ganze Batterie von Monitoren, die hektisch blinkten. Das rechte Bein lag über der Decke. Oberhalb vom Knie und knapp unter der Hüfte ragten je zwei lange Stifte aus dem Bein, die mit einer

Querstange aus Metall verbunden waren. Nachdem man ihn am Morgen aus dem künstlichen Koma geholt hatte, war Kleinheinz wieder ansprechbar. Der Chefarzt erklärte ihm mit sachlicher Stimme die Ursache seiner starken Schmerzen. „Sie hatten einen extrem hohen Blutverlust. Insbesondere durch die Schussverletzung im Oberschenkel. Eine Arterie wurde getroffen. Neben der tiefen Fleischwunde haben Sie außerdem noch einen komplizierten Trümmerbruch im Oberschenkel. Der Knochen ist so stark beschädigt, dass wir gezwungen waren, Ihnen einen sogenannten Fixateur externe zu legen. Das hört sich nicht nur abenteuerlich an, sondern sieht auch so aus." Er deutete mit einem schiefen Lächeln auf die Metallkonstruktion auf dem Oberschenkel. Kleinheinz versuchte zu sprechen, aber es fiel ihm schwer, weil er einen trockenen Mund hatte und durch die starken Schmerzmittel sehr müde war. „Was ist mit der Kugel in meinem Bauch?"

Der Chefarzt warf einen kurzen Blick auf seine Notizen, rückte sich seine halbe Brille zurecht und sagte: „Im Prinzip haben Sie Glück gehabt. Es wurde kein wichtiges Organ verletzt. Hätte Ihr Kollege im Präsidium nicht so schnell reagiert und den Notarzt gerufen, wären Sie innerhalb weniger Minuten verblutet. Sie sollten ihm bei Gelegenheit einen ausgeben."

„Wie geht's Kommissar Dohmen denn überhaupt?

„Der ist schon wieder zu Hause. Er hatte einen Streifschuss an der Schulter. Er lässt schön grüßen."

Es klopfte an der Tür. Kleinheinz zuckte zusammen. Ein Polizist mit beiger Jeanshose, gleichfarbigem Rollkragenpullover und weißer Schirmmütze auf dem Kopf trat ein und wandte sich an den Kommissar. „Chef, da ist ein Besucher für Sie, der sich nicht abwimmeln lässt. Der Mann behauptet, er sei ihr Lieblingsvetter – Wilhelm Hastenrath."

Kleinheinz grinste schwach. Der Chefarzt trat einen Schritt nach vorne und sagte zum Wachmann: „Teilen Sie dem Herrn mit, er soll ein anderes Mal wiederkommen. Herr Kleinheinz muss sich jetzt ausruhen."

Der Kommissar hob träge den linken Arm. „Nein, nein. Kein Problem. Der Mann ist wichtig. Lassen Sie ihn rein."

Der Polizeibeamte sah ihn verdutzt an. „Sie verwechseln da sicher was, Herr Hauptkommissar. Der Mann trägt Gummistiefel und riecht sehr streng."

„Ja, ja", sagte Kleinheinz, „ich weiß. Das ist ein Vetter mütterlicherseits. Die kommen aus dem Ländlichen. Und – lassen Sie mich bitte mit dem Mann alleine. Familiäre Dinge machen mich immer so sentimental. Wenn Sie verstehen."

Der Chefarzt und der Polizist nickten verwirrt und verließen den Raum. Kurz darauf trat Will ein und wirkte angesichts der Apparaturen und des angeschlagenen Eindrucks, den der Kommissar machte, ziemlich erschreckt. Es dauerte ein wenig, bis er seine Sprache wiederfand. „Herr Kleinheinz, wie geht es Sie? Als ich das mit die Schießerei in der Zeitung gelesen habe, wusste ich direkt, dass Sie das sind, auch wenn die keine Namen veröffentlicht haben." Er zog sich einen Stuhl ans Bett und betrachtete mit unverhohlenem Entsetzen die Beinschiene und die ganzen Schläuche.

Der Kommissar versuchte sich aufzurichten, aber die Schmerzen waren zu groß. So beließ er es dabei, Will den Kopf zuzuwenden. Mit belegter Stimme begann er zu sprechen: „Es ist gut, dass Sie da sind. Hören Sie mir jetzt ganz genau zu. Heute Mittag waren zwei Ermittlungsbeamte hier, die mich verhört haben. Rainer Dickgießer und Horst Remmler. Rainer kenn ich noch von der Polizeischule. Die beiden haben die Zielfahndung nach Manfred Bergmann übernommen. Ich habe denen gesagt, dass Sie, Richard Borowka und Fredi Jaspers in Lebensgefahr sind. Doch die glauben mir nicht. Nur ich stehe vorläufig unter Polizeischutz. Außerdem behaupten die, sie hätten schon eine erste Spur, die ins Ausland führt. Aber das ist alles Quatsch. Ich kenne Bergmann am besten. Er ist noch hier und er wird nicht eher verschwinden, bis er uns erledigt hat. Bergmann hat viele Freunde in der Unterwelt. Es ist für ihn kein Problem unterzutauchen. Er wird sich unsichtbar machen und irgendwann wieder zuschlagen. Ich kann Ihnen aber leider im Moment nicht helfen. Ich werde noch eine ganze Weile im Krankenhaus bleiben müssen. Am besten wäre es, wenn Sie für eine Weile aus Saffelen verschwinden."

Hastenraths Will hatte dem Vortrag mit halb geöffnetem Mund gelauscht. Er räusperte sich. „Das geht nicht, Herr Kleinheinz. Ich kann der Hof nicht alleine lassen."

„Ich habe mir schon gedacht, dass Sie so was sagen. Sie müssen trotzdem auf der Hut sein. Schicken Sie wenigstens ihre Frauen weg und achten Sie darauf, dass Sie immer in Gesellschaft sind. Und ganz wichtig: Vertrauen Sie niemandem! Auch nicht Leuten, die Sie zu kennen glauben. Bergmanns Arm reicht weit. Hören Sie zu. Kommen Sie morgen früh noch mal vorbei. Bis dahin habe ich ein Handy besorgt, das ich Ihnen geben werde. Damit können wir in Kontakt bleiben. Das ist ..." Kleinheinz stöhnte laut auf und verdrehte bizarr die Augen. Der große Monitor piepte wild. Will sprang panisch auf und drückte die Türklinke runter, um die Tür zu öffnen. Im selben Augenblick flog sie ihm mit solcher Wucht entgegen, dass er taumelnd nach hinten geschleudert wurde. Er konnte sich gerade noch an der Stuhllehne festhalten. In der Zwischenzeit stand Schwester Ingeborg, die in den Raum gestürzt war, schon an den Apparaturen. Sie drehte ein wenig an den Rädchen des Transfusionsbeutels und sagte in den Raum hinein: „Alles in Ordnung. Sie haben nur ein wenig den Grenzwert überschritten. Sie sollten besser ein bisschen schlafen." Erst jetzt nahm sie Will wahr. „Ach, Sie sind das. Warum haben Sie mir denn nicht gleich gesagt, dass Sie mit dem Kommissar verwandt sind?"

Will hob die Schultern. „Ich hatte mir gedacht, dass Sie bestimmt wichtigeres zu tun haben, als mich zu helfen. Sie müssen ja gucken, dass mein Lieblingsvetter wieder gesund wird."

Schwester Ingeborg nickte geschmeichelt. „Das mache ich. Jetzt muss ich Sie aber leider bitten, zu gehen."

„Ich komme sofort nach. Ich verabschiede mich nur noch kurz von der Herr Kleinheinz", er schluckte und warf schnell einen Blick auf das Krankenblatt, das vorne am Bett hing, "also, ich meine von der Peter. Hier, mein Lieblingsvetter."

Schwester Ingeborg zog die Augenbrauen hoch, verließ aber dann ohne Kommentar das Krankenzimmer.

Kleinheinz hatte sich wieder gefangen und wirkte sogar leicht amüsiert. „Das müssen Sie aber noch üben, wenn Sie ein guter Detektiv werden wollen."

Will schaute den Kommissar konsterniert an und sagte: „Ich glaube auch. Aber, um noch mal auf eben zurückzukommen. Ich hole morgen das Handy ab und werde mich sobald wie möglich mit Borowka und Fredi besprechen. Aber was ich nicht ganz verstehe: Warum sind Sie denn so sicher, dass wir drei auch in Gefahr sind?"

Kleinheinz sah ihn durchdringend an. „Weil Bergmann es mir selbst gesagt hat, bevor er mich niederschoss und flüchtete. Er hat sinngemäß gesagt: Diese Dorfdeppen stehen auch noch auf meiner Liste."

Will legte seine Stirn in Falten und dachte angestrengt nach. Sein sonst so rundes, rotwangiges Gesicht war faltig und blass, als er mit ernster Miene fragte: „Und Sie sind sicher, dass er uns damit meinte?"

6
Donnerstag, 10. Dezember, 23.10 Uhr

Fredi hatte extra die leeren Chipstüten und die zerknüllten Coladosen weggeräumt, damit er und Borowka auf dem blauen Cordsofa mit den Brandflecken in seinem Wohnzimmer Platz hatten. Sie spielten auf der Playstation 3 gegeneinander das Computerfußballspiel Fifa09. Borowka war Borussia Mönchengladbach und Fredi der 1. FC Köln. Fredi lag standesgemäß mit 3:0 hinten. Und dabei lief gerade erst die elfte Spielminute. Erneut startete Borowka eine Angriffswelle. Er lief hoch konzentriert mit Raul Bobadilla in den Strafraum und wollte gerade schießen, als er übel von der Seite umgesenst wurde. Elfmeter für Gladbach, rote Karte für Podolski und Auswechslung des schwer verletzten Bobadilla. Fredi drückte die „Pause"-Taste. „Ich brauch noch was Bier, Borowka. Sportler müssen ja viel trinken." Er stand auf und ging in die Küche.

Borowka legte das Joypad auf den Wohnzimmertisch und streckte sich ausgiebig. Er rief Fredi triumphierend hinterher. „Läuft gerade nicht so gut, Fredi, was? Das wird deine zehnte Niederlage in Folge heute." Er sah auf die Uhr. „Ach du Scheiße, schon zehn nach elf. Gut, dass meine Frau nicht da ist. Sonst würde die mir die Hölle heiß machen."

Fredi kam mit zwei geöffneten Flaschen Pils zurück und gab Borowka eine. Sie stießen an und nahmen ein paar tiefe Schlucke. Anschließend wischte Fredi sich mit dem Handrücken den Mund ab und setzte sich wieder neben Borowka.

„Wo ist Rita denn eigentlich jetzt hin?"

„Die habe ich heute Nachmittag im Zug gesetzt. Die ist jetzt ihre Eltern im Skiurlaub hinterhergefahren. Die kommen Weihnachten erst wieder zurück. Ich hoffe, dass der Spuk dann vorbei ist. Was ist denn mit Martina? Taucht die auch irgendswo unter?"

„Keine Ahnung", Fredi steckte den Finger in den Flaschenhals und stierte ins Leere, „die redet nicht mehr mit mir. Da die nicht mehr am Telefon geht, habe ich die eben ein Zettel im Briefkasten geworfen, wo drauf steht, was Hastenraths Will uns geraten hat. Muss die selber wissen, was die macht."

Borowka schüttelte den Kopf. „Die ist so bescheuert, die Alte. Wenn Doofheit ziehen würde, wär die der ganze Tag am frieren."

„Mann. Das heißt: Wenn Doofheit weh tun würde, wär die der ganze Tag am rumschreien."

„Oder so. Stichwort Rumschreien. Was hat der alte Oellers überhaupt gesagt, als du dem heute gefragt hast, ob wir zwei Urlaub haben können?"

Fredi stellte die Bierflasche auf dem Tisch ab und musste lächeln. „Das war ganz interessant. Da waren ein paar Beleidigungen bei, die ich noch gar nicht kannte. Oder hast du von dem schon mal der Begriff ‚Arschnase mit Ohren' gehört? Oder ‚dreistöckiges Wanderscheißhaus'?"

„Doch. Das mit das Wanderscheißhaus hat der letztens auch für der Udo gesagt, wie der vergessen hatte, die Ölkanne zurückzustellen. Heißt das denn jetzt, dass wir kein Urlaub kriegen?"

Fredi schaute überrascht auf: „Hat der Papst ein Käppi auf? Natürlich kriegen wir kein Urlaub. Der hat mich gefragt, ob ich noch alle Nadeln an der Tanne hätte. Jetzt, wo gerade die Winterreifensaison anfängt, würde keiner Urlaub kriegen. Nicht mal die Putzfrau. Der ist dann auch direkt zu Regina gerannt und hat die ein Schreiben diktiert, das morgen am Schwarzen Brett hängt. Da steht drauf, dass wegen der Wintereinbruch keiner mehr Urlaub kriegt – bis Ende Mai."

„Ach du Scheiße", Borowka nahm zwei hastige Schlucke, „da muss ich mich ja über Karneval schon wieder krankschreiben lassen."

Fredi schüttelte seine fast leere Flasche. „Schon wieder verdunstet", stellte er fest. „Auch noch eine?"

„Ja komm. Einer geht noch." Borowka leerte seine Flasche in einem Zug und reichte sie Fredi, der damit wieder in der Küche verschwand. Als er zurückkehrte und Borowka eine neue gab, wirkte er sehr nachdenklich. Nach einem kurzen Augenblick des gemeinsamen Schweigens meinte er: „Sag mal, Borowka. Kannst du dich noch dadran erinnern, wie wir früher als Jugendliche immer auf der Parkbank hinter der Kirche rumgesessen haben?"

„Ja klar. Da sind wir immer mit unsere Mofas hingefahren, haben da stundenlang oben auf der Lehne gesessen und auf der Boden gespuckt. Das war super."

Fredi nickte versonnen. „Und wir haben uns da über alles mögliche unterhalten. Da kommt man heute irgendwie gar nicht mehr zu."

„Jetzt gerade haben wir doch Zeit dafür."

„Stimmt eigentlich. Sag mal, du kennst dich doch mit Frauen aus?" Borowka nickte mit ernster Miene, während Fredi fortfuhr: „Kann das sein, dass ich zu nett bin für Martina?"

„Kurze Frage, kurze Antwort: Ja! Die Martina hat dich doch überhaupt nicht verdient. Die steht doch eigentlich auf so blöde Angebertypen, die die bloß am verarschen sind. Erinner dich doch mal an der Sascha letztes Jahr, der fiese Schmierlappen. Wie die auf dem abgefahren ist."

Fredi starrte auf das Flaschenetikett. „Meinst du, Frauen stehen auf Arschlöcher?"

„Nein", Borowka schüttelte den Kopf, „viel schlimmer. Die stehen total auf Arschlöcher."

„Wie wird man denn ein Arschloch?"

„Frag doch mal der Oellers." Sie mussten beide lachen. Borowka sah Fredi mit festem Blick an. „Hör zu, Fredi. Das wichtigste ist, dass du jetzt erst mal nur noch Sachen machst, auf die du Lust hast. Und das fängt schon mal damit an, dass du nicht mehr mit Martina auf so peinliche Tupperpartys mitfährst. Geh nicht mehr am Telefon, wenn die anruft und versuch mal, andere Frauen kennenzulernen."

Fredi strahlte ihn an. „Mit das letzte habe ich schon angefangen." Er erzählte ihm stolz von seinem Profil, das er in der Singlebörse eingestellt hatte.

„Aha. Und wie viele Frauen haben sich dadrauf schon gemeldet?", fragte Borowka skeptisch.

„Ich stehe ja erst seit Montag drin."

„Wie viele?"

„Keine", antwortete Fredi kleinlaut.

„Das wundert mich nicht", fuhr Borowka ihn an. „Du kannst doch da nicht ernsthaft rein schreiben, dass du 24 Jahre alt und 1,95 Meter groß bist. Dass du jede Menge Muskeln und Brusthaare hast und eine Firma mit 60 Angestellte leitest, wenn du nicht gerade in Monaco bist. Da kann man doch dran fühlen, dass das gelogen ist. Solche Typen brauchen kein Internet, für eine Frau kennenzulernen. Die müssen einfach nur morgens das Haus verlassen. Komm, wir ändern jetzt dein Profil und schreiben da alles genauso rein, wie es in Wirklichkeit ist. Und wir schreiben auch dein Name da rein. Dann werden sich nur Frauen melden, die es ernst meinen."

Eine halbe Stunde später fuhr Fredi zufrieden seinen PC runter. Aus „Hengst_85" war „Schlaflos in Saffelen" geworden.

7

Freitag, 11. Dezember, 15.07 Uhr

Die Häuser und Straßen von Saffelen waren von einer dicken Schneeschicht bedeckt. Es sah nicht so aus, als wollte die Kälte das kleine Dorf in nächster Zukunft aus ihren Klauen entlassen. Überall hörte man das Kratzen der Schneeschaufeln. Will lenkte seinen Mercedes zügig über die festgefahrene Schneedecke der Wiesenstraße. Immer wieder brach das Heck des Fahrzeugs leicht aus. Auf dem Beifahrersitz krallte sich ein leichenblasser Josef Jackels mit der rechten Hand krampfhaft am Haltegriff über der Tür fest. Die Fahrt vom Krankenhaus in Heinsberg bis hierhin hatte nicht nur doppelt so lang wie normal gedauert, sondern auch das Nervenkostüm des Feuerwehrmannes komplett ruiniert. Je mehr sie sich Saffelen genähert hatten, desto mehr waren sie der Willkür der Natur ausgesetzt. Die Streufahrzeuge der Straßenwacht fuhren selten so weit ins Hinterland, sodass die letzten Kilometer zu einer waghalsigen Rutschpartie wurden. Kurz vor dem Dorf hatten Schneeverwehungen sogar dafür gesorgt, dass man nicht einmal mehr den Straßenverlauf erkennen konnte. Zum Glück kannte Will die Strecke im Schlaf. Josef machte ein Kreuzzeichen, als sie endlich in die Einfahrt einbogen, die durch ein großes aufgeschobenes Holztor auf den Innenhof des Bauernhofes führte. Hier griffen die Reifen wieder besser, weil Marlene am Morgen dort gestreut hatte und der Schnee komplett abgetaut war. Als Will mit einem Satz und Josef mit zitternden Knien ausstieg, schlug Hofhund Attila an und erschreckte Josef zu Tode. Der Rottweiler sprang wie ein angeschossener Rodeobulle durch seinen Zwinger und warf seinen massigen Körper immer wieder gegen das schwere Eisengitter, das bedenklich wackelte. Seine gefletschten Zähne verbissen sich dabei in den Stangen. „Attila. Aus", brüllte Will und ging mit Josef ins Haus. Vom Hof aus führte der Weg vorbei an dem Raum mit dem großen Milchtank und einer kleinen abgemauerten Toilette direkt in die Küche. Aus dem Obergeschoss hörten die beiden Männer lautes Gekicher. Ihre Frauen, Marlene und Billa, waren offensichtlich immer noch dabei, zu packen. Auf Anraten von Kommissar Kleinheinz hatten sie am Vorabend beschlossen, dass die beiden Frauen an einen unbekannten Ort verreisen sollten und Josef vorübergehend auf dem Bauernhof einziehen würde. Der Löschmeister hatte am Vormittag bereits seinen von Billa gepackten Koffer rübergebracht und im Gästezimmer, das im Flur neben dem Wohnzimmer lag, deponiert. Will trat an den Treppenabsatz und brüllte nach oben: „Wir sind wieder da!" Augenblicklich verstummte das ausgelassene Gegacker und eine wohltuende Ruhe legte sich über das Obergeschoss. Will lächelte und ging zurück in die Küche. Josef hatte sich in der Zwischenzeit an den Tisch gesetzt und atmete in tiefen Zügen ein und aus. Will zog sein neues Handy und ein Ladekabel aus der Tasche und betrachtete es neugierig. Es handelte sich um ein älteres

Modell mit besonders großen Tasten. Das war das einzige, was Kleinheinz so schnell hatte auftreiben können. Geduldig hatte er den beiden Saffelenern im Krankenhaus die Funktionen erklärt, da sie nie zuvor ein Handy besessen hatten. Dabei hatte sich herausgestellt, dass gerade die großen Tasten für Wills grobe Hände wie gemacht waren.

„Kaum zu glauben, was es heutzutage alles gibt, oder?", sagte Will fasziniert. Er tippte darauf herum und erfreute sich an den kleinen, lustigen Symbolen, die erschienen. Er war so vertieft in das Gerät, dass er gar nicht mitbekam, wie Marlene und Billa ihre Koffer im Flur abstellten und in die Küche kamen. „Unser Taxi wartet draußen", sagte Marlene mit belegter Stimme. Auch Billa machte einen traurigen Eindruck. „Wir müssen los. Seid um Gottes Willen vorsichtig." Sie ging zu Josef und umarmte ihn, was etwas ungelenk ausfiel, weil Josef genau in diesem Moment aufstand. Die beiden Männer brachten ihre Frauen zur Tür, wo Will Marlene mit einem Klaps auf die Schulter verabschiedete. Er gab ihr noch seine neue Handynummer, die er auf einen kleinen Zettel gekritzelt hatte, und sagte: „Und denkt dadran. Erzählt keinem, in welches Dorint-Hotel in Daun ihr fahrt, hört ihr? Schon mal keine von die katholischen Strickfrauen, sonst können wir das auch direkt in die Zeitung setzen." Marlene und Billa nickten pflichtbewusst und trotteten dann mit hängenden Schultern zum Taxi, wo der Fahrer sie bereits mit hochgeschlagenem Kragen erwartete, um das Gepäck im Kofferraum zu verstauen. Die beiden Frauen winkten noch ein letztes Mal, bevor sie auf der Rückbank Platz nahmen. Will und Josef standen in der Tür und sahen dem Taxi hinterher, das vorsichtig über die Wiesenstraße davonfuhr. Während Josef mit einem großen Stofftaschentuch winkte, drückte Will schon wieder auf seinem Handy herum. Wehmut mischte sich in Josefs Stimme, als er sagte: „Unsere Frauen bringen immer so große Opfer. Hast du gesehen, wie traurig die waren, weil die uns verlassen müssen?"

Will brummelte etwas Unverständliches und ging wieder rein. „Ich mach jetzt mal der Testanruf bei Kommissar Kleinheinz, ob alles funktioniert."

Marlene und Billa schielten vorsichtig mit hängenden Köpfen zum Rückfenster hinaus, während sie langsam über die Wiesenstraße ruckelten. Als Will und der taschentuchwinkende Josef wieder im Haus verschwunden waren, klappte Billa die kleinen Tische aus, die an der Rückseite der Vordersitze angebracht waren. Marlene kramte in den großen Taschen ihres dicken Wintermantels und zauberte ein Paket mit 20 kleinen Feiglingen hervor. Die beiden Frauen stellten es zwischen sich, nahmen sich jeder ein kleines Fläschen Feigenschnaps heraus und schlugen es wild auf den Tischen auf. Die Party konnte beginnen.

8
Freitag, 11. Dezember, 16.14 Uhr

Der eisige Wind, der ihm ins Gesicht schlug, fühlte sich an wie Tausende kleiner Nadeln, die seine Haut traktierten. In seinen klammen Händen hielt er die Autobatterie vor sich wie eine wertvolle Vase. Unter seinen schweren Arbeitsschuhen knirschte der Schnee wie ein entferntes Feuerwerk. Obwohl Borowka unter seinem Blaumann noch einen Pullover, zwei T-Shirts und eine lange Unterhose trug, fror er am ganzen Körper. Er hatte den Toyota von Schlömer Karl-Heinz repariert und war gerade dabei, die alte Batterie auf einen kleinen Sondermüllhaufen hinter der Werkstatt zu werfen. Alles, was dort landete, wurde einmal pro Woche von Heribert Oellers persönlich entsorgt – mittwochs abends im Uetterather Waldsee. Borowka warf die Batterie in hohem Bogen zwischen die Altölkanister, rieb seine klammen Hände schnell aneinander und machte sich auf den Weg zurück in die Werkhalle, wo ein Heizpilz angenehme Wärme versprach. Rein zufällig streifte sein Blick dabei kurz die geparkten Autos auf dem kleinen Mitarbeiterparkplatz. Er hielt inne. Eine vermummte Person in einem dicken Pelzwintermantel und einer dazu passenden Mütze auf dem Kopf schlich um Borowkas Ford Capri herum und versuchte, durch die vereisten Scheiben hineinzusehen. Als die Person sich dann auch noch hinkniete, um unter den Wagen zu sehen, reichte es Borowka. Mit entschlossenen Schritten stapfte er hinüber zu seinem Wagen und erreichte die Person genau in dem Moment, in dem sie sich wieder aufrichtete. Sie zuckte heftig zusammen, als plötzlich der große Mann mit der blonden Strähnchenfrisur und dem ölverschmierten Gesicht vor ihr stand.

„O mein Gott, haben Sie mich erschreckt", sagte eine zwar eingeschüchterte, aber dennoch samtweiche Stimme. Borowka kniff verwundert die Augen zusammen. Vor ihm stand eine äußerst attraktive Frau. Ihr Gesicht hatte klare, strenge Linien, doch die hohen Wangenknochen passten nicht so recht zu den unglaublich vollen Lippen. Aber vielleicht machte gerade das den besonderen Zauber aus. Das und womöglich die dunkelbraunen Augen, die kleinen, eng anliegenden Ohren und der winzige Leberfleck knapp neben dem linken Nasenflügel. Nicht einmal die klobige Pelzmütze auf ihrem Kopf wirkte bei ihr albern. Im Gegenteil. Das schulterlange dicke, schwarze Haar, das an den Seiten herausquoll, machte daraus ein Gesamtkunstwerk. Eine so schöne Frau hatte Borowka zum letzten Mal auf einem Pirelli-Kalender gesehen. Er riss sich zusammen und versuchte, seiner Stimme eine unterkühlte Schärfe zu geben. „Kann ich Sie helfen?"

Sie lachte verlegen und blickte ihn aus treuherzigen Augen an. „Tut mir leid, dass ich hier einfach so rumlaufe. Aber als ich gerade durch Saffelen fuhr, sah ich dieses wunderschöne Modell und musste es mir einfach ansehen." Sie deutete auf den Ford Capri. „Wissen Sie, ich bin ein großer Autofan."

„Ich auch", stammelte Borowka vor sich hin und ärgerte sich gleich wieder darüber. Er räusperte sich und sagte: „Sie interessieren sich für der Auto? Da haben Sie Glück, das ist nämlich meins."

„Ist nicht wahr!", in ihrer Stimme schwang unverhohlene Bewunderung mit. „Besitzen Sie denn noch mehr Oldtimer?"

Borowka stutzte und kratzte sich irritiert am Kopf. „Wie Oldtimer?"

„Ich meine, ob ...", sie stockte und registrierte Borowkas ratloses Gesicht. Dann erst schien sie zu verstehen. „Ach nichts. Der ist einfach nur sehr schön. So schön wie ein Oldtimer. Ich weiß, Sie müssen arbeiten, aber meinen Sie, es wäre möglich, dass ich ihn mir auch mal von innen ansehen darf?"

Borowka war hin- und hergerissen. Nichts tat er lieber, als Leuten seinen Ford Capri vorzuführen, aber er wusste auch ganz genau, dass Oellers ihm den Kopf abreißen würde, wenn er ihn hier draußen erwischte. Wie aufs Stichwort wehte der scharfe Westwind nicht nur ein paar Schneeflocken herüber, sondern auch die laute Stimme des Autohausbesitzers. Die Flüche, die er ausstieß, deuteten aber darauf hin, dass er sich auf der anderen Seite unter dem Vordach der Verkaufshalle befand. Als Begriffe fielen wie „Riesenarschloch" und „Vier Minuten zu spät", wusste Borowka, dass soeben der Vertreter von Schrauben Peters eingetroffen sein musste. Das wiederum bedeutete, dass sich Heribert Oellers jetzt für die nächsten zehn Minuten mit ihm ins Büro setzen würde. Genug Zeit also für eine kleine Führung. Borowka ließ die fremde Frau, die sich als Maria vorstellte und ihm damit gleichzeitig das „Du" anbot, auf der Fahrerseite einsteigen. Er selbst nahm auf dem Beifahrersitz

Platz und schwärmte von den Besonderheiten des Capris, etwa vom sportlichen Fahrwerk mit Gasdruckstoßdämpfern oder dem in der Frontschürze integrierten kleinen Spoiler, der die Aerodynamik verbesserte. Maria lauschte fasziniert seinen eifrigen Ausführungen und stellte Zwischenfragen, die ihm zeigten, dass auch sie sich sehr gut mit Autos auskannte. Als Borowka auf die Innenausstattung zu sprechen kam, glänzten seine Augen vor Stolz. „Das sind amtliche Sportsitze, die Überrollgurte habe ich wohl nachträglich einbauen lassen. Aber das RS-Lederlenkrad ist original. So was gibt es heutzutage gar nicht mehr. Das musst du unbedingt mal anfassen."

Maria umgriff das Lenkrad fest mit ihren Händen, die in dicken Wildlederhandschuhen steckten. Borowka verzog das Gesicht und sah sie vorwurfsvoll an. „So ein Lenkrad darf man nicht mit Handschuhe anfassen. Die musst du ausziehen, sonst spürst du das feine Leder nicht." Maria zögerte, doch Borowka ließ keinen Widerspruch zu. „Ich glaube, dir ist nicht bewusst, wie einmalig deine Chance ist. In hier der Auto hat noch nie jemand anders hinter das Steuer gesessen als wie ich. Noch nicht mal meine Frau."

Maria sah ihn überrascht an. Ein leiser Anflug von Enttäuschung huschte über ihr dezent geschminktes Gesicht. Während sie sich langsam die Handschuhe auszog, fragte sie: „Du bist verheiratet?"

„Ja", antwortete Borowka, „seit fünf Jahre. Jetzt fass endlich an."

Er beobachtete, wie sie mit ihren makellosen Händen das Lenkrad fest umfasste und ihm dabei tief in die Augen blickte. „Das hätte ich mir denken können."

„Was?", fragte Borowka geistesabwesend, doch als sich ihre Blicke trafen, verlor sich das Geräusch seiner Frage, er schien es selbst nur noch aus weiter Ferne zu hören. Er löste seine Augen schnell von ihr und heftete sie stattdessen auf ihre Hände. Prompt ertappte er sich dabei, wie er sich für einen kurzen Augenblick vorstellte, wie diese perfekten, schlanken Finger mit den langen, rot lackierten Fingernägeln mit leichtem Druck über seinen Rücken fuhren. Doch sofort verscheuchte er diesen Gedanken wieder.

Sie machte leichte Lenkbewegungen und sagte: „Na ja, dass du verheiratet bist."

Borowka versuchte, wieder einen klaren Gedanken zu fassen. „Verheiratet zu sein ist gar nicht so verkehrt. Schon allein wegen die Steuerklasse. Kumpel von mir, der Fredi, der muss jetzt so Kontaktanzeigen im Internet machen. Auf so ein Stress hätte ich kein Bock. Da bin ich froh, dass ich Rita hab. Die ist schon okay."

„Das glaube ich", sagte Maria, „sonst würde sie ja wohl kaum in deiner Liga spielen."

Es dauerte ein paar Sekunden, bis der Satz Borowkas Haupthirn erreicht hatte. Es bildete sich langsam ein dicker Kloß in seinem Hals und sein Mund wurde trocken. Er wollte gerade antworten, als ein markerschütternder Schrei über den Hof fegte. Heribert Oellers erschien mit in die Hüften gestemmten Armen in der Werkstatttür: „Richard! Feierst du gerade Überstunden ab oder was soll der Scheiß? Meinst du, der Mondeo repariert sich von alleine? Wenn du nicht in zwei Sekunden hier bist, hat dein Arsch aber Kirmes. Und morgen Abend auf der Weihnachtsfeier kannst du spülen."

Borowka sprang wie von der Tarantel gestochen aus dem Wagen, rannte vorne herum und half Maria beim Aussteigen. „Es war nett, dich kennengelernt zu haben. Ich muss leider wieder rein."

„Hab ich gehört", lachte sie und strich Borowka dabei beiläufig über die Schulter. „Vielleicht sehen wir uns ja irgendwann noch mal wieder. Ich würde mich freuen. Viel Spaß auf der Weihnachtsfeier."

„Ich zähl bis drei. Eins ... zwei ...!" Oellers' Gesichtsfarbe hatte mittlerweile ein tiefes Dunkelrot erreicht. Borowka nickte kurz und lief zurück zur Halle.

Die Frau mit den vollen Lippen zog sich ihre Handschuhe wieder an und sah ihm lächelnd nach.

9
Samstag, 12. Dezember, 8.22 Uhr

Hastenraths Will gähnte laut. Er setzte sich aufrecht, um seinen verspannten Körper zu dehnen. Die Anstrengungen der letzten Tage machten sich langsam bei ihm bemerkbar. Zumal ihm seit gestern auch noch Marlene bei der Verrichtung der täglichen Arbeit fehlte. Er war bereits seit 5.30 Uhr auf den Beinen, hatte seine 20 Kühe gemolken, die Schweine, die Hühner und den Hund gefüttert. Und dann hatte er auch noch das Frühstück zubereiten müssen, weil sein derzeitiger Mitbewohner Josef offenbar nicht dazu in der Lage war, Kaffee zu kochen oder Brot zu schneiden. Außerdem hatte der unbeholfene Feuerwehrmann sich geweigert, Will ins Heinsberger Krankenhaus zu begleiten. Zu sehr würde ihm noch die letzte Horrorfahrt in den Knochen stecken. Entsprechend sauer hatte Hastenraths Will daher die Fahrt über die schneeverwehten Pisten allein angetreten. Doch sein Ärger war längst verflogen, weil Schwester Ingeborg ihn auf der Intensivstation mit einem strahlenden Lächeln empfangen hatte. Da der Chefarzt noch zur Visite bei Kleinheinz war, hatte Will auf der Bank neben Kommissar Wittkamp Platz genommen. Wittkamp teilte sich mit drei Kollegen die Bewachung von Kleinheinz. Der Auftrag war klar. Der schwer verletzte Hauptkommissar musste rund um die Uhr geschützt werden. Wittkamp war ein schweigsamer Mensch, der die meiste Zeit damit beschäftigt war, einen imaginären Punkt auf der gegenüberliegenden Wand zu fixieren. Seine weiße Schirmmütze lag falsch herum auf einem Stuhl neben ihm. Darin befanden sich sein Handy, eine Ledertasche mit Handschellen, ein Reizstoffsprühgerät sowie das Funkgerät, das wie ein Fels in der Brandung herausragte und unentwegt leise vor sich hin knisterte. Am meisten beeindruckte Will jedoch der lange Schlagstock, der aus einer eingenähten Tasche in Wittkamps Hose ragte. Und natürlich die Dienstwaffe, die Walther P 99, die in einem Holster an seinem Gürtel baumelte. Plötzlich stand Schwester Ingeborg wieder mit ihrem bezaubernden Lächeln vor Will und balancierte in ihren Händen zwei Tassen Kaffee. Die eine reichte sie Wittkamp, der sie mit einem knappen Dankesnicken entgegennahm und sich dann wieder seinem Punkt an der Wand zuwandte. Die zweite Tasse hielt sie Will vor die Nase. „Acht Stücke Zucker war richtig, oder?"

Der Landwirt nickte, atmete übertrieben theatralisch den herrlichen Kaffeeduft ein und nahm die Tasse entgegen. Er schenkte der Schwester den freundlichsten Gesichtsausdruck, den er im Repertoire hatte. „Sie sind eine tolle Frau, Ingeborg. Wenn ich nicht schon 40 Jahre verheiratet wäre, dann würde ich Sie mal in ein Tanzlokal einladen."

„Sie tanzen?" Schwester Ingeborg zog überrascht die Augenbrauen hoch.

„Für Sie würde ich es lernen."

Ingeborg errötete und strich sich verlegen über ihre Schwesternuniform. „Sie sind ein richtiger Charmeur. Und wenn ich nicht schon seit 20 Jahren verheiratet wäre, würde ich mich von Ihnen sogar ins Tanzlokal einladen lassen. Aber jetzt muss ich dringend ein paar Verbände wechseln. Bis bald."

Will nippte zufrieden an seinem Kaffee und versuchte sich an ein bisschen Konversation mit Wittkamp. „Eine schöne Pistole haben Sie da."

Der Polizist brummte tonlos, ohne Will dabei anzusehen.

„Darf ich die mal anfassen?", setzte Will nach.

Wie in Zeitlupe drehte Wittkamp den Kopf und fixierte Will mit seinen eng aneinander liegenden Augen. Es dauerte endlose Sekunden, bis er antwortete: „Natürlich nicht!"

„Warum denn nicht? Können Sie mich nicht leiden?"

Der Beamte seufzte schwer und schüttelte träge den Kopf. Dann zog er die Pistole aus dem Holster. Will zuckte zusammen. Für einen Moment glaubte er, Wittkamp wolle ihn erschießen. Doch dann leerte er nur das Magazin und reichte dem Landwirt die Waffe. „Hier, Sie elende Nervensäge."

Will griff erfreut danach, als Wittkamp sie noch einmal wegzog. „Ach, Moment", sagte er und zog den Schlitten oberhalb der Pistole zurück. Der Patronenauswurf öffnete sich und der Polizist kippte eine Kugel in seine Hand. „Die Waffe ist im Dienst immer durchgeladen. Das heißt, eine Patrone ist immer noch im Lauf", erläuterte er sachlich. „Schließlich muss ich ja direkt reagieren können, wenn mir einer doof kommt." Er lächelte und Will erschauderte. Vorsichtig wie ein rohes Ei nahm der Landwirt die Pistole und wiegte sie ehrfürchtig in seiner Hand. Als er auf die gegenüberliegende Wand zielte und mit der Stimme Schussgeräusche imitierte, nahm Wittkamp sie ihm wieder ab. „Das reicht jetzt", grummelte er, „ist ja schließlich kein Spielzeug." Er schob das Magazin ein und ließ die Waffe wieder in seinem Holster verschwinden.

In diesem Moment hatte der Chefarzt seine Visite beendet. Der hoch aufgeschossene Arzt mit der halben Brille und dem gewellten Haar, dem er auch in den letzten beiden Tagen schon begegnet war, trat vor die Tür und wunderte sich zum ersten Mal nicht über den sonderbaren Mann mit den Gummistiefeln und der grünen Schirmmütze. „Sie schon wieder, Herr Hastenrath", sagte er mit leicht ironischem Unterton. „Die Liebe zu Ihrem Vetter scheint ja sehr innig zu sein. Wo ist denn der andere Vetter, der gestern noch dabei war, dieser Feuerwehrmann?"

„Sie meinen Vetter Josef? Dem ist die Autofahrt gestern nicht bekommen. Außerdem ist dem seine familiäre Bindung zu ... na, wie heißt er noch? ... zu ... Peter nicht so eng wie bei mir. Wie geht es mein Lieblingsvetter denn?"

Die Miene des Chefarztes verfinsterte sich ein wenig mehr. „Er ist noch nicht über den Berg. Der Blutverlust war sehr stark. Sobald wir ihn stabilisiert haben, müssen wir eventuell noch mal operieren. Die Bauchverletzung macht mir Sorgen. Tun Sie mir bitte einen Gefallen und regen Sie ihn nicht auf."

Will schüttelte vehement den Kopf. „Natürlich nicht, Herr Doktor."

„Apropos Doktor", bemerkte der sachlich. „Ich habe seinerzeit in Genetik promoviert. Und wenn ich dabei eins gelernt habe, dann, dass ich es nahezu ausschließen kann, dass Sie und Kommissar Kleinheinz in irgendeiner Art und Weise miteinander verwandt sind. Aber machen Sie sich keine Sorgen. Ich habe für Sie nach Rücksprache mit Herrn Kleinheinz eine Sonderbesuchsgenehmigung an der Anmeldung hinterlegen lassen. Die gilt allerdings ausdrücklich nur für Sie. Deshalb bringen Sie bitte künftig keine Freunde mehr mit, wie zum Beispiel den Feuerwehrmann gestern. Das Glas der Schiebetür im Eingangsbereich muss nämlich komplett erneuert werden, weil er bei seiner Ankunft mit dem Helm dagegengelaufen ist."

Will trat verlegen von einem Fuß auf den anderen. „Tut mich leid, Herr Doktor. Der Josef hatte noch nie so eine neumodische Schiebetür gesehen. Und die war blitzblank geputzt. Kompliment an Ihr Reinigungspersonal."

„Sparen Sie sich Ihren Charme für Schwester Ingeborg auf. Bei mir kommen Sie damit nicht weit. Mir wäre mehr geholfen, wenn Sie sich um die Schadensregulierung kümmern."

Will nickte schuldbewusst. „Der Josef wird das heute noch seine Haftpflichtversicherung melden."

„Gut", sagte der Chefarzt und ließ seinen Blick am Landwirt herabwandern. „Und lassen Sie sich doch bitte von Schwester Ingeborg Überzieher für Ihre Gummistiefel geben." Mit ausladendem Schritt und wehendem Arztkittel eilte er den Flur entlang Richtung Treppenhaus, ohne sich noch einmal umzusehen.

Will atmete einmal kurz durch und bevor er das Krankenzimmer betrat, glaubte er im Augenwinkel zu erkennen, dass sich Kommissar Wittkamps stoischer Gesichtsausdruck in ein schadenfrohes Grinsen verwandelt hatte.

„Guten Morgen, Herr Hastenrath", grüßte Kleinheinz mit schwacher Stimme. Sein körperlicher Zustand hatte sich kaum gebessert. Das einst so markante Gesicht wirkte noch blasser und eingefallener als am Vortag. Lediglich der Schlauch in der Nase war entfernt worden.

Will schloss die Tür hinter sich und zog sich einen Stuhl ganz nah ans Krankenbett. „Ich will Sie gar nicht lange aufhalten, Herr Kleinheinz. Also, Bergmann hat sich noch nicht in Saffelen blicken lassen. Marlene, Billa und Rita sind weit weg in Sicherheit. Der Josef ist bei mir auf dem Hof eingezogen und Fredi und Borowka haben gesagt, die hätten keine Angst vor dem. Ich habe die aber überredet, dass die sich wenigstens Pfefferspray besorgen."

Kleinheinz nickte leicht und holte tief Luft, bevor er zu sprechen begann: „Na ja, immerhin. Gestern Abend war noch mal der Kollege Dickgießer hier. Sie erinnern sich, einer der beiden Zielfahnder. Er hat mir gesagt, dass es Hinweise gibt, dass Bergmann gerade dabei ist, sich Pässe und Waffen zu besorgen. Und dass er sich mit ziemlicher Sicherheit noch in Deutschland aufhält. Ich sage Ihnen, was ich glaube, Herr Hastenrath. Bergmann beobachtet uns. Seien Sie auf der Hut und verlassen Sie das Haus nur noch, wenn es unbedingt nötig ist. Sagen Sie das bitte auch Herrn Jaspers und Herrn Borowka."

„Oh, das ist aber gerade heute blöd."

„Warum?"

„Heute Abend findet im großen Saal der Gaststätte Harry Aretz die alljährliche Weihnachtsfeier von Auto Oellers statt. Das ist der gesellschaftliche Höhepunkt des Jahres und da müssen nicht nur alle Mitarbeiter hin. Josef und ich sind als Spitzenpolitiker von Saffelen natürlich auch als Ehrengäste eingeladen. Man kann es sich nicht erlauben, sich da nicht sehen zu lassen. Da trifft sich quasi im Prinzip das ‚Wo ist Wo' von Saffelen. Das ist so was wie der Wiener Opernball für die Schweizer. Anfangs ist das immer was steif, aber nachher tritt eine Musikkapelle auf und dann wird das eine richtig schöne Feier."

Kleinheinz legte die Stirn in Falten. Seine brüchige Stimme klang sehr besorgt. „Mir ist gar nicht wohl bei der Sache. Gerade von so einer Veranstaltung könnte Bergmann Wind bekommen. Ist das Konzert denn so gut, dass Sie alle unbedingt da hinmüssen?"

Will verzog das Gesicht. „Ja gut, Konzert ist etwas übertrieben. Da tritt die Gruppe ‚Top Sound' auf, die spielen so Lieder von andere Gruppen nach. Manche erkennt man sogar wieder. Aber bei die Veranstaltung geht es ja vor allem um die Geselligkeit. Gerade jetzt in der Vorweihnachtszeit. Denken Sie doch mal an die ganzen Saffelener Männer, die jeden Abend traurig zu Hause sitzen – ganz alleine – nur mit ihre Frauen. Es haben ja nicht alle so viel Glück wie ich, jetzt wo meine Frau weg ist. Wenn ich allein an Schlömer Karl-Heinz denk. Dem hat es ganz schlimm getroffen. Der muss über Weihnachten sogar noch die Omma nehmen."

Kleinheinz schluckte und sein Hals brannte dabei wie Feuer. Keiner konnte die Einsamkeit der Vorweihnachtszeit besser nachvollziehen als er. Er bekam Kopfschmerzen und die Müdigkeit legte sich plötzlich über ihn wie eine Bleischürze. Mit einiger Anstrengung legte er seine linke Hand auf Wills Unterarm. „Ich kann Sie verstehen, Herr Hastenrath. Aber bitte unterschätzen Sie die Gefahrenlage nicht." Der Kopf des Kommissars kippte zur Seite und mit einem tiefen Seufzer schlief er ein. Will war ganz mulmig zumute, als sich Kleinheinz' Hand langsam von seinem Arm löste und schlaff aufs Bett zurückfiel. Der Landwirt blieb noch einige Minuten stocksteif sitzen, bevor er das Zimmer verließ. Erst jetzt wurde ihm klar, dass ihnen niemand helfen konnte, wenn es geschah.

10
Samstag, 12. Dezember, 11.02 Uhr

Eigentlich war alles wie immer, als Hastenraths Will bei seiner Rückkehr auf den Innenhof fuhr. Attila sprang wie ein Irrer gegen die Käfigtür, die Schweine quiekten und die Kühe brüllten. Doch Will spürte instinktiv, dass irgendetwas nicht stimmte. Als er den Flur neben dem Milchsammeltank betrat, wusste er, was es war: Parfüm! Ein leichter, blumiger Duft, der direkt aus der Küche in seine Nase wehte. Er beschleunigte seinen Gang und als er durch die Tür in die Küche trat, traute er seinen Augen nicht. Auf der Küchenbank saß ein rotbackiger Josef Jackels in Uniform und plauderte so locker, wie man ihn selten erlebt hatte, mit einer Person, die ihm gegenüber saß und Will den Rücken zugedreht hatte. Glänzendes, schwarzes Haar fiel federleicht auf ihre Schultern. Ein dicker Pelzmantel hing über der Stuhllehne. Will räusperte sich: „Ich bin wieder da, Josef."

Der Löschmeister lachte Will an und erhob sich. Auch der Gast stand auf, drehte sich um und reichte Will die Hand. Während Will die Hand mit den manikürten, roten Fingernägeln schüttelte, musterte er die Dame eingehend. Sie war ohne jeden Zweifel sehr attraktiv. Ihre vollen Lippen fielen Will als erstes auf. Als sein Blick jedoch leicht nach unten verrutschte, musste er für einen Moment den Atem anhalten. Gleichzeitig erahnte er den Grund für Josefs gut durchblutete Wangen. Die Frau trug ein raffiniertes Oberteil mit einem V-Ausschnitt, an dessen unterer Spitze die Spalte ihres wohlgeformten Brustansatzes zu erkennen war. Das Gemeine allerdings war, dass aus dem Dekolleté auch noch die Andeutung eines schwarzen Spitzen-BHs herauslugte. Will hatte davon gehört. Im Fachjargon nannte man diese Art von Bekleidung „Dessous". Gesehen hatte er so etwas zum letzten Mal Anfang der 70er Jahre und da auch nur im Otto-Katalog. Seine Frau Marlene trug, soweit er sich erinnern konnte, hautfarbene Unterwäsche. So sehr ihm der Anblick gefiel, so misstrauisch beäugte er aber auch die fremde Frau. Kleinheinz' Rat, niemandem zu trauen, klang noch in seinen Ohren. Die Dame stellte sich vor. „Guten Tag, mein Name ist Maria Felino."

„So so, Albino", grummelte Will und musterte sie ausgiebig.

„Nein, Felino. Nicht Albino", verbesserte sie ihn freundlich. „Das ist italienisch. Meine Eltern stammen aus Neapel. Ich bin von der Kirchenzeitung in Aachen und mache eine Reportage zum Thema ‚Ehrenamt in der Vorweihnachtszeit'. Und da ist mir Herr Jackels als interessanter Gesprächspartner empfohlen worden. Dann müssen Sie wohl Wilhelm Hastenrath, der Hofbesitzer, sein?!"

„Von wem?"

„Wie bitte?" Maria sah ihn unsicher an.

„Von wem ist der Herr Jackels Sie empfohlen worden?"

„Will, bitte", entrüstete sich Josef, „begrüßt man so seine Gäste? Der Herr Grosch vom Bistum hat mich empfohlen.

Mit dem ich damals zusammengearbeitet habe, als wir mit dem Pfarrgemeinderat die Wallfahrt nach Lordes geplant haben."

Wills Muskeln entspannten sich ein wenig. Er hüstelte kurz und sagte: „Tut mich leid, junge Frau. Es ist nur ... sehr ungewöhnlich, dass eine Frau wie Sie, hier zu uns ... Sie verstehen?"

„Nicht ganz. Aber: Entschuldigung angenommen", antwortete sie reserviert. Sie nahm wieder Josef gegenüber Platz und ergriff ihren Schreibblock, den sie auf dem Tisch abgelegt hatte. Ohne sich weiter um Will zu kümmern, fuhr sie mit ihrem Interview fort. „Das heißt, Sie sind nicht nur Löschmeister der Freiwilligen Feuerwehr und Pfarrgemeinderatsvorsitzender, sondern auch Schatzmeister im Männerchor und Kassierer beim Fußballverein?"

„Und stellvertretender Vorsitzender in der Schützenbruderschaft und Ehrenpräsident im Karnevalsverein – unter anderem", ergänzte Josef.

Will gefiel die vorlaute Art der Frau überhaupt nicht. Und noch viel weniger gefiel ihm, dass sie ihn gerade komplett ignorierte. Immer diese Großstadt-Schnobs, ging es ihm durch den Kopf. Die halten sich wohl für was besseres. Na warte, dachte Will und ging wieder zu ihr an den Tisch. „Gnädige Frau", sagte er zuckersüß, „darf ich Sie was zu trinken anbieten? Cappuschino, Latte Mastroianni, Expresso?"

Die Frau zog erstaunt eine Augenbraue hoch: „Oh gerne. Einen Cappuccino, wenn Sie haben."

„Natürlich nicht", antwortete Will brüsk, „das war nur ein Scherz. Wir haben hier nur Filterkaffee – und der ist noch von heute morgen."

„Ja dann – einen Filterkaffee."

Josef lief rot an und sagte: „Oh Entschuldigung, Frau Felino. Ich hatte in der ganzen Aufregung total vergessen, Sie was zu trinken anzubieten. Ich bin das einfach nicht gewöhnt, Kaffee aufzuschütten. Zu Hause macht das immer meine Frau und auf der Feuerwache die Jungs von der Jungfeuerwehr und nicht wir Führungskräfte."

„Das macht doch nichts, Herr Jackels. Sie haben ja weiß Gott Wichtigeres zu tun, als Kaffee zu servieren." Sie warf einen ungnädigen Blick auf Will, den dieser aber nicht mitbekam, weil er gerade eine überschwappende Tasse Kaffee an den Tisch balancierte. Stattdessen fragte sich der Landwirt, wo das komische Piepen her kam, das er seit einer Minute hörte. Hoffentlich habe ich kein Tetanus-Pfeifen im Ohr von dem Geschwafel von der Alten, dachte er. Er stellte vorsichtig die viel zu volle Tasse ab und sah aus dem Fenster, weil er glaubte, dass dort jemand pfiff. Der Postbote machte gelegentlich auf diese Weise auf sich aufmerksam, um nicht versehentlich Attila in die Quere zu kommen.

„Ihr Handy klingelt", sagte Maria Felino. „Wollen Sie nicht mal rangehen?"

Will zuckte zusammen. Ja natürlich. Sein Handy klingelte. Woher sollte er das Geräusch auch kennen? Ihn hatte ja bisher noch niemand angerufen. Dann schoss ihm ein furchtbarer Gedanke durch den Kopf. Er und Kleinheinz wollten sich nur im Notfall anrufen. Er bat inständig darum, dass nichts passiert war, denn der Kommissar hatte gar nicht gut ausgesehen heute morgen im Krankenhaus. Hektisch suchte Will in seiner Parkatasche nach dem Telefon. Als er es endlich herauszog, wurde das Piepen lauter. Will ging zurück an die Spüle und drückte die grüne Taste. „Ja bitte?!", sagte er unsicher in die Miniatursprechmuschel.

„Hallo Will. Ich bin's – Marlene. Wir wollten dir nur sagen, dass wir gut angekommen sind."

Will zuckte zurück. Er untersuchte das Handy, ob es versehentlich auf Lautsprecher stand. Das war aber nicht der Fall. Marlene hatte einfach nur ein sehr lautes Organ. Wie laut es war, merkte er daran, dass Josef von der Eckbank herüberrief: „Grüß Marlene schön von mir. Die soll Billa sagen, dass ich gerade nicht kann, weil ich mitten in eine Pressekonferenz bin."

Will nahm das Handy wieder ans Ohr. „Hallo Marlene. Du sollst Billa von Josef sagen ... ach, hast du gehört? Ja, dann ist ja gut. Ja, schön, dass alles gut ist bei euch. Hier auch. Lass uns ein anderes Mal telefonieren. Ja, weil ... oh, Akku ist leer." Er drückte das Gespräch weg.

Maria Felino hatte sich umgedreht und sah den Landwirt aus ihren funkelnden braunen Augen an. „War das Ihre Frau?"

„Ja", antwortete er knapp.

„Ist sie in Urlaub?"

Josef Jackels schaltete sich ein. „Ja, die und meine Frau sind nach ..."

„Weggefahren", unterbrach Will ihn barsch. Er ließ das Handy wieder in seine Tasche gleiten und ging zurück zum Tisch. Unmittelbar vor Maria Felino blieb er stehen und verschränkte die Arme vor der Brust. Jetzt stieg ihm der Duft ihres Parfüms direkt in die Nase und von oben konnte er zu allem Überfluss auch noch sehen, wie sich die Linie zwischen ihren Brüsten teilte und in zwei symmetrischen Kurven im

V-Ausschnitt verschwand. Sein Pulsschlag beschleunigte sich und er hatte das Gefühl, dass sein Blut doppelt so schnell wie sonst durch seinen Körper rauschte. Aber er musste jetzt alle seine Sinne beisammenhalten. Um sich abzulenken, dachte er an seine letzte Steuererklärung. Denn er wusste, er durfte niemandem vertrauen.

„Hören Sie, Frau Felino", begann er, „Sie stellen deutlich zu viele Fragen. Aber wissen Sie, was ich mich die ganze Zeit frage? Wenn Sie doch der Josef Jackels für ein Interview besuchen wollten, warum sitzen Sie dann hier bei mir in der Küche?"

Maria schluckte, doch Josef ging mit mahnender Stimme dazwischen. „Will, bitte. Du siehst Gespenster. Die Frau Felino hatte ja auch bei uns am Haus geklingelt. Ich war gerade hier draußen vor der Tür für die Hofeinfahrt zu streuen. Und da habe ich die gesehen und hier rübergerufen. Ist jetzt mal gut mit Detektivspielen?" Er wandte sich wieder an Maria Felino. „Sie müssen entschuldigen. Der Will ist nebenbei auch Hobbydetektiv."

Maria schnippste mit dem Mittelfinger und Daumen ihrer rechten Hand und strahlte Will an. Mit spürbarer Begeisterung rief sie: „Ja natürlich. Jetzt fällt bei mir der Groschen. Jetzt weiß ich endlich, warum mir der Name Hastenrath die ganze Zeit so bekannt vorkommt. Sie sind der berühmte Kriminalist Hastenraths Will. Der Sherlock Holmes von Saffelen. Sie haben im letzten Jahr den Fall ‚Pluto' gelöst und im Sommer diesen gefährlichen Drogenring gesprengt. Wissen Sie eigentlich, wie berühmt Sie im Rest des Landes sind? Bitte setzen Sie sich zu uns. Am besten machen wir über Sie gleich auch noch eine Reportage."

Will spürte, wie die Röte in seine Wangen schoss. Mit halbherzig abwehrender Geste setzte er sich zu den beiden an den Ecktisch. Er sagte, dass er niemand sei, der das an die große Glocke hängen möchte. Doch nach wenigen Minuten schilderte er der begeistert stenografierenden Maria in den schillerndsten Farben Details von seinen beiden großen Fällen. Natürlich nicht, ohne hier und da ein paar spannende Ausschmückungen einzustreuen. Josef Jackels saß daneben und schmollte, weil sich plötzlich niemand mehr für seine Ehrenämter interessierte.

Nach ungefähr zwanzig Minuten kam Will zum Ende. „Und seitdem sind Kommissar Kleinheinz und ich – Verzeihung – Peter und ich unzertrennliche Freunde."

Maria schlug das letzte freie Blatt ihres vollgekritzelten Notizblocks auf und strahlte Will verzückt an. „Das wird eine tolle Geschichte, Herr Hastenrath. Wie geht es eigentlich Kommissar Kleinheinz? Ich habe gehört, dass er nach der Schießerei im Präsidium schwer verletzt im Krankenhaus in Mönchengladbach liegt."

„Nein, nein. Der liegt in Heinsberg. Leider noch auf der Intensivstation. Aber er wird da bewacht. Ich war eben noch bei ihm."

„Das ist ja spannend. Da laufen doch bestimmt überall Spezialagenten rum?"

„Nein, nein", lachte Will laut, „Sie gucken zu viele Krimis. Das ist ganz unspektakulär. Da sitzt nur ein ganz normaler Polizist vor der Tür."

Maria Felino sah auf die Uhr. „O mein Gott, jetzt ist mir aber die Zeit davongelaufen. Ich muss fahren. Bei den schlechten

Straßenverhältnissen brauche ich ein bisschen bis Aachen in die Redaktion. Darf ich vorher noch kurz Ihre Toilette benutzen?"

„Ja, vorne direkt neben die Eingangstüre", sagte Will gut gelaunt.

Josef, der die ganze Zeit keinen Ton gesagt hatte, wurde plötzlich unruhig. „Oder sonst nehmen Sie doch das Badezimmer im ersten Stock. Das ist doch ... also, viel geräumiger", sagte er.

Will sah Josef irritiert an. Ihm gefiel der Gedanke gar nicht, dass eine fremde Frau in sein privates Badezimmer gehen sollte. Außerdem hatte er heute morgen vergessen, seinen Nasenhaarschneider wegzuräumen. „Warum das denn, Josef? Die Frau Felino möchte doch kein Vollbad nehmen. Die will doch nur ganz normal aufs Klo. Oder, Frau Felino?"

Maria nickte verschämt. „Nur wenn es keine Umstände macht. Ich müsste nur mal schnell ...", sie deutete auf ihre große Umhängetasche, die sie in der Hand hielt.

Will wusste zwar nicht, was sie damit sagen wollte, aber Josef ließ nicht locker. „Ja nur. Ich mein hier unten ... Da ist ... ich war ... Also", er nahm seinen ganzen Mut zusammen und presste hervor: „Das Klappfenster klemmt."

Will verdrehte genervt die Augen. Nach mehreren Sekunden peinlichen Schweigens gab er sich geschlagen: „Ja gut. Das Badezimmer ist natürlich gemütlicher. Das ist oben ganz am Ende vom Gang."

Maria Felino verließ die Küche mit einem leicht verstörten Gesichtsausdruck. Als Josef ihre Schritte auf der Treppe hörte, hob er entschuldigend die Arme. „Tut mich leid, Will. Ich habe wahrscheinlich gestern Abend die serbische Feuerzauber-Bohnensuppe nicht gut vertragen. Ich konnte ja nicht ahnen, dass wir Besuch bekommen. Und da bin ich ..."

Will stützte seinen Ellenbogen auf dem Tisch ab und legte den Kopf in die Hand. „Erspar mir die Details."

Als Maria nach einer Weile zurückkehrte, zog sie sich schnell ihren Mantel an und wandte sich an Josef. Ihre Augen verrieten eine gewisse Unruhe. „Es tut mir leid, Herr Jackels. Jetzt sind Sie etwas zu kurz gekommen, aber ich muss leider dringend zurück in die Redaktion. Lassen Sie uns bitte bei Gelegenheit das Interview zu Ende führen. Geben Sie mir doch einfach Ihre Handynummer."

„Ich habe leider kein Handy." Josef hob entschuldigend die Arme. „Nur der Will hat eins."

Maria Felino sah Will aus ihren dunklen Augen an. Ein bittendes Lächeln umspielte dabei ihre wohlgeformten Lippen. Will musste schlucken. Er war zwar Profi genug, um zu wissen, dass er die Handynummer niemals herausgeben durfte. Andererseits würde er sich aber natürlich über einen Anruf einer derart kompetenten Reporterin freuen. Deshalb sagte er: „Ich habe das Handy erst ganz neu. Ich weiß meine Nummer gar nicht auswendig. Wissen Sie was? Ich geb Sie meine Festnetznummer. Da bin ich immer gut zu erreichen."

Maria zückte noch einmal Block und Stift und Will diktierte: „Vorwahl 0-2-4-5-6. Und dann 3-6-5."

„Und weiter?"

„Wie weiter? Das ist die Nummer."

Maria Felino hielt inne. Dann lächelte sie und steckte den Block wieder in ihre Handtasche. Sie schüttelte Will und Josef die Hand und während sie die Straße zu ihrem Wagen hinunterging, rief sie noch: „Und danke für den Kaffee." Dabei hatte sie ihn nicht mal angerührt.

11
Samstag, 12. Dezember, 19.54 Uhr

Der große Saal der Gaststätte Harry Aretz war bereits zu dieser frühen Stunde gut gefüllt. Wie viele Gäste genau zur großen Weihnachtsfeier von Auto Oellers erschienen waren, konnte man jedoch wegen des Zigarettenqualms, der in schweren Schwaden in der Luft lag, nicht genau erkennen. Der Lärmpegel jedenfalls war gigantisch. Es schien, als würden sich alle Anwesenden nur schreiend miteinander unterhalten. Fredi und Borowka hatten sich wie die meisten Mitarbeiter des Autohauses ziemlich in Schale geworfen. Borowka trug ein geknöpftes Jeanshemd mit weißer Lederkrawatte und darüber ein lila Jackett. Unter seiner dunkelblauen Levi's-Jeans schauten schwarze Lackschuhe heraus, die er sich vor Jahren anlässlich einer Beerdigung gekauft hatte. Auch Fredi trug schwarze Lackschuhe. Er hatte sie sich allerdings gekauft, als er Martina zuliebe an einem Tanzkursus teilnehmen musste. Auch er trug ein blaues Jeanshemd, allerdings mit lila Krawatte, dazu ein gelbes Jackett und eine Moonwash-Palomino-Jeans mit Lederapplikationen. Selbst Heribert Oellers, den man das ganze Jahr über meist in seinem abgewetzten Citroen-Kittel sah, trug zur Feier des Tages einen schlecht sitzenden blauen Anzug mit einer zu kurz gebundenen Krawatte, auf der das Citroen-Firmenemblem prangte. Sein weißes Hemd schien schon älter zu sein, denn es spannte im Bauchbereich. Der Knopf oberhalb des Bauchnabels war bereits abgesprungen. Irene Oellers, die Frau des Gebrauchtwagenmoguls, setzte auf ein formloses auberginefarbenes Kleid und eine gewagte Turmfrisur, die entfernt an Marge Simpson erinnerte. Heribert Oellers schob sich händeschüttelnd durch die Menschenmenge und klopfte zwischendurch immer wieder den tapferen Kellnern auf die Schulter, die voll beladene Tabletts über Köpfe der Leute hinweg balancierten. Mit den beiden Zapfern klatschte er sich sogar kurz ab, als er die Theke passierte. „Dirk, Dose. Das ist der helle Wahnsinn, was ihr hier leistet. Ihr müsstet das Bundesverdienstkreuz kriegen."

Um kurz nach acht bahnte sich der Autohausbesitzer einen Weg zur Bühne, die er dann stöhnend erklomm. Er unterhielt sich kurz mit DJ Hartmut, der seine futuristisch anmutende Kanzel seitlich auf der Bühne platziert hatte. Hartmut trug eine Sonnenbrille und eine Baseballkappe, die er falsch herum aufgesetzt hatte. Er reichte Heribert Oellers ein kabelloses Mikrofon. Oellers tätschelte dem DJ die Schulter und reckte den Daumen in die Höhe. Als er an den Bühnenrand in den Lichtkegel trat, pegelte DJ Hartmut gekonnt den Song „Joanna, du geile Sau" runter. Der ganze Saal, der gerade noch begeistert mitgegrölt hatte, blickte überrascht zur Bühne. Langsam beruhigte sich die Menge und eine gespannte Stimmung breitete sich aus. Das erste, was man durch die großen Boxen hörte, war ein heftiger Hustenanfall von Heribert Oellers, der augenblicklich das Mikrofon übersteuerte. Als der Firmenchef ein Glas Bier, das ihm jemand gereicht hatte, auf ex geleert hatte, setzte er erneut an mit seiner Weihnachtsrede. „Liebe Ehrengäste. Liebe Mitarbeiter und Mitarbeiterinnen von Werkstatt und Bürro. Liebe Putzfrauen. Es ist mal wieder so weit. Ich muss euch ... äh, ich darf euch willkommen heißen zur diesjährigen Betriebsweihnachtsfeier der Firma Auto Oellers. Eine Weihnachtsfeier, für die ich mal wieder alles alleine bezahlt habe. Ihr alle wisst: Wir, die Firma Auto Oellers, sind nicht nur der größte Arbeitgeber von Saffelen, sondern wir sind auch eine Firma, die anders ist als wie andere Firmas. Denn wir ziehen alle an einem Strick. Werkstatt und Bürro. Ich wiederhole es noch mal: Werkstatt und Bürro." Erneut wurde Heribert Oellers von einem heftigen Hustenanfall geschüttelt. Das Glas Bier, das ihm daraufhin gereicht wurde, lehnte er diesmal jedoch ab. Stattdessen fuhr er nach einem erneuten Abhusten fort: „Ihr wisst, ich bin kein Mann der großen Worte. Deshalb schenk ich mir der Quatsch mit ein Rückblick auf das vergangene Jahr. Sonst reg ich mich sowieso nur wieder unnötig auf. Ich will da keine Namen nennen. Aber ich denke, der Udo Schrötgens weiß auch so, wer gemeint ist. So, das war es eigentlich von meiner Seite. Im Anschluss an die Rede wird wie jedes Jahr das Frikadellenbuffet eröffnet. Dazu spielt DJ Hartmut eine CD mit weihnachtliches Gedudel. Und nach dem Essen begrüßen wir eine der besten Liverocknachwuchscoverbands aus ganz Saffelen – Top Sound. Und tut mir bitte ein Gefallen. Seid dieses Mal ein bisschen freundlicher zu denen als wie letztes Jahr. In diesem Sinne, habt Spaß und lasst es krachen. Heute ist Weihnachtsfeier, da ist kein Platz für böse Worte. Aber ich sag euch eins. Wenn einer von euch am

Montag nicht zur Arbeit kommt, kriegt der von mir der Arsch aufgerissen von hier bis nach Himmerich. Viel Spaß!"

Jubel brandete auf und während Heribert Oellers das Mikrofon an DJ Hartmut übergab, hatte der Lärmpegel schon wieder seine alte Dezibelstärke erreicht. Fredi Jaspers wartete ungeduldig auf Borowka, der unterwegs war, um Nachschub zu holen. Er lehnte dabei an einem Pfeiler und sondierte die Menge. Kopfschüttelnd stellte er fest, dass überhaupt keine der anwesenden Frauen in Frage kam für sein ehrgeiziges Projekt „Fredi reloaded". Zu alt, zu verheiratet, zu hässlich. Vor allem letzteres. Und Borowkas glorreiche Idee, ein ehrliches Profil in der Singlebörse einzustellen, konnte man auch vergessen. Noch immer hatte sich niemand gemeldet. Obwohl er sich innerlich dagegen wehrte, schweiften seine Gedanken schon wieder ab in die Zeit, als mit Martina noch alles in Ordnung war. Fredi dachte gerade mit geschlossenen Augen an ihren gemeinsamen Urlaub auf Texel, wo er ihr am Strand ein Herz aus Muscheln gelegt hatte, als Borowka ihn rüde von der Seite anstieß und ihm ein großes Bier vor die Nase hielt. „Vergess die blöde Trulla. Hier." Fredi nahm das Bier und sagte: „Woher weißt du, an wem ich gerade gedacht habe? Du könntest glatt bei ‚The next Uri Geller' mitmachen."

Borowka grinste schief. „Hallo? Bin ich Frauenexperte? Ja oder ja?"

Fredi lächelte. Doch dann zog er die Stirn kraus und wurde nachdenklich. „Borowka. Ich weiß einfach nicht mehr weiter. Weil – ich kann das einfach nicht verstehen mit Martina. Wenn ich mit die zusammen bin, bin ich auf der einen Seite total froh und glücklich, aber auf der anderen Seite auch immer traurig und unglücklich. Wie kann denn so was sein? Ich werd noch zum Alkoholiker deswegen."

Borowka überlegte kurz. Dann zog er Fredi auf die Seite des Pfeilers, wo es etwas leiser war. Er hob den Zeigefinger und wechselte in seine staatstragende Stimme, mit der er normalerweise politische Diskussionen zu führen pflegte. „Mit Trinken löst du das Problem auch nicht. Pass auf, ich erklär dir, warum dir das so vorkommt. Das ist, wie wenn bei Borussia Mönchengladbach ein super Stürmer spielt, der jede Menge Tore schießt, aber du weißt ganz genau: Nächste Saison geht der zu Bayern München. Verstehst du?" Zufrieden ließ er seine Weisheit im Raum stehen und wartete gespannt auf Fredis Reaktion. Der dachte angestrengt über das Gleichnis nach und antwortete dann: „Ja aber – bei Borussia spielt doch überhaupt kein super Stürmer." Borowka sah Fredi ungläubig an. Dann hob er sein Glas und sagte: „Vergess es. Trink!"

12
Samstag, 12. Dezember, 20.16 Uhr

Wills Gummistiefel standen neben dem Fußhocker und verströmten einen würzigen Geruch im Wohnzimmer. Der Landwirt hatte es sich im Fernsehsessel bequem gemacht und war beim Zappen durch die Kanäle bei „Willkommen bei Carmen Nebel" hängen geblieben. Langsam kehrte wieder Leben in seinen unterkühlten Körper zurück. Das lag aber nicht an der sanften Stimme von Semino Rossi, sondern daran, dass er den Heizkörper auf die höchste Stufe gestellt hatte. In den Ställen hatte es mächtig gezogen, während er die Kühe gemolken und die Schweine gefüttert hatte. Anschließend hatte er eigentlich vorgehabt, eine kräftige Gemüsesuppe zu essen, aber es gab ja keine, weil Marlene nicht da war. Als er sich stattdessen dazu entschied, ein heißes Bad zu nehmen, war er gegen die verschlossene Badezimmertür gerannt. Wenigstens hatte er auf diese Weise seinen neuen Mitbewohner gefunden, den er zuvor vergeblich im ganzen Haus gesucht hatte. Josef hatte die Idee mit dem Schaumbad offenbar schon früher gehabt. Und zwar schon zu der Zeit, als Will noch bibbernd die Tiere versorgt hatte. Mit Wut im Bauch und einer Flasche Weinbrand in der Hand hatte Will es sich dann im Wohnzimmer gemütlich gemacht. Jetzt, nach drei Gläsern, ging es ihm schon viel besser. Er lauschte dem Knirschen im Dachgebälk, dem leisen Dialog des alten Fachwerks mit dem Gebäude. Unter dem wohligen Einfluss des Alkohols stieg plötzlich ein Gefühl in ihm auf, das er in seinem Leben noch nicht sehr oft gehabt hatte. Er bekam Sehnsucht nach seiner Frau. Er hätte es nie für möglich gehalten, dass er sie schon nach so kurzer Zeit vermissen würde, doch es war so. Er spürte, dass er seine gewohnten Abläufe brauchte, seinen Zuspruch und jemanden, der ihn in allen Lebenslagen unterstützte. Er hätte nie geglaubt, dass er das einmal sagen würde, aber in diesem Augenblick hätte er sein Lieblingsschwein dafür gegeben, wenn Marlene auf der Stelle zurückgekommen wäre. Was natürlich aus Sicherheitsgründen nicht möglich war – also, das mit Marlene, nicht das mit dem Schwein. Während Will so seinen Gedanken nachhing, schlurfte plötzlich Josef ins Wohnzimmer. Er trug einen schwarz-rot gemusterten Pyjama und braune Filzpantoffeln. Sein dünnes Haar hatte er sorgfältig mit Brisk frisiert. Der Löschmeister gähnte mit vorgehaltener Hand, bevor er sich auf das Sofa setzte. Nachdem er sich auch noch geräuschvoll und ausgiebig gestreckt hatte, sagte er: „Ach. Es geht doch nix über ein heißes Bad, oder Will?"

Will warf ihm schräg von der Seite einen missbilligenden Blick zu. „Keine Ahnung. Ich hatte ja keins." Josefs Augen wanderten zum Bildschirm und begannen zu leuchten. „Ach. Ist das nicht hier der Holländer, der mit das Orchester? Der pleite gegangen ist? Wie heißt der noch? Der spielt doch immer so schön der ‚Schneewalzer' mit seine ... was ist das noch mal für ein Instrument?"

„Der Mann heißt André Rieu, ist Belgier und das Instrument ist eine Geige", fuhr Will ihn genervt an. Josef zuckte zusammen. „Ist ja gut. Bist du sauer, weil wir nicht auf die Weihnachtsfeier von Auto Oellers gegangen sind? Du hast selbst gesagt, dass Kommissar Kleinheinz uns gewarnt hat, wegen weil ..."

„Ich bin nicht sauer, dass wir nicht auf der Weihnachtsfeier sind. Ich bin sauer, weil du länger das Badezimmer belegst als meine Frau, weil du nix im Haushalt und auf der Hof machst und weil du heute schon wieder nicht bei der Haftpflichtversicherung angerufen hast."

Josef senkte verschämt den Kopf und knetete angespannt seinen Handrücken. „Tut mich leid, Will, aber das Ganze ist im Moment was viel für mich. Ich bin heute Nachmittag, als du mit der Attila spazieren warst, bei der Dr. Frentzen gewesen. Ich hab dem aus dem Haus geklingelt, obwohl der gar kein Notdienst hatte. Aber mir geht es einfach nicht gut. Ich wollte mich mal untersuchen lassen, wegen weil ich so schlecht schlafe und der ganze Tag über so aufgeregt bin. Der hat für mich gesagt, dass es mir gar nicht gut bekommt, dass ich aus meine gewohnte Umgebung rausgerissen werde und meine Frau nicht da ist."

„Du warst bei der Dr. Frentzen? Wir hatten doch gesagt, dass keiner ..."

„Mach dir keine Sorgen", unterbrach Josef ihn, „natürlich habe ich dem nix erzählt von Bergmann und so. Ich wollte nur was gegen meine innere Unruhe haben."

„Und?"

„Der hat für mich gesagt, ich sollte mal aufhören, immer

dieses Diazepam zu nehmen, weil das auf Dauer abhängig machen kann. Stattdessen hat der mir ein neues, sehr gutes Mittel mitgegeben. Der sagt, das heißt Placebo. Das soll ich dreimal am Tag nehmen. Ich habe eben die erste Tablette geschluckt und ich glaube, es wirkt schon. Ich bin gar nicht mehr so nervös. Ich habe schon ..."

Der letzte Teil des Satzes ging unter im lauten Schrillen der Haustürklingel. Josef sprang vom Sofa auf und schrie, als würde ihn ein Löwe angreifen. Will fuhr zusammen und befürchtete einen Hörsturz auf seinem rechten Ohr. Er warf dem Löschmeister einen wütenden Blick zu. Der bekam das jedoch gar nicht mit. Zu sehr war er damit beschäftigt, zu zittern und sich mit beiden Händen den Schweiß von der Stirn zu wischen.

Will schüttelte verständnislos den Kopf und zog sich seine Stiefel an. „Setz dich wieder hin, Josef. Ich geh gucken, wer da ist. Ich würde aber mal davon ausgehen, dass ein Einbrecher nicht klingelt."

Josef ließ sich langsam wieder ins Sofa zurücksinken, doch seine Erstarrung löste sich nicht. Mechanisch sagte er: „Nimm aber trotzdem der Holzknüppel mit."

Peter Haselheim wartete zitternd vor der Tür und machte sich Sorgen. Nachdem er geklingelt hatte, hatte er im Haus einen markerschütternden Schrei gehört. Hoffentlich war niemand die Treppe hinuntergestürzt. Plötzlich wurde die Haustür mit einem Ruck aufgerissen und Haselheim wich ängstlich zurück. Vor ihm stand Hastenraths Will und schwenkte drohend einen schweren Knüppel. Als er den Lehrer im schwachen Gegenlicht der Straßenlaterne erkannte, ließ er seine Waffe sinken. Er trat einen Schritt nach vorne und sagte – fast schon enttäuscht: „Ach, du bist das nur."

Haselheim trug wieder seine gesteppte Jacke mit dem breiten Fellkragen, hatte sich diesmal aber zusätzlich noch einen dicken Strickschal um den Hals gewickelt. Er ahnte bereits, dass das Gespräch wieder nur vor der Haustür stattfinden würde. Jedenfalls, was seinen Part betraf. Dabei hatte das Thermometer mittlerweile frostige acht Grad minus erreicht. „Hallo Will. Gute Nachricht für dich. Ich habe eine neue Rolle für Kevin-Marcel." Er zog zwei aneinandergetackerte Blätter aus der Seitentasche seiner Jacke. „Tatatata! Der Text für den Herbergsvater. Sabine hat gesagt, ich soll ihn bei dir abgeben."

Sabine war die Tochter von Will und die Mutter von Kevin-Marcel und Justin-Dustin. Sie hatte sich für den heutigen Abend noch angekündigt, um der Männer-WG vorgekochtes Essen und die Wochenendeinkäufe vorbeizubringen. Will nahm die Blätter freudig entgegen. „Danke, Peter. Das ist aber nett von dir. Bist du auf dem Weg zur Weihnachtsfeier?"

Haselheim sah ihn fragend an. „Welche Weihnachtsfeier?"

„Heute ist doch die große Weihnachtsgala von Auto Oellers in der Gaststätte Harry Aretz."

Haselheim zuckte mit den Schultern. „Kann sein. Dazu bin ich aber noch nie eingeladen worden. Du weißt doch, der alte Oellers hat es nicht so mit Zugezogenen. Aber wo du das gerade sagst: Warum bist du denn nicht da? Du gehörst doch als Ortsvorsteher sicher zu den Ehrengästen."

Will winkte gönnerhaft ab und sagte: „Ach weißt du, das ist für mich nicht so wichtig, als Repräsentator für der

Ortsvorstand auf jeder Hochzeit mitzutanzen. Ich gucke heute lieber schön Fernsehen."

Die Lüge kam ihm nur schwer über die Lippen, denn in Wahrheit schmerzte es ihn sehr, dass er nicht teilnehmen konnte. Vor allem, da es sich neben dem Schützenfest um eines der wichtigsten Ereignisse des Jahres handelte. Aber da er seine Tarnung aufrechterhalten musste, durfte er sich nichts anmerken lassen. Gleichzeitig entwickelte er so etwas wie Mitgefühl für Peter Haselheim, der seit seinem Einzug im Neubaugebiet vor neun Jahren konsequent von allen Dorfaktivitäten ausgeschlossen wurde. Zu Beginn hatten Haselheim und seine Frau noch versucht, sich bei verschiedenen Festen einzubringen, indem sie Kuchen backten oder Spenden sammelten. Doch weil die Gespräche der Umstehenden meist verstummten, sobald die beiden auftauchten, hatten sie es irgendwann aufgegeben. Seitdem trafen sie sich höchstens noch mit Schicksalsgenossen aus der Nachbarschaft. Lediglich zu aktuellen Stunden des Ortsvorstands wurde Peter Haselheim eingeladen, weil er zu den Wenigen gehörte, die in der Lage waren, förmliche Schreiben aufzusetzen. Hin und wieder mussten nämlich Anträge an den Kreistag gestellt werden.

„Na dann", Peter Haselheim wandte sich wieder zum Gehen. Plötzlich tat er Will leid, wie er mit hängenden Schultern durch den tiefen Schnee watete, zurück in sein kühles, gesichtsloses Neubaugebiet. Und gerade an einem Abend wie heute konnte Will nachempfinden, wie schlimm es sein musste, nicht dazuzugehören. Außerdem wusste er, dass er als Ortsvorsteher eine politische Verantwortung trug, die vor Menschlichkeit nicht Halt machen durfte. Deshalb rief er ihm hinterher: „Moment mal eben, Peter. Was machst du denn heute Abend?"

Haselheim drehte sich überrascht um und antwortete: „Keine Ahnung. Vielleicht korrigiere ich ein paar Diktate. Meine Frau ist übers Wochenende zu ihren Eltern. Wieso?"

Will lächelte. „Weil ich noch eine sehr gute Flasche Wein im Keller habe. Der Josef und ich machen eine kleine Weihnachtsfeier. Und gleich kommen noch Sabine, Michael und die Kinder. Und die bringen was zu essen mit. Das wird bestimmt ein schöner Abend." Peter Haselheim war zu verblüfft, um zu antworten.

13

Samstag, 12. Dezember, 23.08 Uhr

„It's the final countdown. Nanana nanananana. The final countdown." Manfred Mertens spie die letzten Sätze des Songs mit dünner Stimme in den muffigen, ungelüfteten Saal der Gaststätte Harry Aretz. Dann beendete ein verunglückter Gitarrenriff einen weiteren denkwürdigen Auftritt der Coverband Top Sound. Sänger Manni „The Voice" Mertens hatte seine Jeansweste, die er auf nackter Haut trug, längst aufgerissen. Der Schweiß glänzte auf seinem untrainierten Oberkörper und seine schulterlange, dunkelblonde Dauerwelle pappte in Strähnen an seiner Stirn. Während die Rückkopplung langsam verhallte, stand der Frontmann mit geschlossenen Augen in Erlöserpose am Bühnenrand und ließ sich feiern von den vier kleinen Kindern, die vor der Bühne Fangen spielten. Die restlichen Gäste der Weihnachtsfeier standen dicht gedrängt im Thekenbereich am anderen Ende des Saals. Einige drehten verwundert den Kopf zur Bühne, weil die Musik so abrupt aufgehört hatte. Manni klatschte sich übermütig mit seinem Gitarristen, Didi „Appelkorn" Mevissen, ab. Die beiden hatten Top Sound vor über zwanzig Jahren gegründet und gehörten bis heute als einzige noch zur Originalbesetzung.

Schlagzeuger, Bassisten und gelegentliche Keyboarder waren meist nur so lange dabei, bis sie eine bessere Band gefunden hatten. Was in der Regel sehr schnell der Fall war. Doch Manni und Didi hielten trotz ihres begrenzten Talents an dem großen Traum fest, irgendwann einmal außerhalb von Saffelen Kon - zerte geben zu dürfen. Adrenalingeschwängert brüllte Manni ins Mikro: „Das war Top Sound. Das war unser letztes Lied für heute Abend." Die vereinzelten „Gott sei Dank"-Rufe aus dem Thekenpulk taten seiner Euphorie keinen Abbruch. „Danke. Ihr wart ein super Publikum. Ich hoffe, ihr kommt nächstes Jahr wieder alle nach ‚Rock am Sportplatz', wo wir auch wieder für euch rocken werden." „Rock am Sportplatz" fand jedes Jahr am Pfingstsamstag in Saffelen statt und lockte die Massen aus der Region an. Meist war das Festivalgelände schon am frühen Nachmittag hoffnungslos überfüllt. Das lag allerdings nicht am Auftritt von Top Sound, sondern daran, dass das Bier nur 99 Cent kostete. Top Sound und die Vorgruppen wurden quasi mit in Kauf genommen. Während die anderen Bands wechsel- ten, war Top Sound immer als Headliner dabei. Selbst als Manni „The Voice" Mertens 1998 nach einer Kegeltour in Boppard an einer schweren Stimmbandentzündung laborierte, sang er am Abend mit derselben Inbrunst wie immer. Oder als Didi „Appelkorn" Mevissen 2004 bei der Generalprobe von der Bühne gestürzt war, weil er einen Purzelbaum mit Gitarre üben wollte. Auch er stand am Abend tapfer mit zwei ausgekugelten Armen auf der Bühne. Der musikalische Unterschied war den Besuchern in beiden Fällen nicht aufgefallen. Dass die Gruppe Top Sound Jahr für Jahr als Topact dabei war, lag vor allem daran, dass Manni und Didi das Festival komplett selbst organisierten. Vordergründig, um als alte Hasen dem Nachwuchs eine Chance zu geben, in Wahrheit allerdings, um zumindest einen festen Tourtermin im Jahr auf ihrer Homepage präsentieren zu können. Als Hauptsponsor des Festivals hatten sie Heribert Oellers gewinnen können, der im Gegenzug den Auftritt von Top Sound auf der Weihnachtsfeier geschenkt bekam. Womit der Band schon zwei feste Termine im Jahr sicher waren.

An der langen Theke ging die Weihnachtsfeier in die entscheidende Runde. Seit gut einer Stunde wurden vom nimmermüden Kellnerteam fast nur noch harte Spirituosen ausgeschenkt. Fredi und Borowka hatten vorsichtig mit Wodka/Red Bull begonnen und waren mittlerweile über Grappa, Tequila, Doppelkorn, Sambuca, Bacardi und Amaretto bei ihrem Lieblingscocktail gelandet: Asbach-Cola. Borowka hatte die nächsten zwei geholt und reichte Fredi ein Glas mit den Worten: „Komm hier. Ich sag immer, solange man auf dem Boden liegen kann, ohne sich festzuhalten, ist man nicht besoffen. Haha." Auch die Umstehenden lachten laut mit. Fredi hob sein Glas und nahm einen kräftigen Schluck. Dann ließ er seinen trüben Blick langsam durch den Saal wandern. Er war ausgesprochen guter Laune, denn in der Zwischenzeit waren die Frauen im Saal wie durch ein Wunder fast alle in die optische Spitzenkategorie aufgestiegen. Es schien, als hätte in dem Augenblick, in dem er sich vorhin die Schuhe zugebunden hatte, ein geheimes CIA-Experiment stattgefunden, bei dem alle Saeffelenerinnen gegen Supermodels ausgetauscht worden waren. Wie auch immer – dem Projekt „Fredi reloaded" stand zumindest heute Abend nichts mehr im Weg. Außer vielleicht der ein oder andere eifersüchtige Ehemann. Borowka stellte sein zügig geleertes Glas auf einem Stehtisch ab und atmete tief durch. Er zeigte auf das Toilettensymbol mit dem Pfeil. „Fredi, ich bin gleich wieder da. Ich geh mal eben die Kartoffeln abgießen." Fredi nickte und Borowka schob sich auf wackligen Beinen durch die Menge. Zum Glück war es so voll, dass er nicht umfallen konnte. Es dauerte eine Weile, bis er sich durch das Gedränge an der Theke gekämpft hatte und auf dem langen, kühlen Flur gelandet war, der zu den Sanitäranlagen führte. Mitten im Gang erkannte er die übergewichtige Marianne Eidams, die an der Wand lehnte und wild und feucht mit einem verschwitzten Mann ohne Haare knutschte. Der Mann kniff ihr dabei die ganze Zeit in den Po. Borowka wunderte sich, weil Mariannes Mann Werner sich doch schon vor zwei Stunden verabschiedet hatte und außerdem über Haare verfügte. Egal, Borowka hatte es eilig, weil der Druck auf seine Blase immer größer wurde. Am Ende des Ganges gelangte er in einen gefliesten Raum, aus dem zwei Holztüren mit Milchglasscheibe wieder herausführten. Vor der Tür, auf der ein großes „D" klebte, hatte sich eine lange Schlange von Frauen gebildet, die lauthals miteinander schnatterten. Vor der Tür mit dem „H" stand niemand. Borowka ging darauf zu und rief den Frauen zu: „Scheiße, wa? Falscher Körper." Dabei zog er sich einige böse Blicke zu, was ihm aber egal war. Als er schwungvoll die Herrentoilette betrat, stolperte er fast über Harry Aretz, der mit einem Eimer und Unmengen von Aufnehmern auf dem Boden kniete und mit Aufwischen beschäftigt war. Er sah zu Borowka auf und sagte: „Das kannst du komplett vergessen, Richard.

Hier ist alles übergelaufen. Musst du die Damentoilette nebenan benutzen."

Borowka trat wieder in den gefliesten Raum und musste sich als erstes Gelächter aus der Schlange anhören, die in der Zwischenzeit noch weiter angewachsen war. Eine Frau rief: „Scheiße, wa? Falscher Körper." Borowka winkte missmutig ab und lief durch den Flur zurück. Der Druck wurde immer stärker. Lange würde er nicht mehr aufhalten können. Marianne Eidams stand immer noch im Gang und knutschte, ohne Luft zu holen. Der Mann kniff ihr immer noch in den Po, diesmal befand sich seine Hand aber schon unter dem Rock. Borowka lief in den eigentlichen Gastraum. Er hatte sich entschlossen, draußen vor der Kneipe zu pinkeln. An der völlig überfüllten Garberobe suchte er hastig nach seiner Winterjacke. Doch die Mäntel waren in fünf Lagen übereinander aufgehängt, sodass die Chancen nicht gut standen. Er griff sich einfach irgendeine Jacke und stürzte nach draußen. Der eiskalte Wind schlug ihm ohne Vorwarnung ins Gesicht und ließ ihn unwillkürlich nach Luft schnappen. Er musste sich für einen Moment an der Hauswand abstützen. Alles drehte sich. Dicke Schneeflocken fielen tanzend vom Himmel und landeten sanft auf der weißen Straße, die direkt am Lokal vorbeiführte. Borowka schüttelte den Kopf und bemerkte, dass er am ganzen Leib zitterte. Sein lila Jackett und seine Krawatte hatte er im Laufe des Abends irgendwo abgelegt, sodass er nur noch sein dünnes Jeanshemd trug. Glücklicherweise hatte er sich einen Lodenmantel mit dickem Innenfutter gegriffen. Während er über die Straße wankte, um auf der gegenüberliegenden Seite in den Graben zu urinieren, versuchte er seinen rechten Arm in den Ärmel zu bekommen, doch seine Koordination war nicht mehr die beste. Verärgert blieb er mitten auf der Straße stehen, weil er das Loch nicht fand. Es war aber auch verdammt dunkel hier. Die Laterne brannte schon längst nicht mehr und er musste mit dem schmalen Lichtstreifen zurechtkommen, der aus dem Kneipenfenster fiel. Plötzlich wurde es sehr hell. Borowka freute sich, denn jetzt fand er auf Anhieb den Ärmel und schob seine Hand hinein. Dann stutzte er. Wo kam das Licht auf einmal her? Er sah auf und musste die Augen zusammenkneifen, als der Gegenwind ihm die scharfen, fast unsichtbaren Schneekristalle wie Nadeln in die Hornhaut trieb. 50 Meter vor ihm erkannte er einen bulligen Jeep mit laufendem Motor. Zwei große Scheinwerfer blendeten ihn. Der Idiot hat das Fernlicht an, dachte Borowka noch, als sich der Wagen plötzlich mit einem Satz in Bewegung setzte und schlitternd auf ihn zuraste. Zu beiden Seiten spritzte der Schnee weg und die Scheinwerfer näherten sich mit einem Höllentempo. Borowka war wie gelähmt, unfähig, sich zu bewegen. Der Wagen war nur noch 20, 30 Meter von ihm entfernt und wurde immer schneller. Es war zu spät. Borowka schloss die Augen und erwartete den Aufprall. Dann ging alles blitzschnell. Er spürte einen fürchterlichen Schlag gegen seine rechte Schulter und wurde durch die Luft geschleudert. Als er die Augen aufriss, sah er Fredi Jaspers, der wie ein Klammeraffe an ihm hing. Gemeinsam flogen sie wie in Zeitlupe zur Seite. Sie kamen hart im Straßengraben auf, nur Sekunden, bevor der Wagen an ihnen vorbeiraste und mit lautem Motorgeheul in der Dunkelheit verschwand. Fredi, der auf Borowka gelandet war, rollte sich ächzend zur Seite und hielt sich den Arm. Borowka blieb auf dem Rücken liegen und blickte in den sternenklaren Himmel. Schmerzen spürte er in diesem Augenblick keine. Zu groß war noch die Taubheit, die seinen Körper durch die Todesangst umschlossen hielt. Keuchend sah er zu Fredi hinüber. Der kniete mittlerweile im Schneematsch und begutachtete sein Jeanshemd, das in zwei Teile gerissen war. Borowka stöhnte: „Leck mich am Arsch, Fredi. Du hast mir das Leben gerettet. Da hattest du aber ein siebter Sinn." Fredi grinste über das ganze Gesicht und sagte: „Nee, eine volle Blase."

14
Sonntag, 13. Dezember, 10.48 Uhr

Josef Jackels kauerte wie ein Häufchen Elend auf dem seitlichen Aufsitzer von Wills Magirus-Deutz-Traktor. Er suchte hinter der Plexiglasscheibe Schutz vor dem eisigen Wind, der über das gefrorene Feld fegte. Obwohl er sich dick eingepackt hatte, schlotterte er am ganzen Leib. Unter seinem Feuerwehrhelm trug er eine Wollmütze, die über beide Ohren reichte. Die schweren Feuerwehrstiefel hatte er mit Zeitungspapier ausgelegt und seinen alten Ausgehmantel hatte er noch schnell über seine Uniform geworfen, bevor Will ihn gezwungen hatte, auf den Traktor zu steigen und mit ihm raus aufs Feld zu fahren. Will, der jetzt hinter dem geparkten Traktor stand und eine lange aufgeblasene Plastikbanane mit zwei Sitzmulden festknotete, trug dasselbe wie immer, diesmal ergänzt durch Thermounterwäsche. „Muss das denn unbedingt heute sein?", unternahm Josef den wiederholten Versuch, Will umzustimmen.

„Wie oft muss ich dir das denn noch sagen? Ich habe die Kinder versprochen, dass wir heute mit die Banane übers Feld fahren. Was spricht denn dagegen? Es liegt schön viel Schnee, es schneit nicht und die Luft ist klar und frisch."

„Und kalt", motzte Josef wie ein bockiger Teenager.

Will hörte in der Ferne ein Motorengeräusch und als er in die Richtung sah, erkannte er am Horizont ein kleines Auto, das sich auf dem Feldweg näherte. „Ah, das ist bestimmt der Michael mit die Kinder. Der ist ja überpünktlich." Um elf Uhr hatte er sich mit seinem Schwiegersohn auf dem Acker verabredet.

Josef ließ nicht locker. „Warum musste ich denn unbedingt mitfahren? Ohne mich hättest du zwei Sitzplätze gehabt. Müsste der Michael die nicht extra bringen."

„Was soll die Diskussion? Kommissar Kleinheinz hat gesagt, wir sollen nicht mehr getrennt voneinander irgendwo hin, weil das zu gefährlich ist. Sei froh, dass ich dem nix von dein Alleingang mit der Dr. Frentzen gesagt hab."

„Und wenn gleich plötzlich Feueralarm in Saffelen ist und mein Pieper geht, dann sitz ich hier auf dem Feld fest."

Will platzte der Kragen. Er warf dem Löschmeister einen bösen Blick zu. „Erstens: Heute ist Sonntag. Da sind fast alle freiwilligen Feuerwehrleute zu Hause und wären froh, wenn die von da weg könnten. Zweitens hat Schlömer Karl-Heinz Bereitschaft und drittens hat es in die letzten zehn Jahren keinen Feueralarm in Saffelen gegeben. Also hör auf rumzujammern. Die frische Luft tut dir auch mal gut."

Das Auto, das nun in Sichtweite war, hupte mehrmals. Will war verdutzt. Es war nicht sein Schwiegersohn mit dem Audi, der da auf sie zurumpelte, sondern Fredi Jaspers mit seinem dunkelbraunen Mitsubishi Colt. Er parkte seinen Wagen schief am Wegesrand, stieg aus und lief auf den Traktor zu. Als er den Landwirt keuchend erreichte, sprudelte er sofort los: „Will, du glaubst nicht, was passiert ist. Auf der Straße vor Harry Aretz wollte diese Nacht ein Auto der Borowka überfahren."

Will war schockiert. „Bist du sicher, dass das kein Versehen war. Irgendein Betrunkener oder so?"

„Hundertpro. Der ist voll auf der Borowka draufzugefahren. Ich konnte dem in letzter Sekunde von der Straße schubsen."

„Bergmann", stammelte Will. Er kramte hektisch sein Handy aus der Parkatasche. Mit klammen Fingern wählte er die Nummer des Kommissars. Es klingelte fünfmal, bis dieser schläfrig das Gespräch annahm. „Kleinheinz?!"

„Hastenraths Will hier. Es ist was Schlimmes passiert."

Der Kommissar war sofort hellwach. „Was ist los?"

Will übergab das Handy an Fredi, der in allen Details erklärte, was genau vorgefallen war. Dann übernahm Will wieder. „Was sollen wir jetzt machen?"

„Okay. Ich werde jetzt gleich sofort meine beiden Kollegen anrufen und ihnen Bescheid geben, dass Bergmann sich mit hoher Wahrscheinlichkeit ganz in der Nähe aufhält. Keiner von Ihnen verlässt mehr alleine das Haus. Sagen Sie das auch bitte noch mal ausdrücklich Herrn Jaspers und Herrn Borowka. Ich hatte doch vor der Weihnachtsfeier gewarnt. Ist Ihnen in den letzten Tagen irgendetwas aufgefallen in Saffelen? Fremde Leute vielleicht, die sich nach irgendwas erkundigt haben?"

„Mir ist nix aufgefallen", sagte Will, „Moment. Ich frag mal eben der Fredi. Fredi, hast du in die letzten Tagen irgendeine fremde Person in Saffelen gesehen?"

Fredi überlegt kurz und schüttelte den Kopf.

„Was ist denn mit die Frau Felino?", rief Josef von seinem Sitzplatz auf dem Traktor herunter.

„Mit wem?", brüllte Kleinheinz durch den Hörer.

Will zuckte zusammen. „Schreien Sie doch nicht so, Herr Kommissar. Stimmt. Der Josef hat recht. Das hatte ich ganz vergessen. Gestern Mittag hatten wir Besuch von eine junge Dame von der Kirchenzeitung in Aachen. Die hat der Josef interviewt zum Thema ‚Ehrenamt'."

„Von der Kirchenzeitung? Haben Sie das überprüft?"

„Wie überprüft?". Will war irritiert. „Ja, nee, wieso? Die hatte eine Empfehlung von der Herr Grosch vom Bistum."

„Wie hieß die Frau?"

„Maria Felino. Der ihre Eltern kommen gebürtig aus Italien."

In der Leitung wurde es still. Will rüttelte am Handy, weil er glaubte, die Verbindung sei abgebrochen. Dann hörte er wieder die Stimme des Kommissars, die nun viel ernster klang als zuvor. „Mein Gott", stammelte Kleinheinz, „Felino ist italienisch ..."

„Ja, das sagte ich doch gerade."

„... und heißt auf Deutsch Katze."

„Katze?" wiederholte Will stumpf. Er verstand nicht.

„Ja, natürlich Katze", Kleinheinz' Stimme bekam eine aggressive Färbung, „klingelt's denn noch immer nicht bei Ihnen? Bergmann ist der Tiger. Und der Tiger ist eine Katze. Frau Felino oder wie auch immer diese Frau in Wirklichkeit heißt, ist eine Komplizin von Bergmann. Er hat sie geschickt, um uns zu zeigen, dass er ganz in unserer Nähe ist. Dass er uns beobachtet. Dass er um uns herumschleicht, um irgendwann zuzuschlagen. Herr Hastenrath, überlegen Sie bitte ganz genau. Haben Sie der Frau irgendetwas Wichtiges erzählt?"

Will war ganz mulmig zumute. Er konnte es kaum glauben. Trotz aller Vorsicht war er einer Betrügerin aufgesessen. Aber zumindest war er sich sicher, dass er ihr nichts erzählt hatte, was sie nicht sowieso schon wusste. Also antwortete er: „Nein, natürlich nicht. Ich bin doch kein Amateur."

„Gut. Hören Sie zu. Ich werde jetzt auf der Stelle Dickgießer und Remmler, unsere beiden Zielfahnder, informieren." Der Kommissar wirkte jetzt klar und bestimmt. „Sie sprechen ab sofort mit niemandem mehr außer mit mir. Haben wir uns verstanden?" Kleinheinz legte auf, ohne auf die Antwort zu warten.

„Was hat der Kommissar denn gesagt?", fragte Josef neugierig von seiner Kanzel herab.

„Nix besonderes. Der will jetzt mal mit die Spezialpolizisten sich unterhalten. Und dann meldet der sich wieder."

„Was warst du denn eben von Katzen dran?", wollte Fredi wissen.

Will versuchte, sich seine Unsicherheit nicht anmerken zu lassen. Er musste jetzt professionell mit der Sache umgehen. Und dazu gehörte, dass er niemanden unnötig beunruhigte. „Ach, mit die Katze", antwortete er betont locker. „Da ging es sich um das Haustier von Kommissar Kleinheinz. Dass dem seine Kollegen da jetzt im Moment drauf aufpassen müssen. Sag mal, Fredi, siehst du der Borowka heute noch?"

„Ja klar. Wir wollten heute Abend zusammen nach die Disko fah ..." Er stockte. „Ich mein, also, wir wollten zusammen Discovery Channel gucken im Fernseher ... bei Borowka zu Hause ... mit abgeschlossene Tür."

Will nickte geistesabwesend. „Ja, gut. Das ist gut. Seid bitte vorsichtig."

In diesem Moment parkte Michael seinen Wagen hinter Fredis Mitsubishi und hupte. Niemand hatte ihn kommen gehört. Kevin-Marcel und sein jüngerer Bruder Justin-Dustin sprangen aus dem Wagen und liefen auf den Traktor zu. Dabei schubsten sie sich und versuchten sich gegenseitig im Laufen die Beine wegzutreten. Will strich ihnen über die Köpfe, als sie ankamen und sagte: „Der Onkel Fredi hilft euch auf die Banane. Ich muss noch mal eben mit der Papa sprechen." Mit großen Schritten ging er dann auf den silbergrauen Audi A4 zu. Michael fuhr das Seitenfenster runter und rief: „Hallo Will. Danke, dass du uns die beiden für eine Weile abnimmst. Wann soll ich sie wieder abholen?"

Will erreichte den Wagen und beugte sich runter zum Fenster. „Hallo Michael. Ich sag mal so zwei Stunden fahre ich mit die was durch die Gegend, damit die heute Abend schön müde sind."

Michael atmete tief durch. „Das ist nett. Ich weiß gar nicht, wie ich dir dafür danken soll."

„Ich aber", sagte Will. „Du hast doch in der kommenden Woche Urlaub, oder?" Michael nickte.

„Könntest du morgen früh mal bei mir vorbeikommen und dein tragbarer Computer mitbringen?"

„Wird wieder ermittelt?", fragte Michael und Will nickte. „Da bin ich dabei!" Ein Grinsen huschte über sein Gesicht.

„Danke", sagte Will und richtete sich wieder auf. Mit sorgenvoller Miene sah er zu seinen beiden Enkeln hinüber, die gerade dabei waren, den wehrlosen Josef auf seinem Stühlchen mit Schneebällen zu bewerfen.

15
Sonntag, 13. Dezember, 22.23 Uhr

Es entstand Unruhe im Saal. Fredi, Borowka und Spargel, die sich an einer Randsäule einen Stehtisch gesichert hatten, hoben gleichzeitig den Kopf und sahen, wie sich ihr Kumpel Tonne mit einem vollen Tablett mitten durch die Tanzfläche auf sie zu bewegte. Er teilte die Menschenmenge vor sich wie seinerzeit Moses das Rote Meer. Die Tänzerinnen und Tänzer wichen respektvoll zur Seite, selbst diejenigen, die zuvor die Nase gerümpft hatten, als sie rüde von hinten angerempelt wurden. Aber zu dem Zeitpunkt hatten sie den Koloss ja auch noch nicht bemerkt, der jetzt wie ein Ozeandampfer an ihnen vorbeipflügte. Tonne war mit seinen auf stattliche 1,98 Meter verteilten 160 Kilo die absolute Idealbesetzung zum Getränkeholen in einer überfüllten Diskothek. Der etatmäßige Torwart des SV Grün-Gelb Saffelen stellte das Tablett vor seinen drei Mitspielern ab und brummte: „Man muss immer damit weitermachen, wo man am Abend vorher mit aufgehört hat." Er stellte neun Gläser Asbach-Cola auf den Tisch und drückte das leere Tablett einem verdutzten Teenager in die Hand, der neben ihm an der Wand lehnte und damit beschäftigt war, cool zu wirken. Fredi zog die Augenbrauen hoch. „Neun Gläser? Wir sind doch bloß zu viert." Tonne setzte sich ein Glas an die Lippen, leerte es in einem Zug und drückte es dann ebenfalls dem Teenager in die Hand, ohne ihn dabei anzusehen. Dann wischte er sich mit der Handinnenfläche den Mund ab, zeigte auf die Getränke und sagte: „Acht Gläser! Für jeden zwei. Meint ihr, ich habe Bock auf die ganze Rennerei?" Fredi, Borowka und Spargel lachten. Der Teenager verschwand.

Entgegen dem strikten Verbot von Hastenraths Will waren Fredi und Borowka zusammen mit Tonne und Spargel in die Diskothek mit dem irreführenden Namen „Haus Waldesruh" gefahren. Gegen halb zehn hatte Borowka noch bei Will angerufen, ihm eine gute Nacht gewünscht und anschließend heimlich seinen Ford Capri aus der Garage geholt. Seine Mitfahrer hatte er wenig später an der Saffelener Bushaltestelle eingesammelt und war mit ihnen über die vereisten Schneepisten ins 20 Kilometer entfernte Himmerich gebrettert. Fredi und er waren sich dabei vorgekommen wie kleine Jungs, die aus einem Schullandheim ausbüxten. Himmerich war ein winzig kleiner Ort. Dennoch meinten die wenigsten, die von Himmerich sprachen, das 200-Seelen-Dorf, sondern die gigantische Landdisko, die sich auf über 5.000 Quadratmeter erstreckte und vier Diskotheken, zwei Restaurants und ein Bistro umfasste. Seit den 50er Jahren hatten ganze Generationen von Landbewohnern dafür gesorgt, dass diese Diskothek zu einer Legende wurde und bis heute jedes Wochenende von Tausenden Menschen besucht wurde. Die Saffelener hatten sich für den Tanzbereich entschieden, in dem Diskofox und Schlager aufgelegt wurde. Eine Musikrichtung, die ihnen im Blut lag und schon auf zahlreichen Festzeltveranstaltungen für gute

Stimmung gesorgt hatte. Begeistert wippten Fredi und Borowka bei jedem Song mit, während sie auf Asbach-Cola-Nachschub warteten. Schon vor geraumer Zeit hatten sie Spargel losgeschickt. Dass er nicht zurückkehrte, konnte nur zwei Gründe haben. Entweder hatte er eine Frau getroffen, die er erfolglos zuquatschte oder er war wie so oft in eine Schlägerei geraten. Sein hageres und schiefes Gesicht schien viele allein durch das debile Grinsen, das wie reingemeißelt wirkte, zu provozieren. Was auch immer ihn aufhielt, es war auf jeden Fall schlecht für den Flüssigkeitshaushalt der Saffelener und so hatte man sicherheitshalber Tonne hinterhergeschickt. Borowka stieß Fredi an. „DJ Werner legt aber wieder extrem geile Mucke auf, oder?" Fredi pflichtete ihm bei und sang wie zur Bestätigung aus voller Kehle beim „Fliegerlied" mit, das gerade die Menge in einen kollektiven Tanzrausch versetzte. „Heut ist so ein schöner Tag, la-la-la-la-la, heut ist so ein schöner Tag, la-la-la-la-la." Borowka feuerte ihn mit zwei erhobenen Zeigefingern an und stieg ebenfalls grölend ein: „Und ich flieg, flieg, flieg wie ein Flieger, bin so stark, stark, stark wie ein Tiger ..." Fredi hielt abrupt inne und wurde von einer Sekunde auf die nächste nachdenklich. Borowka fasste ihm erschrocken an die Schulter und fragte: „Was ist los, Fredi? Musst du kotzen?"

Fredi schüttelte wie betäubt den Kopf. Er biss sich auf die Lippe, als er Borowka sorgenvoll ansah. „Da singt schon wieder einer über ein ‚Tiger'. Genau wie letztens im Sozialraum. Meinst du, das ist ein schlechtes Omen?"

Borowka zuckte mit den Schultern. „Könnte sein. Was ist denn ein Omen?"

Fredi verdrehte die Augen. „Mann. Omen sagt man für wenn irgendwas angekündigt wird durch irgendwas." Borowka verstand nicht. Fredi versuchte es mit einer anderen Erklärung. „Pass auf. Ein Bekannter von mein Vater ist mal morgens sein Hund auf der Schwanz getreten. Und nachmittags ist der mit sein Cabrio unterwegs und fährt ein Lkw hinten drauf. Bei dem Lkw öffnet sich die Klappe und die ganze Ladung fällt raus in das Cabrio. Und was meinst du, was der Lastwagen geladen hatte?"

„Keine Ahnung. Kies?"

„Quatsch, Kies. Der hatte Hundefutter geladen. Verstehst du?"

Borowka verstand gar nichts mehr. Verwirrt kratzte er sich am Kinn. „Und was hat das mit das Fliegerlied zu tun?"

„Überleg doch mal. Letzte Woche im Sozialraum lief zufällig im Radio ‚Eye of the tiger'. Gestern wurdest du fast vom Tiger überfahren. Und jetzt gerade lief wieder ein Lied über ein Tiger. Kapiert?"

Borowka machte mit seiner Hand eine Scheibenwischerbewegung. „Sag mal, geht's noch, Fredi? Das ist ein Partylied von Tim Toupet. Haaallo? Wenn der singt ‚Ich habe ne Zwiebel auf dem Kopf, ich bin ein Döner', hast du dann auch Angst, dass du am nächsten Tag an eine Fleischvergiftung stirbst?"

In diesem Augenblick schob Tonne einen benommenen Spargel an den Stehtisch, der sich zusammengeknülltes Toiletenpapier unter die Nase drückte. An beiden Seiten des Papiers lief Blut heraus. Fredi und Borowka fragten gleichzeitig: „Was ist denn jetzt schon wieder passiert?"

Tonne verzog leicht den Mund und sagte: „Der ist einem von die Uetterather doof gekommen."

„Ich hab gar nix gemacht", verteidigte sich Spargel, „ich hab dem bloß angeguckt." „Eben", kommentierte Tonne trocken und fügte hinzu: „Lass uns mal lieber abhauen. Der Uetterather mit die gebrochene Nase ist zum Türsteher gelaufen."

„Gebrochene Nase?"

Tonne hob entschuldigend die Arme. „Ich hab versucht, dem zu erklären, dass das keine gute Idee war mit Spargel."

Fredi grinste breit und sah auf die Uhr. „Ja komm, ist sowieso gleich schon eins. Wenn wir morgen nicht fit sind, tritt uns der Oellers im Arsch."

Borowka protestierte. „Ihr wollt doch nicht jetzt schon nach Hause?"

„Das ist besser", sagte Tonne und legte Borowka den Arm auf die Schulter, „außerdem habe ich im Flur die kleine Schwester von Manni Mertens getroffen. Die würde uns mitnehmen nach Saffelen."

„Ja dann fahrt mal, ihr Spaßbremsen. Ich bleib jedenfalls noch hier", brummte Borowka.

Fredi rückte näher an ihn heran und dämpfte seine Stimme: „Mensch Borowka. Du kannst doch der Auto stehen lassen. Den holen wir morgen nach der Arbeit ab. Es ist besser, wenn wir jetzt zusammen fahren. Du weißt doch, was der Will gesagt hat."

Borowka schnalzte mit der Zunge. „Nee, lass mal, Fredi. Ich bleib noch ein Stündchen. Ihr könnt ruhig fahren. Das ist kein Thema. Und wenn die nachher ein Lied spielen von Tom Jones, dann bekomme ich auch keine Angst. Versprochen."

„Tom Jones?"

Borowka imitierte eine laszive Tanzbewegung und sagte: „Tom Jones – der Tiger! Hier wegen Omen und so."

Fredi lächelte matt. Er wusste, dass es jetzt keinen Sinn mehr machen würde, Borowka zu überreden. Also entschloss er sich, mit den anderen nach Hause zu fahren. Borowka war schließlich erwachsen. Er wünschte seinem Kumpel noch viel Spaß und folgte Tonne und Spargel nach draußen, wo die kleine Schwester von Manni Mertens schon mit laufendem Motor auf sie wartete.

Borowka war fast schon gerührt von Fredis Sorge wegen Bergmann. Ihm hatte zwar der Vorfall vom Vorabend auch einen Schreck eingejagt, aber es gehörte schon mehr dazu, ihm Angst zu machen. Wegen einem bisschen Autogepose würde er sich doch nicht zu Hause verbarrikadieren. Bergmann sollte ruhig kommen. Der würde schon sehen, was er davon hatte, sich mit einem Richard Borowka anzulegen. Als er sich gerade vorstellte, wie er Bergmann den Arm auf den Rücken drehen würde, schob jemand ein Glas Asbach-Cola vor ihn auf den Stehtisch. Borowka zuckte hoch und sah in zwei wunderschöne, braune Augen, von denen er erst letzte Nacht geträumt hatte. „Maria?!", stammelte er.

„Cheers", sagte Maria Felino und prostete ihm mit einem blauen Cocktail zu, den sie in der Hand hielt. Sie passte überhaupt nicht hier her, denn sie sah umwerfend aus in ihrem eng anliegenden Rock und den eleganten High Heels. Ihr schwarzes Haar trug sie offen. Sie strich es beiläufig zur Seite und steckte es so hinters Ohr, dass er die funkelnden Ohrstecker in ihren kleinen Ohren sehen konnte. Sie hatte ihre Schultern zurückgezogen und ihre festen Brüste zeichneten sich unter der engen, weißen Bluse ab. Borowka musste ganz schnell an etwas anderes denken, als er bemerkte, dass ihr trotz der schwülen Hitze im Raum kalt zu sein schien.

„Maria", stotterte er, „was machst du denn hier?"

„Ich wollte ein bisschen Spaß haben", sagte sie mit einem herausfordernden Lächeln. „Haben deine Freunde dich schon verlassen?"

„Die? Ach die", er räusperte sich kurz und hoffte, dass sie das Zittern in seiner Stimme nicht registrierte, „das sind alles Weicheier. Dabei wird es doch gerade erst richtig gut hier."

„Absolut", bestätigte sie und nippte an ihrem Glas. Am Rand blieb Lippenstift zurück. Sie plauderten eine Weile über verschiedene Automarken und andere Hobbys. Maria hing an seinen Lippen und schenkte ihm bei jedem noch so mittelmäßigen Scherz ihr zauberhaftes Lachen. Borowka wurde immer gesprächiger und genoss es, die neidischen Blicke der Umstehenden auf sich zu ziehen. Irgendwann nach dem fünften Glas Asbach-Cola musste er gähnen und sah auf die Uhr. Maria legte ihre langen, makellosen Finger, die Borowka schon einmal fast den Verstand geraubt hatten, auf seinen Arm und sagte: „Wenn du magst, bring ich dich nach Hause – entweder zu dir oder zu mir." Sie sah ihm dabei tief in die Augen und ließ den Satz wie eine Wolke der Verheißung durch den Raum schweben. Borowka wich ihrem Blick aus und schnappte nach Luft. Nachdem er sich beruhigt hatte, sagte er: „Das ist wirklich sehr nett von dir, Maria. Aber ich muss leider ablehnen, weil", er hielt seinen rechten Ringfinger in die Höhe, „weil ich glücklich verheiratet bin. Und ich glaube, Rita wäre damit nicht ganz einverstanden." Marias Gesichtszüge zuckten für einen Moment. Sie wollte gerade etwas sagen, als Borowka ihr zuvor kam: „Hör zu, ich glaube, es ist besser, wenn ich jetzt fahre. Danke für die Getränke. Die waren wirklich sehr lecker."

Er nickte ihr kurz zu und verließ fluchtartig den Stehtisch. Im Flur vor der Mantelausgabe holte Maria ihn ein. Sie hielt ihn an seinem lila Jackett zurück. „Warte, Richard."

Borowka drehte sich nur zögernd zu ihr um. Eine kurze Sekunde begegneten sich ihre Blicke. Dann nahm sie ihn in den Arm und drückte ihn fest an sich. Er spürte ihre Brüste und zeigte noch weitere körperliche Reaktionen, von denen er hoffte, dass sie sie nicht bemerken würde. Sie hauchte mit zarter Stimme: „Tut mir leid, Richard. Das war blöd von mir. Ich wollte dir nur sagen, dass ich dich sehr mag. Noch viel mehr, jetzt, wo ich weiß, was für ein toller Ehemann du bist. Deine Frau kann stolz auf dich sein. Vielleicht sehen wir uns ja irgendwann mal unter anderen Umständen wieder." Sie löste langsam ihre Umarmung und Borowka spürte, wie unter seinen Achseln größere Rinnsale den Weg nach unten antraten. Nachdem sie sich umgedreht hatte und mit ihrem wiegenden Hüftschwung zurück in die Disko gegangen war, war Borowka noch einige Minuten stocksteif stehen geblieben. Erst als sein Körper sich wieder entspannte, war er in der Lage, vor die Disko zu treten. Er spürte einen Tropfen auf dem Gesicht. Und dann noch einen. Verwundert blickte er nach oben und fing den kühlen Schneeregen, der vom Himmel fiel, mit den Handflächen auf, um ihn in seinem Gesicht zu verteilen. Er zählte bis zehn und als sich seine Erregung einigermaßen gelegt hatte, marschierte er mit entschlossenem Schritt zu seinem Ford Capri, den er ganz in der Nähe abgestellt hatte. Eine dünne Schicht Eis hatte sich aufs Auto gelegt. Borowka setzte sich hinein, startete den Motor und drehte die Heizung voll auf. Nach einigen Minuten strömte warme Luft an kaltes Glas. Er wartete, bis die Scheibe wieder halbwegs frei war, legte den ersten Gang ein und lenkte den Wagen vorsichtig über den schneebedeckten Schotterweg. Maria Felino beobachtete ihn dabei aus einem Seitenfenster. Als der gelbe Ford Capri mit den roten Rallyestreifen auf dem schummrig ausgeleuchteten Parkplatz langsam im aufsteigenden Bodennebel verschwand, öffnete sie ihre Handtasche. Sie schob ihre 38er Smith & Wesson zur Seite und nahm das Handy heraus. Mit ihren schlanken Fingern wählte sie eine Nummer und wartete geduldig, bis das Gespräch am anderen Ende angenommen wurde. Dann sagte sie nur: „Alles klar. Er ist gerade losgefahren."

16
Montag, 14. Dezember, 01.56 Uhr

Fredi Jaspers hatte sich die Zähne geputzt und war in seinen Frotteeschlafanzug geschlüpft. Normalerweise trug er nachts T-Shirt und Shorts, doch seit es so kalt geworden war, hatte er sich wieder seinen alten, verwaschenen Pyjama aus dem Schrank geholt. Zweimal hatte er diesen schon aus dem Altkleidersack retten müssen, nachdem Martina versucht hatte, ihn dort heimlich zu entsorgen. Seit er Single war, hatte er ihn nun für den Fall der Fälle zusammen mit allen Kleidungsstücken gehortet, die vielleicht irgendwann wieder modern würden könnten: Vanilla-Hosen, Jacketts mit Schulterpolster, Stehkragenhemden und Bundfaltenjeans. Na ja, zumindest sein Frotteeschlafanzug kam jetzt durch diesen Jahrhundertwinter wieder zum Einsatz. Bevor er ins Bett ging, setzte Fredi sich noch einmal an seinen Schreibtisch, befreite ihn von Zettelchen, Chipstüten und angebissenen Schokoriegeln und fuhr den PC hoch. Er hatte es sich zum Ritual gemacht, immer als letzte Amtshandlung des Tages sein E-Mail-Postfach bei www.neueliebejetzt.de zu überprüfen und alle eingehenden Nachrichten zu lesen. Bisher war das immer schnell erledigt, denn er hatte jedes Mal denselben Satz gelesen: „Sie haben keine neuen Nachrichten." Als Fredi diesmal die Hand auf die Maus legte, zuckte er zusammen. Sein Herzschlag schien zu stocken und das Blut in den Adern zu gerinnen. Er hatte eine Mail. Seine Finger waren feucht und zitterten, als er einmal kurz klickte. Aufgeregt las er:

```
Von: trixie673
An: fredi_schlaflos
Betreff: Romantischer Fußballgott

Hallo Schlaflos in Saffelen oder Fredi (finde ich
gut, dass du deinen richtigen Namen angibst), dein
Profil hat mich sofort angesprochen. Ich finde,
dass du sehr gut aussiehst - auch wenn ich auf dem
Mannschaftsfoto erst eine Weile suchen musste, bis
ich dich entdeckt hatte. Ich hatte schon Angst, du
wärst der dicke Torwart. Hahaha. Kleiner Scherz.
Aber das Wichtigste ist für mich nicht, dass du so
toll aussiehst, sondern, dass ich das sehr interes-
sant finde, was du so machst in deiner Freizeit.
Was ist eigentlich FIFA09? Vielleicht sage ich dir
aber erst mal was zu meiner Person: Ich bin 36 Jahre
alt und arbeite in einem Reisebüro in Willich.
Meine Freunde sagen, dass ich ganz gut aussehe.
Mit meiner Figur bin ich im Großen und Ganzen auch
zufrieden (ein Foto aus meinem letzten Urlaub in
Südfrankreich findest du im Anhang). Ich war acht
Jahre mit meinem letzten Freund zusammen, von dem
ich mich aber schon vor drei Jahren getrennt habe.
Es hat einfach nicht mehr gepasst. Seitdem suche
ich den richtigen Mann fürs Leben. Da ich sehr viel
arbeite, hatte ich bisher kaum Gelegenheit, mich
neu zu verlieben. Meine Hobbys sind: Reisen,
lustige Filme im Kino ansehen und Küssen ;-) Na
ja, ich schreibe wahrscheinlich viel zu viel für
```

eine erste E-Mail, aber das liegt daran, dass ich
noch nicht viel Erfahrung habe mit Online-Flirten.
Da ich mir denken kann, dass du jede Menge Antworten auf dein interessantes und vor allen Dingen
ehrliches Profil bekommst, hoffe ich, dass ich
trotzdem etwas von dir höre. Es grüßt ganz herzlich Schlaflos in Schiefbahn (Trixie)

Fredis Wangen glühten und sein Herz schlug so stark, dass ihm schon die Brust wehtat. Als er das Foto anklickte, war es endgültig um ihn geschehen. Er erblickte eine hübsche, aber nicht zu hübsche Frau mit einem schelmischen Lächeln. Sie saß an einer Strandbar, trug einen Wickelrock und hielt gerade ihren Strohhut fest, den der Wind wegzureißen drohte. Ihre blonden Locken wehten dabei im Wind. Durch die eigenartige Körperbewegung konnte Fredi erkennen, dass sie etwas speckiger um die Hüften war, ganz genau so, wie er es mochte. „Schlaflos in Schiefbahn" war wie für ihn gemacht. Jetzt musste er genau überlegen, was er antworten sollte. Wieder und wieder löschte er, was er schrieb, weil es ihm nicht geschliffen genug klang. Da er schon müde war und etwas Promille hatte, musste er sich sehr konzentrieren. Am Ende jedoch war er hochzufrieden mit seinem Text und schickte ihn ab.

Von: fredi_schlaflos
An: trixie673
Betreff: Re: Romantischer Fußballgott

Hallo Schlaflos in Schiefbahn, ich finde es super,
dass dir mein Foto gefallen hat. Und noch besser
finde ich, dass du mich nicht für die fette Sau
gehalten hast. Hahaha. Auch ein kleiner Scherz.
FIFA09 ist ein supercooles Spiel für die Play-

station-Konsole. Das gibt es zwar auch für die
X-box (und da soll auch die Optik besser sein),
aber ich hab bloß die Playstation. Die tut es aber
auch. Was ich sehr gut finde ist, dass ich die
gleichen Hobbys habe wie du, nur in umgekehrter
Reihenfolge ;-) Ich finde übrigens, dass du auf
dein Foto hammermäßig aussiehst. Und total natürlich. Falls du dich fragen solltest, ob ich dich
zu dick finde, kann ich dir ganz klar sagen: Nein.
Der Hüftspeck steht dir super. Ich habe übrigens
auch nicht viel Erfahrung mit Online-Flirten,
würde mich aber sehr freuen, wenn du dich noch mal
meldest. Gruß Fredi

Als die Meldung erschien: „Ihre Nachricht wurde versendet an ‚trixie673'", fuhr er den Computer runter. Ein warmes Glücksgefühl breitete sich in ihm aus. Er nahm sein Handy und wählte Borowkas Nummer, um seinem Kumpel von der E-Mail zu berichten. Doch es ging nur die Mailbox ran: „Hallo, hier ist der automatische Anrufenttäuscher von Richard Borowka. Ich kann gerade nicht am Telefon dran gehen. Du kannst mir aber gerne nach der Piepton eine Nachricht hinterlassen. Piiiiiep." Fredi drückte das Gespräch weg. Es machte keinen Sinn, etwas zu hinterlassen, da sie sich ja ohnehin in wenigen Stunden bei Auto Oellers sehen würden. Wie auf Wolken ging er ins Schlafzimmer und legte sich ins Bett. Einschlafen konnte er aber vor lauter Aufregung erst eine halbe Stunde und drei Flaschen Bier später. Dafür wurde er dann von den schönsten Träumen in Empfang genommen, die er in den letzten drei Jahren gehabt hatte.

17
Montag, 14. Dezember, 01.48 Uhr

Richard Borowka trommelte im Takt auf das Lenkrad seines Ford Capri. Voller Inbrunst sang er den Refrain von „Live is life" mit. Es war eines seiner Lieblingslieder und wie der Zufall es wollte, lief es gerade im Radio. Borowka hatte seine gewaltige Anlage bis zum Anschlag aufgedreht und der hämmernde Bass und die vibrierenden Scheiben euphorisierten ihn. Er bewegte den Kopf rhythmisch zur Musik und an besonders emotionalen Stellen schloss er immer mal wieder kurz die Augen. Noch war er etliche Kilometer von Saffelen entfernt, sodass die Landstraße noch einigermaßen gestreut war. Borowka trat das Gaspedal weit durch und hin und wieder schlug das Heck aus. Am Fenster rauschte eine düstere Schneelandschaft vorbei. Große Flocken kämpften sich zitternd über die Scheibe, bevor sie von den Wischblättern erbarmungslos weggefegt wurden. Als Borowka gerade zum großen Finale ansetzen wollte, quatschte ein hektischer und etwas zu gut aufgelegter Radiomoderator mitten in den Schlussakkord und wünschte „allen Nachteulen da draußen eine gute Zeit mit den besten Hits der 70er, 80er, 90er und von heute". Als er im selben Atemzug auch noch Celine Dion ankündigte, drehte

Borowka das Radio leiser und kramte ärgerlich in der Mittelkonsole nach einer CD. Er wollte seine gute Laune bis zu Hause konservieren, denn so etwas wie heute mit Maria, war ihm schon lange nicht mehr passiert. Streng genommen war es ihm sogar noch nie passiert. Was Frauenbekanntschaften anging, war seine Eroberungsliste so armselig, dass man dabei eigentlich gar nicht von einer Liste sprechen durfte. Seine Frau Rita hatte er mit 18 Jahren im Saffelener Schützenzelt kennengelernt. Zu jener Zeit war Borowka einer der besten A-Jugend-Vorstopper im ganzen Kreis und Rita die hübscheste Frau des Dorfes, was allerdings nicht ganz so schwer war, wie es sich anhört. Die beiden galten von Anfang an als Traumpaar, als die Beckhams von Saffelen. Seit damals waren sie, von einigen unwesentlichen Kurztrennungen unterbrochen, zusammen. Vor fünf Jahren hatten sie dann auf Drängen von Ritas Mutter geheiratet. Mittlerweile war Borowka 35 Jahre alt und während er seinen Ford Capri über die Landstraße jagte, geriet er ins Grübeln. Sollte das etwa schon alles gewesen sein? Wenn er sich seine Liste genau betrachtete, wurde sie neben Rita schon komplettiert von Tanja Schlüper aus Uetterath, die er Anfang der 80er Jahre auf einer katholischen Jugendfreizeit mit Jenever in sein Zelt gelockt hatte. Die Erinnerung an die Nacht war jedoch mittlerweile längst verblasst. Borowka ärgerte sich, vor allem, wenn er an die eng anliegende Bluse von Maria Felino zurückdachte. Na ja, aber immer noch besser als Fredi, tröstete er sich. Der kam nämlich bei seiner Liste, wenn man Martina dazuzählte, auf genau eine Frau. Und das war ja nun mal wirklich armselig. Plötzlich erschrak Borowka. Für einen Moment dachte er, er sei in einen Sekundenschlaf gefallen, weil er von einem hellen Licht geblendet wurde. Doch als er aufsah, war dort nichts als eine mit einer festen Schneedecke überzogene Landstraße, die sich im Kegel seines Abblendlichts gleichförmig auf ihn zu bewegte. Die dichten Bäume rechts und links des Weges wiegten sich schwerfällig im Wind und warfen Schnee herab. Dann wieder ein zuckendes Licht und Borowka kapierte, dass er über seinen Innenspiegel geblendet wurde. Ärgerlich drehte er sich um und erkannte einen großen Wagen, der sich immer mehr der Stoßstange seines Ford Capris näherte. Das Fernlicht brannte sich in Borowkas Augen. „Ist der bekloppt?", entfuhr es ihm. Er wedelte wütend mit der Hand. Erst jetzt wurde ihm klar, dass es sich um einen Jeep handelte. Und zwar nicht um irgendeinen, sondern um den Jeep, der ihn bereits vor der Gaststätte Harry Aretz fast erwischt hatte. Borowkas Magen zog sich zu einem Klumpen zusammen. Er riss den Kopf wieder nach vorne und trat das Gaspedal durch. Jaulend beschleunigte der Capri und schoss in die Nacht, aber der Jeep entfernte sich dadurch kein bisschen im Rückspiegel. Borowka versuchte seinen Wagen mit knappen, kurzen Lenkbewegungen auf der Mitte der Straße zu halten. Ihm war klar, dass ihn der kleinste Fahrfehler in die Bäume katapultieren könnte. Immer wieder zuckte der Jeep böse nach vorne wie ein Raubtier, das zum Sprung ansetzt. Borowka starrte in die immer dichter werdenden Schneeflocken, die auf seiner Windschutzscheibe zerstoben. Der Scheibenwischer quietschte, als hätte er die gleiche Angst wie Borowka. Der Klumpen in seinem Magen wurde immer größer. Breite Schweißränder bildeten sich unter den Achseln auf seinem Jeanshemd. Da er den Weg kannte, wusste er, dass in weniger als einem Kilometer hinter einer

Rechtskurve ein breiter Seitenstreifen auftauchen würde. Es handelte sich um eine Art Miniparkplatz, der von Bauhofmitarbeitern wegen seiner Abgeschiedenheit gerne für ausgedehnte Frühstückspausen genutzt wurde. Wenn er es bis dahin schaffen würde, könnte er vielleicht ausscheren, bremsen und zurückfahren. Mit etwas Glück würde der Jeep-Fahrer nicht so schnell reagieren können. Wenn Borowka nur ein bisschen Vorsprung hätte, könnte er ihm entkommen, weil er hier in der Gegend ein paar versteckte Seitenwege kannte. Doch noch konnte er den kleinen Parkplatz nicht sehen. Seine Hände krallten sich ins Lenkrad, das wild um sich schlug und fast aus der Verankerung zu springen drohte. Mit einem Mal verschwand das Licht im Rückspiegel. Borowka riss den Kopf zur Seite, als neben ihm ein Schatten auftauchte. Der Jeep hatte zum Überholen angesetzt. „Verdammt noch mal! Was hat der Typ vor?" Während der Ford Capri hin- und herschlitterte, lag der Jeep ganz ruhig auf der Straße und schob sich langsam auf der linken Seite ins Blickfeld. Durch die abgedunkelten Scheiben konnte Borowka jedoch nichts erkennen. Sein Blick wanderte aufgeregt zwischen der Straße und dem Jeep hin und her und er überlegte, was wohl passieren würde, wenn er jetzt abrupt abbremste. In diesem Moment tauchte die leichte Rechtskurve vor ihm auf, hinter der der kleine Parkplatz lag. Borowka atmete tief durch und bereitete sich auf sein Manöver vor. Plötzlich verspürte er einen heftigen Schlag gegen die linke Schulter. Es dauerte den Bruchteil einer Sekunde, bis Borowka verstand, dass der Jeep ihn gerade gerammt hatte. Er verriss das Lenkrad und der Wagen rutschte auf der rechten Seite über den Fahrbahnrand. Borowka bekam das Lenkrad wieder zu fassen und steuerte gegen. Mit einem lauten Knall flog der Außenspiegel weg, als der Capri seitlich gegen einen Baum schlug. Die Baumrinde kreischte laut und lang anhaltend am Lack vorbei, bevor Borowka den Wagen wieder auf die Straße bekam. Er gab jetzt noch mehr Gas, um den Parkplatz schneller zu erreichen, doch der Jeep scherte, ohne seine Geschwindigkeit zu verringern, ganz leicht aus, um erneut zum Rammen anzusetzen. Auf fast gleicher Höhe schossen beide Autos um die Rechtskurve und in dem Augenblick, als Borowka den Parkplatz sah und das Steuer einschlagen wollte, traf ihn die ganze Wucht des Aufpralls. Er spürte, wie die Fahrertür eingedrückt wurde und hart gegen seine Rippen schlug. Vor Schmerz ließ er das Lenkrad los. Die Splitter der Scheibe flogen Borowka ins Gesicht und wie in Zeitlupe hob der Ford Capri ab und segelte über den Parkplatz hinweg auf den Graben zu, hinter dem der Wald begann. Es kam Borowka vor, als würde es ewig dauern, bis der Aufprall kam. Doch als er kam, durchzuckte ein unglaublicher Schmerz seinen gesamten Körper. Er wurde hin- und hergeschüttelt und sah nur noch Blech und Glas. Mit einem letzten Zucken blieb der Wagen auf dem Dach liegen und Borowka hing in völlig verdrehter Körperhaltung von der Decke und wurde nur noch von seinem Rennfahrergurt gehalten. Er schüttelte den Kopf und sah aus dem zerborstenen Seitenfenster. Da sein linker Arm sich im Gurt verhakt hatte, versuchte er, sich mit dem rechten Arm hochzuziehen. Doch seine Beine waren eingeklemmt und er musste feststellen, dass er gefangen war wie eine Fliege in einem Spinnennetz. Er hob seinen Blick und sah in einiger Entfernung die Landstraße. Alles stand auf dem Kopf. Dann spürte er, wie sein

Herz heftig zu hämmern begann. Der Jeep war mit laufendem Motor am Straßenrand zum Stehen gekommen und ein Mann stieg aus. Obwohl es dunkel war, erkannte Borowka im schwachen Standlicht Manfred Bergmann, der mit überlegenen, langsamen Schritten auf ihn zukam. Borowka glaubte sogar, ihn lächeln zu sehen. Noch einmal versuchte er, sich loszureißen, doch es war zwecklos. Bergmann hatte etwas in der Hand, das er langsam hob. Borowka erstarrte. Bergmann hielt eine große Pistole auf ihn gerichtet, die er im Gehen geräuschvoll durchlud. Er war jetzt fast so nah, dass Borowka ihm in die Augen sehen konnte. Noch nie in seinem ganzen Leben hatte er solche Angst gehabt. Und doch musste er lachen, weil ihm ausgerechnet jetzt das „Fliegerlied" einfiel. Er sah noch ein letztes Mal auf und summte „Heut ist so ein schöner Tag". Dann verlor er das Bewusstsein.

18
Montag, 14. Dezember, 08.17 Uhr

Der Duft von frisch gebrühtem Kaffee lag in der Luft. Hastenraths Will saß am Küchentisch und knetete nervös seine Hände. Die dampfende Tasse, die vor ihm stand, hatte er noch nicht angerührt und die tiefe Furche auf seiner Stirn deutete darauf hin, dass er angestrengt nachdachte. Seit gestern Abend plagte ihn ein schlechtes Gewissen. Er war während der Tagesschau vor dem Fernseher eingeschlafen. Als er zu später Stunde aus einem unruhigen Schlaf erwacht war, war Josef längst zu Bett gegangen. Im Fernsehen lief gerade eine Wiederholung von „Charleys Tante" mit Peter Alexander. Wehmütig erinnerte sich Will daran zurück, dass er den Film mal mit Marlene im Kino angeschaut hatte. Damals, als es noch ein Kino gab in Saffelen. Sie hatten ununterbrochen gelacht. Jetzt, als er den Film erneut sah, musste er sich darüber wundern, wie albern dieser in Wirklichkeit war. Wie Leute einen als Frau verkleideten Mann nicht erkennen konnten. Und sich sogar noch in ihn verliebten. Also wirklich. Doch dann war ihm klar geworden, dass er ja im Grunde auch auf jemanden hereingefallen war, der sich für einen anderen ausgegeben hatte: Maria Felino. Zuerst hatte Will es sich noch schöngeredet, weil sie zumindest kein verkleideter Mann gewesen war. Jedenfalls war er sich in diesem Punkt ziemlich sicher. Zu nah hatte er an ihrem Dekolleté gestanden. Doch je mehr er über ihre Begegnung nachdachte, desto klarer wurde ihm, dass er einen furchtbaren Fehler begangen hatte. Heute, an diesem nebelgrauen, müden Morgen war er wie immer um 5.30 Uhr aufgestanden, um sich um die Kühe, Schweine und Hühner zu kümmern. Sein Schwiegersohn Michael hatte etwas unwirsch reagiert, als er ihn noch vor dem Melken angerufen hatte, um zu fragen, wann er gedenke, mit seinem Laptop vorbeizukommen. Es wird wohl später Vormittag, hatte der geantwortet, schließlich habe er Urlaub. Nachdem Will im Abstand von zehn Minuten noch dreimal angerufen hatte, war Michael dann gegen viertel vor acht erschienen und hatte wortkarg sein Notebook in der Küche angeschlossen, um mithilfe eines Surfsticks ins Internet zu gehen. Zu diesem Zeitpunkt war Saffelen noch nächtlich dunkel und das erste zaghafte Morgenlicht sickerte durch die Wolken, die schwer über dem Dorf hingen. Michael saß vor seinem Computer und gähnte und streckte sich. Will öffnete ihm zuliebe das Fenster und ließ die Geräusche des beginnenden Tages hinein. Eine leichte Brise erfasste das Fliegenklebeband, das von der Decke herabbaumelte, und warf zwei tote Fliegen ab, die seit dem Sommer dort hingen. Michaels Augen starrten stoisch auf den Bildschirm. Er hatte weder Augen für die Fliege noch für die herrlichen Felder vor dem Fenster, auf denen der Schnee sich wie eine Daunendecke ausgebreitet hatte. Um kurz vor acht war es dann endgültig zur Gewissheit geworden. Es existierte keine Maria Felino. Weder bei der Kirchenzeitung noch irgendwo anders im World Wide Web. Sicherheitshalber hatte Michael zusätzlich auch in der Redaktion angerufen. Auch dort wurde ihm bestätigt, dass noch nie eine Maria Felino für die Kirchenzeitung gearbeitet hätte. Will knetete besorgt seine Hände, als Josef Jackels die Küche betrat. Er trug noch den abgewetzten Flanellpyjama, in dem Will ihn vorhin unsanft geweckt hatte. Die Haare standen wirr zur Seite ab und sein Blick war noch trüber als sonst. Michael sah auf und musste grinsen. Er erkannte den Freiwilligen Feuerwehrmann fast gar nicht ohne Uniform und Helm. Außerdem freute Michael sich, dass er nicht der einzige war, der von Will genötigt wurde, in aller Herrgottsfrühe mitzuermitteln. Josef hatte den Auftrag erhalten, vom Telefon im Flur aus Herrn Grosch vom Bistum anzurufen. Der hatte Josef ja angeblich für das Interview empfohlen. Will sprang auf. „Und?"

Josef schüttelte träge den Kopf. „Der Herr Grosch hat auch noch nie von eine Maria Felazio gehört."

„Maria Felino!"

„Ja. Von der auch nicht."

Will schlug sich mit der Faust in die Handinnenfläche. „Verdammt", fluchte er, „Kleinheinz hatte recht. Die hat uns reingelegt. Die ist überhaupt keine Reporterin bei der Kirchenzeitung. Weißt du, was das bedeutet, Josef?"

Josef nickte ernst und sagte: „Ja. Das heißt, dass der Artikel jetzt nicht erscheint."

Will verdrehte wütend die Augen. Bevor er sich aufregen konnte, schaltete Michael sich ein. „Jetzt beruhig dich mal, Will. Ist doch egal. Die hat doch nichts aus euch rausbekommen, oder?"

Will starrte ihn mit leerem Blick an.

„Oder?" hakte Michael nach.

Will hob entschuldigend die Schultern. „Zuerst war ich mir auch sicher, dass wir die nix erzählt haben, aber heute Morgen beim Zähneputzen ist mir plötzlich eingefallen, dass die sich nach Kommissar Kleinheinz erkundigt hatte. Die wollte wissen, wie es dem geht nach der Schießerei."

„Na und? Das ist doch eine ganz normale Frage."

„Eben nicht, Michael", widersprach Will mit betrübter Stimme. „Es hat zwar in der Zeitung gestanden, dass es eine Schießerei gegeben hat, aber aus taktische Gründen war nirgendwo erwähnt worden, wer dadrin verwickelt war. Der Name Kleinheinz ist nie gefallen."

„Das heißt ...", stammelte Michael.

„... dass es sich um sogenanntes Täterwissen handelt", vollendete Will den Satz. „Und es ist sogar noch schlimmer. Die Maria Felino hatte gesagt, sie hätte gehört, dass Kleinheinz in Mönchengladbach im Krankenhaus liegt."

„Na, Gott sei Dank", sagte Michael, „dann wissen die wenigstens nicht, dass Kleinheinz im Heinsberger Krankenhaus behandelt wird." Der Landwirt ließ die Schultern hängen. „Oder etwa doch?" Michaels Frage wurde zu einem lauten Krächzen.

Will nickte schuldbewusst. „Ich Trottel hab die gesagt, dass der in Heinsberg liegt."

Josef, der der Unterhaltung mühsam mit halb offenen Augen gefolgt war, zuckte zusammen, als Michael von der Eckbank aufsprang und rief: „Wir müssen sofort Kommissar Kleinheinz informieren."

Will hielt sein Geheimhandy in die Höhe. „Das habe ich eben schon versucht. Der geht nicht dran. Ich fahr jetzt selber zum Krankenhaus, für dem zu warnen."

„Wir kommen mit", sagte Michael. Doch Josef schüttelte energisch den Kopf. „Ich fahr auf gar kein Fall mehr mit nach Heinsberg. Dann wird mir nur wieder schlecht."

Will zog sich seinen Bundeswehrparka über und ging entschlossen zur Tür. Er drehte sich noch einmal um und sah seinen Schwiegersohn an: „Das muss ich jetzt alleine regeln. Ich habe es ja schließlich auch verbockt. Bleib du bitte hier bei der Josef. Ich brauche euch hier auf dem Hof viel dringender." Michael und Josef blickten ihn fragend an.

„Ich bin heute Morgen vor lauter Aufregung nicht dazu gekommen, die Kühe zu melken und die Schweine zu füttern. Und wer sich traut, kann der Attila noch ein Stück rohes Fleisch in der Zwinger werfen. Danke. Bis nachher." Als Will bereits die Türklinke in der Hand hatte, fuhr er heftig zusammen, weil es plötzlich klingelte. Alle starrten auf das Telefon, das auf der kleinen Kommode im Flur aufgeregt auf- und abhüpfte. Will nahm zögerlich den Hörer ab: „Ja bitte?!"

„Herr Hastenrath? Sind Sie es?"

Will musste schlucken, als er die klare Stimme von Maria Felino hörte. Er machte wilde Zeichen, doch weder Josef noch Michael verstanden deren Sinn.

„Ja, ja, bin ich. Wieso?", stammelte Will und merkte, wie lächerlich das wirkte. Er räusperte sich kurz und sagte dann mit fester Stimme: „Aaah, Sie sind das, Frau Felino. Wie kann ich Sie helfen?"

Jetzt hatten Michael und Josef begriffen.

„Ich bin Ihnen noch meinen Kontakt schuldig. Haben Sie was zu schreiben?"

„Ob ich was zu schreiben habe?", wiederholte Will so laut, als würde er mit einem Schwerhörigen sprechen. „Ein kleiner Moment bitte." Michael lief in die Küche und kehrte mit einem Blatt Papier und einem Kugelschreiber zurück. „So, ich höre."

„Also, meine E-Mail-Adresse, unter der Sie mich jederzeit erreichen, lautet: Maria Punkt Felino@ gmx Punkt com."

Will kritzelte es auf den Zettel. „Wie schreibt sich ett?"

„@ ist ein Zeichen."

„Ach so, ja. Ich weiß. E-Mehl eben", lachte Will, aber sein eigenes Lachen kam ihm dabei fremd vor.

„Gut, Herr Hastenrath", hauchte Maria, „dann lassen Sie uns so bald wie möglich unser Interview zu Ende führen. Bitte melden Sie sich jederzeit bei mir. Ich würde mich sehr freuen, Sie wiederzusehen."

„Ich melde mich ganz bestimmt", versicherte Will. „Tschöööö." Er legte auf und atmete tief durch. Sein Herz schlug ihm bis zum Hals. Der Blick auf die Uhr ließ ihn aufschrecken. „Ich muss los. Michael, kannst du die E-Mehl-Adresse überprüfen?"

Michael legte die Stirn in Falten. „Normalerweise dürfte das kein Problem sein. Einfacher wäre aber die Telefonnummer. Hast du die Nummer vom Display abgeschrieben?"

Will sah auf sein Wählscheibentelefon mit dem goldenen Brokatfutteral herab und fragte: „Welches Display?"

19
Montag, 14. Dezember, 08.19 Uhr

Fredi Jaspers hob die Kaffeetasse, führte sie an den Mund und trank langsam. Als das Telefon vor ihm klingelte, fuhr er zusammen und verschüttete die brühend heiße Flüssigkeit. Ärgerlich stellte er die Tasse auf seinem Schreibtisch ab und wischte sich die Spritzer, die auf seiner Hand gelandet waren, an seiner Hose ab. Das Telefon mit dem nervigen schnarrenden Ton schellte ein zweites Mal. Heribert Oellers bestand darauf, dass alle Telefone im Betrieb auf höchste Lautstärke gestellt waren, damit ihm auch ja kein Kunde durch die Lappen ging. Fredis Unterlippe zitterte, als er zum Hörer griff. Vor knapp zwanzig Minuten hatte Ralf Richterich ihn auf seinem Handy angerufen. Ralf war ein alter Schulfreund, der mittlerweile beim Bauhof beschäftigt war. Er war unter anderem zuständig für die Grünflächenunterhaltung im Gemeindegebiet. Bei seiner morgendlichen Frühstückspause hatten er und sein Kollege auf einem kleinen Parkplatz unweit von Saffelen um kurz nach sechs das Autowrack von Borowkas geliebtem Ford Capri gefunden. Von Borowka selbst fehlte jede Spur. Ralf Richterich hatte daraufhin die Polizei alarmiert, nachdem er Borowka nicht erreichen konnte. Später war ihm eingefallen, dass er Fredi anrufen könnte. Fredi war schockiert, denn zur Arbeit war sein bester Freund auch nicht erschienen. Auf der Stelle hatte er eine Telefonkette in Gang gesetzt und wartete nun auf die Rückrufe. Das Telefon klingelte ein drittes Mal und Fredi hob ab. „Auto Oellers – Ihr Gebrauchtwagenparadies in Saffelen. Fredi Jaspers am Apparat. Was kann ich für Sie tun?"

„Hallo Fredi, hier ist Tonne. Das ist ja wohl der Oberburner mit Borowka, oder?"

„Hast du was rausbekommen?"

„Also, ich habe jetzt mit so ziemlich alle telefoniert. Keiner hat der Borowka gesehen oder irgendwas von dem gehört. Der ist wie vom Erdboden verschlungen."

„Verschluckt."

„Was?"

„Egal." Fredis Gedanken schweiften ab. Hätte er Borowka doch bloß nicht alleine von Himmerich nach Hause fahren lassen. Jetzt hatte der Tiger zugeschlagen. Fredi kam das „Fliegerlied" in den Sinn. Er hatte also recht gehabt mit dem bösen Omen.

„Aber der Didi von Top Sound, der hat dem in Himmerich noch mit ein Superschuss am Tisch stehen sehen. Und der meint, da wär ganz schwerer Flirtalarm gewesen."

Fredi stutzte. „Borowka mit ein Superschuss? Das kann ich mir nicht vorstellen. Und Flirten schon mal gar nicht. Der Didi soll mal lieber Gitarre spielen üben statt Scheiß zu erzählen."

„Wie auch immer, Fredi, ich muss hier mal weitermachen. Da kommt gerade der Estrich." Tonne hielt den Hörer weg und brüllte etwas Unverständliches über den Platz, bevor er sich wieder an Fredi wandte. „Wir sollten uns mal kein Kopf machen wegen der Borowka. Spargel meint auch, der hat einfach wieder zu viel gesoffen und ist von der Straße abgekommen. Jetzt taucht der erst mal unter wegen eine Blutprobe. Du weißt doch, wenn die dem noch mal erwischen, ist der sein Lappen mindestens für ein Jahr los."

„Vielleicht hast du recht", antwortete Fredi wenig überzeugt und legte auf. Er stierte auf den Bildschirmschoner seines PCs. Dort waberte das Firmenemblem von Auto Oellers umher, das er seinerzeit persönlich mit Corel Draw entworfen hatte. Dafür hatte er bei der Weihnachtsfeier im selben Jahr sogar einen Präsentkorb erhalten. Und einen Umschlag, in dem sich aber nach gründlicher Untersuchung doch nur eine Glückwunschkarte befunden hatte. Fredi wischte mit der Maus über den Bildschirm. Da er im Moment nichts tun konnte, als abzuwarten, klickte er sich ins Lagerverwaltungsprogramm, um einen Auspuff auszubuchen. In diesem Augenblick machte es „Pling" und am unteren Rand öffnete sich eine Textblase, in der zu lesen war: „Sie haben eine neue Liebesmail." Fredis Herz setzte für einige Sekunden aus. Noch vor Ralf Richterichs Anruf hatte Fredi sich nämlich in sein Profil bei neueliebejetzt.de eingeloggt und enttäuscht festgestellt, dass „Schlaflos in Schiefbahn" noch nicht auf seine gestrige Mail geantwortet hatte. Sofort waren Ängste in ihm hochgestiegen, ob er vielleicht irgendetwas missverständlich formuliert haben könnte. Doch nun sorgte ein einfaches „Pling" dafür, dass das Glückshormon Dopamin mit der gleichen Geschwindigkeit in seine Blutbahn schoss wie ein Space Shuttle in die Umlaufbahn. Aufgeregt wie ein Teenager klickte er auf den kleinen Balken am unteren Bildschirmrand. Es öffnete sich sein Postfach, über das ein kleiner, animierter Amor lief, der Pfeile durch die Gegend feuerte. Während Fredi den Text las, spürte er die Röte in seine Wangen steigen.

```
Von: trixie673
An: fredi_schlaflos
Betreff: Re: Re: Romantischer Fußballgott

Lieber Schlaflos-Fredi, danke für deine schöne
E-Mail. Es hat mich ganz verlegen gemacht, als du
geschrieben hast, dass du mich hammermäßig findest.
Ich bekomme das Lächeln gar nicht mehr aus dem
Gesicht. Meine Kollegin im Reisebüro hat mich eben
gefragt, ob ich verliebt sei. Ich habe gesagt, ich
weiß es nicht. Aber da habe ich gelogen. Ich bin
mir nämlich ziemlich sicher, dass ich verliebt bin.
Ich weiß, dass man das gar nicht sagen kann,
nachdem man sich gerade erst kennengelernt hat –
und dann auch noch virtuell. Aber ich habe das
Gefühl, dass wir beide seelenverwandt sind. In
meinem Lieblingsfilm „Harry und Sally" sagt Harry
zu Sally: „Wenn man mit einem Menschen bis zum
Ende seines Lebens zusammen sein will, dann möchte
man, dass das Ende des Lebens so schnell wie
möglich beginnt." Oder so ähnlich. Was ich damit
sagen möchte, ist, dass ich dich sehr gerne sehr
bald kennenlernen möchte. Ich hoffe, du fühlst dich
jetzt nicht von mir überrollt. Und ich will dich
auch nicht bedrängen, aber ich möchte dich fragen:
Hast du Lust, dich mit mir zu treffen? Deine
Schlaflos-Trixie.
```

Fredi starrte den Bildschirm mit offenem Mund an. Ihm wurde gleichzeitig heiß und kalt. Wie ferngesteuert nahm er die halbvolle Flasche Sprudelwasser, die auf seinem Schreibtisch stand, und leerte sie, ohne einmal abzusetzen. Danach musste er kurz aufstoßen und atmete dann mehrmals heftig ein und aus. Langsam normalisierte sich sein Puls wieder. Das war ja nicht zu fassen, dachte er. Die will sich mit mir treffen. Tausend Gedanken prallten in seinem Kopf aufeinander. Er legte die Hände auf die Tastatur, um zu antworten, aber er wusste einfach nicht, was er schreiben sollte. Währenddessen feuerte Amor weiter seine Pfeile durch die Gegend. Nach fünf Minuten hatte Fredi es gerade mal geschafft, „Hallo" einzutippen, als sich plötzlich der Bildschirm leicht verdunkelte. Er wollte schon den Kontrast neu einstellen, als ein heiseres Röcheln in seinem Rücken ihm klarmachte, wer für den Lichtwechsel im Raum verantwortlich war. Das Röcheln gehörte zu einer Art Schnappatmung, die bei seinem Chef immer einsetzte, kurz bevor er ausflippte. Ganz offensichtlich hatte Oellers sich von hinten angeschlichen und jetzt schienen ihm die hüpfenden Herzen und der schießwütige Amor auf seinem Firmencomputer nicht zu gefallen. Fredi zog instinktiv den Kopf ein, bevor mit der Urgewalt eines Hurrikans die Worte aus Oellers herausbrachen: „Ich glaube, es hackt, Fredi! Du hast ja wohl nicht mehr alle Latten am Zaun! Deine perversen Sexseiten kannst du dir zu Hause angucken. Ich bezahl dich doch nicht dafür, dass du hier eine Weiterbildung in Sachen Schweinkram machst. Mir reicht es bald mit euch. Mach sofort der Computer aus!" Oellers holte kurz Luft, dann baute er sich neben Fredi auf und polterte weiter, ohne seine Lautstärke zu senken oder auf die verschreckte Kundin im Pelzmantel zu achten, die im Ausstellungsraum vor einem gebrauchten Ford Ka stand.

„Und wo wir gerade dabei sind. Wo ist überhaupt der Borowka?", brüllte Oellers, „der ist heute morgen nicht zur Arbeit erschienen und hat sich auch nicht bei Fräulein Regina abgemeldet. Da kriege ich grüne Pickel von. Sich auf der Weihnachtsfeier auf meine Kosten zulaufen lassen und dann Montags der sterbende Schwan spielen. Wer feiern kann, kann auch arbeiten. Wenn der Richard heute Nachmittag mit eine Krankmeldung kommt, dann kann der sich direkt die Papiere abholen bei mir. Sag das dein Kumpel." Fredis Atem ging heftig, als er nickte. Oellers beugte sich zu ihm vor und schnupperte wie ein Hund, der eine Fährte aufgenommen hat.

„Sag mal, Fredi, hast du etwa getrunken?"

Fredi erschrak und blies sich in die Handinnenfläche. „Nur ein Schlummertrunk gestern Abend", antwortete er verlegen.

Oellers schüttelte fassungslos den Kopf und brüllte: „Ich glaube, ich werd bekloppt. Du kannst doch nicht besoffen zur Arbeit kommen, Fredi. Du bist doch nicht Pilot oder Chefarzt." Dann stapfte er entschlossen hinüber zum Empfang und rief, ohne die Stimme zu senken: „Fräulein Regina. Rufen Sie direkt noch mal bei der Borowka an und sagen dem, dass, wenn der nicht in fünf Minuten auf der Matte steht, hier so was von der Baum brennt." Die Kundin im Pelzmantel verließ eiligen Schrittes den Laden. Unbeeindruckt kehrte Oellers an Fredis Schreibtisch zurück. Der Firmenchef schnaubte zwar noch leicht, schien sich aber insgesamt wieder beruhigt zu haben. Jedenfalls klang sein Tonfall etwas moderater, als er sagte: „Hör zu, Fredi. Man kann in Firmas wie diese nur Fisionen umsetzen, wenn alle Mitarbeiter an ein Strick ziehen. Werkstatt und Bürro. Ich wiederhole: Werkstatt und Bürro. Es kann nicht sein, dass die da draußen in der kalten Werkstatt sich der Arsch abarbeiten und du hier drinnen mit eine Bierfahne Taschenbillard am spielen bist. Ist das bei dir angekommen?" Fredi nickte stumm. „Dann arbeite jetzt weiter", fuhr Oellers fort, „und kein Privatkram mehr. Ich hoffe, wir haben uns verstanden?" In diesem Moment klingelte Fredis Handy und tanzte auf der Schreibtischplatte vibrierend zu den Klängen von „Africa" hin und her.

Zum Glück funktionierte Fredis Handy noch, nachdem er es am gegenüberliegenden Ende des Raumes vom Boden aufgehoben hatte. Oellers' Wurf gegen die Wand hatte lediglich einen kleinen Sprung im Display zur Folge gehabt. Ganz schön robust, diese neuen Modelle, dachte Fredi, als er nun, eine halbe Stunde später, bibbernd hinter der Werkhalle stand. Um weiteren Ärger zu vermeiden, hatte er sich entschlossen, seine Frühstückspause dazu zu nutzen, die Privatsachen zu erledigen. Der Anruf auf dem Handy war von Rita gewesen. Sie hatte von ihrem Skiort aus zunächst erfolglos versucht, Borowka auf seinem Handy zu erreichen. Fredi hatte bei seinem Rückruf einige Mühe, Rita davon zu überzeugen, dass Borowka sein Handy verloren habe und im Moment schwer zu erreichen sei. Als sie ihn stattdessen jetzt sprechen wollte, hatte Fredi einfach behauptet, Borowka sei mit Heribert Oellers zum Uetterater Waldsee, um eine Lage Asbestplatten zu entsorgen. Er würde ihm aber ausrichten, dass er sich so bald wie möglich melden solle. Nachdem er das Gespräch beendet hatte, hatte er ein furchtbar schlechtes Gewissen. Aber nicht nur das. Er war vor allem verzweifelt, weil er überhaupt nicht wusste, was

er machen sollte. Was Borowka anging, hatte er sich überlegt, nach der Arbeit zu Hastenraths Will zu fahren. Der hatte immerhin einen guten Draht zu Kommissar Kleinheinz. Und was seine neue Internetfreundin anging, hatte er lange hin- und herüberlegt, was er ihr antworten sollte. Er war zu dem Schluss gekommen, dass er erst Klarheit mit Martina haben musste, bevor er sich auf eine andere Frau einließ. Auch wenn sie streng genommen gar kein richtiges Paar waren, wollte er Martina jetzt endlich die entscheidende Frage stellen, um die er sich bisher immer herumgedrückt hatte. Entschlossen wählte er Martinas Nummer. Nach dem zweiten Klingeln ging sie ran.
„Wimmers?"
„Hallo Martina, wie geht's?" Ein besserer Eröffnungssatz fiel ihm nicht ein.
„Ach, Hallo Fredi. Ja gut. Musst du nicht arbeiten?" Sie klang etwas gehetzt. Außerdem war sie ganz offensichtlich mit dem Auto unterwegs.
„Doch klar. Ich habe gerade Frühstückspause. Ich muss aber dringend was mit dir besprechen. Also, uns beide betreffend. Weißt du, wir unternehmen jede Menge zusammen – Tupperpartys, Kino, Nudeln machen. Fast wie ein echtes Paar. Aber eben nur fast. Und ich sag mir immer: Wenn man mit ein Mensch bis zum Ende seines Lebens zusammen sein will, dann möchte man, dass man möglichst bald am Ende ist." Fredi ließ den Satz einfach stehen und wirken. Gespannt wartete er auf die Reaktion. Denn je länger er über diesen Satz nachgedacht hatte, desto genialer fand er ihn. Bei einem solchen Satz musste jede Frau dahinschmelzen. Doch die Leitung blieb zunächst stumm. Vielleicht muss sie leise weinen,

hoffte Fredi. Dann räusperte sich Martina: „Fredi, das ist im Moment ganz schlecht. Ich bin gerade auf dem Weg zu einer Präsentation. Heute stellen wir bei uns in der Firma die neuen ... äh ... die neuen achteckigen Wurstgläser vor. Das dauert und darauf muss ich mich jetzt erst mal konzentrieren."

Dafür hatte Fredi natürlich Verständnis. Da Martina die einzige Tochter von Hans Wimmers war, dem Inhaber des erfolgreichen Firmenimperiums „Wurst Wimmers", hatte sie immer viel zu tun. Außerdem war ihm klar, dass er sie mit seiner provokanten These ziemlich überfallen hatte. Aber ein bisschen wollte er dieses Mal nachsetzen. „Gar kein Problem. Was hältst du denn davon, wenn ich dich heute Abend zum Essen einlade? Ich muss nach der Arbeit nur mal kurz zu Hastenraths Will, für was Wichtiges mit dem zu besprechen. Aber dann habe ich jede Menge Zeit. Dann können wir in Ruhe über unsere Zukunft reden."

Wieder dauerte es einen Moment, bis Martina antwortete: „Heute Abend ist schlecht, Fredi. Kann sein, dass die Präsentation sehr lange dauert. Und diese Woche habe ich jede Menge Termine. Lass uns am besten am Mittwoch mal telefonieren. Ich muss jetzt Schluss machen. Ich komme gerade an der Firma an. Tschö." Sie legte auf, noch bevor Fredi ebenfalls „Tschö" sagen konnte. Seufzend ließ er das Handy zurück in seine Hosentasche gleiten. Er zündete sich eine Zigarette an und blies den Rauch in die eiskalte Luft. Am Morgen hatte es wieder leicht geschneit. Die Mitarbeiterautos auf dem Parkplatz wirkten wie mit Puderzucker überzogen. Nur der Platz, an dem Borowkas Ford Capri immer stand, war leer. „Fredi!" Oellers Stimme durchschnitt die klirrende Kälte. Fredi riss seine

Armbanduhr hoch und stellte erleichtert fest, dass seine Frühstückspause noch nicht zu Ende war. Er drehte den Kopf zur Werkstattür. Dort stand Heribert Oellers und wedelte mit der Hand. „Fredi!", rief er erneut, „ich hab ein wichtiger Spezialauftrag für dich. Bei Autoteile Hansen in Heinsberg liegt der Verteilerfinger für der Toyota und die Vollidioten von Hansen haben vergessen, dem heute Morgen mitauszuliefern. Du müsstest mal schnell da hinfahren, für dem abzuholen. Nimm am besten der Fiat Ducato."

„Mach ich, Chef", rief Fredi und zog noch einmal so stark an der Zigarette, dass der Tabak knisterte. Es beruhigte ihn, als der Rauch seine Lungen füllte.

„Und zwar heute noch", brüllte Oellers. „Mach die Scheiß-Kippe aus und fahr!"

20
Montag, 14. Dezember, 8.54 Uhr

Trotz der frühen Stunde herrschte schon hektische Betriebsamkeit im Krankenhaus. Hastenraths Will warf einen kurzen Blick in den überfüllten Warteraum der Notfallaufnahme, als er durch die gläserne Schiebetür ins Foyer des Krankenhauses trat. Das mit Kreppband und Pappe behelfsmäßig abgeklebte Loch in der Scheibe erinnerte ihn auf unangenehme Weise daran, dass er Josef unbedingt noch mal auf die Versicherung ansprechen musste. Will nickte dem Mann vom Kiosk zu und ging mit strammem Schritt auf die Aufzüge zu. Wie immer dauerte es, bis der Aufzug kam, und Will beobachte mit einer gewissen Unbehaglichkeit die Patienten, die sich mit ihrem rollenden Tropf durch die Gänge schleppten und die Krankenschwestern, die mit müden, blutunterlaufenen Augen Tabletts trugen oder alten Frauen beim Gehen halfen. Will hatte nicht nur eine Abneigung gegen den Anblick von Kranken und Gebrechlichen, sondern er hasste vor allem diesen penetranten Krankenhaus-geruch. Es bimmelte und die Aufzugstür öffnete sich zischend. Will zwängte sich neben eine alte Frau im Rollstuhl, eine Pflegerin und einen dicken Mann mit Blumenstrauß hinein und hoffte, dass der Aufzug ohne Unterbrechung bis in den dritten Stock fuhr. Will verstand ohnehin nicht, warum man die Intensivstation ausgerechnet im obersten Stockwerk untergebracht hatte. Wer dahin muss, steht doch fast schon mit einem Bein im Grab. Da dürfte man doch eigentlich keine Zeit verlieren. Normalerweise müsste man jemanden aus Zeitgründen direkt vom Parkplatz über eine Rampe in die Intensivstation schubsen können, dachte Will. Vor lauter Nachdenken war ihm gar nicht aufgefallen, dass er schon im dritten Stock angekommen war. Die Tür öffnete sich abermals mit einem Zischen. Will trat auf den Flur und atmete tief durch. Die Krankenhausluft hier oben war zwar auch widerlich, aber immer noch besser als der Geruch von abgestandenem Schweiß im Fahrstuhl. Bevor er die Intensivstation betrat, musste er sich an einer Art Rezeption melden, wo er von der freundlichen Dame mit einem Lächeln durchgewunken wurde. Schließlich war er als Dauerbesucher von Kommissar Kleinheinz längst den meisten Mitarbeitern bekannt. Nachdem sich die Schiebetür mit der Milchglasscheibe, die die Intensivstation von den übrigen Räumen abtrennte, wieder hinter ihm geschlossen hatte, sah er bereits von Weitem Kommissar Wittkamp in seiner Uniform vor Kleinheinz' Zimmer sitzen. Der Beamte fixierte wie immer unbeweglich wie eine Schildkröte den imaginären Punkt an der gegenüberliegenden Wand. Auf dem Stuhl neben ihm lag, ebenfalls wie immer, seine umgedrehte Mütze, in der das Handy, die Handschellen und das Funkgerät lagen. Daneben stand eine Tasse Kaffee, in der ein Löffel steckte. Der Kommissar war einer der wenigen Menschen gewesen, zu denen Will bislang keinen rechten Zugang gefunden hatte. Immer, wenn er neben ihm saß, hatte er das Gefühl, dass dieser ihn nicht riechen konnte. Doch bevor Will seinen speziellen Freund begrüßen konnte, musste er sich noch bei der Stationsschwester anmelden, was ihm deutlich mehr Vorfreude bescherte. Er betrat schwungvoll das Schwesternzimmer und rief überschwänglich: „Guten Morgen, Schwester Ingeborg. Ich hoffe, es geht Sie gut?! Ich muss dringend zu der Kommissar Kleinheinz. Ich habe eine wichtige Information für dem. Ich muss dem nämlich ..." Seine Stimme erstarb, als er statt der fröhlichen Ingeborg plötzlich einem männlichen Pfleger in einer weißen Uniform gegenüberstand. Der Mann saß hinter einem Tisch, unter dem seine langen Beine hervorragten. Zu seinem Kittel und den Clogs trug er eine weiße Haube und einen grünen OP-Mundschutz, der offenbar mit seiner Tätigkeit zusammenhing. Er war nämlich gerade damit beschäftigt, ganz vorsichtig eine Spritze aus einem Reagenzglas aufzuziehen. Möglicherweise ist die Flüssigkeit giftig, dachte Will. Er beobachtete den Pfleger eine Weile, bevor dieser ihn fragend mit seinen blauen Augen ansah.

„Ach so. Guten Morgen", begann Will unsicher, „mein Name ist Wilhelm Hastenrath und ich möchte gerne zu Peter Kleinheinz – das ist mein Vetter. Ist die Schwester Ingeborg denn nicht da?"

Der Teil der Stirn, den Will unter der Haube erkennen konnte, legte sich in Falten. Der Landwirt fühlte sich plötzlich auf eine seltsame Art unwohl, als der Pfleger ihn wortlos von oben bis unten musterte. Will zog seinen Parka enger um sich, während der Mann mit heiserer Stimme antwortete: „Tut mir leid. Die Schwester Ingeborg hat diese Woche Urlaub. Ich bin die Vertretung, der Torben. Zu Herrn Kleinheinz können Sie aber frühestens in einer halben Stunde. Da ist nämlich gerade Chefvisite und danach müssen noch die Infusionen neu eingestellt werden. Ich würde vorschlagen, Sie setzen sich nach unten in die Cafeteria. Unsere Kaffeemaschine hat leider gestern Abend den Geist aufgegeben."

Will sah mit zusammengekniffenen Lippen auf die große Uhr im Schwesternzimmer: 8.58 Uhr. „Es ist aber wirklich wichtig", unternahm Will einen letzten Versuch.

Torben stand auf. Er überragte Will um fast einen Kopf und unter der weißen Uniform malte sich ein durchtrainierter Körper ab. „Es tut mir leid, Herr Hastenrath", sagt er sanft. Ohne den Landwirt weiter zu beachten, zog er eine Schublade auf, entnahm ihr eine Ampulle und widmete sich wieder seiner Arbeit. Als Will in den Flur trat, nahm Kommissar Wittkamp auch diesmal keine Notiz von ihm, obwohl er ihm sehr engagiert zuwinkte. Missmutig trottete Will zurück zu den Aufzügen.

Die Cafeteria war nicht annähernd so voll wie das Wartezimmer am Eingang. Ein Ehepaar schien schon länger dort zu warten, denn aus den Servietten hatten sie bereits vier Schiffchen gebastelt. In der Ecke studierte ein Arzt mit Kinnbart die Financial Times. Will trat an den Tresen und bestellte einen Kaffee bei einer Dame, die sich gerade ungelenkig nach vorne beugte. Sie streckte Will ihren prallen Hintern entgegen, während sie eine große Gastronomiespülmaschine aufzog und dabei stöhnte wie Monica Seles beim Tennisspielen. Als Will seinen Kaffee noch einmal und nun etwas lauter bestellte, richtete die Frau sich auf und drehte sich verwirrt zu ihm um. Will erkannte, dass die Frau asiatischer Abstammung war. Etwas unangenehm berührt, korrigierte er seine Bestellung mit fester, lauter Stimme: „Ich wollen Kaffee kaufen. Du mir geben."

„Den müssen Sie sich bitte selber an dem Kaffeevollautomaten dort drüben zubereiten. Hier ist Selbstbedienung", antwortete die Frau akzentfrei, drehte sich wieder um und fuhr damit fort, das Geschirr auszuräumen.

Verstört ging Will zu der großen, kompliziert aussehenden Maschine, auf die sie gezeigt hatte. Als er mit großen Augen die vielen Knöpfe betrachtete, rempelte ihn der Arzt mit dem Kinnbart an. Ohne Will zur Kenntnis zu nehmen, drängelte er sich vor und machte sich einen Cappuccino. Die Financial Times steckte zusammengerollt unter seinem Arm. Dann ging der Arzt mit durchgedrücktem Kreuz zur Kasse und bezahlte. Im Normalfall hätte Will ihm spätestens jetzt den Servierwagen über den Kopf gezogen und „Halbrüpel in Weiß" hinterhergerufen, aber diesmal war er diesem unverschämten Kerl sogar dankbar gewesen. Denn erst durch seine Beobachtung hatte er das Vollautomatensystem verstanden. Er nahm einen Pappbecher, stellte ihn auf den Untersetzer und drückte die Taste „Milchkaffee". Eine weiß-braune Flüssigkeit schoss ächzend und spritzend in den Becher. Nachdem er vollgelaufen war, nahm Will ihn, bezahlte und setzte sich an einen Tisch in der Nähe des Fensters. Während er darauf wartete, dass der Milchkaffee sich etwas abkühlte, betrachtete er gedankenverloren den Pappbecher, auf dem das Logo der Rösterei aufgedruckt war. Mit einem Mal beschlich ihn ein unheimliches Gefühl. Da war etwas. Irgendwas hatte sein Hirn aufgeschnappt, aber noch nicht richtig eingeordnet. Etwas, das so offen vor ihm lag wie eine aufgeschlagene Zeitung. Plötzlich riss ihn eine helle Stimme aus den Gedanken. „Guten Morgen, Herr Hastenrath. Sie kommen Ihren Vetter aber oft besuchen."

Will sah auf. Vor ihm stand Schwester Gabi, eine weniger gut aussehende Kollegin von Schwester Ingeborg, die Will wegen ihrer schnippischen Art nicht besonders mochte. Obwohl die beiden Pflegerinnen eng befreundet waren, hatte man Wills Cousin-Tarnung ihr gegenüber beibehalten. Außer Kleinheinz, dem Chefarzt und Schwester Ingeborg wusste niemand etwas über die näheren Umstände des Hochsicherheitspatienten auf der Intensivstation.

„Guten Morgen. Grüßen Sie doch die Schwester Ingeborg recht herzlich von mir", sagte Will so freundlich wie möglich.

Gabi verzog den Mund, sah den Landwirt erstaunt an und fragte: „Ja, gehen Sie denn heute nicht auf die Intensivstation?"

„Doch natürlich. Ich muss nur noch ein bisschen warten, bis die Chefvisite vorbei ist."

„Na dann", sagte Schwester Gabi mit einem Lächeln im Gesicht, „dann grüßen Sie sie doch selber. Sie sehen sie ja gleich." Sie wollte gerade gehen, als Will sie am Arm zurückhielt. „Was haben Sie da gerade gesagt?", fragte er irritiert. „Ich denke, Schwester Ingeborg hat Urlaub."

Gabi lachte laut auf. „Das wüsste ich aber. Dann würde ich auch auf der Stelle Urlaub haben wollen. Ich kann Sie beruhigen, Herr Hastenrath. Ich habe mich heute Morgen noch hier unten am Kiosk mit Ingeborg unterhalten. Und heute Mittag sind wir zum Essen verabredet."

Der Landwirt sprang mit einem Satz auf und kippte dabei seinen Becher um. Der Milchkaffee ergoss sich in einem breiten

Rinnsal über den Tisch. Erschrocken warf Will einen Blick auf den Becher und schlug sich mit der Hand vor die Stirn. In diesem Augenblick wurde ihm klar, was ihn die ganze Zeit gestört hatte. Schlagartig passte alles zusammen. Der neue Pfleger hatte behauptet, die Kaffeemaschine wäre seit gestern Abend kaputt. Wachmann Wittkamp hatte aber eine echte Tasse Kaffee neben sich stehen, wie Ingeborg sie immer serviert hatte. Aus der Cafeteria konnte er sie nicht haben, da es hier nur Pappbecher gab. Der Pfleger ist falsch, sagte Will halblaut zu sich selber. Und dann wusste er auch, wo er die blauen Augen schon einmal gesehen hatte. Er begann zu laufen.

21
Montag, 14. Dezember, 09.31 Uhr

Der Fiat Ducato stöhnte laut auf, als Fredi Jaspers das Bremspedal durchtrat und mitten auf der Heinsberger Hochstraße ins Schlingern geriet. Das Heck schlug aus und das helle Quietschen der Reifen schmerzte in seinen Ohren. Er wurde nach vorne gegen das Lenkrad geschleudert und wäre fast mit dem Kopf gegen die Windschutzscheibe geschlagen. Leere CD-Hüllen, Zigarettenkippen und eine zerdrückte Dose Sprite flogen gegen das Armaturenbrett. Als der Wagen mit einem Ruck zum Stehen kam, wurde Fredi wie ein Astronaut beim Start in seinen Sitz gedrückt. Er federte zurück und der Sicherheitsgurt schnitt ihm tief in die Schulter. „Aua."

Einer Schrecksekunde folgte ein lautes Hupkonzert, das der Golf-Fahrer direkt hinter ihm verursachte. Ganz offensichtlich hatte er geistesgegenwärtig reagiert und war bei seinem Ausweichmanöver halb auf dem Bürgersteig gelandet. Jetzt drohte er Fredi mit geballter Faust. Doch statt auszusteigen, legte er kopfschüttelnd den Rückwärtsgang ein, scherte aus und überholte den Fiat Ducato so langsam, dass er auf den Fahrersitz gucken konnte. Fredi hatte sich wieder gesammelt und winkte ihm entschuldigend zu. Als Antwort bekam er jedoch nur einen Mittelfinger zu sehen. Außer ihnen beiden schien niemand den Beinaheunfall zur Kenntnis genommen zu haben. Der Menschenstrom auf den Bürgersteigen zog ohne Unterbrechung weiter. Menschen mit vollbepackten Tragetaschen und umgewickelten Schals hatten die Köpfe zwischen die Schultern gezogen und stapften zügig durch den Schneematsch, um schnell nach Hause oder in das nächste Kaufhaus zu kommen. Wer die Hände frei hatte, vergrub sie in den Manteltaschen und stemmte sich mit dem Oberkörper gegen den eisigen Wind.

Die Hochstraße war eine befahrbare Einkaufsstraße mitten in Heinsberg, rechts und links gesäumt von überfüllten Parkbuchten. Über eine Länge von gut zwei Kilometern erstreckten sich auf beiden Seiten die unterschiedlichsten Geschäfte. Fredi hatte den Weg durch die Innenstadt gewählt, weil er trotz einiger Ampeln schneller zu Autoteile Hansen ins Industriegebiet führte, als wenn er die Umgehungsstraße genommen hätte. Außerdem konnte er sich auf diese Weise noch neue Zigaretten besorgen. Als Fredi die Hochstraße entlangfuhr, hielt er Ausschau nach einem Kiosk und passierte dabei das Café Hoffmann, ein biederes Oma-Café mit dem muffigen Charme der 70er Jahre. Dabei nahm er im Augenwinkel etwas wahr, das ihm erst einige Hundert Meter weiter richtig ins Bewusstsein drang und zu einer Vollbremsung zwang. Inmitten einiger grauhaariger alter Damen hatte er ein vertrautes Gesicht erkannt, das von braunen Locken umspielt wurde, die bis zu den Schultern reichten. Auch die Schultern hatte er wiedererkannt. Sie schauten aus einer modernen, dunkelblauen Bluse mit Ornamenten heraus. Und sogar die Bluse hatte Fredi wiedererkannt. Er hatte sie schließlich erst vor ein paar Monaten selbst gekauft. Damals war er mit Rita als Shoppingberaterin unterwegs gewesen und hatte in einem sündhaft teuren Designerladen zugeschlagen, um Martina etwas Angemessenes zum Jahrestag zu schenken. Ein Jahrestag, der streng genommen beim derzeitigen Beziehungsstatus keine Gültigkeit besaß. Entsprechend unsicher war Fredi auch gewesen bei der Geschenkübergabe, doch Martina hatte sich wahnsinnig über das Oberteil mit dem italienischen Namen gefreut. Alle diese Sinneseindrücke brannten sich innerhalb von Sekundenbruchteilen in sein Hirn, als er die Hochstraße entlangfuhr und kulminierten in einer fulminanten Vollbremsung. Fredis Gehirn arbeitete auf Hochtouren, während er nun mit Warnblinklicht am Straßenrand stand. War Martinas Präsentation etwa schon zu Ende? Sie hatte doch befürchtet, dass es spät werden würde. Auf der anderen Seite war Martina so intelligent, dass es kein Wunder wäre, wenn sie ihre Kunden schnell überzeugt hätte, erst recht mit der sexy Bluse. Außerdem waren achteckige Wurstgläser ja auch eine tolle Idee. Wahrscheinlich feierte sie jetzt ihren Erfolg mit ein paar Kollegen. Aber Kollegen hatte Fredi gar keine gesehen. Im Gegenteil, Martina hatte ganz allein am Tisch gesessen. Dann musste er breit grinsen. Er hatte eine Idee, die hervorragend in sein neues Offensivkonzept passte. Einer der Kritikpunkte von Martina war immer gewesen, dass Fredi zu unspontan sei. Nie hätte er Lust, spazierenzugehen oder sich einfach mal auf die Räder zu setzen. Fredi fand die Kritik unfair, weil sie fast immer nur danach fragte, wenn gerade Bundesliga im Fernsehen lief oder Champions League oder DFB-Pokal oder Europe League oder Sportschau oder SAT1 ran oder DSF aktuell. Wirklich immer nur dann. Jetzt hatte er die Gelegenheit, unglaublich spontan zu sein. Er würde sich einen Parkplatz suchen und Martina im Café überraschen. Und wenn sie dann in entspannter Atmosphäre zusammen den von ihm spendierten Cappuccino tranken, würde er mit ihr über ihre gemeinsame Zukunft sprechen. Jetzt musste er nur noch einen Parkplatz finden. In diesem Moment lenkte direkt vor ihm eine ältere Dame ihren Opel Kadett umständlich rückwärts aus einer Lücke heraus. Fredi nickte zufrieden. Endlich mal ein gutes Omen.

Fredi betrat das Café und wollte direkt auf den Tisch von Martina zumarschieren, doch dann überlegte er es sich anders. Martina hatte ihn nicht bemerkt, da sie sich gerade über ihre Handtasche beugte und sich mithilfe eines kleinen Spiegels Lippenstift auftrug. Der Tisch, der direkt neben Martinas Tisch stand, war von diesem durch eine Holzkonstruktion getrennt, an der wilder Wein aus Plastik herunterwuchs. Sie sollte wohl als improvisierter Sichtschutz dienen. Fredi schlich sich in gebückter Haltung an diesen Tisch, um sich dann von hinten an Martina heranzupirschen und ihr die Augen zuzuhalten. Er zog leise den Reißverschluss seiner Thermojacke nach unten und während er sich noch über seinen ausgefuchsten Plan freute, sagte Martina plötzlich laut: „Ach, da bist du ja wieder."

Fredi zuckte zusammen. Mist, dachte er, jetzt bin ich aufgefallen. Er wollte gerade aufstehen und „Hallo" sagen, als er bemerkte, dass der Satz gar nicht ihm gegolten hatte. Durch die Plastikweinranken beobachtete er, dass sich ein groß gewachsener Mann mit einem schwarzen Jackett über einem grauen T-Shirt auf den Platz gegenüber von Martina setzte.

Er trug braunes, halblanges Haar und lächelte breit, als er sich hinsetzte. Seine Zähne waren makellos. „Ich musste nur mal schnell den Jürgen würgen", scherzte er süffisant.

Fredi verzog das Gesicht, aber Martina lachte lauthals los, als hätte dieser Typ den größten Witz des Jahrhunderts gerissen. Sie bestärkte ihn sogar noch darin, indem sie sagte: „Mensch Hendrik, du kennst immer so tolle Sprüche."

Fredi ließ sich kraftlos auf den Stuhl sinken. Er konnte es nicht fassen. Wie konnte sie nur über so einen schlechten Spruch lachen? „Jürgen würgen" war ja mindestens genauso alt wie „Ich muss mal für kleine Königstiger". Aber als Borowka bei einem gemeinsamen Abendessen mal gesagt hatte: „Ich geh mal kurz einem Arbeitslosen die Hand schütteln", da hatte sie sich angewidert weggedreht und mit Rita darüber gelästert. Dabei war das wirklich einfallsreich gewesen. Einfallsreicher jedenfalls als achteckige Wurstgläser. Fredi wurde wütend. Doch ehe er sich in seine Wut hineinsteigern konnte, musste er sprachlos mitansehen, wie dieser Hendrik seine Hand auf Martinas Hand legte. Noch sprachloser machte es ihn aber, dass Martina ihre Hand nicht wegzog. Hendrik sah ihr tief in die Augen und sagte: „Du siehst umwerfend aus in dieser Bluse."

Martina errötete. „Oh danke. Die habe ich mir extra für einen ganz besonderen Anlass aufbewahrt."

Normalerweise war der Zeitpunkt schon längst gekommen, zu dem Fredi hätte aufstehen müssen, um Hendrik die makellosen Zähne aus der grinsenden Visage zu hauen, aber stattdessen blieb er wie gelähmt auf seinem Stuhl sitzen. Obwohl er Höllenqualen litt, konnte er nicht anders, als die Szenerie stumm weiter zu beobachten.

Hendrik legte den Kopf auf die Seite und zögerte kurz, bevor er ansetzte. „Martina, ich weiß nicht, wie ich es dir sagen soll. Aber die letzten Wochen mit dir waren so schön. Ich möchte für immer mit dir zusammen sein. Ich habe hier etwas für dich." Er zog eine kleine Box aus der Hosentasche, schob sie in die Mitte des Tisches und klappte sie langsam auf. Darin lag ein funkelnder, silberner Ring. Martina schlug die Hände vors Gesicht und stammelte: „Das ist ... oh ... was soll das bedeuten? Das ist so schön ..." Tränen liefen ihr übers Gesicht.

„Möchtest du meine Verlobte werden?", fragte Hendrik siegessicher. Martina schluchzte und bewegte den Kopf zuckend hin und her, sodass man weder ein Ja noch ein Nein herauslesen konnte. Hendriks Hände legten sich um ihren Nacken und zogen den Kopf sanft zu sich herüber. Sie hatte die Augen geschlossen und die Lippen halb geöffnet, als sie die seinen berührte. Fredis Herz krampfte sich zusammen. Als Hendrik sich wieder von ihr löste, sank sie benommen zurück auf ihren Stuhl. Sie atmete kurz durch, nahm das Etui und betrachtete entrückt den Ring. Hendrik strich sich übers Kinn und sah ihr stolz dabei zu. Dann sagte er: „Aber ich möchte, dass wir immer ganz ehrlich zueinander sind. Der Herri hat mir gesagt, dass du immer mal wieder mit Fredi Jaspers zusammen bist, hier der Mittelstürmer von Saffelen. Stimmt das?"

Fredi am Nebentisch saß aufrecht wie eine Wachsfigur. Seine Gesichtszüge waren längst eingefroren. Doch als er die Frage hörte, löste sich für einen kurzen Moment seine Apathie und er wartete gespannt auf die Antwort.

Martina wischte sich mit dem Handrücken die Tränen aus dem Gesicht. Dann blickte sie Hendrik mit festem Blick an.

„Ach, der Fredi. Das ist lange vorbei. Wir waren vor vier Jahren mal zusammen und seitdem versucht der es immer wieder. Ich meine, der Fredi ist ein netter Kerl, aber der ist so anders als andere. So ganz anders als du zum Beispiel. Nicht nur vom Aussehen. Der ist eben einfach ... mehr ein guter Freund, verstehst du? Ich will den nicht verletzen."

Hendrik nickte verständnisvoll und berührte ihre Hände. Flüsternd beugte er sich vor. „Ich wollte dich nicht überfallen. Lass dir alle Zeit der Welt. Ich möchte nur, dass du weißt, dass ich immer für dich da bin. Ich liebe dich."

Mittlerweile war Fredi am Nebentisch in sich zusammengesunken. Die Eindrücke, die auf ihn einprasselten, waren von dumpfer Gewalt. Er fühlte sich, als wenn er ganz tief unter Wasser wäre. Die Worte, die aus Hendriks und Martinas Mündern quollen, waren wie Luftblasen, die nach oben im Nichts verschwanden. So muss es sein, wenn man ertrinkt, dachte er. Sein Herz fühlte sich an, als hätte jemand eine Lanze hineingebohrt und mehrmals umgedreht. Er spürte eine feuchte Linie, die an seiner Wange herunterlief.

„Kaffee?"

Fredi blickte auf und sah durch einen leichten Schleier neben sich eine korpulente Bedienung mit einem viel zu engen schwarzen Rock und einer bekleckerten Schürze. Fredi sah sie mit stumpfem Blick an.

„Ob Sie Kaffee wollen, habe ich gefragt", wiederholte die Frau genervt.

Fredi schüttelte den Kopf.

„Dann müssen Sie das Café verlassen."

„Das hatte ich sowieso gerade vor", murmelte Fredi und

stand auf. Dabei rempelte er die Kellnerin versehentlich an. Als sie erschrocken zurückwich, quietschten ihre Gesundheitsschuhe auf dem Laminatboden. Fredi achtete nicht weiter auf sie, zog sich die Kapuze seiner Thermojacke tief ins Gesicht und verließ wie ein Geist das Café, ohne sich noch einmal umzusehen. Auf dem Weg zum Auto lief in seinem Kopf ein Horrorfilm ab, in dem sich alles, was er eben gehört hatte, in einer Endlosschleife wiederholte. Am Auto angekommen, ließ er sich auf den Fahrersitz fallen und schloss die Augen. Mit Willenskraft versuchte er die Bilder aus seinem Kopf zu vertreiben, doch der Film lief einfach weiter. Dann nahm er sein Handy und tippte dieselbe SMS an Martina, die er so oft in den letzten Monaten an sie gesendet hatte. „Hallo Martina. Was machst du gerade? Kuss Fredi." Nachdem er sie abgeschickt hatte, starrte er wie in Trance aufs Display. Er nahm noch nicht einmal die Polizeiwagen wahr, die in diesem Moment mit lautem Sirenengeheul über die Hochstraße in Richtung Krankenhaus jagten. Nach zwei Minuten blinkte sein Handy. Martina hatte geantwortet. Fredi öffnete die SMS mit zitternden Fingern und las den Text. „Hallo Fredi. Bin immer noch mitten in der Präsentation. Ruf mich nicht an. Ich melde mich. Kuss Martina." Dann brachen die Tränen aus ihm heraus.

22
Montag, 14. Dezember, 09.34 Uhr

Kommissar Kleinheinz wälzte sich unruhig im Bett. Er spürte die Stangen, die zur Stabilisierung in seinem rechten Bein mit dem Knochen verschraubt waren. Sobald er sich bewegte, begann der Oberschenkel zu pochen und ein stechender Schmerz zog sich hoch bis zur Hüfte. Zum Glück bekam er starke Schmerzmittel, die dafür sorgten, dass er die meiste Zeit in einem rauschhaften Dämmerzustand zubrachte. Außerdem war endlich der störende Schlauch aus der Nase entfernt worden. Kleinheinz schob seinen Kopf tief ins Kissen und merkte, dass der Schlaf nicht mehr weit entfernt war. Als er gerade die Augen geschlossen hatte, spürte er einen leichten Luftzug im Raum. Er öffnete instinktiv die Augen und drehte seinen Oberkörper mit etwas Mühe zur Tür. Um die Zeit hatte es noch nie eine Visite gegeben. Im schwachen Gegenlicht, das durch einen Spalt in den Jalousien einfiel, erkannte er die Umrisse einer großen Gestalt, die einen Stoß Bettwäsche über dem Arm trug. Sachte fiel die Tür ins Schloss. Die Person, die eine Pflegeruniform trug, trat näher ans Bett und Kleinheinz sah unter der Bettwäsche etwas Metallisches aufblitzen. Er kniff die Augen zusammen und als er erkannte, dass es sich um eine Beretta 92 mit aufgeschraubtem Schalldämpfer handelte, riss er den Kopf hoch und sah in zwei stahlblaue Augen, die ihm eine Todesangst einjagten. Eine eiskalte, raue Stimme brummte: „Hallo Peter. Auf ein Neues." Im Kopf des Kommissars fuhren die Gedanken Achterbahn. Wie war Manfred Bergmann bis ins Krankenzimmer gelangt? Der Killer war schon zu nah, als dass der Kommissar noch seine Dienstwaffe erreichen konnte, die er entgegen allen Vorschriften in der Schublade der Nachtkonsole unter einem Stapel Zeitschriften versteckt hielt. Er musste um Hilfe schreien, damit ihn jemand hörte. Als er den Mund aufriss, schmeckte er schweißgetränkte Baumwolle und musste würgen. Bergmann hatte ihm blitzschnell das Kissen unter dem Kopf weggezogen und aufs Gesicht gepresst. Kleinheinz wurde panisch und schlug mit beiden Händen um sich, doch Bergmann presste den Lauf seiner Beretta tief ins Kissen, sodass sie dem Kommissar auf die Stirn drückte. Kleinheinz' Lunge schrie nach Luft, bekam aber keine. Er ruderte wild mit den Armen, ohne etwas zu fassen zu bekommen. Wie durch Watte hörte er Bergmanns Stimme. „Du hast wohl geglaubt, du könntest mir entkommen?"

Hastenraths Will kam mit laut quietschenden Gummistiefeln den langen Gang der Intensivstation entlanggelaufen. Kommissar Wittkamp drehte ausnahmsweise den Kopf und verzog das Gesicht. „Geht's auch etwas leiser", rief er ihm genervt entgegen und wollte sich wieder seinem Punkt an der Wand zuwenden. Doch Will schlitterte ihm genau ins Blickfeld. „Wo ist der neue Pfleger?", keuchte der Landwirt völlig außer Atem. Da es mit dem Aufzug zu lange gedauert hätte, hatte er den Weg vom Erdgeschoss in die dritte Etage über das Treppenhaus zurückgelegt. Er stemmte beide Hände gegen die Rippen, weil er heftige Seitenstiche hatte.

„Was geht Sie das an?", schnaubte Wittkamp, „und wie sehen Sie überhaupt wieder aus? Haben Sie keine anderen Klamotten?"

„Sie haben doch selber immer das gleiche an, Sie Idiot", fauchte Will ihn wütend an. „Sagen Sie mir jetzt auf der Stelle, wo der Pfleger ist."

Wittkamp zuckte zusammen ob der ungewohnten Vehemenz, die Will an den Tag legte, und antwortete gehorsam: „Der Torben ist beim Kommissar das Bett neu beziehen."

Will spurtete los und riss die Tür des Krankenzimmers auf. Er hatte noch die Klinke in der Hand, als Manfred Bergmann überrascht zu ihm aufsah. Er drückte gerade dem sich hilflos wehrenden Kleinheinz mit der linken Hand das Kissen ins Gesicht und hielt mit der rechten Hand eine Waffe darauf gerichtet. In dem Moment, als sich die Blicke von Bergmann und Will trafen, sagte der Landwirt: „Das Spiel ist aus." Er hatte den Satz mal in einer Derrick-Folge gehört und hoffte, ihn auch entschlossen genug betont zu haben. Doch Bergmann zuckte nur kurz mit der Augenbraue und hob die Waffe, ohne den Druck auf das Kissen zurückzunehmen. Der Widerstand des Kommissars war schwach. Nur noch ein Arm versuchte verzweifelt irgendetwas zu greifen. Bergmann hatte die Waffe jetzt genau auf Wills Stirn gerichtet und sprach ohne jede Gefühlsregung in der Stimme. „Das sehe ich anders, Herr Hastenrath. Ich würde eher sagen: Zwei auf einen Streich. So bin ich mit meiner Liste auch schneller durch." Der Abzug bewegte sich und dann ging alles blitzschnell. Wittkamp stürmte mit gezogener Pistole ins Zimmer und brüllte: „Waffe runter oder ich schieße." Will beobachtete, wie Bergmann mit ruhiger Hand statt auf ihn plötzlich auf den Wachmann zielte. Es machte zweimal kurz „Plop". Will sah Wittkamp an, der langsam ins Taumeln geriet. Der Wachmann hatte die Augen weit aufgerissen und einen Gesichtsausdruck, als hätte ihn etwas gründlich überrascht. Dann erschien knapp unter seinem Hals ein leuchtend roter Fleck auf dem beigen Rollkragenpullover und breitete sich rasch aus. Ein zweiter großer Fleck bildete sich am Bauch. Wittkamp verdrehte grotesk die Augen und kippte mit seinem ganzen Gewicht zur Seite. Dabei riss er Will mit zu Boden. Der Landwirt kam hart auf und landete direkt neben der Walter P 99, die er schon bei seinem ersten Besuch so bewundert hatte. Neben sich hörte er das heisere Röcheln des Wachmanns und über sich die gedämpften Würgegeräusche, die Kleinheinz von sich gab. Will konnte aus seiner Perspektive beobachten, wie Bergmann seine Waffe wieder hochnahm. Ihm war klar, dass er jetzt als nächstes Kleinheinz und dann ihn selbst erschießen würde. Und obwohl er fürchterliche Angst hatte, nutzte er die einzige Chance, die er hatte, um hier lebend herauszukommen. Er ergriff die Walter P 99, sprang auf und richtete sie auf Bergmanns Kopf. Zum ersten Mal erkannte Will eine leichte Verunsicherung im Auge des Tigers, als der in den Lauf der Polizeipistole blickte. Will hielt die Waffe mit beiden gestreckten Armen von seinem Körper weg und hoffte, dass man ihm nicht anmerkte, wie er zitterte. Bergmann atmete schwer und verminderte in seiner Verwirrung kurz den Druck auf das Kissen. Kleinheinz gelang es, nach Luft zu schnappen und mit letzter Kraft das Kissen wegzureißen. Sein Oberkörper schwang hoch und er schaffte es, Bergmann von sich wegzustoßen. Der Tiger stolperte und fiel nach hinten, hatte sich aber gleich wieder gefangen. Dieser winzige Moment reichte Kleinheinz jedoch, um seine Dienstwaffe aus der Schublade zu ziehen. Jetzt hatte sich ein Dreieck gebildet. Kleinheinz saß aufgerichtet im Bett, Will stand einen guten Meter daneben. Jeder richtete seine Waffe auf Bergmann, der ihnen gegenüber stand und mit seiner Beretta zwischen den Beiden hin- und herschwenkte.

„Gib auf", brüllte Kleinheinz mit brechender Stimme, während er immer noch nach Luft schnappte. Der Todeskampf hatte ihn stark mitgenommen. „Wenn du einen von uns erschießt, wird der andere dich erschießen."

„Ein Tiger gibt niemals auf", schleuderte Bergmann ihm hasserfüllt entgegen. Langsam tastete er sich rückwärts zur Tür. Seine Hand blieb dabei ganz ruhig an der Waffe. „Diesmal habt ihr vielleicht noch mal gewonnen. Aber ihr könnt euch nie mehr sicher sein. Ich beobachte euch. Und wenn ihr am wenigsten damit rechnet, schlage ich wieder zu." Mit einer blitzartigen Bewegung öffnete er hinter sich die Tür und verschwand, als hätte er sich in Luft aufgelöst. Kleinheinz drückte fluchend den Alarmknopf über seinem Bett und erst jetzt bemerkte Will, dass sein Körper sich in einer Art Schockstarre befand. Wie auf Kommando löste sie sich und der Landwirt sank ohnmächtig zu Boden.

23
Montag, 14. Dezember, 19.23 Uhr

„So, das müsste es jetzt gewesen sein." Der Mann mit den braunen Gummistiefeln, dem grünen Overall und der Pelzmütze mit den Ohrenklappen schüttelte dem hünenhaften Mann mit den kurz geschorenen, dunkelblonden Haaren die Hand. „Ich bin dann mal wieder weg. Ich wünsch euch viel Glück." Ächzend stieg er hinter das Steuer seines Kastenwagens, auf dessen beiden Seiten ein großes, rotes Veterinärslogo prangte. Unter dem Schriftzug „Tierärztliche Praxis – 24-Stunden-Notdienst" waren nebeneinander ein Hund, eine Kuh, ein Pferd und ein Schwein als Comiczeichnung abgebildet. Der Mann im Overall erweckte den Motor stotternd zum Leben und fuhr vorsichtig im ersten Gang durch die Toreinfahrt von Hastenraths Wills Bauernhof zurück auf die Wiesenstraße. Das Knirschen des Schnees wurde übertönt von dem rumpelnden Geräusch des Dieselmotors. Der Mann winkte noch einmal fröhlich durchs Seitenfenster und sah dabei mit seiner Mütze aus wie ein verkleideter Osterhase auf einem Kinderfest. Wenn man ihn so sah, wirkte Oberkommissar Schieber gar nicht wie ein Kriminalbeamter. Doch genau wie der hünenhafte Mann, den er auf dem Hof zurückließ, gehörte er zur „SOKO Tiger", die unmittelbar nach dem Gefängnisausbruch von Manfred Bergmann ins Leben gerufen worden war. Der große Mann im Hof, der mit seiner Frisur und dem breiten Kreuz genauso aussah, wie man sich gemeinhin einen amerikanischen Marinesoldaten vorstellte, war der Leiter der Sonderkommission, Hauptkommissar Rainer Dickgießer.

Die SOKO bestand aus insgesamt drei Personen. Neben Dickgießer und Schieber gehörte noch der kleine, stämmige Hauptkommissar Horst Remmler dazu, mit 52 Jahren der Älteste der Gruppe. Er trug einen Schnäuzer und einen Haarkranz, beides in Rotblond. Die Aufgabe der SOKO bestand in der Zielfahndung nach einem der gefährlichsten Gewaltverbrecher des Landes. Während Schieber die meiste Zeit von seinem Büro in der Polizeibehörde aus arbeitete, begaben sich Dickgießer und Remmler, bereits seit Jahren ein Team, immer direkt auf die Spur des Gesuchten. Dabei kam es nicht selten vor, dass sie Wochen und Monate unterwegs waren. Ihr spektakulärster Fall war die Jagd nach einem Scheckbetrüger gewesen, den sie über 14 Landesgrenzen hinweg gejagt und nach neun Monaten in Reykjavik festgenommen hatten. Der brutale Überfall am Vormittag im Heinsberger Krankenhaus hatte den Ermittlungen eine neue Richtung gegeben. Während die „SOKO Tiger" einem Hinweis nachging, der sie nach Tirana führen sollte, hatte Kommissar Kleinheinz letztlich doch Recht behalten – und seinen Instinkt sogar fast mit dem Leben bezahlt. Dickgießer hatte sich über sich selbst am meisten geärgert, vor allem darüber, dass er seinem Kollegen bei der ersten Vernehmung nicht geglaubt hatte. Jetzt stand zweifelsfrei fest, dass Bergmann sich in unmittelbarer Nähe aufhielt und nach dem fehlgeschlagenen Anschlag nur auf eine neue Gelegenheit lauerte. Kollege Kleinheinz war dem Tod nur mit knapper Not entronnen. Nach den ersten Ermittlungen am Tatort stand für Dickgießer fest, dass es nur dem couragierten Eingreifen dieses seltsamen Landwirts zu verdanken war, dass nichts Schlimmeres passiert war. Außer Kommissar Wittkamp waren alle mit dem Schrecken davongekommen. Und auch Wittkamp hatte Glück im Unglück gehabt. Durch eine sofort eingeleitete Notoperation konnte er gerettet werden und würde aller Voraussicht nach auch keine bleibenden Schäden davontragen. Es sei ganz klar ein Vorteil, in einem Krankenhaus über den Haufen geschossen zu werden, hatte Remmler lakonisch bemerkt. Oberschwester Ingeborg hatten die Beamten geknebelt und gefesselt aus einem Kleiderspind befreit. Abgesehen von Abschürfungen und Prellungen hatte sie den Überfall jedoch körperlich gut überstanden. Und auch über psychische Folgen machte Dickgießer sich keine Gedanken. Die Oberschwester schien von robuster Natur zu sein. Ihre Hauptsorge galt während der ganzen Vernehmung dem Gesundheitszustand von Hastenraths Will und Kommissar Kleinheinz. Während der Landwirt mit einer Platzwunde am Kopf davongekommen war, die er sich zugezogen hatte, als er ohnmächtig gegen die Wand geknallt war, hatte Kleinheinz einen Kreislaufkollaps erlitten und musste längere Zeit behandelt werden. Mittlerweile war aber auch er wieder bei Kräften und an einen geheimen Ort verlegt worden.

Alles war noch mal gut gegangen, hätte man meinen können, doch für Dickgießer war der bisherige Ermittlungsverlauf ein einziges Desaster. Nicht nur, dass Bergmann ihnen nach dem

Ausbruch bereits zum zweiten Mal entkommen war, nein, er hatte sie auch an der Nase herumgeführt wie blutige Anfänger. Die Spur nach Albanien war zwar so perfekt inszeniert gewesen, dass kaum ein Zweifel an der Echtheit des Hinweises aufgekommen war. Doch noch einmal sollte ihm das nicht passieren. Und so hatte er beschlossen, die Ermittlungszentrale im Zentrum eines möglichen neuen Angriffs einzurichten. Und zwar direkt auf dem Bauernhof von Hastenraths Will. Dort würden sie auf den Tiger warten. Er und Remmler hatten lange überlegt, wie die verdeckte Operation aussehen könnte, denn Bergmann war als ehemaliger V-Mann bei der Polizei mit den gängigen Maßnahmen vertraut, die man in einem solchen Fall ergriff. Normalerweise hätte man vor dem Bauernhaus einen Bauwagen aufgestellt und getarnt als Bauarbeiter das Areal überwacht. Aber das hätte Bergmann sofort durchschaut. Die Tarnung musste noch unauffälliger sein. Letztlich hatte man sich dazu entschlossen, die Überwachungszentrale direkt im Haus zu installieren. Nach außen sollte alles wie immer wirken. Kommissar Kleinheinz hatte für die Integrität der beiden Bewohner Hastenraths Will und Josef Jackels gebürgt. Um alle Gerätschaften und sich selbst unauffällig ins Haus zu schaffen, hatten sie einen simplen Trick angewendet. Bei Einbruch der Dunkelheit waren zunächst Dickgießer und Remmler auf den Hof gefahren und hatten ihren Dienstwagen in einer leer stehenden Scheune versteckt. Kurz danach hatte Oberkommissar Schieber mit seiner Hasenohrenmütze den zu einem Tierarztmobil umdekorierten Kastenwagen auf den von außen uneinsehbaren Innenhof gelenkt. Diese Tarnung bot die Möglichkeit, zu jeder Tages- und Nachtzeit unauffällige Transportfahrten auf den Hof zu unternehmen. Mit vereinten Kräften hatten Dickgießer, Remmler, Schieber, Hastenraths Will und Josef Jackels nach einer knappen Begrüßung Gerätschaften wie Computer, Flipcharts oder Beamer ins Haus geschafft. Während Schieber sich von Dickgießer verabschiedete, hatte Remmler drinnen bereits begonnen, die Küche in ein hochtechnisiertes Hauptquartier zu verwandeln. Als Dickgießer die Küche betrat, war er beeindruckt. Hastenraths Will kniete unter der Eckbank, um eine Steckdosenleiste anzubringen. Horst Remmler stand vor einer großen Blechwand, auf der er Fotokopien, Zeichnungen und Fotos anbrachte. Josef Jackels gab ihm aus einer Schale heraus Magnetklötzchen an, mit denen er verschiedene Bilder fein säuberlich nebeneinander hängte. Mit einem dicken Eddingstift hatte er „SOKO Tiger" ans obere Ende der Tafel geschrieben.

Hauptkommissar Dickgießer hatte seinen Rücken durchgedrückt und die Hände auf dem Rücken ineinandergelegt. Er stand in der Eingangstür zur Küche und studierte die einzelnen Hinweise, die man bis jetzt zusammengetragen hatte. Links oben hing das Polizeifoto von Manfred Bergmann, das man bei seiner Festnahme vor einem halben Jahr gemacht hatte. Darunter stand „Manfred Bergmann, flüchtig seit dem 6.12., Tarnname ,Tiger' ". Unter ihm hing das Farbfoto einer Beretta 92. Der Text dazu lautete „Tatwaffe, Kaliber 9 mm, wurde beim Mord am 6.12. und bei den Angriffen am 7.12. und 14.12. benutzt". Ein weiteres grobkörniges, kopiertes Schwarz-Weiß-Foto zeigte einen Mann Mitte dreißig mit einer leicht welligen Fönfrisur, die vorne kurz und hinten lang war. Der Mann schaute etwas indisponiert mit halb geöffneten Augen in die

Kamera, als wäre er exakt in der Sekunde abgelenkt worden, in der der Auslöser betätigt worden war. Der Teil eines Stempels am linken Bildrand verriet, dass es sich um ein vergrößertes Passfoto handelte. Darunter stand geschrieben: „Richard Borowka, vermisst seit der Nacht vom 12.12. auf den 13.12., entführt? tot?, flüchtig?" Das nächste Bild unterschied sich von den anderen. Es handelte sich nämlich um eine Zeichnung. Sie zeigte eine sehr attraktive Frau mit dunklem, schulterlangem Haar und funkelnden Augen. Darunter stand „Phantom - zeichnung unbekannte Frau, Tarnname Maria Felino. Komplizin?". Neben der Zeichnung fanden sich unter der reißerischen Überschrift „Todesliste" vier Namen, die mit großen Blockbuchstaben geschrieben waren: „Peter Kleinheinz, Wilhelm Hastenrath, Richard Borowka, Fredi Jaspers".

Beim letzten Namen stutzte Hauptkommissar Dickgießer und fragte mit seiner tiefen Bassstimme: „Was ist eigentlich mit diesem Fredi Jaspers?"

Remmler, der in seine Arbeit vertieft war, fuhr erschrocken herum und griff mit der rechten Hand instinktiv an seine Dienstwaffe, die in seinem Schulterhalfter steckte. Josef zuckte daraufhin ebenfalls zusammen und ließ die Schale mit den Magnethaltern mit lautem Getöse zu Boden fallen. Der Lärm wiederum ließ Will unter der Eckbank hochfahren. Dabei schlug sein Hinterkopf mit voller Wucht gegen die massive Holzkonstruktion. Sein klagender Schmerzensschrei hallte durch die Küche. Remmler hatte sich als erster gefangen. „Mensch Rainer, musst du uns so erschrecken?"

„Tut mir leid", sagte Dickgießer, ohne dass es sehr aufrichtig klang. Mit langen Schritten durchmaß er den Raum.

An der Magnetwand angekommen, tippte er auf die Todesliste und wiederholte seine Frage: „Was ist mit diesem Fredi Jaspers?"

Josef Jackels, der auf dem Boden knieend die Magnetplättchen aufsammelte, sah auf und antwortete leutselig: „Das ist der Sohn von Jaspers Theo von der Pastor-Müllerchen-Straße. Dem sein Bruder hatte mal der Frittenanhänger am Freibad, der dann später vom Gesundheitsamt gesprengt worden war. Und dem seine Frau ..."

„Josef", unterbrach Hastenraths Will den Feuerwehrmann mit mahnender Stimme. Der Landwirt hatte sich stöhnend aufgerichtet und auf die Eckbank plumpsen lassen. Mit der rechten Hand rieb er sich über den Kopf und stellte fest, dass sich eine zweite Beule bildete. „Der Spezialagent will nur wissen, wo der Fredi im Moment ist."

Dickgießer bedachte Will mit einem Blick, ohne die Miene zu verziehen. Mit sanfter Stimme sagte er: „Bitte nennen Sie mich nicht Spezialagent. Das klingt so ... unpersönlich. Wie ich vorhin schon sagte: Mein Name ist Dickgießer. Hauptkommissar Rainer Dickgießer." Er reichte Will eine Visitenkarte. „Hier ist meine Handynummer drauf. Rufen Sie mich bitte jederzeit an, wenn irgendwas ist. Ich betone – jederzeit. Aber fürs Erste sind wir ja ohnehin hier. Und das", er machte eine unbestimmte Handbewegung, „ist mein Kollege, Hauptkommissar Horst Remmler. Wir ermitteln gemeinsam im Fall Manfred Bergmann und wir möchten natürlich, dass Ihnen nichts geschieht. Wir vermuten, dass es sich um einen Rachefeldzug gegen diese vier Personen handelt." Er tippte mit dem Finger energisch auf die Namensliste.

Will steckte die Visitenkarte in seine Hosentasche und nickte ernst. „Wir vier waren diesen Sommer dadran beteiligt, dem ins Gefängnis zu bringen."

„Ich weiß, ich habe die Akten gelesen. Mein Kollege und ich haben ein Dossier über Bergmann erstellt. Wir kennen den Mann zwar nicht persönlich, aber wir können uns ein ganz gutes Bild von ihm machen. Wie Sie wissen, hat er ja früher mal zu unserem Verein gehört und als verdeckter Ermittler gearbeitet. Der Mann ist gemeingefährlich. Die Staatsanwaltschaft untersucht neben den Drogengeschäften auch noch mehrere ungeklärte Tötungsdelikte, die man mit ihm in Zusammenhang bringt. Es gibt ein psychologisches Gutachten, das in der Untersuchungshaft gemacht wurde. Bergmann ist ein Soziopath mit sehr geringer Tötungshemmung. Sie wissen, was ein Soziopath ist?" Sein Blick wanderte von Will zu Josef. Von beiden erntete er ein interessiertes Kopfschütteln.

Horst Remmler übernahm. Er schob die Hände in seine Hosentasche und schritt vor der Magnetwand auf und ab. Sein gedrungener Körper und seine runden Muskeln verliehen ihm dabei einen schaukelnden Gang. Trotz seiner stämmigen Statur hatte er plötzlich etwas von einem Professor. Als er zu sprechen begann, klang er auch so. „Ein Soziopath ist ein Mensch mit einer starken Persönlichkeitsstörung. Das auffälligste Merkmal ist, dass er nicht in der Lage ist, Mitgefühl zu empfinden und sich in andere Menschen hineinzuversetzen. Man spricht in der Wissenschaft von fehlender Empathie. Hinzu kommt die Unfähigkeit, Verantwortung für das eigene Handeln zu übernehmen. Der Soziopath zeigt eine klare Ablehnung und Missachtung sämtlicher Regeln, Normen oder Verpflichtungen.

Er neigt zu gewalttätigem Verhalten und kennt kein Schuldbewusstsein." Will und Josef lauschten den wohlformulierten Worten mit halb geöffneten Mündern. Auch wenn sie nur die Hälfte verstanden, wurde ihnen spätestens jetzt klar, dass Bergmann kein Kleinkrimineller war. Zwischen Wills Augen bildete sich eine besorgte Falte. Er räusperte sich kurz, aber geräuschvoll und sagte: „Ich habe mal ein Film gesehen über so ein Physiopath. Der hat so Frauen gefangen, die kleingehackt und aufgegessen."

Josef verzog angewidert das Gesicht. „Was guckst du denn für Filme, Will?"

Hauptkommissar Dickgießer trat ans Fenster und sah hinaus. Bleigraue Wolken schleppten sich regenschwanger über die Felder, ohne einen Tropfen zu verlieren. Er schüttelte kaum merklich den Kopf und setzte an: „Was Sie meinen, ist ein Psychopath, Herr Hastenrath. Ein Psychopath ist ein mangelhaft sozialisiertes Individuum voller Probleme. Der Tiger aber ist ein Soziopath, wie Kollege Remmler vorhin schon ausgeführt hat. Ein Soziopath ist intelligent, erfolgreich und lebt ein normales Leben. Der Psychopath fällt auf, der Soziopath geht in der Menge unter, er macht sich unsichtbar. Und gerade das macht ihn so gefährlich. Und im Falle von Bergmann dürfen wir nicht vergessen, dass er nichts mehr zu verlieren hat. Wenn wir ihn erwischen, wird er wahrscheinlich nie wieder aus dem Knast herauskommen. Und, meine Herren, ich verspreche Ihnen, wir werden ihn erwischen. Aber dazu brauchen wir Ihre Mithilfe. Wir wollen versuchen, Bergmann hier in eine Falle zu locken. Damit er keinen Verdacht schöpft, muss alles genauso laufen wie immer. Wir werden hier mit Ihnen im

Haus leben. Nach außen hin treten wir nicht in Erscheinung. Damit der Plan funktioniert, müssen wir als nächstes Fredi Jaspers kontaktieren."

„Ich übernehme das. Ich ruf dem sofort an", sagte Will und verschwand mit quietschenden Gummistiefeln in den Flur. Josef blieb mit bleichem Gesicht zurück. Auf seiner Stirn hatten sich Schweißperlen gebildet.

„Gibt's was Neues von Richard Borowka?", fragte Dickgießer seinen Kollegen. Horst Remmler nahm aus einem Karton einen Stoß Papiere und blätterte sie im Stehen durch. Dann zog er eins raus und reichte es seinem Chef. „Nicht viel", sagte er und kratzte sich am Kinn. „Der Ford Capri steht auf unserem Sicherstellungsgelände. Spätestens morgen ist die Spurensicherung damit durch. Am Unfallort hat man keine verwertbaren Spuren gefunden. Das Blut auf dem Fahrersitz stammt wahrscheinlich von Richard Borowka. Fußspuren waren aufgrund der starken Schneeverwehungen nicht mehr zu lokalisieren. Was genau in der Nacht passiert ist, wissen wir noch nicht. Bis jetzt haben sich auch noch keine Zeugen gemeldet. Morgen wird aber ein Aufruf in den Tageszeitungen erscheinen. Ein gelber Ford Capri mit roten Rallyestreifen ist ja ungefähr so auffällig wie eine fliegende Untertasse."

Dickgießer musste grinsen. „Okay. Ich würde sagen, wir bauen unsere Feldbetten im Vorratsraum auf. Wir werden uns mit der Nachtwache abwechseln. Und ab morgen gehen wir auf Tigerjagd!" Er lachte laut und Remmler schlug sich martialisch mit der Faust in die Hand. Josef Jackels, der in ihrem Rücken stand, räusperte sich kurz und schob sich dann langsam in Richtung Flur. Kurz bevor er die Küche verließ, drehte er sich noch einmal zu den Beamten um und sagte: „Ich mache mir jetzt ein heißes Lavendelbad für gegen die Nervosität. Wenn anschließend noch einer von Sie baden möchte, kann ich das Wasser gerne drinlassen."

Dickgießer und Remmler sahen erst Josef und dann einander an. Dann schüttelten sie gleichzeitig den Kopf.

24
Montag, 14. Dezember, 19.35 Uhr

„Hier sieht es wieder aus wie auf einer Müllkippe. Kommt deine Mutter nicht mehr putzen?", fragte Martina verächtlich, während sie sich im Wohnzimmer umsah. Sie stand mit verschränkten Armen vor dem verschlissenen Sofa. Fredi hatte ihr die Tür geöffnet und sich dann wortlos wieder vor den Fernseher gesetzt. Ohne sie eines Blickes zu würdigen, drückte er auf dem Joypad die Playtaste und setzte das Spiel Borussia Mönchengladbach gegen Bayern München mit einem Eckball fort. Martina trat leicht gegen das Sofa. „Ich rede mit dir, Fredi. Sag mal, geht's noch? Fünf Mal habe ich heute Nachmittag versucht, dich auf Handy zu erreichen. Du bist nie rangegangen. Das hast du doch noch nie gemacht. Ich verstehe nicht, was mit dir los ist. Heute morgen willst du mich noch zum Essen einladen und jetzt ignorierst du mich wegen dem Scheiß-Nintendo-Fußball. Und ich komm extra direkt von der Arbeit hierhin, weil ich mir Sorgen um dich mache." Die Ader an ihrem Hals pochte wild. Fredi trieb den Ball hochkonzentriert die Außenlinie entlang. Die Augen fest auf den Bildschirm geheftet, sagte er: „Playstation."

„Wie bitte?"

„Das ist eine Playstation, kein Nintendo."

Martinas Atem ging heftiger. Sie machte auf dem Absatz kehrt und ging einen Schritt in Richtung Tür. Dann blieb sie abrupt stehen und drehte sich noch einmal um. Ihr Tonfall wurde deutlich schnippischer. „Mach doch, was du willst, Fredi. Aber glaub ja nicht, dass ich noch mal mit dir essen gehe oder ins Kino oder so. Ich lass mich doch von dir nicht verarschen."

Fredi drückte die Pause-Taste, legte das Joypad neben den überfüllten Aschenbecher auf den Wohnzimmertisch und sah sie über seine Schulter an. „Apropos Verarschung. Ist deine Präsentation gut gelaufen?"

Martinas Körper verkrampfte sich auf der Stelle. Sie biss sich auf die Unterlippe und versuchte in Fredis Mimik zu lesen. Dennoch hielt sie seinem Blick stand. Zögerlich antwortete sie: „Was soll das jetzt? Seit wann interessierst du dich denn für meine Arbeit?"

Fredis Blick bohrte sich in ihre Augen. „Warum nicht? Achteckige Wurstgläser sind doch eine Bombenidee."

„Achteckige ...?", sie stotterte kurz, bevor ihre Stimme wieder fester wurde. Dann drückte sie ihren Rücken gerade durch und sagte: „Ach so. Ja, ja. Die Präsentation ist super gelaufen. Unser Produktmanager war sehr zufrieden."

„Das freut mich", lächelte Fredi bitter. „War das eigentlich euer Produktmanager, mit dem du heute Morgen im Café Hoffmann gesessen hast?"

„Was? Wen meinst du?"

„Ja, hier diesen Spacko mit dem Jackett. Wie hieß er noch? Genau, Hendrik. Du erinnerst dich doch bestimmt. Der,

der dich gefragt hat, ob du dem seine Verlobte werden willst. Der mit der bescheuerte Angeber-Ring. Dieser Gesichtshonk." Fredis Stimme begann sich zu überschlagen. Er hielt inne, warf Martina noch einen grimmigen Blick zu und wendete sich wieder seinem Videospiel zu. Mit voller Wucht drückte er die Play-Taste und eine ausgelassene Stadionatmosphäre legte sich wieder über die plötzliche Stille im Raum. Martina stand eine ganze Weile regungslos da und versuchte mit den Lippen Sätze zu formen. Doch es kam nur Luft aus ihrem Mund – wie bei einem Goldfisch in einem Glas. Nachdem sie sich etwas gefangen hatte, stammelte sie hilflos: „Fredi, lass mich das erklären. Das ist ganz anders als du denkst. Der Hendrik und ich, das ist ... überhaupt nix Ernstes. Das ist doch nur, weil ich mich manchmal so unverstanden gefühlt habe. Weil ich ..."

„Tor! Da zappelt der Ball im Bayern-Netz. Keine Chance für den Keeper. Was für ein herrlicher Treffer", brüllte plötzlich ein enthusiastischer Kommentator aus dem Fernsehlautsprecher. Martina zuckte zusammen.

„Tor", wiederholte Fredi tonlos. Während seine Mannschaft sich noch jubelnd in den Armen lag, sagte er, ohne sich umzusehen: „Legst du bitte der Wohnungsschlüssel, dem ich dir gegeben habe, auf die Kommode im Flur, wenn du gehst?" Es dauerte noch eine halbe Ewigkeit, bevor er Martinas Schritte hörte, dann etwas Metallisches, das abgelegt wurde und zum Schluss die Wohnungstür, die leise ins Schloss fiel. Fredi hatte sich die ganze Zeit nicht mehr umgedreht. Allerdings nicht, weil er so eiskalt war, sondern weil er nicht wollte, dass Martina sah, wie ihm die Tränen in Strömen an den Wangen herunterliefen. Er beendete das Videospiel und legte die Hände in den

Schoß. „Das war's dann wohl", dachte er und seine rotgeweinten Augen schmerzten. Dass es weh tun würde, war ihm klar gewesen. Dennoch er hatte sich diesen Moment wesentlich schlimmer vorgestellt. Er war ganz überrascht über sich selbst, dass er sich mit einem Mal sogar wie befreit fühlte. Befreit von der Last der Ungewissheit. Das ständige Hoffen hatte ihn innerlich ausgehöhlt. Er spürte plötzlich, dass er offen für etwas Neues war. Geradezu beflügelt sprang er auf, um zu seinem Laptop zu gehen. In diesem Moment zerriss das Klingeln seines tragbaren Telefons die Stille der Wohnung. Fredi musste erst leere Chipstüten und Coladosen beiseiteräumen, bevor er es zuckend auf dem Wohnzimmertisch entdeckte.

Bevor er sich meldete, zog er noch einmal kurz die Nase hoch. „Fredi Jaspers?!"

„Hallo Fredi, ich bin es!", meldete sich ein aufgeregter Hastenraths Will am anderen Ende.

Plötzlich fiel Fredi siedend heiß ein, dass er vor lauter Ärger mit Martina ganz vergessen hatte, nach der Arbeit bei Hastenraths Will vorbeizufahren, um ihm von Borowkas Verschwinden zu berichten. Auf der Stelle überkam ihn ein schlechtes Gewissen, weil er doch glatt für einen Moment seinen besten Kumpel vergessen hatte. Doch er hatte keine Zeit, sich zu schämen, weil Hastenraths Will wie ein Wasserfall losprudelte. Er erzählte, fast ohne Luft zu holen, dass die Polizei bereits auf der Suche nach Borowka sei, dass es heute Morgen einen Mordanschlag auf Kleinheinz und ihn gegeben habe und dass zwei geheime Spezialagenten ab sofort inkognito auf dem Bauernhof wohnen würden. Fredi war ganz erschlagen von der Informationsflut.

„Was soll ich machen?", fragte er beklommen.

„Pass auf", antwortete Will, „ich gebe dir jetzt eine Handynummer. Die ist von der Kommissar Dickgießer, einer von die zwei Spezialagenten. Der andere heißt Remmler. Wenn irgendswas ist, musst du diese Nummer anrufen. Egal wann, auch nachts. Ansonsten sollst du erst mal alles genau so machen wie immer. Zur selben Zeit zur Arbeit gehen, zum Fußballtraining fahren, deine Mutter die Wäsche bringen. Die glauben, dass Bergmann uns jetzt eine Weile beobachten wird und erst, wenn der sich in Sicherheit wiegt, wieder zuschlagen will. Wir müssen immer und überall die Augen offen halten."

„Wie Chuck Norris", entfuhr es Fredi, der sich trotz der Gefahr einer gewissen Faszination nicht erwehren konnte.

„Wie wer?"

„Du kennst doch wohl Chuck Norris. Da gibt es doch diese ganzen Sprüche: Chuck Norris schläft nicht. Er wartet! Oder: Chuck Norris isst kein Honig. Er kaut Bienen."

„Tut mich leid, Fredi. Ich kenne diese ganzen modernen Rockmusiker nicht. Schreib dir lieber mal die Handynummer auf."

Fredi notierte die Telefonnummer und versprach Will, sehr vorsichtig zu sein. Dann legte er auf und versuchte es, wie schon den ganzen Tag, gleich noch mal bei Borowka. Doch mittlerweile meldete sich nicht mal mehr die Mailbox, sondern nur noch die Ansage: „Der angerufene Teilnehmer antwortet nicht. Wenn Sie eine Rückrufbitte per SMS senden möchten, drücken Sie die Eins. Wenn nicht, legen Sie einfach auf." Fredi seufzte und legte das Telefon zurück auf den Tisch. Dann schob er die schweren Gedanken wie eine Gardine beiseite.

Er stellte den Fernseher aus, löschte das Licht im Wohnzimmer und ging ins Nebenzimmer an seinen Schreibtisch. Voller Vorfreude fuhr er den PC hoch und loggte sich bei neueliebejetzt.de ein. Die Maske öffnete sich mit einem lauten „Pling" und eine Textblase erschien: „Sie haben eine neue Liebesmail." Fredi atmete tief durch und klickte auf „Öffnen". Aufgeregt las er:

```
Von: trixie673
An: fredi_schlaflos
Betreff: Re: Re: Romantischer Fußballgott

Hallo Schlaflos-Fredi. Leider hast du auf meine
letzte Mail nicht geantwortet. Ich hoffe, ich habe
dir keine Angst eingejagt, weil ich mich gerne mit
dir treffen wollte. Vielleicht habe ich mich auch
zu sehr wie ein Klammeraffe angehört. Das tut mir
leid. Du hast wahrscheinlich recht und wir sollten
es langsamer angehen. Meld dich doch bitte. Kuss
Trixie.
```

Fredi rieb sich verwundert die Augen. Hatte sie wirklich „Kuss Trixie" geschrieben? Sein Herz machte einen Sprung. Während er hastig seine Antwort tippte, merkte er, dass Trixies Name am rechten oberen Rand blinkte. Sollte das etwa bedeuten, dass sie ...? Fredis Finger flogen immer flinker über die Tastatur.

```
Von: fredi_schlaflos
An: trixie673
Betreff: Re: Re: Re: Romantischer Fußballgott

Hallo Trixie, ich bin nur noch nicht dazu gekommen,
dir zu antworten. Bist du eigentlich gerade online?
```

In diesem Moment öffnete sich am rechten oberen Bildschirmrand ein Chatfenster.

```
Ja.
...
Das ist ja super. Für auf deine Frage zurückzu -
kommen: Ich würde mich sehr gerne mit dir treffen.
...
Geht es dir auch wirklich nicht zu schnell?
...
Nein, überhaupt nicht. Wir sind ja nicht so schnell
wie Chuck Norris. Du weißt vielleicht: Chuck Norris
ist so schnell, dass er um die Ecke rennen und sich
selbst in der Hintern treten könnte. Aber er würde
der Angriff kommen sehen. Lol.
...
Chuck Norris-Sprüche sind echt total cool. Mein
Lieblingsspruch ist: Seit Chuck Norris schwimmen
kann, ist Arielle nur noch eine Meerfrau. Rofl.
```

Fredi lächelte selig. Trixie war der einzige Mensch neben Borowka, der Chuck-Norris-Sprüche auch lustig fand. Sehr gut. Sollte Martina sich doch bis ans Ende ihres Lebens mit „Jürgen würgen"-Witzchen über Wasser halten. Als Nächstes wollte er eintippen, ob man sich nicht gleich morgen Abend zum Essen treffen solle. Doch da fiel ihm ein, dass sein Fußballtraining ja im Winter jeden Dienstag in der Halle stattfand. Und Will hatte ihn eindringlich darauf hingewiesen, zunächst einmal alles so zu machen wie immer. Deshalb schrieb er:

```
Sollen wir uns morgen Mittag auf ein Kaffee
treffen? Ich könnte Frühstücks- und Mittagspause
zusammenlegen. Dann hätte ich zwei Stunden Zeit.
...
```

Morgen Mittag ist schlecht. Wie wär's mit morgen
Abend?
...

Fredi überlegte kurz. Scheiß auf der Will seine Theorie,
dachte er und tippte:

Morgen Abend ist auch super. Wann und wo?
...
Sagen wir um acht Uhr irgendwo in der Mitte? Wie
wär's mit Mönchengladbach?
...
Kenn ich :-) Und wo genau?
...
Auf der Herbolzheimerstraße gibt es einen versteck-
ten kleinen Parkplatz. Dahinter liegt ein traumhaft
schönes Café. Hast du ein Navi?
...
Logolektrisch!
...
Dann gib Herbolzheimerstraße 42 ein. Die Einfahrt
liegt etwas versteckt neben einem Altglascon-
tainer. Ich freu mich auf morgen. Kuss.
...
Ich mich auch. Kuss.

Nachdem er die letzten vier Buchstaben eingetippt und
abgeschickt hatte, legte sich ein wohliger Schauer über seinen
gesamten Körper. So aufgewühlt war er seit Jahren nicht mehr
gewesen. Gedankenverloren fuhr er den PC runter. Als er
gerade auf dem Weg in die Küche war, um sich zur Feier des
Tages eine Dose Ravioli warm zu machen, spürte er plötzlich,
wie sich seine Nackenhaare sträubten. Ein Geräusch auf der
Terrasse ließ ihn herumwirbeln. Im schwachen Mondlicht

meinte er einen Schatten gesehen zu haben, der an der Glasfront vorbeihuschte. Schnell löschte er das Licht im Arbeitszimmer, von dem eine Tür auf die kleine Terrasse führte, die sich Fredi mit seinem Nachbarn teilte. Sein Nachbar, Heino Schlösser, war zurzeit in Urlaub. Er konnte es also nicht gewesen sein. Fredi trat im Dunkeln ans Fenster, um herauszuschauen. Es hatte wieder leicht angefangen zu schneien. Die von den Häusern abstrahlende Wärme ließ die weißen Flocken still vor dem Fenster in der Luft stehen, so als würden sie ihn anstarren. Wahrscheinlich hatte er sich getäuscht. Doch dann fiel ihm auf, dass die Terrasse hell ausgeleuchtet war. Der Bewegungsmelder war also angesprungen. Jemand musste da draußen sein. Plötzlich erblickte er neben dem Blumenkübel auf dem Boden einen Gegenstand, konnte aber nicht erkennen, was es war. Sein Herz klopfte, als würde es gleich explodieren. Was sollte er bloß machen? Sollte er etwa diesen Dickgießer anrufen? Er verwarf den Gedanken sofort wieder. Nachher würde er sich noch lächerlich machen. Wahrscheinlich hatte sich nur wieder eine streunende Katze oder ein Hase aus dem nahe gelegenen Wald aufs Grundstück verlaufen. Die Außenlampe erlosch wieder. Fredi verharrte noch ein paar Sekunden regungslos. Als sich die Dunkelheit wieder über die Terrasse gelegt hatte, entschloss er sich, kurz nachzusehen, welcher Gegenstand dort lag. Mit zitternder Hand kramte er aus der Schreibtischschublade eine Dose Pfefferspray, die er sich auf Anraten von Hastenraths Will zugelegt hatte. Er hielt sie auf Augenhöhe vor sich, als er aus dem Dunkel der Wohnung hinaustrat in den Garten. Der Bewegungsmelder sprang sofort wieder an und Fredi näherte sich vorsichtig dem Blumenkübel.

Als er sich herunterbeugte, um den Gegenstand aufzuheben, entdeckte er Fußspuren im nassen, schneebedeckten Gras. Frische Spuren, die zum Haus hin- und seitlich wieder wegführten. Es war also tatsächlich jemand hier draußen herumgelaufen. Als er den Gegenstand in die Hand nahm, setzte für einen Augenblick seine Atmung aus. Er hielt Borowkas Schlüsselbund in der Hand. Er erkannte ihn sofort an dem Fuchsschwanz, der seitlich herunterbaumelte. Fredi sprang auf und blickte in die tiefschwarze Dunkelheit. Am Ende des Rasens grenzten ein weites Feld und der Saffelener Wald fast direkt an das Grundstück an. Einige Sekunden verharrte er so und versuchte irgendwelche Bewegungen wahrzunehmen, doch die Person, die er glaubte, gesehen zu haben, war vermutlich längst verschwunden. Will hatte recht gehabt. Bergmann beobachtete sie. Und er hatte Borowka in seiner Gewalt. Anders war der Schlüsselbund nicht zu erklären. Der Tiger wollte Fredi seine Macht demonstrieren. Doch Fredi würde sich nicht von ihm einschüchtern lassen. Als er sich wieder zum Haus umdrehte, fuhr er heftig zusammen, weil er dachte, jemand würde im Türrahmen stehen. Es war aber nur der weiße Vorhang, den der Wind herausgerissen hatte und der jetzt wie ein Gespenst im leichten Schneeregen flatterte. Schnell ging Fredi die paar Schritte zurück zur Tür. Dann stutzte er. Hatte er die Terrassentür überhaupt so weit offen gelassen? Langsam schlich er mit gezücktem Pfefferspray zurück ins Arbeitszimmer und schloss die Tür hinter sich. Er spürte, dass die Raumtemperatur deutlich gesunken war. Aber noch etwas war anders. Langsam tastete er sich durch den dunklen Flur ins Wohnzimmer. Die Tür war halb geöffnet. Er schob sie auf und betrat das Zimmer. Dann blieb er im Dunkeln stehen und hielt den Atem an. Er sah und hörte nichts. Plötzlich eine kurze Bewegung. Fredis Kehle schnürte sich zu, als ihn aus der Dunkelheit heraus zwei Augen anstarrten. Noch ehe er die Pfefferspraydose hochreißen konnte, bewegten sich die Augen blitzartig auf ihn zu. In der nächsten Sekunde explodierte vor ihm ein Sternenmeer und das letzte Geräusch, das er hörte, bevor er den Halt verlor und zu Boden fiel, war ein lautes Kreischen, das sich in sein Hirn einbrannte. Dann legte sich eine intensive, fast unnatürliche Stille um ihn.

25
Montag, 14. Dezember, 19.56 Uhr

Die kleine, in alte Lumpen gekleidete Gestalt schleppte sich mit gebeugtem Rücken zu der Holztür und klopfte schwach dagegen. Es dauerte eine Weile, bis sich die Tür einen Spalt weit öffnete und dahinter ein gereiztes Gesicht zum Vorschein kam.

„Was willst du?" Die Stimme wirkte genauso feindselig wie der Blick, mit dem er den Mann von oben bis unten musterte.

Der Mann wich erschrocken zurück, richtete sich dann aber leicht auf und antwortete stockend: „Herr, kann ich heute Nacht in deinem Hause ..."

Sein Gegenüber brüllte ihm hasserfüllt entgegen: „Du kommst hier nicht rein!" und schlug ihm die Tür mit voller Wucht vor der Nase zu.

„Halt, Stopp." Peter Haselheim war aufgesprungen. Er hatte in der ersten Bankreihe gesessen und konzentriert mit einem Stapel Textblätter die Probe verfolgt. Jetzt platzte ihm der Kragen. „Aus. Aus. Kevin-Marcel! Ich habe es dir schon mehrmals gesagt: Du bist hier nicht der Türsteher von Himmerich. Du bist ein Herbergsvater, der dem armen Josef mitteilt, dass er nicht bei ihm übernachten kann. Und zwar so, wie das in deinem Textbuch steht."

Kevin-Marcel trat trotzig vor die Sperrholztür, die man neben einer bemalten Holzfassade vor den Altar gebaut hatte. Er wedelte angriffslustig mit seinem Textblatt und rief: „Aber Herr Haselheim. Ich habe es Sie doch auch schon mehrmals gesagt: Kein Mensch spricht heutzutage mehr so. Oder hat für Sie schon mal einer gesagt: ‚Hinweg Gesindel. Kein Obdach werd ich dir gewähren!'?"

Haselheims Gesicht lief puterrot an. Er ging einen Schritt auf die improvisierte Bühne zu. „Kevin-Marcel! Zum einen spielt die Szene nicht heute, sondern vor über zweitausend Jahren und zum andern werde ich mit dir nicht über Inhalte diskutieren. Ich bin der Regisseur bei diesem Krippenspiel und wenn dir das nicht passt, dann kannst du gerne wieder den Ochsen spielen."

„Selber Ochse!"

Hastenraths Will stand am anderen Ende der Kirche und verfolgte die Krippenspiel-Probe mit vor der Brust verschränkten Armen. Ein breites Grinsen hatte sich über sein Gesicht gelegt. Er stieß Josef Jackels in die Seite und murmelte: „Der Kevin-Marcel ist ein ganz intelligenter Junge. Und selbstbewusst. Das hat der von mir. Der lässt sich nix sagen von so ein aufgeblasener Besserwisser-Lehrer." Will war vor wenigen Minuten mit Josef in die Kirche gekomen. Die beiden hatten sich unter die Eltern gemischt, die im Eingangsbereich standen und auf das Ende der Probe warteten. Während das Wortgefecht zwischen Haselheim und Kevin-Marcel in die nächste Runde ging, reckte Will den Kopf, um in der Menschenmenge seinen Schwiegersohn Michael zu entdecken. Vor zwanzig Minuten hatte Will auf seinem Geheimhandy einen beunruhigenden

Anruf von Kommissar Kleinheinz erhalten. Zum Glück hatte er das Gespräch angenommen, als er sich gerade im Hühnerstall befand, sodass sie ungestört sprechen konnten. Kleinheinz hatte ihm davon berichtet, dass er seinen Kollegen auf dem Hof angeboten hätte, sie von seinem Krankenbett aus zu unterstützen. Doch die würden ihn konsequent von den Ermittlungen ausschließen. Der Kommissar hatte noch etwas von Kompetenzgerangel und Eitelkeiten erzählt, doch das hatte Will nicht verstanden. Dann jedoch war es interessant geworden. Kleinheinz hatte für heute Abend den Landrat um einen Besuch gebeten. Der Landrat war nicht nur der oberste Chef der Kreispolizeibehörde, sondern vor allen Dingen ihm noch etwas schuldig. Bei diesem Treffen würde er versuchen, ihn von der Notwendigkeit zu überzeugen, dass er, Kleinheinz, Bergmann am besten kenne und Dickgießer und Remmler vor Ort unterstützen müsse. Zu diesem Zweck plane er, mit auf den Bauernhof zu ziehen. Da er aber davon ausgehen müsse, dass die beiden Kollegen ihn schneiden würden und er darüber hinaus noch sehr geschwächt sei, bräuchte er die Hilfe von Will. Als er das gesagt hatte, war Will vor lauter Stolz knallrot angelaufen. Zum Glück gab es in diesem Moment außer ein paar Dutzend Hühnern und einem Hahn, der gerade mit etwas anderem beschäftigt war, keine Zeugen. Da er wohl noch eine Weile ans Bett gefesselt sein würde, müsse Will seine rechte Hand werden, hatte der Kommissar wortwörtlich gesagt. Außer-dem bräuchten sie für ihre eigenen Ermittlungen noch einen Computerexperten zum Recherchieren. Will hatte versprochen, sich um alles zu kümmern und hatte aufgelegt. Zum Thema Computer war ihm natürlich spontan sein

Schwiegersohn Michael eingefallen, der bereits am Vormittag hervorragende Arbeit geleistet hatte. Noch vom Hühnerstall aus hatte Will bei ihm zu Hause angerufen, doch Sabine hatte ihm mitgeteilt, dass er gerade zur Kirche gefahren sei, um Kevin-Marcel von der Probe abzuholen. Dickgießer hatte sehr skeptisch geguckt, als Will ihm eröffnet hatte, dass er sich mit Josef wie jeden Abend noch ein bisschen die Beine vertreten wolle. Dass auch Josef fragend geguckt hatte, hatte die Sache nicht glaubwürdiger gemacht. Am Ende hatte sich Dickgießer dann aber doch darauf eingelassen, nicht ohne eindringlich vor der Gefahr zu warnen, die da draußen auf die beiden Saffelener lauern könne. Als sie den kurzen Weg zur Kirche gegangen waren, hatte Josef sich die ganze Zeit ängstlich umgesehen und war bei jedem Geräusch zusammengezuckt. Jetzt standen sie im hinteren Teil des kaum geheizten Kirchenschiffs und während der Löschmeister in eine Unterhaltung mit Schlömer Lisabeth vertieft war, entdeckte Will endlich seinen Schwiegersohn am Taufbecken. Er hatte sich mit seiner dicken Thermojacke dagegengelehnt und spielte gedankenverloren mit seinem iPhone herum. Wills Gummistiefel schmatzten geräuschvoll auf dem Marmorboden, als er sich durch die kleine Elternmenge schob. Er tippte Michael von hinten auf die Schulter. „Na, bist du eine E-Mehl am verschicken?"

Michael drehte sich überrascht um. „Ach, hallo Will. Nein, nein, ich habe mir nur gerade ein neues App runtergeladen, mit dem man Electronic Banking machen kann. Willst du mal sehen?"

Will schüttelte den Kopf und sagte mit leiser Stimme: „Nee, ich bin wegen was anderes hier. Heute ist eine ganze Menge passiert. Kommissar Kleinheinz und ich sind im Krankenhaus von Bergmann überfallen worden. Ein Polizist ist dabei sogar umgeschossen worden. Bergmann konnte aber flüchten und jetzt sind heimlich zwei Geheimagenten-Kommissare auf dem Hof eingezogen, für dem zu fangen. Die wollen dem hier nach Saffelen locken."

Michael starrte ihn ungläubig an. „Was erzählst du denn da, Will? Zwei Kommissare bei dir auf dem Hof? Da habe ich ja gar nichts von mitbekommen. Weiß Sabine ..."

Will sah sich um und rückte noch etwas näher an Michael heran. „Psst. Das darf hier in Saffelen keiner wissen. Es handelt sich um sogenannte Untercover-Polizisten. Es geht aber noch weiter. Eben hat mich der Kommissar Kleinheinz angerufen. Der will auch so schnell wie möglich bei uns einziehen. Der braucht aber ein eigenes Ermittlungsteam. Auf mich kann der dabei nicht verzichten, das ist klar. Wir brauchen aber auch noch ein Computerspezialist, der für uns, wie sagt man, Sachen im Computer rausfindet. Und ich dachte, wegen weil du ja Urlaub hast, könntest du vielleicht ..."

Michael flüsterte jetzt auch: „Wie stellst du dir das vor, Will? Ich kann ja wohl schlecht auch noch zu euch auf den Hof ziehen."

„Dadrüber habe ich mir natürlich auch schon Gedanken gemacht. Ich werde die beiden Agentenpolizisten vorschlagen, dass du unser Versorgungsmann wirst. Weil die ja verdeckt ermitteln müssen, können die nicht einkaufen oder so Sachen machen. Und wenn du einmal am Tag auf den Hof kommen würdest, würde in Saffelen keiner Verdacht schöpfen. Du bist offiziell eine Art Laufbursche für Besorgungen ..."

„Und inoffiziell ..."

„Mit mir und Kommissar Kleinheinz im Ermittlungsteam."

Michaels Augen begannen zu glänzen. „Klingt spannend. Warum nicht?"

„Du hast doch so ein Computer ohne Kabel, mit dem du heute Morgen da warst."

„WLAN."

„Da ist doch auch dieser Weltempfänger mit drin, mit dem du Nachrichten von überall empfangen kannst, oder?"

„Du meinst das Internet."

„Ja genau."

Michael nickte.

„Sehr gut. So was brauchen wir. Bring das morgen in irgendwelche unauffällige Tüten mit, dann deponieren wir das in mein Schlafzimmer. Ich geh gleich mit Josef zurück und werde dem Chefagenten sagen, dass ich dich zufällig hier in der Kirche getroffen und als Laufbursche engagiert habe."

Michael sah auf die Uhr und seufzte. „Die Probe ist gleich rum. Nach der Vorstellung von heute bin ich mir nicht sicher, ob der Kevin-Marcel die Rolle als Herbergsvater behalten kann. Schließlich hat er seinen Text etwas frei interpretiert."

„Ach was", Will winkte lässig ab, „das hat der liebe Jung großartig gemacht. Echte Naturtalente brauchen kein Text. Der Haselheini weiß genau, was der da für ein ungehobelter Rohdiamant in der Truppe hat."

In diesem Augenblick wehte Kevin-Marcels schrille Stimme vom Altar herüber: „Selber Esel!"

26
Dienstag, 15. Dezember, 13.15 Uhr

Die Mittagssonne fiel durch die Vorhänge ins Wohnzimmer und tauchte die Möbel in ein fahles Licht. Auf dem Tisch lagen alte Autozeitungen und eine leere Zigarettenschachtel. Der volle Aschenbecher war umgekippt und der Inhalt überall im Raum verstreut. Eine Bierflasche war auf den Boden gefallen. Die Scherben erstreckten sich von dem zerschlissenen Veloursteppich bis hin zum Fernseher. In der Nähe der Tür war auf dem Laminatboden die Kreidezeichnung eines Körpers zu sehen. Die Person, die dort gelegen hatte, hatte offensichtlich die Hände ans Gesicht heraufgezogen, so als habe sie versucht, sich zu schützen. Der Kopf der Zeichnung war von einer großen Blutlache umgeben. Direkt daneben lag eine Playstation-Spielkonsole, deren spitze Ecke ebenfalls von einer Schicht getrockneten Bluts überzogen war. Die Kabel der Konsole waren mit solcher Wucht aus dem Fernseher herausgerissen worden, dass die Anschlüsse fehlten. Hauptkommissar Dickgießer betrachtete nachdenklich den Tatort. Er schüttelte den Kopf und sagte schwach: „Er hatte keine Chance. Der Täter hat ihn von vorne angegriffen und ohne Vorwarnung zugeschlagen. Er muss auf der Stelle tot gewesen sein."

Josef Jackels hob den Kopf und legte das Vergrößerungsglas zur Seite. Minutenlang hatte er jedes Detail des Fotos mit der Lupe betrachtet. Jetzt blickte er Dickgießer mit großen Augen an. „So Tatortbilder sind ja ganz schön gruselig. Wann sagten Sie, war das hier passiert?"

„Lassen Sie mich überlegen." Dickgießer nahm das Foto und schob es wieder zurück in eine hellbraune Kladde, auf der ein Aktenzeichen vermerkt war. Mit schnellen Bewegungen erhob er sich vom Küchentisch und ging hinüber zur Kaffeemaschine, die auf der Anrichte neben dem Kühlschrank stand und seit der Ankunft der beiden Kommissare pausenlos lief. Während er die dampfende, dunkle Flüssigkeit gluckernd in seine Tasse schüttete, kehrte die Erinnerung zurück. „Das muss im November 2008 gewesen sein. Da haben Sie bestimmt von gelesen."

Josef schüttelte den Kopf.

„Das hat damals wochenlang in den Zeitungen gestanden: ‚Der Playstation-Killer aus dem Siegerland'. Wir haben ihn schließlich in Amsterdam am Flughafen festgenommen."

Auch Josef erhob sich vom Küchentisch. Er betrachtete Dickgießer voller Bewunderung. „Das ist ja eine ganz schön spannende Arbeit, die Sie da machen. Haben Sie und der Herr Remmler eigentlich immer schon im Team gearbeitet?"

Dickgießer nahm einen vorsichtigen Schluck. „Nicht immer im Team, aber seit 2006 haben wir relativ viele Fälle gemeinsam bearbeitet. Und ich kann Ihnen versichern, Herr Jackels: Am Ende bekommen wir sie alle." Er lachte heiser auf.

„Hoffentlich auch der Tiger. Weil, wenn ich ehrlich bin, nimmt mich die ganze Aufregung sehr mit – auch wenn man mir das vielleicht nicht anmerkt."

„Machen Sie sich keine Sorgen, das wird alles bald vorbei sein." Dickgießer sah auf die Küchenuhr. „Ich glaube, es ist Zeit für Ihren Mittagsschlaf, Herr Jackels."

Josef nickte. „Ich weiß. Ich gehe jetzt mal hoch, für mich was hinzulegen. Wenn Sie mich brauchen, kommen Sie einfach klopfen. Ich habe mir als Feuerwehrmann ein sehr leichter Schlaf antrainiert."

Während Josef Jackels die Küche verließ, leerte Dickgießer mit einem Lächeln im Gesicht seine Tasse.

Es war kurz vor Weihnachten und die Temperaturen fielen fast täglich. Die Kälte legte sich wie ein eiserner Schal über die wenigen Leute, die auf der Straße unterwegs waren. Die paar, die Hauptkommissar Horst Remmler durch sein Fernglas beobachtete, bewegten sich hastig und stumm über die schneeverwehten Bürgersteige, nur darauf bedacht, möglichst schnell der frostigen Umklammerung zu entgehen. Der einzige, dem die Kälte nichts auszumachen schien, war ein älterer Herr von schräg gegenüber, der bereits seit einer Dreiviertelstunde mit einer Plastikschaufel seine Garageneinfahrt von Schnee befreite. Immer wieder sah er dabei auf und beobachtete argwöhnisch seine Umgebung. Es sprach für Remmler, dass diesem aufmerksamen Nachbarn ganz offensichtlich noch nichts Ungewöhnliches an Hastenraths Wills Bauernhof aufgefallen war. Der Kommissar hatte sich am großen Fenster neben dem Gästeklo hinter Gardinen und zwischen Blumentöpfen einen Beobachtungsposten eingerichtet, von dem aus er den gesamten vorderen Bereich überblicken konnte. Sollte sich jemand dem Haus von vorne nähern, hätte er ihn schon von Weitem im Visier. Die Rückseite des Bauernhofes, die an offenes Feld grenzte, hatten sie mit zwei beweglichen Kameras ausgestattet, die sekündlich Bilder auf einen kleinen Monitor auf dem Küchentisch lieferten. Das diente aber nur zur Beruhigung der zivilen Mitbewohner. Dickgießer und Remmler waren davon überzeugt, dass ein Angriff ausschließlich von vorne erfolgen würde. Zum einen bot das freie Feld hinter dem Gebäude zu wenig Schutz und zum anderen würde Hofhund Attila anschlagen, sobald jemand von dort auf den Hof gelangte. Remmler fummelte sich gerade eine Zigarette aus der Packung, als Hastenraths Will mit einer zusammengerollten Zeitung unter dem Arm eilig die Treppe herunterkam. Remmler zündete die Zigarette an und nahm einen tiefen Zug. Bevor Will in der Küche verschwinden konnte, sprach der Kommissar ihn an: „Herr Hastenrath. Frage: Wo ist denn Ihr Schwiegersohn, hier dieser Michael? Ich bräuchte neue Zigaretten."

Will hielt inne und zögerte kurz. Er hatte gehofft, dass er dieser Frage würde entgehen können, bis Michael wieder zurück war. Dessen Verpflichtung als Besorger hatte zunächst für Skepsis bei den beiden Kommissaren gesorgt. Vor allem Dickgießer hatte der Gedanke nicht gefallen, dass Wills Verwandtschaft auf dem Hof ein- und ausgehen sollte. Will hatte sein ganzes diplomatisches Geschick, das er sich in vielen Jahren als Ortsvorsteher angeeignet hatte, aufbringen müssen, um die Polizisten von der Notwendigkeit dieser Maßnahme zu überzeugen. Insbesondere das Argument, dass man mithilfe von Michael auch mal schnell was für zwischendurch am Kiosk besorgen konnte, hatte letztlich den Ausschlag gegeben. Zufrieden hatten Josef, Will und Michael sich daraufhin ins

Wohnzimmer zurückgezogen, um eine Runde Canasta zu spielen. Dann hatte Wills Geheimhandy geklingelt. Ein hörbar zufriedener Kommissar Kleinheinz berichtete, dass der Landrat grünes Licht gegeben hätte. Es würde noch eine Abschlussuntersuchung stattfinden und dann könnte er nach Saffelen überführt werden. Ein Wachmann würde mit auf dem Hof einziehen. Er selbst würde bei seiner Ankunft die Kollegen darüber informieren. Und obwohl Will ahnte, dass das die Stimmung im Hause strapazieren könnte, bot er an, dass Michael die beiden in Heinsberg abholen würde. Schließlich war Michaels Wagen unauffällig und es war völlig normal, dass er hier rein und raus fuhr. Kleinheinz hatte zugestimmt und Michael daraufhin vor einer guten Stunde den Hof verlassen.

Will drehte sich zu Remmler um. Der Kommissar starrte ihn mit durchdringendem Blick an. Die Zigarette hing schlaff aus seinem Mundwinkel und richtete sich ruckartig auf, als er daran zog. Der Landwirt räusperte sich. „Der Michael? Ja, der Michael, der ist nur schnell nach Heinsberg ... was abholen." Bis jetzt hatte er nicht gelogen.

Remmler nahm die Zigarette aus dem Mund und aschte in den Blumentopf. „Ich hoffe, wir können uns darauf verlassen, dass der Mann absolut verschwiegen ist?!"

Will nickte heftig. „Aber natürlich, Herr Kommissar. Das ist doch Familie. Für dem lege ich meine Hand ins Feuer."

Remmler lachte: „Mit so was wäre ich vorsichtig. Bergmann hat früher auch mal zur Familie gehört. Und jetzt?" Er stockte und fuhr dann fort: „Entschuldigung, damit wollte ich natürlich nichts gegen Ihren Schwiegersohn sagen. Ich hoffe genauso wie Sie, dass wir hier ein freundschaftliches Miteinander haben werden, solange es dauert. Aber Sie müssen Hauptkommissar Dickgießer auch verstehen. Der hat hier die Verantwortung für einen sehr gefährlichen Einsatz. Und je mehr Leute daran beteiligt sind, desto heikler kann das werden."

„Das verstehe ich. Sie müssen sich aber keine Sorgen machen. Der Michael ist ja kaum da und wir beide sind quasi unsichtbar. Der Josef Jackels ist gerade eben nach oben gekommen, für sein Mittagsschlaf zu halten und ich werde jetzt auch mal für eine halbe Stunde spurlos verschwinden – auf dem Klo." Wills lautes Lachen erfüllte den Raum.

Remmler stutzte, während die Zigarette in seinem Mundwinkel auf und ab wippte. Er sah zuerst nach oben und dann auf die Gästetoilette zu seiner Linken. „Aber die Toiletten sind doch im ersten Stock und hier."

„Fast alle", flüsterte Will mit verschwörerischem Unterton, „es gibt noch eine verschwiegene, kleine Toilette neben der Milchsammeltank. Das ist meine ganz persönliche Oase der Ruhe."

Remmler zwinkerte ihm zu und lächelte. „Kann ich verstehen. So was habe ich mir früher auch immer gewünscht, als ich noch verheiratet war."

Will wollte gerade gehen, als Remmler ihn noch einmal zurückrief. „Ach, Herr Hastenrath, ich müsste auch mal ganz schnell für kleine Königstiger. Könnten Sie nur mal eben so lange noch das Fernglas nehmen?"

„Klar, kein Problem." Will war heilfroh, dass das Thema Michael vorerst vom Tisch war und löste Remmler am Fensterbrett ab, der mit schnellen Schritten auf der Gästetoilette verschwand. Der Landwirt nahm das Fernglas hoch und ließ seinen Blick über die Straße schweifen. Niemand war zu sehen, außer Jütten Toni von schräg gegenüber, der wie immer seine Einfahrt kehrte. „Ach, guck an, die Stasi ist wieder im Einsatz", murmelte Will und schwenkte weiter die Straße hinunter. Plötzlich kam eine Person in sein Blickfeld, die sich auf hohen Absätzen über den rutschigen Bürgersteig kämpfte. Da ihr das trotz aller Widrigkeiten mit einer gewissen Eleganz gelang, blieb Wills Blick an ihr kleben. Die Person wurde im Fernglas immer größer und erst jetzt wurde Will bewusst, dass sie genau auf den Bauernhof zusteuerte. Sie trug einen dicken Pelzmantel, der bis knapp unterhalb der Knie reichte. Um den Hals hatte sie eine Art Stola gelegt, in der sie ihr Gesicht vergraben hatte. Ihr dunkles Haar war unter eine Baskenmütze aus hellbrauner Wolle gestopft. An den wenigen Strähnen, die herausgerutscht waren, zerrte der eisige Wind. Jetzt hatte die Frau auch Jütten Toni passiert, der ihr interessiert hinterhersah. Eine Sekunde zu lang offensichtlich, denn seine Frau erschien plötzlich im Küchenfenster und rief ihn hinein. Toni gehorchte auf der Stelle, ließ die Schaufel fallen und verschwand folgsam im Haus. Für Will gab es jetzt keinen Zweifel mehr. Die Frau war auf dem Weg zu ihm. Und jetzt fiel ihm auch wieder ein, wo er einen solchen Pelzmantel schon mal gesehen hatte. Panik überfiel Will. Er legte das Fernglas auf den Tisch und machte einen Satz vor die Tür der Gästetoilette. Unmittelbar nachdem er dagegengehämmert hatte, ging die Spülung und Remmler riss die Tür auf. Sein Gürtel hing seitlich herunter und das Hemd war nur notdürftig zurück in die Hose gestopft. „Was ist passiert?", rief er.

„Da ist ... da kommt. Da draußen ist die Maria Felino."

Remmler reagierte sofort. Er zog sein Funkgerät aus der Tasche und seine Stimme klang klar und ruhig, als er hineinsprach: „Rainer, hier ist Horst. Maria Felino befindet sich vor der Haustür. Wir lassen sie jetzt rein."

In diesem Augenblick schrillte die ohrenbetäubend laute Türklingel. Remmler zog seine Pistole aus dem Schulterhalfter und stellte sich seitlich an den Türrahmen. Ein kalter Schauer legte sich über Wills Rücken.

„Okay", sagte der Kommissar, „wir dürfen die Frau nicht entkommen lassen. Sie werden jetzt ganz normal die Tür öffnen und sie hereinbitten. Sobald sie drin ist, werde ich sie überwältigen. Machen Sie sich keine Sorgen. Bleiben Sie ganz cool."

Die Türklingel schrillte erneut.

„Los machen Sie schon."

Will ging langsam zur Tür. In seinem Nacken spürte er das langsame, gleichmäßige Atmen von Remmler. Bevor er die Türklinke herunterdrückte, wischte er sich noch schnell mit dem Hemdärmel den Schweiß von der Stirn. Er öffnete und dann ging alles ganz schnell. Ein schwerer Körper rammte sich wie ein angreifender Footballspieler gegen ihn und riss ihn zu Boden. Will schlug hart auf, konnte sich aber noch rechtzeitig zur Seite drehen, bevor der Körper ihn unter sich begrub. Hinter ihm sprang Remmler mit gezogener Waffe hervor und brüllte: „Hände hoch! Polizei." Die Haustür schlug zu und Will erkannte, dass Kommissar Dickgießer auf der Frau im Pelzmantel lag und ihr brutal den rechten Arm auf den Rücken drehte. Offensichtlich hatte er sich nach vorne vors Haus geschlichen, um den Überraschungseffekt zu nutzen. Der ganze Zugriff hatte nur wenige Sekunden gedauert. Dickgießer war schon wieder auf den Beinen und riss die schreiende Frau hoch. Er schubste sie in den Flur und Remmler baute sich mit gezogener Waffe vor ihr auf. „Ganz ruhig", sagte er zu ihr, „machen Sie keine Dummheiten."

Die Frau schluchzte und zitterte am ganzen Körper. Dickgießer trat vor sie und zog ihr die Baskenmütze vom Kopf. Er sah sie an und sagte: „Das ist nicht unsere Frau."

Will rappelte sich auf und stellte sich neben Dickgießer. Jetzt konnte auch er das Gesicht der Frau erkennen. „Was machst du denn hier, Martina?", stammelte er.

Martina Wimmers hatte zwei starke Tassen Kaffee benötigt, um ihre Nerven wieder unter Kontrolle zu bekommen. Kommissar Dickgießer entschuldigte sich wortreich und versuchte, die Situation zu erklären. Er klang zeitweise fast panisch, weil ihm bewusst war, dass eine Festnahme ohnehin juristisch auf wackligen Beinen stand. Nicht einmal einen Haftbefehl besaß er. Und er wusste, dass er aufgrund von Vermutungen auch keinen Staatsanwalt finden würde, der ihm einen ausstellte.

Hastenraths Will saß neben Martina am Küchentisch und strich ihr zur Beruhigung über den Unterarm. Remmler hatte wieder seinen Beobachtungsposten am Fenster eingenommen und Josef Jackels schlief im Obergeschoss noch immer den Schlaf des Gerechten. Dickgießer war während seines Monologs im Raum auf und ab gegangen. Jetzt setzte er sich Martina gegenüber falsch herum auf einen Stuhl und sagte: „Also, wie gesagt, ich kann mich nur entschuldigen, aber wir haben Sie mit jemand anderem verwechselt."

„Was wolltest du eigentlich hier, Martina?", fragte Will. „Das letzte Mal, dass du uns hier besucht hast, warst du noch ein kleines Mädchen und wolltest im Heu spielen."

Martina schluchzte leicht und wischte sich mit dem Handrücken schnell eine Träne von der Wange. „Es geht um Fredi."

„Fredi Jaspers? Was ist mit dem?", Dickgießers Augen schienen Martina plötzlich zu durchbohren.

„Ich war gestern Abend bei dem. Wir haben uns fürchterlich gestritten. Heute Morgen wollte ich mich bei ihm entschuldigen und bin zu Auto Oellers gefahren, wo der arbeitet. Der ist aber nicht zur Arbeit erschienen. Der alte Oellers hat die ganze Zeit rumgeschrieen. Ich könnte dem ausrichten, dass der nie mehr zu kommen braucht und so. Dabei hat der Fredi noch nie gefehlt bei der Arbeit. Deshalb bin ich zu ihm nach Hause gefahren. Aber der hat die Tür nicht aufgemacht. Dann bin ich da reingegangen. Ich wusste, dass der Fredi immer ein Zweitschlüssel unter einem Pflanzenkübel am Haus versteckt hat. Für den Fall, dass der sich mal ausschließt." Martina schlug die Hände vors Gesicht. „Aber der Fredi war nicht da. Ich habe so eine Angst, dass der sich was angetan hat, weil ich so gemein zu dem war. Deshalb bin ich zu dir gekommen, Will. Der Fredi hatte mir gestern gesagt, dass er noch zu dir wollte, um irgendwas zu besprechen. Und da dachte ich ..."

Kommissar Dickgießer war aufgesprungen und hämmerte auf die Tastatur seines Handys ein. Er bellte in den Hörer: „Hören Sie zu, Schieber. Sofort eine Zivilstreife zur Wohnung von Fredi Jaspers. Ohne Aufsehen und ohne Blaulicht. Und die Spusi benachrichtigen. Es könnte sich um einen Tatort handeln."

Martina wurde leichenblass. „Was ... was hat das zu bedeuten?"

Dickgießer beugte sich zu ihr herunter und sagte: „Wir werden unser Möglichstes tun. Es könnte sein, dass Fredi Jaspers einem Verbrechen zum Opfer gefallen ist. Jedenfalls sind er und Richard Borowka verschwunden. Es ist zu befürchten, dass Bergmann uns zuvorgekommen ist. Sie sind auch nicht mehr sicher in Saffelen, Frau Wimmers. Am besten wäre, wenn Sie mit unbekanntem Ziel verreisen. Ist das möglich?"

Will hatte seine Hand immer noch auf ihrem Unterarm liegen, als er sagte: „Dein Vater hat doch ein Haus in Holland an der See, wo du jederzeit hin kannst. Mit Whirlpool und Sauna, hat Schlömer Karl-Heinz gesagt." Will wandte sich an Dickgießer. „Das ist nämlich die Tochter von Hans Wimmers, der Wurstmillionär. Haben Sie bestimmt schon mal im Radio von gehört: Lalalala ... Was ist dein Powerlieferant? Lalalala Wimmers Bestes – das lustige Würstchen vom Land. Wer macht dich glücklich und interessant? Lalalala Wimmers Best ..."

„Ich hab's verstanden, Herr Hastenrath", sagte Dickgießer.

„Ich werde mit meinen Eltern sprechen. Ich denke, das ist kein Problem. Aber halten Sie mich bitte auf dem Laufenden", bat Martina.

Dickgießer nickte, als das Funkgerät plötzlich knackte und Remmlers knisternde Stimme erklang. Obwohl er sich nur zwei Räume weiter aufhielt, klang es, als sei er auf dem Mond: „Achtung, der Pkw von Michael fährt auf den Hof."

Sekunden später ertönte das wilde Gebell von Attila. Dickgießer rieb sich das Kinn und nickte Will zu: „Das ist gut. Unser neuer Besorgungsmann kann mich unbemerkt zur

Wohnung von Fredi Jaspers bringen. Dann kann ich mich da mal umsehen. Ich gehe davon aus, dass das kein Problem ist. Wir haben ja beschlossen, dass wir ab jetzt mit Ihrem Schwiegersohn zusammenarbeiten."

Will öffnete den obersten Knopf an seinem Hemd. Ihm wurde plötzlich sehr warm. „Natürlich, Herr Kommissar. Da ist aber noch eins, was ich Sie sagen wollte. Der Michael war in Heinsberg für wegen ..."

„Das ist mir egal, weswegen. Hauptsache, er ist wieder da."

„Ja schon. Aber der ist nicht alleine zurückgekommen."

Dickgießer runzelte die Stirn. „Wie soll ich das verstehen? Das hört sich ja fast an, als ob Sie uns noch mehr Familienmitglieder aufs Auge drücken wollen."

Will hob verlegen die Schulter und sagte kleinlaut: „Wie man's nimmt."

Die Tür zur Küche wurde aufgestoßen. Ein Polizeibeamter in Zivil schob Kommissar Kleinheinz in den Raum. Der Hauptkommissar saß in einem Rollstuhl. Sein rechtes Bein lag auf einer Schiene und zeigte mit dem Fixateur weit nach vorne, so, als wolle er damit auf den sprachlosen Dickgießer zielen. Hinter den beiden erschien Michael in geduckter Haltung. Kleinheinz sah sich in der bäuerlichen Küche um und strahlte: „Endlich wieder in Saffelen."

27
Dienstag, 15. Dezember, 19.55 Uhr

Der Schnee, der auf die Straße herabrieselte, färbte sich gelb im Licht der Scheinwerfer von Fredis Mitsubishi Colt. Er kurbelte das Seitenfenster hinunter und streckte seine Hand aus dem Fenster, um ein welkes Blatt zu entfernen, das sich unter dem Scheibenwischer verklemmt hatte. Fredi kam nur langsam voran, weil viele Verkehrsteilnehmer aufgrund der Wetterverhältnisse eine übervorsichtige Fahrweise an den Tag legten. Er drehte das Radio etwas lauter. Es lief „Last Christmas" von Wham, eines seiner Lieblingsweihnachtslieder. Spargel hatte ihm irgendwann mal die deutsche Übersetzung ausgedruckt und seitdem wusste Fredi, dass es sich dabei um die Geschichte einer verflossenen Liebesbeziehung handelte. Der Song han - delte von einem Mann, der von seiner Freundin verraten und verlassen worden war, aber dennoch immer wieder zu ihr zurückkehren würde. Bis gestern Abend hätte Fredi sich mit einem solchen Idioten identifizieren können, doch seit heute Morgen war alles anders. Heute hatte für Fredi Tag eins seines neuen Lebens begonnen. Nachdem er am Vorabend den Schlüs - selbund von Richard Borowka gefunden hatte und ihn anschließend noch die Nachbarskatze zu Tode erschreckt hatte, die sich heimlich durch die Terrassentür in sein Wohnzimmer geschlichen hatte, hatte er die ganze Nacht kein Auge mehr zugemacht. Immer wieder musste er an seinen spurlos verschwundenen Kumpel Borowka denken und an sein eigenes trostloses Dasein. Die ganze Aufregung hatte ihm klargemacht, dass er ein Leben in der Sackgasse führte. Er hatte seine Zeit verplempert mit immer dem gleichen Trott. Ein unterbezahlter Job ohne jede Karrierechance bei Auto Oellers, eine unerfüllte, schmerzhafte Beziehung zu einer Frau, die immer auf der Suche nach jemand Besserem war, ein Leben ohne Höhepunkte und das in jeder Beziehung. Jahrelang hatte Fredi gespart. Mittlerweile hatte er eine stattliche Summe auf seinem Festgeldkonto. Ursprünglich war das Geld dazu gedacht gewesen, ein Haus in Saffelen zu bauen, für sich und Martina. Doch jetzt hatte er sich entschlossen, damit einen Neuanfang zu wagen. Der erste Schritt war gewesen, nicht zur Arbeit zu gehen. Stattdessen hatte er seine Kündigung geschrieben und sie als Einschreiben bei der Post aufgegeben. Dann war er losgefahren, um in Mönchengladbach auf der Hindenburgstraße einzukaufen. Er hatte neue Hosen, Hemden und Schuhe gekauft. In einer Drogerie hatte er sich sogar ein sogenanntes Eau de Toilette besorgt, das seinen Deoroller ablösen sollte, den er bisher immer als Parfüm benutzt hatte. Zwischendurch hatte er in einem Fischrestaurant gegessen. Statt wie sonst das Sparmenü zu nehmen, hatte er sich alles so zusammengestellt, wie er es am liebsten aß. Der neue Fredi hatte ihm so gut gefallen, dass er die Sachen, die er auf der Hinfahrt angehabt hatte, in eine der Einkaufstüten gesteckt und in den Altkleidercontainer geworfen hatte. Stattdessen trug er jetzt die neuesten Trendklamotten mit Markennamen, die er noch nie zuvor gehört hatte. Und so würde es der neue Fredi sein, der sich gleich mit Trixie aus Schiefbahn treffen würde. Und, wer weiß, vielleicht war Trixie ja ein weiterer Schritt in sein neues Leben. Und wenn nicht, dann nicht. Wenn er eins begriffen hatte, dann, dass es nichts brachte, sich ständig unter Druck zu setzen. Mittlerweile hatte George Michael seinen Weihnachtsklassiker ausgehaucht und Paul McCartney hatte mit „Wonderful Christmastime" übernommen. Das passte schon besser zu Fredis Stimmung. In schiefem Fantasieenglisch sang er lauthals mit, als sein Blick plötzlich die Digitaluhr im Armaturenbrett streifte. Vier Minuten vor acht. Ach du Scheiße, dachte er. Sein Navigationsgerät zeigte zwar nur noch zwei Minuten bis zur verabredeten Stelle an, aber im Moment bewegte sich gar nichts mehr, weil seit geraumer Zeit ein mindestens 90-jähriger Opa versuchte, rückwärts in eine Parkbucht zu rangieren und dabei den Verkehr komplett zum Erliegen brachte. Fredi scherte links aus und überholte die Schlange. Im Rückspiegel fiel ihm dabei ein dunkelblauer Ford Mondeo auf, der ebenfalls ausscherte und Fredi um die nächste Kurve folgte, wenn auch mit einigem Abstand. Das wäre eigentlich nichts Besonderes gewesen, wenn genau dieser Wagen Fredi nicht schon ein paar Mal im Rückspiegel aufgefallen wäre. Er wusste, dass er das Auto irgendwann schon einmal gesehen hatte, aber er konnte sich nicht mehr daran erinnern, wann das gewesen war. Überhaupt hatte Fredi den ganzen Tag über das Gefühl gehabt, dass er verfolgt wurde. Auch wenn ihm bei diesem Gedanken etwas mulmig zumute war, versuchte er die aufkeimende Angst abzuschütteln. Schließlich wollte er sich davon nicht sein erstes

Date seit über zehn Jahren mit einer Frau, die nicht Martina hieß, vermiesen lassen. Stattdessen erinnerte er sich an eine Folge von „Ein Colt für alle Fälle", die er mal auf DVD gesehen hatte. Dort hatte Colt Seavers einen Verfolger mit einem cleveren Manöver abgehängt. Genau wie in der Serie fuhr er nun mit Schrittgeschwindigkeit auf die nächste Ampel zu, obwohl sie auf „Grün" stand. Das Hupen hinter sich ignorierte er. Als die Ampel auf „Gelb" sprang, gab er Gas und schoss über die Kreuzung. Im Rückspiegel konnte er neben ein paar wütend in die Luft gestreckten Fäusten beobachten, dass der dunkle Mondeo an dritter Stelle stehen geblieben war. Fredi grinste zufrieden und erreichte eine gute Minute später die Herbolzheimerstraße 42. Er fand zwar die Altglascontainer, suchte aber zunächst vergeblich die Einfahrt zu einem Parkplatz. Nachdem er zweimal hin- und hergefahren war, entdeckte er im schwachen Licht der Straßenlaterne einen niedergedrückten, rostigen Drahtzaun, über den ganz offensichtlich schon mehrere Autos gefahren waren. Als Fredi ebenfalls darüberrumpelte, gelangte er auf einen heruntergekommenen, kaum beleuchteten Schotterplatz. Ihm fiel plötzlich ein, dass Trixie ihm gar nicht gesagt hatte, nach welchem Auto er Ausschau halten sollte. Doch die Sorge, dass er sie nicht finden könnte, hatte sich gleich wieder erledigt. Denn ganz am Ende des Parkplatzes stand an der Grenze zu einem kleinen Waldstück nur ein einziger Wagen, ein alter Golf III. Und der hatte ein Viersener Kennzeichen. Das musste sie sein, dachte Fredi. Sie hatte die Innenraumbeleuchtung eingeschaltet und Fredi erkannte die blonden Locken von dem Foto wieder, das sie ihm gemailt hatte. Trixie war gerade dabei, sich im Spiegel ihrer heruntergeklappten Sonnenblende den Lippenstift nachzuziehen. Fredi stellte seinen Mitsubishi etwas weiter vorne ab, um noch ein Stück zu Fuß zu gehen. Die frische Luft würde ihm guttun und den Kopf frei machen, denn sein Herz pochte vor Aufregung und seine Hände zitterten, als er sich dem Wagen näherte. Er atmete noch einmal tief durch, bevor er die Beifahrertür öffnete und sich auf den Sitz gleiten ließ. „Hallo Trixie", sagte er so locker wie möglich.

Der blonde Lockenkopf drehte sich langsam zu ihm um. Fredi zuckte zusammen. Er wusste überhaupt nicht, wohin er zuerst sehen sollte. Auf die Perücke, die plötzlich herunterfiel, auf die Pistole mit dem Schalldämpfer, die auf ihn gerichtet war oder auf das Gesicht eines alten Bekannten, das ihn teuflisch angrinste. „Hallo Fredi. Lange nicht gesehen", sagte Manfred Bergmann.

28
Dienstag, 15. Dezember, 20.02 Uhr

Obwohl Jan Hofer seine Zuschauer gerade erst zur Tagesschau begrüßt hatte, war Josef Jackels schon kurz vorm Einschlafen. Trotz eines ausgiebigen Mittagsschlafs fühlte er sich ausgelaugt und entkräftet. Er ließ sich in seinem schwarz-roten Pyjama in Wills zurückgekippten Fernsehsessel fallen und legte die Füße mit den braunen Filzpantoffeln auf dem Fußhocker ab. Ein Grund für seine bleierne Müdigkeit mochte das entspannende Lavendelbad gewesen sein, ein anderer aber auf jeden Fall die hektische Betriebsamkeit, die seit dem Vortag auf dem Hof herrschte. Die aufdringlichen Geräusche, das Kommen und Gehen, die unterschwellige Atmosphäre der Bedrohung, die die beiden grimmigen LKA-Beamten mit ihren Hightechgeräten verbreiteten. Und dann hatte sich die Lage am Nachmittag zusätzlich verschärft, als plötzlich auch noch der verletzte Hauptkommissar Kleinheinz und sein Kollege, Oberkommissar Serdar Tosic, aufgetaucht waren. Der Gipfel war jedoch gewesen, dass Josef für die beiden Neuankömmlinge sein Gästezimmer im Erdgeschoss räumen und in das ehemalige Omma-Zimmer im ersten Stock umziehen musste. Vor allem, da der Raum nicht mehr gelüftet worden war, seit die 96-jährige Omma Hastenrath dort vor einem Jahr überraschend gestorben war. Josef hatte aber nur schwach protestiert, weil er Kleinheinz mochte und bemerkt hatte, dass es dem Kommissar gesundheitlich nicht sehr gut ging. Die Überführung nach Saffelen hatte ihn so viel Kraft gekostet, dass er gleich ins Bett gebracht worden war und starke Medikamente einnehmen musste. Soweit Josef es verstanden hatte, war Herr Tosic zur Bewachung von Kleinheinz eingeteilt. Der junge Mann machte einen sehr patenten Eindruck auf den Löschmeister. Das Einzige, was ihn an einen Polizisten erinnerte, war die Dienstwaffe an seinem Gürtel. Ansonsten wirkte er nicht annähernd so einschüchternd wie die beiden LKA-Rambos Dickgießer und Remmler. Doch damit nicht genug. Durch die geballte Polizeipräsenz hatte sich auch Will offensichtlich schon anstecken lassen von der Jagd auf den Tiger. Die abendliche Canasta-Partie mit Josef hatte der Landwirt jedenfalls leichtfertig abgesagt, weil er mit Michael noch einer heißen Spur nachgehen müsse. Will hatte im Eiltempo die Tiere versorgt und war anschließend mit seinem Schwiegersohn in Marlenes Bügelzimmer im Obergeschoss verschwunden. Dort wollten die beiden ungestört im Internet den Inhaber einer E-Mail-Adresse ermitteln.

Als Michael sich verabschiedete, hatte Josef Jackels sich längst allein ins Wohnzimmer zurückgezogen, die Tür geschlossen und den Fernseher angestellt. Im Nachhinein war er ganz froh, dass das Canasta-Spiel ausgefallen war, denn seine Lider wurden immer schwerer und während ein Außenreporter von einem Glühweinskandal auf dem Düsseldorfer Weihnachtsmarkt berichtete, zog der Schlaf Josef langsam auf die andere Seite. Mit einem Mal saß er in seiner Uniform im

Feuerwehrhaus an seinem Diensttisch. Er füllte gerade mit akurater Schrift eine Spendenquittung aus, als plötzlich Schlömer Karl-Heinz und Eidams Theo um die Ecke gelaufen kamen und ihm mit angsterfülltem Blick etwas zubrüllten. Er verstand nur Wortfetzen wie „Feuer" und „Alarm", aber er wusste sofort, dass er gebraucht wurde. Ohne zu zögern setzte er seinen Helm auf und folgte seinen aufgeregten Kameraden zum Löschfahrzeug. Wie sich herausstellte, stand die Dorfgaststätte Aretz lichterloh in Flammen. Dort angekommen, waren auch die restlichen drei Feuerwehrleute bereits eingetroffen. Mit einem sicheren Blick für die Gefahrenlage übernahm der erfahrene Josef sofort das Kommando und verteilte die Aufgaben. Als die Information die Runde machte, dass der Hund von Harry Aretz sich noch im Gebäude befinden sollte, zögerte der Löschmeister auch diesmal keine Sekunde. Er zog sich die Atemschutzmaske über und bahnte sich, alle Warnungen missachtend, mit einer Axt den Weg ins Haus. Nun stand er mitten im ehemaligen Schankraum. Um ihn herum loderten die Flammen und es knirschte und knisterte in allen Ecken. Er rief den Hund und als er ein leises Wimmern unter der kokelnden Eckbank vernahm, ging er mit entschlossenem Schritt darauf zu. Dann ging alles ganz schnell. Glas splitterte und ein furchtbares Geräusch explodierte direkt neben ihm. Ihm war, als würde sein Trommelfell zerreißen. Dann traf ihn mit voller Wucht ein schwerer Gegenstand auf den Kopf und er stürzte zu Boden. Als er die Augen aufschlug, rüttelte Schlömer Karl-Heinz an ihm und brüllte: „Herr Jackels aufwachen!" Josef sah seinem Kameraden verdutzt ins Gesicht und fragte sich, warum der ihn plötzlich siezte. Und vor allem, warum er aussah wie Hauptkommissar Remmler. Josef schrak hoch und stöhnte leicht auf vor Schmerzen. Er war neben den Sessel gefallen. An seiner Seite kniete Remmler und schüttelte ihn heftig. „Herr Jackels, aufwachen."

Was war geschehen? Josef sah sich benommen im Raum um. Er konnte nicht lange geschlafen haben, denn Jan Hofer lächelte noch immer gefällig in die Kamera und berichtete von einer Sechslingsgeburt im Krefelder Zoo. Aus irgendeinem Grund stand das Fenster offen. Die Gardine flatterte ungestüm ins Zimmer und eine eisige Kälte breitete sich im Raum aus. Das Ölgemälde „Die Zigeunerin", das vor wenigen Minuten noch hinter Josef an der Wand gehangen hatte, hatte sich um seinen Hals gelegt und der Rahmen wirkte dabei wie ein übergroßer Kragen. Was ist nur los, dachte Josef noch, als Hastenraths Will ins Wohnzimmer stürzte. Der Landwirt sah sich gehetzt um und rief: „Um Gottes Willen, das gute Bild." Dann wanderte sein Blick weiter durchs Zimmer und blieb an der flatternden Gardine hängen. „Das Fenster ist kaputt." Jetzt erkannte Josef es auch. Das Fenster war gar nicht geöffnet. In der Mitte der Scheibe befand sich ein Loch, so groß wie ein Fußball. Hauptkommissar Remmler hatte sich in der Zwischenzeit Latexhandschuhe übergezogen und einen Gegenstand vom Boden aufgehoben. Mit zusammengekniffenen Lippen betrachtete er den großen Ziegelstein in seiner Hand. Um den Stein war ein Blatt Papier gewickelt, das mit einer Kordel befestigt war. „Hmm", brummte der Beamte.

Oberkommissar Tosic, der ebenfalls dazugekommen war, half Josef wieder auf die Beine. Vorsichtig zog er ihm das Gemälde vom Kopf. Will beobachtete das missmutig, sah dann aber wieder hinüber zu Remmler, der das Loch im Fenster begutachtete und mit ruhiger Stimme sagte: „Da möchte uns wohl jemand eine Nachricht schicken."

„Was ist denn überhaupt passiert?", fragte Josef leicht benebelt.

„Jemand hat diesen Stein durchs Wohnzimmerfenster geworfen. Der Stein ist gegen das Bild geflogen und das Bild ist Ihnen dann auf den Kopf gefallen. Sie haben ganz schön Glück gehabt", sagte Remmler an den Feuerwehrmann gewandt. „Wir haben das Geräusch gehört und sind sofort gekommen. Kommissar Dickgießer ist raus auf die Straße. Vielleicht erwischt er den Steinewerfer. Ist so was bei Ihnen schon mal vorgekommen, Herr Hastenrath?"

„Natürlich nicht", entrüstete sich Will. „ Wir sind hier in Saffelen und nicht in Amerika."

Remmler löste die Kordel, legte den Stein auf den Wohnzimmertisch und entfaltete das Blatt Papier. Mit ernster Miene überflog er den Text. Dann verkrampften sich seine Gesichtszüge. Dickgießer kam ins Wohnzimmer gelaufen und schnaufte: „Der Typ ist spurlos verschwunden." Remmler reichte ihm wortlos den Brief. Auf seiner Stirn hatten sich bereits tiefe Furchen gebildet. Auch Dickgießer erstarrte augenblicklich.

„Wär mal einer so freundlich, für uns zu sagen, was in dem Brief drin steht?" Wills Stimme klang ärgerlich.

Dickgießer blickte angespannt in die Runde und sagte: „Hier steht, dass unter Ihrem Bett eine Bombe angebracht ist, Herr Hastenrath. Kollege Remmler und ich gehen jetzt hoch, um das zu überprüfen. Sie beide ziehen sich was über und begeben sich auf dem schnellsten Weg nach draußen. Und, Tosic, Sie wecken Kleinheinz." Im nächsten Moment stürmten die beiden Beamten auch schon die Treppe hoch.

Josef saß zusammengekauert mit angezogenen Knien auf dem Sessel. Will dachte kurz nach und lief den beiden Polizisten dann hinterher ins Obergeschoss. In großen Sätzen nahm er die Treppe. Josef starrte ihnen entgeistert nach und rief: „Will, hast du nicht gehört, was der Herr Dickgießer gesagt hat?"

Oben angekommen, blieb der Landwirt an der Tür zu seinem Schlafzimmer stehen. Dickgießers Beine ragten unter dem Bett hervor, während Remmler den Raum mit gezogener Waffe untersuchte. Ächzend schob Dickgießer seinen Körper wieder zurück. Blitzschnell war er auf den Beinen. An seinem Hals hatten sich hektische Flecken gebildet und seine Arme ruderten wild im Raum. Mit weit aufgerissenen Augen brüllte er: „Alle raus hier!"

29
Dienstag, 15. Dezember, 20.04 Uhr

Manfred Bergmann wirkte viel älter als auf dem Fahndungsfoto, das in allen Zeitungen abgedruckt war. Seine Stirn hatte Falten bekommen und seine Wangen waren leicht eingefallen. Dennoch waren seine Gesichtszüge klar geschnitten und der Blick aus seinen blauen Augen war fest und stechend. Ein leichtes Lächeln umspielte seine schmalen Lippen und mit der Mündung des Schalldämpfers zielte er genau auf Fredis Herz.

„Was meinst du wohl, warum du noch lebst?", fragte er mit dem gleichen Duktus, als würde er übers Wetter sprechen.

Fredi zuckte zögerlich mit den Schultern. Sein ganzer Körper befand sich in Anspannung. Als sein Blick wieder auf die behandschuhte Hand mit der Waffe fiel, fühlte er sich nackt und schutzlos. Die Drüsen unter seinen Armen produzierten unablässig Schweiß. Seine eigenen Körperausdünstungen stiegen Fredi in die Nase und er fragte sich, ob Angst einen besonderen Geruch verströmt.

„Ich brauche noch ein paar Informationen von dir. Wenn du mir hilfst, könnte es sein, dass du mit dem Leben davonkommst. Also: Ich weiß, dass eine SOKO eingerichtet wurde. Ich will von dir wissen, welche Bullen dabei sind."

Fredi begann unwillkürlich zu zittern. Mit trockenem Mund räusperte er sich: „Ich habe keine Ahnung. Ich habe bisher nur mal kurz mit der Will telefoniert. Der hat für mich gesagt, je weniger ich weiß, desto besser für mich."

„Falsch", sagte Bergmann. Seine linke Hand schoss zur Faust geballt nach vorne und traf Fredi voll am Kinn. Mit großer Wucht knallte sein Hinterkopf gegen die Scheibe. „Je weniger du weißt, desto schlechter ist es für dich. Denn wenn du keine Informationen für mich hast, dann bist du wertlos für mich. Und du kannst dir sicher vorstellen, was ich dann mit dir mache, oder?"

Fredi nickte benommen. Er schmeckte Blut, das warm und zäh aus seinem Mund sickerte. In seinem Schädel breitete sich langsam ein leichter Kopfschmerz aus. Als Bergmann ihm den Lauf seiner Pistole unter das Kinn drückte, spürte er Todesangst in sich aufsteigen. „Warum machst du das mit mir? Ich habe dir doch gar nichts getan", stammelte Fredi und fühlte sich dabei genauso hilflos und gedemütigt wie vor einer halben Ewigkeit auf dem Schulhof, als der dicke Henning aus der Parallelklasse sich auf ihn gesetzt hatte und ihn unter den Anfeuerungsrufen seiner Mitschüler mit Ohrfeigen eindeckte.

„Nichts getan?" Bergmann lachte bitter auf. „Na ja, wenn man mal davon absieht, dass du mich zusammen mit Borowka und dem blöden Bauern in den Knast gebracht hast, hast du sogar recht. Und ich gebe ja auch zu, dass ich dich von allen noch am besten leiden kann. Deshalb bist du ja auch der einzige, der eine realistische Chance hat, zu überleben. Aber natürlich nur, wenn du mir die Informationen gibst, die ich haben möchte."

Fredis Gehirn arbeitete auf Hochtouren. Wie weit würde er kommen, wenn er jetzt aus dem Auto springen und fliehen würde? Wahrscheinlich nicht sehr weit. Er wusste, dass Bergmann ein Vollprofi war. Der würde keine Sekunde zögern, ihn zu erschießen. Hilfe von außen war auf diesem gottverlassenen Parkplatz auch nicht zu erwarten. Also bestand seine einzige Chance darin, das zu tun, was der Tiger von ihm verlangte. Er wusste zwar nicht viel, aber das, was er wusste, konnte er ruhig preisgeben, ohne jemanden in Gefahr zu bringen. „Ja, jetzt fällt mir wieder was ein. Der Will hat für mich gesagt, dass zwei Spezialagenten an der Fall dran sind. Die heißen, glaube ich, Dickgießer und Rammler oder so ähnlich."

Bergmann grinste geheimnisvoll und hakte weiter nach. „Und was ist mit Kleinheinz?"

„Keine Ahnung. Soweit ich weiß, haben die dem nach der Überfall im Krankenhaus an ein geheimer Ort gebracht."

Bergmann erhöhte den Druck auf die Pistole. Die Haut unter Fredis Kinn spannte sich schmerzhaft. Fredi schloss die Augen.

„Das ist nicht sehr viel, was du zu sagen hast. Wenn du auf meine letzte Frage auch keine Antwort hast, dann drücke ich ab", flüsterte Bergmann düster und Fredi hatte nicht den Hauch eines Zweifels, dass er es ernst meinte. „Wo ist Borowka?"

Die Angst drohte Fredi zu überwältigen, als er stockend hervorstieß: „Borowka? Der ist doch ..." Dann hielt Fredi inne und blinzelte mit den Augen. Dabei registrierte er, dass Bergmann keine Miene verzog. Will der mich jetzt verarschen, dachte Fredi.

„Was ist? Ich habe nicht die ganze Nacht Zeit. Wo ist der Penner?", insistierte Bergmann ungeduldig und Fredi begriff in diesem Augenblick, dass Borowka ihm entkommen sein musste, wie auch immer ihm das gelungen sein mochte. Jedenfalls schien Bergmann keine Ahnung zu haben, wo Borowka sich im Moment aufhielt. Vielleicht war das Fredis allerletzte Chance. Er überlegte kurz und sagte dann: „Der ist hier ganz in der Nähe. Ich stehe mit dem in Handykontakt. Wenn ich dem nicht alle 30 Minuten anrufe, dann ruft der die Polizei." Kein schlechter Trick, dachte Fredi, und freute sich innerlich.

Bergmann musterte ihn mit unbeweglicher Miene. „Warum so kompliziert? Warum rufst du denn nicht alle dreißig Minuten bei deinen Spezialagenten an? Die sind doch die Polizei."

Fredi spürte, wie seine Unterlippe zu zittern begann. Da hatte der Tiger nun auch wieder recht, dachte er. „Das ist wegen weil ...", stammelte Fredi hilflos.

„Ich verstehe", unterbrach Bergmann ihn, „du hast selber keine Ahnung, wo Borowka ist. Hab ich mir schon gedacht. Ihr seid zwar beide dämlich, aber Borowka scheint ein bisschen weniger dämlich zu sein als du. Jedenfalls habe ich eine gute Nachricht für dich: Ich werde dich jetzt von deinem armseligen Leben erlösen. Du brauchst dich nie mehr vom alten Oellers anschreien zu lassen und du brauchst dich auch nie mehr von Martina verarschen zu lassen. Eigentlich müsstest du mir dankbar sein." Er hob die Beretta und drückte sie auf Fredis Stirn.

Fredis Augen hatten sich mit Tränen gefüllt. Trotzig schob er die Unterlippe vor. Er sagte: „Dafür brauche ich dich nicht. Auch nicht so eine bescheuerte Trixie-Erfindung. Ich hätte mein Leben sowieso jetzt umgekrempelt und neu angefangen. Ich wollte ganz weit weggehen von hier."

Bergmann lächelte. „Kein Problem. Dann würde ich mal sagen: Gute Reise!"

Als er den Hahn spannte, blitzte im Rückspiegel kurz ein Licht auf. Fredi und Bergmann zuckten zusammen und blickten gleichzeitig nach hinten. Sie beobachteten, wie mit hohem Tempo ein Wagen über den niedergedrückten Drahtzaun schoss und rumpelnd auf sie zuhielt. Fredi reagierte am schnellsten. Mit einer kurzen Handbewegung schlug er Bergmann die Beretta aus der Hand. Die Pistole fiel neben den Schaltknüppel und wurde vom Dunkel unter dem Beifahrersitz verschluckt. Bergmann starrte Fredi verdutzt an und feuerte wie aus dem Nichts eine Rechts-Links-Kombination ab. Die Schläge explodierten wie Granaten in Fredis Gesicht und er schlug erneut mit dem Hinterkopf gegen die Scheibe. Halb ohnmächtig sackte er in seinem Sitz zusammen. Vor seinen Augen verschwamm das Innere des Wagens. Er konnte noch erkennen, wie die Kontur von Bergmann sich hinter dem Steuer aufrichtete und versuchte, die Fahrertür zu öffnen. Dann erschütterte ein furchtbarer Knall die Stille des Augenblicks und der Wagen machte einen Satz nach vorne. Fredi wurde hin- und hergeschüttelt. Als er dabei mit der Schläfe auf das Armaturenbrett schlug, schwand ihm endgültig das Bewusstsein. Das Letzte, was er hörte, waren ein wildes Handgemenge und laute Schreie, die sich aber immer mehr in der Ferne verloren, bevor es dunkel wurde.

Als Fredi die Augen wieder aufschlug, lag er mit dem Rücken im Schnee und blickte in einen klaren Sternenhimmel. Er spürte gerade noch den abklingenden Schmerz einer Ohrfeige, die

Richard Borowka ihm soeben verpasst hatte. Sein Kumpel kniete seitlich neben ihm und keuchte: „Na, alles klar?"

Über Borowkas Augenbraue klaffte eine Platzwunde, aus der Blut sickerte. Seine Jeansjacke mit dem Pelzkragen, die er schon in Himmerich getragen hatte, war dreck- und blutverschmiert. Borowka wirkte erschöpft und zerschlagen. In heftigen Stößen atmete er ein und aus. Fredi richtete sich auf und musste laut aufstöhnen. Ein gleichmäßiger Schmerz hatte sich über seinen ganzen Körper verteilt. Er setzte sich hin und rieb sich die Augen, weil er glaubte, damit seine Kopfschmerzen vertreiben zu können. „Was ist passiert?", fragte er.

Auch Borowka setzte sich hin. Der nasse Schneematsch, der augenblicklich durch seine Hose kroch, machte ihm jetzt auch nichts mehr aus. Vor sich sahen sie im schwachen Lichtschein, den der Mond abgab, den völlig demolierten Golf III mit Viersener Kennzeichen. Im Kofferraum verkeilt hing ein dunkelblauer Ford Mondeo und wirkte dabei wie ein liebestoller Rüde. Jetzt erkannte Fredi auch den Wagen wieder. Es handelte sich um den Mondeo von Ritas Eltern. Er wusste doch, dass er ihn schon einmal gesehen hatte. Borowka also war es gewesen, der ihm den ganzen Tag gefolgt war.

Borowka fummelte sich eine zerdrückte Packung Marlboro aus der Innentasche seiner Jacke und bot Fredi eine Zigarette an. Während beide den Rauch in die eiskalte Nacht ausstießen, begann Borowka zu erzählen: „Der Scheiß Bergmann konnte abhauen. Ich hab dem zwar noch eine verpasst, aber der war viel zu schnell für mich. Seit der Unfall habe ich totale Probleme mit die linke Schulter. Da habe ich bestimmt eine Bänderzerrung drin."

„Jetzt mal von vorne", unterbrach ihn Fredi und nahm einen tiefen Lungenzug. „Was war überhaupt mit der Unfall? Und wo warst du die ganze Zeit?"

„Als ich Sonntag von Himmerich nach Hause fahren wollte, hatte der Tigerarsch mich von der Straße abgedrängt. Wie ich da in meine Gurte festhing, kommt der auf mich zu, für mich abzuknallen. Aber in dem Moment hält an der Straße ein Auto an. Die hatten der Unfall mitbekommen und wollten helfen. Wie die ausgestiegen sind, ist der Bergmann schnell abgehauen. Das war ein Ehepaar aus Brüggelchen. Die kennst du bestimmt. Walter und Erna Pisters."

Fredi glaubte, sich zu erinnern. „Die, die früher das Reisebüro in Waldfeucht hatten?"

„Genau die. Die haben mich aus das Wrack rausgeholt und mit zu sich nach Hause genommen. Ich hab für die gesagt, dass ich ein paar Tage untertauchen müsste, damit ich nicht der Lappen abgeben muss. Hatte der Walter total Verständnis für, weil die dem auch schon mehrfach nach dem Kegelabend aufgelauert hatten. Der meint, die Bullen hätten dem auf dem Kicker, seit dem vor zwei Jahren das Reisebüro abgebrannt ist und dem sein Anwalt dem trotz der ganzen Brandbeschleuniger, die die gefunden hatten, rausgehauen hatte. Deshalb konnte ich bis heute bei die übernachten und mich ein bisschen auskurieren. Ich habe viel Glück gehabt. Nur ein paar Prellungen und blaue Flecken. Ich habe auch Rita angerufen, für die zu beruhigen. Und die hat mich versprochen, dass die nix davon sagt, wenn einer anruft. Und mit dem Walter habe ich auch ein Deal gemacht. Der hält die Klappe dadrüber, dass ich da bin und ich halte dem sein Namen vor der Polizei geheim. Der hat

Angst, dass die zu dem nach Hause kommen und am Ende noch die Schwarzbrennerei im Keller entdecken. Ich habe gedacht, das ist das Beste. Mittlerweile war mir ja auch klar, dass der Tiger ernst macht."

„Das kannst du wohl laut sagen", stöhnte Fredi und rieb sich den Hinterkopf. Er stellte fest, dass sich dort bereits eine riesige Beule gebildet hatte. „Und dann hast du dich der Mondeo von deine Schwiegereltern geholt, weil die in Skiurlaub sind?!"

„Genau." Borowka schnippste die aufgerauchte Zigarette weg und zündete sich sofort eine neue an. „Und damit habe ich mich an deine Fersen geheftet. Ich habe mir gedacht, dass der Tiger sich als Nächstes dich schnappen will. Und wenn es so weit ist, wollte ich zuschlagen. Denn jedes Raubtier hat wieder ein Raubtier über sich, das dem frisst." Borowka lachte laut.

Fredi grinste und drückte seine Zigarette im Schnee aus. „Da bin ich ja froh, dass du in der Schule nicht so gut aufgepasst hast. Der Tiger hat nämlich keine natürlichen Feinde."

„Nicht? Das kann doch gar nicht sein. Was ist denn ... zum Beispiel ... mit der Bär?"

„Bären haben auch Angst vor Tiger." Fredi formte einen kleinen Schneeball und hielt ihn sich gegen die Schläfe, um die pochenden Kopfschmerzen zu beruhigen, die sich mittlerweile wie ein eisernes Band um seine Stirn gelegt hatten. „Dann warst du das also auch gestern Abend bei mir auf der Terrasse, oder?"

Borowka sah überrascht auf. „Woher weißt du das?"

„Du hast dein Schlüsselbund da verloren."

„Leck mich am Arsch. Da habe ich dem verloren. Genau wie mein Handy. Das muss mir bei der Unfall aus der Tasche gefallen sein. Ich glaube, ich muss noch ein bisschen üben, für ein richtig guter Ermittler zu werden." Borowka lachte wieder. Diesmal aber mündete sein Lachen in ein kehliges Husten.

„Ach Quatsch. Das war schon super", sagte Fredi anerkennend. „Vor allem, dass du mich hier auf der versteckte Parkplatz überhaupt gefunden hast. Ich hatte dich doch an die Ampel abgehängt."

„Meine Fresse. Das war ganz großes Kino mit die Ampel. Wie bei die Folge von ‚Ein Colt für alle Fälle', die wir mal auf DVD geguckt haben. Weißt du noch? Wo der Howie in der Stripclub verprügelt wird. Na ja, auf jeden Fall bin ich anschließend in die Richtung hinterhergefahren, wo du abgebogen warst und hab dich dann durch Zufall hier vorne rumkurven sehen, wie du die Einfahrt am suchen warst. Und ein Mitsubishi Colt mit zu hoch eingestellte Scheinwerfer fällt ja sogar im Dunkeln auf."

Fredi stand auf und atmete tief durch. Sein Puls normalisierte sich langsam wieder. Er half auch Borowka auf die Beine und sagte: „Jedenfalls danke. Du hast mir das Leben gerettet. Weißt du, wodran mich das eben erinnert hat?"

„Sag nix. Ich weiß es", Borowka ballte seine Fäuste. „Wie ich damals auf dem Schulhof der dicke Henning von dir runtergeholt und vermöbelt hab."

„Und nachmittags haben wir dann wieder auf unsere Bank hinter der Kirche gesessen und uns stundenlang Racheaktionen für Henning ausgedacht."

„Und auf der Boden gespuckt", ergänzte Borowka. Fredi lächelte selig, als die Erinnerung zurückkehrte. Doch dann wurden seine Lider schwer und er merkte, dass er unendlich müde war.

30
Dienstag, 15. Dezember, 20.43 Uhr

Eine Bombe ist ein Behälter, der mit explosivem Material gefüllt ist und mittels eines Zünders zur Explosion gebracht werden kann. In diesem Fall war der Behälter ein kurzes Stahlrohr, das mit Klebeband unter Wills Bett befestigt gewesen war. Das explosive Material darin nannte sich C4, ein sogenannter Plastiksprengstoff, der offenbar aus Militärbeständen stammte. Beim Fernzünder hingegen waren zwei Drähte so angeschlossen worden, dass die Bombe nicht hatte hochgehen können. Die Einzelteile des Sprengsatzes lagen nun fein säuberlich nebeneinander auf dem mit Malerfolie abgedeckten Küchentisch des Bauernhofes. Hauptkommissar Dickgießer saß darüber gebeugt und untersuchte einige Details mit einem Holzstab. Er trug dünne Gummihandschuhe. Sein Kollege Remmler stand mit ineinander verschränkten Armen neben dem Tisch und beobachtete die Aktion zusammen mit Löschmeister Josef Jackels. Nachdem die beiden Beamten die Bombe entdeckt hatten, hatten sie alle Bewohner des Hauses in den benachbarten Hühnerstall evakuiert. Auch der verletzte Kleinheinz war eilig mit einem Rollstuhl hinübergefahren worden. In engem telefonischen Kontakt mit einem Bombenspezialisten vom LKA in

Düsseldorf hatten Dickgießer und Remmler dann die Bombe untersucht und relativ schnell festgestellt, dass der Zünder inaktiv war. Nun warteten sie auf einen Mitarbeiter der Spurensicherung, der gemeinsam mit Kommissar Schieber in dem getarnten Tierarztwagen auf dem Weg nach Saffelen war, um die Einzelteile auf Fingerabdrücke zu untersuchen. Hastenraths Will, Tosic und Kleinheinz hatten sich jetzt, da sich die erste Aufregung gelegt hatte, in das Krankenzimmer des verletzten Kommissars zurückgezogen. Nur Josef Jackels war in der Küche geblieben, weil ihn die Erklärungen zu einer echten Bombe faszinierten. Als junger Löschmeisteranwärter hatte er ein einziges Mal dabei sein dürfen, als ein Spezialist aus der Großstadt im Neubaugebiet eine Fliegerbombe aus dem Zweiten Weltkrieg entschärfte. Allerdings hatte er das nicht so hautnah mitbekommen wie diesmal. Damals durfte er nur das Flatterband an der äußersten Absperrung bewachen.

„Die Bombe hat ein Profi gebaut", erklärte Remmler dem Feuerwehrmann, während er einen Zahnstocher zwischen seinen Lippen balancierte. „Deshalb muss es sich um eine Warnung handeln. Wer imstande ist, einen solchen Sprengsatz herzustellen, der macht keinen Fehler beim Zünder. Die Bombe ist absichtlich manipuliert worden."

Dickgießer nickte, ohne vom Tisch aufzusehen. „Das seh ich genauso", bestätigte er. „Da wollte uns jemand einen gehörigen Schreck einjagen und seine Macht demonstrieren."

„Meinen Sie, der Tiger war hier im Haus gewesen, für die Bombe zu verstecken?" Josef lief ein Schauer über den Rücken.

„Wohl eher sein Schmusekätzchen", ätzte Remmler. Als Josef ihn unsicher ansah, seufzte er kurz, bevor er fortfuhr:

„Herr Jackels, machen Sie sich keine Sorgen. Ihnen kann gar nichts passieren, solange Sie hier im Haus sind. Sobald Bergmann auftaucht, haben wir ihn. Wir vermuten, dass diese Maria Felino die Bombe unter dem Bett angebracht hat, als sie letzten Samstag hier war."

„Ach so", jetzt schwante es Josef, „das kann gut sein. Die war ja zwischendurch mal oben auf dem Klo gewesen."

„Ja ja", sagte Dickgießer stumpf, „das hat Herr Hastenrath uns vorhin schon gesagt." Mit dem Holzstab drehte er den Zünder auf die Seite und begutachtete ihn eingehend. Aus dem Augenwinkel sah er zu Remmler auf. „Ich tippe mal, dass der Tiger seine Kontakte zur albanischen Mafia hat spielen lassen. Das Zeug hier kriegst du nicht an jeder Straßenecke."

„Woher kennen Sie sich eigentlich so gut mit Bomben aus", fragte Josef dazwischen, „lernt man das auf der Polizeischule? Wir von der Freiwilligen Feuerwehr müssen immer Fort- und Weiterbildungen mitmachen wegen alles mögliche. Wegen Chemie- und Strahlenschutz oder so Übungen mit Atemschutzgeräte. Das ist aber alles immer nur theoretisch. Ich glaube nicht, dass ich das noch könnte, wenn hier mal was passiert."

Dickgießer erhob sich von seinem Stuhl und musterte den Löschmeister belustigt. „Muss ich mir etwa Sorgen um die Sicherheit von Saffelen machen, Herr Jackels?" Er grinste.

Josef schüttelte schnell den Kopf. „Natürlich nicht."

„Mal im Ernst, Herr Jackels. Bomben sind ein sehr komplexes Feld. Da müssen selbst wir vom LKA meistens externe Leute für anfordern. In diesem Fall konnte uns zum Glück ein Kollege aus Düsseldorf telefonisch helfen. Hauptkommissar

Remmler und ich müssen aber auch regelmäßig Fortbildungsseminare besuchen – genau wie Sie. Ich erinnere mich da an einen Lehrgang in Brühl, der hieß ‚Grundlagen im Umgang mit Explosionsstoffen'. Da ging es um solche Rohrbomben. War doch so, oder Horst?"

Remmler nickte gelangweilt, schnippte eine Zigarette aus der Packung und zündete sie mit einem aufklappbaren Feuerzeug an. Er nahm einen tiefen Lungenzug und blies den Rauch in den Raum. Josef wedelte angewidert den Tabakqualm weg und sagte streng: „Wenn ich jetzt im Dienst wäre, müsste ich Sie das quasi im Prinzip verbieten. Brennende Zigaretten fallen unter der Begriff ‚offenes Feuer'. Und das dürfen Sie hier im Gebäude nicht entzünden. Dieses Bauernhaus ist ein historisches Gebäude, wo viel Fachwerk drin verbaut ist."

Remmler sah ihn verblüfft an. Als er keinen Hauch von Ironie in Josefs Gesicht erkannte, warf er zögerlich die Kippe in eine Tasse mit einem Rest Kaffee, wo sie zischend erstarb. Dickgießer lachte leise und setzte sich wieder an den Tisch.

Aus dem rechten Bein ragte noch immer wie ein Mahnmal der Fixateur externe heraus. Kommissar Kleinheinz lag auf seinem Bett. Er trug eine Trainingshose mit aufgeschnittener Naht, sodass man sehen konnte, wie die kleinen Härchen auf dem teilrasierten Oberschenkel langsam nachwuchsen auf der vom Jod leicht eingefärbten Haut. Sein muskulöser Oberkörper wurde von einem grauen Sweatshirt umspannt, das den breiten Bauchverband verdeckte. Drei große Kopfkissen, die er unter seinen Rücken gestopft hatte, sorgten dafür, dass er aufrecht sitzen konnte. Wachpolizist Tosic hatte direkt neben der Tür auf einem schlichten Holzstuhl Platz genommen, während Hastenraths Will sich den kleinen, abgenutzten Biedermeiersessel ans Kopfende des Bettes herangezogen hatte. Kleinheinz wirkte trotz der Strapazen der letzten Tage und der aufreibenden Evakuierung entspannt und fit. Die Ereignisse schienen ihn eher in gute Laune zu versetzen statt ihn zu beunruhigen. Bei Will sah das ganz anders aus. Nervös knibbelte er an seinen schwieligen Händen herum. „Wie konnte das mit die Bombe bloß passieren?", fragte er bereits zum dritten Mal.

„Nun machen Sie sich mal keine Vorwürfe, Herr Hastenrath." Kleinheinz' Stimme klang ruhig und sachlich. „Nach dem momentanen Stand der Ermittlungen müssen wir davon ausgehen, dass Maria Felino den Sprengstoff unter Ihrem Bett angebracht hat. Vielleicht finden die Kollegen ja Fingerabdrücke."

„Ja aber, das hätte ich doch merken müssen, wenn die da eine Bombe versteckt."

„Wie denn? Sie sind ihr ja nicht aufs Klo gefolgt. Außerdem haben Sie selbst gesagt, dass sie eine große Handtasche dabei hatte."

„Ja, ich weiß." Will ließ den Kopf hängen. „Man kann ja nicht alles sehen. Das schafft ja noch nicht mal Kommissar Dickgießer."

„Wie meinen Sie das?", fragte Kleinheinz.

Will hob den Kopf. „Ich mein ja nur. Als der Stein durchs Wohnzimmerfenster geworfen wurde, saß Herr Dickgießer doch mit dem Fernglas auf sein Beobachtungsposten. Er hatte freien Blick auf die Straße."

Kleinheinz überlegte kurz. „Es war aber dunkel und der Werfer hat wahrscheinlich hinter einer Mauer gestanden."

Will fuhr mit der Hand über sein stoppeliges Kinn. Je länger er darüber nachdachte, desto ungereimter kam ihm die ganze Sache vor. „Ehrlich gesagt, kann ich mir das nicht vorstellen, dass der Steinewerfer hinter eine Mauer gestanden hat. Die nächste Wand, hinter der man sich verstecken kann, ist mindestens 20 Meter entfernt. Und wenn man ein Ziegelstein von dieser Größe über eine so große Distanz wirft, kann der niemals in so ein Winkel im Zimmer reinfliegen. Der Werfer muss also relativ nah am Fenster gestanden haben."

„Woher wollen Sie das denn wissen? Haben Sie Physik studiert?", fragte Tosic mit leicht spöttischem Unterton.

Will erhob sich, baute sich vor dem Oberkommissar auf und sah ihm direkt in die Augen. „Dafür brauche ich nix zu studieren. Ich war mehrmals Saffelener Dorfmeister im Zuckerrübenweitwurf. Bei unsere alljährliche Spaßolympiade am Sportplatz. Und ich kann Sie versichern, der Stein muss aus nächster Nähe ins Fenster geworfen worden sein."

Tosic zuckte verlegen mit dem linken Auge. Er konnte dem Blick des Landwirts nicht mehr standhalten und betrachtete jetzt stattdessen seine Hände, die zusammengefaltet in seinem Schoß lagen.

Kleinheinz rieb sich das Kinn. „Sagen wir mal, es stimmt. Dann war es aber immer noch dunkel, sodass Dickgießer nicht gut sehen konnte."

„Was ist mit die Straßenlaterne? Nicht sehr hell, aber hell genug für ein Schatten vorbeihuschen zu sehen." Wills kriminalistischer Ehrgeiz war geweckt.

„Dann war Dickgießer eben gerade auf dem Klo oder was weiß ich. Was wollen Sie denn damit überhaupt sagen?" Kleinheinz' Stimme klang herausfordernd.

„Was ist, wenn Dickgießer der Steinewerfer gar nicht sehen wollte?" Will ließ den Satz einige Sekunden durch den Raum schweben.

„Wissen Sie, was Sie da behaupten?", fragte Tosic empört.

„Das ist wirklich Blödsinn, Herr Hastenrath", pflichtete Kleinheinz seinem Kollegen bei. „Hauptkommissar Dickgießer ist ein hervorragend beleumundeter Kollege."

Will ließ sich nicht beirren. Seine Wangen waren vor Aufregung gerötet. „Jetzt fällt mir noch was ein. Dass ich da nicht eher drauf gekommen bin. Ich habe die ganze Zeit gewusst, dass an die Bombengeschichte was nicht stimmt."

Kleinheinz rutschte nervös auf seinem Bettlaken hin und her. „Machen Sie's nicht so spannend, Herr Hastenrath."

Will ging ein paar Schritte und blieb mitten im Raum stehen. Dann erhob er seine Stimme: „Wenn Maria Felino die Bombe letzten Samstag unter mein Bett angebracht hat, warum haben die beiden Spezialagenten die denn nicht gefunden, wie die gestern Abend nach ihre Ankunft das ganze Haus durchsucht haben? Die haben dabei ein Riesenfass aufgemacht. Von wegen: alle auf Seite, jetzt kommen die Profis. Und dann haben die sich aufgeteilt. Einer hat das Erdgeschoss durchsucht und der andere der erste Stock."

„Und Dickgießer hat den ersten Stock durchsucht?", fragte Kleinheinz zögerlich.

„Falsch", sagte Will und reckte den rechten Zeigefinger in die Höhe, „Kommissar Remmler war oben."

„Jetzt versteh ich gar nichts mehr." Oberkommissar Tosic schüttelte den Kopf.

„Ich aber", sagte Kleinheinz tonlos. Sein Gesicht war blass geworden. „Wenn Remmler gestern Abend keine Bombe unter dem Bett entdeckt hat, ist sie zu diesem Zeitpunkt vielleicht noch gar nicht da gewesen. Das könnte bedeuten ..."

„... dass Dickgießer die Bombe erst heute im Laufe des Tages angebracht hat", vollendete Will den Satz. „Und vielleicht hat Dickgießer sogar selbst der Stein durchs Fenster geworfen. Immerhin war er ja draußen. Angeblich für der Steinewerfer zu fangen. Was, wenn er schon draußen war, bevor der Stein durch die Scheibe flog? Könnte doch gut sein. Josef hat im Wohnzimmer geschlafen, Remmler war in der Küche, Ich war oben und Sie und Herr Tosic hier im Zimmer." Die Worte sprudelten nur so aus ihm heraus.

„Schluss jetzt", fuhr Kleinheinz dazwischen. „Ich halte nichts von wilden Spekulationen. Wenn man sich etwas in den Kopf setzt, finden sich plötzlich Hunderte von scheinbaren Hinweisen. Wir dürfen aber das Entscheidende nicht vergessen: Das Motiv! Was sollte Dickgießer für ein Motiv haben?"

„Vielleicht ist er ein Komplize von Bergmann", sagte Tosic. Auch er hatte sich mittlerweile erhoben.

Kleinheinz schüttelte vehement den Kopf. „Das kann ich nicht glauben. Ich kenne den Rainer schon ewig und ich habe viele Jahre mit Bergmann zusammengearbeitet. Das wäre mir aufgefallen, wenn die beiden sich gekannt hätten."

„So wie es dir aufgefallen ist, dass Bergmann jahrelang falsch gespielt hat?", rutschte es Tosic heraus.

Kleinheinz zuckte und seine Miene verzog sich zu einer

Grimasse. Tosic hatte seinen wunden Punkt getroffen. Kleinheinz hatte bis heute nicht verwunden, dass er sich so sehr in Bergmann getäuscht hatte. Bis zum Zeitpunkt der Erkenntnis hatte er eine gute Menschenkenntnis für sich beansprucht. Doch seitdem war alles anders. Vielleicht war er deshalb von dem Gedanken besessen, den Tiger so schnell wie möglich wieder in den Käfig zu sperren. Sollte ihm sein Übereifer jetzt schon wieder einen Streich spielen? Übersah er wichtige Dinge? War Dickgießer am Ende ein Maulwurf, den Bergmann manipuliert hatte oder den er vielleicht sogar erpresste? Kleinheinz musste schlucken.

„Tut mir leid, Chef. So war das nicht gemeint." Tosic ließ sich beschämt auf seinen Stuhl zurücksinken.

„Nein, nein, schon gut", murmelte Kleinheinz. „Ihr habt recht. Wir müssen in alle Richtungen denken. Ich habe die Akte von Bergmann in Kopie und werde mir alles noch mal genau durchlesen. Vielleicht habe ich ja irgendwas übersehen."

Es klopfte. Nachdem Will „Herein" gebrüllt hatte, betrat Josef Jackels strahlend das Zimmer und schloss die Tür wieder hinter sich.

„Es gibt gute Nachrichten", verkündete er stolz. „Fredi und Borowka sind wieder aufgetaucht. In Mönchengladbach. Denen geht es gut. Die haben gerade auf das Handy von der Herr Dickgießer angerufen. Der hat sofort reagiert und zwei Streifenwagen hingeschickt, für die zum Polizeihauptquartier zu fahren."

Kleinheinz wirkte erleichtert. Auch Will atmete tief durch. Zum Glück hatte er Fredi noch die Handynummer durchgegeben.

„Der Herr Dickgießer ist ein sehr guter Polizist", fuhr Josef mit glänzenden Augen fort. „Ihr hättet mal sehen sollen, wie der die Bombe auseinandergenommen hat. Das hat der bei ein Sprengstoffseminar gelernt. So eins, wie ich das auch immer mit der Feuerwehr mache in Bad Neuenahr. Der Herr Dickgießer war natürlich nicht in Bad Neuenahr gewesen, sondern in Brühl, wo die Polizei so ein ..."

„Natürlich", Kleinheinz richtete sich ruckartig auf und stöhnte dabei vor Schmerzen. „Das LAFP", keuchte er, „das Landesamt für Ausbildung, Fortbildung und Personalangelegenheiten in Brühl. Was meint ihr, wer da auch mehrere Lehrgänge besucht hat?"

„Wer denn?", fragte Josef.

„Keiner", schnitt Will ihm das Wort ab, öffnete die Tür und schob ihn sanft zurück auf den Flur. „Geh doch mal nach oben gucken, ob wir noch ein Lavendelschaumbad haben. Ich möchte mich gleich mal in die Wanne legen – als Erster." Josef verließ kopfschüttelnd das Zimmer.

Will und Tosic kamen ans Fußende des Bettes. Kleinheinz horchte noch mal kurz nach draußen, bevor er mit deutlich gesenkter Stimme fortfuhr: „In der Akte von Manfred Bergmann steht, dass er vor seiner Undercovertätigkeit mehrfach an Fortbildungslehrgängen in Brühl teilgenommen hat. Außerdem hat er mir oft davon erzählt. Weniger von den Lehrinhalten als davon, dass er dort reihenweise Kolleginnen flachgelegt hätte. Ich werde gleich morgen früh telefonieren und mir die Seminarlisten mit den Teilnehmern im fraglichen Zeitraum mailen lassen."

„Warten Sie", Will kramte eine geknickte Visitenkarte aus der Tasche seiner grauen Stoffhose und reichte sie ihm, „das ist die E-Mehl-Adresse von mein Schwiegersohn. Lassen Sie die Listen am besten an dem schicken. Sicher ist sicher. Ich glaube, wir können hier im Haus keinem mehr trauen."

Kleinheinz nahm die Visitenkarte und nickte betreten. Die Schmerzen in seinem Bauch machten sich wieder bemerkbar.

31
Mittwoch, 16. Dezember, 15.08 Uhr

In der Nacht war wieder viel Schnee gefallen, der sich schmutzig grau an den Häuserecken auftürmte. Nach den Geschehnissen des Vortages hatten Dickgießer und Remmler die Sicherheitsmaßnahmen erhöht und auch vor dem Haus Kameras angebracht. Diese Arbeit hatte den ganzen Vormittag in Anspruch genommen, weil man gerade im Eingangsbereich sehr diskret vorgehen musste. Beim Anbringen der Gerätschaften musste Will sogar eine Dachrinnenreparatur vortäuschen, damit der unermüdlich Schnee schaufelnde Jütten Toni von gegenüber nicht argwöhnisch wurde. In Abstimmung mit Kleinheinz ließ er sich Dickgießer gegenüber nichts anmerken. Der zog im Inneren des Hauses gemeinsam mit Remmler Kabel, die in der Küche zusammenliefen. Die Ermittlungszentrale glich mittlerweile dem Kontrollraum einer Raketenabschussbasis. Neben der großen Flipchart, die sich immer mehr mit Fotos und Zetteln füllte, lieferten nun mehrere kleine Monitore gestochen scharfe Schwarz-Weiß-Aufnahmen von allen Seiten des Gebäudes. Die Richtmikrofone waren so empfindlich, dass man teilweise sogar die Flüche verstehen konnte, die Jütten Toni beim Schneeschaufeln in Richtung seiner Ehefrau murmelte. Auf dem

Küchentisch stapelten sich Akten, Kladden und verschiedenes Werkzeug. Der mit schmutzigem Geschirr überfüllten Spüle sah man an, dass man es mit einem reinen Männerhaushalt zu tun hatte. An geregelte Essenszeiten war wegen der verschiedenen Schichtdienste kaum zu denken. Die Bewohner des Bauernhofes ernährten sich in der Hauptsache von Konserven aus dem übervollen Vorratsraum der Hastenraths. Auch wenn von Will des Öfteren der Wunsch geäußert worden war, an „Rosis Grillcontainer" Fritten zu holen, hatte Ermittlungsleiter Dickgießer das strikt untersagt. Zu groß sei die Gefahr, dass Rosi, die nicht gerade für ihre Verschwiegenheit bekannt war, Verdacht schöpfen könnte, wenn Josef und Will plötzlich eine Großbestellung für sechs Personen aufgeben würden. Vor allem, da Billa und Marlene doch in Urlaub waren. Schweren Herzens und von Hunger geplagt, hatte Will sich dazu durchgerungen, für alle Erbsensuppe zuzubereiten. Zum Glück hatte Marlene im Laufe der letzten Monate etliche Tupperdosen eingefroren. In einem großen Einmachtopf rührte Will mit einem stabilen Holzlöffel kleine Würstchen- und Speckstücke unter die dickflüssige Suppe, während Josef Jackels im Wohnzimmer den Tisch deckte. Dort hatte er in dem schweren Eichenschrank noch saubere Suppenteller und Besteck gefunden. Kommissar Kleinheinz hatte in Wills Ohrensessel Platz genommen und sein geschientes Bein auf dem Hocker abgelegt. Tosic und Michael, der die Würstchen vorbeigebracht hatte, trugen zusätzliche Stühle in den Raum. Die Stimmung innerhalb der Gruppe war angespannt. Dickgießer und Remmler arbeiteten schweigsam vor sich hin. Sie wirkten verstimmt, nachdem ihr Dezernatsleiter angerufen und ihnen nach seinem Gespräch mit dem Landrat eine enge Zusammenarbeit mit Kleinheinz dringend angeraten hatte. Entsprechend unterkühlt hatten die drei Hauptkommissare am Vormittag mehrere Stunden mit dem Sichten der bisherigen Ermittlungsergebnisse zugebracht. Dickgießer erhob sich wortlos vom Küchentisch, als Will brüllte: „Essen ist fertig!" Der Landwirt hatte den brodelnden Topf von der Platte genommen und trug ihn vorsichtig mit zwei um die Henkel gewickelten Spültüchern in Richtung Wohnzimmer. Auch Remmler wollte gerade aufstehen, als das Faxgerät plötzlich ratternd zum Leben erwachte. Dickgießer nickte ihm im Rausgehen zu. „Warte noch eben auf das Fax, Horst. Das müsste die Spurensicherung sein. Vielleicht sind ja Fingerabdrücke an der Bombe. Ich bin schon mal zu Tisch."

Josef rieb sich erwartungsvoll die Hände, als Will ihm die sämige Suppe auf den Teller löffelte. „Marlene ihre Erbsensuppe ist die beste", sagte er.

„Wenn sie nur halb so gut schmeckt, wie sie duftet, dann ist sie sogar Weltklasse", bestätigte Kleinheinz. Kurz danach erstarben die Gespräche und die Geräuschkulisse im Wohnzimmer bestand nur noch aus Schlürfen, Schmatzen und dem lauten Ticken der Uhr, die über dem Fernseher hing. Doch dann erschien Hauptkommissar Remmler im Türrahmen und die meditative Stille wurde jäh unterbrochen. Er wedelte mit einem Blatt Papier und lächelte so breit, dass seine beiden Mundwinkel fast die Ohren erreichten. „Gute Nachrichten", rief er. Er wartete noch ab, bis alle sechs Löffel in die Teller gefallen waren, bevor er fortfuhr: „Post von der Spurensicherung. An der Bombe wurden keine Fingerabdrücke gefunden ..."

„Was ist denn daran gut?" Dickgießer verzog das Gesicht. Er konnte es nicht leiden, wenn Remmler immer aus allem eine Show machte.

„... aber dafür woanders. Haltet euch fest. Richard Borowka und Fredi Jaspers müssen heute noch zur Beobachtung im Krankenhaus bleiben, deshalb konnte Kollege Schieber nur kurz mit ihnen sprechen. Ach so, Rainer. Der Arzt bittet darum, dass du die beiden, wenn möglich, erst morgen früh verhörst, weil Herr Jaspers wohl eine schwere Gehirnerschütterung hat und Herr Borowka noch wegen seiner Unfallverletzungen behandelt werden muss."

„Komm zur Sache, Horst." Dickgießer klang jetzt ärgerlich und Remmler beeilte sich, weiterzureden. „Auf jeden Fall hat Herr Borowka ausgesagt, dass er Maria Felino auch schon mal begegnet sei, und zwar an seinem Arbeitsplatz. Sie habe sich dort von ihm seinen Ford Capri zeigen lassen. Daraufhin hat sich die Spurensicherung das sichergestellte Autowrack noch mal genau angesehen und siehe da ..."

„Fingerabdrücke!", stieß Kleinheinz mit einem Strahlen im Gesicht hervor.

„Genau", triumphierte Remmler, „ein paar herrliche Exemplare am Lenkrad. Und da Herr Borowka uns versichert hat, dass außer ihm noch nie jemand anders am Steuer gesessen hat, konnte es sich nur um unsere Zielperson handeln."

„Und – was sagt der Abgleich?", fragte Dickgießer ungeduldig. Seiner Stimme war die Erregung anzuhören, die sich einstellt, wenn man einer Lösung ganz nahe kommt.

„Volltreffer! Wir haben eine Übereinstimmung. Herr Borowka hat die Person schon identifiziert. Wenn Herr Hastenrath und

Herr Jackels auch noch so frei wären ..." Remmler hob langsam das Blatt, das er in der Hand hielt und drehte es um. Darauf war das Gesicht einer attraktiven Frau mit langem, schwarzem Haar zu sehen. Ihr unterkühlter Blick bohrte sich in die Betrachter. Will und Josef erkannten sie sofort. „Maria Felino", sagten sie fast zeitgleich.

„Fast", korrigierte Remmler. „Es handelt sich um eine Kroatin, die seit zwei Jahren mit internationalem Haftbefehl gesucht wird. Ihr Name ist Danica Vucevic. Na, klingelt da was?"

Kleinheinz musterte Dickgießer von der Seite und sagte: „Dass wir da nicht eher drauf gekommen sind! Danica Vucevic war zeitweise mit Bergmann liiert, als der als V-Mann bei der Drogenmafia gearbeitet hat."

„Irgendwann wären wir sicher auf sie gestoßen", murmelte Dickgießer leicht zerknirscht, „aber Bergmann hatte so viele Frauen. Na egal, Hauptsache, wir wissen jetzt, mit wem wir es zu tun haben. Wir müssen sie nur noch finden."

„Die Frau ist ein großes Kaliber. Die wird gesucht wegen Entführung und Körperverletzung. Und die soll eine Spezialistin im Auskundschaften sein." Remmler las die Notizen vor, die er sich auf das Blatt gemacht hatte. „Die Kollegen haben nämlich auch noch einen Peilsender in Borowkas Auto gefunden, der unter dem Armaturenbrett versteckt war. Dürfte also nicht so einfach sein, sie zu finden."

„Vielleicht doch", sagte Michael, der die ganze Zeit schweigend auf dem Sofa gesessen hatte. Alle Köpfe drehten sich zu ihm. „Wir können Kontakt mit ihr aufnehmen. Wir haben eine E-Mail-Adresse von ihr."

„Ihr habt was?", stieß Dickgießer hervor und schoss von seinem Stuhl hoch.

„Halt die Klappe, Michael", schaltete sich Hastenraths Will ein, „wir haben doch gesagt, dass wir ..."

Kommissar Kleinheinz, der neben Will saß, fasste dem Landwirt an den Arm und starrte ihn fassungslos an: „Herr Hastenrath, ich habe Ihnen doch schon mehrmals gesagt, dass ich keine Alleingänge dulde. Ihnen ist wohl nicht klar, wie gefährlich die Situation ist!?"

Dickgießer verschränkte die Arme vor der Brust und fixierte Will, der beleidigt das Gesicht verzog. „Das glaube ich ja jetzt wohl nicht, Herr Hastenrath. Sie ermitteln doch wohl nicht auf eigene Faust?"

„Wir wollten Sie doch bloß helfen", verteidigte sich Will patzig. „Der Michael und ich, wir wollten herausfinden, wer hinter diese E-Mehl-Adresse steckt und Sie dann der Name übergeben, damit sie weiterkommen."

„Damit ich weiterkomme?", Dickgießers Stimme überschlug sich fast, „wissen Sie was? Sie werden hiermit auf der Stelle von allen Ermittlungen ausgeschlossen. Ich lasse Sie gleich von hier wegbringen. Und dann werde ich dafür sorgen, dass Sie ..."

„Ist ja schon gut. Ich verspreche Sie, dass ich Sie ab sofort bei alles unterstütze."

„Nein, es ist überhaupt nicht gut", Dickgießers Stimme wurde immer schriller. „Und wissen Sie, wohin Sie sich Ihre Unterstützung stecken können?"

„Rainer, nun beruhig dich mal", Kleinheinz wählte seinen besonnenen Tonfall, weil er im Augenwinkel bemerkte, wie

Wills Hand langsam zu dem großen Holzknüppel neben dem Sofa wanderte. „Das war natürlich nicht in Ordnung von den beiden hier. Aber Herr Hastenrath hat sich ja gerade entschuldigt. Jedenfalls so in der Art. Außerdem kommen wir hier nicht weiter, wenn wir uns gegenseitig angreifen. Ich schlage vor, wir hören uns in Ruhe an, was sie zu sagen haben und entscheiden dann, wie wir weiter verfahren."

Dickgießer blieb noch einige Sekunden stehen und ließ sich dann grummelnd auf seinen Stuhl zurücksinken. Auch Will entspannte sich und zog die Hand wieder zurück. Michael, dem die Angelegenheit sehr unangenehm zu sein schien, durchbrach als erster die unheilvolle Stille. „Also, es war so. Maria Felino hatte noch mal angerufen und dem Will eine E-Mail-Adresse genannt, unter der sie zu erreichen ist. Er sollte sich dort melden, um das Interview zu Ende zu führen."

„Wann war das?", fragte Remmler, der immer noch im Türrahmen stand.

„Montagmorgen. So kurz nach acht."

„Kurz bevor Bergmann mich im Krankenhaus überfallen hat", sagte Kleinheinz. „Habt ihr den E-Mail-Absender herausbekommen?"

Michael schüttelte beschämt den Kopf. „Eigentlich ist das kein Problem für mich. Aber die Adresse ist verschlüsselt. Sie läuft über einen ausländischen Server mit anonymen Abonnenten. Ich komme da nicht weiter."

Dickgießer kramte einen kleinen Notizblock aus seiner Hosentasche und legte ihn zusammen mit einem Kugelschreiber vor Michael auf den Tisch. „Schreiben Sie mir die E-Mail-Adresse auf."

Michael schrieb und Dickgießer gab den Zettel wortlos an Remmler weiter, der damit sofort in der Küche verschwand.

„Machen Sie so was nie wieder!", ermahnte Dickgießer den Landwirt und dessen Schwiegersohn. „Ihnen scheint noch nicht klar zu sein, dass es hier um Leben und Tod geht. Jetzt haben wir unnötig Zeit verloren. Unsere Spezialisten beim LKA haben doch viel bessere Möglichkeiten, um den Absender aufzuspüren."

Will verschränkte die Arme vor der Brust und hob den Kopf. „Der Michael kann so was normalerweise auch. Der hat damals mal von der Peter Haselheim sein Computer aus ..." Michael stieß ihm mit dem Ellbogen in die Seite, während Kleinheinz eine Augenbraue hochzog.

Remmler erschien wieder in der Tür. Und schon wieder strahlte er wie ein Honigkuchenpferd. „So, wer möchte denn mal mit unserer hübschen Kroatin chatten?"

Plötzlich richtete Josef Jackels sich auf und hob empört seinen rechten Zeigefinger. „Mein lieber Herr Remmler. Sie mögen ja bei der Polizei sein, aber ich finde, solche Schweine - reien haben in ein christlicher Haushalt nix verloren. So können Sie vielleicht bei sich in der Polizeikaserne reden, aber nicht hier."

Michael wandte sich dem Feuerwehrmann zu. „Josef, chatten bedeutet, mit jemandem E-Mails austauschen."

Josef Jackels blickte von einem zum anderen und sagte: „Ach so." Dann setzte er sich wieder und begann mit gesenktem Kopf, seine Erbsensuppe auszulöffeln. Die anderen folgten Remmler in die Küche. Als der Hauptkommissar hinter dem PC Platz genommen hatte, sagte er: „Ich habe die E-Mail-

Adresse unseren Kollegen zur Überprüfung gegeben, habe aber gleichzeitig Maria Felino mal eine kurze Mail von unserer Tarnadresse aus geschickt. Und wir haben Glück. Unsere schöne Reporterin ist online."

Will starrte auf den Bildschirm des Laptops und las den Text laut vor:

```
Von: hastenraths.will
An: maria_felino
Betreff: Interview

Sehr geehrte Frau Felino, ich möchte gerne auf Ihr
Angebot zurückkommen, das Interview zu Ende zu
führen. Herzliche Grüße aus Saffelen Wilhelm
Hastenrath.
```

Will schüttelte den Kopf. „Das merkt die Frau Felino doch, dass ich das nicht bin. Ich hätte Interview mit „W-I-U" geschrieben."

„Von wegen", sagte Remmler und deutete stolz mit dem Finger auf die Zeile darüber, in der bereits die Antwort zu lesen war:

```
Von: maria_felino
An: hastenraths.will
Betreff: Re: Interview

Sehr geehrter Herr Hastenrath, es freut mich außer-
ordentlich, von Ihnen zu hören. Ich würde Sie und
Herrn Jackels sehr gerne treffen. Da bald Redakti-
onsschluss ist, sollten wir nicht zu lange warten.
Wie wäre es morgen Abend im „Zweiländereck" in
Süsterseel? Sagen wir 20 Uhr? GLG Maria Felino
```

Dickgießer klatschte amüsiert in die Hände. Auch Kleinheinz schnalzte mit der Zunge, nachdem Tosic ihn mit dem Rollstuhl neben den PC geschoben hatte. „Das ist unsere Chance", sagte er. „Ich bin mir sicher, Bergmann wird auch da sein. Die Kneipe kenne ich. Sehr verwinkelt, von außen schwer einzusehen, ideale Bedingungen für eine Flucht. Die liegt direkt an der holländischen Grenze. Da können wir zuschlagen."

„Aber wir können doch nicht einfach da reinmarschieren und die Tante verhaften. Zum einen wird sie bewaffnet sein und zum anderen wird Bergmann uns dann durch die Lappen gehen", gab Remmler zu bedenken.

„Das sehe ich auch so", sagte Dickgießer und rieb sich über den verspannten Nacken. „Wir müssen die zwei in Sicherheit wiegen. Und da gibt es nur eine Möglichkeit. Sie muss das Interview führen, Herr Hastenrath, und wir beschatten sie dabei."

Will schüttelte den Kopf. „Das ist ja nun Blödsinn, Herr Kommissar. Die kann das Interview ja nur führen, wenn der Josef und ich dahin ..."

„Genau!", sagte Dickgießer und fixierte mit stechendem Blick Will, dessen Gesichtsfarbe mit einem Mal von dunkelrosa in kreidebleich wechselte. „Sie haben doch eben gesagt, dass Sie uns ab sofort unterstützen wollen."

Kleinheinz hob beschwichtigend die Arme. „Rainer, das kannst du nicht machen. Wir können doch Herrn Hastenrath und Herrn Jackels nicht als Köder einsetzen. Das ist viel zu gefährlich."

„Siehst du eine andere Möglichkeit?"

„Na ja, wir könnten den Bereich großräumig abriegeln und Straßensperren errichten. Oder wir könnten ..."

„Ich mach's!" Nachdem Hastenraths Will diesen Satz ausgesprochen hatte, wurde es totenstill in der Küche. „Der Herr Dickgießer hat recht. Das mit die E-Mehl-Adresse war nicht in Ordnung gewesen. Und wir haben ja im Prinzip überhaupt keine andere Wahl. Ich werde mich mit die Frau Felino treffen und so wie ich der Josef kenne, wird der auch keine Sekunde lang zögern, für da mit hinzukommen. Also, Herr Kommissar, dann schreiben Sie mal die Antwort."

Remmler begann zu tippen:

```
Von: hastenraths.will
An: maria_felino
Betreff: Re: Re: Interview

Sehr geehrte Frau Felino, morgen Abend passt uns
sehr gut. Der Herr Jackels und ich werden dann um
20 Uhr zu Ihnen ins ‚Zweiländereck' kommen. Herz-
liche Grüße aus Saffelen Wilhelm Hastenrath.
```

„Falsch", sagte Will, „das muss korrekt heißen: Wir werden dann um 20 Uhr zu Sie im „Zweiländereck" kommen."

„Ach ja, richtig", sagte Remmler und korrigierte den Text. Dann drückte Will persönlich die „Enter"-Taste, um die Mail zu versenden. Es dauerte nicht lange, bis die Antwort eintraf:

```
Von: maria_felino
An: hastenraths.will
Betreff: Re: Re: Re: Interview

Sehr geehrter Herr Hastenrath, ich freue mich sehr
auf Sie beide. Bis morgen und alles Liebe Maria
Felino.
```

Will atmete schwer durch und richtete sich auf. Dickgießer schüttelte ihm anerkennend die Hand. „Vielen Dank, Herr Hastenrath. Sie helfen uns damit sehr. Das ist sehr, sehr mutig von Ihnen – und natürlich auch von Herrn Jackels."

In diesem Augenblick betrat Josef Jackels die Küche. Er wischte sich mit einer Serviette einen Rest Erbsensuppe aus dem Mundwinkel und sah fröhlich in die Runde. „Ihr sprecht gerade von mir?"

32
Donnerstag, 17. Dezember, 16.23 Uhr

Einem lauten, dumpfen Schlag gegen die Fensterscheibe folgte ein langsam auslaufendes glitschiges Geräusch. Oberkommissar Schieber zuckte heftig zusammen und riss vor Schreck an dem hautfarbenem Tape. Das zweite Geräusch, das folgte, war ein gebrülltes „Aaargh". Schieber biss sich verlegen auf die Lippe und verzog das Gesicht, als er auf den Klebebandstreifen in seiner Hand starrte, auf dessen Innenseite viele kleine Rückenhaare hingen. Der gerötete, haarlose Streifen von etwa zehn Zentimetern Länge auf Josef Jackels' Rücken kam langsam wieder ins Blickfeld des Oberkommissars, als der Löschmeister sich stöhnend aufrichtete. „Tut mir leid", stammelte Schieber betroffen, „aber der Knall hat mich total erschreckt. Ich dachte, da hätte einer geschossen."

„Elster."

„Wie bitte?"

„Das war eine Elster, die gegen die Scheibe geflogen ist", rief Hastenraths Will vom anderen Ende der Eckbank. Der Landwirt hatte sein grün-weiß kariertes Flanellhemd aufgeknöpft und wurde von Hauptkommissar Remmler ebenfalls gerade mit einem Mikrofon verkabelt. „Ich muss da dringend mal so Vögelfotos draufkleben. Die fliegen mir ständig dagegen."

„So, das müsste halten. Sie können sich das Hemd wieder zuknöpfen. Wir machen dann mal einen Tontest", sagte Remmler und wandte sich an seinen Kollegen. „Wie sieht's bei dir aus?"

Schieber schüttelte den Kopf, während Josef Jackels immer noch wimmernde Schmerzenslaute von sich gab. „Das Klebeband ist mir jetzt schon zum zweiten Mal abgerissen. Beim ersten Mal hat Herr Jackels die ganze Zeit gezuckt und gerade ist der Vogel dazwischengekommen. Ich hoffe, am Kabel ist nichts dran."

Josef drehte sich um. In seinen blutunterlaufenen Augen standen Tränen. Unter den Augen hatte er tiefe Ringe, weil er in der letzten Nacht vor lauter Aufregung keine Minute geschlafen hatte. Erst nach einigem Zögern und viel gutem Zureden hatte er zugesagt, Will als Lockvogel zu unterstützen, doch je mehr es auf 20 Uhr zuging, desto stärker schnürte die Angst ihm die Kehle zu. Immer wieder spielte sich vor seinem geistigen Auge eine Szene aus einem Mafiafilm ab, den er mal mit Billa gesehen hatte. Darin war ein Mann mit angeklebtem Mikrofon zu einem Gangsterboss gegangen. Der hatte ihm dann einfach das Hemd aufgerissen und die Kabel entdeckt. Noch bevor der Mann etwas zu seiner Verteidigung sagen konnte, wurde er kaltblütig mit einem Maschinengewehr erschossen. Josef bekam die Bilder einfach nicht aus seinem Kopf. Müde sagte er zu Oberkommissar Schieber: „Können wir nicht auf das Mikrofon verzichten? Ich habe ein gutes Gedächtnis. Ich kann mir ja merken, was die Frau Felino sagt."

„Herr Jackels, es geht nicht darum, dass Sie sich das merken. Es geht darum, dass wir draußen in unserem Bully mithören können, was gesprochen wird."

„Lass mal gut sein", schaltete Remmler sich ein. „Ich werde jetzt mal das Mikrofon von Herrn Hastenrath testen und wenn das gut funktioniert, dann reicht uns das vielleicht. Herr Jackels, dann müssen Sie mir aber versprechen, dass Sie sich in der Gaststätte keinen Zentimeter von Herrn Hastenrath wegbewegen."

Josef nickte heftig und lächelte erlöst, als Schieber achselzuckend daran ging, das Kabel wieder zu entfernen. Will stand auf und stopfte sich das Hemd zurück in seine abgewetzte graue Stoffhose, die notdürftig von fransigen Hosenträgern gehalten wurde. Remmler nestelte dem Landwirt noch ein wenig am Hosenbund herum und sagte dann: „So, den Sender habe ich aktiviert. Ich gehe jetzt nach nebenan ins Wohnzimmer und schalte den Empfänger ein. Und Sie, Herr Hastenrath, gehen mal nach draußen über den Innenhof bis zum Hühnerstall und reden die ganze Zeit. Das dürfte ja kein Problem sein für Sie."

Im Wohnzimmer traf Remmler auf Oberkommissar Tosic, der interessiert das Empfangsgerät betrachtete, das auf dem Wohnzimmertisch stand. „Das ist viel kleiner, als ich das in Erinnerung habe", sagte er.

„Die werden immer kompakter die Dinger", antwortete Remmler und setzte sich auf das Sofa vor das Gerät. „Sie müssten mal unseren Bully sehen, wie der von innen ausgestattet ist. Nur vom Feinsten."

„Nehmt ihr den Tierarztwagen, mit dem Schieber heute Morgen gekommen ist?"

„Nein, nein. Der ist nur für Transportzwecke. Schieber hat damit die mobile Abhörtechnik angeliefert. Und Kommissar Dickgießer ist jetzt mit dem Kastenwagen nach Heinsberg zurückgefahren. Dort bereitet er mit unseren Technikern den Überwachungswagen vor. Wir haben uns für ein forstwirtschaftliches Fahrzeug als Tarnung entschieden, weil die Kneipe, wo das Treffen stattfindet, direkt am Waldrand liegt. Ein SEK-Kommando wird dabei sein und den Bully zum Treffpunkt bringen. Zwei werden mit im Überwachungswagen sitzen, der Rest verteilt sich im Wald. Kollege Dickgießer kommt in der Zwischenzeit wieder mit dem Tierarztwagen zurück."

Remmler schaltete das Gerät ein. Eine rote Lampe leuchtete auf und es knackte kurz in der Leitung. Dann hörte man Vogelgezwitscher, ohrenbetäubendes Hundegebell und kurz darauf die knarzend-tiefe Stimme von Hastenraths Will: „Ruhig, Attila! Du bist ein ganz Lieber. Soll der Will dich mal streicheln?" Plötzlich übersteuerte das Gerät, als Attila sich mit der ganzen Wucht seiner 50 Kilo gegen die Käfigtür warf und in immer wütenderes Gebell verfiel. „Ist ja gut, mein süßer Attila", hörte man jetzt wieder Will, „du kriegst gleich dein Fresschen. Aber erst muss der Papa noch was testen. So, ich gehe jetzt rüber zum Hühnerstall." Sekunden später öffnete sich eine quietschende Tür und das ohrenbetäubende Bellen wurde von ohrenbetäubendem Gegacker abgelöst. Tosic war beeindruckt von der neuen Technik. Sämtliche Geräusche waren selbst auf diese Entfernung glasklar zu verstehen. Sogar das Knirschen der Gummistiefel auf dem festen Schnee war deutlich zu hören. Auch Hauptkommissar Remmler schien zufrieden. Er drehte an ein paar Reglern, lauschte noch mal kurz und schaltete das Empfangsgerät dann wieder ab. Er erhob sich und rieb seine Hände aneinander. „Wunderbar. Dann werde ich unseren Hundeflüsterer mal wieder einsammeln. Ach, Serdar, würdest du Kleinheinz kurz Bescheid geben, dass wir technisch so weit klar sind. Ich erwarte ihn in zehn Minuten zur Einsatzbesprechung." Mit diesen Worten verschwand er wieder in der Küche.

Tosic schlenderte hinüber zum Zimmer von Kleinheinz. Sein Job langweilte ihn. Wie gerne wäre er mit zum Einsatz heute Abend gefahren. Stattdessen musste er hier das Kindermädchen für Kleinheinz geben. Er betrat das Zimmer. Der Kommissar lag wie immer in halb aufrechter Position auf dem Bett und war in einen Aktenordner vertieft. Er trug einen Rollkragenpullover und darüber einen Schulterholster, in dem seine Dienstwaffe steckte. Das verletzte Bein hatte er sich mithilfe der Bettdecke etwas höher gelegt.

Tosic räusperte sich. „Wie geht's, Chef?"

Der Kommissar lächelte schwach. „Mal besser, mal schlechter. Ohne mein Valoron meistens schlechter."

„Darf man überhaupt so viel Morphium nehmen?", fragte Tosic.

„Man muss das schon gut dosieren. Ich hatte eigentlich gehofft, dass die Genesung schneller voranschreitet, aber die Schmerzen im Bein und vor allem im Bauchbereich sind doch noch sehr stark."

Tosic verkniff es sich, sein aufkeimendes Mitleid zu zeigen, und kam stattdessen zur Sache: „Ich soll Bescheid sagen: Herr Hastenrath ist erfolgreich verkabelt. Kommissar Remmler erwartet dich in zehn Minuten zur Einsatzbesprechung."

„Endlich geht's los", sagte Kleinheinz. „Dickgießer hat eben angerufen, dass der Bully auch so weit fertig ist. Er ist schon auf dem Rückweg und bringt Herrn Borowka und Herrn Jaspers mit."

Tosic legte die Stirn in Falten. „Warum das denn?"

„Keine Ahnung. Er ist wohl der Meinung, dass sie hier besser aufgehoben sind. Außerdem müssen sie noch zu Bergmann befragt werden."

„Versteh ich nicht." Tosic kratzte sich an der Nase. „Vorgestern hat Dickgießer sich noch furchtbar darüber aufgeregt, dass dieser Michael hier aufgetaucht ist und jetzt holt er sich zwei weitere Zivilisten ins Haus. Na ja, ist ja nicht mein Problem." Der Oberkommissar setzte sich wieder auf seinen Stuhl in der Ecke und griff sich aus einem Stapel Zeitschriften eine zerknitterte „Bunte" vom März 2003 heraus.

Kleinheinz ließ den Aktenordner sinken und dachte über die Worte von Tosic nach. War der Zeitpunkt gekommen, etwas gegen Dickgießer zu unternehmen? Doch er wollte sich nicht von Spekulationen leiten lassen. Er brauchte Beweise. Die Unruhe, die in ihm aufkam, reichte ihm nicht. Außerdem wurde er das Gefühl nicht los, das er etwas Wichtiges übersah. Er schloss die Augen.

33
Donnerstag, 17. Dezember, 17.08 Uhr

Als Hauptkommissar Dickgießer den Kastenwagen mit dem Tierarztlogo mit quietschenden Reifen auf den Innenhof des Bauernhauses lenkte, wurde er von einem gut gelaunten Horst Remmler in Empfang genommen. Noch während Dickgießer vom Bock heruntersprang, riss er sich die Hasenohren-Fellmütze vom Kopf und warf sie verächtlich auf den Fahrersitz. „Muss man sich hier zum Affen machen wegen dem Scheiß-Typ. Das wird ein Fest heute Abend, wenn wir den Drecksack verhaften."

„So ist es richtig", grinste Remmler, „so hält man die Spannung aufrecht für die Tigerjagd." Remmler deutete auf den hinteren Teil des Wagens, in dem sich Fredi und Borowka aufhielten. „Hast du schon mit unseren beiden Dorf-Travoltas gesprochen?"

„Nur kurz", sagte Dickgießer. „Aber da ist noch was anderes, über das wir uns unterhalten müssen." Er zog seinen Kollegen zu sich herüber und flüsterte ihm etwas ins Ohr. Remmlers Stirn legte sich in Falten. Dann öffnete er grimmig die hintere Tür des Kastenwagens. Fredi und Borowka sprangen stöhnend heraus.

„Ganz schön sportlicher Fahrstil, dem Sie da haben, Herr Kommissar", rief Borowka, während er sich den Staub vom Ärmel klopfte. Er trug eine etwas zu weite Jeans, die unten umgekrempelt war, eine rote Thermojacke über einem ausgeleierten schwarzen Pullover und weiße Tennisschuhe. Offensichtlich handelte es sich um Kleidung, die man ihm auf der Polizeistation zur Verfügung gestellt hatte. Fredi hingegen trug noch dieselben modischen Sachen, die er sich zwei Tage zuvor in Mönchengladbach gekauft hatte. Aber auch die machten mittlerweile einen mitgenommenen Eindruck. Ansonsten aber waren beide guter Laune, als sie über den Hof in Richtung Küche stampften, dicht gefolgt von den beiden Kommissaren und begleitet von markerschütterndem Hundegebell und dem dumpfen Klatschen eines Fleischbergs gegen stabile Metallgitter. In der Küche wurden sie begeistert empfangen. Hastenraths Will hatte zur Feier des Tages zwar mehrere Flaschen Weinbrand aus dem Keller geholt, aber Kleinheinz hatte verboten, dass so kurz vor einem wichtigen Einsatz Alkohol konsumiert wurde. Letztlich hatte man sich auf ein kleines Gläschen für jeden geeinigt. Die Kommissare und Josef hatten allesamt abgelehnt und so stießen nur Will, Fredi und Borowka miteinander an. Nachdem man sich im Wesentlichen gegenseitig auf den neuesten Stand gebracht hatte, wurden Josef und Will nach oben geschickt, um sich mental auf ihren Einsatz vorzubereiten. Schieber und Tosic zogen sich zur Zigarettenpause auf den Hof zurück und Dickgießer, Remmler und Kleinheinz unterhielten sich in der Küche mit Fredi und Borowka, um vielleicht noch ein paar Informationen mehr über Manfred Bergmann in Erfahrung zu bringen.

„Herr Borowka, wie heißt denn das Ehepaar, das Sie aus dem Autowrack gerettet hat?" Dickgießer lehnte locker an der Spüle, als er die Frage stellte.

Borowka zögerte kurz mit der Antwort, bevor er sagte: „Das kann ich Sie leider nicht sagen. Ich habe versprochen, dass ich die aus dem Spiel lasse, bis der Tiger gefangen ist. Die haben Angst."

„Aber vielleicht haben die Informationen für uns, die uns weiterhelfen. Vielleicht ist denen an der Unfallstelle irgendwas aufgefallen, was wir übersehen haben."

„Das habe ich die alles schon gefragt. Die haben nix gesehen. Die sind ja auch direkt mit mir weggefahren."

„Na gut", Dickgießer trank einen Schluck Kaffee. „Und dann haben Sie Fredi Jaspers beschattet und sind ihm bis Mönchengladbach gefolgt?"

Borowka nickte. Sein Blick wanderte unsicher zwischen den drei Kommissaren hin und her.

„Was genau ist dann passiert?", übernahm jetzt Remmler, der auf der Eckbank saß und sich schon die ganze Zeit über Notizen machte.

Borowka räusperte sich. „Ja, ich fahr auf der Parkplatz drauf und seh dem Fredi sein Auto da stehen. Und dann seh ich plötzlich, dass der in das andere Auto auf der Beifahrersitz sitzt und mit eine Pistole bedroht wird. Dann habe ich Gas gegeben." Ein kurzes Lächeln huschte über sein Gesicht.

„Sie haben also auf diese Entfernung gesehen, dass Herr Jaspers mit einer Pistole bedroht wurde – und das, obwohl es dunkel war?" Remmler stellte die Frage, ohne von seinem Notizblock aufzusehen.

„Ja klar, der hat dem die Pistole ja direkt vor der Kopf gehalten und außerdem war in dem Auto die Innenlampe am Brennen."

„Stimmt das, Herr Jaspers?"

Fredi zuckte hoch. Er hatte aufmerksam zugehört und war ganz überrascht, plötzlich selbst angesprochen zu werden. Er drückte seinen Rücken leicht durch. „Ja, natürlich stimmt das. Sonst hätte ich doch auch der Manfred Bergmann nicht erkannt."

„Okay", übernahm Dickgießer wieder, „Sie haben also den Wagen gerammt. Was genau ist dann passiert?"

Borowka pustete durch die Lippen. „Dann ging alles ganz schnell. Ich hab die Fahrertür aufgerissen und dem Aschloch ein oder zwei verpasst. Aber der war hart im Nehmen und vor allen Dingen verdammt schnell. Der hat sich ruckzuck aus der Sitz rausgedreht und mich weggeschubst. Dann gab es noch ein kurzes Handgemenge und auf einmal war der in das Waldstück verschwunden."

„Manfred Bergmann läuft also einfach weg", kommentierte Dickgießer süffisant, „und das, obwohl er zwei Kandidaten von seiner Todesliste auf einem einsamen Parkplatz vor sich hat."

„Moment mal", sagte Borowka leicht gereizt. „Der hat von die paar Schläge wahrscheinlich schon gemerkt, dass ich dem der Scheitel geradeziehen würde. Ich habe schon ganz andere Typen an die Erde gehauen."

„Und du darfst nicht vergessen, Rainer, dass Bergmann seine Waffe verloren hatte. Er musste damit rechnen, dass Herr Jaspers oder Herr Borowka auf ihn schießen", schaltete sich Kommissar Kleinheinz ein.

Dickgießer warf seinem Kollegen einen warnenden Blick zu. „Sei mir nicht böse, Peter. Aber ich würde die Vernehmung gerne alleine führen. Vielleicht gehst du mal so lange mit Horst ins Wohnzimmer."

Kleinheinz brodelte innerlich. Am liebsten hätte er Dickgießer mit seinem Rollstuhl über den Haufen gefahren, aber er konnte nichts machen. Dickgießer war immer noch der Leiter der Operation. Und so ließ er sich widerstandslos von Remmler ins Wohnzimmer schieben. Dort angekommen, platzte ihm aber der Kragen. „Sag mal, Horst? Was läuft denn hier für ein Film? Warum nehmt ihr die beiden auf einmal so in die Mangel? Das sind unsere wichtigsten Zeugen. Und ihr behandelt die wie Verbrecher."

„Nun beruhig dich mal, Peter", sagte Remmler und zündete sich eine Zigarette an.

„Ich will mich aber nicht beruhigen. Ich will wissen, was hier läuft."

„Also gut, pass auf", Remmler nahm einen tiefen Lungenzug und ließ sich in Wills Ohrensessel fallen. „Hast du dich nicht zwischendurch mal gefragt, ob die Geschichte von diesem Borowka astrein ist?"

„Nein, habe ich nicht. Warum auch? Ich kenne Richard Borowka etwas besser als ihr. Der Mann ist vielleicht ein bisschen ungehobelt, aber er ist garantiert kein Verbrecher." Kleinheinz rieb sich über den Bauch. Die Schmerzen kamen wieder.

„Ach ja? Warum sagt er uns denn nicht, wer dieses Ehepaar ist? Die könnten seine Geschichte doch bestätigen."

„Er hat doch gesagt, warum. Er will sie schützen."

Remmler setzte sich aufrecht in den Sessel und beugte sich weiter zu Kleinheinz vor. „Meinetwegen. Aber hältst du es nicht für besonderes Glück, dass er Bergmann ständig entkommt? Vor der Gaststätte in Saffelen, auf der Landstraße, auf dem Parkplatz in Mönchengladbach."

„Ich bin ihm auch zwei Mal entkommen." Kleinheinz' Körper schrie nach einer Dosis Valoron.

„Jetzt werd nicht albern, Peter. Was ist, wenn alles nur inszeniert war und Bergmann Borowka als Maulwurf einschleusen wollte? Wenn er ihn nur zur Ablenkung mit auf die Todesliste gesetzt hat?"

„Borowka und Bergmann sind keine Freunde."

„Muss ja nicht sein. Vielleicht erpresst Bergmann ihn auch. Hat eigentlich schon mal jemand überprüft, was mit Borowkas Frau ist?"

„Das ist ein Anruf. Der Rest sind doch bloß wilde Spekulationen. Das sind ..."

„Nein! Das sind keine Spekulationen." Remmler drückte die Zigarette in einer gebrauchten Kaffeetasse aus, die auf dem Tisch stand.

Kleinheinz starrte ihn an. „Was hast du gerade gesagt? Habt ihr etwa einen Beweis?"

„Ich befürchte ja. Deshalb brauchen wir deine Hilfe. Wir fahren gleich mit Hastenrath und Jackels zum Treffpunkt mit den Kollegen, um uns auf die Operation heute Abend vorzubereiten. Du und Tosic, ihr müsst Borowka im Auge behalten. Es besteht die Gefahr, dass er Kontakt zu Bergmann aufnimmt. Bis jetzt konnten wir ihn komplett isolieren. Sieh zu, dass das so bleibt."

Kleinheinz sah ihm unverwandt in die Augen. „Was für ein Beweis?"

Remmler schnippte sich eine neue Zigarette aus der Packung, schob sie sich in den Mundwinkel und zündete sie an. „Wir haben die E-Mail-Adresse von Maria Felino überprüft. War nicht einfach zu knacken. Aber jetzt wissen wir mit Sicherheit, wer der Inhaber ist." Er nahm einen tiefen Lungenzug, bevor er den Namen aussprach, der Kleinheinz' Gesichtszüge entgleisen ließ. „Richard Borowka!"

34
Donnerstag, 17. Dezember, 20.03 Uhr

Hastenraths Will fühlte sich auf Anhieb wohl, als er das „Zweiländereck" betrat. Die kleine Waldgaststätte strahlte jene rustikale, düstere Eichenatmosphäre aus, die der Landwirt so liebte. Seine Gummistiefel klebten auf dem Fußboden fest und lösten sich bei jedem Schritt mit einem leisen „Plopp". Die wenigen Fenster, die es gab, waren so voller Putzschlieren, dass sie der Sonne, wenn sie denn geschienen hätte, keinen Einlass gewähren würden. Die Vorhänge standen braun-gelb vom Zigarettenqualm, der ein herrliches Aroma verströmte und wie eine dunstige Nebelwolke durch den Raum waberte. Schwere, dunkle Möbel, niedrige Decken und überfüllte Pokalvitrinen schafften ein außergewöhnliches Wohlfühlambiente, wie Will es sonst nur aus der Gaststätte Harry Aretz kannte. Hier konnte man sich noch auf zehn, zwölf Bier zurückziehen, ohne von jedem gesehen oder angequatscht zu werden. Anders als in diesen neumodischen lichtdurchfluteten Szenelokalen, von denen seine Enkelkinder immer erzählten, wie Starbucks oder McDonald's.

Will und Josef waren gerade noch rechtzeitig angekommen an der Gaststätte. Die Vorbereitungen hatten sich etwas hingezogen. Kurz nachdem Dickgießer, Remmler und Schieber den Hof mit dem Tierarztmobil verlassen hatten, waren auch die beiden Saffelener in Wills Mercedes losgefahren. Auf einem verschwiegenen Waldparkplatz trafen dann alle mit der Zwei-Mann-Besatzung des Überwachungswagens zusammen, der mit dem Schriftzug „Forstbetrieb" versehen war. Die beiden SEK-Beamten waren als Waldarbeiter verkleidet und fuhren den Kastenwagen in die Nähe der Gaststätte. Die anderen sechs, von denen die Rede war, bekam Will nicht zu Gesicht, weil sie sich schon im Wald verschanzt hatten. Schieber und Dickgießer nahmen im hinteren Teil des Bullys vor einer ganzen Batterie technischer Geräte Platz. Von hier aus würde Hauptkommissar Jürgens vom SEK die Operation leiten. In der Zwischenzeit hatte sich Remmler bereits, als Bauarbeiter verkleidet, zu Fuß auf den Weg zum „Zweiländereck" gemacht. Er war ebenfalls verkabelt, hatte aber im Gegensatz zu Will zusätzlich noch eine Sprechverbindung zur Zentrale. Fünf Minuten, nachdem der Kastenwagen sich entfernt hatte, sollten die beiden Lockvögel über die normale Landstraße zum Treffpunkt fahren. Es war kurz nach acht, als Will seinen Mercedes 190 D auf dem Schotterparkplatz vor der Gaststätte abstellte.

Nun also trat Hastenraths Will in den Eingangsbereich des „Zweiländerecks" und rieb sich die kalten Hände. Mit großer Geste sog er den herrlichen Geruch in sich ein, diese unverwechselbare Mischung aus Bier, Tabakqualm und verkochtem Essen. Auch Josef Jackels war von dem einladenden Ambiente offensichtlich angetan, denn seine Unruhe, die ihn seit der Abfahrt in Saffelen begleitet hatte, schien plötzlich verflogen. Vielleicht taten aber auch langsam die vier Diazepam-Tabletten ihre Wirkung, die er heimlich aus seinem Arzneivorrat gekramt hatte. Stolz schritt der Löschmeister in seiner Ausgehuniform an der Theke vorbei. Sein gewienerter, gelber Feuerwehrhelm mit dem roten Leuchtstreifen spiegelte sich in der Scheibe des Merkur-Spielautomaten. Will folgte ihm. Staatsmännisch nickte er der dicken Wirtin hinter der Theke zu, die gerade ein tropfendes Weizenbierglas aus dem Spülbecken zog und nicht zurückgrüßte. Gleichzeitig suchte er das Lokal mit seinem Blick ab und versuchte sich alles einzuprägen, wie Kleinheinz es ihm geraten hatte. Direkt am Eingang saß ein älteres Ehepaar vor einer ausgebreiteten Landkarte und unterhielt sich mit gedämpfter Stimme. Auf einem hölzernen Barhocker vor dem Tresen saß ein breitschultriger Mann in einem Norwegerpulli mit eingewebten Elchen. Der Mann trug eine Baseballkappe und stierte trübsinnig in sein Bier. An einem Zweiertisch blätterte ein dreckverschmierter Bauarbeiter in einer Zeitschrift, während er eine Suppe löffelte. Will musste grinsen. Er erkannte Hauptkommissar Remmler erst auf den zweiten Blick. Die Tische waren mit pergolaähnlichen Sichtblenden voneinander getrennt. Gegenüber der Theke spielten drei ältere Männer an einem runden Tisch lautstark Skat und tranken abwechselnd Bier und Korn. Immer wenn einer ein gutes Blatt spielte, überstieg der Lärmpegel sogar „Es fährt ein Zug nach Nirgendwo", das in mittlerer Lautstärke aus den verschlissenen Boxen unter der Decke rieselte. Schräg gegenüber dem Skattisch, direkt neben dem Flur, der zu den Toiletten führte, erkannte Will Maria Felino. Sie war genauso wunderschön wie bei ihrem Besuch auf dem Hof. Das schwarze Haar schlängelte sich beiläufig über ihre Schultern und der Ausschnitt war mindestens genauso tief wie damals. Will stockte der Atem. Maria wirkte in dieser Umgebung wie ein Supermodel, das Fotoaufnahmen in einem Armenviertel von Rio de Janeiro macht. Auch sie erkannte Will und Josef sofort und winkte sie freudig zu sich an den Tisch. Instinktiv griff Will sich an die Stelle, an der das Mikrofon befestigt war und atmete noch einmal tief durch. Sein Herz hämmerte in seiner Brust. Josef hingegen wirkte ausgesprochen locker, als er rief: „Hallo Frau Felino. Hier sind wir."

Gruppenleiter Jürgens vom SEK hatte die Ellbogen auf der Ablage abgestützt und lauschte mit geschlossenen Augen den Geräuschen in seinem Kopfhörer. Die Verbindung war gut, wenngleich der Tisch mit den Skatspielern zwischendurch immer wieder für leichte Verzerrungen sorgte. In dem Kastenwagen war wegen der Gerätschaften kaum Platz für zwei Personen, sodass Dickgießer auf dem Fahrersitz hockte und Oberkommissar Schieber zusammengekauert in der äußersten Ecke saß und von da aus die Regler und das Aufnahmegerät bediente. Sie alle hörten über Kopfhörer mit, als Remmler sagte: „Achtung, unsere Zielperson greift in ihre Handtasche. Entwarnung. Sie holt einen Notizblock und einen Kugelschreiber raus und stellt die Tasche wieder neben sich ab." Einem kurzen Rascheln folgte die Stimme von Maria Felino und trotz aller Professionalität konnte sich auch Dickgießer diesem zarten Timbre kaum entziehen. Eine leichte Gänsehaut legte sich über seinen Arm, als sie leise sagte: „Ich freue mich sehr, Sie wiederzusehen. Mein Redakteur war ganz begeistert von Ihrer Story. Herr Jackels, wie schaffen Sie es eigentlich, so viele Ehrenämter gleichzeitig mit Engagement zu füllen?"

Josef hustete trocken. „Mit was zu füllen? Ja, jedenfalls, ich würde mal sagen, wenn man wie ich gewöhnt ist, im öffentlichen Rampenlicht zu stehen und sich wie ein Fisch auf dem glatten Parkett zu bewegen, dann ist das eine Selbstverständlichkeit, dem Dorf das zurückzugeben, was das Dorf einem selbst ..."

Dickgießer zog den Kopfhörer kurz ab und machte eine Scheibenwischerbewegung in Richtung Schieber. Der zuckte nur mit den Schultern.

Hastenraths Will war ganz froh, dass sich Maria Felino fast nur mit Josef unterhielt, so hatte er mehr Gelegenheit, aufmerksam seine Umgebung zu beobachten und sich alles einzuprägen. Dazu gehörten neben dem üppigen Ausschnitt von Maria noch der Eingang, die Wirtin und der Mann an der Theke, der ihm den Rücken zugewandt hatte, ihm aber irgendwie bekannt vorkam. Die Skatbrüder wurden mit steigendem Alkoholpegel immer lauter und übertönten nun bereits „Tränen lügen nicht", das mittlerweile aus den Boxen erklang. Das Ehepaar am Eingang wollte gerade zahlen, als der Mann mit dem Norweger pulli sich plötzlich leicht zur Seite drehte und rief: „Josef Jackels! Sie sind doch Josef Jackels, oder?"

Josef zuckte hoch und unterbrach die ausschweifende Schilderung seines ersten Nachteinsatzes. Freudig irritiert lächelte er zu dem Mann hinüber, der ihn zu sich winkte. Will wurde nervös und versuchte Blickkontakt zu Remmler zu bekommen, was aber nicht so einfach war, da der in seinem Rücken saß. Er hörte aber, wie ein Suppenlöffel in einen Teller fiel und jemand leise flüsterte. Josef hingegen hatte durch das freundliche

Gespräch mit Maria Felino ganz vergessen, in welcher Mission er unterwegs war. Stattdessen war er hocherfreut, dass ihn jemand in der Öffentlichkeit wiedererkannte. Er war sich sicher, dass das Maria sehr beeindrucken würde und sie es ganz bestimmt in ihrer Reportage verarbeiten würde. Und so beging Josef Jackels den entscheidenden Fehler, als er aufstand und auf den Mann an der Theke zusteuerte. Der Mann im Norwegerpulli hielt ihm seine rechte Hand hin und sagte lächelnd: „Herr Jackels, dass ich Sie hier treffe. Ich muss Sie ganz dringend mal was fragen."

Auch Josef reichte ihm seine Hand und als er sie schüttelte, erkannte er das Gesicht des Mannes. „Moment. Ich kenn Sie doch. Sind Sie nicht ...?"

Hauptkommissar Dickgießer spürte einen dünnen Schweißfilm auf seiner Stirn. Irgendetwas lief gerade kolossal schief. Remmlers Stimme hatte ganz aufgeregt geklungen, als er ins Mikrofon flüsterte: „Scheiße. Josef Jackels steht auf und geht zu einem Mann an der Theke. Irgendwas stimmt mit dem Kerl nicht."

Dickgießer antwortete: „Behalt ihn im Auge. Ich bekomme keinen Ton mehr von Jackels. Entweder ist er schon zu weit weg oder ... Moment, ich bekomme überhaupt keinen Ton mehr."

Schieber rappelte am Gerät. Auch er konnte nur noch Remmler hören, der ganz unruhig wurde, als er schnaufte: „Was soll ich machen? Der Mann mit dem Norwegerpulli legt gerade den Arm um Josef Jackels. Ich kann seine rechte Hand nicht sehen. Zugriff?"

„Warte noch", rief Jürgens und sah Dickgießer fragend an. Der hob verzweifelt die Schultern.

Hauptkommissar Remmler beobachtete Josef und den fremden Mann. Seine rechte Hand umklammerte bereits seine Walter P 99, die er langsam aus seinem Schulterholster unter der Monteursjacke zog. Ungeduldig wartete er auf Anweisungen. „Zugriff?", fragte er noch mal. Es knackte kurz, dann sagte Jürgens: „Wir haben keine Funkverbindung mehr zu Hastenrath. Was ist los mit ihm?" Remmler löste langsam seinen Blick von der Theke und drehte sich vorsichtig zur Seite, um sowohl den Mann im Norwegerpulli als auch den Tisch, an dem Hastenraths Will und Maria Felino saßen, im Auge zu haben. Doch der Tisch war leer. Remmler geriet in Panik. „Verdammte Scheiße", schrie er, „das ist eine Falle. Die zwei sind verschwunden, wahrscheinlich hinten raus durch die Toiletten. Ich geh hinterher." Durch seinen Ohrstecker hörte er wildes Gerappel aus dem Kastenwagen und Jürgens, der lauthals rief: „Zugriff! Wir kommen rein." Hauptkommissar Remmler sprang auf und rannte mit gezückter Pistole los. Josef Jackels riss erschrocken die Augen auf und machte einen Ausfallschritt, mit dem er Remmler versehentlich den Weg versperrte. Der Kommissar wich aus und stieß dabei gegen den Mann im Norwegerpulli, der einen kehligen Laut von sich gab und ihn direkt am Kragen packte. Noch bevor Remmler die Waffe heben konnte, traf ihn ein fürchterlicher Schlag knapp unterhalb der Leber und presste die Luft aus ihm heraus wie aus einem Blasebalg. Als er sich zusammenkrümmte, traf ihn ein weiterer Hieb im Nacken, der ihn zu Boden schleuderte. Ein stechender Schmerz durchzuckte seinen Körper und als er mit dem Kopf auf dem groben Holzboden aufschlug, verschwamm alles um ihn herum und wurde zum dunkelsten Schwarz, das er je gesehen hatte.

Kommissar Kleinheinz hatte Will zwar darauf eingeschworen, dass Maria Felino eine hochgefährliche Verbrecherin war, doch mit so viel Brutalität hatte er nicht gerechnet. Kurz nachdem Josef Jackels zu dem Mann an der Theke gegangen war, hatte sie sich so weit über den Tisch gebeugt, dass Wills Nasenspitze fast ihre Brust berührt hätte. Dann hatte sie ihm ohne Vorwarnung das Hemd zerfetzt und mit einem wütenden Ruck die Kabel und Pflaster vom Oberkörper gerissen. Bei der Enthaarung seiner Brust stiegen Will die Tränen in die Augen. Doch Maria Felino hatte kein Mitleid. Sie zog ihn um den Tisch herum und rammte ihm eine Pistole in die Seite, während sie ihn schnell in den Gang zu den Toiletten schob. Die ganze Aktion hatte nur wenige Sekunden gedauert. Will war ganz überrascht, welche Kraft in dieser zierlichen Person steckte. Das kannte er sonst nur von seiner Frau. Aber die wog ja auch gut und gerne 50 Kilo mehr. Maria Felino hatte ihn wortlos in die Damentoilette gestoßen und funkelte ihn nun mit ihren dunklen Augen böse an. Will konnte sehen, dass am Ende der beiden Toilettenkabinen ein Fenster sperrangelweit offen stand. Am Griff hing ein aufgebrochenes Vorhängeschloss herunter. Maria Felino hatte den Fluchtweg offenbar vorbereitet. Ihre Waffe deutete auf das Fenster. Mit einem eisigen Lächeln sagte sie: „Los, raus da. Ich bring Sie jetzt zu einem guten Freund von mir."

Will überlegte kurz, wie er Zeit gewinnen konnte und stieß dann hervor: „Meinen Sie etwa Manfred Bergmann, Frau Futzewitsch?"

Ihre Mundpartie zuckte und eine leichte Unsicherheit legte sich über ihre Körpersprache. Will setzte nach. „Ja, da gucken Sie doof, was? Ich weiß alles über Sie. Die Polizei hat mit ein Sonderersatzkommando das Gebäude umstellt. Sie kommen hier nicht mehr raus."

Marias Körper spannte sich wieder und sie hob die Waffe. Mit ruhiger Hand zielte sie auf Will. „Dann habe ich ja wohl keine andere Wahl. Dann muss ich Sie direkt hier erschießen."

Will schluckte, doch sein trockener Hals blockierte alles. Ihm wurde plötzlich klar, dass sein spontaner Plan nicht sehr gut durchdacht war. Aber das hatten spontane Pläne ja oft an sich. Eine letzte Chance sah er noch, als er heiser hervorpresste: „Bitte, lassen Sie die Waffe fallen, sonst schlägt der Josef Jackels Sie nieder."

Maria Felino lachte auf und schüttelte mitleidig den Kopf. „Herr Hastenrath. Jetzt werden Sie nicht noch peinlich kurz vor Ihrem Tod." Sie spannte den Hahn und zielte auf Wills Herz. Dann hörte sie nur noch ein kurzes Aufstöhnen hinter sich und wurde von einem harten Gegenstand am Kopf getroffen.

Hastenraths Will hatte Josef Jackels hinter Maria Felino auftauchen sehen. Mit offenem Mund beobachtete er, wie Josef seinen Helm vom Kopf nahm und ihn mit voller Wucht auf die wunderschöne Frisur von Maria Felino niederfahren ließ. Die Frau verdrehte grotesk die Augen und fiel wie eine Marionette in sich zusammen. Will hielt sich sein wild klopfendes Herz und wollte Josef gerade für seine Rettung danken, als der Löschmeister plötzlich leichenblass im Gesicht wurde, ebenfalls die Augen verdrehte und ohnmächtig vornüberkippte. Zum Glück fiel er weich – auf die Brüste von Maria Felino.

35
Freitag, 18. Dezember, 17.51 Uhr

Hastenraths Will rührte seit zehn Minuten seinen Kaffee um. Die acht Stück Zucker hatten sich längst aufgelöst. Er sah aus dem Fenster hinaus auf die schneebedeckten Felder, die langsam in der Dämmerung versanken. Erschöpft hing Will seinen Gedanken nach. Die „Operation Zweiländereck" war nur ein Teilerfolg gewesen. Man hatte zwar Maria Felino festnehmen können, aber Manfred Bergmann war weiterhin auf der Flucht. Als Dickgießer und drei SEK-Beamte die Gaststätte gestürmt hatten, hatten sie den Mann im Norwegerpulli überwältigt, der neben dem bewusstlosen Remmler kniete. Zu dem Zeitpunkt war Josef Jackels schon im Toilettengang verschwunden. Wie sich später bei der Vernehmung herausstellte, handelte es sich bei dem Festgenommenen um einen 43-jährigen Anstreicher aus Uetterath, der seinen 12-jährigen Sohn bei der Jungfeuer- wehr der Freiwilligen Feuerwehr Saffelen anmelden wollte. Als er das gehört hatte, war Will auch wieder eingefallen, warum ihm das Gesicht so bekannt vorgekommen war. Der Mann war vor zwei Monaten bei Josef gewesen, um sich dort die Anmeldeunterlagen abzuholen. Will war ihm kurz über den Weg gelaufen, weil er zur selben Zeit mit seinem Güllefass die Sickergrube vor dem Haus der Jackels geleert hatte. Dem Mann drohte jetzt eine Anzeige, weil er einen Polizeibeamten tätlich angegriffen hatte. Und das, obwohl Will noch versucht hatte, Dickgießer davon zu überzeugen, dass das eine völlig normale Reaktion sei, wenn man in einer Gaststätte angerempelt wird. Außerdem war Remmler doch mit ein paar blauen Flecken davongekommen. Will hatte weiß Gott schon andere Fälle erlebt, die er vor dem Saffelener Festzelt mit in den Rettungswagen gehoben hatte. Auch Maria Felino alias Danica Vucevic, wie sie jetzt neuerdings hieß, hatte Glück gehabt. Der Helm hatte ihr lediglich eine Gehirnerschütterung und eine dicke Beule zugefügt. Schließlich bestand so ein Helm ja auch nur aus ein bisschen Aluminium und Kunststoff. Die Rippenprellung und die Brustquetschung waren erst dazugekommen, als Josef auf sie gefallen war. Mit schwerer Bewachung hatte man sie abtransportiert und an einen geheimen Ort gebracht. Hauptkommissar Dickgießer war vor einer knappen Stunde dorthingefahren, um sie zu vernehmen. Er war guter Dinge, dass sie das ein ganzes Stück näher an den Tiger heranführen würde. Er hatte gesagt, er wolle ihr die Kronzeugenregelung anbieten. Doch die gute Laune über den Teilerfolg wurde bereits kurz nach der Festnahme von Unbehagen überlagert. Schließlich war die Gefahr, die von Manfred Bergmann ausging, keinesfalls geringer geworden. Ganz im Gegenteil, wie Kleinheinz bemerkt hatte: Man hatte den Tiger geschwächt, aber ein angeschossenes Raubtier war noch gefährlicher als ein normales. Und so war man sich einig, dass ein Angriff auf Wills Hof möglicherweise unmittelbar bevorstand. Die ganze Nacht über hatten Remmler und Dickgießer das komplette

Haus mit Alarmanlagen versehen. Überall führten Kabel an Fenstern und Türen vorbei.

„Hier sieht es aus wie in Fort Knox, oder?"

Will fuhr herum. Kommissar Kleinheinz war mit seinem Krankenstuhl in die Küche gerollt, ohne dass er es gehört hatte. Der Landwirt nickte, obwohl er nicht wusste, was „Fort Knox" war. Für ihn sah es hier mehr aus wie ein streng gesichertes Goldlager.

„Kollege Dickgießer hat gerade angerufen", fuhr Kleinheinz fort, während er auf die Kaffeemaschine zusteuerte. „Herrn Jackels geht es den Umständen entsprechend gut. Er wird wohl noch zwei Tage zur Beobachtung im Krankenhaus bleiben, um sich zu erholen. Das war wohl alles etwas zu viel für ihn gestern."

„Für wem nicht?", sagte Will. „Wie geht es Sie denn überhaupt? Wann können denn endlich die Stangen aus das Bein raus?"

Kleinheinz spülte eine Tasse mit der Aufschrift „Deuka" aus und füllte sie mit Kaffee. „Ich hoffe, bald. Der Bruch verheilt eigentlich ganz gut. Nur die Bauchverletzung macht mir mehr Probleme, als ich gedacht hatte. Und mein Kreislauf ist nicht so ganz stabil wegen der ganzen Schmerzmittel. Ich wäre gestern bei dem Einsatz lieber dabei gewesen, das können Sie mir glauben." Er nahm einen großen Schluck.

„So toll ist das nicht, mit eine Waffe bedroht zu werden. Noch dazu von eine Frau."

„Oh, tut mir leid. So hatte ich das nicht gemeint. Ich kann mir vorstellen, dass das für Sie psychisch auch eine ziemliche Belastung ist."

„Ja klar, ist so was körperlich anstrengend", sagte Will nachdenklich, „aber natürlich auch vom Kopf her. Ich mache mir ständig Gedanken dadrüber, wie wir der Tiger bloß fangen können."

Auf dem Hof schlug Attila an. Kleinheinz zog instinktiv die Waffe und betrachtete gemeinsam mit Will den Monitor auf dem Küchentisch. Dort war zu sehen, dass Michael auf den Hof gefahren war und gerade eine volle Einkaufstüte aus dem Kofferraum hob. Er holte aus der Tüte zwei Packungen Zigaretten heraus, die er Hauptkommissar Remmler in die Hand drückte, der in diesem Moment ebenfalls ins Bild kam. Kleinheinz entspannte sich und schob seine Walter P 99 zurück in den Schulterholster.

Kurz darauf betrat ein gut gelaunter Michael die Küche: „Hallo Djangos. Da habt ihr aber gestern einen spektakulären Einsatz gehabt. Und eure Verwirrungstaktik hat funktioniert. Das ganze Dorf spricht von dem Polizeieinsatz in Süsterseel, aber alle sind sich einig, dass es sich um die Festnahme eines Drogenschmugglers gehandelt hat. Ich war gerade bei Eidams im Tante-Emma-Laden, da schießen die Spekulationen ins Kraut, aber von euch ist nicht die Rede." Michael stellte die Tüte auf der Anrichte ab und begann sie auszupacken. Er zog eine bunte Zeitschrift hervor und warf sie seinem Schwiegervater zu: „Hier Will, deine Praline."

Will fing die Zeitung auf und ließ sie verschämt hinter seinem Rücken verschwinden. Als Kleinheinz ihm zuzwinkerte, wurde er rot. Michael sah sich verschwörerisch um und holte dann vier eingerollte Blatt Papier aus der Innentasche seiner Winterjacke. Er reichte sie dem Kommissar und flüsterte:

„Das sind die Seminarlisten. Die sind eben per Mail gekommen. Ich bin sie schon mal durchgegangen. Seite drei ist am interessantesten. Ein Seminar mit dem Titel ‚Grundlagen im Umgang mit Explosionsstoffen'. Zwanzig Teilnehmer. Die beiden wichtigsten Namen habe ich mit dem Textmarker gekennzeichnet." Kleinheinz überflog die Listen und rieb sich das Kinn. Auf seiner Stirn bildete sich eine tiefe Sorgenfalte. „Manfred Bergmann und Rainer Dickgießer", murmelte er kaum hörbar.

Will schob seine Tasse Kaffee, die er ohnehin noch nicht angerührt hatte, empört von sich weg. „Da haben wir doch unsere Verbindung. Von wegen ‚Ich bin der Tiger noch nie begegnet'. Der Typ hat uns die ganze Zeit verarscht. Der steckt mit Bergmann unter eine Decke."

Kleinheinz zog sein Handy aus der Tasche. „Das muss alles noch nichts heißen. Ich sehe aber, bei den Teilnehmern ist ein alter Freund von mir dabei, Karl-Heinz Hoffmann. Den ruf ich gleich mal an. Vielleicht kann der mir was dazu sagen." Er durchsuchte sein Telefonregister und drückte dann die Wahltaste.

„Mist. Mailbox ... Ja, hallo Hoffi, Kleini hier. Ruf mich doch bitte mal dringend zurück. Geht um einen aktuellen Fall. Du warst mal zusammen mit Manfred Bergmann und Rainer Dickgießer auf einem Sprengstoffseminar in Brühl. Dazu müsste ich was wissen. Danke, bis später." Kleinheinz legte auf und krümmte sich plötzlich vor Schmerzen zusammen. Das Handy fiel scheppernd zu Boden. Will sprang auf und lief los. Gemeinsam mit Michael richtete er den stöhnenden Kommissar in seinem Rollstuhl wieder auf. Der schwitzte mit einem

Mal stark und verzog das Gesicht. „Verdammte Schmerzen. Ich muss mich wieder hinlegen. Aber vorher muss ich dringend mit Remmler reden. Ich glaube, wir dürfen keine Zeit verlieren. Wenn Dickgießer da mit drinhängt, dann darf er auf gar keinen Fall zu Danica Vucevic. Sie ist im Moment unser einziger Trumpf. Bringt mich bitte zurück in mein Zimmer und schickt mir Remmler rüber."

„Ich bring Sie im Bett", sagte Will, „und du gehst der Herr Remmler holen, Michael." Will schob den Rollstuhl in einem Höllentempo durch den Flur bis zu Kleinheinz' Zimmer. Die angelehnte Tür stieß er auf ohne abzubremsen. Oberkommissar Serdar Tosic schreckte von seinem Stuhl hoch. Er war offensichtlich eingenickt. „Alles klar, Chef?", fragte er leicht benommen.

„Geht schon", stieß Kleinheinz hervor, auch wenn das alles andere als überzeugend klang, „geh du bitte raus auf den Hof, Remmler ablösen. Ich muss mit ihm was besprechen."

Wie aufs Stichwort erschien Remmler in der Tür. „Was ist los, Peter?", rief er besorgt.

„Komm rein, Horst. Wir müssen reden." Will und Tosic verließen das Zimmer.

Kleinheinz wuchtete sich umständlich aufs Bett und stöhnte laut auf, als er sich hinlegte. Er kramte eine große Packung aus der Schublade und steckte sich zwei Tabletten in den Mund. Nachdem er sie mit viel Wasser heruntergewürgt hatte, wandte er sich an Remmler, der sich einen Stuhl ans Kopfende gezogen hatte. „Hör zu, Horst. Dickgießer darf auf gar keinen Fall mit Danica Vucevic in Kontakt treten. Ich habe die Befürchtung, dass er mit Bergmann unter einer Decke steckt."

„Sag mal, bist du bekloppt?", entfuhr es Remmler. „Was sind das für Tabletten, die du da nimmst?"

„Ich hab's auch erst nicht geglaubt, Horst. Ich kenn den Rainer doch auch schon ewig. Aber da sind ein paar Ungereimtheiten zu viel. Rainer hat behauptet, dass er Manfred Bergmann noch nie begegnet ist. Das ist gelogen." Er zeigte ihm die Seminarlisten. „Hier – Bergmann und Dickgießer waren mehrere Tage lang zusammen auf diesem Seminar. Das ist gerade mal ein paar Jahre her."

Remmler studierte die Seminarlisten. Als er die Namen las, zuckte er mit den Mundwinkeln, sagte aber nichts.

Stattdessen fuhr Kleinheinz fort: „Er hat Borowka und Jaspers hier ins Haus gebracht. Überleg doch mal. Jetzt sind alle die, die auf der Todesliste stehen, an einem Ort. Wir sind ein ideales Angriffsziel. Man hätte Borowka und Jaspers genauso gut vorübergehend woanders unterbringen können."

Remmler zündete sich zitternd eine Zigarette an. „Rainer wollte die beiden unter Kontrolle haben. Ich habe dir doch gesagt, dass Richard Borowka der Inhaber der E-Mail-Adresse ist."

„Da habe ich mir auch den Kopf drüber zerbrochen. Ich habe aber gestern ein langes Gespräch mit Herrn Borowka geführt. Ich bin mir hundertprozentig sicher, dass er nichts mit der Sache zu tun hat. Mit seiner Frau Rita habe ich auch gesprochen. Da ist alles in Ordnung. Komisch ist aber, dass seit dem Unfall Borowkas Handy verschwunden ist. Er hat es noch nicht sperren lassen. Ich habe mit einem Experten gesprochen. Der hat mir gesagt, dass man mit einem Handy ohne Probleme ein E-Mail-Account einrichten kann."

„Und wie soll Bergmann an das Handy gekommen sein?" Remmler zupfte sich etwas Tabak von der Unterlippe.

„Dafür gab es jede Menge Gelegenheiten. Entweder hat Danica Vucevic es in der Diskothek gestohlen oder es hat noch im Autowrack gelegen. Wann seid ihr Montagmorgen an der Unfallstelle gewesen?"

Remmler dachte kurz nach. „Das muss kurz vor sieben gewesen sein. Rainer war alleine da. Ich bin mit Schieber im Büro geblieben."

„Wann ist Dickgießer zurückgekommen?"

„Keine Ahnung. Nicht vor zehn jedenfalls."

„Genug Zeit, um das Handy an seine Komplizen zu übergeben. Um kurz nach acht hat Danica Vucevic bei Herrn Hastenrath angerufen und ihm ihre E-Mail-Adresse mitgeteilt."

Remmler zog hastig an seiner Zigarette und drückte sie halb aufgeraucht aus. „Vielleicht hast du recht. Man kann den Leuten ja immer nur vor den Kopf gucken. Dickgießer hat immer mal wieder was von Schulden erzählt. Vielleicht hat Bergmann ihn erpresst."

„Oder sie sind sogar Freunde", sagte Kleinheinz kraftlos.

„Wie auch immer. Ich ruf gleich mal Schieber an, dass er Dickgießer nicht zu dieser Vucevic lässt. Du siehst gar nicht gut aus, Peter."

„Ich fühl mich auch nicht gut. Ich glaub, ich muss mich noch ein bisschen ausruhen."

„Ich geb dir jetzt noch mal was, damit du schlafen kannst", Remmler drückte vier weitere Tabletten aus der Packung und hielt sie Kleinheinz hin. Der wehrte schwach ab. „Ich weiß nicht. Ich hab doch schon zwei."

„Viel hilft viel, hat mein Vater immer gesagt. Glaub mir, du brauchst deinen Schlaf." Er schob ihm die Tabletten in den Mund und setzte ihm das Glas Wasser an die Lippen. Kleinheinz schluckte schwer an den großen Pillen und fiel sofort in einen dämmrigen Schlaf. Remmler steckte sich eine Zigarette in den Mund. Seine Hand zitterte immer noch, als er sie anzündete.

Hastenraths Will hatte Michael nach Hause geschickt und schüttete gerade neuen Kaffee auf, als es direkt unter ihm klingelte. Irritiert sah er zu Boden. Kleinheinz' Handy schlingerte wild zuckend über das Linoleum. In der Aufregung war es wohl vorhin dort liegen geblieben. Will bückte sich und hob es auf. Es dauerte endlose Sekunden, bis er die grüne Taste gefunden hatte, mit der man das Gespräch annimmt.

„Ja bitte?!"

„Hallo, Kleini, bist du das, alte Sackratte? Hier ist der Hoffi."

„Nee, tut mich leid, mein Name ist Hastenraths Will. Ich habe nur gerade das Telefon von der Kommissar Kleinheinz in der Hand, weil ich ..."

„Ach, Hastenraths Will! Sie sind doch der Bauer, mit dem Peter schon mal zusammengearbeitet hat. Er hat mir viel von Ihnen erzählt. Sie sind ja eine richtige kleine Spürnase."

Will durchströmte auf der Stelle ein warmes Glücksgefühl. „Das ist absolut richtig", antwortete er mit fester Stimme, „und im Moment ermitteln wir wieder gemeinsam in ein Fall."

„Lassen Sie mich raten. Es geht um den Tiger!"

Will war sprachlos. „Wieso ... Woher wissen Sie das? Das ist doch streng geheim."

„Ich kann auch kombinieren", antwortete Hoffmann gut gelaunt. „Kleini will was wissen über das Seminar, an dem ich mit Bergmann teilgenommen habe."

„Ach so, ja richtig. Stimmt. Es geht sich tatsächlich um der Tiger und dem seine Verbindung zu Kommissar Dickgießer. Ich würde Sie der Herr Kleinheinz gerne geben, aber der ist gerade in eine wichtige Einsatzbesprechung."

„Ist kein Problem. Ich bin ab jetzt wieder gut zu erreichen. Aber wenn es schon mal hilft, kann ich Kollege Dickgießer entlasten. Der hat nämlich damals gar nicht an dem Seminar teilgenommen."

Will runzelte die Stirn. „Wie meinen Sie das? Der steht aber hier auf diese Seminarliste mit drauf."

„Das ist richtig. Der war auch angemeldet. Hat aber am Tag vor dem Seminar abgesagt, weil er wohl Eheprobleme hatte oder was weiß ich. Irgendwas, was nicht rauskommen sollte. Da ist ein Kollege für ihn eingesprungen auf seinen Namen. Der Kollege, der war aber ganz dicke mit Bergmann. Da kann ich mich noch ganz gut dran erinnern. Ich weiß noch, dass die beiden in jeder Pause zusammen rumgehangen haben."

Will zögerte kurz und fragte dann: „Können Sie sich denn auch noch an der Name von der Kollege erinnern?"

„Na klar", sagte Hoffmann, „den kenne ich sogar ganz gut. Beziehungsweise seine Exfrau. Die war nämlich damals nach der Ausbildung mit mir in der Hundertschaft. Verdammt hübsches Ding. Ist aber mittlerweile nicht mehr dabei. Irgendwas Psychisches, keine Ahnung. Na ja, egal. Der Typ heißt jedenfalls Remmler. Heinz Remmler. Nee, Moment – Horst Remmler. Hat so rote Haare und ist ungefähr ..."

Will drückte wie ferngesteuert die rote Taste und beendete das Gespräch. Eine Gänsehaut hatte sich über seinen Körper gelegt. Nachdem er sich wieder beruhigt hatte, ließ er das Handy in seiner grauen Stoffhose verschwinden und ging langsam durch den Flur auf Kleinheinz' Zimmer zu. Seine Beine fühlten sich an wie Pudding und der Boden unter seinen Füßen schien sich zu bewegen. Will öffnete die Zimmertür und musste schlucken, als sich Remmler mit einer Zigarette im Mundwinkel zu ihm umdrehte. Kleinheinz hatte die Augen geschlossen und bewegte sich nicht. „Ist Kommissar Kleinheinz ..." stammelte Will.

„Tief und fest am schlafen", vervollständigte Remmler den Satz und ging einen Schritt auf Will zu, der instinktiv zurückwich. „Warum?" fragte er mit zusammengekniffenen Augen. „Ist irgendwas?"

„Nee, nee", antwortete Will schnell, während sich sein Magen zusammenkrampfte, „also, eigentlich doch. Hier drinnen ist Rauchverbot – wegen das viele Fachwerk."

36
Freitag, 18. Dezember, 18.26 Uhr

Fredi Jaspers saß quer auf dem Bett und lehnte mit dem Rücken an der Wand. Sein Kopf schmerzte, sobald er ihn bewegte. Stoßweise blies er den Rauch seiner Zigarette in die Luft und verfolgte stolz, wie sich die großen Ringe im Raum verflüchtigten. Neben ihm auf der Tagesdecke stand ein überquellender Aschenbecher. Borowka hatte es sich auf dem Boden bequem gemacht. Ihm diente eine leere Dose Redbull als Aschenbecher. Er ärgerte sich, dass er die Ringe nicht genauso gut hinbekam wie Fredi. Das war schon damals auf der Bank hinter der Kirche so gewesen. Er nahm sich vor, in Zukunft etwas mehr zu üben. Hauptkommissar Dickgießer hatte den beiden nach der Rückkehr vom Einsatz Josefs Zimmer zugewiesen und ihnen aus Sicherheitsgründen eine Art Stubenarrest erteilt. Ohne Fernseher und Playstation langweilten sie sich dort oben zu Tode. Nur die Zigaretten waren ihnen geblieben und viel Zeit für einen tiefgehenden Gedankenaustausch.

„Der Scheißfall geht mir langsam tierisch auf den Sack", murmelte Borowka und warf eine zerdrückte Schachtel Zigaretten in Richtung des Papierkorbs. Die Schachtel tanzte kurz auf dem Rand und fiel dann zurück auf den Boden.

„Frag mich mal", sagte Fredi tonlos. „Ich hatte gedacht, ich könnte mit diese Trixie ein neues Leben anfangen. Und was ist? Trixie ist der Tiger."

„Das war doch klar. Wenn eine Frau zu perfekt ist, dann muss sie ein Mann sein." Borowka lachte laut und auch Fredi musste grinsen.

„Glaub mir, Fredi. Wenn der Scheiß hier vorbei ist, dann fahren wir beide nach Himmerich und suchen ein Superschuss für dich aus. Samstags abends soll da richtig gutes Material am Start sein. Wir müssen bloß der Spargel zu Hause lassen. Dann klappt das auch."

Fredi schüttelte den Kopf. „Kein Bedarf. Außerdem ziehe ich bald weg von Saffelen. Bei Auto Oellers habe ich schon gekündigt."

Borowka riss die Augen auf und starrte seinen Kumpel ungläubig an. „Was redest du denn da für ein Scheiß?"

„Ich hatte das schon lange mal überlegt. Mich hält eigentlich nicht mehr viel hier. Bei Oellers komme ich nicht von der Stelle, in meine Wohnung fühle ich mich nicht mehr wohl und von Martina will ich gar nicht erst reden."

Borowka winkte ab. „Fredi, das legt sich wieder. Ich kenn das. Das ist eine sogenannte Midlife-Krise. Hatte ich auch damals, als Rita während der WM 2002 in Südkorea plötzlich meinte, die wär schwanger. Und da sagt die mich das auch noch kurz vorm Anpfiff vom Endspiel. Ich war total am Ende. Und als Olli Kahn dann auch noch der Ball vor die Füße von Ronaldo geklatscht hat, da lag mein Leben plötzlich total in Trümmern. Ich dachte, alles hätte sich gegen mich verschworen."

„Aber drei Jahre später habt ihr geheiratet."

„Ja klar. Weil mir nach der ganze Stress mit der Fehlalarm-Schwangerschaft plötzlich klar war, dass ich wirklich in die Rita drin verliebt bin. Vorher habe ich mir da keine Gedanken drüber gemacht. Das war einfach immer so gewesen, dass ich mit Rita zusammen war. Es gab ja auch keine Alternativen in Saffelen." Borowka öffnete eine neue Packung Marlboro und warf Fredi eine Zigarette zu. Der fing sie mit einer Hand auf und zündete sie mit dem glimmenden Rest der alten an. Paffend sagte er: „Das ist aber auch eine andere Situation bei dir. Du und Rita, ihr passt einfach super zusammen. Bei mir und Martina war das irgendwie immer kompliziert. Ich glaube, es ist an der Zeit, loszulassen. Beruflich und privat."

Borowka nickte betreten. „Ich kann das schon irgendwie nachvollziehen, Fredi. Es gibt so Phasen im Leben. Ich zum Beispiel. Ich bin auch im Moment total frustriert."

„Versteh ich gut. Wegen weil Rita die ganze Zeit weg ist, oder?"

Borowka sah überrascht auf. „Nee Quatsch. Weil der Ford Capri kaputt ist. Aber guck mal, ich zieh deswegen nicht direkt weg. Ich geh hin und versuch der Auto wieder zu reparieren, sobald die Bullerei dem freigibt."

Fredi lachte bitter auf. „Ja, aber der Ford Capri ist nicht so kaputt wie meine Beziehung zu Martina."

„Das ist ein Totalschaden."

„Eben!" Fredi füllte mit einem tiefen Zug an der Zigarette seine Lunge. „Weißt du, Borowka. Hier in Saffelen wird mich doch immer alles an mein altes Leben erinnern."

Sie schwiegen eine Weile, bevor Borowka wieder ansetzte:

„Manni Mertens hat erzählt, dass dem seine Tante eine super Dreizimmerwohnung in Uetterath zu vermieten hat. Das wär doch was."

Fredi verzog das Gesicht. „Ich ziehe doch nicht nach Uetterath. Ich will ganz neu anfangen. Ich will in eine richtige Stadt ziehen. Vielleicht nach Berlin oder München oder Ibbenbüren."

„Ibbenbüren?"

„Ja", sagte Fredi verlegen, „nur, wegen weil da eine Tante von mir wohnt. Das wär ja auch nur für der Anfang, solange ich noch keine Waschmaschine habe. Aber vielleicht auch direkt nach Berlin. Das täte mich schon reizen."

Borowka legte die Hände ineinander. Die glimmende Zigarette ragte heraus. Er sah nachdenklich aus dem Fenster, vor dem ein paar wenige Schneeflocken auf- und abtanzten. „Das wär ganz schön scheiße, wenn du weg wärst, aber ich kann dich schon irgendswie verstehen." Plötzlich fiel ihm etwas ein. „Hör mal, ich glaube, ein Vetter von der alte Oellers hat ein Autohandel irgendwo bei Berlin. Ich kann mich dadran erinnern, dass der sich immer tierisch über dem aufgeregt hat, weil der nach der Wende so super Geschäfte mit die Ossis gemacht hat, während er sich hier immer mit die geizigen Holländer rumschlagen musste."

„Stimmt. Vielleicht kann der mich da unterbringen. Das wär natürlich super. Dann könnte der mir auch ..."

Es klopfte. Ohne ein „Herein" abzuwarten, öffnete Hauptkommissar Remmler die Tür und stand plötzlich mit einer großen Rolle Kupferkabel mitten im Raum. „Hallo meine Herren", sagte er und begann, das Kabel vorsichtig abzurollen. „Lassen Sie sich nicht stören. Ich bring nur schnell den Kasten hier an." Nachdem er das Kabel bis ans Fenster gezogen hatte, befestigte er einen kleinen Kasten mit zwei Knöpfen am Fenstergriff.

„Was wird das hier? Raumschiff Enterprise oder was?", fragte Borowka belustigt, erntete aber nur einen gleichgültigen Blick des Beamten.

„Ich bin gerade dabei, auch die oberen Räume mit einer Alarmanlage zu versehen. Jeder Raum mit Fenstern muss gesichert werden." Jeder Handgriff saß und so dauerte es nur wenige Minuten, bis Remmler den Raum wieder verließ, um mit der Kupferdrahtrolle Richtung Badezimmer zu marschieren. Borowka wandte sich wieder an Fredi. „Wo warst du eben noch von dran?"

„Ich habe gesagt, der alte Oellers könnte mir ..."

Wieder klopfte es kurz und wieder wurde die Tür sofort geöffnet. Borowka riss genervt den Kopf rum. „Ja, sag mal, ist hier heute ‚Tag der offenen Tür', oder was?"

Diesmal betrat Hastenraths Will den Raum. Er hatte den Zeigefinger über die Lippen gelegt und ließ die Tür leise hinter sich ins Schloss fallen. „Hallo Jungs", flüsterte er. „Es gibt ein Problem." Er setzte sich neben Fredi aufs Bett und holte tief Luft. Unter seinen Armen hatten sich dunkle Schweißränder auf dem karierten Hemd gebildet. „Ich habe eben herausgefunden, dass Kommissar Remmler ein Komplize von der Tiger ist."

Fredi und Borowka starrten ihn mit offenen Mündern an. Will fuhr unbeirrt fort: „Der hat der Kommissar Kleinheinz betäubt. Jetzt ist unten bloß noch der Herr Tosic. Dem kann ich aber im Moment nicht finden. Ansonsten sind wir mit der Remmler alleine. Wisst ihr, was das bedeutet?"

„Dass zwei dem festhalten und einer dem die Fresse poliert", rief Borowka mit gedämpfter Stimme.

„Bist du bekloppt?", sagte Fredi. „Der Typ ist ein Spezialpolizist. Und vielleicht lässt der sogar der Tiger ins Haus und dann sind die schon zu zweit."

Will nahm seine Kappe vom Kopf und strich sich mit der Hand durchs Haar. „Fredi hat recht. Gegen die Leute haben wir keine Chance, wir haben ja noch nicht mal Waffen. Dem Tiger ist es gelungen, alle vier Leute von der Todesliste an einen Platz zu bringen. Der will uns umbringen. Wir müssen uns dringend ein Plan ausdenken."

Borowka biss sich auf die Unterlippe. Das tat er immer, wenn er angestrengt nachdachte. Nach einer Weile sagte er: „Wir sind trotzdem in der Überzahl. Außerdem: Wie soll er es denn machen? Der kann uns ja schließlich nicht alle nacheinander umbringen."

„Ich glaube, das hat der auch gar nicht vor", antwortete Will mit besorgtem Blick. „Ich vermute, der will uns alle gleichzeitig umbringen."

„Wie soll das denn gehen?" Fredi legte den Kopf quer.

„Mit eine Bombe, die das ganze Haus in die Luft jagt", presste Will mit verzweifelter Stimme hervor.

Fredi und Borowka sahen sich erschrocken an. Dann wanderten ihre Blicke hinüber zu dem Kasten am Fenstergriff und von dort am Kabel entlang, das mittlerweile über das gesamte Gebäude verteilt war.

37
Freitag, 18. Dezember, 18.44 Uhr

Als Hastenraths Will die Küche betrat, zuckte er zurück und prallte dabei gegen Fredi Jaspers, der direkt hinter ihm stand. Horst Remmler saß seelenruhig am Küchentisch und richtete eine Pistole auf den Landwirt. „Auf Sie habe ich gewartet", sagte er mit einer Stimme, die Will frösteln ließ. Während er langsam die Arme hob, spielte er im Kopf alle Optionen durch, die er noch hatte. Fredi, der ebenfalls mit erhobenen Händen hinter ihm stand, versperrte ihm den Rückweg. Zur anderen Tür, die am Milchsammeltank vorbei auf den Hof führte, war es zu weit. Noch bevor er Remmler erreichen würde, hätte dieser abgedrückt. Will starrte in die dunkle Mündung, die immer noch stumm auf ihn zeigte. Doch etwas stimmte nicht mit dieser Pistole. Sie war so klobig und so gelb. Außerdem war der Abzug nur eine schwarze Taste. Die Waffe sah fast genauso aus wie seine alte Lötpistole, die er immer in der Küchenschublade aufbewahrte. Als Will dann auch noch an der Seite den eingravierten Namen „Einhell" entdeckte, wurde es zur Gewissheit: Remmler hielt tatsächlich die alte Lötpistole in der Hand. Da der Kommissar Wills erschrockene Reaktion offenbar nicht mitbekommen hatte, überspielte der Landwirt seine erhobenen Arme, indem er unter beiden Achseln roch und angewidert den Mund verzog. Remmler ließ das Elektrogerät sinken und sagte lächelnd: „Die Heizung bollert ganz schön hier drinnen, was? Im Badezimmer liegen Deoroller. Aber gut, dass Sie da sind, Herr Hastenrath. Sie müssen mir gerade mal helfen. Ich muss hier noch zwei Metallteile zusammenlöten. Dann kann ich endlich die Alarmanlage in Betrieb nehmen. Wenn Sie hier mal bitte festhalten." Remmler deutete auf ein kleines Schaltpult auf dem Küchentisch, aus dem Drähte herausschauten und von dem mehrere dünne Kupferkabel ausgingen, die sich über den Boden in den Flur schlängelten. Will trat zögerlich an den Tisch und schaute auf das Wirrwarr herab. Auch Fredi betrat die Küche. Ihn schien Remmler erst jetzt zu bemerken. „Ach, Herr Jaspers. Was machen Sie denn hier? Sie sollen doch mit Herrn Borowka oben auf dem Zimmer bleiben."

„Ich hol uns nur schnell zwei Kaffees", antwortete Fredi, drückte sich an Will vorbei und ging eilig zur Spüle, wo die Kaffeemaschine schwerfällig vor sich hin brodelte.

Remmler beachtete ihn nicht weiter und wandte sich wieder seinem Gerät zu. Will hatte sich in der Zwischenzeit überlegt, wie er Zeit gewinnen konnte. Denn das letzte, was er wollte, war, dem Killer auch noch behilflich zu sein, eine Bombe zu aktivieren. Sein Plan sah vor, den Kommissar in ein Gespräch zu verwickeln.

„Klar, helfe ich Sie. Aber wo ist denn Ihr Kollege Tosic? Der könnte doch auch schnell mit anpacken."

„Den habe ich Pizza holen geschickt. Ich habe ihm Ihren Mercedes gegeben. Ich hoffe, das war in Ordnung?", sagte

Remmler ungerührt und zog das Kabel der Lötpistole etwas näher an sich ran. Will erstarrte und auch Fredi erschrak so sehr, dass er eine volle Tasse Kaffee auf den Boden fallen ließ. Remmler fuhr wütend herum. „Verdammt noch mal", schrie er, „können Sie nicht aufpassen?"

Fredi hob entschuldigend die Hand und kniete sich mit einem Spültuch auf den Boden. Wills Gedanken fuhren Achterbahn. Den einzigen, der ihnen jetzt noch helfen konnte, hatte Remmler weggeschickt. Was für ein perfider Plan. Die Situation für die Saffelener spitzte sich immer weiter zu. Nun waren sie Remmler und Bergmann schutzlos ausgeliefert. Will hoffte, dass man ihm das Zittern in der Stimme nicht anmerkte, als er betont unbeteiligt fragte: „Wieso haben Sie denn der Herr Tosic geschickt? Das ist doch die Aufgabe von mein Schwiegersohn."

„Den habe ich aber eben nicht auf seinem Handy erreicht. Und ich habe nun mal jetzt Lust auf eine Pizza. Das könnte eine lange Nacht werden."

„Aber", Will stockte kurz, „aber hier in Saffelen gibt es doch gar keine Pizzeria."

„Was weiß ich denn, wo die nächste Pizzeria ist? Ich habe auf jeden Fall keine Lust auf die alten Fritten von diesem ekligen Container. Können wir jetzt mal hier weitermachen?" Remmler wurde langsam ungeduldig.

„So alt sind die Fritten gar nicht", sagte Fredi in seinem Rücken, „vorgestern war Mittwoch. Und mittwochs wechselt die Rosi immer das Frittenfett."

Remmler drehte den Kopf und musterte den knienden Fredi mit einer Mischung aus Verständnislosigkeit und Mitleid.

„Sagen Sie mal, geht's noch? Wir haben weiß Gott Wichtigeres zu tun, als uns über Frittenfett zu unterhalten." Will überlegte einen kurzen Moment, ob er dem Kommissar die Pistole aus dem Schulterholster ziehen sollte. Nah genug bei ihm stand er mittlerweile. Doch noch ehe Will einen Entschluss gefasst hatte, wandte sich Remmler wieder an ihn. Er musterte den Landwirt mit zusammengekniffenen Augen und fragte: „Ist Ihnen nicht gut, Herr Hastenrath? Ihnen steht der Schweiß auf der Stirn. Sie sollten sich besser hinlegen."

Das würde dir so passen, dachte Will, während er ein großes, braunes Stofftaschentuch aus der Tasche zog, mit dem er sich die Stirn abwischte. „Mir geht es gut. Aber ich bin mir nicht sicher, ob das eine gute Idee war, der Herr Tosic wegzuschicken. Die nächste Pizzeria ist in Süsterseel. Das ist fast zehn Kilometer entfernt. Und dann bei diese Straßenbedingungen."

Remmler grinste und lehnte sich auf seinem Stuhl zurück. „Haben Sie etwa Angst, Herr Hastenrath?"

Will schüttelte zaghaft den Kopf. „Natürlich nicht. Aber wenn der Tiger wirklich angreifen sollte, wäre es doch besser, wenn wir mit genug Leute im Haus sind, oder nicht?"

Remmler kratzte sich lächelnd am Bauch und wippte mit dem Stuhl hin und her. Zu Wills Entsetzen zog er seine Dienstwaffe und spielte damit herum. Er schien die Situation zu genießen. „Seien Sie ganz beruhigt. Mit dem Tiger werde ich auch alleine fertig."

Will hatte lange überlegt, wie er die nächste Frage am geschicktesten formulieren sollte. Jetzt, mit der Angst im Nacken, entschied er sich, sie einfach geradeheraus zu stellen. „Kennen Sie der Manfred Bergmann eigentlich persönlich?"

Remmlers Augen flackerten kurz, bevor er sie niederschlug. Eine Sekunde zu schnell antwortete er: „Bin ihm nie begegnet. Aber aus den Akten kenne ich ihn in- und auswendig."

Diese Antwort war das Zeichen für Plan A, der auf der Stelle anlief. Im Augenwinkel bemerkte Will, wie Fredi sich langsam mit dem Rücken an der Spüle vorbeischob. Will setzte sich auf die Eckbank gegenüber von Remmler. Jetzt musste er nur noch das Gespräch so lange aufrechterhalten, bis Fredi so weit war.

„Aber, wenn Sie der Tiger gar nicht persönlich kennen, woher wollen Sie denn dann wissen, dass der bald angreift?"

Remmler hörte auf, mit dem Stuhl zu wippen und beugte sich leicht über den Tisch. Seine Stimme wurde leiser und ernster. „Es wäre der nächste logische Schritt. Wir haben seine Komplizin geschnappt, die Luft wird immer dünner für ihn. Er muss bald von hier verschwinden. Wenn er uns alle umbringen will, dann muss er jetzt so schnell wie möglich handeln."

„Wie gut für dem, dass alle von der Todesliste hier im Haus versammelt sind." Will versuchte, so gleichgültig wie möglich zu klingen.

„Ja gut", überlegte Remmler, „aber das kann der Tiger ja nicht wissen."

„Es sei denn, irgendsein Maulwurf hat dem davon erzählt."

Remmler stutzte. Er sah Will mit durchdringendem Blick an, aber Will hielt dem Blick stand. „Und wer sollte das Ihrer Meinung nach sein?"

Will strich sich hektisch über sein kratziges Kinn. Als er die Übersprungshandlung bemerkte, legte er die Hand wieder auf den Tisch. „Also es kann ja nur einer sein, der dem Tiger gut kennt."

Remmler zwinkerte kurz mit den Augen und umschloss seine Waffe fester mit der Hand. „Jetzt bin ich aber mal gespannt", sagte er mit gespieltem Interesse.

Will befeuchtete seine Lippen, bevor er weitersprach: „Sie sind der Maulwurf, Herr Remmler! Sie haben uns alle angelogen. Sie haben Manfred Bergmann auf ein Sprengstoffseminar kennengelernt. Und jetzt wollen Sie uns mit dem zusammen umbringen."

Remmler richtete seinen Oberkörper auf. In seinem Gesicht spiegelte sich Wut wider. „Woher zum Teufel wissen Sie ...?"

Noch bevor er seine Waffe hochreißen konnte, traf ihn seitlich an der Schläfe der schwere Einmachtopf von Marlene, den Fredi mit beiden Händen an den Griffen umklammert hielt. Die Wucht des Schlags wischte Remmler vom Stuhl wie eine Stoffpuppe mit Gummigliedern. Die Pistole schlitterte über den Boden. Will sprang auf und begrub sie unter seinen Gummistiefeln mit der Schuhgröße 45. „Sehr gut, Fredi. Jetzt hol der dicke Strick aus dem Schweinestall, damit wir dem hier an der Stuhl fesseln können."

Als Fredi mit dem Seil zurückkam, hatte Will den bewusstlosen Kommissar wieder auf den Stuhl zurückgehievt und hielt sicherheitshalber die Pistole auf ihn gerichtet. Fredi band ihm die Hände auf den Rücken und verschnürte seinen Körper wie ein Postpaket. Dann schüttete Will ihm ein volles Glas Wasser ins zur Seite geneigte Gesicht. Remmler stöhnte laut auf und warf den Kopf in den Nacken. Als er die Augen öffnete, brauchte er einige Sekunden, um sich über seine Lage klar zu werden. „Was zum Teufel soll das?", keuchte er.

Fredi war neben Will getreten, der immer noch mit der

Walter P 99 auf den Kommissar zielte. „So kann das gehen, wenn man sich für besonders clever hält. Aber wir sind auch nicht doof hier in Saffelen", sagte der Landwirt. „Und jetzt sagen Sie uns, wo der Tiger ist."

Remmler zerrte an den Fesseln, aber sie saßen zu fest. „Ich weiß überhaupt nicht, wovon Sie reden. Machen Sie mich los, verdammt. Wir müssen dringend die Alarmanlage einschalten."

„Damit wir hier alle in die Luft fliegen, oder was?", tönte Fredi. „Hören Sie auf, uns zu verarschen. Sie sind der Komplize von Manfred Bergmann."

„Nein, bin ich nicht!" An Remmlers Hals bildeten sich hektische Flecken. Dann gab er auf. „Okay, ich gebe zu, dass ich Bergmann von früher her kenne. Und dass wir mal so was wie Freunde waren. Aber es ist anders als Sie denken. Der Drecksack hat mir damals meine Frau ausgespannt und sie dann später misshandelt. Meine Ehe ist gescheitert und meine Exfrau muss heute noch psychologisch betreut werden. Als Dickgießer mich gefragt hat, ob ich bei der SOKO Tiger dabei sein möchte, habe ich meine Chance gewittert, die offene Rechnung mit Bergmann zu begleichen."

„Und warum haben Sie Herr Kleinheinz Tabletten gegeben und Herr Tosic weggeschickt?", hakte Will unerbittlich nach.

Remmler senkte den Kopf. „Weil ich es auf meine Art machen wollte. Ich bin mir hundertprozentig sicher, dass Bergmann heute kommt. Ich kenne ihn genau. Wenn Kollegen dabei wären, müsste ich mich bei der Festnahme ans Protokoll halten. Deshalb habe ich Tosic weggeschickt und Kleinheinz Beruhigungsmittel gegeben. Zu ihrem eigenen Schutz. Das ist eine Sache zwischen Bergmann und mir."

„Mir kommen gleich die Tränen", erwiderte Will unbeeindruckt. „Sie sind ein noch schlechterer Lügner als wie meine Enkelkinder. Ich glaube Sie kein Wort. Wie kommt es denn, dass wir am Dienstag eine Bombe unter mein Bett finden, obwohl Sie ein Tag vorher das komplette obere Stockwerk durchsucht haben?"

Remmler schlug die Augen nieder. „Deswegen mache ich mir doch selbst die meisten Vorwürfe. Ich habe einfach vergessen, unter dem Bett nachzusehen. Das war ein Anfängerfehler von mir."

„Ich muss schon sagen: Langsam werden Ihre Lügen immer unverschämter. Ich werde jetzt bei der Herr Dickgießer anrufen und dem sagen, dass ..."

Plötzlich stürzte Borowka mit wehendem Haar in die Küche. Um den Hals trug er ein Fernglas. Will hatte ihn abkommandiert, die Straße im Auge zu behalten, während er selbst mit Fredi die Falle für Remmler stellen wollte. Außer Atem japste Borowka: „Bergmann ist gerade in ein Auto vorbeigefahren."

„Bist du sicher?", fragte Will mit einer Mischung aus Skepsis und Angst.

„Hundertpro. Ich hab dem genau erkannt."

Fredi studierte die scharfen Monitorbilder der Überwachungskameras. „Hier ist nix zu sehen", sagte er.

Borowka stemmte beleidigt die Hände in die Hüften. „Meinst du, ich bin doof? Ich weiß genau, was ich gesehen habe. Der hat unten am Ende der Straße geparkt und ist mit ein kleiner Rucksack ausgestiegen. Der müsste jeden Moment im Bild kommen."

Gebannt starrten alle auf die Monitore, doch es veränderte sich nichts. Ohne die vereinzelten Schneeflocken hätte man alle Außenaufnahmen für Standbilder halten können.

„Schnell, machen Sie mich los", flehte Remmler Hastenraths Will an. Auch in die Stimme des Kommissars hatte sich mittlerweile die Angst geschlichen. „wir müssen dringend die Alarmanlage aktivieren. Wenn Bergmann erst mal am Haus ist, ist es zu spät."

„Seien Sie ruhig. Ich muss nachdenken", erwiderte Will unwirsch, ohne ihn anzusehen.

„Bitte, glauben Sie mir doch."

Borowka ging auf den Kommissar zu und gab ihm einen leichten Klaps auf den Hinterkopf. „Jetzt halt endlich die Klappe. Der Will muss kombinieren. Du hältst uns wohl alle für komplett bescheuert, oder?"

Remmler sah zu ihm auf und verzog den Mund. „Wollen Sie das wirklich wissen?"

Will hatte in der Zwischenzeit auf seinem Geheimhandy die Nummer von Hauptkommissar Dickgießer gewählt, doch eine mechanische Stimme teilte ihm auf Englisch mit, dass der Vodafone-Teilnehmer vorübergehend nicht erreichbar sei. Zumindest vermutete Will, dass es sich um Englisch handelte. Leise fluchend suchte er weiter in seinem Telefonregister nach der Nummer von Serdar Tosic, die Kleinheinz ihm vorausschauenderweise ebenfalls einprogrammiert hatte. Gerade als er sie gefunden hatte, schrie Fredi auf und zeigte ganz aufgeregt auf einen winzigen dunklen Punkt am linken Rand eines Monitors. Es handelte sich um die Außenaufnahme, die die Kamera lieferte, die vor dem Haus hing. „Da, ein Schatten", rief er. Alle starrten gebannt auf die Bildschirme. Plötzlich knackte es und nach einer kurzen Bildstörung erloschen alle Bilder. Will, Fredi und Borowka sahen sich ängstlich an und eine beklemmende Stille breitete sich im Raum aus.

38
Freitag, 18. Dezember, 18.52 Uhr

„Oh Bella donna. Amore mio." Der knapp 1 Meter 70 große Pizzabäcker mit dem streng zurückgegelten Resthaar überschlug sich mit Komplimenten, als er der korpulenten Frau ohne Hals zwei Pizzakartons über die Theke schob. Dabei fuchtelte er so wild mit seinen Händen in der Luft herum, dass sich ständig Mehl von seinen Handinnenflächen löste und sich wie aufgewirbelter Pulverschnee in der kleinen Stehpizzeria „Da Francesco" verteilte. Die Frau errötete und wiegelte zaghaft ab, während sie das Lokal verließ. „Bisse bald, sssöne Frau", rief er noch hinterher, als die Tür schon längst ins Schloss gefallen war. Serdar Tosic erhob sich genervt von seinem Bar - hocker und stellte sich als letzter verbliebener Gast vor die Theke. In den letzten zehn Minuten, in denen Francesco so ziemlich jeden der Gäste, die ausschließlich aus Abholern bestanden, mit einem Schwall italienischer Floskeln eingedeckt hatte, hatte Tosic vor lauter Langeweile schon die Spielernamen auf dem verwitterten Mannschaftsplakat von Inter Mailand auswendig gelernt. Es handelte sich um das Meister - foto von 1989, auf dem auch Andi Brehme und Lothar Matt - häus zu sehen waren. 1989 könnte auch ungefähr das Jahr gewesen sein, in dem zum letzten Mal auf dem Holzrahmen Staub gewischt worden war. Bereits zum dritten Mal drang laut und verzerrt „Se bastasse una canzone" aus den Boxen, einer der größten Hits von Eros Ramazzotti, der in keiner Pizzeria fehlen durfte. Tosic sah ungeduldig auf die Uhr, als er vor der Theke auf sein Essen wartete. Schon fünf vor sieben. Francesco lief der Schweiß in Strömen an den Wangen herunter. Er hatte die Klappe seines Ofens geöffnet und zog die fertigen Pizzen mit einer Holzscheibe, die an einem langen Stock befestigt war, heraus. Er warf einen kurzen Kennerblick auf die Unterseite und ließ sie dann eine nach der anderen mit der Eleganz eines Balletttänzers in die bereitgestellten aufgeklappten Kartons gleiten. Er schloss die Kartons und drehte sich um. Als er Tosic direkt vor sich erblickte, verfiel er sofort wieder in seine ekstatische Dauerfreude, die ihm im Angesicht des Ofens kurzzeitig abhanden gekommen war. Er breitete die Arme aus und begrüßte den Polizisten wie einen Bruder, den er nach 30 Jahren zum ersten Mal wiedersah – und das, obwohl er vor nicht einmal zehn Minuten persönlich die Bestellung aufgenommen hatte. „Buonasera Signore. Meine Freund. Deine Pizza isse fertig. Isse beste Pizza von Welt. Viele Knoblauch, viel scharf. Extra für disch. Isse gut für Amore." Den letzten Satz unterstrich er mit einem übertriebenen Augenzwinkern. Tosic nickte und legte dreißig Euro auf die Theke. Plötzlich vibrierte es einmal kurz in seiner Hose. Während Francesco mit lautem Getöse die Preise in seine Registrierkasse hämmerte, kontrollierte Tosic sein Handy. „Entgangener Anruf um 18.54 Uhr. Absender ‚Anonym'. Unterdrückte Rufnummer, dachte Tosic, dann war es schon mal nicht Kleinheinz. Er schob das Handy zurück in die Hosentasche. Francesco legte das Wechselgeld in die Schale mit der aufgedruckten italienischen Nationalflagge und deutete beeindruckt auf die Pistole an Tosics Gürtel. „Aaah, Carabinieri. Musse aufpassen auf bella Signoras." Der Beamte lächelte dünn und lud die fünf Pizzakartons auf seinen linken Arm. Als er gerade gehen wollte, rief Francesco ihn lauthals zurück: „Momento Ragazzo. Alle guten Freunde von Francesco bekommen immer eine Ramazzotti auffe Haus. Und Carabinieri sowieso." Tosic lächelte gequält, drehte sich um und balancierte seine Pizzakartons zurück zur Theke, auf der Francesco schon zwei Schnapsgläser mit dem rotbraunen Kräuterlikör befüllte. Diesmal sang Schmusesänger Eros „Ancora un minuto di sole" während sie miteinander anstießen. Tosic schloss die Augen, als sich das kühle Getränk spürbar durch seinen Hals in seinen Magen schlängelte. „Danke Francesco", sagte er. „Das liebe ich an euch Italienern so, eure Gastfreundschaft. Von wo genau in Italien kommst du denn?"

Der Pizzabäcker überlegte kurz. Ein goldener Backenzahn blitzte auf, als er antwortete: „Isse südlich von Antalya."

39
Freitag, 18. Dezember, 19.04 Uhr

Kleinheinz wachte auf durch einen Schlag ins Gesicht. Als er die Augen öffnete, flackerte das Deckenlicht in bunten Farben und verschwamm immer wieder. Starke Schmerzen schüttelten seinen Körper. Ihm war kalt und sein Hals war wie ausgetrocknet. Er wollte schlucken und merkte, dass er etwas im Mund hatte. Als er versuchte, sich zu bewegen, spürte er, dass seine Hände ans Kopfende des Bettes gefesselt waren. Kaltes Metall schnitt ihm in seine Handgelenke. Als er mühsam den Kopf anhob, war ihm, als lodere ein verheerendes Feuer in seinem Gehirn. Er nahm den Schrank wahr und noch etwas Dunkles, das sich leicht bewegte. Er konnte aber nicht erkennen, was es war, weil seine Augenlider immerzu flimmerten. Er musste husten, doch der Knebel, den er im Mund hatte, verhinderte das. Stattdessen verschluckte er sich. Dann hörte er diese Stimme, die ihn nun schon seit mehreren Nächten in seinen Träumen verfolgte. „Hallo Peter. Wieder wach?"

Kleinheinz nahm all seine Kraft zusammen und versuchte seine Pupillen scharf zu stellen, obwohl er auch so längst wusste, wer vor ihm stand.

„Entschuldigung", sagte der Tiger, „ich vergaß, dass du gar nicht antworten kannst. Wozu ein paar Socken doch manchmal gut sein können?! Und gut, dass du deine Handschellen dabei hattest. Ich hatte meine doch glatt vergessen. Ach so, mit dem Schlüssel ist mir ein Missgeschick passiert. Der ist mir leider aus dem Fenster gefallen."

Kleinheinz' Augen hatten sich inzwischen an das Licht gewöhnt. Aus der schemenhaften Gestalt war Manfred Bergmann geworden. Er wirkte zwar immer noch groß und kräftig, aber unter seinen blutunterlaufenen Augen hatten sich dunkle Ringe gebildet und seine Wangen waren eingefallen. Der Dreitagebart wirkte ungepflegt. Die Flucht hatte ihm anscheinend doch zugesetzt. Einzig seine Stimme klang fest und entschlossen. „Weißt du, du bist mir zwei Mal entkommen, aber jetzt ist es fast schon zu einfach, wie du mir hier auf dem Silbertablett präsentiert wirst. Wo sind denn deine Aufpasser? Ach egal. Ich habe mir überlegt, dass ich mir für dich die meiste Zeit nehme, weil ich dir am meisten böse bin. Die Saffelener sind einfach nur Idioten, die ein bisschen Glück hatten. Die nehme ich mir jetzt zuerst vor. Und dann komme ich zu dir zurück. Und ich verspreche dir: Wenn ich mit dir fertig bin, wirst du mich anbetteln, dass ich dich erschieße." Bergmanns Gesicht hatte sich in eine hasserfüllte Fratze verwandelt, seine einst so strahlend blauen Augen waren kalt und leer. Er ging einen Schritt auf Kleinheinz zu und packte die Stange auf dessen rechtem Oberschenkel, die mit Schrauben am Knochen befestigt war. Kleinheinz riss angsterfüllt die Augen auf, als er erkannte, was Bergmann vorhatte. Die Panik kam in Schüben, brandete über ihn hinweg und zog sich zurück. Er versuchte, die Nerven zu behalten, bäumte sich auf, zerrte an den Handschellen, doch dabei schnitten ihm nur die Sperrklinken tief ins Fleisch. Bergmann lächelte schief, als er die Eisenstange zur Seite wegdrehte. Blut quoll aus der Wunde und eine furchtbare Welle des Schmerzes jagte durch Kleinheinz' Körper. Er wand sich hin und her und schrie, aber er konnte sich nicht hören. Bergmann hob seine Waffe, eine Smith & Wesson 686, und rammte sie mit voller Wucht gegen den Kopf des Kommissars, der sofort zur Seite kippte. Bergmann schob den schlaffen Körper weg und setzte sich aufs Bett. Ohne Eile öffnete er die Schublade des altmodischen Nachttischschränkchens und nahm Kleinheinz' Dienstwaffe heraus. Er wiegte sie in der Hand und musste an seine eigene Zeit bei der Polizei denken. Wieder stieg der Hass in ihm hoch. Er schob die Waffe in seinen Hosenbund, überlegte es sich dann aber anders. Er nahm die Pistole wieder in die Hand, zog das Magazin heraus und leerte es. Dann schob er es wieder hinein und legte die Waffe zurück in die Schublade. Die Patronen ließ er in seiner Jackentasche verschwinden. Er suchte das Nachtschränkchen weiter ab, fand aber nicht Kleinheinz' Handy. Das musste er ihm auf jeden Fall abnehmen. Wollen wir doch mal sehen, ob er noch die alte Nummer hat, dachte Bergmann und tippte sie auf seinem Handy ein. Während er das Freizeichen vernahm, hörte er es in der Ferne klingeln. Er stand auf, ging zur Zimmertür und hielt sein Ohr dicht daran. Wenn die Pläne des Bauernhauses stimmten, die Danica ihm aufgezeichnet hatte, dann kam das Klingeln eindeutig aus der Küche.

40
Freitag, 18. Dezember, 19.08 Uhr

Fredi und Borowka kontrollierten die Anschlüsse der Monitore, während Hastenraths Will sich angestrengt die Schläfen rieb. „Hier ist alles in Ordnung", sagte Borowka. Hauptkommissar Remmler, der mittlerweile aufgehört hatte, an seinen Fesseln zu ziehen, schüttelte resigniert den Kopf. „Glauben Sie mir doch. Das war der Tiger. Der hat die Technik lahmgelegt. Wenn wir Pech haben, ist der längst im Haus. Sie müssen mich unbedingt losbinden. Ohne mich sind Sie verloren."

„Halt doch einfach mal die Fresse" fuhr Borowka ihn an. Auch er wurde langsam nervös. Plötzlich unterbrach ein gedämpfter Klingelton die angespannte Stimmung in der Küche.

„Was ist das für ein Geräusch?", rief Will aufgeregt und sah sich panisch im Raum um.

„Das kommt aus deine Hose", sagte Fredi. Will griff tief in die Tasche seiner grauen Stoffhose und zog ein Handy heraus. Sofort wurde das Klingeln lauter. Will betrachtete das Handy einige Sekunden ratlos, bis er realisierte, dass es sich um das von Kleinheinz handelte. „Unterdrückte Rufnummer", murmelte er, „vielleicht ist das ja der Herr Tosic." Will nahm das Telefon ans Ohr und drückte die Annahmetaste. „Ja bitte?"

„Einen schönen guten Abend. Hier spricht der Tiger!" Die heisere, ruhige Stimme jagte Will einen eiskalten Schauer über den Rücken. Aufgeregt zeigte er auf das Fahndungsbild, das an der Magnettafel hing. Die anderen verstanden sofort. Während Fredi vor Angst die Hand vor den Mund riss, machte Remmler wilde Kopfbewegungen, die der Landwirt aber ignorierte.

„Ja, schön ist relativ", stammelte Will, weil er gar nicht wusste, was er sagen sollte.

„Ein bisschen mehr Wiedersehensfreude hätte ich mir schon gewünscht", flüsterte die Stimme in Wills Ohr, „aber vielleicht kommt's ja noch. Geben Sie mir doch bitte mal Hauptkommissar Dickgießer."

„Sie wollen Hauptkommissar Dickgießer sprechen?" Will wiederholte laut den Satz, damit die anderen mithören konnten. Von einer Lautsprecherfunktion hatte er noch nie etwas gehört. „Der Herr Dickgießer ist aber gar nicht hier. Der ist bei Ihre Freundin Maria Felino, für die durch die Mangel zu drehen. Die wird nämlich gegen Sie aussagen und dann sind Sie fällig."

„Nicht, Herr Hastenrath. Halten Sie die Klappe", brüllte Remmler. Verzweifelt hüpfte er auf seinem Stuhl hin- und her und verursachte dabei ein scharrendes Geräusch.

„War das mein alter Freund Remmler, der da geschrien hat?", fragte Bergmann offenbar belustigt. Will spürte, wie sich seine Brust zusammenkrampfte. Trotzdem versuchte er, seiner Stimme einen furchtlosen Anstrich zu verleihen. „Ja, das war Ihr Freund Remmler. Wir wissen schon längst, dass Sie Komplizen sind. Wir haben dem gefesselt. Der kann Sie nicht mehr helfen."

An Remmlers Hals traten dicke Adern hervor, als er schrie: „Bergmann, du dreiste Sau. Komm nur her. Ich werde dir eine Kugel verpassen."

Fredi schlotterte vor Angst. Er stieß Borowka in die Seite. „Das war ein Geheimcode. So was habe ich schon mal in ein Film gesehen. Der hat gerade für dem „dreiste Sau" gesagt. Dadrin steckt das Wort „drei". Weißt du, was das bedeutet? Der hat dem Tiger gerade mitgeteilt, wie viele Leute wir sind." Borowka dachte kurz nach und reagierte dann blitzschnell. Er lief zur Küchenzeile, zog aus der Schublade ein breites Teppichklebeband und aus der Spüle einen schmutzigen Schwamm, den er kurz auswrang, bevor er ihn Remmler in den Mund steckte und mit reichlich Klebeband fixierte. Der Kommissar machte große Augen und bäumte sich in seinem Stuhl auf, aber der Strick saß zu fest. Seine Wangen waren aufgebläht und man hörte nur noch erstickte Schreie. Bergmann sagte seelenruhig: „Herr Hastenrath. Sie haben einen sehr schönen Innenhof, aber Sie sollten dringend mal nach Ihrem Hund sehen. Ich glaube, dem geht's gar nicht gut." Dann wurde die Leitung unterbrochen. Will starrte auf das verlöschende Display. Bergmann hatte aufgelegt. In Wills Hals steckte ein dicker Kloß. Der wird doch wohl der arme Attila nix getan haben, dachte er. Verzweifelt wanderte sein Blick zu den Monitoren. Aber die waren immer noch schwarz.

„Was ist los?", fragte Borowka.

„Der Tiger sagt, wir sollten mal nach der Attila gucken", antwortete Will stockend. „Meint ihr, der ist auf dem Hof?"

„Das ist bestimmt nur ein Trick", sagte Fredi. „Der will uns nur nach draußen locken, für dann der Remmler zu befreien."

„Vielleicht aber auch nicht." Will rieb sich nervös den Nacken. „Über der Hof kommt man am besten im Gebäude rein. Was ist, wenn der der Attila außer Gefecht gesetzt hat? Wir können hier drinnen nicht einfach warten. Angriff ist die beste Verteidigung. Bergmann weiß nicht, dass wir bewaffnet sind. Richard und ich gehen mit die Pistole auf dem Hof nachgucken und du, Fredi, bleibst hier und bewachst der Herr Remmler."

Fredi schluckte. „Und was für eine Waffe habe ich?"

„Mach dich nicht im Hemd. Nimm dich das große Brotmesser aus die Schublade. Wir sind so schnell wie möglich wieder zurück."

Richard Borowka war es sehr mulmig zumute, als er hinter Will langsam durch den Gang schlich, der vorbei an der kleinen Toilette und dem Milchsammeltank auf den Hof führte. Er fühlte sich vor allem deshalb unwohl, weil Will darauf bestanden hatte, die Pistole zu halten. Der Landwirt hatte damit argumentiert, dass er das gleiche Modell schon mal im Krankenhaus benutzt hatte und deshalb wusste, wie man damit umgeht. Borowkas Einwand, dass er dafür wesentlich mehr Steven-Seagal- Filme gesehen habe, hatte Will mit einer abfälligen Geste abgetan. So blieb Borowka unbewaffnet hinter dem Landwirt und hatte seine Hände zu Fäusten geballt. Als sie das Ende des Ganges erreicht hatten, stieß Will langsam mit dem Fuß die Tür zum Hof auf. Das kurze Quietschen, das die alten Scharniere von sich gaben, reichte aus, um Hofhund Attila aus seinem Schlaf aufzuschrecken. Er begann furchtbar zu bellen und warf sich, wie immer, mit seinem ganzen Körper gegen die Käfigtür. Will atmete erleichtert aus und ließ die Pistole sinken. „Falscher Alarm. Hier ist keiner und hier war keiner."

Als Will und Borowka in die Küche zurückkehrten, wurden sie von einem wild an seinen Fesseln zerrenden Remmler empfangen, der stumm in seinen Knebel brüllte und mit dem Kopf in Richtung Flur zuckte. Die hektischen Flecken an seinem Hals hatten sich mittlerweile ausgebreitet. Borowka sah sich irritiert um, dann fiel ihm auf, was nicht stimmte. „Fredi ist weg!"

Will hob instinktiv die Waffe. „Vielleicht ist der auf dem Klo. Remmler zeigt ja auch in die Richtung."

In diesem Augenblick trat Fredi aus dem Flur in die Küche und blieb stocksteif neben dem großen Eckschrank stehen. Er war leichenblass und sein Gesichtsausdruck hatte etwas Entschuldigendes. Dann schob sich eine große kräftige Gestalt hinter ihn, die ihm einen gewaltigen Revolver an die Schläfe hielt.

„Der Tiger!", entfuhr es Borowka.

Bergmann grinste breit und schubste Fredi vor sich in die Mitte des Raumes. „Dass ihr dämlich seid, wusste ich ja schon immer. Dass es aber so einfach ist, euch auszutricksen, enttäuscht mich. Egal, es trifft sich gut. Ich habe es nämlich eilig. Mein Flieger geht in zwei Stunden. Also, Waffe her und alle auf die Bank."

Hastenraths Will überreichte ihm zerknirscht die Pistole und kauerte sich zusammen mit Fredi und Borowka auf die Sitzbank. Bergmann sah sich in der umfunktionierten Küche um: „Ich bin beeindruckt. Ein schönes Hauptquartier habt ihr euch hier eingerichtet. Ihr hättet aber ein vorteilhafteres Foto von mir nehmen können", sagte er nach einem kurzen Blick auf die Magnettafel. Dann deutete er auf den Bausatz und die Lötpistole auf dem Tisch. „Kleiner Tipp. Wenn ihr schon eine aufwendige Alarmanlage installiert, dann müsst ihr sie beim nächsten Mal auch aktivieren. Ach, ich Dummerchen", er schlug sich leicht mit der Waffe gegen die Stirn, „es gibt ja gar kein nächstes Mal."

Bergmann ging auf den gefesselten Remmler zu und trat gegen den Stuhl, der bedenklich wackelte. „Hallo Horst. Lange nicht gesehen. Wie geht's deiner Frau?"

Remmlers ganzer Körper vibrierte, als er stumm schrie. Sein Gesicht verfärbte sich knallrot und seine Augen traten fast aus den Höhlen.

„Ich versteh dich nicht", spottete Bergmann und riss ihm unsanft das Klebeband ab. Remmler spuckte den schmutzigen Spülschwamm aus und funkelte den Tiger böse an. „Ich mach dich fertig, du Drecksschwein."

„Aha. Und wie?" Bergmann wandte sich von ihm ab und sah Will tief in die Augen. „Herr Hastenrath, unser Meister‐ detektiv. War das Ihre Idee, Herrn Remmler zu fesseln? Sehr gut. Vielen Dank."

„Wir haben gedacht, der wäre Ihr Komplize, weil Sie sich von früher kannten", gab Will kleinlaut zu.

Bergmann lächelte. „Oh ja. Ich kenne den Horst sehr gut. Obwohl – eigentlich kenne ich seine Exfrau besser. Sozusagen in- und auswendig." Er lachte schmutzig.

Remmler spuckte ihm von schräg unten ins Gesicht. Berg‐ mann wurde von einer Sekunde auf die nächste sauer und deckte ihn dafür mit einer Serie von Faustschlägen ein. Der letzte, der Remmler hart am Kiefer traf, brachte den Stuhl zum Umkippen. Der Kommissar fiel seitlich zu Boden und knallte mit dem Kopf auf den Linoleumboden. Er stöhnte noch einmal laut auf, bevor er verstummte. Blut lief ihm aus Mund und Nase. Will, Fredi und Borowka zuckten erschrocken zusammen. Mittlerweile war allen klar geworden, was für ein verhängnisvoller Fehler es gewesen war, Remmler außer Gefecht zu setzen.

Bergmanns Wutausbruch hatte sich genauso schnell wieder gelegt, wie er gekommen war. Langsam nahm er die Walter P 99 hoch und zog den Schlitten zurück. Es machte „ritsch, ratsch" und eine Kugel schob sich hörbar in den Lauf. „Ihr habt Glück", sagte er zu den dreien. „Bei euch mache ich es jetzt kurz und schmerzlos. Kommissar Kleinheinz muss gleich länger leiden."

„Das glaubst aber auch nur du!" Peter Kleinheinz war wie aus dem Nichts neben dem Eckschrank aufgetaucht. Sein blutüberströmtes rechtes Bein zog er wie einen Fremdkörper hinter sich her. Das ganze Gewicht hatte er auf das gesunde Bein verlagert. Er atmete schwer und hielt seine Dienstwaffe mit beiden Händen fest umschlossen. An den Handgelenken konnte man rohes Fleisch unter der aufgeplatzten Haut erkennen. Sein ganzer Körper zitterte, aber sein Blick war entschlossen und fest. Bergmann war zunächst irritiert, trat dann aber einen Schritt auf Kleinheinz zu.

„Bleib stehen", schrie der mit brechender Stimme, „oder ich schieße."

„Das bezweifle ich", antwortete Bergmann und trat Kleinheinz mit einer blitzartigen Beinbewegung die Waffe aus der

Hand, die in hohem Bogen wegflog und in Wills Schoß landete. Die Reflexe des Tigers waren schnell und er verstand sich aufs Kämpfen. Ein zweiter Tritt traf Kleinheinz' verletztes Bein und der Kommissar brach unter lauten Schreien zusammen. Noch bevor Bergmann ein weiteres Mal zutreten konnte, war Will auf die Bank gesprungen und richtete die Pistole auf den Tiger. Er schrie: „Werf die Waffe weg, Bergmann, oder ich schieß dich um."

Bergmann schwitzte und keuchte. Seine Aufgabe war schwieriger geworden, als er gedacht hatte, aber jetzt hatte er endgültig die Nase voll. Er würde einen nach dem anderen erschießen und dann abhauen aus diesem verfluchten Kaff. Er musterte den aufgeregten Hastenraths Will, wie der wie eine Witzfigur in Gummistiefeln und viel zu großer Hose auf der Küchenbank stand und ihn mit Kleinheinz' Waffe bedrohte. Wütend zischte Bergmann: „Wirf die Waffe weg, du Vollidiot. Da sind keine Patronen drin. Die habe ich hier in meiner Tasche."

Will ließ die Waffe nicht sinken, sondern zielte weiterhin auf den Tiger. „Ich werde trotzdem jetzt schießen", sagte er ruhig.

Bergmann lächelte düster und hob langsam seine Waffe. Als sein Zeigefinger zuckte, zielte Will mit einem Auge und drückte ab. Insgesamt drei Mal zog er den Abzug durch, bevor der letzte Rückstoß ihn nach hinten schleuderte. Jeder Schuss löste sich wie ein Peitschenknall. Der erste traf den Türrahmen, der zweite die Kaffeemaschine und der letzte Schuss prallte gegen die Dunstabzugshaube und von dort zurück – mitten in die Brust von Bergmann. Der Tiger stand wie gelähmt im Raum, als sich auf seinem hellen Pullover mit atemberaubender Geschwindigkeit ein dunkelroter Fleck ausbreitete. Sein

Unterkiefer sackte nach unten und die Wucht des Einschlags warf ihn zuerst mit dem Rücken gegen den Einbauschrank und dann auf den Boden. Dort blieb er mit weit aufgerissenen Augen liegen.

Fredi und Borowka waren unter dem Tisch in Deckung gegangen, als das Feuer eröffnet wurde. Ihre Trommelfelle schmerzten von den Schüssen. Will hatte sich wieder aufgerappelt. Plötzlich hörte er Schritte auf dem Flur. Erleichtert ließ er die Waffe sinken, als er feststellte, dass es sich um Serdar Tosic handelte, der in die Küche gelaufen kam. Nach einem kurzen Blick auf den stöhnenden Kleinheinz und den bewusstlosen Remmler lief der Oberkommissar zu Bergmann und nahm die Pistole an sich. Mit routinierten Handgriffen durchsuchte er den reglosen Körper auf weitere Waffen und fand noch ein Kleinkaliber in einem Holster, das am Unterschenkel befestigt war. Da vom schwer verletzten Bergmann keine Gefahr mehr ausging, stopfte er ihm Küchentücher in die Wunde, um die Blutung zu stillen. Als er anschließend den halb bewusstlosen Remmler auf seinem Stuhl wiederaufrichtete und das Seil löste, sagte er zu Will: „Dickgießer, Schieber und ein Rettungswagen sind unterwegs. Das haben Sie super gemacht, Herr Hastenrath. Ich dachte schon, es ist alles aus, als er Kommissar Kleinheinz neutralisiert hatte."

Fredi, der gemeinsam mit Borowka unter dem Tisch herausgekrochen kam, fragte ungläubig: „Sie waren schon länger da?"

Tosic nickte. „Als ich von der Pizzeria zurückkam, sah ich vor Kleinheinz' Fenster Fußspuren und das beschädigte Fensterschloss. Ich bin eingestiegen, nachdem Bergmann das Zimmer verlassen hatte, und habe Kleinheinz befreit. Er war mit

Handschellen ans Bett gefesselt, aber meine Schlüssel passten glücklicherweise. Ich wollte dann eigentlich die Festnahme vornehmen, aber Kleinheinz hat darauf bestanden, dass er es zu Ende bringt. Das würde er sich nicht nehmen lassen, hat er gesagt. Was soll ich machen? Er ist mein Chef. Und da Bergmann sein Magazin geleert hatte, musste ich ihm meine Dienstwaffe geben. Ich habe in der Zwischenzeit die Verstärkung angefordert."

„Wow", sagte Borowka. „Das war ganz großes Kino, Will. Das war noch besser wie ‚Alarmstufe Rot'. Da hast du aber Glück gehabt, dass Patronen im Magazin drin waren."

Will klappte die Eckbank hoch und holte ein Paket Zigarren heraus. Er nahm eine heraus, roch daran und sagte: „Glück, mein lieber Richard, ist ein schlechter Ratgeber. Dadrauf kann man sich als Ermittler nicht verlassen. Ich wusste, dass die Pistole geladen ist. Möchte noch jemand eine Zigarre?"

Tosic, Fredi und Borowka lehnten dankend ab. Sie warteten stattdessen gespannt auf Wills Erklärung, mit der dieser sich viel Zeit ließ. Er zündete sich mit großer Geste die Zigarre an und paffte dreimal fest daran. Nachdem er den dicken Rauch ausgepustet hatte, sagte er: „Ich habe das am Gewicht erkannt. Bei der Überfall im Krankenhaus diese Woche hatte ich schon einmal eine geladene Waffe in der Hand gehabt. Ein paar Tage vorher aber hatte mir der Wachpolizist, der liebe Herr Wittkamp, dasselbe Modell gezeigt. Der hat aber aus Sicherheitsgründen die Patronen rausgenommen. Und deshalb kannte ich der Gewichtsunterschied."

„Respekt", sagte plötzlich Horst Remmler, der langsam wieder zu sich gekommen war und sich nun mit dem Ärmel das Blut aus dem Gesicht wischte. Er sah auf den am Boden liegenden Bergmann. „Noch dazu ein Meisterschuss."

Will sah den Kommissar verlegen an. „Na ja, wenn ich ehrlich bin, habe ich eigentlich auf der Oberschenkel gezielt."

Remmler grinste und schüttelte seinen dröhnenden Kopf. „Ich würde übrigens eine Zigarre nehmen. Die Kaffeemaschine haben Sie ja leider erschossen." Während Fredi und Borowka Tosic halfen, den benommenen Kleinheinz wieder in sein Zimmer zu bringen, reichte Will Remmler eine Zigarre und schenkte ihm einen Blick, von dem er hoffte, dass er das ausdrückte, was ihm selbst so schwer über die Lippen kam – nämlich, dass es ihm leid tat, ihn verdächtigt zu haben. Remmler nickte, als hätte er Wills Gedanken gelesen. Schweigend und rauchend sahen die beiden aus dem Fenster. Eine wunderbar friedliche Winterlandschaft breitete sich auf den endlos erscheinenden Feldern vor ihnen aus. Es hatte mittlerweile ganz aufgehört zu schneien und ein großer, gelber Mond hing in einem sternenklaren Himmel. Wenn man lauschte, hörte man es an der Hauswand knacken und knistern. Sonst war nichts zu hören – außer aufheulenden Sirenen, die sich schnell näherten.

Epilog
Freitag, 25. Dezember, 12.04 Uhr

Begleitet von mehrstimmigem Glockengeläut strömten die Menschen aus der Kirche. Den meisten sah man an, dass sie sich über weiße Weihnachten freuten. Hastenraths Will war einer der ersten, der auf den Vorplatz mit den schneebedeckten Trauerweiden trat. Er trug, wie immer, seine übergroße graue Stoffhose mit den verschlissenen Hosenträgern, sein grün-weiß kariertes Hemd und die grüne Schirmmütze. Zur Feier des Tages hatte er dazu jedoch, anders als sonst, einen schwarzen Mantel und schwarze Gummistiefel gewählt. Seine Frau Marlene hatte sich deutlich aufwendiger in Schale geworfen. Über ein dunkelrotes Tüllkleid hatte sie sich eine Pelzjacke mit einem toten Fuchs als Kragen gelegt. Ihre Haare waren frisch aufgedreht und zum Schutz gegen den leichten Schnee, der fiel, trug sie einen auffälligen Hut mit breiter Krempe. Immerhin war sie als Frau des Ortsvorstehers so etwas wie die First Lady des Dorfes. Marlene und Billa waren zwei Tage nach dem Showdown auf dem Bauernhof aus ihrem Wellnessurlaub zurückgekehrt. Zunächst hatten sie schockiert auf die Geschichten reagiert, die Will sehr dramatisch zu erzählen verstand. Später waren sie froh darüber, weil damit der Gesprächsstoff im Dorf für die nächsten Wochen gesichert war. Die katholischen Strickfrauen Saffelen würden begeistert sein. Billa hatte Josef aus dem Krankenhaus abgeholt und ihn zu Hause mit selbstgekochten Spezialgerichten aufgepäppelt. Josef wirkte aber auch eine Woche nach den erschütternden Ereignissen noch angespannt und nervös, als er mit seiner eingehakten Frau nun ebenfalls die Kirche verließ. Nur dank der Placebo-Tabletten, die Doktor Frentzen ihm erneut verschrieben hatte, hielt er den Druck aus, in der Öffentlichkeit zu stehen. Die Ausgehuniform der Freiwilligen Feuerwehr Saffelen und der fluoreszierende Helm verliehen ihm darüber hinaus noch eine staatstragende Würde. Er trat zu Will und Marlene und lobte die schauspielerische Leistung von Kevin-Marcel, der mit seiner modernen Interpretation des Herbergsvaters ein denkwürdiges Krippenspieldebüt hingelegt hatte. Grundschulrektor Peter Haselheim hatte den Mantelkragen hochgeschlagen und verließ zügig und mit ernster Miene die Kirche. Im Vorbeigehen schenkte er Hastenraths Will nur ein flüchtiges Kopfnicken, bevor er mit langen Schritten um die nächste Ecke verschwand. Heribert Oellers war mit demselben Pulk wie Haselheim aus der Kirche herausgespült worden und winkte Will erfreut vom Treppenabsatz aus zu. Oellers' Frau Irene verdrehte die Augen, als sie den Landwirt erblickte und wandte sich ihrer Freundin zu. Oellers selbst aber steuerte strahlend auf Will zu und schüttelte ihm überschwänglich die Hand. „Schön, dich zu sehen, altes Scheißhaus. Ich bin noch gar nicht dazu gekommen, dir dazu zu gratulieren, wie du der Tiger zur Strecke gebracht hast. Man hört ja nur die abenteuerlichsten Sachen. Das muss ja richtig gefährlich gewesen sein."

Will wiegelte halbherzig ab. „Weißt du, Heribert. Ich will das gar nicht an die große Glocke hängen – aber es stimmt schon. Es war sogar sehr gefährlich."

Oellers rieb seine Hände mit den ölverschmierten Fingernägeln fest aneinander und hielt die Arme dicht am Körper. Offensichtlich hatte er die Kälte unterschätzt, denn über seinem schlecht sitzenden, zerknitterten blauen Ausgehanzug trug er keinen Mantel. Sein Atem wurde sichtbar in der kalten Luft, als er nach einem kleinen Hustenanfall sagte: „Und auch Kompliment für der Kevin-Marcel. Das hat der wirklich wie ein Großer gemacht. Ganz nach mein Geschmack. Das war mit Sicherheit das erste Mal, dass in der Saffelener Kirche die Begriffe ‚Arschloch' und ‚Scheiße' gefallen sind." Oellers musste wieder schmunzeln, als er an diesen Improvisationsteil zurückdachte. Im selben Moment stolperte ein leichenblasser Pastor, gestützt von zwei Messdienern, aus der Kirche und verschwand, so schnell es ging, in der angrenzenden Sakristei.

Am Straßenrand hielt ein grauer Bully und spritzte beim Bremsen etwas Schneematsch auf den Bürgersteig. Will erkannte hocherfreut Oberkommissar Tosic, der auf der Fahrerseite ausstieg und herüberwinkte. Will und Josef eilten ihm sofort entgegen, weil sie wussten, dass im Fond des Busses Kommissar Kleinheinz saß. Marlene Hastenrath hatte die beiden Beamten zum Weihnachtsessen eingeladen. Zu dritt hievten sie Kleinheinz im Rollstuhl aus dem Wagen. Sein rechtes Bein war mit einer neuen Stange versehen worden. Dennoch machte er einen gut gelaunten Eindruck. Nach fünf Tagen im Krankenhaus war er wieder fast der Alte.

„Wie schön, dass Sie beide es haben einrichten können. Marlene hat sich so gefreut – und ich natürlich auch, Herr Kleinheinz", begrüßte Will ihn weltmännisch.

Kleinheinz hielt ihm die Hand entgegen und sagte: „Peter!"

„Wie bitte?"

„Ich heiße Peter. Ich glaube, nach allem, was wir gemeinsam durchgemacht haben, sollten wir uns langsam mal duzen."

Will errötete leicht und ergriff stolz die Hand des Kommissars. „Du kannst Will für mich sagen."

„Und ich bin der Josef", sagte Josef.

„Von Dickgießer und Remmler soll ich schön grüßen. Sie werden es heute leider nicht schaffen. Sie haben ein paar Tage Urlaub gemacht, sind aber jetzt schon wieder irgendwo im Einsatz. Ich weiß schon, warum ich nicht zum LKA gegangen bin."

„Wissen Sie schon was Neues vom Tiger?", fragte Will neugierig.

„Zustand unverändert", Kleinheinz schürzte die Lippen, „Du hast einen sehr komplizierten Treffer gelandet, Will. Bergmann hat einen Lungendurchschuss und liegt immer noch im künstlichen Koma. Seine Überlebenschance schätzen die Ärzte fifty-fifty ein. Deshalb konnten wir ihn noch nicht verhören. Dafür hat aber unsere bezaubernde Maria Felino gesungen wie ein Vogel. Wir haben Bergmanns Versteck bereits untersucht und ein stolzes Waffenarsenal sichergestellt. Dort ist auch die Bombe gebastelt worden. Übrigens, wie wir schon vermutet haben, nur zur Einschüchterung. Da Bergmann nicht wissen konnte, wer bei der Explosion im Haus ist, wollte er kein Risiko eingehen. Deshalb hat er den Zünder manipuliert. Mit dem

Material und Wissen, was er hatte, hätte er aber ohne Probleme eine funktionsfähige Bombe bauen können. Maria Felino hat die Bombe angebracht, als sie bei dir zu Besuch war. Sie war es auch, die den Stein mit der Warnung in die Scheibe geworfen hat. Und sie hat auch Herrn Borowka in Himmerich das Handy entwendet, als sie ihn umarmt hat. Die E-Mail-Adresse hat Bergmann dann selbst eingerichtet. Die beiden waren ein gutes Team. Nachdem wir Maria Felino festgenommen hatten, musste Bergmann schnell handeln und aus der Deckung kommen. Der Rest ist – wie sagt man so schön – Geschichte. Aber ich finde, es wird jetzt doch empfindlich kalt. Lasst uns doch zum Hof gehen. Ich freue mich schon seit Tagen auf die Kiwi-Jägermeistertorte Ihrer Frau ... deiner Frau. Kommen Fredi Jaspers und Richard Borowka auch zum Essen?"

„Eingeladen sind die natürlich", sagte Will, „aber ich habe keine Ahnung, wo die sich rumtreiben. Die waren jedenfalls nicht in der Kirche."

Josef zeigte auf die andere Seite des Vorplatzes. „Da hinten stehen dem Fredi seine Eltern." Eine ganz in Schwarz gekleidete Frau hing vornübergebeugt am Arm eines ernst blickenden Mannes und weinte ungehemmt bittere Tränen. Alle Kirchgänger, die sie passierten, sprachen ihr tröstende Worte zu.

Kleinheinz beobachtete betroffen die Szene. „Mein Gott, ist jemand aus der Familie gestorben?"

„So ähnlich", Josefs Stimme wurde zu einem Flüstern. „Der Fredi verlässt Saffelen. Er hat seine Eltern gestern Abend beim Essen erst gesagt, dass das sein letzter Wäschekorb ist, dem der vorbeibringt. Und vor drei Tagen hat der sich schon bei Karl-Heinz Klosterbach, das ist der Trainer von unsere

Fußballmannschaft, abgemeldet und der Spielerpass mitgenommen. Und die Gertrud Eickels von der Metzgerei Eickels hat sogar gesehen, wie der Fredi vorgestern Abend im Dunkeln ein Karton mit Stofftiere vor dem Haus von Martina Wimmers abgestellt hat."

Aus dem Eingang der Kirche trat nun Michael, Wills Schwiegersohn, und blinzelte in die Sonne. Als er Kleinheinz und Tosic erkannte, winkte er ihnen von Weitem zu. Kurz hinter ihm folgte Sabine mit Kevin-Marcel und Justin-Dustin, die sich gegenseitig mit Gebetsbüchern auf den Kopf schlugen. Als Kevin-Marcel seinen Opa erblickte, winkte er ihm aufgeregt zu und machte das Victory-Zeichen. Will strahlte und winkte stolz zurück.

„Weißt du eigentlich, wann wir das letzte Mal hier gesessen haben?", fragte Fredi. Borowka zuckte mit den Schultern und spuckte ein Loch in den Schnee. „Auf jeden Fall hatten wir da noch unsere Mofas." Die beiden Freunde saßen auf der alten verwitterten Holzbank hinter der Kirche, auf der eine Plakette klebte, die sie als Spende der Garten- und Blumenfreunde auswies. Wie früher saßen sie auf der Rückenlehne und hatten ihre Füße auf der Sitzfläche abgestellt. Sie rauchten und bliesen Ringe in die kalte Dezemberluft.

„Was haben wir hier viele Stunden rumgesessen und Scheiße erzählt", schwelgte Fredi in Erinnerungen. „So viel Speichel kann ein normaler Mensch gar nicht produzieren, wie wir hier auf der Boden gerotzt haben."

Borowka lachte. Auch er erinnerte sich gerne an diese Zeit zurück. Es hatte ihm in den letzten Tagen sehr zu schaffen gemacht, dass Fredi Saffelen für immer verlassen wollte. Aber er hatte sich zusammengerissen, um es seinem Kumpel nicht noch schwerer zu machen. Er konnte sich vorstellen, was dieser Schritt für jemanden bedeutete, der sein Heimatdorf bisher nur verlassen hatte, wenn es unbedingt nötig war: für Autoanmeldung, Diskobesuche und Auswärtsspiele.

„Find ich cool, dass der alte Oellers bei sein Vetter in Berlin ein gutes Wort eingelegt hat. Dann hast du wenigstens ein Job, wenn du ankommst."

Fredi nickte. „Fand ich auch super, wie der reagiert hat. Ich hatte ja gedacht, der reißt mir der Kopf ab. Aber ganz im Gegenteil. Der hat mir sogar zum Abschied ein Präsentkorb geschenkt – mit eine Berlinkarte drin. Der Oellers war plötzlich total nachdenklich und hat irgendwas erzählt von ‚ich hätte das auch machen sollen, als ich noch die Chance dazu hatte'."

„Was? Nach Berlin gehen?"

„Nee. Sich eine neue Frau suchen."

Borowka musste lachen. Dann wurde er wieder ernst. „Machst du denn in dem Autohandel das gleiche wie hier?"

„Auf jeden Fall bin ich da auch auf dem Bürro. Der Berlin-Oellers hört sich am Telefon fast genauso an wie unser Oellers. Jedenfalls, was die Kraftausdrücke angeht. Der hat mir direkt bei unserem ersten Gespräch gesagt, dass er mir während der Probezeit nur ein sehr geringes Einstiegsgehalt zahlen kann. Ich habe mal die Schnauze gehalten, weil, das ist trotzdem fast doppelt so hoch wie das Gehalt, das ich hier bekommen habe."

„Cool", sagte Borowka und schnippte seine aufgerauchte Zigarette in den Schnee, „aber dafür sind doch auch die Lebenserhaltungskosten in Berlin teurer, oder?"

„Kann sein. Bis ich was gefunden habe, kann ich aber für kleines Geld an dem Autohaus in eine Zweizimmer-Einliegerwohnung einziehen. Mittlerweile freue ich mich richtig auf Berlin."

„Das muss super sein da. Brandenburger Zoo, Siegersäule, Big Ben. Irgendwann komme ich dich bestimmt mal mit Rita besuchen."

„Das musst du mir sogar versprechen", sagte Fredi und sah auf die Uhr. „Leck mich am Arsch, schon viertel nach zwölf. Ich glaub, ich hau ab."

Borowka hob erstaunt den Kopf. „Kommst du nicht noch mit zu das Weihnachtsessen bei Hastenraths Will?"

Fredi schüttelte den Kopf. „Nee, lass mal. Ich kann Abschiede nicht leiden. Ich hab der Auto schon gepackt."

„Und was ist mit Martina?"

„Ich hab die ein langer Brief geschrieben. Den werf ich unterwegs irgendwo ein. Ich bin dann mal weg." Fredi sprang von der Bank. Seine Wildlederstiefeletten knirschten auf dem Schnee, als er auf dem Boden aufkam. Er drehte sich noch einmal um und sah Borowka in die Augen, die leicht zu schimmern begannen. Sie gaben sich die Hand und nickten einander tapfer zu. Dann ging Fredi zu seinem Wagen, der, bis unters Dach bepackt, neben der Friedhofsmauer stand. Bevor er einstieg, winkte er Borowka ein letztes Mal zu und war froh, dass der auf diese Entfernung nicht sehen konnte, dass ihm längst die Tränen in die Augen geschossen waren. Borowka saß noch immer auf der Parkbank. Er hob mit einer lässigen Bewegung seinerseits den Arm zum letzten Gruß und zog die Nase hoch. Während ein leichter Schneeregen einsetzte und sich mit den

Tränen vermischte, die an seinen Wangen herunterliefen, zog er ein Päckchen Marlboro aus der Jackentasche. Er zündete sich noch eine Zigarette an und sah dem Mitsubishi Colt hinterher, der langsam am Ende der Straße verschwand.

Danksagung

Das Problem an Danksagungen ist, dass sie von Mal zu Mal schwieriger werden, weil man gerade bei einer Krimireihe mit vielen Wiederholungstätern zu tun hat. Ich will es trotzdem versuchen. Zunächst einmal Danke an die Intensivtäter, die alle drei Krimis entscheidend mitgeprägt haben, als da wären:

Alexandra, die perfekte Muse. Sie ist scharfsinnig, klug und witzig. Und was das Ganze besonders angenehm macht – sie sieht dazu auch noch toll aus. Bei „Das Auge des Tigers" hat sie mal wieder mit einigen entscheidenden Hinweisen die Story dramaturgisch in die richtige Bahn gelenkt.

Kristina, die mit ihrem akribischen und nachhakenden Lektorat für den richtigen Rhythmus der Geschichte gesorgt hat.

Wilfried, der mit seinem tollen Gespür für Satz und Layout den passenden Deckel draufgesetzt hat.

Melanie, Bob und Thomas, die gestalterisch wieder alles gegeben haben und dem Look der Reihe immer neue Seiten abgewinnen, ohne ihn im Wesen zu verändern. Dazu gehören natürlich auch die Fotos von Marcus. Ein Extra-Dankeschön geht an die Entwickler von Photoshop – ihr seid Genies!

Von Buch zu Buch wird der Rechercheaufwand größer. Deshalb eine Verneigung vor den Experten, die mich mit wertvollen und sachdienlichen Hinweisen versorgt haben und trotz des Sperrfeuers an dummen Fragen allesamt freundlich, ruhig und kooperativ blieben. Im Einzelnen waren das:

Markus, der mal wieder seine Ausnahmestellung als Computerspezialexperte unter Beweis gestellt hat.

Stephan, der mir so viel Spannendes und Wissenswertes über die Arbeit der Polizei erzählt hat, dass ich bald selbst auf Streife gehen kann.

Veronika, die medizinisch das ganze Buch in die stabile Seitenlage gebracht hat und der wir den Fixateur externe verdanken.

Hans, der alles über den Strafvollzug weiß. Aus seiner Erfahrung als Vollzugsbeamter, versteht sich.

Zur Ehrenrettung dieser guten Geister sei ausdrücklich betont, dass alle Sachfehler und Ungenauigkeiten selbstverständlich auf meine Kappe gehen.

Dann wären da noch die wichtigen Augenzeugen. Meine tapferen Testleser, Zwischendurchleser und Schlussleser Alexandra, Claudia, Silvia, Stephan, Veronika und Marion, die sich durch teils sehr rohe Rohfassungen gequält haben und das fertige Produkt, an dem sie viel Anteil haben, jetzt gar nicht mehr genießen können. Dafür Danke und Entschuldigung.

Für familiäre Unterstützung und Vertrauen danke ich Arnold, Ellen, Michel und Sebastian. Darüber hinaus Henny, Rolf, Thea und Marc für den interkulturellen Austausch und den perfekten Kartoffelsalat. Hildegard und Agnes fürs Auf-mich-Aufpassen und Neuzugang Sally für unerwartet viel Bewegung und frische Luft.

Für Freundschaft und Inspiration danke ich allen Freunden und Weggefährten der letzten Jahre. Zu den oben bereits Genannten gehören auf jeden Fall noch Marc, Markus, Christian, Diko, Christoph, Josef, Marlene und einige mehr, die ich aus Versehen vergessen habe und von denen ich mir demnächst sicher eine Menge anhören müsste, wenn ich nicht für diesen Fall einen Danksagungs-Spezial-Service entwickelt hätte. Also – nicht böse sein, sondern ausfüllen:

Zu guter Letzt danke ich natürlich vor allem

_____

Name eintragen

Du weißt schon wofür!

Außerdem erhältlich

Das kleine Dorf Saffelen wird von einer unheimlichen Einbruchsserie heimgesucht. Da die Polizei im Dunkeln tappt, nimmt Ortsvorsteher Hastenraths Will höchstpersönlich die Ermittlungen auf. Der rustikale Landwirt formt aus Löschmeister Josef Jackels, Kreisliga-C-Legende Richard Borowka und anderen Dorfbewohnern eine schlagkräftige Task Force und spürt dem Täter mit überschaubarer Intelligenz, aber viel Herz nach. Je tiefer die Dorfbewohner in das Dickicht aus Schuld und Sühne eindringen, desto näher kommen sie einem dunklen Geheimnis, das ihr Leben von Grund auf verändern wird. Doch Hastenraths Will folgt unbeirrt der Spur des Täters. Zu spät wird ihm klar, dass er in tödlicher Gefahr schwebt ...

Der erste Fall von Hastenraths Will ist ein fesselnder Krimi voller Humor, Leidenschaft und Spannung, der ganz nebenbei noch einen liebevollen Seitenblick auf das Innenleben einer kleinen Dorfgemeinschaft wirft.

176 Seiten
€ 12,90
ISBN 978-3-9807844-4-3

Erhältlich überall im Handel oder unter
www.dorfkrimi.de

paperback verlag

In dieser inszenierten Lesung mit Geräuschen werden das kleine Dorf Saffelen und seine skurrilen Bewohner lebendig. Macharski verleiht den einzelnen Figuren Tiefe und Nuancen, wodurch die Lesung so kurzweilig wird wie ein rasantes Hörspiel.
Als Bonustrack befindet sich auf diesem Hörbuch zusätzlich ein 25-minütiger Livemitschnitt der Leseshow zum Roman.

Hörbuch | 4 CDs | 300 Minuten
Livemitschnitt der Leseshow | 25 Minuten
€ 12,90
ISBN 978-3-9807844-6-7

Erhältlich überall im Handel oder unter www.dorfkrimi.de

paperback verlag

Die Königin der Tulpen

Ein brutaler Überfall auf den einzigen Lebensmittelladen der kleinen Ortschaft Saffelen bringt die dörfliche Idylle ins Wanken. Als dann auch noch eine alte Frau spurlos verschwindet und Hauptkommissar Kleinheinz den charismatischen Landwirt Hastenraths Will nicht in die Untersuchungen miteinbezieht, nimmt dieser auf eigene Faust Ermittlungen auf. Auch Löschmeister Josef Jackels und die beiden Kreisliga-C-Fußballstars Richard Borowka und Fredi Jaspers werden in den Sog der Geschehnisse gerissen und geraten dabei in höchste Lebensgefahr. Mit der Zeit kommt Hastenraths Will einer unglaublichen Verschwörung auf die Spur, die das kleine Dorf in seinen Grundfesten erschüttert und den Landwirt in eine unheimliche Welt voller Drogen, Gewalt und Schlagermusik führt.

Auch der zweite Fall von Hastenraths Will überzeugt durch seine genauen Beobachtungen des Dorflebens und seine wunderbare Mischung aus aberwitzigem Humor und atemloser Spannung.

256 Seiten
€ 12,90
ISBN 978-3-9807844-5-0

Erhältlich überall im Handel oder unter www.dorfkrimi.de

paperback verlag

Schafe zählen
Die natürliche Einschlafhilfe

Immer mehr Menschen leiden heutzutage unter Einschlafstörungen. Doch bevor man zu Medikamenten greift, sollte man auf natürliche Heilmethoden vertrauen. Zu den Bewährtesten zählt zweifellos das „Schafe zählen". Einziger Nachteil bisher: Man musste sich sehr konzentrieren, um sich nicht zu verzählen. Doch das ist jetzt vorbei. Christian Macharski zählt die Schafe für Sie, eins nach dem anderen, während Sie entspannt und friedlich einschlafen können. Garantiert ohne Risiken und Nebenwirkungen.

Die originelle Geschenkidee für nur € 4,95.

Laufzeit 42 Min.
€ 4,95 (unverbindl. Preisempfehlung)
ISBN 978-3-86604-939-0

Erhältlich überall im Handel oder unter www.comedybedarf.de

Irgendwo
da draußen

Von 1994 bis 2003 veröffentlichte Christian Macharski regelmäßig Kolumnen in den Aachener Nachrichten. Die satirischen Notizen aus der rheinischen Provinz erfreuten sich größter Beliebtheit bei den Lesern. Kein Wunder, denn wo sonst erfuhr man inmitten nüchterner Weltnachrichten alles über die wahren Hintergründe von Aschermittwochsbeschwerden, Spargelzucht und Qualitätsferkelproduktion? Aus einem Sammelsurium von über 500 subtilkomischen Glossen hat der Autor im Jahre 2001 die 99 besten ausgewählt und eine handliche Bett-, Reise- und Freizeitlektüre für die ganze Familie geschaffen. Ein Meilenstein der Provinzpoesie ...

160 Seiten
€ 11,00
ISBN 978-3-9807844-0-5

Erhältlich überall im Handel oder unter
www.comedybedarf.de

paperback verlag

25km/h

2003 erschien „25 km/h", der lang erwartete Nachfolger des regionalen Verkaufsschlagers „Irgendwo da draußen". Wieder erzählt Christian Macharski herzerfrischende und kuriose Geschichten aus der rheinischen Provinz. In 99 sorgfältig ausgewählten Glossen analysiert der Autor herrlich respektlos die kleinen und großen Dinge des Lebens. Dabei geht es um so wichtige Themen wie fehlende Kanalanschlüsse, heimtückische Gänsemorde oder die UNO. Außerdem enthält dieses Buch eine mitreißende Fortsetzungsgeschichte über einen außergewöhnlichen Wohnwagenurlaub in Kroatien. Ein Lesegenuss auf höchstem Niveau.

160 Seiten
€ 11,00
ISBN 978-3-9807844-2-9

Erhältlich überall im Handel oder unter
www.comedybedarf.de

paperback verlag

POLIZEIABSPERRUNG